KB133373

The Lord of the Rings
반지의 제왕

반지 원정대

THE FELLOWSHIP
OF THE RING

THE LORD OF THE RINGS PART 1

J.R.R. 톨킨 지음

김보원 김번 이미애 옮김

arte

차례

역자 서문

김보원, 김번, 이미애, 2021

예문판 『반지전쟁』(1991년)이 발간된 지 29년, 『반지의 제왕』 2차 개정판의 출간을 앞두고 역자들은 감회가 새롭다. 그동안 『반지의 제왕』이 한국의 독서 대중 속에 판타지 문학의 고전으로 듬직하게 뿌리를 내렸고, 이제 새 출판사에서 더 나은 모습으로 독자들과 만날 수 있게 되었기 때문이다.

'반지'와의 인연이 시작된 것은 일찍이 1980년대 후반 어느 대학원 강의실에서 『호빗』을 만나면서부터였다. 『이상한 나라의 앨리스』를 비롯한 판타지 계열의 작품들을 함께 읽는 특이한 강좌였던 것으로 기억된다. 어느 날 명동의 중국대사관 앞 외서(外書) 전문 헌책방에서 빛바랜 페이퍼백 『반지의 제왕』을 발견하게 되면서, 이는 곧 기막히게 재미있는 이 소설을 함께 번역해 보자는 세 동기생의 호연지기(?)로 이어졌다. 영국과 미국에서 이 소설이 한 시대를 풍미한 베스트셀러였다는 풍문도 있었기에, 한국에서의 상업적 성공에 대한 은근한 기대까지 없지 않았다. 이른바 예문판 『반지전쟁』은 그렇게 시작되었다.

하지만 기대는 여지없이 빗나가고 말았다. 참담한 실패였다. 톨킨식의 어법을 빌리자면 '반지'는 아직 한국의 독자들과 만날 의사가 없었고, 2001년에 황금가지판 『반지의 제왕』이 나오기까지 10년은 더 기다려야 했다. 더욱이 초판을 낸 예문출판사가 파산하면서 『반지전쟁』은 완전히 역자들의 손을 떠나 때로는 자의적으로 변형된 모습으로 나타나 마음을 아프게 했다. 다만『반지전쟁』을 읽고 이른바 '톨킨 마니아'가 되었다는 '안목 있는' 독자들의 소문을 전해 들으며 역자들은 그나마 서운한 마음을 달랠 수 있었고, 아울러 판타지 문학의 토양이 척박했던 1990년대 초에 판타지의 고전을 선보임으로써 우리나라 판타지 독자층의 형성에 일조하였다는 자부심 또한 적지 않은 위안이 되었다.

2002년 1차 개정판(씨앗을 뿌리는 사람)을 내놓으며 역자들이 가장 유의한 것은 저자 톨킨이 번역과 관련하여 제시한 지침이었다. 이 지침은 크게 두 가지로 나뉘는데, 하나는『반지의 제왕』해설 E와 F에 수록한 요정어 및 기타 고유명사의 발음 및 번역 원칙에 관한 것이고, 다른 하나는 개별 고유명사의 의미와 내력을 일일이 설명하면서 번역 여부를 명시한 목록이다. 후자는『반지의 제왕』이 스웨덴어 및 네덜란드어로 번역된 뒤에 톨킨이 훗날의 번역자들을 위하여 직접 작성하여 내놓은 지침이다. 독자들뿐만 아니라 역자들 사이에서도 서구어권이 아닌 우리나라에서 이 지침을 반드시 따라야 하느냐는 문제로 논란이 없지 않았다. 하지만 최종적으로 이 지침을 따르는 것이 옳다는 결론을 내렸고, 따라서 씨앗판 개정 작업의 상당 부분은 여기에 집중되었다. 톨킨 스스로 이 작품의 저자(author)가 아니라 역자(translator)임을 천명한 이상, 한국어 역본에서도 고유명사의 번역은 피할 수 없는 귀결이었다.『반지의 제왕』의 번역을 둘러싸고 전개되는 논란의 상당 부분이 바로 이 '고유명사의 번역'에 관한 것이고, 그런 점에서 역자들의 고뇌 또한 적지 않았다는 점에 대해 깊은 이해가 있기를 바란다. '골목쟁이', '성큼걸이', '강노루', '이쁘동이' 등이 이때 새롭게 등장한 이름들이다. 톨킨의 지침은 특히 해당 번역어의 '고어형'을 장려하였고 이에 따라 적절한 번역어를 찾는 과정은 사라져 간 우리 옛말을 되살린다는 뿌듯한 자부심까지 느끼게 했다.

　물론 독자들의 혼란을 방지하기 위하여 기존 역본의 역어를 최대한으로 활용한다는 원칙도 세워 두고 있었다. 예컨대 '절대반지'는 『반지전쟁』에서부터 사용해 온 것이고, '묵은숲'은 황금가지판에서, '깊은골'은 시공주니어의 『호비트』(1999년)에서, 그리고 '가운데땅'과 '서끝말'은 톨킨 마니아들의 홈페이지에서 빌려 온 것들이다. 타 역본의 역자들께서도 흔쾌히 동의하시리라 믿고 심심한 감사를 드리는 바이다.

　이 과정에서 가장 논란이 되었던 것이 바로 작품의 제목 'The Lord of the Rings'였다. 왜냐하면 우리말의 '제왕'은 영어의 'Lord'가 담고 있는 복합적인 의미를 전하기에 부족하다고 판단되었기 때문이다. 나아가 과연 '반지들(the Rings)'의 'Lord'가 누구인가라는 질문에 이르면 문제는 더욱 복잡해지게 마련이고, 예문판의 '반지전쟁'은 이 같은 고뇌의 산물이었다. 그럼에도 불구하고 다시 '반지전쟁'을 고집하여 독자들을 혼란스럽게 할 것인가라는 최종적인 질문 앞에서 역자들은 고민에 빠져들었고, 결국 '반지의 제왕'을 따르기로 결정할 수밖에 없었다.

　이번 2차 개정판의 주요 작업은 두 가지 방향으로 진행되었다. 먼저 씨앗판에서 미진하게 남겨 두었던 고유명사 번역에 대한 보완과, 다른 한편으로 본문 번역의 완성도를 높이기 위한 수정 작업이었다. 이에 따라 치열한 토론을 거쳐 샤이어의 행정구역인 '파딩'이 '둘레'로, '스톡'은 '가녘말'로 바뀌고, 또한 역자들을 곤혹스럽게 만들었던 '워터강'도 '믈강'이라는 새 이름을 얻었다('물강'이 아님. '믈'은 '물[水]'의 고어). 아울러 본문에는 나오지 않으나 지도에만 등장하는 사소한 지명들까지 차제에 지침에 따라 모두 새롭게 단장하였다. 앞으로도 더 나은 이름을 찾기 위한 노력을 게을리하지 않을 것을 약속드리고자 한다. 나아가 본문 재검토 작업에서도 작게는 개별 역어의 변경에서부터 크게는 문장 전체를 갈아엎는 대공사도 부분적으로 이루어졌음을 알려 드린다.

이번 작업에는 특히 금숲 님을 비롯한 톨킨 팬카페 열혈독자 여러분이 적극적으로 참여하였다.『반지의 제왕』의 번역에 대한 '문제 제기'로 종종 역자들을 곤혹스럽게 했던 이분들과의 협업을 통해 번역은 한 사회 전체가 일구어 가는 완성본을 향한 길고 긴 도정임을 새삼스럽게 확인할 수 있었다. 이 자리를 빌려 진심으로 감사를 드리며, 그럼에도 불구하고 남아 있는 오역은 전적으로 역자들의 책임이다.

끝으로 톨킨의 환상 세계로의 만남을 이끌어 주신 서울대 명예교수이신 석경징 교수님, 예문출판사의 초대 대표 조시연 선생님, 씨앗을 뿌리는 사람의 장익순 대표님, 그리고 이제 새로이 반지와의 여정에 동참하신 북이십일의 김영곤 대표님께 심심한 감사의 말씀을 드리며, 이런 분들 덕택에 우리의 읽을거리가 더욱 풍부해지고 우리가 향유할 수 있는 삶의 폭과 깊이가 더욱 확대되리라 믿는다.

2021년 3월
역자 일동

60주년 기념판 서문
- 교정본에 관하여

Wayne G. Hammond & Christina Scull, 2014

2004년에 『반지의 제왕』 50주년 기념판을 출간하기 위해 우리(웨인 G. 해먼드와 크리스티나 스컬)는 이전의 여러 판과 쇄를 철저히 검토한 후 3백 곳 내지 4백 곳의 오류를 수정했다. 이 기념판본의 텍스트는 2002년 하퍼콜린스에서 발간한 세 권의 양장본 판본에 기초하고 있는데, 2002년 판본은 1994년에 발간된 하퍼콜린스의 재조판본을 수정한 것이었다. 이 판본들은 각기 수정 과정을 거쳤지만 새로운 실수가 끼어들기도 했다. 어떤 오류들은 발견되지 않고 남아 있었는데, 그 가운데 60개가량은 1954년에 간행된 『반지 원정대』의 재조판본(2쇄)에서 생긴 것이었다.

인쇄업자가 『반지 원정대』를 재조판하는 과정에서 부정확하게 작업하면서도 알리지 않았고 저자에게 새 교정쇄를 보내지도 않은 채 출간했던 것이다. 하지만 톨킨은 그 사실을 전혀 알지 못했고 조지 앨런 앤드 언윈(George Allen & Unwin) 출판사의 레이너 언윈도 오래 지난 후에야 알게 되었다. 톨킨은 (아마도 1966년에 2판을 준비하느라) 12쇄본(1962년)을 읽다가 무단으로 달라진 점을 몇 가지 알게 되었지만 그것이 새로 생긴 실수일 거라고 생각했다. 이 실수들은 다른 것들과 함께 재판본 간행 과정에서 수정되었다. 그 후 1992년에 독자 에릭 톰슨은 인쇄상의 세밀한 사항들을 예리하게 검토하고 『반지 원정대』의 1쇄와 2쇄의 소소한 차이점을 찾아내서 우리의 관심을 끌었다. 오래지 않아 2쇄에서 생긴 실수의 6분의 1가량이 밝혀졌다. 또한 스티븐 M. 프리스비는 기발한 광학 보조 기구를 사용하여 『반지의 제왕』 여러 판본을 전보다 더 세밀히 비교함으로써 더 많은 오류들을 드러냈다. 프리스비 씨가 너그럽게도 공유해 주고 논의한 결과물들을 우리는 기쁜 마음으로 사용했다.

다행히도 『반지의 제왕』의 많은 독자들은 앞서 있었던 일들을 남기고 권위 있는 텍스트를 얻도록 도움을 주기 위해서 여러 간행본들 사이의 차이를 기록해 왔다. 그들은 명백한 실수와 잠재적 실수를 저자나 출판사에 알려 주었다. 적어도 1962년에는 톨킨의 열광적인 독자들 사이에서 『반지의 제왕』 텍스트의 역사에 대한 정보가 돌았고, 그해에 뱅크스 메베인은 팬 잡지 《엔트못(Entmoot)》에 '톨킨 집주본에 대한 서언(Prolegomena to a Variorum Tolkien)'을 발표했다. 이후 가장 주목할 만한 공헌자로서 더글러스 A. 앤더슨은 『반지의 제왕』(그리고 『호빗』)의 정확한 텍스트를 확보하기 위한 노력의 선두에 섰다. 크리스티나 스컬은 잡지 《브리 너머로(Beyond Bree)》에 '『반지의 제왕』의 여러 판본에 나타난 변화에 관한 예비 연구'(1985년 4월과 8월)를 발표했다. 웨인 G. 해먼드는 『J. R. R. 톨킨: 기술적 서지학(J. R. R. Tolkien: A Descriptive Bibliography)』(1993)에서 텍스트의 달라진 점들을 광범위하게 열거하여 수록했다. 데이비드 브래트먼은 《톨킨 수집가(The Tolkien Collector)》 1994년 3월호에 중요한 논문 '『반지의 제왕』의 오식 정정표'를 발표했다. 많은 독자 가운데 데이니스 비센닉스, 유벌 윌리스와 찰스 노드는 논평을 직접 보내 주거나 공개 토론회에 게시함으로써 우리에게 도움을 주었다.

이러한 노력은 『반지의 제왕』의 저자가 생전에 보여 준 모범을 따른 것이었다. 텍스트의 정확성과 작품의 일관성에 대한 톨킨의 관심은 그가 쇄를 거듭하며 수정했다는 사실이나 수정을 위해 만들어 두었던 메모로 보아 명백하다. 그 메모들은 어떤 이유에서인지

2004년 이전에 반영되지 않았고, 혹은 일부만 반영되었다. 말년에 이르러 톨킨은 이런 노력을 기울이기 버거웠음에도 불구하고 확고한 소신을 갖고 있었다. 1967년 10월 30일에 그는 『반지의 제왕』 해설의 어떤 사항에 관한 독자의 질문에 대해 조지 앨런 앤드 언윈 출판사의 조이 힐에게 편지를 써 보냈다. "나로서는 이런 사소한 '불일치'에 대해 개의치 않게 되었습니다. 계보와 달력 등이 진짜 같은 느낌이 들지 않는 건, 현실의 연대기나 계보와 비교해 지나칠 정도로 정확하기 때문이니까요! 어떻든 사소한 실수들이 거의 없고 이제는 대부분 해결되었으므로, 남아 있는 실수를 찾아내는 일이 즐거운 오락으로 보일 정도지요! 그러나 텍스트의 실수는 전혀 다른 문제입니다."(강조는 우리가 넣은 것이다) 실제로 톨킨은 '개의치 않게' 되지 않았고, 기회가 생길 때마다 오류를 고쳤다. 그럴 기회도 많았고 출판사에서 너그러이 용인해 주었기에 톨킨은 다른 작가들이 거의 누리지 못하는 호사를 누릴 수 있었다. 텍스트를 수정하고 향상시킬 뿐 아니라 가운데땅의 언어와 지리, 종족 들을 더한층 진전시킬 많은 기회를 얻었던 것이다.

　『반지의 제왕』 50주년 기념판본은 지난 수십 년간의 톨킨 연구에서 얻은 정보에 비추어 가장 최근의 텍스트를 검토할 수 있는 이상적인 기회로 여겨졌다. 스티브 프리스비의 연구를 옆에 두고 참조하며, 핵심어나 구절로 검색이 가능한 『반지의 제왕』 전자책(하퍼콜린스에서 제공한)을 이용하면서 말이다. 특히 전자책 덕분에 우리는 경우에 따라 달라진 단어들의 목록을 쉽게 만들었고, 이전 판본들과 쇄(刷)에 비교하여 그 단어들의 쓰임새가 어떻게 변화했는지 쉽게 탐구할 수 있었다. 물론 톨킨은 『반지의 제왕』을 18년에 달하는 기나긴 세월 동안 집필해 왔으므로 텍스트에서 일치하지 않는 부분이 생기는 것은 거의 불가피한 일이었다. 그의 유저(遺著) 관리자인 크리스토퍼 톨킨은 부친의 작품에서 명백히 드러난 어떤 불일치는 의도적이었을 수 있다고 우리에게 말한 적이 있다. 가령 톨킨은 'house(집)'와 'House(귀족 가문 혹은 왕조)'를 세심하게 구분해서 썼지만, 후자의 의미로 소문자 'house'를 사용한 곳이 두 군데 있다. 아마도 대문자를 쓸 때 그 단어와 짝지어지는 형용사('royal house(왕가)', 'golden house(황금 집)')의 중요성을 떨어뜨리기 때문이었을 것이다. 하지만 톨킨이, 명백한 실수는 말할 것도 없고 불일치를 눈에 보일 때마다 수정하려고 노력했다는 것은 의심할 바 없다. 우리는 수정해야 할 것을 신중하고 조심스럽게 식별할 수 있는 한 기념판본에서 그렇게 해야 한다고 생각하고, 크리스토퍼 톨킨도 그렇게 조언하고 동의했다.

우리는 텍스트에서 문장 부호를 많이 수정했고, 최근의 오타를 고치거나 『반지 원정대』 2쇄에 도입되어 남아 있던 오류를 바로잡았다. 『반지 원정대』 2쇄에서나 어떤 경우에서든 톨킨의 원래 문장 부호는 언제나 매우 적절했다. 콤마와 세미콜론은 미묘한 차이가 있어 비교하기 어렵지만 그럼에도 작가의 원래 의도를 표현한 부분이었다. cold(차가운) 대신에 쓰인 chill(오싹한), glistened(반짝이다) 대신에 쓰인 glistered(반짝 빛나다)와 같은 독특한 단어들은 오래전에 식자공들이 허락을 받지 않고 마음대로 바꾸었지만 원래대로 복원되었다. nought(영) 대신 naught(제로)(두 낱말은 모두 '영(零), 무(無), 무가치 등'의 뜻을 지닌 동의어지만 전자는 영국 영어에서, 후자는 미국 영어에서 많이 쓰인다. ─ 역자 주)를 쓴 경우처럼 톨킨이 바꿔 쓰기는 했으나 항상 관철하지는 않은 표기는 조심스럽게 상당 부분을 규칙화할 필요가 있어 보였다. 가령 사우론(혹은 모르고스)을 가리킬 때가 분명할 때는 dark power 대신 Dark Power로 표기하고, Barrowdowns 대신 톨킨의 선호에 따라 Barrow-downs로 표기하며, 마찬가지로 Bree Hill 대신 Bree-hill로 표기하고, Druadan 대신 강세가 있고 더욱 일반적인 Drúadan으로 표기하며, 계절의 이름이 의인화되거나 은유로 사용될 때는 톨킨의 일반적 관행이나 텍스트의 내적 논리에 따라 대문자로 시작하고, 톨킨이 갖고 있던 『반지의 제왕』 재판본에 표시한 선호도에 따라서 독립된 형용사로 사용될 때 elvish(요정의) 대신 Elvish로 표기했다. 덧붙여, Númenórean(s)에는 톨킨이 원고에서 종종 표기했던 대로, 그리고 『실마릴리온』과 다른 유작들에서 나오는 대로 두 번째 강세를 붙였다.

그럼에도 불구하고 결과적으로 대문자 표기와 문장 부호, 표기법의 다른 점들에 상이한 형태가 아직 많이 남아 있다. 이 모두가 실수인 것은 아니다. Sun, Moon, Hobbit, Man(혹은 sun, moon, hobbit, man) 같은 단어가 여기 포함되는데, 이런 단어들은 의미나 용도에 따라서, 혹은 인접한 형용사와 관련해서, 혹은 톨킨이 의인화를 의도했는지 아니면 시를 쓰려 했는지 아니면 강조하려 했는지에 따라서 형태가 달라질 수 있다. 톨킨의 의도를 어느 경우에나 자신 있게 짐작할 수는 없다. 그러나 그가 『반지의 제왕』 교정용 책에 써 놓은 메모나 원고, 타자 원고, 교정본, 인쇄본의 텍스트를 면밀히 분석해 보면, 많은 경우에 그가 선호한 바를 파악할 수 있다. 작가의 의도에 대해 조금이라도 의혹이 있을 때는 있는 그대로 남겨 두었다.

크리스토퍼 톨킨이 『가운데땅의 역사(The History of Middle-earth)』에서 주목한 명백한 실수들, 가령 브랜디와인다리에서부터 나루터까지의 거리(20마일이 아니라 10마일)라든가 메리의 조랑말 숫자(여섯이 아니라 다섯) 같은 초고들의 흔적은 대부분 수정되었다. 하지만 BOOK3의 7장에서 "모리아를 떠난 후 지금까지 난 나무 외엔 아무것도 베지 못했으니."라는 김리의 유명한 (잘못된) 말처럼 앞뒤가 맞지 않는 내용을 수정하려면 간단히 교정할 것이 아니라 다시 써야 할 필요가 있었으므로 그대로 두었다.

『반지의 제왕』에서 이루어진 많은 수정 작업과 텍스트의 광범위한 검토는 상세한 기록으로 남겨 둘 가치가 있었다. 대개의 독자들은 텍스트만 보아도 만족하겠지만, 어떤 독자들은 이 판본을 준비하면서 대면한 문제들과 그 해결책(해결이 가능한 부분에서), 특히 텍스트의 어느 곳이 수정되었고 수정되지 않았는지에 대해 자세히 알고 싶을지 모른다. 이런 점을 밝히고 그 작업 과정의 다른 면도 밝히기 위해서 우리는 『반지의 제왕: 독자 길잡이(The Lord of the Rings: A Reader's Companion)』를 준비하여 2005년에 출간했고 후에 개정판을 냈다. 이 책을 통해서 우리는 『반지의 제왕』의 텍스트에서 빚어진 다양한 쟁점거리들을 서문에서는 다룰 수 없는 상세한 부분까지 논했고, 현재 텍스트에서 달라진 부분을 밝혔으며, 지금까지 출간된 각 판본의 중요한 변화에 대해 언급했다. 『독자 길잡이』는 또한 『반지의 제왕』에 등장하는 고어나 특이한 단어 및 이름에 대해 설명하고, 문학적 영향력과 역사적 영향력을 분석하며, 톨킨의 다른 작품들과의 관련성을 언급하고, 초고와 출간된 형태 사이의 차이점 및 언어의 문제, 그리고 바라건대 독자가 흥미를 느끼고 톨킨의 걸작을 더욱 즐길 수 있게 할 많은 것들에 관해 논평했다.

　『반지의 제왕』은 2004년 이후 많은 판본이 나왔고 여러 판형으로 등장했다. 일부 독자들은 편집자의 어떤 선택에 찬성하지 않았고 몇몇 독자들은 철학적인 견지에서 톨킨 작품의 수정을 대부분의 경우 반대했지만, 수정된 텍스트는 이제 이전 판본들을 대체한 사실상의 표준판이다. 2005년에도 수정이 이루어졌고, 우리가 더 일찍 완성할 수 없었던 색인 확장본이 도입되었다. 이 색인은 수정된 텍스트가 실린 『반지의 제왕』의 간행본 대부분에 수록되었다.

2014년 1월
웨인 G. 해먼드와 크리스티나 스컬

텍스트에 관하여

Douglas A. Anderson, 2004

J.R.R. 톨킨의 『반지의 제왕』은 종종 3부작으로 잘못 알려져 있지만, 실제로는 전체 6권과 해설로 구성된 한 편의 소설이며 대개 3부로 출판되었다.

제1부 『반지 원정대』는 영국에서 1954년 7월 29일 런던의 '조지 앨런 앤드 언윈' 출판사에서 출간되었고, 뒤이어 미국판이 같은 해 10월 21일 보스턴의 '호턴 미플린' 출판사에서 출간되었다. 제1부를 펴내며 톨킨은 그 이후 반복해서 발생하는 문제를 겪게 되는데, 바로 인쇄소의 오류와 식자공의 실수였다. 이 실수에는 톨킨이 종종 사용하는 독특한 표기법에 대한 선의의 '수정'까지 포함되어 있었다. 이를테면 dwarves가 dwarfs로, elvish가 elfish로, further가 farther로, nasturtians가 nasturtiums로, try and say가 try to say로, 그리고 (톨킨이 가장 싫어했던) elven이 elfin으로 바뀐 것도 이 '수정'에 해당한다. 독창적으로 창조한 언어들과 정교하게 구축한 고유명사들로 이루어진 『반지의 제왕』 같은 작품에서, 오류와 모순은 진지한 독자들의 이해와 감상을 방해하게 마련이고, 톨킨은 아주 초기부터 그 같은 진지한 독자들이 무척 많았다. 제3부에 와서 그가 창조한 언어들과 그 체계에 대해 그때까지 밝히지 않은 많은 정보가 수록되지만, 톨킨은 그 전에 벌써 독자들로부터 이 언어로 쓴 많은 편지를 받았고, 이 언어 사용과 관련하여 세세한 내용을 묻는 많은 질문이 있었던 것이다.

제2부 『두 개의 탑』은 영국에서 1954년 11월 11일, 미국에서 1955년 4월 21일에 발간되었다. 그동안 톨킨은 제1부 서문에 실렸던 약속, 곧 '고유명사와 희귀어 색인'을 제3부에 수록하기 위한 작업을 계속하고 있었다. 애초의 구상에 따르면 이 색인에는 각 언어, 특히 요정어에 관한 많은 어원상의 정보를 방대한 어휘와 함께 수록할 계획이었다. 하지만 바로 그 때문에 출판이 지연되었고, 결국 제3부에는 아무런 색인도 붙지 않고 이에 대한 출판사 측의 사과만 실렸다. 이는 톨킨이 작업의 규모와 그에 따른 비용이 엄청나다는 것을 깨닫고 제1부, 제2부의 색인 작업을 마친 다음 포기해 버렸기 때문이다.

제3부 『왕의 귀환』은 결국 영국에서 1955년 10월 20일, 미국에서 1956년 1월 5일 출간되었다. 제3부의 등장과 함께 『반지의 제왕』은 완전체로 모습을 나타냈고, 초판의 본문은 그 후 10년 동안 사실상 아무 변동이 없었다. 톨킨은 몇 가지 사소한 수정을 하기는 하였다. 하지만 1954년 12월 『반지 원정대』 2쇄를 찍으면서 새로운 오류가 발생하는데, 그것은 인쇄소에서 1쇄를 찍은 다음 해판(解版)하고는 저자나 출판사에 알리지 않고 다시 판을 짜서 인쇄했기 때문이다. 이로 인해 초판과는 다른 단어나 어구가 들어가게 되었고, 이들은 맥락상 그럴듯하게 보이지만 톨킨의 당초 원고에 따른 초판과는 달라지고 말았다.

1965년, 미국의 어느 페이퍼백 출판사에서 당시의 저작권 관련 문제를 빌미로 저작료도 지급하지 않고 무단으로 『반지의 제왕』을 출간하였다. '에이스 북' 이름으로 나온 이 새로운 판본은 작품 본문을 새로 인쇄했고, 이 과정에서 또다시 오류가 발생했다. 하지만 해설은 양장본을 사진으로 찍어 인쇄했기 때문에 변동이 없었다.

톨킨은 새로 개정하는 정본이 미국 시장에서 경쟁력을 얻을 수 있도록 작품 본문에 대한 1차 개정 작업을 시작하였다. 이 1차 개정판이 미국에서는 1965년 10월 호턴 미플린의 동의하에 '밸런타인

북스'에서 페이퍼백으로 출간되었다. 톨킨은 본문을 수정하면서 서문을 새로 써서 실었다. 그는 기존의 서문을 빼면서 기분이 좋았던 듯 대조용 판본에 이렇게 기록해 두고 있다. "순전히 개인적인 문제를 작품의 '짜임새'와 (정말로) 혼동하는 것은 중대한 잘못이다." 톨킨은 또한 프롤로그에 한 항목을 추가하고 색인을 덧붙이는데, 초판에서 약속한 고유명사들을 다룬 상세한 색인이 아니라, 고유명사에 쪽 번호만 붙인 다소 간략한 색인이었다. 추가로 이 시점에 해설의 대폭적인 수정이 있었다.

톨킨은 1966년 1월 말에 밸런타인 판을 전달받는데, 2월 초의 일기에 보면 "밸런타인 판의 해설을 놓고 몇 시간 동안 작업한 결과 처음에 예상했던 것보다 많은 오류를 발견했다."는 기록이 있다. 그 직후 그는 해설과 관련해 몇 가지 수정 사항을 밸런타인 출판사에 보내는데, 그중에는 (이제는 유명한 얘기지만) 해설 C의 가계도에 메리아독의 아내로 '에스텔라 볼저'를 삽입한 것도 포함된다. 이 수정 사항들은 대부분 BOOK3의 3쇄와 4쇄(1966년 6월과 8월)에 따로따로 들어가는데, 항상 완벽한 수정이 이루어지지는 못했고(그래서 더 큰 혼란을 야기하는데), 그리고 어떤 연유에서인지 몰라도 이들은 영국에서 펴낸 세 권짜리 양장본의 주요 개정 순서에 포함되지 못한 채 오랫동안 변종 취급을 받았다. 『반지의 제왕』의 개정과 관련하여 언젠가 톨킨은 자신의 기록을 순서대로 정리해 두지 못했다고 말한 바 있는데, 이 부실한 개정판이 그 혼란상의 한 예로 보인다. 이는 톨킨의 기록 오류일 수도 있고, 그 기록을 정밀하게 따르지 못한 출판사의 역량 부족 탓이기도 하다.

개정판은 영국에서는 1966년 10월 27일, 앨런 앤드 언윈에서 펴낸 세 권짜리 양장본 '2판'으로 처음 모습을 드러냈다. 하지만 다시 문제가 생겼다. 본문의 수정을 위해 톨킨이 미국으로 보낸 수정 사항을 새로운 영국판에서 활용할 수 있었지만, 해설에 관한 광범위한 수정 사항은 밸런타인 판에 포함된 뒤 분실되어 버렸기 때문이다. 앨런 앤드 언윈에서는 밸런타인에서 펴낸 초판을 사용하여 해설의 판을 다시 짜는 수밖에 없었다. 그런데 이 판본에는 톨킨이 두 번째로 밸런타인에 보낸 몇 가지 수정 사항이 포함되어 있지 않았고, 더 큰 문제는 대단히 많은 오류와 누락이 있는 데다 그 상당 부분은 한참 뒤에까지 발견되지 않았다는 점이다. 따라서 해설에 관한 한, 이 판본의 개별 수정 사항이 작가 탓인지 아니면 실수로 인한 것인지를 구별하려면 초판과 한참 후에 나온 2판의 수정쇄들을 꼼꼼하게 살펴보는 수밖에 없다.

미국에서는 개정판이 1967년 2월 27일 호턴 미플린에서 세 권짜리 양장본으로 나왔다. 이 판본은 앨런 앤드 언윈에서 1966년에 펴낸 세 권짜리 양장본을 옵셋으로 인쇄한 것이기 때문에 차이가 없다. 호턴 미플린에서 펴낸 2판의 1쇄에는 표지에 1967년이란 기록이 있지만, 그 밖의 많은 쇄에는 연도 표시가 없다. 2판의 초기 몇 쇄에는 저작권 표기가 1966년으로 되어 있지만, 그 뒤로는 밸런타인 판의 표기와 맞추기 위해 저작권의 표기가 1965년으로 변경되었던 것이다. 이 변경으로 인해 이 판본들의 출판 순서를 정리하려고 했던 사서와 연구자 들은 엄청난 혼란을 겪어야 했다.

한편, 톨킨은 1966년 여름의 상당 기간을 본문을 추가로 수정하며 보냈다. 6월경 그는 추가 수정을 앨런 앤드 언윈의 1966년 2판에 포함시키기에는 너무 늦었다는 것을 깨닫고 일기에 다음과 같은 기록을 남겼다. "하지만 (수정) 작업을 완성할 작정이다. 모두 머릿속에 담아 둔 채 내버려 둘 수는 없다. 생각이 자꾸 이렇게 끊어지는 바람에 작업에 너무 많은 시간을 낭비했다." 이것이 톨킨이 생전에 했던 주요 개정 작업으로는 마지막이었다. 이 사항은 앨런 앤드 언윈의 세 권짜리 양장본 2판의 2쇄(1967)에 추가되었다. 이때는 주로 고유명사에 관한 수정과 함께 전체 3부에 걸쳐 용례의 일관성을 확보하는 것이 목표였다. 톨킨은 1969년 한 권짜리 인도판 페이퍼백에서 몇 가지 사소한 수정을 추가하였다.

J.R.R. 톨킨은 1973년에 사망했다. 그의 셋째 아들이자 유저(遺著) 관리인인 크리스토퍼 톨킨은 1974년의 수정본에 사용할 수 있도록 주로 해설 및 색인과 관련된 상당한 양의 추가 수정 사항을 앨런 앤드 언윈에 보냈다. 이 수정 사항은 대부분 인쇄상의 오식으로, 그의 부친이 자신의 대조본에 명시한 내용과 일치한다.

1974년 이후 크리스토퍼 톨킨은 오류가 발견되는 대로 추가 수정 사항을 『반지의 제왕』의 영국 쪽 출판사(앨런 앤드 언윈, 나중에는 언윈 하이만, 지금은 하퍼콜린스)에 보냈고, 출판사에서는 지금까지 펴낸 모든 『반지의 제왕』에서 텍스트의 정확성 유지라는 난제를 성실하게 수행해 왔다. 하지만 새로운 판형(가령 1970년대와 1980년대에 영국에서 출간된 여러 페이퍼백본들)으로 출판하기 위해 본문을 다시 인쇄할 때마다 엄청나게 많은 새로운 오식이 발생하였고, 물론 이 오류들은 그때그때 발견되어 다음 쇄에서 수정이 이루어졌다. 하지만 근년에 이르기까지 영국에서 나온 세 권짜리 양장본이 텍스트의 정확성에서는 최고라 할 수 있다.

미국에서는 1966년 톨킨이 몇 가지 수정 사항을 덧붙인 뒤로 30년 넘게 밸런타인 페이퍼백에서는 아무 변동이 없었다. 호턴 미플린에서 나온 모든 판본은 1967년부터 1987년까지는 변동이 없었고, 1987년 호턴 미플린에서 당시에 출판되던 세 권짜리 영국판 양장본을 옵셋으로 인쇄하여 자신의 판본을 쇄신하였다. 새로운 쇄가 나오면서 많은 수정 사항이 (크리스토퍼 톨킨의 관할하에) 추가로 반영되었고, 부실한 밸런타인 개정판도 ('에스텔라 볼저'의 삽입을 포함하여) 주요 텍스트의 계보에 포함되었다. 이 수정 방식에는 인쇄본 텍스트를 잘라 붙이는 방식도 포함된다. 『반지의 제왕』은 1987년 호턴 미플린 판본(표기는 1986년 10월로 되어 있음)에서부터 이 '텍스트에 관하여'의 초기판을 수록했다. 이후로 이 원고는 세 번 개정되는데, 1993년 4월로 명기된 원고는 1994년에 발표되었고, 2002년 4월로 명기된 원고는 그해 늦게 나왔다. 이번 '텍스트에 관하여'는 이전의 모든 판본을 대체하는 것이다.

하퍼콜린스에서 출간한 1994년 영국판에서부터 『반지의 제왕』의 원고는 모두 워드프로세서 파일로 입력되었다. 이 같은 방식의 차세대 텍스트 진화 과정은 향후의 모든 판본에서 텍스트의 통일성을 확보하기 위한 시도였지만, 불가피하게 새로운 문제도 야기하였다. 본문을 잘못 읽으면서 새로운 오류가 발생하였고, 물론 동시에 다른 오류가 수정되기도 했다. 최악의 사례로는, 『반지 원정대』의 '과거의 그림자' 장에서 반지에 새겨진 문자 한 줄이 고스란히 누락되는 일도 있었다. 다른 판본에서는 컴퓨터화된 기본 텍스트를 쪽의 설정이나 조판 프로그램으로 옮길 때 예상치 못한 작은 결함들이 발생했는데, 이를테면 『반지 원정대』의 '엘론드의 회의' 장에서는 마지막 두 문장이 감쪽같이 사라졌지만 도무지 이유를 알 수 없었다. 이 같은 작은 문제들은 대체로 예외적인 경우였고, 오히려 텍스트는 컴퓨터화라는 진전을 통해 일관되고 완전한 모습을 유지하게 되었다.

1994년 판본은 고유명사와 쪽 번호 색인을 재조정하였을 뿐만 아니라(역시 크리스토퍼 톨킨의 관할하에 이루어진 것이다.) 새로운 수정 사항 또한 많이 포함하고 있다. 1994년 텍스트는 미국에서는 1999년 호턴 미플린 판에서 처음 활용되었다. 앨런 리의 삽화와 함께 세 권으로 나온 2002년판에는 소규모의 추가 수정이 이루어지는데, 이 판본은 영국에서는 하퍼콜린스, 미국에서는 호턴 미플린이 출간하였다.

순전히 출간 형태로만 살펴보았지만『반지의 제왕』텍스트의 역사는 거대하고 복잡한 거미줄이나 다름없다. 이 짤막한 안내를 통해 나는 전반적인 순서와 구조를 겨우 일별했을 뿐이다. 오랜 세월에 걸쳐『반지의 제왕』텍스트가 겪어 온 개정과 정정에 관한 추가 세부 사항과 그 출판의 역사에 관한 보다 풍부한 해설은, 더글러스 A. 앤더슨의 도움을 받아 웨인 G. 해먼드가 집필한『J.R.R. 톨킨 : 기술적 서지학』(1993)에서 확인할 수 있다.

최초의 원고에서 출간본에 이르기까지『반지의 제왕』의 단계적인 발전 과정에 관심이 있는 이들을 위해서는 크리스토퍼 톨킨이 총 열두 권의 시리즈로 펴낸『가운데땅의 역사』중 다섯 권을 강력히 추천한다. 시리즈의 6권부터 9권까지가 그의 연구에서 핵심 분야를 담고 있으며 각각『어둠의 귀환(The Return of the Shadow)』(1988),『아이센가드의 배반(The Treson of Isengard)』(1989),『반지전쟁(The War of the Ring)』(1990),『사우론 패배하다(Sauron Defeated)』(1992)이다. 또한 시리즈의 마지막 권인『가운데땅의 종족들(The Peoples of Middle-earth)』(1996)은『반지의 제왕』프롤로그와 해설의 확대 과정을 다룬다. 이 책들은 톨킨의 대작이 집필되고 성장해 가는 과정을 마치 어깨 너머로 지켜보듯 흥미롭게 보여 준다.

톨킨의『반지의 제왕』원고를 연구하는 과정은 암호 해독에 가까운 작업인데, 이는 톨킨이 먼저 연필로 초고를 쓴 다음 그 위에 잉크로 다시 고쳐 썼기 때문이다. 크리스토퍼 톨킨은『어둠의 귀환』에서 부친의 작업 방식을 이렇게 설명하고 있다. "급하게 써 놓은 초고와 스케치용의 필체는 곧 돌아와 좀 더 완성된 형태로 작업을 할 계획이었기 때문에 철자가 엉성한 경우가 무척 많았다. 그래서 전후 맥락이나 후기본을 통해 유추하거나 추정할 수 없는 단어는 오랜 검토 뒤에도 완벽히 판독 불능일 때가 있었고, 또 연한 연필을 사용하면 번지거나 흐려지기가 십상인데 이런 경우가 잦았다." 그와 같은 이중 원고의 판독이 얼마나 어려운지는 『반지전쟁』의 권두삽화에서 확인할 수 있다. 이 삽화는 톨킨이 그린 '쉴로브의 굴' 삽화를 톨킨의 원고 한 쪽에서 복사해 컬러로 재현해 쓰고 있는데, 이 삽화 옆에 잉크로 급하게 써 놓은 원고를 찬찬히 살펴보면 그 밑에 연필로 더 급하게 써 놓은 좀 더 초기의 원고를 확인할 수 있다. 역시 『반지전쟁』에서 크리스토퍼 톨킨은 '스메아골 길들이기' 장의 초고 한 장을 복사해 놓고 있는데, 이 원고에 해당하는 인쇄본이 맞은쪽에 실려 있다. 이런 텍스트를 해독해 낸다는 것은 결코 아무나 할 수 있는 일이 아니다.

이런 어려움은 차치하고 일반 독자나 톨킨 연구자들에게 이 책들은 어떤 의미를 지니는가? 책의 '집필사'란 과연 무슨 뜻인가? 간략히 말해 이 책들은 아주 초기의 원고에서부터 급하게 만든 예상도, 그리고 완성본에 이르기까지 『반지의 제왕』의 전개 과정을 무척 세밀하게 보여 준다. 아주 초기 자료에서는 『호빗』의 속편에 가까운 아동 도서의 면모를 찾아볼 수 있지만, 여러 '단계'를 거쳐 이야기가 확대되면서 무게와 깊이가 더해지는 것을 볼 수 있다. 서로 다른 이야기 갈래가 전개되고, 몇몇 인물들이 서서히 섞이고 통합되기도 하며, 반지의 속성이나 기타 인물들의 동기가 천천히 모습을 드러낸다. 여러 발상들 중에서 어떤 것은 중도에 폐기되기도 하지만 또 어떤 것들은 변종으로 되살아나 최종본에 포함되거나 또 빠지거나 한다.

독자들은 크리스토퍼 톨킨의 연구를 통해 방대한 양의 흥미진진한 토막 뉴스를 만날 수도 있다. 이를테면 성큼걸이(Strider)는 거의 집필 마지막 단계에 이르기까지 '트로터(Trotter, 속보 훈련을 받은 말)'였고, 트로터는 한때 호빗이었으며 이름이 그렇게 된 것은 그가 나무 신발을 신고 있었기 때문이다. 그리고 작가가 한때 아라고른과 에오윈의 로맨스를 검토한 적이 있다거나 혹은 자투리 이야기를 모아 에필로그(지금은 『사우론 패배하다』에 수록)를 썼다가 출판 직전

그만두었다는 등등의 이야기가 있다. 하지만 이런 이야기들은 별도로 이야기하기보다 크리스토퍼 톨킨의 해설을 통해 읽는 것이 가장 나은 방법이다.

이 책들의 가장 중요한 성과는 이들을 통해 톨킨이 글을 쓰고 생각하는 방식을 알 수 있다는 점이다. 다른 어디서도 작가의 산실을 그렇게 세세하게 보여 주는 곳은 없다. 이야기의 진행 방향에 대해 급하게 작성해 놓은 메모나, 왜 그런 쪽으로 가면 되는지 또 안 되는지 등 작가가 스스로에게 던져 놓은 질문들이 기록되어 있다. 톨킨은 문자 그대로 종이 위에서 생각을 하는 작가이다. 1963년에 쓴 어떤 편지에서 그가 스탠리 언윈에게 보낸 전언은 그런 점에서 새삼 깊은 울림을 준다. 어깨와 오른팔 문제로 고생을 하고 있던 톨킨은 "펜이나 연필을 쓸 수 없다는 것이 마치 암탉이 부리를 잃어버린 것처럼 좌절감을 준다는 것을 알았소."라고 고백한다. 그리고 우리는 이 책들의 독자로서 난데없이 나타난 새로운 인물들이나, 갑작스러운 이야기의 변경이나 전개가 작품 속에 펼쳐지는 바로 그 순간에 톨킨과 함께 그 경이로움과 어리둥절함을 공유할 수 있게 된다.

나는 문학사에서 한 권의 책에 대해 그와 같은 '집필사'가 있다는 이야기를 들어 본 적이 없다. 작가 자신이 직접 그 모든 망설임과 잘못 간 길을 우리 앞에 펼쳐 놓고, 분류하고, 논평하고, 마치 잔치라도 하듯 독자 앞에 가져다 놓고 있는 것이다. 우리는 생각의 진행 과정을 지극히 세밀한 구석까지 들여다볼 수 있는 수많은 사례를 목격하게 된다. 창조 그 자체에 전적으로 몰두해 있는 한 작가가 우리 앞에 나타난 것이다. 이 모든 것이 더욱 특별한 것은 이것이 한 편의 이야기나 그 텍스트의 전개에 관한 역사일 뿐 아니라 한 세계의 진화에 관한 역사이기 때문이다. 단순한 서사 텍스트를 넘어 엄청난 추가 자료가 그 속에 있다. 그 속에는 지도와 삽화가 있고, 여러 언어와 그 체계가 있고, 이 체계에 따라 말을 하고 글을 쓰는 종족들의 역사가 있다. 이 모든 추가 자료는 창조된 세계 그 자체에 대한 우리의 감상에 여러 층위의 복합성을 가져다준다.

　『반지의 제왕』 출간 50주년을 맞으며, 무엇보다 특별한 것은 우리에게 이 같은 불후의 명작이 있을 뿐만 아니라 그 동반자에 해당하는 전례 없는 창작 해설서가 있다는 사실이다. 독자들을 대신하여 톨킨 부자에게 진심으로 감사를 전하고자 한다.

2004년 5월
뉴욕주 이사카에서
더글러스 A. 앤더슨

저자 서문

J.R.R. Tolkien, 1966

이 이야기는 이야기를 하는 도중에 점점 자라나서 마침내 반지대전쟁의 역사가 되었고, 그 이전 먼 옛날의 역사에 대해서도 적지 않게 들여다볼 수 있게 해 주었다. 이야기가 시작된 것은 1937년 『호빗』의 집필이 막 끝나고 출판을 앞둔 시점이었다. 하지만 나는 이 후편의 작업을 계속 이어 나가지 않았다. 그 전에 우선 이전 몇 년 동안 구체화시킨 상고대의 신화와 전설을 완성하여 정리하고 싶었기 때문이다. 내가 이 작업을 하고 싶었던 것은 개인적인 취향 때문이었을 뿐, 애당초 다른 사람들이 이 작업에 흥미를 느낄 것이라는 희망은 거의 품지 않았다. 무엇보다도 이 작업은 일차적으로 언어학적인 데서 착상이 이루어졌고, 요정어를 위해 필요한 '역사적' 배경을 마련하기 위해 시작했기 때문이다.

충고와 의견을 기대했던 사람들이 '거의'는커녕 '전혀' 흥미를 보이지 않았을 때, 나는 호빗들과 그들의 모험에 관해 더 많은 것을 알고 싶어 하는 독자들의 요청에 고무되어 후편으로 되돌아갔다. 하지만 이야기는 어쩔 수 없이 더 먼 옛날의 세계로 끌려갔고, 사실상 그 시대의 시작과 중간을 이야기하기 전에 벌써 그 종말과 사라짐에 대한 설명이 되고 말았다. 작업은 『호빗』 집필 중에 시작되었는데, 『호빗』에는 이미 엘론드와 곤돌린, 높은요정, 오르크와 같은 더 먼 옛날의 문제에 대한 몇몇 언급들이 있었다. 물론 표면에는 드러나지 않는 더 높고, 더 깊고, 더 어두운 존재들, 곧 두린과 모리아, 간달프,

강령술사, 반지와 같은 것들에 대한 암시가 뜻하지 않게 나타났던 것은 말할 필요도 없다. 이와 같은 암시의 의미와 그것과 고대 역사의 관계에 대한 발견을 통해 제3시대와 그 시대의 절정인 반지전쟁이 모습을 드러냈다.

호빗들에 대해 더 많은 것을 원했던 사람들은 결국 그것을 얻게 되지만 오랫동안 기다려야만 했다. 왜냐하면 『반지의 제왕』의 집필은 1936년에서 1949년 사이에 간헐적으로 이루어졌기 때문이다. 이 시기에 내게는 게을리할 수 없는 수많은 과제가 있었고, 또 학습자로서, 선생으로서 종종 다른 관심사에 몰두할 때가 많았던 까닭이다. 또한 1939년 전쟁의 발발(히틀러가 집권한 독일이 유럽에서 팽창하면서 시작되는 제2차 세계대전― 편집자 주)로 지체하는 시간은 더 길어졌고, 그해 말쯤에 나는 제1권도 채 끝맺지 못하고 있었다. 이후 다섯 해 동안의 암흑기에도 불구하고 나는 이야기를 이제 완전히 내버려둘 수 없다는 것을 깨달았다. 그래서 주로 밤에 꾸준히 작업을 계속하여 드디어 모리아의 발린 무덤 옆에 서게 되었다. 여기서 나는 한참 동안 걸음을 멈추었고, 거의 1년이 지난 뒤에 작업을 재개하여 1941년 말에는 로슬로리엔과 안두인대하에 이르렀다. 다음 해에는 현재 제3권에 들어 있는 내용의 초고를 썼고, 제5권의 1장과 3장을 시작했다. 그리고 아노리엔에 봉화가 타오르고 세오덴이 검산계곡에 왔을 때 나는 발을 멈추었다. 예지력은 사라졌고, 생각할 수 있는 시간이 없었다.

나 자신의 의무로 수행해야 할, 아니 적어도 보고는 해야 할 전쟁의 어설픈 마무리와 혼란을 내버려 두고 모르도르를 향한 프로도의 여행에 덤벼들었던 것은 1944년이었다. 나중에 제4권에 들어가게 되는 이 장들을 쓴 다음, 당시 공군으로 남아프리카에 머무르고 있던 아들 크리스토퍼에게 순차적으로 보냈다. 그럼에도 이야기가 현재의 결말까지 이르는 데는 다시 5년이 더 걸렸다. 이 시기에 나는 집과 학교를 옮겼고 직위도 달라졌는데, 그 시절은 약간은 덜 암울했으나 여전히 어려운 시기였다. 그렇게 해서 마침내 '결말'에 도달했지만, 작품 전체를 수정해야만 했다. 사실상 뒤에서부터 거의 새로 쓰다시피 했다. 나는 직접 타자로 치고 또 쳤다. 열 손가락을 쓰는 전문 타자수에게 맡기는 비용을 내 경제력으로는 감당하기 힘들었다.

마침내 『반지의 제왕』이 출판되어 많은 사람들이 읽었다. 작품의 동기와 의미에 관해 독자들로부터 많은 의견이나 추측을 받기도 했는데, 이에 관련하여 여기서 한마디 하고자 한다. 일차적인 동기는 정말로 긴 이야기를 써 보고 싶은 이야기꾼으로서의 욕망이었다. 읽는 이의 관심을 끌어, 그들을 즐겁게 하고, 기쁘게 하고, 때로는 흥분시키기도 하고 또 깊은 감동까지 줄 수 있는 그런 이야기를 쓰고 싶었다. 무엇이 재미있고 또 감동적인지를 판단하기 위해 내가 지침으로 삼은 것은 오로지 나 자신의 감각뿐이었고, 그 지침은 종종 많은 이들에게 틀렸다는 판정을 받았다. 책을 읽었거나 혹은 살펴본 몇몇 사람들은 이야기가 따분하고, 우스꽝스럽고, 한심하다고 평했고, 나로서는 이에 이의를 제기할 이유가 없다. 왜냐하면 나도 그들의 작품이나 그들이 선호하는 유형에 대해 비슷한 견해를 가지고 있기 때문이다. 하지만 내 이야기를 좋아하는 많은 이들의 입장에서 보아도 만족스럽지 못한 곳들이 적지 않다. 장편소설에서는 모든 사람들을 모든 점에서 만족시킨다는 것은 어쩌면 불가능한 일이며, 같은 맥락에서 모든 사람을 실망시키는 것 또한 불가능한 일이다. 내가 받은 편지 내용으로 보아 어떤 이들이 결점으로 꼽은 대목이나 장이 또 다른 이들에게는 특별히 호평을 받는 경우를 보았기 때문이다. 그들 중에서도 가장 비판적인 독자인 나 자신도 지금 와서는 크고 작은 부족함들을 발견했지만, 다행히 책의 서평을 쓰거나 아니면 책을 다시 써야 할 의무가 없기 때문에 다른 이들이 지적한 한 가지 사항만을 제외하고는 모른 척 넘어갈 작정이다. 그것은 책의 길이가 너무 짧다는 점이다.

무슨 심층적인 의미나 '메시지'의 존재와 관련해 말하자면, 작가의 의도에는 그런 것이 전혀 없었다. 이 작품은 알레고리적인 것도 아니고 시사적인 것도 아니다. 이야기가 자라나면서 (과거 속으로) 뿌리를 내리고 예상치 못한 가지를 치지만, 핵심적인 주제는 '반지'를 필연적으로 이 작품과 『호빗』 사이의 연결고리로 선택하면서 처음부터 결정되어 있었다. 핵심적인 장인 '과거의 그림자'는 가장 일찍 완성된 부분 중 하나다. 이 장은 1939년의 전조(前兆)가 피할 수 없는 재난의 징조가 되기 오래전에 쓰였고, 설사 그 재난을 피했다 하더라도 이야기는 필연적으로 거기서부터 같은 길을 따라 전개되었을 것이다. 이야기의 소재는 오래전부터 마음속에 있던 것이고, 어떤 경우는 이미 집필이 끝났으며, 1939년에 시작된 전쟁과 그 이후의 사태로 인해 작품에서 수정된 대목은 거의 없었다.

현실의 전쟁은 전설 속에 진행되고 있던 전쟁이나 그 결말과는 닮은 데가 없었다. 만약 그것이 전설의 전개에 암시를 주고 지침을 제시했다면, 반지는 분명히 탈취되어 사우론에 맞서 사용되었을 것이다. 사우론도 멸망당하지 않고 포로가 되었을 것이며, 바랏두르도 파괴되지 않고 점령당했을 것이다. 반지를 차지하는 데 실패한 사루만은 당대의 혼란과 배신 속에 모르도르에서 자신의 반지학 연구에서 빠져 있던 연결고리를 발견했을 것이며, 자칭 가운데땅의 지배자에 도전할 수 있는 자신의 위대한 반지를 곧 만들었을 것이다. 전쟁의 와중에 양측은 모두 호빗들을 증오와 멸시로 대했을 것이며, 호빗들은 노예로도 오래 살아남지 못했을 것이다.

알레고리나 시사적 언급을 좋아하는 이들의 취향이나 생각에 따라 다른 식의 각색도 가능할 것이다. 하지만 나는 어떤 방식이든 알레고리는 정말로 싫어하며, 나이가 들어 그것의 존재를 간파할 수 있을 만큼 조심스러워진 뒤로는 항상 그래 왔다. 나는 독자들의 사고와 경험에 대해 다양한 적용 가능성을 지닌 역사를 (그것이 사실이든 허구이든) 더 좋아한다. 많은 사람들은 '적용 가능성'과 '알레고리'를 혼동한다. 전자는 독자의 자유에 근거하고 있지만, 후자는 작가의 의도적인 지배에서 비롯되는 것이다.

작가는 물론 자신의 경험에서 전적으로 자유로울 수는 없지만, 이야기의 맹아가 경험이라는 토양을 활용하는 방법은 엄청나게 복합적이고, 또 그 과정을 밝히고자 하는 시도는 기껏해야 부적절하고 애매모호한 증거로부터의 추측에 불과하다. 작가와 비평가의 생애가 서로 겹칠 때 두 사람이 공유하는 사고의 흐름이나 당대의 사건들이 당연히 가장 강력한 영향력이 될 것이라고 가정하는 것도, 겉보기에는 그럴듯하겠지만 이 또한 잘못이다. 사실 전쟁의 억압을 충분히 느끼기 위해서는 전쟁의 그림자 속으로 직접 들어가 보아야 한다. 젊은 시절에 1914년을 만났다는 것(제1차 세계대전이 시작된 해 — 편집자 주)이 1939년과 그 후의 몇 년을 겪는 것 못지않게 끔찍한 경험이라는 사실은 세월이 흐르면서 이젠 종종 망각된다. 1918년경, 나의 친한 친구들은 하나를 빼고 모두 죽고 없었다. (톨킨과 그의 친구들은 제1차 세계대전에 참전하여 대부분 프랑스 솜 전쟁터의 대규모 참호전에서 전사했다. 톨킨 또한 1916년 말에 '참호열'에 걸려 영국으로 호송된 뒤 종전을 맞았다. — 편집자 주) 아니 조금 덜 슬픈 예를 들자면, '샤이어 전투'가 내가 이야기를 끝맺고 있던 시점의 영국 상황을 반영한다고 생각하는 이들이 있었다. 그건 그렇지 않다. 이 장은 작품에서 성장해 온 사루만이란 인물에 의해 마지막에 수정되긴 했지만 처음부터 예상했던 필수적인 플롯의 일부로, 분명히 말하지만 아무런 알레고리적 의미나 당대의 정치 상황에 대한 암시는 담고 있지 않다. 이 장은 사실 (경제 상황이 전혀 다르기 때문에) 불분명하고 또 훨씬 먼 옛날의 경험이긴 하지만 어느 정도는 경험에 근거하고 있다. 내가 어린 시절을 보낸 나라는 내가 열 살이 되기 전에 형편없이 파괴되고 있었다. 자동차는 거의 찾아보기 힘들었고(나는 한 대도 본 적이 없다), 겨우 교외에 철도를 건설하고 있던 시절이었다. 최근 나는 어느 신문에서 한때 번창하던 물방앗간과 그 옆의 연못이 퇴락한 마지막 모습이 담긴 사진을 보았다. 오래전에 내게 그토록 소중한 것들이었다. 나는 젊은 방앗간지기의 모습이 영 마음에 들지 않았다. 하지만 방앗간 노인인 그의 부친은 검은 수염을 기르고 있었고, 그의 이름은 까끌이는 아니었다.

『반지의 제왕』이 이제 새로운 판(제2판 — 편집자 주)으로 출간되면서 내용을 수정할 수 있는 기회도 생겼다. 본문에 여전히 남아 있던 많은 오류와 불일치는 수정되었고, 나는 주의 깊은 독자들이 제기한 몇 가지 문제에 대해 정보를 제공하고자 했다. 나는 그들의 언급과 질문을 모두 살펴보았는데, 혹시 그냥 지나친 것이 있다면 그것은 내가 기록을 잘 정리하지 못했기 때문일 것이다. 추가로 해설을 달아야만 답할 수 있는 질문들이 많았는데, 사실 초판에 싣지 못했던 많은 자료들, 특히 좀 더 상세한 언어학적 정보가 담겨 있는 여분의 책을 한 권 만들어야 할지도 모른다. 한편 이 개정판에는 서문과 함께 프롤로그의 추가 항목, 몇 가지 주석, 그리고 인명과 지명 찾아보기가 포함되어 있다. 이 찾아보기는 원래 항목 선정은 완벽했지만, 부피를 줄여야 하는 현재 상황 때문에 참조 사항을 완벽하게 낼수가 없었다. N. 스미스 부인이 나를 위해 준비해 준 자료를 충분히 활용하여 완벽한 찾아보기를 만드는 데는 추가로 책이 한 권 더 필요할 것이다.

1966년
J.R.R. 톨킨

Three Rings for the Elven-kings under the sky,
　　Seven for the Dwarf-lords in their halls of stone,
Nine for Mortal Men doomed to die,
　　One for the Dark Lord on his dark throne
In the Land of Mordor where the Shadows lie.
　　One Ring to rule them all, One Ring to find them,
　　One Ring to bring them all and in the darkness bind them
In the Land of Mordor where the Shadows lie.

지상의 요정 왕들에겐 세 개의 반지,
　　　돌집의 난쟁이 왕들에겐 일곱 개의 반지,
죽을 운명을 타고난 인간들에겐 아홉 개의 반지,
　　　어둠의 권좌에 앉은 암흑의 군주에겐 절대반지
어둠만 살아 숨 쉬는 모르도르에서.
　　　　모든 반지를 지배하고, 모든 반지를 발견하는 것은 절대반지,
　　　　모든 반지를 불러 모아 암흑에 가두는 것은 절대반지
어둠만 살아 숨 쉬는 모르도르에서.

프롤로그

1. 호빗에 대하여

이 책은 주로 호빗에 관한 것으로, 책장을 넘기다 보면 독자는 그들의 성격에 대해서는 많이, 그리고 역사에 대해서는 조금 알게 될 것이다. 또 '서끝말의 붉은책'에서 발췌하여 『호빗』이라는 제목으로 이미 출간된 책에서도 더 많은 정보를 얻을 수 있다. 그 이야기는 '붉은책'의 앞부분에서 끌어낸 것으로, 온 세상에 처음으로 널리 알려진 호빗인 빌보가 직접 작성하여 '그곳에 갔다가 다시 돌아오다'라는 부제를 달아 두었는데, 그 이야기 속에 그가 동쪽으로 갔다가 돌아온 여행기가 있기 때문이다. 그것은 훗날 모든 호빗들을 이 책에서 이야기하는 당대의 엄청난 사건에 말려들게 만든 모험이었다.

하지만 이 희한한 사람들에 대해 처음부터 좀 더 알고 싶어 하는 이들이 많을지 모르고, 또 위에서 말한 책이 없는 이들도 몇몇 있을 것이다. 그런 독자들을 위해 좀 더 중요한 사항들에 대한 몇 가지 기록을 호빗 전승에서 골라 여기 실었고, 첫째 모험에 대해서도 간략하게 환기해 둔다.

호빗은 눈에 잘 띄지는 않지만 매우 오래된 종족으로, 예전에는 오늘날보다 숫자가 훨씬 많았다. 이는 그들이 평화와 고요와 좋은 경작지를 사랑하기 때문인데, 잘 정돈되고 농사가 잘된 시골이 그들이 즐겨 찾는 곳이다. 그들은 대장간의 풀무나 물방앗간, 베틀보다 복잡한 기계에 대해서는 예나 지금이나 잘 알지도 좋아하지도 않지만, 연장을 다루는 솜씨는 뛰어나다. 심지어 옛날에도 그들은 '큰사람들(그들이 우리를 부르는 이름)'을 보면 대체로 겁을 먹었고 지금도 우리를 만나면 놀라서 피한다. 그래서 만나기 어려워지고 있다. 그들은 청각과 시각이 예민하고, 또 몸이 통통하고 쓸데없이 서두르는 법이 없지만, 그래도 동작은 민첩하고 재치가 넘친다. 그들은 만나고 싶지 않은 덩치 큰 자들이 어슬렁거리며 다가오면 재빨리 소리 없이 사라지는 방법을 일찍부터 터득했고, 그들은 이 기술을 인간들의 눈에는 마법으로 보일 정도로까지 발전시켰다. 하지만 실제로 호빗들이 무슨 마법을 공부한 적은 없다. 다만 사람들 눈을 잘 피하는 것은 오로지 타고난 자질에다 숙련, 그리고 대지와 나누는 깊은 친교로 인해 몸집이 크고 어설픈 종족들은 모방할 수 없을 만큼 전문 기술을 갖춘 덕분이다.

호빗은 몸집이 작은 종족으로, 난쟁이보다 작다. 다시 말해 실제로 키가 난쟁이보다 작지는 않지만 체격이 좀 덜 벌어진 편이다. 그들의 키는 우리 척도로 60센티미터에서 120센티미터 사이로 일정치가 않다. 지금은 거의 90센티미터에도 못 미치는데, 말인즉슨 줄어들어 그렇게 된 것이지 옛날에는 더 컸다고 한다. '붉은책'에 따르면 이섬브라스 3세의 아들인 툭 집안 반도브라스(황소울음꾼)는 키가 135센티미터여서 말도 탈 수 있었다고 한다. 호빗들의 기록을 모두 들춰 보아도 그를 능가한 인물은 두 명의 유명한 호빗밖에 없는데, 그 흥미로운 이야기가 이 책에서 다뤄진다.

다음에 나올 이야기와 관련이 있는 샤이어의 호빗들로 말하자면, 자신들이 평화와 번영을 누리던 시기에 그들은 유쾌한 족속이었다. 그들은 밝은 빛깔 옷을 입었고, 특히 노란색과 녹색을 좋아했다. 하지만 신발은 거의 신지 않았는데, 그 까닭은 그들의 발이 딱딱하고 질긴 발바닥에다 그들의 머리카락과 유사한 굵고 곱슬곱슬한 털로 뒤덮였기 때문이다. 털은 대체로 갈색이었다. 그래서 그들 사이에 거의 연마하지 않는 유일한 기술이 바로 제화 기술이었다. 반면에 그들은 손가락이 길고 재간이 좋아서 다른 많은 유익하고 보기 좋은 물건을 만들 수 있었다. 그들의 얼굴은 대체로 잘생겼다기보다는 선량한 편이었고, 크고 빛나는 눈에 뺨이 불그레했고, 입은 웃고 먹고 마시기를 즐겼다. 그들은 종종 마음껏 웃고 먹고 마셔 댔으며 거의 언제나 가벼운 농담을 좋아하고 (할 수만 있다면) 하루 여섯 끼 식사를 하기도 했다. 그들은 잔치를 즐기고 손님 접대에 후했으며, 선물도 넉넉하게 주고 또 열심히 받았다.

최근 들어 소원해지긴 했지만 호빗들이 우리의 친척이라는 점은 사실상 명백하다. 그들은 요정들보다, 심지어 난쟁이들보다 훨씬 우리와 가깝다. 옛날부터 그들은 인간들의 언어를 자기네들 방식으로 사용했고, 좋아하는 것과 싫어하는 것도 인간들과 거의 같았다. 그러나 우리들의 관계가 정확히 어떻게 되는지는 더 이상 알 수 없다. 호빗의 기원은 이제는 사라지고 망각된 상고대까지 거슬러 올라간다. 아직까지 그 사라진 시대의 기록이 조금이라도 있는 것은 요정들뿐인데, 이들의 전승도 대부분 자신들의 역사와 관련된 것뿐이라서 그 역사에 인간들은 거의 등장하지 않고 호빗들은 언급조차 되지 않는다. 하지만 사실 다른 종족들이 호빗을 알아보기 이전에 오랫동안 그들이 조용히 가운데땅에 살아왔다는 점은 확실하다. 그리고 결국 세상에 이상한 종족들이 셀 수 없이 가득 차면서, 이 작은 사람들의 존재도 미미해진 것 같다. 하지만 빌보의 시대, 그리고 그의 후계자 프로도의 시대가 되자, 그들은 자신들의 의지와는 상관없이 중요하고 또 유명한 존재가 되어 현자와 영웅 들로 이루어진 자문단을 불안하게 만들었다.

가운데땅 제3시대인 그 시절은 이제 먼 옛날이고, 대륙의 형태도 그 후 모두 변했다. 하지만 호빗들이 당시에 살던 땅은 그들이 지금도 어슬렁거리며 살고 있는 곳과 틀림없이 같은 곳으로, 구대륙의 서북부이며 바다의 동쪽에 있었다. 빌보 시대의 호빗들은 그들이 처음 살던 고향에 대해 아무것도 알지 못했다. 그들 사이에서는 지식에 대한 사랑이 (족보 지식은 제외하고) 흔한 일은 아니었지만, 그래도 오래된 가문 중에는 자신들이 갖고 있는 서적을 공부하고 또 요정과 난쟁이, 인간 들에게서 먼 옛날과 먼 나라에 대한 기록들을 수집하는 이들도 있었다. 그들 자신의 기록은 샤이어에 정착한 뒤에야 시작되었고, 그들의 가장 오래된 전설도 그들의 방랑 시절보다 이전으로 거슬러 올라가지는 못했다. 그런데도 이 전설을 비롯하여 그들의 독특한 언어와 관습 같은 증거들로 미루어 볼 때, 호빗들이 다른 많은 종족들과 마찬가지로 까마득한 먼 옛날에 서쪽으로 이주해왔다는 점은 분명하다. 그들의 가장 오래된 이야기들을 들여다보면 그들이 초록큰숲 처마와 안개산맥 사이의 안두인강 상류 골짜기에 거주한 시기가 언뜻 보이는 것 같다. 그들이 왜 나중에 산맥을 넘어 에리아도르로 힘겹고 위험한 이주를 감행했는지는 분명치 않다. 그들 자신의 설명에 따르면 그 땅에 인간들이 늘어났다는 것과 숲에 그늘이 드리워졌다는 사실을 알 수 있는데, 그래서 숲이 어두워지면서 어둠숲이라는 새 이름을 얻었다는 것이었다.

산맥을 넘기 전에 이미 호빗들은 다소 상이한 세 부류로 나뉘어 있었는데, 털발 혈통과 풍채 혈통, 하얀금발 혈통이 그것이었다. 털발 혈통은 비교적 진한 갈색 피부에 체격과 키가 더 작았고, 수염도 없고 신발도 신지 않았다. 그들은 손과 발이 오목조목하고 민첩했으며, 산악지대와 산기슭을 더 좋아했다. 풍채 혈통은 체격이 크고 몸무게가 무거웠으며, 손과 발도 더 크고 평지와 강가를 더 좋아했다. 하얀금발 혈통은 피부가 희고 머리색도 밝은 편이었고, 다른 이들보다 키가 더 크고 호리호리했으며, 나무와 숲을 사랑하는 자들이었다.

털발 혈통은 과거에 난쟁이들과 상당한 관계를 맺고 있었고 오랫동안 산기슭의 구릉지대에서 살았다. 그들은 일찍부터 서쪽으로 이동하여 다른 이들이 아직 야생지대에 남아 있는 동안 멀리 바람마루에 이르기까지 에리아도르를 돌아다녔다. 그들은 가장 일반적이고 전형적인 호빗이었고 가장 숫자가 많았다. 그들은 한곳에 정착하려는 성향이 가장 강했고, 굴이나 굴집에 살던 조상의 관습을 가장 오래 간직했다.

풍채 혈통은 안두인대하 강언덕에 오랫동안 남아 있었고, 인간들에 대한 두려움도 다른 종족에 비해 덜했다. 그들은 털발 혈통을 따라 서쪽으로 왔다가, 남쪽으로 큰물소리강 물길을 따라갔는데, 다시 북쪽으로 움직일 때까지 많은 이들은 사르바드와 던랜드 변경 사이에 오랫동안 머물러 있었다.

하얀금발 혈통은 가장 수가 적었고 북방계의 분파였다. 그들은 다른 호빗들에 비해 요정들과 더 친하게 지냈고, 손기술보다는 말과 노래에 더 능숙했으며, 예로부터 경작보다는 사냥을 좋아했다. 그들은 깊은골 북쪽의 산맥을 넘어 흰샘강을 따라 내려왔다. 에리아도르에서는 그들에 앞서 도착한 다른 혈통들과 곧 함께 어울려 살았지만, 상대적으로 대담하고 모험심이 강한 덕분에 털발이나 풍채 혈통 일족들 중에서 지도자나 우두머리 노릇을 하는 것을 종종 발견할 수 있었다. 심지어 빌보 시절에도 하얀금발 혈통의 강한 기질은 툭 집안이나 노룻골의 수장 같은 명문가에서 여전히 찾아볼 수 있었다.

안개산맥과 룬산맥 사이 에리아도르 서부에서 호빗들은 인간들과 요정들을 모두 만났다. 사실 그곳에는 서쪽나라에서 바다를 건너온 인간들의 왕들, 곧 두네다인 사람들 중 일부가 아직 살고 있었다. 하지만 그들은 급속히 줄어들었고 북왕국의 영토는 점점 더 광범위하게 황무지로 전락하고 있었다. 그래서 새로운 이주자들을 위한 공간의 여력이 있었고, 호빗들은 곧 정착을 시작하여 질서 정연한 공동체를 이루었다. 그들의 초기 정착지는 오래전에 사라졌고 빌보의 시대에는 잊힌 지 오래였지만, 초기 정착지 중 하나가 규모는 줄었지만 여전히 중요하게 남아 있었다. 샤이어에서 동쪽으로 60킬로미터쯤 떨어진 곳에 있는 브리와 그 인근의 쳇숲이 그곳이었다.

오래전에 요정들에게서 글쓰기를 배운 두네다인 사람들의 방식을 따라 호빗들이 문자를 익히고 글을 쓰기 시작한 것은 틀림없이 이 초기 시대였다. 그러면서 그들은 이전에 쓰던 언어를 잊고 서부어라는 공용어를 사용하게 되는데, 이 언어는 아르노르에서 곤도르에 이르는 왕들의 모든 영토와, 벨팔라스에서 룬에 이르는 해안 지방에 두루 통용되고 있었다. 하지만 그들은 달과 날의 명칭뿐 아니라 예로부터 내려온 방대한 양의 인명까지 포함하여 자신들의 고유한 말을 일부 간직하고 있었다.

이때쯤부터 호빗들이 연도를 세기 시작하면서, 전설이 비로소 역사로 접어든다. 왜냐하면 하얀금발 혈통의 형제 마르초와 블랑코가 브리를 출발한 것이 제3시대 1601년이었기 때문인데, 이들은 포르노스트의 대왕의 허락을 받아 자신들을 따르는 많은 호빗들과 함께 갈색강 바란두인을 건너갔다. (곤도르의 기록에 의하면, 그는 북왕국 20대 국왕인 아르겔레브 2세인데, 왕통은 3백 년 뒤 아르베두이 왕에 이르러 단절된다.) 그들은 북왕국 전성기에 건설된 석궁교(石弓橋)를 건너가 강과 먼구릉 사이의 모든 땅을 거주지로 삼았다. 그들이 요구받은 조건은 대교(석궁교)를 비롯하여 다른 다리와 도로 들을 보수하고, 국왕의 사자들이 빨리 지나갈 수 있게 하며, 왕의 왕권을 인정하는 것이 전부였다.

그리하여 샤이어력이 시작되는데, 브랜디와인강(호빗들이 바꾼 이름)을 건넌 해가 샤이어력 1년이 되고, 이후의 모든 날짜는 이때부터 기산하였다. (따라서 요정들과 두네다인 달력의 제3시대 연도는 샤이어력 날짜에 1600을 더하면 된다.)

서쪽으로 온 호빗들은 곧 그들의 새 땅을 사랑하게 되어 그곳에 눌러앉았고, 얼마 지나지 않아 인간과 요정의 역사에서 다시 한번 사라졌다. 여전히 국왕이 있기는 했으나 그들은 명목상으로만 그의 백성이었을 뿐, 실질적으로는 자신들이 뽑은 지도자가 통치를 했고 바깥세상의 일에는 전혀 관여하지 않았다. 앙마르의 마술사왕과 포르노스트에서 마지막 전투가 벌어졌을 때, 호빗들은 국왕을 돕기 위해 궁수(弓手)를 몇 명 보내는데(혹은 그렇게 주장하는데), 인간들의 이야기에는 아무런 기록이 없다. 그러나 이 전쟁에서 북왕국은 막을 내려 호빗들은 그 땅을 자신들의 영토로 차지했고, 사라진 국왕의 권위를 유지하기 위해 족장들 중에서 '사인(Thain)'을 한 사람 뽑았다. 이곳에서 그들은 대역병(샤이어력 37년) 이후 '긴겨울'의 재앙과 그 이후의 기근에 이르기까지 천 년 동안이나 아무런 전쟁에도 시달리지 않으며 번영했고 인구도 늘었다. 이 대기근(샤이어력 1158~1160년) 당시에 수천 명이 목숨을 잃었지만, 다음 이야기가 벌어질 때쯤에는 먼 옛날 일이 되었고, 호빗들은 다시 풍요에 익숙해졌다. 땅은 비옥하고 넉넉한 곳으로, 그들이 들어가기 전에는 오랫동안 사람이 살지 않은 곳이지만, 그 이전에는 좋은 농경지였기 때문에 국왕도 한때는 많은 농장과 밀밭, 포도원, 숲을 소유했던 곳이었다.

이 땅은 먼구릉에서 브랜디와인다리까지가 190킬로미터의 거리였고, 북쪽 황무지에서 남쪽 늪지대까지는 240킬로미터였다. 호빗들은 이 땅을 샤이어라 칭하고 그들의 지도자 '사인'의 관할하에 두었는데, 샤이어는 질서 정연한 지역이었다. 이 쾌적한 구석 땅에서 그들은 성실하고 질서있게 하루하루를 살아가면서 어둠의 무리가 나돌아다니는 바깥세상에 대해서는 점점 더 신경을 쓰지 않게 되었고, 결국은 평화와 풍요가 가운데땅에서는 당연한 일이며 모든 양식 있는 자들의 권리라고까지 여기게 되었다. 그들은 샤이어의 오랜 평화를 가능하게 해 준 보호자들의 존재와 그들의 노고에 조금이나마 알고 있던 사실도 잊어버리고 무시했다. 사실상 그들은 보호를 받고 있었지만, 이를 잊어버리고 말았다.

호빗은 어느 분파도 호전적이었던 때가 한 번도 없고, 자기네들끼리도 싸우는 법이 없었다. 물론 먼 옛날에는 험한 세상에서 자신을 지키기 위해 싸워야만 했던 때가 종종 있었으나, 빌보의 시대에 그것은 까마득한 옛날이야기였다. 이 이야기가 시작되기 전의 마지막 전투이자 사실상 샤이어 경계 내에서 벌어진 유일한 싸움은 툭 집안 반도브라스가 오르크들의 침략을 물리친 샤이어력 1147년의 푸른벌판 전투였는데, 이마저도 기억에서 사라지고 있을 때였다. 기후도 더 온화해져서 옛날 눈 내리는 추운 겨울이면 먹이를 찾아 북부에서 내려오던 늑대들도 이제는 할아버지들의 옛날이야기에나 나올 뿐이었다. 그래서 샤이어에는 아직 약간의 무기가 남아 있었지만, 대부분 기념품으로 벽난로 위나 벽에 걸려 있거나, 큰말의 박물관에 수집된 상태였다. 박물관은 매돔관이라고 했는데, 그 이유는 호빗들은 당장 쓸모는 없지만 버리기는 아까운 물건은 모두 매돔이라고 불렀기 때문이다. 그들의 집은 매돔들로 가득한 경우가 많았고, 손에 손을 거친 많은 선물들이 그 대부분을 차지했다.

그런데도 이들은 안락하고 평화로운 중에서도 여전히 신기하리만치 강인했다. 실제 그런 상황이 벌어진다 해도 그들을 협박한다거나 죽인다는 것은 어려운 일이었다. 그들은 지칠 줄 모르고 좋은 물건에 탐닉했던 모양인데, 사실 그 이유는 물자가 부족한 상황이 오더라도 견딜 수 있기 위해서였다. 호빗들은 살진 겉모습과는 달리 깊은 슬픔이나 적의 침략, 궂은 날씨도 놀라울 정도로 견뎌 냈다. 그 사실은 그들을 잘 알지 못하는 사람들에게는 커다란 놀라움이었다. 다투기를 싫어하고 또 살아 있는 생물은 장난 삼아 죽이지도 않는 그들이었지만, 궁지에 처하면 담대했고 필요할 때는 무기도 다룰 줄 알았다. 그들은 시력이 좋아 과녁을 잘 볼 수 있었고, 그래서 활 솜씨가 좋았다. 활과 화살뿐만이 아니었다. 그들의 땅을 침범한 짐 승들은 아주 잘 알듯, 어떤 호빗이든 돌을 줍기 위해 몸을 숙이면 재 빨리 몸을 피하는 게 상책이었다.

모든 호빗은 원래 땅속 굴집에 살았고(혹은 그렇게 믿고 있었는데), 여전히 그런 집을 가장 편안하게 느꼈다. 하지만 세월이 흐르면서 다른 주거 형태를 택하지 않을 수 없었다. 실제로 빌보 시절의 샤이 어에서 과거의 관습을 유지하는 이들은 대체로 대단한 부자이거 나 지독한 가난뱅이뿐이었다. 가난한 호빗들은 지극히 원시적인 형 태의 굴, 곧 창문이 하나뿐이거나 아예 없는, 말 그대로 진짜 굴에서 살았다. 반면에 부유한 이들은 여전히 옛날 방식의 단순한 굴을 좀 더 고급스러운 형태로 만들어 살았다. 하지만 이와 같이 크고 가지 가 많은 터널들(그들은 이를 '스미알'이라고 했다)을 짓기에 적합한 부 자는 아무 데나 있는 것이 아니었다. 그리하여 평지나 저지대의 호 빗들은 인구가 늘어나면서 땅 위에다 집을 짓기 시작했다. 사실 호 빗골이나 툭지구, 혹은 샤이어의 중심 도시인 흰구릉의 큰말과 같 은 구릉 지대나 오래된 촌락에서도 이제는 목재나 벽돌, 석재로 지 은 집이 많았다. 특히 방앗간지기나 대장장이, 밧줄장이, 달구지 목 수와 같은 부류들이 이런 집을 선호했다. 왜냐하면 들어가 살 굴집 이 있는 경우에도 호빗들은 오래전부터 헛간이나 작업장을 짓는 관 습이 있었기 때문이다.

농가 건물과 헛간을 짓는 관습은 브랜디와인강 하류의 구렛들 주 민들이 시작한 것으로 알려져 있다. 동둘레에 속하는 그 지방 호빗 들은 꽤 체격이 크고 다리도 굵었으며, 질척거리는 날에는 난쟁이 들의 장화를 신었다. 하지만 이들은 혈통상으로는 넓게 보아 풍채 혈통으로 알려져 있었는데, 사실상 턱에 잔털을 기르는 이들이 많 은 데서 입증된 셈이었다. 털발이나 하얀금발 혈통은 수염이라곤 흔적도 없었다. 사실 구렛들 주민들이나 노룻골, 즉 호빗들이 나중에 차지한 강 동쪽의 주민들은 대부분 남쪽 멀리서 샤이어로 올라온 이들이었고, 그래서 이들은 여전히 샤이어 어디서도 찾아볼 수 없는 독특한 이름과 이상한 말을 많이 쓰고 있었다.

다른 많은 기술도 그렇지만 건축 기술도 두네다인 사람들에게서 얻었을 것으로 짐작된다. 하지만 호빗들이 그것을 초창기 인간들의 스승이던 요정들에게서 직접 배웠을 가능성도 있다. 왜냐하면 높은 요정들이 아직은 가운데땅을 떠나지 않고 그 당시에도 서쪽 멀리 회색항구와 샤이어 영토 내의 여러 곳에 살았기 때문이다. 서끝말 너머 탑언덕에서는 까마득히 먼 옛날에 세워진 세 개의 요정 탑을 여전히 볼 수 있었다. 탑들은 달빛이 비치면 멀리까지 빛을 발했다. 가장 높은 탑이 가장 멀리서 푸른 언덕 위에 외로이 서 있었다. 서둘레의 호빗들은 그 탑 꼭대기에 올라가면 바다를 볼 수도 있다고 했다. 하지만 아직 거기 올라간 호빗이 있다는 얘기는 없었다. 사실 바다를 보았거나 항해를 한 적이 있는 호빗은 거의 없었고, 돌아와서 그 소식을 전해 준 호빗은 더더욱 없었다. 호빗들은 심지어 강이나 작은 배까지도 깊은 의혹의 눈초리로 지켜보았고, 헤엄을 칠 줄 아는 이들도 많지 않았다. 샤이어 시대가 진행될수록 그들은 요정들과 점점 더 말을 하지 않게 되면서 그들을 두려워했고, 그들과 교류하는 이들을 불신하게 되었다. 그리하여 그들 사이에서 바다는 공포의 단어이자 죽음의 상징이 되었고, 그들은 서쪽 언덕을 보지 않으려고 고개를 돌렸다.

건축 기술이 요정에게서 나왔든 인간에게서 나왔든 호빗들은 이를 자기 식으로 활용했다. 그들은 탑을 좋아하지 않았다. 그들의 집은 대개 길쭉하고, 나지막하고, 안락했다. 사실 아주 오래된 집들은 스미알을 흉내 내서 지은 것에 불과하고, 마른 풀이나 짚, 아니면 떼로 지붕을 얹었고, 벽도 다소 불룩하게 만들었다. 하지만 그 단계는 샤이어 초기 시절 이야기이고, 호빗 건축은 난쟁이들에게서 배웠거나 스스로 개발한 도구들로 인해 많이 바뀌고 또 개선되었다. 둥근 창문, 심지어 출입문까지도 둥근 모양을 선호하는 것이 호빗 건축술에 남은 중요한 특징이었다.

　샤이어 호빗들의 주택과 굴집은 종종 규모가 컸으며, 대가족이 살았다. (골목쟁이네 빌보와 프로도는 요정들과의 친교를 비롯하여 다른 많은 점에서도 그랬듯이, 아주 예외적으로 독신으로 살았다.) 큰스미알의 툭 집안이나 강노루 저택의 강노루 집안의 경우처럼 이따금 여러 세대의 친척들이 갈래굴이 많은 조상 전래의 저택 한 곳에서 (비교적) 평화롭게 살았다. 모든 호빗은 어떤 경우에나 씨족 중심적이어서 자신들의 친족 관계를 몹시 중요하게 챙겼다. 그들은 무수한 분기(分岐)가 이루어진 기다랗고 세세한 족보를 사용했다. 호빗들과 상대할 때는 누가 누구와, 어느 정도 친척 관계인지를 기억하는 것이 중요하다. 이 이야기의 배경이 되는 시대에서, 좀 더 유력한 집안의 좀 더 유력한 인물들만 포함하는 족보를 이 책에 그려 넣는 것만도 불가능한 일일 것이다. '서끝말의 붉은책' 끝에 실린 족보는 그 자체만으로도 작은 책 한 권이 되는데, 호빗 외에는 어느 누구든 무척 따분하게 여길 것이다. 호빗들은 그 족보가 정확하면 무척 좋아했다. 그들은 자신들이 이미 아는 사실들이 한 치의 어긋남도 없이 정확하게 기록된 책을 보고 싶어 했다.

2. 연초에 대하여

옛날의 호빗과 관련하여 반드시 언급하고 넘어가야 할 또 한 가지로, 놀라운 습관이 하나 있다. 그들은 진흙이나 나무로 만든 담뱃대로 풀잎을 태워서 연기를 들이마셨는데, '연초' 또는 그냥 '잎'이라고 하는 이 풀잎은 담배의 일종으로 보인다. 이 독특한 습관을 호빗들은 '기술'이라고 부르기를 좋아했는데, 그 기원은 엄청난 수수께끼로 남아 있다. 이에 대해 그 옛날에 찾아볼 수 있었던 모든 자료를 강노루네 메리아독(훗날의 노룻골의 수장)이 모아 두었는데, 그와 남둘레의 담배가 이후의 역사에서 중요한 역할을 하기 때문에 그가 쓴 『샤이어의 식물지』서문에서 언급된 바를 인용해 볼 만하다.

이것은 확실하게 우리가 창안했다고 주장할 수 있는 기술이다. 호빗이 언제부터 담배를 피우기 시작했는지는 알 수 없으나, 모든 전설과 가문의 역사에서는 흡연을 당연시한다. 오랜 세월 동안 샤이어 주민들은 냄새가 심한 것부터 좀 더 향기로운 것에 이르기까지 다양한 연초를 피웠다. 하지만 남둘레 지른골의 나팔수 집안 토볼드가 아이센그림 2세 시절인 샤이어력 1070년경에 자신의 정원에서 처음으로 순종(純種) 연초를 재배했다는 사실에 대해서는 모든 기록이 일치한다. 가정에서 재배한 최고의 제품은 여전히 그 지방에서 생산되며, 특히 지른골초, 토비영감, 남쪽별 등이 지금 유명한 제품이다.

토비 영감이 어떻게 그 식물을 입수하게 되었는지는, 죽는 날까지도 그가 말하지 않으려고 했기 때문에 기록이 없다. 그는 초본에 대해서는 아는 것이 많았지만 대단한 여행가는 아니었다. 젊은 시절에 종종 브리에 들른 적이 있다고는 하지만, 그가 샤이어에서 그보다 멀리 벗어난 적이 없다는 점은 분명하다. 따라서 그가 브리에서 이 식물을 알게 되었을 가능성이 높은데, 그곳에는 아무튼 지금도 산 남쪽 기슭에 이 연초가 무성하게 자라고 있다. 브리의 호빗들은 사실상 자신들이 연초를 최초로 피웠다고 주장한다. 물론 그들은 자신들이 '이주민들'이라고 부르는 샤이어 주민들보다 뭐든지 먼저 했다고 우긴다. 하지만 내 생각에 이 경우는 그들의 주장이 맞는 것 같다. 최근 몇 세기 들어 난쟁이들을 비롯하여 여전히 오래된 교차로를 따라 오가는 순찰자나 마법사, 방랑객 같은 이들 사이에 순종의 연초를 피우는 기술이 브리에서 퍼져 나간 것은 명백한 사실이다. 이 기술의 본산이자 중심지는 브리의 오래된 여관인 '달리는조랑말'로, 이곳은 까마득한 옛날부터 머위네 일가에서 운영했다.

그런데도, 내가 남쪽으로 수차례 여행하면서 관찰한 바로는 이 연초는 우리 지방이 원산이 아니라 안두인강 하류에서 북쪽으로 올라온 것이 분명한데, 원래 바다 건너 서쪽나라 사람들이 들여온 것으로 추정된다. 북부에서는 연초가 야생으로 자라는 법이 없고, 지른골처럼 따뜻하게 둘러쳐진 곳에서만 생장하는데, 곤도르에는 그것이 무성하게 자라, 북부보다 풍성하게 더 넓은 지역을 차지하고 있다. 곤도르 사람들은 이를 '향기로운 갈레나스'라고 부르는데, 오직 꽃의 향기 때문에 이를 높이 평가한다. 틀림없이 연초는 엘렌딜의 도래 시기와 우리 시대 사이의 수십 세기 동안 거기에서 초록길을 따라 운반되어 왔을 것이다. 하지만 곤도르의 두네다인 사람들조차도 우리 호빗들이 처음으로 이 풀을 담뱃대에 넣어 피웠다는 공은 인정한다. 마법사들조차도 우리보다 앞서 이 생각을 해내지는 못했다. 하지만 내가 아는 마법사는 오래전에 이 기술을 습득하여 자신이 계획하고 있는 다른 모든 일에서와 마찬가지로 이것에도 능통해졌다.

3. 샤이어의 체제에 대하여

샤이어는 앞서 언급했듯 '둘레'라고 불리는 동서남북의 네 지역으로 나뉘었고, 이들은 각각 다시 많은 씨족들의 땅으로 분할되어 있었다. 그런데 이 땅에는 여전히 몇몇 옛 명문가의 이름들이 붙어 있긴 했지만, 이 이야기가 진행되는 시점에서는 더는 그 이름들이 정확하게 씨족들의 땅에 일치하는 것은 아니었다. 툭 집안은 거의 툭 지방에 아직 살고 있었으나 골목쟁이네나 보핀 같은 다른 집안은 그렇지 않았다. 네둘레 외곽으로 동쪽 경계는 노릇골에, 서쪽 경계는 서끝말에 닿아 있었는데, 서끝말은 샤이어력 1452년에 편입되었다.

이 당시의 샤이어에는 '정부'라고 할 만한 것이 아무것도 없었다. 대체로 각 가문들이 각자의 일들을 처리했다. 그들의 시간은 대부분 식량을 재배하고 소비하는 데 사용되었다. 그 밖의 문제에서 그들은 욕심 없이 후한 편이었고, 그러면서도 만족스럽고 절도 있게 생활해서, 사유지와 농장, 작업장 및 소규모 수공업 등은 오랜 세월 아무런 변화가 없는 편이었다.

물론 샤이어 북쪽 멀리 그들이 북성(北城)이라고 부르는 포르노스트의 국왕과 관련된 고래의 전통은 남아 있었다. 하지만 거의 천년 동안 국왕은 없었고, 왕도인 북성의 옛터에는 잡초만 무성했다. 하지만 호빗들은 미개종족이나 (트롤같이) 못된 종족들에게는 여전히 그들이 국왕에 대해 알지도 못한다고 책잡았다. 왜냐하면 호빗들은 예부터 자신들의 모든 필수적인 법이 국왕에게서 비롯된다고 생각했기 때문인데, 그래서 대개는 자발적으로 그 법을 준수했다. 그리고 그 '규칙'(그렇게 불렸다)이 오래되었고 또 정당하다는 것도 한 이유였다.

툭 집안이 오랫동안 명문가였음은 분명하다. 사인의 직책이 수세기 전에 (노루아재 집안에서) 그들에게 넘어갔고, 그 후로는 툭 집안의 우두머리가 그 직책을 맡았다. 사인은 샤이어 주민 회의의 의장이었고, 샤이어 군대 소집 시 지휘관이었다. 하지만 주민 회의와 군대 소집은 비상시에나 열렸기 때문에, 그럴 일이 없던 당시는 사인의 직책이 명목상의 직함에 불과했다. 사실 툭 집안은 여전히 특별한 존경을 받았는데, 이는 그들이 수도 많고 또 엄청나게 부유했을 뿐 아니라 각 세대마다 독특한 생활 방식과 모험 기질까지 갖춘 뛰어난 인물들을 배출했기 때문이다. 하지만 이제 모험 기질이란 (부유층 사이에서는) 대체로 찬성한다기보다는 묵인하는 정도였다. 그런데도 이 집안의 우두머리를 '툭'이라 부르고, 필요할 때는 가령 아이센그림 2세처럼 그의 이름에 숫자를 붙이는 관습은 남아 있었다.

이 당시 샤이어의 유일한 진짜 관리는 큰말(혹은 샤이어)의 시장으로, 그는 리세, 곧 한여름 날 흰구릉에서 열리는 자유시장에서 7년마다 선출되었다. 시장으로서 그의 유일한 임무는 빈번하게 열리는 샤이어 축제에서 연회를 주재하는 일이었다. 하지만 우체국장과 제1보안관의 직책 역시 시장의 몫이었기 때문에 그는 우편 행정과 치안 업무도 관장했다. 이 두 가지가 샤이어의 유일한 행정이었지만, 배달부의 숫자가 많았고 그쪽이 더 바쁜 편이었다. 호빗들이 모두 글을 배운 것은 아니지만, 배운 이들은 한나절 거리보다 멀리 떨어진 친구들(및 엄선한 친척들)에게 쉴 새 없이 편지를 썼다.

보안서는 경찰 혹은 그와 가장 비슷한 업무에 대해 그들이 붙인 이름이었다. 보안관들은 물론 제복도 입지 않았고 (그런 것에 대해서는 알지도 못했다) 모자에 깃털 하나만 달고 있었다. 실질적으로 그들은 경찰이라기보다는 가축 관리인에 가까워서 주민들보다 길 잃은 가축에 더 신경을 썼다. 전 샤이어를 통틀어 보안관은 모두 열둘로, 각 둘레에 셋씩 있어서 내부 일을 처리했다. 필요한 경우에 따라 차이는 있지만 다소 많은 이들이 채용되어 '접경지대의 순찰'을 맡거나, 크든 작든 외부인이 말썽을 부리지 않게끔 조치했다.

이 이야기가 시작될 즈음 이른바 '국경 수비대'가 대단히 증강되었다. 낯선 인물들과 종족들이 국경 주변을 배회하거나 넘기도 한다는 보고와 신고가 많았다. 상황이 평소와 달라져 옛날이야기나 전설에서 볼 수 있는 심상치 않은 일이 벌어지고 있다는 첫 징후였다. 이 징후에 주의를 기울이는 이는 거의 없었고, 빌보조차도 그것이 어떤 불길한 전조가 될 줄은 까맣게 몰랐다. 그가 그 잊을 수 없는 여행을 떠난 것도 60년 전이었고, 종종 백 살까지 살기도 하는 호빗들이 보기에도 그는 노인이었다. 하지만 그가 가지고 돌아온 막대한 재산이 여전히 남아 있다는 것은 어김없는 사실이었다. 재산이 얼마나 되는지를 그는 아무에게도 밝히지 않았고, 그가 아끼는 '조카' 프로도에게도 마찬가지였다. 자신이 발견한 반지에 대해서도 그는 여전히 비밀로 했다.

4. 반지의 발견에 대하여

『호빗』에서 이야기한 대로, 어느 날 빌보의 집 앞에 위대한 마법사 회색의 간달프와 열세 명의 난쟁이가 나타났다. 그들은 바로 망명 중인 왕족의 후예 참나무방패 소린과 열두 명의 동료들이었다. 빌보 자신도 두고두고 놀란 일이지만, 샤이어력 1341년 4월 어느 날 아침, 그는 그들과 함께 길을 떠난다. 멀리 동부의 너른골 지방 에레보르산 속 산아래왕국의 왕들이 숨겨 놓았다는 난쟁이들의 엄청난 보물을 찾으러 길을 나선 것이었다. 모험은 성공하여 마침내 보물을 지키고 있던 용을 처치했다. 그러나 최후의 승리를 얻기까지, 다섯 군대 전투를 치르고, 소린이 죽고, 또 많은 영웅적인 활약들이 펼쳐졌다. 하지만 만약에 그 도중에 있었던 어떤 '사건'이 없었더라면, 그

이야기도 후세의 역사와는 아무런 연관이 없었을 것이며, 제3시대
의 장구한 연대기에서 한 줄도 자리를 차지하지 못했을 것이다. 일
행은 야생지대를 향하여 안개산맥의 높은고개를 지나던 중에 오
르크(『호빗』에서 고블린으로 표기한 종족임 — 역자 주)의 기습을 받았
다. 그 와중에 빌보는 잠시 길을 잃고 산속 깊숙이 숨어 있는 깜깜한
오르크 동굴에 갇히는데, 어둠 속에서 길을 찾아 헤매던 그는 동굴
바닥에 떨어져 있는 반지에 손이 닿았다. 그는 그것을 주머니에 넣
었다. 그때만 해도 그것은 그저 행운 정도로만 여겨졌다.

　출구를 찾아 헤매던 빌보는 산속 깊은 곳을 내려가다가 더 이상
갈 수 없는 막다른 곳에 이르렀다. 동굴의 막장에는 빛이 전혀 들지
않는 차가운 호수가 있었고, 그 호수 가운데에 있는 바위섬에는 골
룸이 살고 있었다. 몹시 역겹게 생긴 조그마한 괴물이었다. 그는 크
고 평평한 발을 노 삼아 작은 보트를 저어 가다가 희미한 빛을 뿜는
두 눈에 눈먼 고기가 보이면 긴 손가락으로 잡아 날것으로 먹어 치
웠다. 그는 살아 있는 것이면 무엇이든지 먹을 수 있었고, 심지어 싸
우지 않고 쉽게 사로잡아 죽일 수만 있다면 오르크까지도 잡아먹었
다. 골룸은 오래전 밝은 세상에 있을 때 손에 넣은 비밀의 보물을 가
지고 있었다. 그것은 그것을 낀 자의 형체를 보이지 않게 해 주는 황
금반지였다. 그것은 그가 사랑하는 유일한 대상이자 그의 '보물'이
되었고, 그는 반지를 가지고 있지 않을 때도 반지에 말을 걸었다. 그
는 오르크를 사냥하거나 감시하러 갈 때를 제외하고는 반지를 자기
만 아는 섬의 구멍 속에 안전하게 감춰 두었다.

　그가 빌보를 처음 만났을 때 반지를 끼고 있었다면 얼른 빌보를
공격했을지도 모른다. 그러나 사정이 그렇지 못했고, 빌보는 자신의
칼로 쓰던 스팅을 손에 쥐고 있었다. 그래서 골룸은 시간을 벌 요량
으로 빌보에게 수수께끼 내기를 하자고 제안한다. 만약 자기가 내는
수수께끼를 빌보가 알아맞히지 못하면 빌보를 잡아먹고, 빌보가

이기면 빌보의 소원대로 동굴을 빠져나가는 길을 가르쳐 주겠다는 것이었다.

어둠 속에서 길을 잃고 낙담하여 진퇴양난이었던 빌보는 그 제안을 받아들였고, 그들은 여러 가지 수수께끼를 번갈아 주고받았다. 결국 빌보가 이기기는 했지만, 그것은 재치가 있어서라기보다는 오히려 (외견상으로는) 운이 좋았기 때문이었다. 마침내 질문할 수수께끼를 찾지 못해 어물거리던 빌보는, 주머니에 손을 집어넣고는 잊고 있던 반지가 우연히 손에 잡히자 불쑥 소리 질렀다.

"내 주머니에 있는 게 뭐지?"

골룸은 세 번의 기회를 요구했지만 답을 맞히지 못했다.

사실 엄격한 게임의 규칙에 따르자면 이 마지막 문제가 단순한 '질문'인지 아니면 '수수께끼'라고 할 수 있는지는 권위자들의 의견도 일치하지 않는다. 그러나 골룸이 그 문제를 받아들여 대답을 하려고 시도한 이상 약속을 지켜야 한다는 데는 누구나 동의한다. 빌보는 그에게 약속을 지키라고 요구했다. 약속이란 신성한 법이므로 예부터 지극히 사악한 존재를 제외하고는 아무도 약속을 어기지 않는데도, 빌보는 그 미끌미끌한 괴물이 약속을 지키지 않을지도 모른다는 생각이 들었다. 그러나 오랜 세월을 홀로 칩거해 온 골룸의 마음은 음흉해졌고, 배신이 깃들어 있었다. 그는 몰래 빠져나와 멀지 않은 데 있는, 빌보는 전혀 모르는 자기 섬으로 돌아갔다. 그는 그곳에 자기 반지가 있으리라 생각했다. 이제 배도 출출하고 조금은 약도 오른 그는 '보물'을 자기 손에만 끼면 어떤 무기도 무서울 게 없었다.

그러나 섬에는 반지가 없었다. 그는 그것을 잃어버린 것이었다. 반지는 사라지고 없었다. 빌보로서는 무슨 일이 일어났는지 짐작조차 할 수 없었지만, 골룸의 비명 소리는 빌보의 등골을 서늘하게 했다. 골룸은 이미 너무 늦긴 했지만 마침내 답을 찾았다.

"저게 주머니에 뭘 갖고 있지?"

그는 소리쳤다. 어서 돌아가서 그 호빗을 잡아 죽이고 '보물'을 찾아야겠다는 일념으로 허둥대는 골룸의 두 눈에선 시퍼런 불꽃이 일었다. 다행히 그 순간 빌보는 자신에게 닥칠 위험을 간파하고 앞도 안 보고 호수에서 달아나기 시작했다. 그런데 다시 한번 행운이 그를 찾아왔다. 그가 달아나다가 주머니에 손을 넣었고, 반지가 그의 손가락에 슬그머니 끼워진 것이었다. 그래서 골룸은 빌보를 보지도 못하고 그를 지나갔고, '도둑놈'이 달아나지 못하도록 출구를 막으러 가게 되었다. 빌보는 조심스럽게 그를 뒤따라갔고, 골룸은 달리면서도 욕설을 지껄이며 자신의 '보물'에 대해 중얼거렸다. 그 소리를 듣고서야 빌보도 드디어 어떻게 된 영문인지 깨달았다. 어둠 속의 그에게 희망이 찾아온 것이었다. 이렇게 해서 빌보는 신기한 반지를 발견하였고, 오르크와 골룸에게서 도망칠 기회를 잡게 되었다.

마침내 그들은 산의 동쪽에 있는, 동굴의 낮은 쪽 출입구로 향하는 보이지 않는 입구 앞에서 멈추게 되었다. 골룸은 거기서 킁킁거리고 귀를 기울인 채 웅크리고 있었고, 빌보는 자신의 검으로 그를 베고 싶은 유혹을 느꼈다. 그러나 연민의 감정이 그를 자제시켰다. 자신의 유일한 희망이 걸린 반지를 손에 넣기는 했으나, 그는 불리한 처지에 있는 불쌍한 괴물을 죽이는 데 그것을 사용하고 싶지는 않았다. 마침내 그는 용기를 내어 어둠 속의 골룸을 뛰어넘어 통로 아래로 달아났고, 등 뒤로는 증오와 절망이 뒤섞인 적의 고함 소리가 따라왔다.

"도둑놈, 도둑놈, 도둑놈! 골목쟁이네! 우린 그걸 영원히 미워해!"

그런데 한 가지 석연치 않은 것은 빌보가 처음에 자기 일행에게 밝힌 이야기가 이것과 다르다는 점이다. 그는 그간의 경위를 이렇게 설명했다. 골룸이 먼저, 내기에서 자기가 지면 '선물'을 하나 주겠다고 약속했다는 것이다. 그러나 막상 내기에서 진 골룸이 그것을 가지러 섬에 갔다 와서 하는 말이, 보물이 어디로 감쪽같이 사라져 버렸다고 했다는 것이다. 그 보물은 아주 오래전에 골룸이 생일 선물로 받은 마법의 반지라고 했다. 빌보는 그것이 자기가 발견한 바로 그 반지임을 알았고, 자기가 내기에서 이겼으니 이제 그 반지의 주인은 당연히 자기라고 생각했다. 그러나 워낙 다급한 상황이라 그는 그것에 대해서는 한마디도 못 하고, 골룸에게 선물 대신 출구라도 가르쳐 달라고 요구했다. 빌보는 회고록에 이렇게 기록했으며 그 후로도, 심지어 엘론드의 회의 이후에도 그것을 수정한 것 같지는 않다. 이 점은 '붉은책' 원전에도 분명히 기록되었고, 몇 권의 사본과 발췌본에도 그렇게 기록되어 있다. 그러나 많은 사본에는 (하나의 대안으로) 진실이 밝혀져 있는데, 이는 분명히 프로도나 샘와이즈의 기록에서 나온 것으로 보인다. 둘은 모두 그 늙은 호빗이 직접 기록한 내용을 어느 것 하나 수정하고 싶지는 않았겠지만 진실을 알고는 있었던 것이다.

하지만 간달프는 처음 빌보의 이야기를 들을 때부터 그를 믿지 않았고, 계속 그 반지에 대해 매우 궁금해했다. 결국 그는 몇 번이나 추궁한 끝에 빌보에게서 진실을 들을 수 있었고, 그 때문에 그들 사이의 우정이 잠시 흔들리기도 했다. 하지만 마법사는 그 사실을 중요하게 생각하는 것 같았다. 빌보에게 말은 하지 않았지만, 그는 그 착한 호빗이 평소 습관과는 전혀 다르게 처음부터 진실을 말하지 않았음을 알게 된 것 또한 중요하게, 또 곤혹스럽게 받아들였다. '선물'이라는 생각은 아무래도 순전히 호빗다운 발상에서 나온 것은 아니었다. 빌보의 고백대로 그것은 골룸의 이야기를 엿들으면서 떠오른 생각이었던 것이다. 사실 골룸은 몇 번이나 반지를 '생일 선물'이라고 불렀다. 그 점 또한 간달프는 이상하고 수상하게 생각했지만, 이 책에서 보게 되듯이 여러 해가 지나도록 그에 대해서는 진실을 발견할 수 없었다.

빌보의 이후 모험에 대해서는 여기서 덧붙일 필요가 없을 것이다. 반지 덕택에 그는 입구에서 오르크 수비대를 피했고, 자신의 일행을 만날 수 있었다. 그는 모험 여행 중에 여러 번 반지를 사용했는데, 대개는 동료들을 돕기 위해서였다. 하지만 그는 가급적 반지에 대해서는 그들에게 말하지 않았다. 고향에 돌아와서도 그는 간달프와 프로도를 제외하고는 아무에게도 이에 대해 말하지 않았다. 샤이어에서는 그 밖의 누구도 반지의 존재를 알지 못했고, 그 자신 또한 그렇게 믿고 있었다. 다만 프로도에게만은 자기가 집필하고 있던 여행기를 보여 주었다.

빌보는 자신의 검 스팅을 벽난로 위에 걸어 놓았고, 용의 보물 중에서 난쟁이들이 선물한 그 신기한 갑옷은 박물관, 정확히는 큰말의 매돔관에 빌려주었다. 하지만 여행 중에 입던 낡은 외투와 두건은 골목쟁이집 서랍에 보관해 두었다. 그리고 반지는 가느다란 줄에 달아 호주머니에 항상 넣고 다녔다.

그가 골목쟁이집에 돌아온 때는 그의 나이 쉰둘이 되던 해(샤이어력 1342년) 6월 22일이었고, 그 후로 골목쟁이 씨가 111번째 생일 잔치(샤이어력 1401년)를 준비하기 시작할 때까지 샤이어에는 그리 특기할 만한 일이 일어나지 않았다. 이야기는 바로 이 시점에서 시작된다.

샤이어 기록에 관한 주석

제3시대 말에 샤이어의 통일왕국 편입으로 마무리된 대사건에서 호빗들이 보여 준 활약으로 인해 호빗들은 자신들의 역사에 좀 더 폭넓은 관심을 갖게 되었다. 그래서 당시 주로 구전으로만 이어지던 그들의 많은 전승들이 수집되고 기록되었다. 명문가들 또한 왕국 전체의 사건들에 관심을 갖게 되었고, 그들 중에는 고대의 역사와 전설을 연구하는 이들이 특히 많았다. 제4시대 첫 세기말경, 샤이어에는 많은 역사서와 기록들을 소장하고 있는 도서관이 이미 서너 곳이나 있었다.

이들 소장품들 중 가장 규모가 큰 것은 아마도 탑아래와 큰스미알, 강노루 저택에 있었던 장서들일 것이다. 제3시대의 종말을 다루고 있는 이 책의 기록은 대부분 '서끝말의 붉은책'에서 나왔다. 반지전쟁의 역사에 관한 가장 중요한 자료가 이렇게 불리게 된 것은, 그것이 서끝말의 읍장을 맡아 온 이쁘동이 집안의 본향인 탑아래에 오랫동안 보관되어 있었기 때문이다. (부록 B, 1451년, 1462년, 1482년과 부록 C 마지막의 주석을 보라.) 그것은 깊은골에 가지고 갔던 빌보 개인의 일기였다. 프로도는 낱장으로 된 많은 기록들과 함께 그것을 샤이어로 다시 가지고 돌아왔고, 샤이어력 1420~1421년에 걸쳐 반지전쟁에 대한 자신의 설명을 거의 채워 넣었던 것이다. 이 책과 함께(아마도 붉은 상자 속에) 보관된 붉은 가죽 장정의 큰 책이 세 권 더 있었는데, 그것들은 빌보가 그에게 작별 선물로 준 것이었다. 이 네 권에다 서끝말에서 다시 다섯 번째 책이 더해지는데, 여기에는 원정대의 호빗 대원들에 대한 회고와 가계도 및 그 밖의 갖가지 내용들이 실려 있었다.

'붉은책'의 원본은 사라지고 없지만 여러 권의 사본들, 특히 1권은 샘와이즈 시장의 후손들이 사용할 수 있도록 많은 사본이 만들어졌다. 하지만 그 가운데 가장 중요한 사본은 나머지 사본들과는 다른 내력을 가지고 있다. 그것은 큰스미알에 보관되어 있던 것인데, 만들어진 곳은 곤도르였다. 아마도 페레그린의 증손자가 요청을 했던 것 같고, 완성 연도는 샤이어력 1592년(제4시대 172년)이었다. 왕국의 남쪽 필경사는 다음 구절을 덧붙여 놓았다. "왕의 서사 핀데길이 제4시대 172년에 이 작업을 완성하였다." 이 책은 미나스 티리스에 있던 '사인의 책'을 세세한 내용까지 모두 옮긴 정확한 사본이다. '사인의 책'은 엘렛사르 왕의 요청에 따라 '페리안나스의 붉은책'을 필사한 사본으로, 사인 페레그린이 제4시대 64년에 은퇴하여 곤도르로 돌아갈 때 왕에게 바친 것이었다.

그리하여 '사인의 책'은 '붉은책'의 첫 사본이 되었고, 나중에 누락되거나 분실된 많은 내용이 담겨 있었다. 이 책은 미나스 티리스에서 많은 주석과 함께 수정이 가해지는데, 특히 요정어로 된 이름과 낱말, 인용에 관한 내용이 많았다. 또한 반지전쟁 내용과는 관계가 없는 '아라고른과 아르웬 이야기'를 다룬 몇 장이 축약판으로 추가되었다. 이 이야기는 모두 섭정 파라미르의 손자인 바라히르가 왕이 승하한 얼마 뒤에 기록한 것으로 알려져 있다. 하지만 핀데길 사본의 가장 큰 의의는 이곳에만 빌보의 '요정 문헌 번역'이 통째로 실려 있다는 점이다. 이 세 권의 책은 대단한 기교와 학식이 어우러진 저작으로 평가되는데, 빌보는 1403년에서 1418년 사이에 깊은골에 머물며 생존 인물이든 요정 문헌이든 가능한 모든 출처를 활용하여 이 책을 집필하였다. 하지만 프로도는 책의 내용이 대부분 상고대와 관련된 것이기 때문에 거의 참조하지 않았고, 여기서도 더 언급하지 않는다.

메리아독과 페레그린은 명문가의 우두머리가 되었고, 또한 로한 및 곤도르와 교류를 지속했기 때문에, 노루말과 툭지구의 도서관에는 '붉은책'에는 나오지 않는 자료들도 많았다. 강노루 저택에는 로한의 역사와 에리아도르에 관한 저작들이 많았는데, 그중 몇몇은 메리아독 자신이 정리하거나 시작한 것들이었다. 하지만 메리아독은 샤이어에서는 주로 『샤이어의 식물지』와 『책력법』의 저자로 알려져 있다. 후자에서 그는 샤이어와 브리의 책력과 깊은골과 곤도르, 로한의 책력들 사이의 관계를 논했다. 그는 또한 '샤이어의 옛말과 이름'에 관한 짧은 논문도 썼는데, 여기서 그는 '매돔'과 같은 샤이어 말이나 지명에 나오는 고어들과 로히림 언어와의 유사성에 특별히 관심을 보였다.

큰스미알의 서적들은 좀 더 큰 줄기의 역사에서는 중요할지 몰라도, 샤이어 주민들 사이에서는 그리 관심을 끌지 못했다. 이 중 어느 것도 페레그린이 직접 저술한 것은 없었지만, 그와 그의 후계자들은 곤도르의 필경사들이 남긴 많은 원고들을 수집하였고, 이는 주로 엘렌딜과 그의 후손들에 관한 역사와 전설의 사본이거나 요약본이었다. 누메노르의 역사와 사우론의 부상(浮上)에 관한 광범위한 자료를 발견할 수 있는 곳은 샤이어에서는 오직 이곳뿐이었다. 메리아독이 수집한 자료의 도움을 받아 『연대기』(제3시대 말에 이르기까지, 상당히 축약한 형태로 해설 B에 실려 있음)가 집대성된 곳도 큰스미알로 추정된다. 연도는 (특히 제2시대의 것은) 종종 추정치이긴 하지만 주목할 만하다. 메리아독은 깊은골을 여러 번 방문했기 때문에 거기서 도움과 정보를 얻었을 가능성이 있다. 엘론드는 이미 떠났지만 그의 아들들은 높은요정족 일부와 함께 그곳에 오랫동안 남아있었던 것이다. 갈라드리엘이 떠난 뒤에 켈레보른이 그곳에 머물렀다는 이야기도 전해진다. 하지만 그가 결국 회색항구를 찾아 떠나게 된 것이 언제였는지 기록에 남아 있지 않고, 그와 함께 가운데땅에 남아 있던 상고대의 마지막 살아 있는 증인도 사라지고 말았다.

반지 원정대

BOOK ONE

Chapter 1
오랫동안 기다린 잔치

골목쟁이집의 골목쟁이 빌보 씨가 머지않아 111번째 생일날 특별히 성대한 잔치를 열겠다고 선언하자 호빗골은 무척 떠들썩해졌다.

빌보는 대단한 부자였고 성격도 무척 특이해서, 그가 사라졌다가 갑자기 돌아온 특별한 사건 이후로 60년 동안 샤이어에서는 경이로운 존재였다. 그가 여행에서 가지고 돌아온 재산은 이제 이 지방의 전설이 되었고, 나이 든 축에서 뭐라고 하든 간에 모두들 골목쟁이집이 있는 언덕에는 보물을 쟁여 놓은 굴이 잔뜩 만들어져 있다고 믿었다. 그 점만으로 그가 명성을 누리기에 충분하지 않다고 한다면, 여전히 정정한 그의 모습 또한 경탄의 대상이었다. 세월은 흘러도 골목쟁이 씨는 전혀 영향을 받지 않는 것 같았다. 그는 아흔의 나이에도 쉰 살 때나 다름없었다. 그가 아흔아홉 살이 되었을 때 사람들은 '정정하다'고 했지만, 아무래도 '변한 게 없다'는 말이 더 어울릴 법했다. 개중에는 고개를 저으며 이건 그리 좋은 일이 아니라고 생각하는 이들도 있었다. 어느 한 사람이 (들리는 소문으로는) 엄청난 재산뿐 아니라 (외관상으로는) 영원한 젊음까지 소유한다는 것은 불공평해 보인 것이다.

"값을 치러야 할 거요. 이건 정상이 아니에요. 무슨 일이 생길 겁니다."

사람들은 그렇게 말했다.

그러나 아직은 아무 일도 일어나지 않았다. 골목쟁이 씨는 돈 쓰는 데는 후한 편이었기 때문에 사람들은 대부분 그의 기행(奇行)이나 행운을 눈감아 주는 편이었다. 그는 친척들과는 (물론 자룻골골목쟁이네를 제외하고는) 왕래하며 친하게 지냈고, 가난하고 하찮은 집안의 호빗들 사이에서는 열성적인 추앙자들도 많았다. 하지만 그의 나이 어린 친척들이 자라기 시작할 때까지는 친한 친구가 없었다.

이들 중에서 가장 나이가 많고 빌보가 좋아한 인물은 골목쟁이네 프로도 청년이었다. 빌보는 나이 아흔아홉이 되던 해에 프로도를 양자로 입적시키고 골목쟁이집으로 데려와 살게 했다. 그리하여 자룻골골목쟁이네의 희망도 무산되고 말았다. 빌보와 프로도는 우연히도 생일이 똑같이 9월 22일이었다. 어느 날, 빌보가 프로도에게 물었다.

"얘, 프로도, 너도 여기 와서 나랑 같이 살면 좋겠구나. 그러면 생일잔치도 편하게 같이 할 수 있을 테니까 말이다."

그 당시 프로도는 아직 '트윈즈', 곧 호빗 관습으로는 33세부터 시작되는 성년기와 유년기 사이의 철없는 20대였다.

12년이 더 흘렀다. 해마다 골목쟁이 씨는 골목쟁이집에서 합동 생일잔치를 성대하게 벌였다. 하지만 이번 가을에는 뭔가 상당히 특별한 계획이 있을 것이라는 추측들을 모두 하고 있었다. 빌보가 111세가 되는 해로, 숫자 자체가 꽤나 흥미로운 데다 호빗치고는 상당히 많은 나이(툭 노인도 겨우 130세까지 살았다)였고, 프로도는 33세, 곧 '성년'이 되는 중요한 나이였다.

호빗골과 강변마을 주민들의 입이 바빠지기 시작했고, 다가올 행사에 대한 소문이 샤이어 방방곡곡에 퍼졌다. 골목쟁이네 빌보 씨의 이력과 인품이 다시 주된 화제가 되었고, 노인들은 갑자기 그들의 옛 추억이 인기가 있다는 것을 알았다.

흔히 '영감'이라고 부르는 감지네 햄 노인보다 청중들을 매료시키는 이는 아무도 없었다. 그는 강변마을 가는 길에 있는 작은 여관 '담쟁이덩굴'에서 이야기를 늘어놓았다. 그는 40년 동안 골목쟁이 집에서 정원을 관리했고, 또 그 전에도 그 일을 하던 홀만 노인을 도왔기 때문에, 그의 말에는 상당한 권위가 있었다. 이제는 그도 나이가 들고 관절이 시원찮아져서 그 일은 주로 막내아들인 감지네 샘이 맡고 있었다. 그 부자는 모두 빌보나 프로도와 매우 가깝게 지냈다. 그들도 호빗골 언덕에 살았다. 골목쟁이집 바로 밑에 있는 골목아랫길 3번지였다.

"전에도 늘 말했지만 빌보 씨는 대단히 훌륭하고 점잖은 신사지."

영감은 확고한 진리를 설파하듯 말했다. 왜냐하면 빌보는 그를 '햄패스트 씨'라고 부르며 매우 자상하게 대했고, 채소 재배에 대해 늘 조언을 구했기 때문이다. '근채류', 특히 감자에 있어서 영감은 (자신을 포함하여) 인근의 모두에게서 최고 권위자로 인정받고 있었다.

강변마을의 노크스 노인이 물었다.

"그런데 같이 사는 프로도란 젊은이는 대체 어떤가? 골목쟁이네긴 한데 강노루 집안 피가 반 넘게 섞였다면서? 호빗골의 골목쟁이네가 뭐하러 그 멀리 노룻골에서 아낸감을 찾았는지 이유를 모르겠어. 거긴 이상한 사람들뿐이라던데."

영감의 바로 이웃에 사는 두발큰키 집안의 대디가 끼어들었다.

"이상할 게 하나도 없지. 그치들은 브랜디와인강 건너편에 묵은숲을 바로 마주하고 있거든! 소문에 그 동네는 어두컴컴하고 안 좋다더군."

영감이 말했다.

"자네 말이 맞네, 대디. 노룻골의 강노루 집안이 묵은숲 '속에' 사는 건 아니지만, 겉보기엔 이상한 친구들이지. 큰 강에서 배를 타고 빈둥거리며 놀기도 한다더구먼. 그건 정상이 아니야. 사고가 안 나는 게 이상할 정도라니깐. 그런데 그건 그렇다 치고, 프로도 씨도 자네들 누구나 만나 보고 싶어 할 만큼 멋진 호빗 청년이라네. 빌보 씨와 다를 바 없어. 외모만 그런 게 아니야. 아버지 쪽이 골목쟁이네인데 어련하겠는가. 골목쟁이네 드로고 씨도 점잖고 훌륭한 호빗이었지. 물에 빠져 죽기 전까지는 그 양반도 어디 흠잡을 데가 없었거든."

"물에 빠져 죽었어요?"

몇몇이 그렇게 물었다. 물론 이전에도 이를 비롯하여 다른 소문을 들은 적이 있었지만, 가족사를 특히 좋아하는 호빗들인지라 그들은 이야기를 다시 들을 준비가 되어 있었다.

"흠, 소문은 그렇게 났지. 알다시피 드로고 씨는 그 가엾은 강노루네 프리뮬라 아가씨와 결혼했네. 프리뮬라는 우리 빌보 씨한테는 외가쪽 사촌이고(프리뮬라 어머니가 툭 노인의 막내딸이거든), 드로고는 빌보 씨와 육촌이니까 따지고 보면 프로도는 빌보 씨한테는 외가로나 친가로나 모두 조카뻘이 되는 셈이야. 무슨 말인지 알아듣겠나? 드로고 씨는 결혼 후에도 종종 강노루 저택에서 장인인 고르바독 씨와 함께 지냈지. (그는 먹고 마시는 것을 특히 즐겼고, 고르바독 노인은 너그럽게 상을 차려 주었다더군.) 그러던 어느 날, 아내랑 브랜디와인강에 배를 타러 나갔다가 부부가 함께 빠져 죽고 어린 프로도만 불쌍하게 남게 된 거야."

노크스 노인이 끼어들었다.

"저녁을 먹고 달빛 속에 물에 들어갔다가 그 변을 당했다면서? 드로고가 너무 무거워서 배가 가라앉았다던데."

호빗골 방앗간지기 까끌이가 끼어들었다.

"내가 듣기엔 여자가 남자를 밀었고, 남자가 여자를 잡아당겼다던데요."

방앗간지기를 그리 좋아하지 않던 영감이 말을 받았다.

"까끌이, 자네는 귀에 들린다고 다 듣나? 밀었느니 당겼느니 왈가왈부할 거 없어. 배라는 것은 말썽 부릴 생각 없이 가만히 앉아 있는 사람한테도 위험하기 마련이야. 여하튼 고아가 되어 오도 가도 못하게 된 프로도 씨는 그 이상한 노룻골 사람들 틈에 끼어 강노루 저택에서 자랐지. 어느 모로 보나 영락없는 토끼장이야. 고르바독 노인은 거기에 항상 2백 명이 넘는 친척을 데리고 있었어. 빌보 씨가 한 최고의 선행은 그 아이를 빼내 와서 우리같이 좋은 친구들과 함께 살 수 있게 배려해 준 것이지.

한데 내 생각에는 그게 자룻골골목쟁이네한테는 대단한 충격이 된 것 같네. 그자들은 빌보 씨가 길을 떠나 죽었다는 소문이 있었을 때, 골목쟁이집을 차지할 욕심을 품었거든. 그런데 빌보 씨가 돌아와서 그들을 쫓아내고, 계속 사신단 말이야. 게다가 이제는 점점 더 젊어지기까지 하고. 그런 데다 갑자기 양자를 들이고 문서까지 깨끗이 정리하신 거야. 이제 자룻골골목쟁이네 녀석들이 골목쟁이집을 구경하기란 하늘의 별 따기지."

서둘레의 큰말에서 사업차 찾아온 방문객이 물었다.

"그런데 듣자 하니 그 집 안에 상당한 돈을 숨겨 놓았다던데요? 언덕 꼭대기까지 금, 은, 보석 상자 들로 가득한 굴이 여기저기 뚫려 있다는 소문을 들었는데요."

영감이 대답했다.

"나도 모르는 이야기를 하시는군요. 보석에 대해서는 아는 게 없어요. 빌보 씨는 돈에는 후한 편이고, 부족한 게 없어 보입니다. 하지만 굴을 만들었다는 얘긴 금시초문이군요. 내가 어렸을 때, 벌써 60년 전의 일이지만 빌보 씨가 돌아오시던 날이 기억납니다. 그때는 내가 홀만 노인을 (그 양반은 우리 당숙입니다) 보조로 돕기 시작한 지 얼마 되지 않았을 땐데, 나는 노인이 시키는 대로 골목쟁이집으로 올라가서 경매가 벌어지는 동안 누구든 함부로 정원을 밟고 다니지 못하게끔 지키고 있었어요. 한참 그러던 중에 빌보 씨가 큰 짐 꾸러미 몇 개와 상자 두 개가 실린 조랑말을 끌고 언덕을 올라오셨지요.

그 짐 꾸러미와 상자엔 여행 중에 얻은 보물이 가득 차 있었던 것은 사실인 것 같아요. 다른 이들은 금으로 된 산에 갔다 오셨다더군요. 하지만 터널을 가득 채울 만큼 많지는 않았어요. 내 아들 샘이 그건 더 잘 알지도 모르지요. 그 녀석은 골목쟁이집 일이라면 모르는 게 없으니까. 옛날이야기라면 사족을 못 쓰는 녀석이라서 빌보 씨가 하는 이야기는 하나도 놓치지 않고 다 들었을 것이오. 그 어른은 우리 아이에게 글도 가르치셨답니다. 나쁜 뜻은 아니었지요. 아무튼 제발 아무 탈도 없으면 좋으련만.

나는 아이한테 이렇게 얘기합니다. '요정하고 용이라니! 너나 나한테는 양배추하고 감자가 더 어울린다. 높은 어른들 하는 일에 함부로 말려들지 마라. 잘못하면 감당하기 힘든 화를 입을지도 모른다.' 하고 말이죠. 이런 충고는 다른 호빗들한테도 하긴 합니다만."

그는 방앗간지기와 손님을 바라보며 그렇게 덧붙였다. 그러나 영감의 이야기는 별 설득력이 없었다. 빌보의 재산에 대한 전설이 그보다 젊은 세대 호빗들의 머릿속에 너무 깊이 새겨졌기 때문이었다.

방앗간지기가 여론을 대변하듯 말했다.

"그런데 말이죠. 그 후로도 재산이 점점 더 늘어났다는 소문이 있던데요? 그분은 이따금 집을 비우시잖아요. 게다가 찾아오는 이상한 손님들 좀 봐요. 밤에는 난쟁이들이 찾아오지요, 그 늙은 방랑의 마법사 간달프도 가끔 나타나지요. 어르신이 뭐라고 하시든 간에 골목쟁이집은 이상한 집이 틀림없어요. 거기 사는 이들은 더 이상하고요."

그러자 여느 때보다 더 방앗간지기를 홀대하며 영감은 핀잔을 주었다.

"까끌이, 자네는 아까 배 이야기를 할 때도 그렇더니만 도대체 잘 알지도 못하면서 그렇게 떠들어 대는가. 만약 그 정도가 이상하다면 우리 동네는 좀 더 이상해져도 아무 탈 없을 걸세. 벽을 온통 금으로 도배한 굴집에 살면서도 이웃에 맥주 한 잔 내지 않는 치들도 있지 않은가. 하지만 골목쟁이집은 잘하고 있잖아. 우리 아들놈 얘기로는 이번 잔치에는 누구든 초대를 받는다더구먼. 더 솔깃한 얘기는 선물까지 있다는 거야, 누구한테든 말이야. 그게 바로 이번 달 일세."

그달이 바로 9월이었고, 날씨는 유난히 좋았다. 그리고 하루 이틀 후에는 잔치 중에 불꽃놀이도 선보일 거라는 (아마도 정통한 소식통인 샘에게서 나온 것 같은) 소문이 나돌았다. 게다가 이번 불꽃놀이는 샤이어에서는 백 년에 한 번 볼까 말까 할 정도로, 툭 노인이 죽은 이후로 불꽃놀이 중에서는 최고일 것이라는 소문이 자자했다.

날이 가고 그날이 점점 다가왔다. 어느 날 저녁, 진기한 물건을 잔뜩 실은 이상하게 생긴 마차가 호빗골로 들어와 언덕을 올라가 골목쟁이집으로 들어갔다. 호빗들은 문틈으로 새어 나온 불빛으로 그 광경을 내다보고는 입이 벌어졌다. 이상한 노래를 부르는 외지인들이 마차를 몰고 있었다. 두건을 깊숙이 눌러쓰고 긴 수염을 늘어뜨린 난쟁이들이었다. 그들 중 일부는 골목쟁이집에 남았다. 9월 둘째 주가 끝나갈 즈음, 환한 대낮에 짐마차 한 대가 브랜디와인다리 쪽에서 나타나더니 강변마을을 지나왔다. 어떤 노인이 혼자서 마차를 몰고 있었다. 그는 끝이 뾰족하고 길쭉한 파란색 모자를 쓰고 기다란 회색 외투에 은빛 목도리를 두르고 있었다. 턱 밑으로는 흰 수염이 늠름하게 휘날리고 있었으며, 눈썹은 모자 밖으로 비집고 나올 만큼 두툼했다. 꼬마 호빗들은 마차 꽁무니를 졸졸 따라 호빗골을 지나 언덕 위까지 쫓아갔다. 그들이 짐작한 대로 폭죽을 실은 마차였다. 노인은 빌보의 집 앞에서 짐을 부리기 시작했다. 각양각색의 거대한 폭죽 상자에는 각각 붉은색으로 G ᚷ 와 요정들의 룬 문자 🅟 가 새겨져 있었다.

물론 그것은 간달프의 표시였고 이 노인이 바로 마법사 간달프였다. 샤이어에서 그의 명성은 주로 불과 연기와 빛을 다루는 솜씨에서 얻어진 것이었다. 실제로 그가 가운데땅에서 맡은 임무는 훨씬 어렵고 위험했지만, 샤이어의 호빗들은 그것을 짐작조차 못 했다. 그들에게 그는 다만 잔치의 여러 구경거리 중 하나일 뿐이었다. 그래서 꼬마 호빗들은 탄성을 질러 댔다.

"G는 위대하다는 뜻이야."

아이들이 소리를 지르자 노인은 미소를 지었다. 간달프는 호빗골에 아주 가끔 나타났고 오래 머물지도 않았지만, 아이들은 그를 금방 알아보았다. 그러나 노인들 중의 노인을 제외하고는 아이들이나 어느 누구도 그의 불꽃놀이 공연을 본 적이 없었다. 그것은 과거의 전설일 뿐이었다.

노인이 빌보와 몇몇 난쟁이들의 도움을 받아 짐을 다 부려 놓자, 빌보는 꼬마들에게 동전 몇 푼을 나눠 주었다. 그러나 폭죽이나 딱총이 아니어서 구경꾼들은 실망했다.

"이젠 가거라. 때가 되면 넉넉하게 주마."

간달프가 말했다. 그가 빌보와 함께 안으로 사라지자 문이 닫혔다. 어린 호빗들은 한동안 멍하니 대문을 바라보았고, 어쩐지 그 잔칫날이 오지 않을지도 모른다고 생각하며 뿔뿔이 흩어졌다.

골목쟁이집 안에서는 빌보와 간달프가 서쪽으로 정원이 내다보이는 작은 방에서 창문을 열고 앉아 있었다. 느긋한 저녁 시간은 쾌청하고 평화로웠다. 빨갛고 노란 꽃들이 화려한 광채를 뿜어내고 있었고 금어초와 해바라기, 한련이 떼를 입힌 담을 기어올라 둥근 유리창 안을 기웃거렸다.

간달프가 말했다.

"정원이 참 아름답구먼그래!"

"그렇다고들 하더군요. 나도 이 정원을 무척 사랑하죠. 이 유서 깊은 샤이어의 모든 것들까지도요. 하지만 이젠 휴식이 필요할 것 같습니다."

"그러면 이제 계획을 실천에 옮길 생각인가?"

"그래야겠지요. 이미 몇 달 전에 결심했답니다. 아직 결심을 바꿀 생각은 없어요."

"그래, 잘 생각했네. 이제 말은 소용이 없네. 계획을 밀고 나가게……. 자네의 계획 전부를 말이야. 자네를 위해서나 우리 모두를 위해서나 최선의 결과가 나오기를 바라네."

"저도 그렇습니다. 어쨌든 목요일엔 잔치를 벌일 생각입니다. 농담도 한두 마디 덧붙여서요."

간달프는 고개를 가로저으며 물었다.

"글쎄, 웃어 줄 사람이 있을까?"

"두고 봐야겠지요."

다음 날에는 더 많은 마차가 언덕 위로 올라갔고, 또 더 많은 마차가 뒤를 이었다. '동네 물건'을 안 사 준다는 불평이 생길 법도 했지만, 바로 그 주에 호빗골이나 강변마을, 그 인근에서 구할 수 있는 식량이나 물건, 사치품 등 여러 건의 주문이 골목쟁이집에서 쏟아졌다. 들뜨기 시작한 주민들은 달력에서 날짜를 하루하루 지워 나갔고, 그러면서 그들은 초대장을 기대하며 우편 배달부를 간절히 바라보았다.

이윽고 초대장이 쏟아져 나오기 시작하자 호빗골 우체국은 업무가 마비되고 강변마을 우체국도 초대장에 뒤덮여 자원봉사자를 따로 모집할 정도였다. 그리고 뒤이어 '감사합니다. 꼭 참석하겠습니다.'와 같은 내용의 공손한 문구가 담긴 수백 장의 회신이 언덕으로 줄을 이었다.

골목쟁이집 정문에 게시판이 나붙었다. '잔치 용무 외 출입 금지.' 골목쟁이집은 실제로 잔치 준비에 용무가 있는, 아니면 있는 척 슬쩍 들어가 보려던 이들도 입장할 수 없을 때가 있었다. 빌보는 바빴다. 초대장을 쓰고, 답장을 확인하고, 선물을 꾸리고, 또 혼자서 준비해야 할 몇 가지 일들로 분주했다. 빌보는 간달프가 도착한 후로는 바깥에 모습을 나타내지 않았다.

어느 날 아침 호빗들은 빌보의 집 현관 남쪽의 너른 마당에 천막을 치기 위한 장대와 밧줄이 널린 것을 볼 수 있었다. 도로로 이어지는 둑에는 특별출입문이 만들어지고 넓은 계단과 커다란 흰 대문이 세워졌다. 그 마당에 인접해 있는 골목아랫길의 세 호빗 집안은 선망과 질투의 대상이 되었다. 감지 노인은 자신의 정원에서 일하는 체하던 것마저 그만두었다.

천막들이 올라가기 시작했다. 특히 큰 천막이 하나 있었는데, 얼마나 컸던지 마당에 있는 나무 한 그루가 그 속에 완전히 들어가서 주빈석 앞 한쪽 끝에 당당하게 서 있었다. (호빗들이 보기에) 더 근사한 것은 마당 북쪽 끝에 세워진 거대한 야외 취사장이었다. 인근 수 킬로미터 내에 있는 여관과 음식점에서 끌어모은 요리사들이 이미 골목쟁이집에 자리 잡고 있던 난쟁이들과 다른 이상한 인물들을 돕기 위해 속속 도착했다. 잔치 분위기는 절정에 달했다.

그런데 날씨가 흐려졌다. 잔치 전날인 수요일이었다. 모두 걱정이 태산 같았다. 그리고 목요일, 9월 22일의 동이 텄다. 해가 떠오르면서 구름은 씻은 듯 사라졌고 휘날리는 깃발과 함께 잔치가 시작되었다.

골목쟁이 빌보는 이를 '잔치'라고 부르긴 했으나, 실제로는 다양한 오락거리를 한자리에 모은 것이었다. 근방에 사는 이들은 거의 모두 초대를 받았다. 우연히 초대장을 받지 못한 이들도 소수 있었지만, 그런 사람들도 대부분 참석했기 때문에 문제 될 게 없었다. 샤이어의 다른 지역에 사는 호빗들도 대부분 초대받았으며, 심지어 샤이어 외부 손님들도 간혹 있었다. 빌보는 새로 세운 흰 대문 앞에서 직접 손님을 (추가로 온 손님들까지) 맞았다. 그는 들어오는 사람들에게 모두 선물을 하나씩 주었고, 어떤 이들은 뒷문으로 빠져나가 다시 앞문으로 들어오기도 했다. 호빗들은 생일날 손님들에게 선물을 주는 풍습이 있었다. 대개는 그리 값비싼 것은 아니었고, 또 오늘처럼 그렇게 넉넉하지도 않았다. 여하튼 이 풍습은 나쁜 것은 아니었다. 호빗골과 강변마을에서는 연중 어느 날이나 누군가의 생일이기 때문에 이곳에 사는 호빗은 모두 적어도 일주일에 한 번꼴로 선물을 받을 수 있는 기회가 있었다. 그들은 그 풍습에 절대로 싫증을 내지 않았다.

오늘 선물은 특별히 더 좋은 것이었다. 호빗 꼬마들은 너무 좋아서 밥 먹는 것도 잠시 잊을 지경이었다. 이제껏 한 번도 보지 못한 장난감들도 있었는데, 모두 예쁜 데다 분명히 무슨 요술 장난감이었다. 사실 그것들은 모두 1년 전부터 주문하여 멀리 산속이나 너른골 지방에서 가져온 것으로 진짜로 난쟁이들이 만든 것들이었다.

손님들이 모두 인사를 받으며 마지막으로 문으로 들어서자 노래와 춤과 음악과 놀이가 시작되었고, 물론 음식과 술이 나왔다. 공식 식사는 점심, 간식, 저녁(또는 만찬), 세 번이었다. 하지만 점심과 간식은 모든 손님이 한자리에 모여 앉아 식사를 같이한다는 데서만 확인할 수 있었을 뿐이었다. 그 밖의 시간에도 그 수많은 손님은 그저 먹고 마시는 일에 열중했다. 11시부터 폭죽이 시작되는 6시 반까지 줄곧 그랬다.

불꽃놀이는 간달프의 작품이었다. 그것은 그가 손수 싣고 왔을 뿐만 아니라 직접 고안하여 제작한 것들이었다. 그는 직접 나서서 특수 효과와 대형 불꽃, 비행하는 불꽃 등을 발사했다. 그 밖에도 폭죽, 딱총, 딱딱이, 번쩍이, 횃불, 난쟁이촛불, 요정의 분수, 고블린 대포, 청천벽력 등이 골고루 나눠져 있었다. 모두 탁월한 것들이었다. 간달프의 솜씨는 세월이 흐를수록 좋아졌다.

고운 목소리로 지저귀는 새의 형상을 본뜬 폭죽이 번쩍거리며 하늘로 치솟았다. 검은 연기를 줄기로 삼은 푸른 나무들이 있었는데, 그 나뭇잎들은 한순간에 봄이 온통 만개하듯 잎을 펼치고, 빛나는 나뭇가지들은 놀란 호빗들 위로 환한 꽃망울을 떨어뜨렸으며, 꽃잎은 하늘을 향해 목을 빼고 있는 얼굴들 위에 닿기 직전에 감미로운 향내를 풍기며 사라졌다. 나비들이 분수처럼 쏟아져 나와 나무들 사이로 반짝이며 날아다녔고, 색색 불꽃 기둥이 솟아올라 느닷없이 독수리가 되기도 하고, 돛단배나 비상하는 백조 무리를 이루기도 했다. 빨간 뇌우와 함께 샛노란 소나기가 쏟아졌고, 은빛 창들이 숲을 이루어 전투 중의 군대처럼 함성을 지르며 갑자기 하늘로 날아오르다가 다시 내려와 백 마리의 뜨거운 뱀처럼 쉿 소리를 내며 물속으로 사라졌다. 빌보에게 경의를 표하는 마지막 깜짝 선물이 있었는데, 이것은 간달프의 의도대로 호빗들을 완전히 혼비백산하게 만들었다. 불이 꺼지고 거대한 연기 기둥이 피어올랐다. 그것은 멀리서 바라본 웅장한 산 같았고, 산꼭대기에서는 불이 이글거리기 시작했다. 초록과 진홍의 화염이 그곳에서 뿜어져 나왔다. 그 안에서 주황색 용 한 마리가 날아올랐다. 실물 크기는 아니었지만 진짜 용처럼 무서웠다. 아가리에서는 화염이 뿜어져 나왔고, 두 눈은 이글거리며 아래를 노려보았다. 함성이 일었다. 그러자 용은 쉭쉭거리며 세 번이나 군중들의 머리 위를 지나다녔다. 그들은 모두 고개를 숙였고 아예 땅바닥에 코를 박은 이들도 많았다. 용은 특급열차처럼 그들 위를 지나가다가 갑자기 공중제비를 한 번 돌고는 귀가 멍멍할 정도의 파열음과 함께 강변마을 상공에서 폭발했다.

"저건 저녁 식사 신호랍니다!"

빌보가 외쳤다. 두려움과 놀람은 곧 사라졌고, 엎드려 있던 호빗들은 벌떡 일어났다. 모두를 위해 풍성한 식사가 준비되어 있었다. 물론 여기서 모두라는 말은 가족들만의 특별한 저녁 식사에 초대받은 이들을 제외한 것이다. 그 특별 잔치는 나무를 뒤덮어 버린 커다란 천막 안에서 열렸다. 초대받은 이들은 모두 144명이었다(사람들은 사용하기가 적절치 않다고 생각하지만, 어쨌든 호빗들도 이 숫자를 한 그로스라고 한다). 손님들은 (간달프와 같이) 특별한 친분으로 참석한 이들 외에는 모두 빌보와 프로도의 친척 중에서 선택되었다. 어린 호빗들도 많이 있었는데 모두 부모의 허락을 받아 참석한 것이었다. 호빗들은 자식들이 밤늦도록 돌아다녀도 비교적 관대했다. 특히 식사를 공짜로 먹을 수 있을 때는 더욱 그랬다. 어린 호빗을 키우는 데는 많은 식량이 필요했기 때문이다.

참석자들은 대개 골목쟁이, 보핀, 툭, 강노루 집안이 많았다. (골목쟁이 빌보의 할머니 쪽 친척으로) 토박이네에서 몇 명이 왔고, (툭 할아버지 친척으로) 토실이네에서도 몇 명 왔다. 그 외에도 굴집, 볼저, 조임띠, 오소리집, 헌칠이, 나팔수, 자랑발 집안에서도 참석했다. 이들 중에는 빌보의 먼 친척도 있었고, 샤이어 오지에 살고 있어서 호빗골에 처음 오는 이도 있었다. 자룻골골목쟁이 집안도 빠뜨리지 않았다. 오소와 그의 부인 로벨리아가 와 있었다. 그들은 빌보를 싫어했고 프로도는 더 싫어했으나 금빛 잉크로 쓰인 초대장의 위력이 워낙 대단했기 때문에 감히 거절할 수가 없었다. 게다가 사촌인 빌보는 몇 년에 걸쳐 음식을 연구했고, 또 그의 손님 접대는 이미 정평이 나 있었다.

참석한 144명의 손님은 모두 즐거운 잔치를 고대하면서도 한편으로는 이 집주인의 (빠질 수 없는 식순인) 식후 연설을 염려했다. 빌보는 시(詩)라고 하는 짧은 이야기들을 장황하게 늘어놓는 버릇이 있었다. 그리고 가끔 한두 잔 들어가면 그 옛날의 모험담을 이야기하고 싶어 했다. 과연 그들의 기대에 어긋나지 않게 음식상은 매우 훌륭했다. 양이나 질이나 가짓수도 그렇고 잔치 진행도 여유가 있었다. 그다음 몇 주 동안, 이 지역에서는 양식을 사들일 일이 없었다. 그러나 인근의 가게나 창고의 재고 식량은 빌보의 잔치 준비팀이 이미 다 비웠기 때문에 그리 문제 될 것은 없었다.

잔치가 (어느 정도) 끝날 때쯤 연설이 시작되었다. 하지만 손님들은 그들 표현대로 하면 '구석구석까지 꽉 채웠기' 때문에 느긋하고 편안하게 들어 줄 수가 있었다. 그들은 좋아하는 음료수를 홀짝거리거나 맛있는 음식을 야금야금 뜯어 먹으면서 걱정을 잊어버린 지 오래였다. 그들은 무엇이든지 들어 주고 한마디가 끝날 때마다 박수를 칠 준비가 되어 있었다.

빌보가 자리에서 일어나 연설을 시작했다.

"친애하는 형제 여러분."

"조용, 조용, 조용!"

여기저기서 조용히 하자고 외치는 소리가 들렸지만 그들은 실상 그러고 싶지는 않은 눈치들이었다. 빌보는 자기 자리를 떠나 불빛이 환한 나무 밑 의자에 올라섰다. 등불의 불빛이 싱글거리는 그의 얼굴을 비췄다. 그의 수놓인 비단 조끼 위에서는 금단추가 번쩍거렸다. 한 손은 바지 주머니에 넣고 한 손은 들어 올려 흔들어 대는 빌보의 모습을 그들은 모두 볼 수 있었다.

"친애하는 골목쟁이, 보핀, 친애하는 툭, 강노루, 토박이, 토실이, 굴집, 나팔수, 볼저, 조임띠, 헌칠이, 오소리집, 자랑발 프라우드푸츠(Proudfoots) 집안 여러분."

"프라우드피트(Proudfeet)예요!"

천막 뒤쪽에 있던 초로의 한 호빗이 소리쳤다. 그는 물론 자랑발(Proudfoots) 가문이었고, '자랑발'이라는 이름이 어울리는 인물이었다. 그는 특별히 털이 텁수룩하고 커다란 두 발을 테이블 위에 올려

놓고 있었다.

빌보는 계속했다.

"자랑발(Proudfoots) 식구들, 그리고 드디어 여기 골목쟁이집에 오신 것을 진심으로 환영하고 싶은 자룻골골목쟁이네 형제 여러분! 오늘은 저의 111번째 생일입니다. 오늘 백열한 살이 되었다는 말입니다."

"만세, 만세, 만수무강하십시오!"

그들은 환호성을 지르며 테이블을 쾅쾅 내리쳤다. 빌보는 멋지게 해내고 있었다. 짧고 분명한 것, 호빗들은 그런 것을 좋아했다.

"여러분들 모두 저처럼 장수하시길 바랍니다."

천지가 떠나갈 듯한 환호성. 예(혹은 아니요) 하는 고함, 나팔, 뿔나팔, 갖가지 피리를 비롯한 악기 소리들. 그곳엔 앞서 얘기한 대로 어린 호빗들도 상당수 참석했다. 악기가 든 수백 개의 선물 꾸러미가 열렸다. 그것들에는 대부분 '너른골'이라는 마크가 찍혀 있었다. 너른골의 선물 꾸러미는 호빗들이 아주 좋아하는 편은 아니었지만, 여하간 훌륭하다는 데는 이견이 없었다. 거기에는 작지만 완벽하게 만들어진, 매혹적인 음색을 내는 악기들이 들어 있었다. 한구석에서는 툭과 강노루 집안의 어린 꼬마들이 빌보 아저씨가 연설을 끝낸 줄 알고(필요한 내용은 거의 다 끝났으니까) 막 즉석 오케스트라를 구성해서 흥겨운 춤곡을 연주하기 시작했다. 툭 집안 에버라드 군과 강노루네 멜릴롯 양이 테이블 위에 올라서서 손에 벨을 들고 빙글빙글 돌며 춤을 추었다. 예쁘지만 다소 격렬한 춤이었다.

그러나 빌보의 연설은 끝난 게 아니었다. 그는 옆에 있는 아이에게서 나팔을 빼앗아 '뚜우, 뚜우, 뚜우' 하고 세 번 크게 불었다. 곧 소란이 가라앉았다.

"길게 이야기하지 않겠습니다."

좌중에서 다시 환호성이 일었다.

"저는 중요한 일로 여러분 모두를 모신 것입니다."

그의 말에는 상당히 의미심장한 무엇이 담긴 듯했다. 천막 안에는 침묵에 가까운 고요가 흘렀고 툭 집안 몇몇 호빗은 귀를 쫑긋 세웠다.

"사실 세 가지 목적으로 여러분을 모셨습니다. 첫째는 제가 여러분 모두를 대단히 사랑하고 있으며, 111년이란 세월은 여러 훌륭하시고 존경할 만한 호빗들과 함께 살아가기엔 너무나 짧은 시간이었음을 말씀드리기 위한 것입니다."

동감이라는 뜻의 열렬한 환호성이 일었다.

"저는 여러분에 대해서 제가 알고 싶었던 만큼의 절반도 알지 못했고, 여러분이 당연히 받아야 할 사랑의 절반도 드리지 못했습니다."

이 말은 예상치 못했던 것이고 조금은 어려웠다. 간간이 박수가 터져 나왔으나 그것도 대개는 계속 이야기를 끌고 가서 역시 칭찬으로 이어지는지를 알아보려는 의도에서 나온 것이었다.

"둘째는 저의 생일을 축하하는 것입니다."

다시 박수 소리가 났다.

"아마도 우리의 생일이라고 해야겠지요. 아시다시피 오늘은 여기 있는 저의 조카이며 양자인 프로도의 생일이기도 합니다. 오늘로 성년이 되어서 상속을 받게 되었습니다."

몇몇 노인들은 마지못해 박수를 쳤고, 젊은이들은 "프로도, 프로도, 멋쟁이 친구 프로도!" 하고 소리쳤다. 자룻골골목쟁이네 호빗들은 얼굴을 찡그린 채로 '상속을 받는다'는 말이 과연 무슨 의미일까 곰곰이 생각했다.

"우리 둘의 나이를 합하면 144가 됩니다. 이 특별한 숫자를 맞추기 위해 여러분은 초대된 것입니다. 우리 식으로 말하면 한 그로스가 되는 셈이죠."

좌중이 조용해졌다. 말도 안 되는 소리였다. 많은 손님들, 특히 자룻골골목쟁이네 식구들은 마치 자기네가 상자 속에 물건 채우듯 숫자를 맞추려고 초대받았다는 사실에 심한 모욕을 느꼈다.

"한 그로스라고? 웃기는 이야기로구먼."

"옛날이야기를 조금만 하자면, 오늘은 또 제가 통을 타고 긴호수의 에스가로스에 도착한 뜻깊은 날이기도 합니다. 물론 그때는 그 날이 생일이라는 것도 몰랐지요. 그때 나이가 쉰하나였으니 생일 같은 것이 그리 중요하게 생각되는 때도 아니었습니다. 하지만 그때는 제가 감기에 걸려 겨우 '대다니 고마스니다.'라는 말밖에 못 했는데도, 잔치를 성대하게 열었던 것이 지금도 기억납니다. 이제 정확하게 그 인사를 다시 드리겠습니다. 저의 누추한 잔치에 참석해 주셔서 대단히 고맙습니다."

집요한 침묵이 이어졌다. 그들은 이제 곧 노래나 시가 장황하게 늘어지겠지 하고 걱정하기 시작했다. 여기서 그만 멈추고 건배 한번 하면 얼마나 좋을까? 그러나 빌보는 노래도 부르지 않았고 시도 읊조리지 않았다. 그는 잠시 호흡을 가다듬었다.

"셋째, 마지막으로 저는 한 가지 '발표'를 하려 합니다."

그가 발표라는 말을 너무 큰 소리로 불쑥 했기 때문에 아직 정신이 남은 이들은 자세를 바로 했다.

"아까 말씀드렸듯이 여러분과 함께 지내기에는 111년이란 세월은 너무 짧은 시간입니다. 그러나 이제 저는 유감스럽지만 이렇게 말씀드릴 수밖에 없습니다. 마지막입니다. 저는 갑니다. 지금 떠나겠습니다. 안녕히 계십시오!"

발을 내려 딛는 순간 그는 눈앞에서 사라졌다. 번쩍거리는 불꽃과 함께 손님들은 모두 눈을 깜박거렸다. 그들이 다시 눈을 떴을 때 빌보는 어디에도 보이지 않았다. 144명의 놀란 호빗들은 입조차 열지 못했다. 자랑발네 오도 노인은 테이블에서 발을 내려놓고 땅바닥을 굴러 보았다. 숨소리조차 들리지 않는 정적이 흘렀다. 잠시 후 깊이 내쉬는 숨소리와 함께 골목쟁이, 보핀, 툭, 강노루, 토박이, 토실이, 굴집, 볼저, 조임띠, 오소리집, 헌칠이, 나팔수, 자랑발 호빗들은 곧 입을 열기 시작했다.

모두들 장난치고는 너무 고약하다고 떠들어 댔고, 손님들의 충격과 불안을 가라앉히기 위해서는 음식과 술이 더 있어야 했다.

"그 양반 미쳤어. 내가 늘 그렇게 말하지 않던가?"

대부분의 호빗들은 그렇게 이야기했다. 심지어 툭 집안에서도 (몇몇만 제외하고) 빌보의 행동이 좀 지나치다고 생각했다. 그들은 대체로 그때만 해도 그가 사라진 것을 우스꽝스러운 장난 정도로만 여겼다.

그러나 강노루네 로리 노인은 그렇게 믿을 수가 없었다. 나이도 지긋하고 오늘은 음식도 많이 먹었지만 그의 예리한 통찰력은 여전했고, 그래서 그는 며느리인 에스메랄다에게 소곤거렸다.

"애야, 어딘가 수상쩍은 데가 있는 것 같구나! 그 엉뚱한 골목쟁이가 다시 멀리 떠나 버린 모양이다. 어리석은 늙은이 같으니라고. 하지만 걱정할 것도 없지. 저기 저렇게 먹을 것은 다 남겨 두고 갔으니까."

그는 프로도를 큰 소리로 불러 포도주를 더 가져오게 했다.

프로도는 아무 말 없이 가만히 앉아 있었다. 그는 한참 동안 빌보의 텅 빈 자리 옆에 말없이 앉아 주변의 논평과 질문을 모른 척했다. 물론 그는 이미 모든 내막을 다 알고 있었지만 장난이 재미있었다. 손님들이 놀라고 화내는 모습을 바라보며 그는 웃지 않으려고 무진 애를 썼다. 그러나 한편으론 갑자기 걱정되기 시작했다. 불현듯 자기가 그 늙은 호빗을 진심으로 사랑하고 있다는 생각이 들었다. 손님들은 계속 먹고 마시면서 오늘의 장난을 비롯해 빌보의 이상한 행동을 화제 삼아 떠들었고, 자룻골골목쟁이네 일행은 이미 화를 내고 떠나 버렸다. 프로도는 잔치 자리에 더 있고 싶지 않았다. 그는 일꾼들에게 술을 더 내놓으라고 지시한 다음, 일어나 빌보의 건강을 위해 말없이 건배를 하고 조용히 천막에서 빠져나왔다.

골목쟁이네 빌보는 연설을 하는 동안에도 한 손으로는 주머니에 있는 황금 반지를 만지작거리고 있었다. 오랫동안 몰래 간직해 오던 마법의 반지였다. 그는 의자에서 내려오면서 반지를 손에 꼈고, 이제 호빗골의 어느 누구도 그를 다시 볼 수 없었다.

그는 잰걸음으로 자신의 굴집을 향해 걸었다. 가는 도중 그는 잠시 멈춰 서서 천막 안에서 일어난 소동과 마당 저쪽에서 벌어지는 흥겨운 소리를 듣고는 웃으면서 집으로 들어왔다. 그는 연회복으로 입었던 수놓인 비단 조끼를 벗어서 박엽지에 잘 싸서 치워 두었다. 그러고는 재빨리 옛날 모험 여행을 떠날 때 입었던 낡은 옷을 걸치고, 허리에 해진 가죽 허리띠를 두르고 낡아 빠진 검은 가죽 칼집에 든 단검을 그 위에 매달았다. 그다음에는 곰팡내 나는 서랍에서 옛날에 입던 외투와 두건을 꺼냈다. 그는 그것들을 마치 보물인 양 소중히 보관했지만 이제는 다 해지고 햇빛에 바래서 원래의 짙은 녹색을 거의 알아볼 수 없었다. 여하튼 그에게는 그 옷이 너무 커 보였다. 그 차림으로 그는 서재로 들어가서 크고 튼튼한 상자에서 낡은 천에 싸인 꾸러미와 가죽 장정의 필사 원고와 커다란 봉투를 꺼냈다. 그는 이미 다른 물건들로 배가 불룩한 그 가방에 책과 꾸러미를 쑤셔 넣었다. 봉투 속에는 반지와 그것을 꿰고 있던 가는 줄을 같이 넣고 봉함을 한 뒤 '프로도 앞'이라 썼다. 처음에는 그것을 벽난로 위에 놓았다가 갑자기 자기 주머니에 다시 넣었다. 그때 문이 열리고 간달프가 황급히 들어왔다.

"어서 오십시오. 금방 오실 거라고 생각했습니다."

마법사는 의자에 걸터앉으면서 말했다.

"다시 눈으로 볼 수 있게 돼서 반갑구면. 마지막으로 몇 마디 할

이야기가 있네. 잔치는 자네 계획대로 잘 끝난 것 같은데, 어떤가?"

"그런 것 같습니다. 마지막 번쩍임이 압권이었습니다. 다른 것들도 물론이지만 벌어진 입을 다물 수가 없더군요. 직접 손을 좀 더 쓰신 거죠?"

"그런 셈이지. 자넨 그 반지의 비밀을 오랫동안 잘 숨겨 오지 않았는가? 그런데 갑자기 사라져 버린다면 손님들이 얼마나 놀라겠는가? 그래서 깜짝 놀랄 만한 불꽃을 하나 넣은 거지."

빌보는 빙긋 웃었다.

"그 때문에 내 장난도 망칠 뻔했어요. 나이 드셨으면 곱게 앉아 계실 일이지. 하지만 나보다 사려가 깊으실 테니까요."

"대개는 그렇지. 하지만 이번 일 전체에 대해서는 어째 자신이 없네. 마지막 순간에 이르렀는데 말이야. 자네는 그 장난으로 모든 친척을 깜짝 놀라게 하고 또 불쾌하게 만든 셈이야. 앞으로 아흐레, 아니 아흔아흐레 동안 샤이어는 그 이야기로 날이 새고 해가 질 걸세. 어디 멀리 갈 계획인가?"

"그렇습니다. 휴식을 취해야겠어요. 전에 말씀드렸듯이 아주 긴 휴식 말입니다. 어쩌면 영원한 휴식일지도 모르지요. 다시 돌아올 것 같지는 않습니다. 사실 그럴 생각도 없고요. 그리고 주변 정리도 다 끝냈습니다. 간달프, 나는 늙었어요. 겉으로는 그렇게 보이지 않을 뿐 마음으로는 확실하게 느낍니다. 지금까지 잘 버텨 온 셈이지요."

그는 콧방귀를 뀌었다.

"아니, 기력이 없어 쓰러질 지경이라는 표현이 더 낫겠어요. 무슨 뜻인지 아시겠어요? 버터 한 조각 가지고 빵을 너무 많이 발라 먹었다는 생각이 드는군요. 그건 옳지 않아요. 무슨 변화가 있어야겠어요."

간달프는 심상치 않은 눈빛으로 그를 찬찬히 뜯어보았다.

"그렇지, 옳은 일이 아닌 것 같네. 아무튼 자네 계획이 결국은 최선의 길이 될 것이라 믿네."

그는 사려 깊게 말했다.

"여하튼 이미 결정은 내렸습니다. 다시 산을 보고 싶어요, 간달프, 산 말입니다. 그러고 나서 어딘가 쉴 만한 데를 찾아야지요. 조용하고 평화로운 곳, 기웃거리는 친척도 없고 계속 벨을 눌러 대는 손님도 없는 곳이 좋겠습니다. 그리고 거기서 집필을 끝낼 생각입니다. 마지막 문장은 이미 멋진 것을 생각해 두었지요. '그리고 그는 그의 생애가 끝날 때까지 행복하게 살았다.'"

간달프는 껄껄 웃었다.

"나도 그러기를 바라네. 하지만 마지막 문장이 어떻게 끝나든 간에 아무도 그 책을 읽지 않을 것 같은데."

"아닙니다. 앞으로는 읽을 겁니다. 프로도는 이미 집필된 데까지 다 읽었답니다. 프로도를 잘 돌봐 주실 거죠?"

"물론이지, 내 힘닿는 대로 두 눈 똑바로 뜨고 보살피겠네."

"그 아이는 내가 가자고 하면 물론 따라나설 겁니다. 사실 오늘 잔치를 시작하기 전에도 그 애가 가겠다고 했습니다. 하지만 아직 진심은 아닌 것 같아요. 나는 죽기 전에 마지막으로 그 거친 세계와 산을 보고 싶은데, 프로도는 아직 샤이어를, 이 숲과 들판과 작은 강들을 사랑하고 있지요. 여기가 더 편할 겁니다. 물론 몇 가지 빼고는 모두 프로도에게 남기고 떠날 작정입니다. 혼자 사는 데 익숙해지면 그 애도 곧 행복을 찾을 수 있을 거라고 생각합니다. 이젠 스스로 주인이 될 때가 되었죠."

"모두라고 했는가? 반지는? 자네도 기억하겠지만 우린 약속하지 않았나?"

"예, 아…… 예, 그랬지요."

빌보는 말을 더듬었다.

"어디 뒀나?"

"봉투에 넣어 두었습니다, 정 알고 싶다면 말입니다. 저기 벽난로 위예요. 아니, 이게 내 주머니에 있네!"

빌보는 짜증을 내며 머뭇거렸다.

"거참 이상하네. 어떻게 된 거야? 왜 주머니에 들어와 있지? 그래, 그럴 수도 있지 뭐. 주머니에 들어가지 말란 법이 어디 있겠어."

빌보는 힘 빠진 목소리로 혼자 중얼거렸다.

간달프는 다시 빌보를 향해 두 눈을 똑바로 치떴다. 그의 두 눈에 희미한 섬광이 번득였다. 그는 나직이 말했다.

"빌보, 내 생각에는 그것을 여기 두고 가는 것이 좋겠네. 그러고 싶지 않은가?"

"음, 그래요…… 아니. 또 그 문제군. 반지를 남겨 두고 싶지 않습니다. 왜 그래야 하는지 정말 모르겠군요. 당신은 왜 또 재촉하는 거죠? 항상 내 반지를 가지고 괴롭히잖아요. 지난번 여행에서 가지고 온 다른 것은 전혀 문제 삼지 않으면서."

빌보의 어조에 묘한 변화가 일었다. 그의 목소리는 의혹과 분노로 날카로워졌다.

"그런 셈이지. 하지만 그럴 만한 이유가 있었네. 내가 원한 것은 진실이야. 그건 중요한 문제였어. 마법의 반지들은, 음, 마법을 행할 뿐 아니라 희귀하고 또 호기심을 자극하네. 자네도 말했듯이 나는 그 반지에 남다른 관심이 있었지. 지금도 물론 그렇지만, 자네가 다시 방랑길에 나선다니, 그것이 어디 있는지 알고 싶네. 게다가 자네는 이미 너무 오랫동안 그 반지를 가지고 있었어. 내 생각이 크게 틀리지 않는다면, 빌보 자네는 이제 더는 그것이 필요 없을 걸세."

빌보는 얼굴을 붉혔고, 두 눈에는 분노의 빛이 번득였다. 사람 좋아 보이는 그의 얼굴이 굳어졌다. 빌보는 소리를 질러 댔다.

"도대체 내가 내 물건 가지고 뭘 하든 간에 당신이 무슨 상관이죠? 그 반지는 내 겁니다. 내가 발견했어요. 내 손에 들어온 거라니까요."

"그렇지, 알겠네. 하지만 화낼 필요는 없지 않은가?"

"모두 당신 때문에 그런 겁니다. 분명히 말하지만 이건 내 겁니다. 내 소유물, 내 보물이란 말입니다. 그래요, 내 보물입니다."

마법사도 정색을 하고는 얼굴이 굳어졌다. 그의 깊은 눈동자에 스치는 한 줄기 빛은 그가 내심 놀라움과 경악을 금치 못하고 있음을 보여 주었다. 그가 말했다.

"옛날에도 누가 그렇게 말한 적이 있지? 자네는 아니지만."

"하지만 지금 그렇게 말한다고 해서 안 될 일이 뭡니까? 비록 전에 골룸이 먼저 그렇게 말했다 하더라도 이젠 그의 것이 아니고 내 것입니다. 따라서 분명히 못 박아 두지만 이건 내가 보관하겠어요."

간달프는 일어서서 엄하게 말했다.

"빌보, 그렇게 한다면 자넨 바보가 될 걸세. 자네의 말 한마디 한마디가 그 점을 분명히 밝히고 있네. 반지의 힘이 이제는 자네를 압도할 지경이 된 거야. 반지를 놔주게. 그러면 자넨 자유를 얻을 수 있어."

"내 마음대로, 내 뜻대로 하겠습니다."

빌보는 고집을 부렸다.

"자, 자, 내 친구 빌보! 우리는 오랫동안 좋은 친구가 아니었던가? 그리고 자넨 내게 빚도 있지 않은가. 자! 약속한 대로 하게. 반지를 포기하게."

빌보는 악에 받쳐 소리 질렀다.

"흥! 내 반지가 탐이 난다면 솔직히 그렇게 말씀하세요. 하지만 그렇게는 안 될 겁니다. 분명히 얘기하지만 내 보물을 내놓지 않겠어요."

그의 손이 옆구리에 있는 단검의 손잡이께에 가 멈췄다. 그러자 간달프의 눈에 불꽃이 일었다.

"이제 내가 화를 낼 차례이군. 계속 그렇게 고집을 피운다면 할 수 없지. 그러면 회색의 간달프, 그 진면목을 한번 보게."

그는 호빗에게 바짝 다가섰다. 갑자기 간달프는 무시무시한 거인처럼 보였고, 그의 그림자가 좁은 방 안을 꽉 채웠다.

빌보는 주머니를 꽉 움켜쥐고는 숨을 거칠게 몰아쉬면서 벽 쪽으로 물러섰다. 그들이 서로 정면으로 마주 보고 서 있는 방 안의 공기는 숨 막힐 듯한 긴장감으로 가득 찼다. 간달프의 시선이 호빗의 얼굴에 날카롭게 꽂혔다. 빌보는 천천히 움켜쥔 주먹을 풀고 몸을 떨기 시작했다.

"간달프, 무슨 영문인지 모르겠군요. 당신은 전에는 이런 적이 없었잖아요. 왜 그러시죠? 반지는 내 거라고요. 내가 발견했어요. 그게 없었으면 골룸한테 죽었을 겁니다. 그가 뭐라고 하든 간에 나는 도둑이 아니에요."

"자네가 도둑이라는 게 아니야. 나도 물론 아니고. 자네한테서 그걸 뺏으려는 것이 아니라 자넬 도우려는 것일세. 예전처럼 나를 믿었으면 좋겠네."

그가 몸을 돌리자 그림자도 사라졌다. 그의 몸은 다시 줄어들어 세파에 시달린 구부정한 회색 노인으로 변해 있었다.

빌보는 두 손에 얼굴을 파묻었다.

"죄송합니다. 참 기분이 이상하군요. 하지만 이젠 그것 때문에 시달리지는 않겠네요. 최근에는 반지 때문에 마음고생이 참 심했답니다. 때로는 반지가 나를 지켜보는 눈동자 같은 느낌이 들 때도 있었지요. 늘 그것을 끼고 사라지고 싶은 유혹도 받았고요. 이해하시겠습니까? 가끔은 안전하게 있나 궁금해서 꺼내어 확인해 보기도 했지요. 그 반지를 어디에 넣고 잠가 버리고 싶었지만 주머니에 그것이 없으면 도대체 마음이 놓이질 않았어요. 왜 그런지 모르겠군요. 도무지 갈피를 못 잡겠네요."

"나를 믿게. 이젠 완전히 결정된 걸세. 반지를 여기 두고 떠나게. 내버리게. 프로도에게 그 반지를 주게. 그러면 내가 돌봐 줌세."

빌보는 잠시 긴장한 채로 마음을 결정하지 못하고 서 있었다. 이윽고 한숨을 쉬고는 힘들게 입을 열었다.

"좋습니다. 그러지요."

그러고 나서 어깨를 늘어뜨리고 허탈하게 웃었다.

"사실 잔치를 그렇게 성대하게 연 것도 다 그 때문이지요. 선물을 많이 나눠 주면 반지를 내놓기도 쉬워질 줄 알았습니다. 결국 아무 효과도 없었지만요. 하지만 그 모든 준비가 물거품이 되지 않게끔 이제라도 떠나야지요. 그러지 않으면 잔치에서 친 장난도 우습게 돼 버리겠지요."

"나 역시 그렇게 생각했네."

"좋습니다. 다른 모든 것들과 함께 반지는 프로도에게 주겠습니다."

그는 깊게 한숨을 내뱉었다.

"이젠 정말 떠나야겠군요. 그러지 않으면 누구를 만날지도 모르겠어요. 작별 인사를 두 번 하는 것만큼 지겨운 일은 없지요."

그는 가방을 들고 문간으로 향했다.

"자넨 아직 주머니에 반지를 가지고 있네."

"저런, 그렇군요. 유언장과 다른 서류들도 같이 가지고 갈 뻔했네요. 당신이 가지고 있다가 나 대신 전해 주세요. 그게 제일 안전하겠습니다."

"아니, 나한테 주지 말고 벽난로 위에 얹어 두게. 프로도가 오기 전까지는 그곳이 안전할 테니까. 내가 그를 기다리겠네."

빌보는 봉투를 꺼냈다. 시계 옆에 그것을 놓으려는 순간 그의 손이 뒤로 움찔했다. 그 바람에 꾸러미가 마룻바닥에 떨어졌다. 빌보가 그것을 줍기도 전에 마법사가 먼저 집어서 그 자리에 올려놓았다. 분노의 경련이 재빨리 호빗의 얼굴을 스쳐 지나갔다. 그러나 이내 안도의 표정과 웃음으로 바뀌었다.

"자, 그럼 끝났군요. 이제 떠납니다."

그들은 현관으로 나왔다. 빌보는 벽걸이에서 자신이 애용하는 지팡이를 꺼내 들고는 휘파람을 불었다. 세 명의 난쟁이들이 바삐 일하던 방에서 뛰어나왔다.

빌보가 물었다.

"준비는 모두 다 끝났소? 짐 싸고 꼬리표 붙이는 일 말이오."

"모두 끝났습니다."

그들이 대답했다.

"그럼 출발합시다."

그는 현관문을 나섰다.

밤공기는 상쾌했고 검은 하늘 여기저기에는 별들이 빛나고 있었다. 그는 고개를 쳐들고 밤공기를 들이마셨다.

"얼마나 즐거운 일인가. 다시 길을 떠나다니! 난쟁이들과 함께 여행을 떠나다니! 이건 내가 오랫동안, 오랜 세월 꿈꿔 온 것이지. 안녕!"

그는 고향 집 대문을 향해 허리를 굽혀 작별 인사를 했다.

"간달프, 몸 건강하십시오."

"빌보, 잘 가게. 서로 떨어져 있는 동안 몸조심하게! 자넨 꽤나 늙었어. 그만큼 지혜로워지기도 했지만 말이야."

"조심하세요. 난 괜찮으니 내 걱정은 하지 마시고요. 이제 예전처럼 홀가분해졌답니다. 큰일을 끝낸 것 같은 기분입니다. 이젠 정말 떠나야 할 때가 되었군요. 발길을 돌릴 때가 되었네요."

그는 인사를 끝내고 혼잣말을 하듯 어둠 속에서 나지막한 소리로 노래를 시작했다.

길은 끝없이 이어지네.
  문을 나서면 내리막길
길은 저 멀리 아득히 끝 간 데 없고
  이제 나는 힘닿는 데까지 걸어야 하리.
팍팍한 두 다리를 끌고,
  더 큰 길이 보일 때까지

많은 길과 많은 일을 만나는 곳으로
그다음엔 어디? 알 수 없다네.

그는 잠시 걸음을 멈추었다. 그러고는 한마디 말도 없이 마당과 천막에서 나오는 불빛과 음성 들을 뒤로하고 세 명의 길동무와 함께 정원을 돌아 긴 비탈길을 또박또박 걸어 내려갔다. 비탈길 끝에는 낮은 울타리가 있었다. 그는 그 울타리를 뛰어넘어 숲길로 접어들어 풀잎들 위로 일렁이는 바람처럼 밤의 어둠 속으로 사라졌다.

간달프는 그의 뒷모습이 어둠에 묻혀 사라질 때까지 한참 지켜보았다.

"잘 가게, 친구…… 다시 만날 때까지 안녕!"

그는 나지막한 소리로 인사한 뒤 안으로 들어갔다.

곧 프로도가 들어왔다. 그는 간달프가 불도 켜지 않은 어두운 방 안에서 깊은 생각에 잠겨 있는 것을 발견하고 물었다.

"떠나셨나요?"

"그렇다네, 결국 떠났지."

"오늘 저녁때까지만 해도 저는 그것이 농담이기를 바랐습니다. 하지만 진심으로 떠나기를 원하신다는 것도 알고 있었죠. 그분은 진지한 이야기도 항상 농담처럼 하셨거든요. 좀 더 일찍 왔으면 떠나시는 모습을 뵐 수도 있었을 텐데."

"내 생각에 자네 아저씨는 정말로 조용히 떠나고 싶어 한 것 같네. 너무 심려하지 말게. 지금쯤은 아주 마음이 편한 상태일 게야. 자네한테 뭘 남긴 것이 있네. 저기 있군."

프로도는 벽난로 위에서 봉투를 내려 흘끗 보기만 할 뿐 뜯어 보지는 않았다.

"자넨 빌보가 남긴 유언장이나 다른 문서들을 발견하게 될 걸세.

이제부터 골목쟁이집의 주인은 자네야. 게다가 그 반지도 자네가 맡아야 할 것 같네."

프로도가 소리를 질렀다.

"반지요? 그것도 남기고 가셨어요? 참 알 수 없군요. 아직 쓸모가 있을 텐데요."

"그럴 수도 있고, 그렇지 않을 수도 있지. 내가 자네라면 그것을 사용하지 않겠네. 그러나 잘 보관하게. 안전하게 지켜야 해. 난 인제 그만 눈 좀 붙여야겠어."

프로도는 이제 자기가 골목쟁이집의 주인이 되어 빌보 대신 손님들에게 작별 인사를 해야 한다는 것을 깨달았다. 벌써 마당 곳곳에서는 이상한 소문이 퍼졌지만 프로도는 "날이 밝으면 모든 것이 분명하게 밝혀질 것입니다."라고 말할 도리밖에 없었다. 한밤중에 손님들을 모시고 갈 마차들이 도착했다. 배는 가득 채웠으나 불만이 남은 호빗들을 싣고 마차들은 차례로 떠나갔다. 미리 대기하고 있던 정원사들이 늑장을 부리다 뒤처진 나머지 손님들을 짐수레에 싣고 사라졌다.

그 밤은 서서히 걷히고 다시 날이 밝았다. 호빗들은 늦잠을 잤다. 아침나절이 되자 다시 마을 주민들이 하나둘 모여들더니 (시키는 대로) 천막과 식탁, 숟가락, 식칼, 술병, 접시, 등잔, 꽃 나무상자, 빵 부스러기, 폭죽 싼 종이, 잊어버리고 간 가방, 장갑, 손수건, (매우 적은 양이지만) 먹다 남은 음식 등을 치우기 시작했다. 그러고 나자 (일부러 부르지도 않은) 다른 호빗들이 나타났다. 골목쟁이네와 보핀, 볼저, 툭 집안 손님들과 근처에 살거나 머물고 있는 손님들이었다. 해가 중천에 걸릴 때쯤 되자 어제 배가 터지도록 먹은 이들도 다시 나타나 골목쟁이집은 어제처럼 여전히 북적댔다. 초대한 일은 없으나 그렇다고 전혀 예상 못 한 건 아니었다.

프로도는 계단 위에서 손님들을 향해 미소를 지어 보이려고 애썼으나 그 얼굴에는 피곤하고 근심스러운 표정이 복잡하게 얽혀 있었다. 그는 모든 방문객을 친절하게 맞았으나 어제저녁 일에 대해 더할 말이 없었다. 쏟아지는 질문에 대한 그의 대답은 간단했다.

"골목쟁이네 빌보 아저씨는 떠났습니다. 제가 아는 바로는 영원히 떠났습니다."

프로도는 그들 중에서 빌보가 특별히 '메시지'를 남긴 이들을 집 안으로 들어오게 했다. 집 안에는 크고 작은 꾸러미와 짐짝 그리고 작은 가구들이 쌓여 있었다. 각각에는 다음과 같은 꼬리표들이 붙어 있었다.

'친애하는 툭 집안 아델라드에게, 이제 자네 우산일세. 빌보가.'

우산이었다. 아델라드는 '표식이 없는' 우산을 집어 가는 버릇이 있었다.

'참으로 길었던 서신을 기억하며 골목쟁이네 도라에게, 사랑하는 빌보가.'

커다란 폐지통이었다. 도라는 드로고의 누이이며, 빌보와 프로도의 친척 중에서 여자로는 가장 나이가 많았다. 그녀는 아흔아홉 살로 반세기 동안이나 빌보에게 좋은 충고를 수백 장씩 써 보냈다.

'굴집네 밀로에게, 요긴하게 쓰기를 바라며, 골목쟁이네 빌보가.'

금촉으로 된 펜과 잉크병이었다. 밀로는 편지 답장을 쓴 적이 없었다.

'안젤리카를 위하여, 빌보 아저씨가.'

둥근 볼록거울이었다. 그녀는 골목쟁이 집안의 젊은이로, 지나칠 정도로 미모에 자신감을 갖고 있었다.

'조임띠네 휴고의 장서를 위하여, 기증자가.'

(텅 빈) 책장이었다. 휴고는 책을 빌려 가서 돌려주지 않기로 유명했다.

'자룻골골목쟁이 로벨리아에게 주는 선물.'

은스푼 한 세트였다. 빌보는 자기가 첫 여행을 하고 있을 때 그녀가 자기 스푼을 많이 훔쳐 갔다고 믿고 있었다. 로벨리아도 그 점을 분명히 알고 있었다. 그날 늦게 골목쟁이집에 도착한 그녀는 그 말이 무슨 뜻인지 곧 알아챘다. 그러나 그녀 역시 스푼을 받아 갔다.

이것은 모아 놓은 선물 중에 지극히 작은 일부일 뿐이었다. 빌보의 집은 그가 오랫동안 살면서 쌓아 온 여러 가지 잡동사니들로 어수선했다. 호빗들의 굴집은 대체로 너저분한 편이었다. 선물을 자주 주고받는 그들의 풍습 때문일 것이다. 물론 그 선물들이 항상 새것일 리는 없었다. 그래서 그 지역을 돌고 돌아 이제는 어디에 쓰이는지도 모를 '매돔'들이 한두 가지씩 있었다. 그러나 빌보는 대개 새 물건을 선물로 주고 자기가 받은 것은 잘 보관해 왔다. 이제 그 낡은 굴집도 조금은 깨끗해진 것 같았다.

갖가지 선물들에는 모두 빌보가 직접 써 붙인 꼬리표들이 있었는데, 일부는 부탁이나 농담이 적혀 있기도 했다. 선물은 대부분 그것을 꼭 필요로 하는 사람들에게 주어졌다. 빌보의 선물은 가난한 호빗들, 특히 골목아랫길의 주민들에게 보탬이 되었다. 감지 영감은 감자 두 자루, 삽 새것 하나, 모직 조끼, 관절염 연고 한 갑 등을 선사 받았다. 강노루네 로리 노인에게는 두터운 후의에 대한 보답으로 '묵은포도원' 포도주 열두 병이 선물로 주어졌다. 빌보의 부친이 담근 남둘레산(産)의 독한 적포도주는 이제 농익을 대로 숙성해 맛이 뛰어났다. 로리는 빌보를 완전히 용서하게 되었고 첫째 병을 따서 마셔 본 후로는 그를 최고의 친구로 치켜세웠다.

프로도 앞으로 남은 것도 많았다. 물론 책이나 그림, 가구 등속을 비롯한 많은 물건에 그의 이름이 붙어 있었다. 그러나 돈이나 보석에 대해서는 한마디도 남겨 놓지 않았다. 동전 한 푼, 유리구슬 하나

남지 않았다.

그날 오후는 매우 지겨운 시간이었다. 모든 가구와 물건을 공짜로 나눠 준다는 엉터리 소문이 들불처럼 번져서 집 안은 순식간에 아무 용건도 없는 사람들로 북새통이 되어 버렸다. 그들을 돌려보낼 뾰족한 방법이 없었다. 꼬리표가 떨어져 서로 섞이고 급기야는 싸움이 벌어졌다. 어떤 이들은 마루에서 물건을 바꾸거나 거래하기도 했으며 또 일부는 자기들 이름이 붙지 않은 물건이나 필요 없어 보인다거나 지키는 사람이 없는 작은 물건들을 슬쩍하기도 했다. 집 앞으로 올라가는 길은 짐마차와 손수레로 막혀 버렸다.

그 소동이 벌어지고 있는 통에 자룻골골목쟁이 집안이 도착했다. 프로도는 잠시 쉬기 위해 친구인 강노루네 메리에게 물건을 잘 지키라고 부탁하고는 안으로 들어가 있는 중이었다. 오소가 큰 소리로 프로도를 보자고 했고, 메리는 공손하게 말했다.

"기분이 안 좋아서 지금 쉬고 계세요."

로벨리아가 말했다.

"숨겠다는 수작이지. 어쨌든 프로도를 만나러 왔으니 가서 그대로 전해."

메리는 그들을 오랫동안 마루에 세워 두었고 그들은 그 틈에 자기들 몫의 이별 선물인 스푼 세트를 발견했다. 그러나 그것도 소용이 없었고 마침내 메리는 그들을 서재로 데려가지 않을 수 없었다. 프로도는 많은 서류를 앞에 둔 채 테이블에 앉아 있었다. 여하튼 그는 자룻골골목쟁이네를 만나고 싶은 마음이 전혀 없는 것 같았다. 그러나 그는 주머니에서 뭔가를 만지작거리며 일어서더니 매우 공손하게 그들을 맞았다.

자룻골골목쟁이 일행은 계속 퉁퉁거렸다. 그들은 꼬리표가 없는 여러 값비싼 물건들을 (친구 사이니까) 헐값으로 내놓으라고 요구하기 시작했다. 빌보가 지정한 것만 줄 수 있다고 프로도가 대답하자 그들은 이번 일은 수상쩍은 데가 많다고 우겼다.

오소가 말했다.

"딱 한 가지 분명한 점이 있지. 자네가 벼락부자가 되었다는 사실이야. 유언장을 꼭 봐야겠어."

프로도가 입양되지 않았으면 오소가 상속자가 될 가능성이 컸다. 그는 유언장을 찬찬히 뜯어보고는 콧방귀를 뀌었다. 유감스럽게도 그것은 매우 분명하고 정확했다(무엇보다도 호빗들의 관습에 따라 붉은 잉크로 된 일곱 명의 증인 서명이 있었다).

그는 아내를 향해 외쳤다.

"제기랄, 또 당했어. '60년'이나 기다렸는데 이까짓 스푼이라고? 빌어먹을!"

그는 프로도의 코앞에 삿대질을 해 대고는 쿵쾅거리며 밖으로 나갔다. 그러나 로벨리아는 그렇게 쉽게 물러서지 않았다. 얼마 후 일이 제대로 되어 가는지 알아보기 위해 프로도가 서재에서 나왔을 때도 로벨리아는 여전히 모퉁이 구석구석을 뒤지거나 마룻바닥을 두드려 보면서 근처를 맴돌고 있었다. 프로도는 한사코 나가지 않으려 버티는 로벨리아를 억지로 집 밖으로 내보냈다. 물론 어느새 그녀의 우산 속에는 몇 가지 작은 (그러나 꽤 값진) 물건들이 들어간 후였다. 그녀는 어떻게 하면 마지막 한마디를 속 시원하게 퍼부을 수 있을까 궁리하느라 얼굴을 한껏 찡그리고 있었다. 그러나 층계를 내려가면서 겨우 찾아낸 말이란 이 정도였다.

"이 애송이 녀석! 후회하게 될 거다! 왜 너도 같이 가 버리지 않았어! 넌 이 집안하고는 상관없잖아! 넌 골목쟁이네가 아니야, 넌 강노루네라고!"

"메리, 저 말 들었어? 저것도 욕이라고 한 거겠지?"

등 뒤로 문을 닫으며 프로도가 말하자 강노루네 메리는 이렇게 대답했다.

"칭찬인 셈이죠. 물론 진심은 아니겠지만."

그들은 집 안을 살피다가 지하 저장고 벽에 구멍을 내고 있는 젊은 호빗 셋(둘은 보핀 집안이었고 하나는 볼저였다)을 쫓아냈다. 프로도는 이상한 소리가 들리는 곳에서 자랑발네 산초(자랑발네 오도 노인의 손자)가 커다란 식품 저장실에 구멍을 내는 것을 발견하고는 한바탕 드잡이를 벌여야 했다. 빌보의 황금에 대한 소문이 호빗들에게 호기심과 희망을 부추긴 것이었다. 전설 속의 황금이란 (분명히 부당한 이득은 아니겠지만 획득한 경위가 수상쩍으므로) 방해만 없다면 찾는 이가 임자라고들 생각하고 있었기 때문이다.

산초를 쫓아낸 후 프로도는 마루 의자에 털썩 주저앉았다.

"메리, 가게 문 닫을 시간이군. 문을 잠그게. 오늘은 아무에게도 문을 열지 마. 공성 무기로 공격하더라도 말이야."

그는 피로를 풀기 위해 늦었지만 차를 마시러 갔다. 다시 자리에 앉자마자 현관문에서 들릴 듯 말 듯 한 노크 소리가 들려왔다.

"로벨리아가 틀림없어. 이제야 진짜 후련한 저주가 생각나서 되돌아온 모양이야. 가만히 있어 보자."

그는 계속 차만 마셨다. 노크 소리는 점차 크게 들려왔지만 그는 모른 척했다. 갑자기 마법사의 머리가 창문에 쑥 나타났다.

"프로도, 문을 안 열겠다면 이 창문을 뜯어내 저 산에 처박아 버리겠네!"

"아! 간달프! 잠깐만요."

프로도는 현관으로 달려가며 소리쳤다.

"어서 오세요! 전 로벨리아인 줄 알았어요."

"그렇다면 용서해 주지. 내가 오는 길에 보니까 그 여잔 강변마을 쪽으로 조랑말을 타고 가던데. 몰골이 꼭 귀신 같더구먼."

"저도 하마터면 잡아먹힐 뻔했어요. 솔직히 말하면 빌보 아저씨의 반지를 끼고 싶을 정도였으니까 말이에요. 없어지고 싶은 생각뿐이었어요."

그러자 간달프가 자리에 앉으며 말했다.

"그러면 안 되네. 프로도, 그 반지를 조심하게! 사실 내가 작별 인사를 하러 온 것은 한편으로 그 때문이기도 하지."

"네? 무슨 말씀이세요?"

"자넨 그 반지에 대해 어느 정도까지 알고 있지?"

"빌보 아저씨께 들은 것뿐이지요. 듣긴 들었어요. 어떻게 발견했고 어떻게 사용했는가 하는 것 말이에요. 물론 그 여행 중에 말이죠."

"무슨 얘긴지 궁금하군."

"난쟁이들에게 이야기하거나 책에 쓴 것이 아니랍니다. 제가 여기 온 직후에 얘기해 주셨어요. 당신께 털어놓기 전까지는 당신께도 시달렸다면서 저도 알고 있는 것이 좋겠다고 했어요. '프로도, 우리 사이엔 무슨 비밀이 있을 필요가 없지. 그렇지만 절대로 다른 사람에게까지 퍼져서는 안 된다. 그건 어쨌든 내 물건이니까' 하고 말입니다."

"재미있군. 자넨 그 이야기를 어떻게 생각했나?"

"혹시 '선물'이라고 꾸며 댄 부분을 말씀하시는 거라면 진짜 이야기가 더 그럴듯하다고 생각해요. 그렇게 이야기를 바꿀 필요도 없었고요. 어쨌든 아저씨답지 않은 일이었어요. 약간은 이상하다고 생각했지요."

"내 생각도 그렇다네. 그렇지만 그와 같이 귀한 물건을 가진 사람에게는, 또 그것을 사용하는 사람에겐, 이상한 일이 일어날 수도 있지. 반지에게는 자네가 원하는 대로 사라지게 하는 힘 말고도 다른 힘이 있는지도 몰라."

"무슨 말씀인지 모르겠어요."

"나도 사실은 모른다네. 난 그 반지가 좀 이상하다고 생각하기 시작했을 뿐이야. 특히 어젯밤부터 말이야. 걱정할 필요는 없어. 그렇지만 자네가 내 충고를 따를 생각이라면, 그건 될 수 있는 대로, 아니 절대로 사용하지 말게. 적어도 그로 인해 어떤 이야기나 소문이 나지 않게 각별히 조심해야 하네. 다시 한번 말하지만 안전하게, 몰래 간직해 두게!"

"참 이상하군요. 뭘 두려워하시는 거죠?"

"나도 확신할 수는 없어. 그러니 그 이상 이야기할 수는 없네. 다음에 와서는 뭔가 이야기해 줄 수 있을지 모르지. 나는 곧 떠나야 해. 이것으로 작별 인사를 대신하는 거야."

그는 자리에서 일어섰다.

"아니, 지금요? 일주일쯤은 머무실 줄 알았는데요. 도와주실 일도 있을 텐데."

"나도 그럴 생각이었지만, 계획이 바뀌었다네. 시간이 오래 걸릴지도 몰라. 가능한 한 일찍 돌아오지. 내가 언제 돌아올지는 나도 확실히 모르지만 소리 없이 돌아올 거야. 앞으로는 샤이어를 공공연하게 방문하는 것도 불가능해질 거야. 요즘은 내 인기도 예전만 못한 것 같네. 내가 평화를 깨뜨리는 말썽꾼이란 소문도 들리거든. 게다가 빌보를 사라지게 한 것도 사실은 간달프라는 소문도 있고. 자네와 내가 작당해서 그의 재산을 빼앗으려고 음모를 꾸몄다는 얘기도 있지."

"오소와 로벨리아 말씀이시군요! 구역질 나는 것들! 빌보 아저씨를 따라 산으로 들어갈 수만 있다면 그놈들한테 골목쟁이집과 그 밖의 모든 것을 다 주고 떠나겠어요. 저도 샤이어를 사랑하지만 어쩐지 떠났으면 하는 생각이 들거든요. 아저씨를 다시 만나 뵙지 못할 것 같은 예감이 들어요."

"동감이야. 그 외에도 여러 가지 많은 예감이 든다네. 이제 잘 있게! 몸조심하고! 자네가 예상치 못할 때 돌아올 걸세. 잘 있게!"

프로도는 문간에서 그를 배웅했다. 간달프는 마지막으로 손을 흔들어 보이고는 놀랄 만큼 빠른 속도로 걸어갔다. 그러나 프로도는 늙은 마법사가 등에 무거운 짐이라도 진 것처럼 오늘따라 유난히 어깨가 무거워 보인다고 생각했다. 땅거미가 밀려오며 외투를 걸친 그의 모습이 어둠 속으로 빨려 들고 있었다. 프로도는 그 후 오랫동안 그를 만나지 못했다.

Chapter 2

과거의 그림자

아흐레가 지나고 또 아흔아흐레가 지났어도 소문은 진정될 기미조차 보이지 않았다. 골목쟁이네 빌보의 두 번째 실종 사건은 1년 넘게 호빗골은 물론 샤이어 방방곡곡의 화젯거리였고, 그 후에도 오랫동안 풍문으로 떠돌았다. 어린 호빗들에게는 난롯가의 옛날이야기가 되었고, 결국 '펑' 하는 폭음과 함께 불꽃을 흩날리며 사라졌다가 황금과 보물이 든 자루들을 가지고 돌아왔다는 미치광이 골목쟁이 이야기는 그들이 가장 좋아하는 전설이 되어 버렸다. 그리고 그 당시 실제로 벌어진 사건들이 모두 잊힌 뒤에도 사람들의 입에는 여전히 오르내렸다.

한편 이웃들의 대체적인 견해는, 항상 머리가 약간 돌아 있던 호빗 빌보가 드디어 완전히 미쳐 푸른 하늘로 날아가 버렸다는 것이었다. 그리고 틀림없이 어느 연못이나 강에 떨어져서, 결코 늦었다고는 할 수 없는 비극적인 최후를 맞았으리라는 것이었다. 비난은 주로 간달프에게 쏟아졌다.

"만일 그 고약한 마법사가 프로도를 혼자 내버려 두기만 한다면 그도 마음을 잡고 제대로 호빗다운 호빗이 될 텐데."

이것이 그들이 수군거리는 이야기였다. 그러나 아무리 기다려도 그 마법사는 나타날 낌새조차 보이지 않았고 프로도도 마음을 잡은 듯했다. 그러나 그가 보여 주는 행동은 마을 사람들을 만족시킬 만큼 호빗다운 행동은 아니었다. 오히려 빌보의 성격을 닮은 듯 그 역시 괴팍해지는 것 같았다. 그는 상복을 입지 않았을뿐더러 이듬

해에는 빌보의 112번째 생일을 기념하는 잔치를 열어 백 파운드 잔치라는 이름을 붙이기도 했다. 그러나 잔치는 예전만 못했고 초대받은 손님도 스무 명뿐이었다. 또한 호빗식 표현으로 음식이 눈처럼 쏟아지고 술이 비처럼 내리붓는 식사도 겨우 몇 끼에 지나지 않았다.

그중에는 충격을 받은 이들도 있었지만 프로도는 모두 익숙해질 때까지 해마다 빌보의 생일잔치를 열었다. 그는 빌보가 죽었다고 생각하지 않는다고 말했지만 호빗들이 "그렇다면 어디에 있냐?"고 물으면 어깨를 으쓱해 보일 뿐이었다.

그는 빌보처럼 혼자 살았다. 그러나 친구는 많은 편이었다. 특히 (대개 툭 노인의 후손들이면서) 어린 시절에 빌보를 좋아해 골목쟁이집을 들락날락하던 젊은 호빗들과 친하게 지냈다. 보핀네 폴코와 볼저네 프레데가가 그런 친구들이었으며, 그와 가장 가까운 친구는 (대개 피핀이라 부르는) 툭 집안 페레그린과, (메리아독이 본명이지만 사람들이 그렇게 불러 주지 않는) 강노루네 메리였다. 프로도는 그들과 함께 샤이어를 돌아다니며 한가하게 지냈다. 그러나 혼자 다니는 때가 더 많았으며 놀랍게도 집을 떠나 멀리 별빛 가득한 언덕과 숲을 헤매는 모습도 가끔 눈에 띄었다. 메리와 피핀은 그가 빌보처럼 가끔 요정들이 사는 곳을 방문하는지도 모른다고 의심했다.

시간이 흐르면서 호빗들은 프로도 역시 나이보다 젊어 보이는 징후가 있음을 알아챌 수 있었다. 겉으로 보기에 그는 20대를 막 벗어난 호빗 청년처럼 건장하고 탄력 있는 몸집이었다. 이웃들은 "복을 한꺼번에 타고나는 이들도 있어!" 하며 그를 부러워했다. 그러나 호빗들이 프로도를 이상하게 생각하기 시작한 것은 그의 나이가 대개는 더 근실한 나이라고 생각되는 50대에 접어들면서부터였다.

프로도 자신은 첫 충격 이후, 자신이 골목쟁이집의 주인이 되고, 골목쟁이 씨로 불리는 것도 그럭저럭 괜찮다는 사실을 깨닫게 되었다. 몇 년 동안 그는 아주 행복했으며 미래에 대해 크게 걱정하지도 않았다. 그러나 어찌 된 영문인지 자기도 모르게, 빌보와 함께 떠났어야 했다는 후회가 조금씩 싹트기 시작했다. 그는 가끔 혼자서, 특히 가을이 되면 거친 산과 들을 방황하는 자신을 발견했다. 한 번도 가 본 적 없는 이상한 산의 환상이 그의 꿈에 나타났다. '아마 언젠가는 나도 저 강을 건너게 되겠지.' 하고 혼자 중얼거린 적도 있었다. 반면 마음 한구석에서는 항상 '아직은 안 돼!' 하는 경계의 목소리도 있었다.

그렇게 세월이 흘러 그의 40대도 끝이 나고 50회 생일이 가까워졌다. 50이란 숫자는 어쩐지 의미심장한 (혹은 불길한) 숫자처럼 느껴졌다. 빌보가 갑자기 모험을 떠난 것도 바로 그 나이 때였다. 프로도는 마음의 안정을 찾을 수가 없었다. 지금까지 너무 안일하게 살아온 것 같은 느낌이 가슴을 뒤흔들었다. 지도를 보며 그 끝에 무엇이 있을까 의문을 품게 되었다. 샤이어에서 만들어진 지도에는 국경너머로 오로지 흰 여백이 있을 뿐이었다. 그는 종종 들판 너머까지, 그것도 혼자서 방황하는 것을 즐겼다. 메리와 다른 친구들은 그를 걱정스러운 눈으로 지켜보기 시작했다. 때때로 당시에 샤이어에 나타나기 시작한 낯선 방랑자들과 함께 걸으며 이야기하는 그의 모습이 눈에 띄기도 했다.

바깥세상에는 이상한 일들이 벌어지고 있다는 풍문이 무성했다. 간달프는 아직 나타나지 않았으며 몇 해 동안 아무 소식도 없었기에 프로도는 수집 가능한 소식은 모두 모았다. 샤이어에는 거의 나타나지 않던 요정들이 저녁 무렵마다 숲을 가로질러 서쪽으로 이동하는 모습이 보였다. 서쪽으로 간 요정들은 다시는 돌아오지 않았다. 그들은 가운데땅의 혼란에 골머리를 앓으며 가운데땅을 떠나고 있었던 것이다. 난쟁이들은 그보다 자주 노상에 나타났다. 난쟁이들은 청색산맥에 있는 자신들의 광산에 갈 때면 항상 샤이어를 통과해 서쪽 회색항구에서 끝나는 고대의 동서대로를 이용했다. 호빗들은 먼 나라 소식을 듣고 싶을 때면 주로 그들에게 의존해 왔다. 난쟁이들은 대개 그리 말이 많지 않았으며 호빗들도 꼬치꼬치 캐묻진 않았다. 그러나 프로도는 먼 나라에서 서쪽으로 피난처를 찾아가는 이상한 난쟁이들을 자주 만났다. 그들은 근심에 가득 차 있었고 어떤 이들은 낮은 소리로 대적(大敵)과 모르도르에 대해 이야기하기도 했다.

호빗들은 까마득한 옛 전설을 통해 모르도르란 이름을 알고 있었다. 그것은 기억의 이면에 있는 그림자 같은 것이었으나 여하튼 불길하고 기분 나쁜 느낌을 주었다. 백색회의에 의해 추방된 어둠숲의 사악한 무리들이 모르도르의 옛 요새에 더 큰 세력을 형성해 다시 자리를 잡은 모양이었다. 암흑의 탑이 다시 세워졌다는 말이 들렸다. 그곳을 중심으로 그들은 먼 곳까지 세력을 뻗쳤으며, 동부와 남부 지방 멀리서는 전쟁을 일으키며 공포 분위기까지 일고 있었다. 산속에서는 오르크들이 다시 득세하기 시작했고 그 멍청하던 트롤 무리도 다시 나타났다. 그들은 예전과 달리 교활했으며 또 끔찍한 무기로 무장했다. 그러나 이 모든 것들보다 사악한 무리들이 나타났다는 소문이 나돌았지만 이름조차 정확하게 알 수 없었다.

물론 이런 모든 이야기가 평범한 호빗들의 귀에까지 들린 것은 아니었다. 그러나 아무리 소문에 어둡고 집에만 붙어 있는 이들도 이상한 소문들을 하나둘 듣기 시작했으며, 사업차 변경까지 가 본 이들은 괴이한 광경들을 보기도 했다. 프로도가 쉰 살 되던 해 봄, 어느 저녁 강변마을의 '푸른용 주막'에서 있었던 대화는 이제 그 소문들이, 비록 대부분의 호빗들은 아직 웃어넘기지만, 이미 샤이어의 평화로운 삶의 중심부에까지 이르렀음을 보여 주었다.

감지네 샘이 난롯가 한구석에 앉아 있었고 반대편에는 방앗간집 아들인 까끌이네 테드가 있었으며 다른 여러 명의 농부 호빗들이 그들의 이야기에 귀를 기울이고 있었다.

"요즘엔 이상한 소문이 많이 들려."

샘이 먼저 말문을 열자 테드가 받았다.

"아, 그런 걸 듣는 사람만 듣지. 난 집에 가면 옛날이야기나 동화만 듣는데?"

"그렇겠지. 그런데 그중에는 꽤 그럴듯한 이야기들도 있단 말이야. 도대체 누가 만들어 낸 걸까? 요즘 세상에 용이 다 나오다니 말이야!"

"난 못 믿겠어. 어릴 땐 그런 이야기도 믿었지만 이제 누가 그런 걸 믿어? 강변마을엔 용이라곤 하나밖에 없어. 뭔지 알아? 바로 이 푸른용 주막의 푸른 용뿐이야."

이 소리에 모두들 한바탕 웃음을 터뜨렸다. 샘도 같이 웃으면서 말을 받았다.

"좋아. 그렇지만 그 나무사람들, 거인들은 어떻게 된 거야? 들리는 얘기론 북부 황야에는 그리 깊이 들어가지 않아도 나무보다 큰 거인들이 산다던데?"

"누가 그래?"

"우리 사촌 할이 그런 얘길 했지. 할은 '언덕위' 마을에서 보핀 씨네 일을 거드는데 사냥하러 북둘레까지 갔다가 그런 거인을 봤다는 거야."

"그걸 어떻게 믿어? 할은 항상 봤다고 하지만 허깨비를 본 건지 어떻게 알아?"

"그렇지만 이번에 본 거인은 키가 느릅나무만 하더라는 거야. 걷는 것도 한 걸음에 7미터를 가는데, 순식간이라는 거야."

"7센티미터겠지. 할이 본 건 십중팔구 거인이 아니라 느릅나무야."

"아까도 말했잖아. 걸어 다니더래. 게다가 북부 황야엔 원래 느릅나무도 없잖아."

"그러면 할이 잘못 본 거지 뭐."

테드의 말에 모두 좋아라 손뼉 치며 웃었다. 테드의 판정승인 셈이었다. 샘이 말했다.

"그렇지만 할패스트 말고도 샤이어를 지나가는 이상한 무리들을 본 이들이 많이 있어. 분명히 지나갔대. 변경에서 돌아온 이들도 많지만 말이야. 그리고 국경수비대도 엄청나게 바쁘게 움직인대. 요정들이 서쪽으로 이동하고 있다는 소리는 아마 들었겠지. 백색탑들을 지나 항구까지 갈 예정이라고 했어."

샘은 자신 없이 한쪽 팔을 들어 흔들었다. 그러나 누구도 바다가 샤이어 서쪽 너머 그 탑들을 지나 얼마나 먼 곳에 있는지 몰랐다. 그러나 옛날부터 서쪽 저 너머의 회색항구에는 가끔 요정의 배들이 돛을 올리고 떠나 다시는 돌아오지 않는다는 전설이 전해지고 있었다.

"그들은 바다를 건너, 건너, 우릴 남겨 두고 서녘으로 떠난다네."

샘은 노래하듯 슬프고 엄숙하게 고개를 끄덕이며 중얼거렸다. 그러나 테드는 웃었다.

"글쎄, 그 옛날이야기라면 새로울 것도 없지. 그 이야기가 우리하고 무슨 상관인지 모르겠어. 배를 타고 가라고 해! 하지만 분명히 말하지만 그들이 배를 타고 떠나는 건 자네도 보지 못했을 뿐 아니라 샤이어에서 어느 누구도 본 적이 없다는 거야."

"글쎄, 확인할 수야 없지."

샘은 골똘히 생각에 잠겨 말했다. 그는 언젠가 숲속에서 요정 한 명을 보았다고 믿었으며 앞으로도 만날 수 있었으면 하는 소망을 품고 있었다. 어린 시절에 들은 많은 전설 중 호빗들이 알고 있던 요정들에 관한 단편적인 이야기나 이젠 반쯤 잊힌 이야기들에서 그는 항상 깊은 감동을 받았다.

"샤이어에도 요정들과 알고 지내고 소식도 주고받는 이들이 가끔은 있잖아. 우리 주인 골목쟁이 씨도 그중 한 분이란 말이야. 그분은 내게 요정들이 배를 타고 떠난다고 말씀하셨지. 또 요정들에 관해 약간은 알고 계신다고도 말이야. 빌보 할아버지는 아는 것이 많았어. 내가 아주 어렸을 때 참 많은 이야기를 들려주셨거든."

"아, 그 집 양반들은 둘 다 정신이 나갔어. 아무리 좋게 보려 해도 빌보 노인은 예전에 미쳤고 프로도는 지금 미쳐 가는 중일 뿐이야. 그 양반들하고 같이 있으면 황당무계한 이야기는 부족하지 않을 거야. 자, 친구들, 이젠 집에 가 봐야지. 건배!"

테드는 자기 잔을 비우고 요란하게 자리에서 일어났다. 샘은 아무 말도 하지 않고 가만히 앉아 있었다. 그는 생각할 것이 많았다. 우선 골목쟁이집 정원에 할 일이 많아 내일은 날이 개면 꽤 바쁜 하루가 될 것 같았다. 잡초는 너무 빨리 자랐다. 그러나 샘의 머릿속을 어지럽히는 것은 정원이 아닌 다른 생각들이었다. 그는 잠시 후 한숨을 내쉬며 일어섰다.

4월 초순의 하늘은 비가 쏟아진 후 다시 맑아지고 있었다. 해가 지자 시원해진 저녁 공기는 조용히 밤 속으로 스며들었다. 그는 초저녁 별들 아래서 생각에 잠겨 나지막하게 휘파람을 불며 호빗골을 지나 언덕 위의 집으로 향했다.

간달프가 오랜만에 다시 나타난 것은 바로 이 무렵이었다. 그는 그 유명한 잔치 후 3년 동안 나타나지 않았다. 그다음 나타나서도 프로도를 잠깐 방문해 정성껏 보살펴 준 뒤 다시 사라졌다. 그 이후 한두 해는 꽤 자주 나타났는데, 해가 지면 갑자기 들이닥쳤다가는 해 뜨기 전에 소리도 없이 사라졌다. 그는 자기가 하는 일이나 여행에 대해 이야기하는 일이 없었고, 오로지 프로도의 건강이나 하는 일에 대해 사소한 데까지 세심하게 신경을 썼다.

그러다 갑자기 그의 방문이 끊겼다. 프로도가 그를 만나거나 소식을 들은 지도 이미 9년이 넘었다. 프로도는 마법사가 이제 호빗들에게 관심이 없어져 다시는 돌아오지 않을 것이라고 생각했다. 그러나 그날 저녁, 어둠이 깔리고 샘이 집을 향해 걷고 있을 때 서재 창문에서 한때 귀에 익은 노크 소리가 들렸다.

프로도는 놀라면서도 반가운 마음으로 옛 친구를 맞아들였다. 그들은 서로를 찬찬히 살펴보았다.

"잘 지내고 있는가? 프로도, 자넨 여전하군!"

"당신도 그렇군요."

프로도는 이렇게 대답했지만 속으로는 간달프가 예전보다 늙고 피곤해 보인다고 생각했다. 그는 간달프에게 바깥세상의 동정에 관해 캐물었다. 그들은 곧 이야기에 빠져들어 밤늦게까지 함께 앉아 있었다.

다음 날 아침 늦게 식사를 마친 후 마법사는 서재 창문을 열고 그 옆에 프로도와 마주 앉았다. 벽난로에서는 불꽃이 활활 타오르고 바깥의 햇볕도 따스했으며 남쪽에서는 상쾌한 바람이 불어왔다. 만물은 신선해 보였고 온 들판과 나뭇가지 끝에서는 싱싱한 초록의 봄이 아른아른 빛나고 있었다.

간달프는 빌보가 손수건 한 장 없이 골목쟁이집을 떠났던, 거의 80년 전의 어느 해 봄을 생각하고 있었다. 그의 머리는 그때보다 백발이 더 성성했고 수염과 눈썹은 더 텁수룩해졌으며, 얼굴은 지혜와 근심으로 더 깊은 골이 파인 듯했다. 그러나 두 눈은 그때와 다름없이 형형하게 빛을 발했고, 그때처럼 즐겁고 힘차게 담배 연기로 동그라미를 만들 수도 있었다.

프로도가 깊은 생각에 잠겨 말없이 앉아 있었기 때문에 그도 조용히 담배를 피우고 있었다. 햇살이 밝게 비치는 좋은 아침이었건만 프로도는 간달프가 가져온 소식 뒤에 숨은 어두운 그림자를 느꼈다. 마침내 프로도가 침묵을 깼다.

"간달프, 어젯밤에 제게 반지에 대해 말씀하시다가 갑자기 멈추셨지요. 그런 얘기는 밝은 낮에 해야 한다면서요. 이제 그 뒷이야기를 마저 해 주시지요. 반지가 제가 짐작하는 것 이상으로 위험하다는 얘기 말입니다. 왜 그렇지요?"

간달프가 입을 열었다.

"여러 가지 이유가 있지. 그건 내가 처음 생각한 것보다 훨씬 더 무서운 반지야. 그 반지의 위력이 얼마나 대단한가 하면 그것을 소유한 사람은 누구나 그 반지에 완전히 압도당하게 되어 있네. 반지가 사람을 소유하게 되는 셈이지. 아주 먼 옛날 에레기온에서는 우리가 마법의 반지라고 부르는 요정의 반지들이 많이 만들어졌지. 물론 그것들 중엔 온 세상을 뒤흔들 만한 위력을 발휘하는 것도 있었고, 그보다는 좀 못한 것도 있었지. 별 위력을 발휘하지 못하는 반지들은 기술이 세련되기 전에 시험 삼아 만든 것들이라 보석세공요정들이 보기엔 하찮은 것들일 수도 있지만 사실 그것들조차 인간들에겐 위험하다고 여겨지고 있네. 그러니 위대한 반지들, 힘의 반지들은 당연히 훨씬 더 위험하지.

프로도, 인간들은 위대한 반지들 중 하나만 가져도 영원히 죽지 않을 수 있어. 물론 더 성장하거나 힘을 얻는 것은 불가능하지만 최소한 죽지 않고 생명이 유지되는데, 그러다가 결국은 순간순간이 권태로워지지. 그리고 만약 다른 사람에게 자기 형체를 감추기 위해 반지를 자주 사용하게 되면 몸이 점점 '소멸'되지. 그러다가는 영원히 우리 눈에 보이지 않게 되고, 결국에는 반지를 지배하는 암흑의 권능이 감시하는 미명의 지대를 헤매게 되어 있어. 언젠가는 말이야. 혹 의지력이 강하거나 원래 선량한 사람이라면 그 순간이 다소 지연될 수도 있겠지만, 의지력이나 선량함이라는 것도 영원히 지속

될 수는 없는 법일세. 결국엔 암흑의 권능에 사로잡히고 만다는 것이지."

"아니, 그럴 수가!"

프로도가 외쳤다. 다시 긴 침묵이 흘렀다. 정원에서 감지네 샘이 잔디를 깎는 소리만이 침묵의 틈을 비집고 들어올 뿐이었다.

프로도가 마침내 입을 열었다.

"언제부터 알고 계셨습니까? 빌보 아저씨는 얼마나 알고 계시지요?"

"빌보가 자네한테 말해 준 게 아마 알고 있는 전부일 걸세. 내가 자넬 잘 돌봐 주리라 믿는다 해도, 위험하다고 생각되는 것을 자네에게 줄 리는 없잖은가 말이야. 빌보는 그 반지가 아주 아름다울 뿐만 아니라 필요할 때는 요긴하게 사용할 수도 있다고 생각했겠지. 무슨 불길한 일이나 이상한 일이 일어나면 그게 다 자기 탓이라고 생각했거든. 그는 바로 그 점이 자기 마음을 갉아먹는다고 노심초사했지만 설마 반지 때문에 그렇게 되었다고는 꿈에도 생각 못 했거든. 하긴 반지를 잘 지켜야 한다는 것은 알고 있었지. 그 반지는 크기나 무게가 일정하지 않아서 이상하게 갑자기 느슨해지거나 조여지기도 한다는 거야. 그래서 애초에 낄 때는 꼭 맞았다가도 갑자기 손가락에서 빠지는 일이 생기는 거야."

"그래요. 마지막 편지에서 그걸 조심하라고 하셨어요. 그래서 항상 줄에 꿰어 두고 있지요."

"잘했네. 빌보는 자기가 그 나이가 되도록 그렇게 정정하게 버틸 수 있는 것이 바로 그 반지의 위력 덕분이라는 걸 까맣게 모르고, 다만 타고난 건강 덕분이라고 자랑했지. 사실은 점점 불안과 근심에 사로잡혀 갔었지만 말이야. 빌보도 자기가 말라비틀어져 간다고 말했거든. 반지가 지배하고 있다는 증거였어."

"언제부터 알고 계셨습니까?"

프로도는 다시 물었다.

"알고 있었느냐고? 프로도, 내가 알고 있는 것이라곤 현자들의 지혜를 넘지 못한다네. 그렇지만 자네 말이 '이 반지에 대해 알고 있었느냐'는 뜻이라면 글쎄, 아직 모른다고 하는 게 맞겠지. 마지막으로 해 봐야 할 실험이 하나 있어. 내 짐작이 거의 맞을 테지만 말이야. 내가 언제부터 그 반지를 의심하기 시작했더라?"

그는 기억을 돌이키며 생각에 잠겼다.

"보자, 빌보가 반지를 발견한 것이 언젠가 하면 다섯군대 전투가 벌어지기 전, 백색회의가 암흑의 권능을 어둠숲에서 추방하던 해였지. 그때 어두운 그림자가 내 가슴을 짓누르는데 나 자신도 무엇을 두려워하고 있는지를 몰랐네. 종종 골룸이 '위대한 반지' — 그 점은 어쨌든 처음부터 분명했는데 — 를 어떻게 손에 넣었는지 궁금하기는 했지. 그때 빌보가 반지를 입수한 경위를 털어놓은 거야. 처음엔 도저히 믿을 수가 없었다네. 마침내 그에게 진실을 얻어 냈는데 그때 언뜻 빌보가 유난히 반지의 소유권을 주장한다는 느낌을 받았지. 골룸이 반지를 자기 '생일 선물'이라고 우기던 것과 똑같은 현상이었어. 둘의 거짓말은 너무 비슷했기 때문에, 나는 마음이 편치 않았네. 그 반지가 이미 그에게 사악한 힘을 행사하기 시작했다는 것이 분명해진 거지. 그때가 처음으로 진짜 문제가 있다고 느꼈던 때였네. 빌보에게 그런 반지는 쓰지 말고 내버려 두는 게 낫다고 충고했지만 그는 내 말을 듣지 않고 도리어 화를 냈지. 어쩔 도리가 없었어. 그를 을러대서 빼앗을 수도 없었고, 또 내겐 그럴 권리도 없었지. 지켜보며 기다리는 도리밖에 없더군. 백색의 사루만과 상의할 수도 있었지만 그때마다 무슨 일이 생겼지."

"그가 누구죠? 한 번도 들어 본 적 없는 이름인데요?"

"아마 그렇겠지. 예나 지금이나 호빗들은 그와 별 상관 없었지. 하지만 그는 현자들 중에서도 가장 대단한 인물이야. 우리 마법사들의 우두머리이자 백색회의 의장이었네. 그의 지혜는 심오한 경지에 이르렀다고 할 수 있어. 하지만 그 때문에 오히려 오만해져서 남의 참견을 불쾌하게 생각했지. 그는 아주 오랫동안 요정들의 반지에 대한 비밀을 캐내기 위해 광적으로 연구했네. 백색회의에서 반지가 거론되었을 때 반지에 관해 그가 하는 이야기를 듣고 나는 걱정을 많이 덜었지. 그래서 의심도 안 하게 되었어. 물론 조금은 불안했지만 말이야. 여전히 지켜보면서 기다리는 수밖에 없었지.

빌보에겐 아무 탈이 없었고 세월은 그렇게 흘러갔다네. 문제는 그 세월이란 것이 빌보의 나이와 무관하게 흐른다는 것이었어. 다시 근심의 그림자가 가슴을 답답하게 짓누르더군. '외가 쪽으로 장수하는 집안이니까 그럴 수도 있겠지, 좀 더 기다려 보자.' 하고 스스로 마음을 가라앉히면서 기다렸어.

빌보가 이 집을 떠나던 날 저녁까지 난 기다렸네. 그런데 그날 그가 한 말이나 행동은 사루만의 설명으로는 도저히 이해할 수 없는 공포를 느끼게 했지. 나는 마침내 어떤 치명적인 어둠의 힘이 그를 조종하고 있음을 알았어. 그 후 지금까지 여러 해 동안 그 비밀을 알아내려고 애를 썼네."

"그렇다면 빌보 아저씨가 무슨 결정적인 해를 입게 되신 건 아니지요? 시간이 지나면 아저씨도 괜찮아지겠지요? 별 탈은 없는 거죠?"

프로도는 근심스럽게 물었다.

"빌보는 곧 좋아졌어. 그렇지만 이 세상에 반지들과 그 위력에 대해 다 알고 있는 세력은 하나뿐이지. 그래도 내가 알고 있는 한 호빗들에 관해 속속들이 알고 있는 세력은 이 세상 어디에도 없네. 현자들 중에서도 호빗의 역사에 관심 있는 이는 나뿐이었지. 자네들 호빗의 역사는 불확실하면서도 경이로움으로 가득 차 있어. 자네 호빗들은 버터처럼 부드럽다가도 어떤 때는 고목 뿌리보다 거칠어질 수 있지. 그런 점에서 호빗은 다른 현자들이 생각하는 것보다 오랫동안 그 반지의 위력에 대항할 수 있는지도 몰라.

빌보를 염려할 필요는 없네. 물론, 빌보는 상당히 여러 해 동안 반지를 지니고 있었고 또 여러 번 사용했으니 그 마력에서 벗어나는 데는 오랜 시간이 걸릴 걸세. 가령, 다시 반지를 보아도 안전할 때까지 말이지. 그렇게만 된다면 그는 아직 좀 더 오래 그리고 행복하게 살 수 있겠지. 빌보는 반지와 떨어진 순간부터 행복해진 거야. 왜냐하면 그는 자기 의지로 그 반지를 떠난 것이니 말일세. 그게 중요한 점이지. 그래, 난 이제 빌보 걱정은 하지 않네. 반지를 놓아 버렸거든. 지금 내가 걱정하는 건 바로 자네야.

빌보가 떠난 후 난 자네를 비롯해서 매력적이면서도 어리석고 무력한 모든 호빗들을 자세히 지켜보았어. 암흑의 권능이 샤이어를 정복한다면 그건 이 세상에는 정말 엄청난 타격이겠지. 착하고 쾌활하고 멍청한 볼저, 나팔수, 보핀, 조임띠, 물론 우스꽝스러운 골목쟁이네까지 모두 그의 노예가 된다면 말이야.”

프로도는 몸을 떨었다.

“우리가 왜요? 왜 우릴 노예로 만들려는 거죠?”

“솔직히 말해 그는 지금까지, 잘 듣게, 적어도 지금까지는 호빗의 존재를 완전히 잊고 있었지. 감사해야 될 일이야. 하지만 자네들의 평화도 이젠 끝났네. 그는 유능한 부하들이 많으니 자네들을 필요로 하지는 않겠지만 이젠 자네들을 다시는 잊지 않을 거야. 자유와 행복을 누리는 호빗들보다 불쌍한 노예 호빗들이 그의 마음에 든다면 할 수 없는 거야. 여기엔 원한과 복수가 개입되어 있다네.”

“복수라고요? 무슨 복수 말입니까? 빌보 아저씨와 저와 우리의 반지가 도대체 그와 무슨 관계란 말입니까?”

“아주 관계가 깊지. 자넨 아직 진짜 위험을 모르고 있네. 이야기해 주지. 지난번 내가 여기 왔을 때는 나도 잘 몰랐다네. 그러나 이제 이야기해야 할 때가 온 것 같군. 그 반지를 잠깐 보여 주게.”

프로도는 허리띠에 줄을 달아 꿰어서 바지 주머니에 넣어 둔 반지를 꺼냈다. 그러고는 줄을 끌러 그것을 마법사에게 천천히 넘겨주었다. 그런데 갑자기 반지가 매우 무겁게 느껴졌다. 반지인지 프로도인지 어느 쪽인지는 모르겠으나 마치 간달프가 반지를 만지는 것을 꺼리기라도 하는 듯했다.

간달프는 반지를 받아 높이 들어 보였다. 그것은 순금으로 만들어진 것 같았다.

“무슨 무늬가 보이는가?”

“안 보여요. 아무것도 없어요. 긁히거나 닳은 자국도 없이 매끈한데요.”

“그렇다면 잘 보게.”

프로도에게 불안과 경악을 동시에 주려는 듯 마법사는 갑자기 반지를 이글거리는 벽난로에 던져 버렸다. 프로도는 비명을 지르며 부젓가락을 찾았지만 간달프가 그를 제지했다.

“기다려 보게!”

그는 찡그린 얼굴로 프로도를 흘끗 바라보며 위엄 있는 목소리로 말했다. 반지에는 아무런 변화가 일어나지 않았다. 간달프는 잠시 후 일어나 창문 밖 겉창을 닫고 커튼을 쳤다. 방 안은 어둠과 정적에 휩싸였고 창문 가까운 데서 잔디를 깎는 샘의 재깍대는 가위질 소리만 희미하게 들려왔다. 마법사는 잠시 불 속을 응시하며 서 있었다. 그러다가 허리를 숙여 부젓가락으로 반지를 꺼내 곧바로 집어 들었다. 프로도는 숨을 죽였다.

“꽤 차가울걸. 만져 보게.”

프로도는 떨리는 손바닥 위에 반지를 올려놓았다. 반지는 아까보다 굵어지고 무거워진 듯했다.

“들어서 자세히 살펴보게.”

프로도는 반지 둘레 안팎에 아주 정교한 펜으로도 그릴 수 없는 가는 선들이 새겨진 것을 발견했다. 불꽃으로 드러난 가는 선들은 유려한 필치로 흘려 쓴 어떤 문자처럼 보였다. 그것들은 깊은 심연에서 튀어나온 듯 아득하면서도 대단히 밝은 빛을 뿜고 있었다.

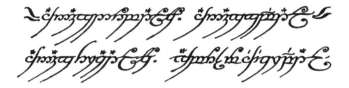

"이 불꽃 같은 문자는 못 읽겠어요."
프로도는 떨리는 목소리로 말했다.
"그렇겠지. 난 읽을 수 있네. 이 문자는 옛날 방식으로 쓴 요정 문자인데, 적혀 있는 것은 모르도르의 언어야. 그대로 읽을 필요는 없겠지. 우리가 쓰는 공용어로 옮기면 대충 이런 뜻이야."

> 모든 반지를 지배하고, 모든 반지를 발견하는 것은 절대반지,
> 모든 반지를 불러 모아 암흑에 가두는 것은 절대반지.

"하지만 이것은 요정들의 이야기 가운데서 널리 알려진 시의 두 구절일 뿐이야."

> 지상의 요정 왕들에겐 세 개의 반지,
> 돌집의 난쟁이 왕들에겐 일곱 개의 반지,
> 죽을 운명을 타고난 인간들에겐 아홉 개의 반지,
> 어둠의 권좌에 앉은 암흑의 군주에겐 절대반지
> 어둠만 살아 숨 쉬는 모르도르에서.
> 모든 반지를 지배하고, 모든 반지를 발견하는 것은 절대반지,

모든 반지를 불러 모아 암흑에 가두는 것은 절대반지
어둠만 살아 숨 쉬는 모르도르에서.

　그는 노래를 멈추고 굵고도 낮은 소리로 천천히 말을 잇기 시작했다.
"이것이 최고의 반지, 즉 모든 반지를 지배하는 절대반지일세. 그가 아주 먼 옛날에 잃어버린 절대반지란 말이야. 그 때문에 그의 힘은 약해졌고, 지금 이것을 찾기 위해 혈안이 되어 있는 거지. 그러니 이 반지는 절대로 그의 손에 들어가서는 안 되네."
　프로도는 꼼짝 않고 묵묵히 앉아 있었다. 동쪽에서 검은 구름이 일어나 거대한 공포의 손이 되어 자기를 덮치는 것만 같았다. 그는 더듬거리며 물었다.
　"이 반지가! 도대체 이 반지가 어떻게 제 손에 들어온 거죠?"

　간달프가 이야기를 시작했다.
　"아! 이야기를 하자면 길다네. 전승의 대가들만이 기억하는 저 먼 암흑기에 사건은 시작되었지. 자네에게 그 이야기를 다 하자면 이 봄이 지나 겨울이 와도 우린 여기 앉아 있어야 할 거야.
　어젯밤 암흑군주 사우론에 대해 말했었지. 자네가 지금까지 들은 소문은 사실이야. 그는 다시 일어나 어둠숲의 요새를 버리고 암흑의 탑이 있는 모르도르의 옛 성채로 돌아갔어. 모르도르란 이름이 옛날이야기 어느 한구석에 어두운 그림자처럼 깔려 있는 것을 자네들 호빗들도 들은 적이 있을 거야. 그 어둠의 그림자는 한 번 패한 뒤에도 언제나 다른 형태로 다시 나타나지."
　"우리 시대에는 제발 나타나지 않았으면 좋겠는데요."
　"나도 그렇고, 이 시대를 살아가는 모든 사람이 그런 심정이겠지. 하지만 시대는 우리가 선택하는 게 아니지 않나? 우리가 해야 할 일은 주어진 시대를 어떻게 살아가는가 하는 거야. 프로도, 이미 우리

시대는 어두워지고 있네. 대적은 빠른 속도로 세력을 키우고 있고, 그의 계획은 아직 완성은 안 되었지만 상당히 진척된 것이 사실이야. 이 반지로 인한 시련이 없다고 할지라도 역시 우리는 매우 위험하고 험난한 시대를 살 수밖에 없네.

그런데 대적은 아직 한 가지 무기를 갖추지 못한 거야. 그에게 모든 저항을 물리칠 수 있는 힘과 지혜를 주고 최후의 저항 세력까지 정복해서 세상을 순식간에 암흑 속에 몰아넣을 무기 말이지. 그것이 바로 절대반지일세.

원래 요정들이 가지고 있던 세 개의 반지는 반지들 중에서 가장 아름다운 것이네. 그런데 요정 왕들이 그가 찾지 못하게 반지를 감추었기에 손에 넣을 수 없었지. 난쟁이들이 가지고 있던 일곱 반지 중에서 셋은 그가 다시 빼앗았고, 나머지는 용들이 삼켜 버렸지. 그렇지만 그는 아홉 반지를 오만무도한 아홉 명의 인간들에게 주어 올가미를 씌워 버린 거야. 오래전부터 그들은 절대반지의 지배하에 들어가 반지악령, 즉 그의 가장 무시무시한 심복이 되어 암흑의 그림자를 추종하는 작은 그림자로 행세하게 된 거라네. 아주 오래전의 일이지. 아홉 반지가 세상에 횡행하던 것도 벌써 오래전의 일이야. 하지만 누가 알겠나? 암흑의 그림자가 다시 세력을 떨치고 있으니 그들도 다시 곧 나타날 걸세. 잠깐! 샤이어의 아침이 아무리 밝고 환해도 이런 이야기는 그만하는 것이 낫겠네.

결론지어 말하자면 지금 상황은 어렵게 된 거야. 아홉 반지는 그의 휘하에 들어 있고 일곱 반지도 역시 그렇지. 나머지는 파괴되었으니까. 세 개의 반지는 아직 숨어 있지만 그를 괴롭히지는 못할 거야. 그러니 이제 그는 절대반지만 찾으면 모든 것을 갖추는 셈이지. 그 반지는 그가 직접 만들었으니 그의 것이고, 또 과거 그의 능력 가운데 상당 부분이 거기에 감추어져 있으니 다른 모든 반지를 지배할 수도 있는 거라네. 만일 그가 그것을 다시 손에 넣는다면 나머지

반지들이 어디 있건, 심지어 세 개의 반지까지도 그의 수중에 들어
갈 것이고, 그것들로 일구어 낸 모든 것들도 무방비하게 노출되어
그는 이전보다 강해지겠지.

프로도, 상황이 이렇게 급박하게 되어 있다네. 그는 요정들이 절
대반지를 파괴해서 사라졌다고 믿고 있었지. 그렇게 되었어야만 했
어. 하지만 이제 그것이 파괴되지 않았고 다시 발견되었음을 알게 되
었으니 그는 지금 절대반지를 찾는 데 혼신의 힘을 기울이고 있는
거야. 그것은 그에게는 커다란 희망이지만 우리에게는 엄청난 공포
일 뿐이야."

"왜 그 반지는 파괴되지 않았지요? 또 대적이 그렇게 강하다면,
그리고 그것이 그렇게도 소중한 것이라면 왜 잃어버렸지요?"

프로도는 어둠의 손가락들이 반지를 낚아채 가려는 위험을 느끼
기라도 한 듯 반지를 쥔 손에 힘을 주며 물었다.

"그건 그에게서 빼앗은 것이었어. 과거에는 그에게 대항하는 요
정들의 힘이 막강한 때가 있었네. 인간들도 모두 요정에게서 등을
돌렸던 것은 아니었고. 서쪽나라 사람들이 그들을 도우러 왔으니까
말이야. 유구한 역사 속에서도 이런 대목은 참 기분 좋게 들을 수 있
는 대목일세. 그때도 물론 어둠이 위세를 떨치던 암울한 시대이긴
했지만, 위대한 용기나 위대한 역사가 전혀 없지는 않았어. 언젠가
는 그 이야기를 모두 들려줄 수 있을 걸세. 아니면 나보다 잘 알고 있
는 사람한테서 처음부터 끝까지 자세히 들을 수 있을지도 모르지.

지금으로서는 어떻게 해서 이 반지가 자네 손에 들어오게 되었는
가 하는 점이 관심사이니, 물론 그 이야기도 상당히 길지만, 내가 알
고 있는 것은 다 이야기하지. 사우론을 물리친 것은 요정의 왕 길갈
라드와 서쪽나라 사람 엘렌딜이었네. 그들도 물론 전사하고 말았지
만 말이야. 엘렌딜의 아들 이실두르가 사우론의 손가락을 자르고
반지를 빼앗아 자기 것으로 만들었지. 사우론은 그렇게 패배했고

그의 혼은 심연으로 사라졌다가 다시 어둠숲에 그림자로 나타날 때까지 오랜 세월 숨어 지내야만 했네.

그러나 반지도 사라지고 말았어. 안두인대하로 가라앉아 버린 거지. 왜냐하면 이실두르가 그 강 동쪽 기슭을 따라 북쪽으로 행군하던 중에 창포벌판 근처에서 산속의 오르크들에게 기습을 받았기 때문이야. 그 부하들은 대부분 살해당했고 그도 강물에 뛰어들었지만 오르크들의 화살을 맞아 죽었지. 하지만 반지는 물에 떠내려가던 이실두르의 손에서 빠져 버렸네."

간달프는 잠시 숨을 돌렸다가 다시 말을 이었다.

"그렇게 반지는 창포벌판의 어느 어두운 물속에서 사람들의 이야기와 전설에서 멀어진 채 잊혀 있었지. 이 정도의 이야기도 아는 이는 극소수에 지나지 않아. 백색회의에서도 그 이상은 알 수 없었지. 하지만 그 후의 이야기를 내가 들려줄 수 있네."

"오랜 세월이 흐른 뒤, 하지만 여전히 오래전인 옛날, 야생지대 변경 안두인대하 기슭에 손재주가 뛰어나고 발이 빠른 소인족이 살았다네. 이들은 호빗과 유사한 종족으로 짐작되는데, 풍채 혈통의 먼 조상에 가까운 편이었지. 그들은 강을 사랑하여 수영을 즐기기도 하고 갈대로 작은 배를 만들기도 했지. 그들 중에 특히 존경받는 가문이 있었는데, 그들은 다른 가문보다 수적으로도 우세하고 부유했으며 그들의 오랜 역사에 정통한 엄격한 품성의 한 노부인이 집안을 이끌고 있었어. 또한 그 집안에는 호기심이 많고 무슨 일이든 알고 싶어 하는 스메아골이라는 젊은이가 있었지. 그는 사물의 근원과 뿌리에 관심이 많아서 깊은 강으로 뛰어내리거나 자라나는 풀과 나무 밑을 파 보기도 하고 푸른 산에 굴을 뚫기도 했다네. 그는 산꼭대기나 나뭇잎이나 들에 핀 꽃 한 송이도 무심히 바라보는 일이 없었어. 그래서 그의 머리와 두 눈은 항상 아래를 향하고 있었지.

그에게는 데아골이라는 친구가 있었는데, 그는 눈매가 날카로웠지만 스메아골보다는 동작이 굼뜨고 힘도 약했어. 한번은 둘이 함께 배를 타고 꽃갈대와 창포가 무성한 창포벌판으로 내려갔지. 스메아골이 배에서 내려 강둑을 이리저리 돌아다니며 냄새를 맡는 동안 데아골은 배에 남아 낚시를 했어. 그런데 갑자기 커다란 물고기가 낚시에 걸린 걸세. 데아골은 자기 위치를 확인하기도 전에 그만 물에서 당기는 힘에 끌려 강바닥까지 내려가고 말았어. 거기서 데아골은 낚싯줄을 놓았는데, 강바닥에서 뭔가 반짝이는 물건을 발견했기 때문이지. 그래서 숨을 참고는 그 물건을 잡았지.

그러고는 머리에 물풀과 진흙을 잔뜩 묻힌 채 물 위로 머리를 내밀어 숨을 돌리고는 강둑으로 헤엄쳐 나왔다네. 그런데 놀랍게도 진흙을 씻어 내자 그의 손에 아름다운 금반지가 쥐어져 있던 걸세. 햇빛 속에서 아름답게 빛을 발하는 반지를 보며 그는 무척 좋아했지. 그렇지만 데아골이 반지를 바라보며 좋아하는 것을 나무 뒤에서 지켜보던 스메아골이 뒤에서 살그머니 다가와서 친구 어깨 너머로 말했어.

'사랑하는 친구 데아골, 그걸 내게 줘.'

'왜?'

'오늘은 내 생일이니까, 친구. 난 그걸 갖고 싶어.'

'안 되겠는데! 선물은 이미 정성껏 해 주었잖아. 이건 내가 발견했으니까 내가 갖겠어.'

'너, 진심이야?'

스메아골은 그렇게 묻고는 데아골을 붙잡아 목을 졸라 죽여 버렸네. 반지의 금빛은 너무도 찬란하고 아름다웠거든. 그리고 그는 반지를 손가락에 끼었지. 데아골이 어떻게 되었는지는 아무도 알 수 없었네. 집에서 상당히 떨어진 곳에서 살해당했기 때문에 아무도 시체를 발견할 수 없었지. 스메아골은 혼자 집으로 돌아오다, 자기가 반지를 끼고 있으면 가족들이 아무도 자기를 보지 못한다는 사실을 알았네. 그는 몹시 기뻐하며 반지를 잘 감추어 두었지. 그는 반지를 이용해 남의 비밀을 염탐하고는 그 비밀로 못된 일을 벌였어. 그러다 보니 남을 해치는 모든 일에 눈이 밝아지고 귀가 트였지. 반지가 그의 적성에 맞는 능력을 부여한 걸세. 친척들이 모두 그를 싫어하고 그가 나타나면 피하게 된 것도 당연한 결과였지. 그들이 그를 발로 차면 그는 오히려 그들의 발꿈치를 물고 늘어졌어. 그는 도둑질에 재미를 붙였고 혼자 중얼거리고 돌아다니며 목에서 '골룸 골룸' 하는 끔찍한 소리를 냈지. 그래서 그들은 그를 골룸이라 부르고 욕하면서 멀리 떠나기를 요구했고, 그의 할머니는 평화를 원했기 때문에 그를 가문에서 추방하고 굴집에서 내쫓아 버렸네.

골룸은 외로이 방황하며 세상의 무정함에 조금은 슬퍼하기도 했지. 그렇게 안두인대하를 따라 오르다가 산맥에서 흘러내리는 지류를 발견하고 그쪽으로 올라갔다네. 그는 보이지 않는 손가락으로 깊은 물속에서 물고기를 잡아 날것으로 먹으며 살았지. 날씨가 몹시 무덥던 어느 날, 물에 고개를 처박고 있던 그는 뒷머리가 불타는 듯 따가워지고 수면에 반사된 반짝이는 햇빛이 자신의 젖은 눈을 아프게 파고드는 것을 느꼈네. 그는 너무도 오래 태양을 잊고 살았기 때문에 그 돌발적인 광선의 아픔에 아연 놀랐던 거야. 그러고는 마지막으로 고개를 들어 태양을 올려다보고 주먹질을 해 댔지.

그러나 고개를 내리다가 그는 저 멀리에 강의 흐름이 시작되는 안개산맥을 보게 되었네. 순간 이런 생각이 떠올랐던 거야. '저 산속은 그늘지고 시원할 거야. 거기서는 태양도 나를 어쩌지 못 하겠지. 이 산맥의 뿌리야말로 진짜 산뿌리임이 틀림없어. 거기엔 태초부터 지금까지 한 번도 발견되지 않은 대단한 비밀이 감춰져 있을 거야.'

그래서 그날 밤 당장 산 위로 기어 올라갔고, 검은 지류가 시작되는 작은 동굴을 발견했지. 그는 그 굴을 통해 구더기처럼 천천히 산으로 기어들어 누구의 눈에도 띄지 않는 곳에 숨어 버린 거지. 반지도 그와 함께 어둠 속으로 사라졌고, 그 무렵 다시 자신의 힘을 모으기 시작한 반지의 주인도 반지에 대해선 아무것도 알 수가 없게 되었다네."

이야기를 듣고 있던 프로도가 소리쳤다.

"골룸! 골룸? 그놈이 바로 빌보 아저씨가 만난 그 골룸이라는 괴물인가요? 아주 구역질 나는 놈이던데요!"

"어떻게 보면 슬픈 이야기이기도 하지. 이런 일은 다른 이에게도 일어날 수 있어. 물론 내가 알고 있는 호빗에게도 일어날 수 있고."

"골룸이 호빗하고 관계가 있다는 건 믿어지지 않네요. 생각조차 하기 싫은 이야기예요."

프로도는 열을 내며 말했다.

"그렇지만 사실이야. 여하튼 그들의 족보는 호빗들보다 내가 더 잘 알고 있을 걸세. 심지어 빌보의 이야기에도 혈연 관계를 암시하는 게 있지. 빌보와 골룸의 생각과 기억의 배경에는 아주 유사한 점이 대단히 많았네. 그들은 서로 너무 잘 알고 있었단 말이야. 호빗이 난쟁이나 오르크 또는 요정에 대해 알고 있는 것보다 잘 알고 있었지. 우선 그들이 서로 풀었던 수수께끼만 해도 그렇지 않은가?"

"그렇긴 하군요. 하지만 호빗 말고 다른 종족들도 수수께끼 내기를 하잖아요? 비슷한 내용도 있을 수 있고요. 호빗은 속임수를 몰라요. 그런데 골룸은 항상 속일 생각만 했어요. 그는 불쌍한 빌보 아저씨를 방심하게 할 심산이었지요. 그리고 아마도 그의 사악한 성격이 그 내기를 즐긴 것 같아요. 이기면 먹이를 쉽게 얻지만 지더라도 크게 손해 볼 일은 없었거든요."

"정말 맞는 얘길세. 하지만 내 생각엔 자네가 간과하는 점이 있는 것 같네. 골룸조차도 완전히 타락한 것은 아니었어. 그는 어느 현자가 짐작할 수 있었던 것보다 훨씬 강인했지. 호빗처럼 말이야. 그의 마음 한구석에는 아직 자신의 본성이 남아 있었다네. 그래서 마치 어둠 속으로 한 줄기 빛이 새어 들듯 과거의 빛이 그의 마음에 비칠 수 있었던 거야. 사실 다정한 목소리를 다시 듣는다는 것만 해도 얼마나 즐거웠겠는가. 바람과 나무, 풀밭에 비치는 햇빛 등, 그 모든 잊힌 것들에 대한 향수를 빌보의 목소리가 되살려 준 셈이지.

그러나 물론 그의 마음에 있는 사악한 심성이 치유되거나 극복되지는 않았으니까 빌보의 목소리는 오히려 사태를 더 악화시켰을 뿐이었지만 말이야."

간달프는 한숨을 쉬고 다시 이야기를 이었다.

"애석하게도 그의 사악한 심성이 고쳐질 가능성은 거의 없었다네. 하지만 전혀 없는 것은 아니었어. 그는 자기도 기억할 수 없을 만큼 오래 반지를 가지고 있었지만 사실 마지막으로 손가락에 낀 것은 아주 오래전이었거든. 칠흑같이 어두운 곳에 숨어 살다 보니 반지는 거의 사용할 필요가 없었던 거지. 그러니 실제로 몸이 '소멸'되어 가지도 않았던 게 확실해. 몸은 야위었으면서도 여전히 튼튼했지. 그러나 물론 그 반지는 그의 마음을 갉아먹었고, 그 고통은 거의 참을 수 없을 지경에 이르렀지.

산속의 모든 '위대한 비밀'도 알고 보니 텅 빈 어둠뿐이란 것이 드러났고, 이젠 더 이상 발견할 것도 없고 할 일도 없어서 몰래 더러운 걸 잡아먹거나 쓰라린 과거를 회상하는 것이 소일거리였지. 그야말로 불쌍한 처지였던 거야. 그는 어둠을 증오했지만 빛은 더욱 싫어했고 만물을 증오했다네. 그중에서도 반지를 가장 증오했지."

"이해할 수가 없군요. 반지가 그의 보물이며 또 유일하게 좋아한 거라면서요? 그걸 증오했다면 왜 버리고 멀리 떠나지 않았을까요?"

"지금쯤이면 자네도 이해가 될 법한데, 프로도. 그는 자신을 미워하면서도 사랑한 것처럼 반지도 미워하면서 사랑한 거야. 반지를 거부할 수 있는 힘이 그에겐 이제 전혀 남지 않았던 거지.

프로도, 힘의 반지는 자신을 스스로 지킨다네. 반지가 주인을 버리고 떠날 수는 있지만 주인이 그것을 버릴 수는 없는 거야. 기껏해야 다른 사람에게 맡길 수는 있지. 하지만 그것도 반지의 노예가 되기 전의 초기에나 가능한 일이야. 내가 알기로는 역사상 유일하게 빌보만이 그 일을 해냈네. 그 역시 내 도움이 필요했지만. 그렇지만 빌보조차도 반지를 내려놓거나 포기하지 못했을 수도 있어. 프로도, 결정을 내린 것은 골룸이 아니라 바로 반지야. 반지가 골룸을 떠난 것이지."

"아니, 빌보 아저씨가 나타난 바로 그 시간에 맞춰서 말인가요? 반지로서는 오르크가 더 낫지 않았겠어요?"

"이건 웃을 일이 아닐세. 특히 자네에겐 말이야. 그건 지금까지 반지의 오랜 역사를 통틀어 가장 희한한 일이었어. 우연히 그때 빌보가 그곳에 나타나 아무것도 보이지 않는 캄캄한 어둠 속에서 반지를 손에 잡은 그 사건은 말이야.

프로도, 이 일에는 또 다른 힘이 작용하는 것 같네. 반지에게는 자기의 진짜 주인한테 돌아가려는 회귀 본능이 있다고 할까? 그것은 이실두르의 손가락을 빠져나와 그를 배반했고 다음 기회가 왔을 때는 데아골을 붙잡아 죽음을 가져다주었지. 그다음에는 골룸을 노예로 삼은 건데 골룸이 너무도 보잘것없고 하찮은 존재라서 그를 더 이상 이용할 수가 없게 되었던 거야. 골룸과 함께 있는 한, 그 깊은 웅덩이를 떠날 가망은 없었으니까. 바로 그 무렵에 그 주인이 다시 일어나 어둠숲에서 세력을 떨치기 시작하자 골룸을 배반한 거지. 결국 터무니없이, 상상도 못 한 빌보의 손에 들어갈 줄이야 몰랐겠지만. 샤이어의 빌보에게 말이야!

이렇게 보면 이 사건의 이면에는 반지를 만든 자의 계획마저 뛰어넘는 어떤 다른 힘이 작용하는 것으로 짐작이 돼. 쉽게 말하자면 빌보가 반지를 발견하게 (그 주인이 아닌 다른 누군가가) 계획했다는 거야. 그렇게 생각한다면 자네가 반지를 가지게 된 것도 누군가의 뜻에 따른 셈이며, 따라서 이 사실은 우리에겐 큰 위안이 되는 거지."

"말씀하시는 뜻을 잘은 모르겠지만 설마 그럴 리야 있겠어요? 그런데 이 반지와 골룸에 대해 어떻게 그렇게 상세하게 아시죠? 막연한 추측은 아니겠죠?"

프로도를 바라보는 간달프의 눈이 빛을 발했다.

"난 많은 것을 알고 많은 것을 공부했지. 하지만 내가 하는 모든 일을 자네한테 설명할 필요야 없지 않겠나? 엘렌딜과 이실두르, 절대반지의 역사에 대해서는 현자들이라면 모두 알고 있네. 자네의 반지는 다른 어떤 증거보다도 그 불꽃 문자로 미루어 볼 때 절대반지임이 분명하네."

"언제 그것을 확신하게 되셨죠?"

프로도가 말을 가로막으며 물었다. 그러자 간달프는 날카롭게 대답했다.

"물론 바로 지금 이 방에서지. 하지만 예상은 했었네. 이 마지막 실험을 하기 위해 나는 그 멀고도 어두운 여행에서 돌아온 거야. 그것은 마지막 증거였고, 이제 모든 것이 너무도 명백하네. 골룸의 이야기를 찾아 역사의 빈틈을 메우는 데는 약간의 추측도 필요했지. 하지만 처음엔 추측으로 시작했어도 이젠 명백한 사실로 밝혀졌어. 난 그를 만났거든."

"골룸을 만나셨다고요!"

프로도는 놀라 외쳤다.

"그래. 가능하다면 그게 가장 확실한 방법 아닌가? 오래전부터 애를 쓴 끝에 드디어 해냈네."

"빌보 아저씨가 떠난 뒤로 그는 어떻게 되었나요? 그것도 알고 계신가요?"

"전부 다는 알 수 없었지. 하지만 아까 내가 자네한테 들려준 애기는 골룸이 직접 말한 것일세. 물론 내가 말한 대로 사실 그대로 털어놓지는 않았지만 말이야. 골룸은 거짓말쟁이라서 그의 말은 골라 들어야 하지. 그 반지를 '생일 선물'이라면서 끝까지 우겨 댔네. 자기 말로는 그런 아름다운 물건들을 많이 가지고 있던 할머니한테서 받았다는 거야. 웃기는 이야기지. 스메아골의 할머니가 비록 족장이고 나름대로 대단한 인물이라는 것은 사실이겠지만, 요정들의 반지를 많이 가지고 있었다는 것은 터무니없는 이야기고, 게다가 그런 식으로 반지를 내놓았을 리가 없거든. 하지만 일말의 진실이 섞인 거짓말이기도 하지.

데아골의 죽음이 항상 그의 마음에 걸렸던 거야. 그래서 핑계를 대야겠다고 마음먹고는 계속 반지를 일컬어 '생일 선물'이라고 중얼거린 거지. 칠흑 같은 어둠 속에서 그렇게 계속 중얼거리다 보니 자신도 그렇게 믿게 된 것이고. 그날은 생일이었으니 데아골이 반지를 자기에게 선물했다는 식으로 말이야. 반지가 그날 그렇게 나타난 것은 하나의 선물인 셈이기도 하니까, 그건 자기 생일 선물이라는 거야. 이런 식으로 혼자 계속 우겨 댄 걸세.

나는 그가 진실을 밝힐 때까지 참으려고 했지만 어쩔 수 없이 협박을 해야만 했네. 골룸에게 불로 고통을 주겠다고 위협했지. 훌쩍거리기도 하고 투덜대기도 하면서 조금씩 비밀을 털어놓기 시작하더군. 사실 그는 자신이 억울하게 오해를 받아 몰리고 있다고 생각했겠지. 그런데 수수께끼 내기와 빌보의 탈출에 이르기까지 이야기를 털어놓고는 그 이상은 말하지 않겠다는 거야. 막연하게 추측할 수밖에 없는 몇 마디 이야기를 빼고는 말이지. 나보다 두려운 어떤 공포의 대상이 그를 사로잡았던 거야. 그러면서 반드시 복수할 거라고 중얼거렸네. 자신이 습격을 당하고 구석으로 몰려 뭔가를 '강탈'당한다면 용납하지 않는다는 걸 보게 되리라는 거야. 자기도 이제는 훌륭하고 힘센 친구들이 생겼으니 그들이 자기를 도와줄 것이고 골목쟁이도 혼이 날 것이라고 생각하고 있는 거지. 빌보를 저주하면서 마구 욕을 해 대더군. 게다가 빌보의 집이 어딘지도 알고 있었어.”

“어떻게 알았을까요?”

“글쎄, 어리석게도 빌보가 직접 골룸에게 이름을 말해 버렸네. 따라서 골룸이 일단 바깥세상으로 나온다면 빌보가 사는 곳을 찾는 것은 그리 어려운 일이 아니지. 그는 사실 밖으로 나왔고, 반지에 대한 욕심에 오르크나 심지어 햇빛에 대한 공포조차도 이겨 낼 수 있었던 셈이야. 한두 해 뒤 그는 산을 내려왔네. 반지에 대한 그 갈망은 여전했지만, 이젠 반지가 더 이상 자신을 해치지 않았기 때문에 그는 서서히 원기를 회복하기 시작했지. 그는 세월이 흘러 자신이 늙었음을 실감했지만 공포심은 오히려 줄어들었고 무척이나 배가 고팠다네.

햇빛이건 달빛이건 빛에 대한 공포증은 여전했고 아마 앞으로도 그럴 거야. 하지만 아주 교활한 놈이지. 그는 햇빛과 달빛을 피할 수 있는 방책도 알아냈고, 창백하고 차가운 눈으로 캄캄한 어둠 속을 소리 없이 재빨리 기어가서 겁에 질리거나 방심한 작은 짐승들을 잡아먹고 견뎠던 거야. 그래서 새로운 음식과 새로운 공기 덕분에 더 튼튼해지고 용감해졌지. 그리고 예상한 대로 어둠숲으로 길을 택한 거야.”

“그럼 거기서 골룸을 만나신 건가요?”

“거기서 만났지. 그렇지만 그는 전부터 이미 빌보를 찾아 멀리까지 헤매고 다닌 것 같아. 그에게서 뭔가 확실한 정보를 알아낸다는 것은 불가능한 일이야. 그의 이야기는 항상 욕설과 협박으로 뒤범벅이었거든. 이런 식이지. ‘자기 주머니에 뭐가 있냐고 묻지 않겠어요. 난 말을 안 하려고 했죠, 나쁜 놈. 조그만 사기꾼 같으니! 엉터리 문제라고요. 그놈이 먼저 속였어요. 먼저 말이에요. 규칙을 어겼어요.

붙잡아서 혼을 냈어야 하는 건데. 나쁜 놈. 분명히 혼을 내줄 거예요. 나쁜 놈!'

　이야기가 다 그런 식이야. 이런 이야기를 더 듣고 싶지는 않겠지. 난 지겹게 들었다네. 그렇지만 그 투덜대는 소리 사이로 간간이 새어 나오는 이야기를 열쇠로 그가 드디어는 에스가로스와 너른골까지 몰래 염탐하고 돌아다녔다는 사실을 알아냈지. 그런데 빌보와 나, 그리고 난쟁이 일행이 벌였던 모험과 전쟁 이야기가 벌써 야생지대 구석구석까지 퍼져 있었고 빌보의 이름과 그 출신지를 모르는 사람은 아무도 없었네. 게다가 우리는 서쪽으로 돌아올 때도 비밀리에 올 수가 없었거든. 골룸은 그 예민한 귀로 곧 자기가 원하는 것을 모두 알아냈지.”

　“그러면 왜 빌보 아저씨를 끝까지 쫓아오지 않았을까요? 왜 샤이어에는 나타나지 않은 걸까요?”

　“아, 지금 막 그 이야기를 할 참이었네. 골룸도 원래는 그럴 생각이었겠지. 그는 서쪽을 향해 길을 잡고 안두인대하까지 왔던 것 같아. 그런데 거기서 방향을 바꿔 버렸어. 분명히 길이 멀어서 겁을 먹은 것은 아니야. 어떤 다른 힘이 그를 끌고 간 거지. 나 대신 그를 찾아나섰던 내 친구들도 모두 그렇게 생각했다네.

　처음엔 숲요정들이 그를 추적했었지. 아직 흔적이 선명히 남아 있어서 그리 어려운 일은 아니었네. 그런데 어둠숲을 따라 추적하면서 그를 발견할 수는 없었고 대신 그에 대한 소문만 무성하게 접할 수 있었지. 심지어 짐승이나 새들도 무서워할 만한 끔찍한 소문들을 말이야. 숲속 사람들 이야기로는 피를 마시는 유령이 나타나 숲을 공포로 몰아넣었다는 거야. 그 유령은 나무 위로 올라가 새둥지를 찾아내고 산짐승들의 굴속에 들어가 어린 새끼들도 잡아먹고 창문 틈새로 기어들어 와서는 아기들의 요람도 뒤진다는 거야.

　그런데 어둠숲 서쪽 끝에서 방향을 바꿔 남쪽을 향하더니 결국에는 숲요정들의 추적에서 벗어나 버렸단 말일세. 그때 내가 큰 실수를 범했지. 물론 첫 실수는 아니었지만. 나중에 큰 화근이 될지도 모른다는 걱정을 하면서도 그 문제를 그대로 내버려 둔 거야. 그때는 그 밖에도 바쁜 일이 많아서 계속 골룸만 추적할 수가 없었거든. 그러면서 여전히 사루만의 이야기만 믿고 있었으니."

간달프는 잠시 숨을 돌린 후 다시 이야기를 계속했다.

"그러니까 그게 벌써 먼 옛날 일이지. 그 뒤로 난 어둡고 위험한 날들을 보냄으로써 그 대가를 톡톡히 치러야만 했어. 빌보가 여길 떠난 후 다시 골룸을 찾았지만 벌써 희미한 자취밖엔 없었지. 한 친구의 도움이 없었다면 그 추적은 아무 소용이 없을 뻔했다네. 아라고른이란 인물인데, 우리 시대 최고의 사냥꾼이자 순찰대원이지. 우린 함께 골룸을 찾아 야생지대 끝까지 내려갔지만 아무 소득도 없었고 희망도 없었네. 그래서 난 결국 추적을 포기하고 다른 길로 갔는데, 그때 골룸이 발견된 거야. 내 친구가 커다란 위험을 무릅쓰고 그 불쌍한 녀석을 붙잡아 내게 데려왔지.

무엇을 하고 있었냐고 물었지만 대답하지 않더군. 그냥 목을 골룸 골룸 하며 울면서 우리보고 잔인하다고만 했지. 우리가 몰아붙이자 징징 울면서 두 손을 마주 비비고 마치 먼 옛날의 어떤 고통스러운 기억을 되살리는 듯 손가락을 빨면서 아픈 척하더군. 그러나 결국 두렵긴 하지만 의심할 수 없는 명백한 사실이 드러났네. 그는 한 걸음 한 걸음 몰래 남쪽으로 내려가 마침내 모르도르까지 갔던 거야."

무거운 공기가 방 안을 짓눌렀다. 프로도는 자기 가슴이 쿵쿵 울리는 소리까지 들을 수 있었다. 사방은 쥐 죽은 듯 고요했고 샘의 가위질 소리도 들리지 않았다.

"그래, 결국 모르도르까지."

간달프는 말을 계속했다.

"유감이지만 모르도르는 모든 사악한 무리들을 끌어모으고, 암흑의 권능은 그 일을 위해 전력을 기울이고 있었지. 대적의 반지 역시 골룸에게 영향을 끼쳐 그를 밖으로 소환해 낸 걸세. 남쪽에서 다시 암흑의 권능이 나타났고, 그들이 서부에 대해 증오심을 품고 있다는 소문이 떠돌고 있었어. 골룸의 복수를 도울 수 있는 새로운 친구들이 모르도르에 나타난 거지.

불쌍한 녀석 같으니라고! 제 딴에는 거기서 자기에게 도움이 될만한 것을 배우고 또 얻을 수 있으리라 여겼겠지. 그래서 모르도르의 변경으로 몰래 잠입하자마자 붙잡힌 골룸은 모든 것을 다 털어놓은 거야. 일은 그렇게 된 걸세. 내가 그 녀석을 다시 발견했을 때는 이미 모르도르에 오랫동안 머물다가 돌아오는 길이었던 거야. 무서운 음모를 가슴에 품고서 말일세. 하지만 지금 중요한 건 그게 아니지. 골룸이 가져올 수 있는 가장 큰 재앙은 이미 시작되어 버렸네.

대단히 유감스럽게도 대적은 골룸을 통해 절대반지가 다시 발견되었다는 사실을 알게 되었네. 이실두르가 어디서 죽었고 골룸이 어디서 반지를 발견했는지를 그가 확인한 거야. 골룸이 그렇게 오래 산 것만으로도 그 반지가 절대반지라는 확증을 얻은 셈이지. 그는 그것이 요정의 세 반지 중 하나가 아니라는 점을 분명히 알았겠지. 왜냐하면 세 개의 반지는 분실된 적도 없지만 재앙을 당한 적도 없기 때문이지. 또 일곱 반지나 아홉 반지의 소재는 이미 밝혀졌으니 그것이 그 반지들 중 하나가 아니란 점도 확실하고. 그는 그것이 절대반지임을 확신하고 있음은 물론, 호빗과 샤이어라는 이름도 듣게 되었을 거야.

지금쯤 샤이어를 찾느라 분주할지도 모르고 어쩌면 벌써 샤이어의 위치를 확인했을지도 모르네. 프로도, 지금 나는 골목쟁이라는 하찮은 이름이 얼마나 중요한 이름인가를 그가 벌써 눈치채지 않았을까 하는 게 두려운 거야."

프로도가 외쳤다.

"정말 끔찍하군요. 제게 가끔씩 주신 암시나 경고로 미뤄 짐작했던 것보다도 훨씬 더 위험한 상황인데요. 오, 간달프! 소중한 친구여! 이제 전 어떻게 해야 하죠? 정말 무서워요. 어떻게 해야 하죠? 빌보 아저씨는 기회가 있었을 텐데도 왜 그 나쁜 놈을 죽이지 않고 쓸데없이 연민을 베풀어 살려 준 걸까요?"

"연민이라고? 그래, 빌보의 손을 만류한 것은 연민이었지. 부득이한 경우가 아니라면 죽이지 않으려는 연민과 자비 말일세. 프로도, 빌보는 벌써 그 보답을 받았다네. 그렇게 자기가 반지의 주인이라고 주장했으면서도 결국 악의 세력한테 큰 피해를 당하지 않고 도망칠 수 있었던 것도 연민을 베풀었기 때문일세."

"죄송합니다만 저는 지금 너무 겁이 나서 골룸에겐 아무런 연민도 느낄 수 없어요."

"그를 보지 못했기 때문이지."

"그렇겠죠. 하지만 보고 싶지도 않습니다. 간달프, 당신을 이해할 수가 없어요. 골룸이 그렇게 끔찍한 일들을 벌여 놓았는데도 당신과 요정들은 그를 죽이지 않고 살려 주었다는 말씀이세요? 어쨌든 그는 이제 오르크만큼이나 사악한 존재가 되었고, 분명 적이 되지 않았어요? 그는 죽어 마땅합니다."

"마땅하다고? 어쩌면 그럴지도 모르지. 살아 있는 이들 중 많은 자가 죽어 마땅하지. 그러나 죽은 이들 중에도 마땅히 살아나야 할 이들이 있어. 그렇다고 자네가 그들을 되살릴 수 있는가? 그렇지 않다면 죽음의 심판을 그렇게 쉽게 내려서는 안 된다네. 심지어 우리 마법사라 할지라도 만물의 종말을 모두 알 수는 없거든. 골룸이 죽기 전에 마음이 변화될 가능성이 높지는 않지만 아주 없다고도 할 수 없네. 그도 이젠 반지의 운명에 묶이게 되었거든. 내 생각에는 그가 좋은 쪽이든 나쁜 쪽이든 이 일이 끝나기 전에 어떤 중요한 역할을 할 것 같은 예감이 드네. 빌보의 연민이 많은 이들의 운명을 바꿀지도 모른단 말일세. 어쩌면 자네의 운명까지도 말이야. 여하튼 우리는 그를 죽이지 않았네. 그는 이제 너무 늙었고 불쌍한 처지야. 숲 요정들이 그를 감금하긴 했지만 워낙 마음씨가 착한 친구들인지라 아주 친절하게 대하고 있다네."

"그렇긴 하지만, 빌보 아저씨가 골룸을 죽일 수 없었을 바에야 그 반지도 가져오지 않았으면 더 좋았을 거란 생각이 들어요. 차라리 발견하지도 못하고 손에 넣지도 않았으면 좋았을 걸 말예요. 당신은 왜 제게 그걸 맡겼죠? 왜 내버리거나 파괴하지 않고요!"

"내가 맡겼다고? 자넨 지금까지 내가 한 이야기를 못 알아듣는군. 자넨 지금 무슨 소릴 하는지도 모르고 있는 거야. 반지를 내버린다는 건 정말 위험한 일이야. 반지는 스스로 발견될 수 있는 방법이 있다네. 악인들의 손에 들어갔다면 벌써 무시무시한 일이 저질러졌을지도 모르고, 최악의 경우에는 대적의 손에 들어갔을 수도 있어. 왜냐하면 이 반지는 절대반지이고, 대적은 이 반지를 찾아서 자기에게 끌어당기기 위해 온갖 수를 다 쓰고 있으니 말일세.

사랑하는 프로도, 물론 자네한테는 위험한 일이야. 나도 그 점이 대단히 고통스럽네. 하지만 이 일에는 너무 많은 문제들이 걸려 있기 때문에 부득이 위험을 무릅쓰고 자네에게 맡긴 거야. 물론 아무리 멀리 떨어져 있을 때라도 난 샤이어와 자네를 잊은 적이 단 한 순간도 없었네. 자네가 그것을 사용하지 않는 한, 반지는 결코 자네에게 무슨 해를 끼칠 수 없으리라 확신하고 있었지만 말이야. 적어도 상당 기간은 무슨 해를 끼칠 수 없다고 생각했지. 그리고 내가 자네를 마지막으로 만났을 때가 9년 전이었던 것을 생각해 보게. 그때만 하더라도 난 확실하게 알지는 못했거든."

"그렇다면 말씀하신 대로 진작에 파괴해 버리면 되지 않았어요? 경고를 해 주시거나 연락을 주셨으면 제가 없애 버렸을 텐데요."

프로도는 여전히 소리를 높였다.

"없애 버린다고? 어떻게 말인가? 시도해 본 적이 있나?"

"아니요, 없어요. 하지만 망치로 부수거나 불에 녹이면 되겠지요."

"해 보게! 지금 당장 해 보게!"

프로도는 다시 주머니에서 반지를 꺼내 찬찬히 살펴보았다. 반지는 이제 표면에 아무런 글자나 흔적도 없는 평범하고 매끄러운 보통 반지로 변해 있었다. 금빛은 매우 아름답고 순수해 보였고, 프로도는 빛깔의 윤기와 아름다움에, 동그라미의 완벽함에 내심 놀랐다. 그것은 실로 경탄을 불러일으킬 만큼 몹시 아름다운 반지였다. 꺼낼 때만 해도 그는 곧바로 반지를 불 한복판에 던질 수 있을 것만 같았다. 그러나 그 순간 그는 그렇게 할 수 없음을, 웬만한 용기 없이는 던질 수 없음을 깨달았다. 그는 반지를 손바닥 위에 올려놓고 망설이면서 간달프가 한 이야기를 기억하려고 애썼다. 그리고 마치 대단한 의지력을 발휘하여 반지를 던질 듯한 동작을 취했다. 그러나 그는 반지를 다시 주머니에 넣고 있었다. 간달프가 기분 나쁜 웃음을 지었다.

"알겠나, 프로도? 자네도 벌써 그 반지를 쉽게 버릴 수 없지 않은가. 그런데 파괴하겠다니 말이나 되는 소린가? 게다가 내가 강요할 수도 없네. 힘으로라면 모를까. 그렇게 되면 자네에게도 충격이 남겠지. 그러나 어쨌든 그 반지를 힘으로 파괴하는 것은 불가능해. 대장간의 망치로 내리친다 해도 그 반지는 끄떡하지 않아. 자네 힘이나 내 힘으로는 어떻게 할 수가 없는 거야.

물론 이 난롯불로는 보통의 금도 녹이지 못하지. 더구나 이 반지는 아까 보았듯이 저 불 속에서 달아오르지도 않아. 샤이어의 대장간에서 이 반지를 녹이는 것은 불가능해. 난쟁이들의 용광로라 할지라도 어림없는 일이야. 용의 불꽃은 힘의 반지를 녹여 없애 버릴 수 있다고들 하지. 그러나 이제 뜨거운 옛 불꽃을 품고 있는 용은 이 땅에 없네. 애당초 절대반지에 위해를 가할 수 있는 용은 있지도 않았어. 심지어 흑룡 앙칼라곤도 말이야. 그 반지는 사우론이 직접 만든 것이니까."

간달프는 잠시 숨을 돌리고는 계속했다.

"딱 한 가지 방법이 있네. 자네가 진정으로 반지를 대적의 마수를 피해 파괴하고 싶다면 불의 산 오로드루인 깊숙한 곳에 있는 운명의 틈을 찾아 그 속에 던져버리면 되지."

프로도가 외쳤다.

"제가 반지를 파괴하겠어요. 아니면 파괴되게 하겠습니다. 그런데 전 그런 위험한 일을 할 위인이 못 되는데 어떻게 하죠? 차라리 반지를 보지 못했더라면 좋았겠어요. 왜 그것이 제게 왔을까요? 왜 제가 선택되었지요?"

"어리석은 말 하지 말게. 이 반지가 딴 사람에게 가지 않은 것은 자네가 잘나서가 아니라는 걸 자네도 알고 있지 않은가? 자네에게 힘이나 지혜가 있어서가 아니야. 어쨌든 자네는 선택되었고, 따라서 자네에게 있는 힘과 용기와 지혜를 모두 짜내야 하네."

"저는 그런 것들과는 거리가 멀어요. 당신이 오히려 지혜도 있고 용기도 있으니 차라리 당신이 반지를 맡으면 어떨까요?"

그러자 간달프는 벌떡 일어서며 외쳤다.

"안 돼! 그 힘을 가지게 되면 나는 지나치게 강한 능력의 소유자가 되네! 그리고 반지도 더 강하고 치명적인 힘을 휘둘러 댈 거야."

그의 눈에 불꽃이 일었고 그의 얼굴은 속에서 불길이 타오르는 듯 벌게졌다.

"나를 유혹하지 말게! 나는 암흑군주처럼 될 생각은 털끝만큼도 없어. 내가 진정 그 반지를 바란다면 그건 연민 때문이야. 약자를 위한 연민, 선한 일을 할 수 있는 힘에 대한 갈망 말일세. 나를 유혹하지 말게! 나는 감히 그것을 취할 수 없을 뿐만 아니라 사용하지 않고 안전하게 보관할 자신도 없네. 반지를 사용하고 싶은 욕망은 내 힘으로 억누를 수 없는 유혹이야. 내 앞길에는 너무나 많은 시련이 있기 때문에 그것을 쓰지 않고는 못 배길 걸세."

그는 창가로 가서 커튼과 겉창을 열었다. 햇살이 다시 방 안으로 흘러 들어왔다. 샘이 휘파람을 불며 지나가고 있었다. 마법사는 프로도를 향해 돌아서며 말했다.

"자, 이제부터는 자네가 결정할 일이야. 하지만 내가 항상 자네를 돕겠네."

그는 프로도의 어깨에 손을 얹으며 말을 이었다.

"자네가 이 임무를 완수할 마지막 날까지 내가 자네를 돕겠네. 하지만 우리는 즉시 행동해야 해. 대적은 벌써 움직이기 시작했으니 말이야."

오랜 침묵이 흘렀다. 간달프는 다시 의자에 앉아 생각에 잠겨 담뱃대를 빨아 댔다. 그는 두 눈을 감은 듯했지만 실은 눈꺼풀 밑으로 프로도를 뚫어지게 응시하고 있었다. 프로도는 불꽃이 시야를 꽉 채울 때까지 벽난로의 빨간 등걸불에 눈길을 고정하고 있었다. 불꽃의 깊은 속이 보이는 듯했다. 그는 전설 속 운명의 틈과 불의 산의 공포를 생각하고 있었다. 간달프가 마침내 입을 열었다.

"뭘 생각하는가? 어떻게 해야 할지 결정했나?"

"아닙니다."

프로도는 깊은 어둠 속에서 다시 밝은 곳으로 이끌려 온 듯한 느낌에 놀라며 대답했다. 그는 창밖으로 햇살이 가득한 정원을 바라보았다.

"아니, 어쩌면요. 지금까지 하신 말씀으로 보아 이 반지는 제가 보관하고 지킬 수밖에 없겠군요. 제게 어떤 일이 닥치든 당분간은 말입니다.”

“자네가 그 목적을 잊지만 않는다면 어떤 일이 그리 일찍 닥치지는 않을 걸세.”

“그렇게만 되면 좋겠습니다만, 가능하다면 저보다 나은 주인을 빠른 시일 내에 찾아 주셨으면 좋겠어요. 그러나 그동안은 저 자신이나 주위의 모두에게 저는 위험한 존재겠군요. 반지를 가지고 여기 이대로 있는 건 더 이상 불가능할 테니까, 이젠 골목쟁이집과 샤이어를 떠나는 것이 옳은 일일 것 같아요.”

프로도는 한숨을 쉬고 말을 이었다.

“가능하다면 샤이어를 구하고 싶어요. 한때는 샤이어의 이웃들이 너무 멍청하고 어리석어 보여서 지진이 나거나 용이 쳐들어와 망해 버렸으면 좋겠다는 생각도 했지요. 하지만 이젠 달라졌습니다. 제가 떠나서 샤이어가 평화롭고 안전하게 살아남을 수만 있다면 마음 편하게 떠날 수 있을 것 같아요. 다시 이곳에 돌아올 수 없더라도 언제나 마음 든든하게 믿는 곳이 어딘가에 있다고 생각하게 될 테니까요.

물론 가끔 방랑의 유혹을 느낀 때도 있었지요. 그러나 그것은 일종의 휴가나 아니면 빌보 아저씨의 모험처럼 행복하게 끝나는 것이었을 뿐이죠. 그런데 이 길은 위험을 피해 위험 속으로, 위험을 달고 다니는 추방이나 다름없군요. 그리고 반지를 파괴하고 샤이어를 구하기 위해서는 혼자서 떠날 수밖에 없겠는데, 저는 너무 미약하고 보잘것없어서, 뭐랄까 절망적인 심정이 되는군요. 대적은 너무도 강하고 무서운데 말이에요.”

간달프에게 말하지는 않았지만, 그렇게 말하는 동안 프로도의 마음속에는 빌보를 따라가고 싶은 욕망이 불꽃처럼 강하게 타올랐다. 빌보를 찾아가자. 어쩌면 다시 만날 수 있을지도 모른다. 그 유혹이 너무나 강렬해서 그는 두려움도 잊었다. 그는 먼 옛날 어느 아침 빌보가 그랬던 것처럼 두건도 쓰지 않고 곧바로 길을 뛰어 내려가고 싶은 충동을 느꼈다.

간달프가 감격에 겨워 외쳤다.

"고맙네, 호빗! 전에도 말했지만 호빗들은 정말 놀라운 이들이야. 한 달이면 호빗들을 알기에 충분한 시간이지만, 백 년이 지나도 그들은 우리가 위기에 처했을 때 여전히 우리를 깜짝 놀라게 할 거야. 나는 지금과 같은 대답을 들으리라고는 기대조차 하지 않았지. 심지어 자네한테서도 말이야. 하여간 빌보는 그 일이 얼마나 중요한지는 몰랐겠지만 후계자를 뽑는 일에는 실수하지 않았군. 걱정되긴 하지만 자네 말이 옳아. 반지는 이제 샤이어에 숨어 있을 수 없어. 자네를 위해서나 모두를 위해서나 자네는 떠나야 하네. 골목쟁이란 이름까지 남겨 두고 말일세. 샤이어를 벗어나 바깥의 거친 세상에 들어가면 그 이름은 위험의 상징이 될 테니까 말이야. 내가 자네에게 새 이름을 하나 지어 주지. '언덕지기'가 어떤가?

그리고 반드시 자네 혼자 가야 하는 건 아닐세. 미지의 위험 속으로 데려가고 싶은 이가 있다면 데리고 가게. 기꺼이 간다고 따라나설 믿을 만한 친구가 있다면 말이지. 하지만 동행을 찾을 때는 조심해야 하네. 아무리 친한 친구라도 말이야. 적은 이미 많은 첩자와 정탐꾼을 풀어 놓았어."

갑자기 무슨 소리를 들은 듯 그는 말을 멈췄다. 하지만 프로도가 듣기에는 집 안이나 밖에서 별 특별한 소리가 나는 것 같지는 않았다. 간달프는 창문가로 살그머니 다가갔다. 그러고는 번개같이 창틀 위로 올라서서 긴 팔을 내리뻗었다. 그러자 비명 소리가 나면서 감지네 샘의 고수머리가 간달프에게 한쪽 귀를 잡힌 채 올라왔다.

간달프가 말했다.

"흠, 흠, 맙소사! 감지네 샘이었구먼. 뭘 하고 있었나?"

"살려 주세요. 간달프 씨! 아무것도 안 했습니다! 그냥 창문 밑에서 잔디를 깎고 있었을 뿐이에요."

그는 증거물을 제시하듯 가위를 들어 보이며 간청했다. 간달프는 다시 엄하게 물었다.

"글쎄, 가위질 소리가 끊긴 지 한참 되었는데 그래? 얼마 동안이나 처마 밑에서 도둑놈처럼 엿듣고 있었지?"

"처마 밑에서 엿듣다니요? 무슨 말씀인지 모르겠습니다. 골목쟁이집에는 처마가 없는데요. 정말이에요."

"능청 떨지 마! 뭘 들었나? 왜 엿들었나?"

간달프는 샘을 예리하게 쏘아보며 눈썹을 곤두세웠다. 샘은 벌벌 떨며 애원했다.

"프로도 씨, 제발 살려 주세요. 저를 해치지 않게 말려 주세요. 저를 무슨 이상한 걸로 둔갑시키지 못하게 해 주세요. 나이 드신 우리 노친네가 너무 슬퍼할 거예요. 나쁜 뜻은 없었어요. 맹세합니다. 정말이에요."

약간은 놀라고 당황했지만 웃음을 참지 못하던 프로도가 말했다.

"너를 해치진 않으실 거야. 나도 그렇지만 이분도 네가 나쁜 뜻이 있었다고는 생각하지 않으실 테니까, 똑바로 일어서서 묻는 말에 정직하게 대답해."

그러자 샘은 부들부들 떨며 대답했다.

"예, 예. 듣긴 많이 들었는데 무슨 말인지 모르는 이야기가 많았어요. 적이니 반지니 빌보 어른, 용, 불의 산, 그리고 요정이란 말까지 들었어요. 엿듣긴 했습니다만 어쩔 수 없었어요. 알아주실지 모르겠지만, 저는 그런 이야기들을 굉장히 좋아하거든요. 그리고 테드가 뭐라고 하든 간에 그것들을 믿고 있어요. 요정이라고 하셨지요, 저는 그들을 정말로 보고 싶어요. 프로도 씨, 이번에 가실 때 저도 요정 나라로 데려가 주시지 않겠어요?"

"이리 들어와!"

간달프는 갑자기 웃음을 터뜨리며 소리를 지르고는 두 팔을 뻗어 놀란 샘과 가위, 깎인 잔디 부스러기 등을 한꺼번에 들어서 방 한가운데 세웠다.

"요정들한테 데려가 달라고 했지?"

간달프의 얼굴에는 웃음이 번졌지만 눈은 샘을 찬찬히 뜯어보고 있었다.

"프로도가 떠난다는 말도 들었겠군?"

"예, 그렇습니다. 그래서 숨이 막힐 뻔했어요. 아마 그 소리를 들으셨을 거예요. 참으려고 애를 썼는데 너무 충격적이어서 갑자기 튀어 나와 버렸어요."

"샘, 어쩔 수 없는 일이야."

프로도는 슬픈 목소리로 말했다. 샤이어를 떠나는 것이 골목쟁이 집의 안락한 생활을 포기하는 것보다 쓰라린 이별의 고통을 의미한다는 것을 프로도는 문득 깨달았다.

"난 떠나야 해. 그렇지만……."

그는 말을 멈추고 샘을 정면으로 바라보았다.

"네가 나를 진정으로 염려해 준다면 그 비밀을 꼭 지켜야 해. 그러지 않고 지금 들은 이야기가 한마디라도 새어 나가면 간달프가 너를 반점두꺼비로 만들어 버리고 이 정원에다 뱀을 가득 채우실 거야."

샘은 온몸을 사시나무 떨듯 하며 무릎을 꿇었다.

"일어나, 샘. 그보다 좋은 생각이 떠올랐다. 자네 입을 막을 수도 있고, 또 이야기를 엿들은 데 대한 적당한 벌까지 줄 수 있는 방법이 말이야. 프로도와 함께 가는 것이 어떤가?"

"제가요?"

샘은 산책 나가자는 주인의 신호를 받은 강아지처럼 벌떡 일어나면서 소리쳤다.

"제가 요정들을 보러 간다고요? 야호!"

샘은 소리를 지르며 눈물을 흘렸다.

Chapter 3

세 동무

"자네는 가능한 한 빨리, 아무도 모르게 여기를 떠나야 하네."

간달프가 말했다. 벌써 두 주일 이상 지났는데도 프로도가 떠날 준비를 하는 것 같지 않아 간달프는 내심 마음을 졸였던 것이다.

"저도 압니다. 하지만 소리 소문 없이 순식간에 사라지기가 어디 쉬운 일입니까? 제가 빌보 아저씨처럼 감쪽같이 사라지면 샤이어는 또다시 발칵 뒤집힐 거예요."

프로도가 이의를 제기했다.

"물론 사라져서는 안 되지! 안 되고말고. 내 말은 될 수 있으면 빨리 떠나라는 것이지 지금 즉시 떠나라는 이야기는 아니네. 아무도 눈치채지 않게 이곳을 떠날 무슨 묘안이 있다면 조금 늦어져도 괜찮겠지. 그러나 너무 오래 꾸물거려서는 안 되네."

"가을쯤이 어떨까요? 저와 빌보 아저씨 생일 전후쯤 말입니다. 그때까지는 준비를 할 수 있을 것 같은데요."

프로도는 이렇게 말하면서도 사실은 운명의 시간이 다가올수록 떠나기가 싫었다. 떠나야 한다고 생각할수록 골목쟁이집에 애착이 생기는 것 같았다. 그는 이제 마지막이 될지도 모를 샤이어의 여름을 맘껏 즐기고 싶었다. 가을이 되면 그 계절엔 늘 그랬듯 여행이 좀 더 쉽게 느껴질 것 같았다. 그는 내심 자기 나이가 쉰 살이 되는 날, 즉 빌보의 128번째 생일을 출발일로 잡고 있었다. 어쩐지 빌보처럼 떠나기에는 그날이 적당할 것 같았다. 빌보의 발자취를 따라간다는 생각이 마음속을 채웠고, 또 그 생각만이 샤이어를 떠나는 것을 견디게 해 주었다. 그는 가능한 한 반지 문제나 자신이 가야 할 최종 여행 목적지에 대한 두려움을 떨치려 애썼다. 그는 간달프에게 자기 심중을 털어놓지 못했다. 마법사가 무슨 생각을 하는지 가늠하기란 언제나 쉽지가 않았다.

마법사는 프로도의 출발일을 듣고 웃었다.

"잘 생각했네. 그게 좋겠어. 하지만 더 지체할 생각은 말게. 난 시간이 갈수록 점점 더 불안해지네. 그동안은 자네가 어디로 떠난다는 소문이 돌지 않게 조심하게. 감지네 샘 입단속도 잘 하고. 떠벌이고 돌아다닌다면 정말로 두꺼비가 될 각오를 단단히 하라고 하게."

"제가 어디로 떠나는지 아무도 알 수 없을 겁니다. 저도 아직 어디로 떠나야 하는지 뚜렷하게 정하지 않은 걸요."

간달프는 프로도를 나무랐다.

"어리석은 소리 말게! 내 말은 우체국에 주소를 남기지 말라는 말이 아니야. 자네가 이곳을 멀리 떠나기 전까지 샤이어를 떠난다는 소문이 나지 않게 단속하라는 걸세. 동서남북 어느 쪽으로 가도 좋은데, 그 방향은 절대로 드러내서는 안 된다는 말일세."

"마을 사람들에게 골목쟁이집을 떠난다고 작별 인사를 해야 한다는 생각에 너무 빠져 있어서 아직 목적지는 생각도 못 하고 있었어요. 어디로 가면 좋을까요? 누가 저를 인도해 줄까요? 목적은 뭐지요? 빌보 아저씨는 보물을 찾으러 갔었고, 보물을 찾아 돌아왔습니다. 그런데 저는 보물을 버리러 떠납니다. 그것도 돌아올 기약도 없이 말입니다."

"먼 훗날의 이야기는 아무도 예측할 수 없네. 나 역시 모르니까. 자네의 임무는 일단 운명의 틈을 찾는 것이겠지. 하지만 그 임무는 딴 사람의 몫일 수도 있네. 여하튼 자넨 아직 그 먼 길을 떠날 준비가 되어 있지 않아 보인다는 것일세."

"그렇지요. 하지만 우선 어느 쪽으로 가야 되는 겁니까?"

"위험을 향해 가게. 하지만 너무 성급하게, 너무 곧장 가지는 말아야 하네. 자네가 내 충고를 받아들일 의향이 있다면 깊은골 쪽으로 가게. 그 길은 예전보다 험하지만 그렇게 위험하지는 않을 거야. 물론 날이 갈수록 더 험해지겠지만."

"깊은골! 좋습니다. 동쪽으로 가지요. 깊은골로 가겠습니다. 샘을 데리고 요정들의 나라로 가겠습니다. 샘이 좋아하겠군요."

그는 가벼운 마음으로 이야기했지만, 마음속으로는 반(半)요정 엘론드의 저택을 찾아가서 아름다운 요정들이 평화롭게 살고 있을 그 깊은 골짜기의 공기를 맘껏 들이마시고 싶은 희망으로 들떴다.

어느 여름날 저녁, 담쟁이덩굴 여관과 푸른용 주막에 놀라운 소식이 전해졌다. 샤이어 변경에 나타나던 거인들과 이상한 징조들은 그보다 놀라운 이 소식 때문에 뒷전으로 밀렸다. 프로도가 골목쟁이집을 내놓았다는 소식이었다. 아니, 정확하게는 이미 팔렸다는 것이었다. 그것도 자룻골골목쟁이네한테!

"굉장히 값을 잘 쳐서 받았다더군." 하고 말하는 이들도 있었고, "헐값에 판 거지. 로벨리아 부인이 사들인 것을 보면 뻔하잖아." 하고 말하는 이들도 있었다(오소는 이미 몇 년 전에 세상을 뜨고 말았다. 그때 나이가 백두 살이었는데, 오래 살긴 했지만 죽기에는 이른 나이였다).

가격보다도, 왜 프로도가 그 아름다운 굴집을 팔아치웠는지가 이웃들을 더 궁금하게 했다. 일부에서는, 골목쟁이 씨도 고개를 끄덕이며 동감을 표했지만, 프로도의 돈이 다 떨어졌다는 주장을 펴기도 했다. 호빗골을 떠나 집을 판 돈으로 고향 노룻골에서 강노루네 친척들과 조용히 살 계획이라고 말하는 이들도 있었다. '자룻골골목쟁이네 식구들 꼴 안 보기 위해서'라고 덧붙이는 이들도 있었다. 그러나 골목쟁이집의 그 전설적인 보물과 재산은 호빗들의 머릿속에 너무 깊이 박혀 있었기 때문에 어느 누구도 그 주장을 믿으려 하지 않았다. 대부분의 호빗들은 그것이 간달프의 은밀한 음모라고 생각하고 있었다. 간달프는 아주 조용하게 지냈고 낮에는 밖에 돌아다니지도 않았지만, 모두들 그가 '골목쟁이집에 숨어 있음'을 눈치챘다. 그러나 프로도의 이사 계획과 마법사의 음모가 어떤 관련이 있든지 간에 한 가지 분명한 사실은 골목쟁이네 프로도가 노룻골로 돌아간다는 사실이었다.

그는 이렇게 말하고 다녔다.

"그래요. 이번 가을에 이사할 계획입니다. 강노루네 메리가 나 대신 쓸 만한 작은 굴집이나, 아니면 작은 집을 알아보는 중이랍니다."

사실 그는 메리의 도움으로 이미 노루말 너머 크릭구렁에 작은 집을 하나 구해 놓았다. 샘을 빼고는 누구나 그가 그 집에 영원히 정착할 것으로 믿었다. 동쪽으로 가야겠다는 그의 결심이 그런 구상을 떠올리게 한 것이다. 노룻골은 샤이어의 동쪽 경계에 있었고, 또 어린 시절에 거기에서 살았기 때문에 그쪽으로 돌아간다는 이야기는 그럴싸하게 들릴 것이었다.

간달프는 샤이어에 두 달 넘게 머물렀다. 그러던 6월 말 어느 날 저녁, 그는 갑자기 날이 밝는 대로 떠나야겠다는 말을 꺼냈다. 프로도의 계획도 최종 결정된 직후였다.

"잠깐이면 될 거라고 생각하네. 새로운 소식도 들을 겸 남쪽 지방으로 가 볼 계획일세. 여기서 너무 오랫동안 한가하게만 지낸 것 같아."

그는 가볍게 말했지만 프로도는 그의 얼굴에서 불안을 읽을 수 있었다.

"무슨 일이 생긴 겁니까?"

"별일 아닐세. 걱정스러운 소식이 들리니 가서 좀 살펴봐야겠어. 자네가 급히 떠나야겠다 싶으면 곧 돌아오고, 아니면 기별이라도 함세. 그동안이라도 자네 계획은 그대로 밀고 나가게. 하지만 더 조심해야 하네. 특히 반지 말이야. 다시 한번 간곡히 부탁하지만, 절대 그 반지를 사용하지 말게."

그는 이튿날 새벽같이 떠나갔다.

"곧 돌아오겠네. 늦어도 송별 잔치를 벌이는 날까지는 돌아와야 할 테니까. 어쨌든 자네가 길을 떠나면 내가 동행해야 하지 않겠는가?"

프로도는 사뭇 불안하기는 하면서도 간달프가 들었다는 소식이 뭔지 종종 궁금했다. 그러나 연일 이어지는 화창한 날씨 속에 그는 잠시나마 불안한 생각을 잊을 수 있었다. 샤이어의 여름은 전에 없이 아름다웠고, 또 가을도 유난히 풍성했다. 나뭇가지마다 탐스러운 사과가 주렁주렁 매달렸고, 벌들이 붕붕대는 벌집에서는 달콤한 꿀이 줄줄 흘러내렸으며, 곡식도 키 자랑하듯 쑥쑥 잘 자랐다.

그러나 가을에 접어든 지 한참이 되자, 프로도는 다시 간달프의 일이 걱정되었다. 벌써 9월이 지나가건만 그에게선 아무런 소식이 없었다. 이사 예정일로 잡은 생일이 바로 코앞에 다가왔지만 그는 나타나지도 않고 연락도 없었다. 골목쟁이집은 다시 북적대기 시작했다. 프로도의 친구 몇 명이 골목쟁이집에 묵으면서 짐 꾸리는 일을 도왔다. 볼저네 프레데가와 보핀네 폴코가 거들었고, 물론 절친한 친구인 툭 집안 피핀과 강노루네 메리도 와 있었다. 그들은 짐을 정리하느라 집을 온통 난장판으로 어질러 놓았다.

9월 20일, 덮개를 덮은 두 대의 짐마차가 팔지 않고 새집으로 옮길 가구와 물건 들을 싣고 브랜디와인다리를 지나 노룻골로 향했다. 그 이튿날 프로도는 안절부절못하면서 간달프가 나타나기를 하루 종일 목을 빼고 기다렸다. 목요일인 생일 아침은 먼 옛날 빌보가 성대한 잔치를 열던 날처럼 맑고 아름답게 밝았다. 그러나 여전히 간달프는 나타나지 않았다. 그날 저녁 프로도는 송별 만찬을 열었다. 그 자신과 네 명의 친구만 참석한 조촐한 자리였다. 그는 가슴이 답답해서 잔치 기분도 나지 않았다. 그는 이 젊은 친구들과 곧 헤어져야 한다고 생각하니 가슴이 미어지는 것만 같았다. 도저히 그들과 헤어질 수 없을 것 같았다.

하지만 젊은 친구들은 모두 무척 기분이 좋아 보였고, 간달프는 없어도 잔치는 곧 흥겨운 자리가 되었다. 식당은 식탁과 의자만 남고 텅 비어 있었으나, 음식도 훌륭했고 포도주도 훌륭했다. 프로도의 포도주는 자룻골골목쟁이네에게 팔아넘긴 물품 목록에 들어 있지 않았다.

"남아 있는 이 물건들에 자룻골골목쟁이네 발톱이 닿으면 어떤 꼴이 될지 걱정스러워. 어쨌든 이 집 대신 좋은 집을 구하긴 했지만 말이야."

잔을 들어 술을 홀짝거리며 프로도가 말했다. 그것은 묵은포도원 상표가 붙은 것으로는 마지막으로 남은 포도주였다.

그들은 간간이 노래도 부르고, 함께 나누었던 즐거운 추억을 돌이켜 보면서, 빌보의 생일을 축하하는 건배를 들었고, 프로도의 관례에 따라 빌보와 프로도의 건강을 기원하며 잔을 부딪쳤다. 그리고 나서 그들은 밖에 나가 별빛을 바라보며 밤바람을 쐬고 들어와 각기 잠자리에 들었다. 프로도의 잔치는 끝났지만 간달프는 나타나지 않았다.

다음 날 그들은 남은 짐을 정리해 또 한 대의 짐마차에 싣느라 분주했다. 메리가 그 짐마차를 맡아서 뚱보(볼저네 프레데가)와 함께 먼저 떠나면서 말했다.

"아무라도 먼저 가서 불을 피워 둬야겠지요. 자, 그러면 모레 만납시다. 도중에 길바닥에서 잠들어 버리지만 않는다면요."

폴코는 점심을 먹은 다음 집으로 갔고 피핀은 뒤에 남았다. 프로도는 혹시 간달프의 발소리라도 들리지 않을까 초조하게 기다렸다. 그는 해가 떨어질 때까지만 기다리기로 마음먹었다. 그 후에 그가 오더라도 만약 급한 일이 있으면 곧장 크릭구렁으로 찾아오리라 생각했다. 프로도는 걸어서 갈 작정이기 때문에 어쩌면 그가 먼저 그곳에 도착해서 자기를 기다릴 수도 있겠다는 생각이 들었다. 그는 마지막으로 샤이어를 한번 둘러보기도 하고 비밀도 지킬 겸 호빗골에서 노루말까지 넉넉히 시간을 잡고 걸어갈 예정이었다.

"그러면 약간은 연습도 될 거야."

덩그러니 비어 있는 마루에 먼지를 뒤집어쓴 채 걸려 있는 거울을 들여다보며 그는 중얼거렸다. 그는 장거리 도보 여행을 해 본 적도 없는 데다가, 거울에 비친 자신의 모습이 너무 나약해 보인다고 느꼈다.

점심때가 막 지나서 자룻골골목쟁이네 로벨리아와 머리카락이 꼭 모래 빛깔처럼 누르께한 그녀의 아들 로소가 나타나서 프로도는 심기가 편치 않았다.

"이젠 드디어 우리 집이 됐어."

로벨리아는 집 안에 발을 들여놓으면서 소리를 질러 댔다. 그녀의 그런 말은 방정맞게 들릴 뿐만 아니라 엄격히 따지면 틀린 말이었다. 골목쟁이집의 매매 계약은 자정부터 유효한 것이었다. 그러나 로벨리아가 그렇게 말하는 것도 무리는 아니었다. 그녀는 일흔일곱 해 동안이나 골목쟁이집을 욕심내 왔고, 이제 그녀의 나이도 백 살이 되었다. 여하튼 그녀가 나타난 것은 매매 계약이 된 물건들을 실어 가지 않았나 확인하고 열쇠를 받아 놓기 위해서였다. 그녀는 물품 대장을 가져와서 꼬치꼬치 따졌기 때문에 조사를 끝내는 데는 많은 시간이 걸렸다. 결국 그녀는 보조 열쇠를 받아서 로소와 함께 떠났고, 나머지 열쇠는 골목아랫길의 감지네 집에 맡겨 놓겠다는 약속을 받아 냈다. 그래도 콧방귀를 뀌면서 밤새 감지네가 골목쟁이집을 온통 뒤질지도 모른다고 불만을 드러냈다. 프로도는 그녀에게 차 한잔 대접하지 않았다.

그는 부엌에서 피핀과 감지네 샘과 함께 직접 차를 끓여 마셨다. 샘이 '프로도 씨를 돕고, 새집 정원을 가꾸기 위해' 노룻골로 함께 떠난다는 사실은 이미 널리 알려졌다. 햄 영감은 로벨리아와 이웃해서 살아야 한다는 생각에 대단히 불쾌했지만 아들 샘이 프로도를 따라 집을 떠나도 좋다고 허락했다.

"골목쟁이집에서의 마지막 만찬을!"

프로도는 의자를 뒤로 젖히면서 말했다. 그들은 로벨리아가 설거지를 하도록 그대로 내팽개쳐 두었다. 피핀과 샘은 세 꾸러미의 짐을 잘 묶어서 현관에 쌓아 놓았다. 피핀은 정원을 산책해야겠다고 밖으로 나갔다. 샘도 보이지 않았다.

해가 뚝 떨어졌다. 어둠이 슬픔과 함께 어수선한 골목쟁이집을 찾아들었다. 프로도는 정든 방들을 둘러보면서 석양이 담장 아래로 깔리며 땅거미가 차츰 밀려오는 정원을 지켜보았다. 실내도 서서히 어두워졌다. 그는 바깥으로 나와 길 아래쪽에 있는 대문을 통해 '언덕길'로 내려가는 고샅길로 들어섰다. 그 앞쪽 어둠 속에서 간달프가 불쑥 나타날 것만 같았다.

하늘은 맑았고, 별빛은 점점 더 밝아지기 시작했다. 그는 큰 소리로 말했다.

"밤공기가 상쾌한데. 출발이 괜찮은 셈이야. 부쩍 걷고 싶은 마음이 당기는군. 이제 그만 꾸물대고 떠나야겠어. 간달프 선생도 뒤따라오겠지."

그는 막 걸음을 떼려다가 딱 멈춰 섰다. 골목아랫길 끝 바로 모퉁이 근처에서 두런거리는 소리가 들렸다. 하나는 분명히 영감의 목소리인데 다른 하나는 전혀 들어보지 못한 사람의 목소리였다. 예감이 좋지 않았다. 무슨 말들을 나누는지 그 내용은 잘 들리지 않았지만 영감의 언성이 높아지는 것을 보니 역정을 내는 것 같았다.

"글쎄 아니라니까 그러시네. 골목쟁이 씨는 떠났어요. 오늘 아침 날이 밝자마자 내 아들놈 샘하고 같이 갔다니까 그러시오. 짐도 다 꾸려 갖고 갔소. 그래요. 집도 팔고 분명히 떠났어요. 왜냐고요? 그건 내가 알 바 아니지, 당신도 마찬가지고. 어디로 갔냐고? 그건 알지. 노루말이라든가 어디라든가, 저쪽 어딘가 봅디다. 맞소, 길은 좋다고들 합디다. 나도 그렇게 멀리는 못 가 봤다오. 노릇골엔 이상한 양반들 이 살아요. 아니요, 더 할 얘기가 없소이다. 험, 그럼 잘 가시오."

언덕 아래로 급히 달려가는 발소리가 들렸다. 프로도는 그들이 언덕 위까지 올라오지 않았다는 사실이 자기에게 커다란 안도감을 주는 것 같아 막연하게나마 의아했다.

'내 행방을 꼬치꼬치 캐묻다니 되게 일없이 호기심 많은 친구군.'

그는 영감한테 가서 누구였냐고 물어볼 생각도 없진 않았으나 마음 편하게 (혹은 불편하게) 생각해 버리고는 재빨리 골목쟁이집으로 올라왔다.

피핀은 현관 앞에 놓아둔 짐 꾸러미 위에 걸터앉아 있었다. 샘은 보이질 않았다. 프로도는 어두컴컴해진 문을 열고 안으로 들어가면서 샘을 불렀다.

"샘! 샘! 이젠 가야지."

"예, 갑니다."

저 안쪽에서 대답이 들리더니 곧 입을 소매로 쓱쓱 닦으면서 샘이 나타났다. 그는 지하 식품 저장실에 있는 맥주통에 작별 인사를 하고 왔던 것이다.

"샘, 준비 완료?"

"예, 이제 한참 동안은 견딜 만해요."

프로도는 둥근 문을 닫아걸고 자물쇠를 단단히 채운 다음 열쇠 를 샘에게 건넸다.

"샘, 이것을 집에 갖다 놔. 그리고 길을 가로질러 가능한 한 빨리 목초지 건너 오솔길 입구에서 만나지. 오늘 밤에는 마을을 지나가지 않는 게 나을 것 같아. 눈과 귀가 온통 우리들에게만 쏠려 있는 것 같거든."

샘은 재빨리 뛰어 내려갔다.

"자, 드디어 출발이다."

프로도가 말했다. 그들은 짐을 어깨에 메고 단장을 짚고 모퉁이를 돌아 골목쟁이집 서쪽으로 내려갔다.

"안녕!"

불이 다 꺼진 횅한 창문을 향해 프로도는 작별 인사를 했다. 그는 한 손을 들어 흔들고는 돌아서서 (그는 잘 몰랐겠지만 빌보가 갔던 바로 그 길을 따라) 정원 사이로 난 좁은 길로 페레그린을 따라 급히 내려갔다. 그들은 언덕 기슭에 있는 낮은 생울타리를 뛰어넘어 들판에 접어들었고, 풀잎에 스치는 바람처럼 어둠 속으로 들어갔다.

그들은 서쪽 끝 언덕 아래로 난 오솔길 어귀에 다다랐다. 거기서 일단 멈춰서 등짐의 끈을 조정하고 있는데 숨을 헐떡거리며 급히 달려오는 소리가 들리더니 샘이 나타났다. 그는 무거운 짐을 양어깨 위에 높이 지고 있었고, 머리 위에는 펠트 천으로 만든 높고 울퉁불퉁한 자루를 이고서 그것을 모자라고 했다. 어둠에 비친 그의 모습은 꼭 난쟁이 같았다.

프로도가 말했다.

"내 등짐엔 무거운 것만 골라 넣은 것 같군. 달팽이가 얼마나 불쌍한지 이제 알 것도 같아. 집을 등에 지고 살아야만 하니 얼마나 무겁겠어."

"제가 좀 더 질 수 있겠는데요. 제 짐은 가벼워요."

샘이 씩씩하게 말했으나 그건 사실이 아니었다.

피핀이 말했다.

"아니, 샘! 그럴 필요 없네. 오히려 건강에 좋을 수도 있어. 어르신의 짐에는 우리한테 집어넣어 달라고 부탁한 것밖에는 없거든. 요즘 들어 형편없는 약골이 돼서 그렇지, 좀 걸어가다 보면 가볍다고 할 거야."

프로도가 웃으며 말했다.

"불쌍한 이 늙은 호빗에게 자비를! 노룻골에 도착하기도 전에 버들가지처럼 등이 휠 게 확실하군. 이건 농담일세. 샘, 자네가 오히려 짐이 너무 많은 것 같은데, 다음에 쉴 때 나누지."

그는 다시 단장을 집어 들었다.

"자, 우린 모두 야간 도보를 좋아하니 잠자기 전에 한참 걸어 보세."

그들은 잠시 서쪽의 소로를 따라 걸었다. 그리고 그 길에서 왼쪽으로 방향을 바꾸어 다시 들판으로 접어들었다. 그들은 생울타리와 관목숲 경계를 따라 한 줄로 걸어갔고 칠흑 같은 어둠이 그들이 가는 길목마다 지키고 있었다. 그들은 검은 외투를 입고 있었기 때문에 마치 마법의 반지를 끼고 있는 것처럼 어둠에 묻혀 형체가 거의 드러나지 않았다. 그들은 모두 호빗이었고, 소리를 내지 않으려고 조심했기 때문에 그들이 지나가는 소리는 다른 호빗들조차 들을 수 없을 정도였다. 들판과 산속의 짐승들도 그들이 지나가는 것을 전혀 눈치채지 못했다.

얼마 후 그들은 좁은 나무다리로 호빗골 서쪽의 믈강을 건넜다. 강은 꼬부라진 검은 리본처럼 보였고 물가엔 오리나무들이 늘어서 있었다. 그들은 2, 3킬로미터 정도 더 남쪽으로 내려가서 브랜디와 인다리로 이어지는 대로를 따라 재빨리 건넜다. 그들은 이미 툭지방에 발을 들여놓고 있었고 동남쪽으로 방향을 바꾸어 초록언덕지방으로 향했다. 첫 번째 산비탈을 오르면서 그들은 뒤로 돌아서서 믈강 변의 포근한 골짜기에 아득하게 반짝이는 호빗골의 불빛을 바라보았다. 어두운 산자락에 가려 불빛은 곧 사라졌고 회색 연못 가에 있는 강변마을의 불빛이 나타났다. 마지막 농가의 불빛이 나무들 사이로 가물가물 보이지 않게 되었을 때, 프로도는 뒤로 돌아서서 작별 인사를 했다.

"저 골짜기를 다시 볼 수 있을까?"

그는 낮은 목소리로 중얼거렸다.

약 세 시간 행군하고 나서 그들은 휴식을 취했다. 밤공기는 맑고 시원하고 하늘엔 별이 총총했지만 담배 연기 같은 안개가 개울이나 깊숙한 초원에서 산비탈로 기어오르고 있었고, 잎이 얼마 남지 않은 자작나무들이 머리 위로 부는 미풍에 흔들리며 창백한 하늘에 검은 그물을 치고 있었다. 그들은 (호빗치고는) 매우 간소한 식사를 한 후에 다시 걷기 시작했다. 그들은 눈앞의 어둠 속으로, 멀리 희미한 회색의 띠처럼 뻗은 구불구불한 산길로 접어들었다. 끝숲마을과 가녈말, 그리고 노루말로 연결되는 길이었다. 블골짜기의 중심 도로에서 갈라져 나와 산속으로 이어진 그 길은 초록언덕지방의 외곽을 돌아 동둘레의 황량한 오지인 끝숲까지 닿아 있었다.

잠시 후 그들은 어둠 속에서 마른 잎들을 날리는 높은 나무들 사이로 깊숙하게 파묻혀 있는 험한 길로 접어들었다. 사방은 칠흑같이 어두웠다. 이제는 호기심 많은 이목에서 자유로웠으므로 그들은 이야기도 하고 나지막하게 노래도 부르기 시작했다. 그런데 소리 없이 전진하던 중 피핀이 차츰 뒤로 처지기 시작하더니, 마침내 가파른 비탈을 오를 때쯤 해서는 걸음을 멈추고 하품을 했다.

"너무 졸려서 길바닥에 쓰러질 것 같아요. 서서 잠을 잘 작정인가요? 벌써 자정이 가까운 것 같은데요."

프로도가 대답했다.

"난 자네가 야간 도보를 좋아하는 줄 알았는데. 하지만 급히 서두를 필요는 없지. 메리가 모레 만나자고 했으니까. 아직 이틀은 더 여유 있어. 쉴 만한 데가 나오면 숨 좀 돌리고 가지."

샘이 말했다.

"서풍이 부네요. 산 너머 저쪽에 가면 바람이 불지 않는 아늑한 곳이 나올 것 같아요. 제 기억이 맞다면 바짝 마른 전나무 숲이 있었던 것 같고요."

호빗골에서 30여 킬로미터 이내 지리는 샘이 잘 알고 있었다. 그러나 그것이 지리에 대한 그의 지식의 한계였다.

그들은 산꼭대기를 넘어서 전나무가 우거진 숲으로 들어갔다. 길 옆으로 벗어나 송진 냄새가 나는 캄캄한 숲으로 들어간 일행은 불을 지피기 위해 땔나무와 솔방울을 주워 모았다. 그들은 곧 커다란 전나무 밑동 근처에 불을 피우고 둘러앉았고, 꾸벅꾸벅 졸기 시작했다. 잘 마른 나뭇가지는 탁탁 튀는 소리를 내며 유쾌하게 타올랐고 호빗들은 불가를 빙 둘러 전나무 뿌리 틈새에서 담요를 뒤집어쓰고 곧장 깊은 잠에 빠져들었다. 그들은 보초를 세우지 않았고, 프로도 역시 별로 위험을 느끼지 않았다. 그들은 아직 샤이어 한복판에 있었던 것이다. 불이 사그라지자 짐승이 몇 마리 다가와서 잠든 그들의 얼굴을 가만히 내려다보았다. 무슨 볼일인지 숲을 지나가던 여우 한 마리가 잠시 멈춰 서서 킁킁거리고 냄새를 맡아 보았다.

'호빗들이잖아.'

여우는 생각에 잠겼다.

'흠, 다음엔 또 뭘까? 근처에 이상한 일들이 벌어진다는 얘긴 들었지만, 호빗이 나무 밑에서 잠을 잔다는 건 금시초문이군. 그것도 셋씩이나! 뭔가 엄청나게 희한한 일이 있는 모양이야.'

여우의 생각은 맞았지만, 그는 그 이상은 알지 못했다.

눅눅한 공기를 실은 아침이 희뿌옇게 밝아 왔다. 프로도가 제일 먼저 눈을 떴다. 그는 나무뿌리에 대고 잤던 등 근처의 살이 우묵하게 눌린 것을 알았다. 목도 뻐근했다.

'재미 삼아 걷겠다고? 왜 말을 타지 않았지?'

여행을 시작할 때면 으레 그랬듯 그는 혼자 중얼거렸다.

'내 폭신한 깃털 침대는 자룻골골목쟁이네에게 팔아 버렸으니 원! 이따위 나무뿌리는 그치들한테나 어울릴 텐데.'

그는 기지개를 켜면서 소리쳤다.

"일어나게, 호빗들! 상쾌한 아침이야!"

"뭐가 그리 상쾌해요?"

피핀은 담요 한 귀퉁이로 한쪽 눈만 내밀고 짜증을 부렸다.

"샘! 9시 반까지는 아침 식사를 준비해야 해! 세숫물 데워 놓았나?"

샘이 벌떡 일어나면서 아직 잠이 덜 깬 눈으로 대답했다.

"아니요! 아직 안 됐는데요."

프로도는 피핀의 담요를 걷어 내며 그를 옆으로 한 바퀴 굴렸다. 그리고 숲 저쪽으로 걸어갔다. 동쪽 저 멀리서 사방을 온통 뒤덮고 있는 안개를 뚫고 태양이 빨갛게 떠올랐다. 황금빛과 붉은빛을 받은 가을 나무들이 마치 어둑어둑한 바다 위에서 정처 없이 떠도는 배 같았다. 그들 왼편으로는 가파른 비탈길이 아래 계곡으로 내려가다가 결국 시야에서 벗어나고 있었다.

그가 돌아왔을 때 샘과 피핀은 불을 활활 피워 놓았다. 피핀이 외쳤다.

"물! 물은 어디 있어요?"

"난 물을 주머니에 가지고 다니진 않아."

프로도가 대답했다.

피핀이 부산하게 음식과 컵을 챙기면서 말했다.

"물을 뜨러 가신 줄 알았어요. 지금이라도 가 보세요."

"자네도 같이 가지. 물통을 모두 가져오게."

언덕 밑에 개울이 있었다. 그들은 80, 90센티미터 정도 되는 높이에서 회색 암반 위로 떨어지는 작은 폭포의 물을 작은 야외용 주전자와 물통에 가득 채웠다. 물은 얼음장처럼 차가웠으나 그들은 물을 첨벙거리며 손을 씻고 세수를 했다.

아침 식사를 끝내고 짐을 모두 다시 챙기고 나니 10시가 넘었다. 날씨가 개면서 더워지기 시작했다. 그들은 비탈길을 내려가 길을 가로지르는 개울을 건넜다. 다시 오르막이 나타났고 그 뒤로도 한 번 더 오르막 내리막이 있었다. 그때쯤 되자 그들의 외투와 담요, 물, 식량, 그리고 기타 장비 들은 벌써 너무 무거운 짐이 되어 버렸다.

오늘의 행군은 무덥고 지루한 길이 될 것 같았다. 그러나 몇 킬로미터 걸어가자 비탈길이 끝이 났다. 이리저리 굽은 길을 따라 가파른 산비탈의 꼭대기에 파김치가 되어 올라서자 마지막 내리막이 나타났다. 그들 앞으로 관목숲이 점점이 흩어진 저지대가 펼쳐졌고, 그 끝은 갈색 산안개로 덮여 있었다. 그들은 끝숲 너머에 있는 브랜디와인강 쪽을 바라보았다. 길은 한 올 실처럼 구불구불 이어져 있었다.

피핀이 말했다.

"원, 길이 가도 가도 끝이 없군. 난 이제 더 못 가겠어요. 점심 먹기 딱 좋은 시간인데요."

그는 길가 둑에 주저앉아 멀리 동쪽의 안개 속을 바라보았다. 안개 너머에 강이 있었고, 그가 평생을 보낸 샤이어의 경계가 있었다. 샘이 그 옆에 섰다. 샘은 평생 한 번도 본 적이 없는 대지 너머 새로운 지평선을 바라보았다. 샘이 물었다.

"저 숲엔 요정들이 있을까?"

피핀이 대답했다.

"글쎄, 난 아직 그런 말 못 들어 봤는데요."

프로도는 아무 말이 없었다. 그 역시 처음 와 본 것처럼 길을 따라 동쪽을 향해 시선을 던지고 있었다. 갑자기 그가 입을 열었다. 그는 천천히 마치 독백하듯 노래를 부르기 시작했다.

길은 끝없이 이어지네.
* 문을 나서면 내리막길*
길은 저 멀리 아득히 끝 간 데 없고
* 이제 나는 힘닿는 데까지 걸어야 하리.*
팍팍한 두 다리를 끌고,
* 더 큰 길이 보일 때까지*
많은 길과 많은 일을 만나는 곳으로
* 그다음엔 어디? 알 수 없다네.*

피핀이 말했다.

"어쩐지 빌보 아저씨의 노랫가락 같군요. 아니면 비슷하게 한 곡지은 거예요? 하여간에 누구 노래이건 맥 빠지기는 한가지인데요."

프로도가 말했다.

"나도 모르겠어. 마치 내가 만든 노래처럼 방금 내 머릿속에 떠올랐지. 아마 오래전에 들어서 기억하고 있던 노래인지도 모르지. 그러고 보니 길을 떠나기 몇 년 전의 빌보 아저씨 모습이 눈에 선하군. 길은 오직 하나뿐이라고 가끔 말씀하셨지. 길은 커다란 강 같은 것이라 문을 열고 나설 때마다 만나는 모든 길은 그 강의 지류와 같다는 거야.

'프로도, 문을 열고 나선다는 것은 위험한 일이야. 일단 길을 떠난 뒤에는 발길을 조심하지 않으면 어디로 휩쓸릴지 모르는 일이지. 이 길은 바로 어둠숲으로 가는 길이지만, 그대로 두면 외로운산까지 갈 수도 있고 심지어는 더 무서운 곳으로 빠져들 수도 있단 말이다.' 그분은 특히 먼 여행길에서 돌아온 후에 골목쟁이집 현관 앞길에서 그렇게 말씀하셨지."

"글쎄요, 이 길을 쭉 따라가도 한 시간 내로 어딘가에 도착할 수 있을 것 같지가 않군요."

피핀이 등짐을 벗어 내리며 말했다. 프로도와 샘도 짐을 강둑에 기대 놓고 길바닥에 주저앉아 다리를 쭉 뻗었다. 그들은 잠시 쉬고 나서 점심을 양껏 먹은 뒤에 또다시 오랜 시간 쉬었다.

그들이 내리막길을 내려갈 때쯤 해는 점점 나른한 오후의 들판을 향해 내려앉기 시작했다. 그때까지 그들이 가는 길엔 지나가는 사람이 아무도 없었다. 마차가 지나다닐 수 없을 만큼 좁아서인지 끝 숲으로 가는 마차는 거의 없었다. 다시 한 시간가량 부지런히 걸었을 때, 샘이 갑자기 그 자리에 우뚝 서더니 뭔가를 듣는 듯 귀를 기울였다. 그들은 이제 평지로 내려와 있었고 구불구불했던 길도 큰 나무들이 듬성듬성 서 있는 풀밭 사이로 곧게 뻗어 있었다. 저 멀리엔 다시 숲이 이어졌다.

샘이 말했다.

"조랑말인지 큰 말인지 모르겠지만 뒤쪽에서 뭔가 따라오는 소리가 들려요."

그들은 뒤를 돌아보았지만 길이 굽어서 멀리까지 보이진 않았다.

"간달프가 우릴 뒤쫓아오는 소린지도 모르겠군."

프로도는 그렇게 말하면서도 혹시 아닐지도 모른다는 의심이 들어 갑자기 뒤쫓아오는 사람을 피해야 한다는 생각이 들었다. 그는 변명하듯 말했다.

"별탈 없을지도 모르지만 아무에게도 들키지 않았으면 좋겠어. 내가 하는 일을 누가 본다거나 쑥덕거리는 데는 이제 진저리가 난다니까. 그런데 혹시 간달프라면……."

그는 잠시 망설이는 듯하다가 말을 이었다.

"깜짝 놀라게 해 주어야지. 이렇게 늦은 데 대한 벌로 말이야. 그러면 일단 숨지."

샘과 피핀은 재빨리 길 왼쪽으로 뛰어들어 길에서 멀지 않은 우묵한 곳에 몸을 숨기고 바닥에 납작하게 엎드렸다. 프로도는 숨어 야겠다는 생각과 누군지 알아보고 싶은 호기심 때문에 갈등하며 잠시 망설였다. 말발굽 소리가 가까워졌다. 아슬아슬한 순간에 그는 길가에 그림자를 늘어뜨리고 있는 큰 나무 뒤의 큼직한 덤불숲 속으로 몸을 던졌다. 그러고는 고개를 들어 땅 위로 튀어나온 굵은 뿌리 위로 조심스럽게 내다보았다.

흑마 한 마리가 모퉁이를 돌아왔다. 호빗들의 조랑말이 아니라 큰 말이었다. 말 위에는 체격이 아주 큰 사나이가 올라타 있었다. 그는 두건이 달린 검은 외투를 푹 둘러쓰고 안장 위에 웅크리고 있어서 높은 등자 위에 놓인 구두만 보였다. 그의 얼굴은 두건의 그늘에 가려 보이지 않았다.

말은 나무 가까이 프로도가 있는 지점에 이르자 멈춰 섰다. 말을 탄 사람은 고개를 숙인 채 무슨 소리를 들으려고 귀를 기울이는지 가만히 앉아 있었다. 사라진 어떤 냄새를 맡으려는 듯 두건 안에서 킁킁거리는 소리를 내더니 길 양쪽으로 고개를 두리번거렸다.

프로도는 문득 들킬지도 모른다는 생각이 까닭 없이 들면서 반지를 생각해 냈다. 그는 도무지 숨도 쉴 수 없었지만, 주머니에서 반지를 꺼내고 싶은 욕망이 간절해져 조금씩 손을 움직이기 시작했다. 반지만 끼면 살 수 있다는 것밖에는 아무 생각도 없었다. 간달프의 충고도 아무 소용이 없었다. 빌보도 반지를 사용하지 않았던가! 반지의 줄이 손에 닿는 순간 프로도는 '하지만 아직 여긴 샤이어니까.' 하는 생각이 들었다. 그 순간 기사는 몸을 일으켜 고삐를 흔들었다. 말은 앞발을 내딛기 시작했고, 처음엔 느리게 걷다가 곧 빠른 걸음으로 달려갔다.

프로도는 길가로 기어 나와서 말이 멀리 사라질 때까지 지켜보았다. 그런데 분명히 확인할 수는 없었지만 말이 그의 시야에서 사라지기 전에 갑자기 방향을 틀어 오른쪽 숲으로 들어가는 것을 본 것 같았다.

　"참 이상한 일도 다 있군. 어쨌든 기분 나쁜데."

　그는 혼잣말을 중얼거리며 동료들에게로 걸어갔다. 피핀과 샘은 풀밭 위에 납작 엎드려 있어서 아무것도 보지 못했기 때문에 그는 그 기사와 그의 이상한 행동에 대해 설명해 주었다.

　"이유는 알 수 없지만 그는 나를 찾기 위해 냄새를 맡았던 게 틀림없어. 본능적으로 발각되면 안 된다는 생각이 들었거든. 샤이어에서는 그런 사람을 한 번도 본 적이 없어."

　피핀이 물었다.

　"큰사람들이 우리와 무슨 상관이 있나요? 그리고 여기까지 뭐 하러 왔을까요?"

　"이곳까지 돌아다니는 큰사람들이 더러 있지. 내가 알기로는 남둘레에서는 큰사람들과 다투기까지 했다던데. 하지만 조금 전과 같은 기사에 대해서는 아무 이야기도 못 들었어. 어디서 왔을까?"

　샘이 갑자기 끼어들었다.

　"실례합니다만, 전 그가 어디서 왔는지 알아요. 한 사람뿐이라면 방금 그 기사는 호빗골에서 오는 길일 거예요. 그리고 어디로 가는지도 알 것 같아요."

　프로도는 깜짝 놀라 그를 바라보며 날카롭게 물었다.

　"무슨 소리야, 샘? 왜 미리 말하지 않았어?"

　"지금 막 생각났을 뿐이에요. 어떻게 된 거냐 하면 어제저녁 무렵 열쇠를 가지고 집에 갔을 때 아버지가 이런 말을 하시더군요. '어찌 된 일이냐, 샘? 난 네가 오늘 아침 일찍 프로도 씨와 함께 떠난 줄 알았다. 골목쟁이집의 골목쟁이 씨를 찾는 어떤 낯선 사람이 왔다가 방금 떠났단다. 노루말로 가 보라고 했지. 목소리가 영 기분 나쁜 사람이었어. 골목쟁이 씨가 옛집을 영원히 떠났다고 알려 주니까 대단히 난처한 듯이 보였어. 나를 보면서 '쳇!' 하고 못마땅하다는 소릴

냈는데 어찌나 소름이 끼치던지.' 어떻게 생긴 사람이었냐고 물었더니 아버지는 이렇게 대답하시더군요. '나도 모르겠다, 하지만 호빗은 아니었어. 키가 크고 검은 옷을 입었는데 나를 내려다볼 정도였어. 외지에서 온 큰사람들 중 하나인 것 같더라. 말투가 이상했어.' 하고요."

샘은 변명을 덧붙였다.

"프로도 씨께서 기다리고 계셨기 때문에, 더 듣고 있을 시간이 없었어요. 그리고 여기 오면서는 까맣게 잊고 있었으니까요. 아버지는 기력이 쇠약해지신 데다가 눈도 침침하신데, 그 사람이 언덕에 올라와서 아버지가 골목아랫길 입구에서 바람을 쐬시는 것을 보았을 때는 날도 꽤 어둑했대요. 무슨 문제가 생기지 않았으면 좋겠어요. 좀 진작 말씀드릴걸."

프로도가 말했다.

"네 아버지 잘못이 아니야. 사실 그 낯선 사람과 네 아버지가 이야기하는 소리는 나도 듣긴 했지. 나를 찾는 것 같기에 하마터면 나가서 누구냐고 물어볼 뻔했거든. 나나 자네가 일찍 이야기를 꺼냈더라면 도중에 더 조심했을 텐데."

피핀이 말했다.

"하지만 아까 그 말 탄 사람과 샘 아버지가 만난 낯선 사람이 같은 사람이 아닐 수도 있잖아요? 우리는 쥐도 새도 모르게 호빗골을 빠져나왔는데, 그 낯선 사람이 어떻게 우리를 따라왔겠어요?"

샘이 물었다.

"뭣 때문에 냄새를 맡고 다닐까요? 아버지 말씀으로는 그 사람이 검은 옷을 입었다고 하셨어요."

프로도는 중얼거렸다.

"간달프를 기다릴걸 그랬어. 하지만 그렇게 되면 문제가 더 심각해졌을지도 몰라."

"그러면 그 기사에 대해 뭔가 짚이는 것이라도 있단 말이에요?"

프로도가 중얼거리는 소리를 듣고 피핀이 물었다.

"모르겠어. 추측은 그만두는 것이 좋겠네."

"좋아요, 프로도. 말하고 싶지 않은 것이 있으면 당분간은 비밀로 묻어 두세요. 우선 어떻게 해야 할지부터 생각해 봐요. 제 생각에는 간단하게 배를 채우고 싶지만, 일단은 이 자리를 뜨는 게 좋겠어요. 낯선 사람들이 보이지도 않는 코를 가지고 킁킁거리며 냄새를 맡고 다니는 것이 영 마음에 걸리는데요."

"그렇게 하세. 내 생각에도 서둘러 움직이는 것이 낫겠어. 그러나 오던 길로는 말고. 그 기사가 다시 돌아올지도 모르니까. 오늘은 꽤 많이 걸어야겠어. 노룻골까지는 아직 멀었으니까."

그들이 다시 출발했을 때는 나무들이 풀밭 위로 가늘고 긴 그림자를 늘어뜨리고 있었다. 그들은 길 왼쪽으로 약간 벗어나서 가능한 한 몸을 숨기며 걸었다. 그러나 울퉁불퉁한 땅바닥에 긴 풀이 빽빽이 들어차 있고 나뭇가지들마저 덤불 사이로 서로 뒤엉켜 있어서 걷기가 쉽진 않았다.

그들의 등 뒤 언덕 너머로 석양은 붉은빛을 뿌리며 사라졌고, 해가 넘어갈 때쯤 그들은 길로 다시 들어섰다. 몇 킬로미터가량 길이 곧게 뻗어 있던 긴 평지는 이제 끝났다. 그리고 다시 길은 왼쪽으로 방향을 바꾸어 가녘말로 향하는 예일 저지대로 이어졌는데, 거기서 오른쪽으로 작은 샛길이 하나 갈라져 나와 참나무 고목 숲을 지나 끝숲마을로 향해 있었다. 프로도가 말했다.

"이 길이 우리가 가야 할 길이야."

그들은 갈림길에서 멀지 않은 곳에서 거대한 고목을 발견했다. 나무는 아직 살아 있어서 오래전에 큰 가지가 떨어져 나간 곳 근처에는 나뭇잎이 달린 잔가지도 있었다. 그러나 반대쪽에 커다란 틈새가 벌어져 있고 속도 텅 비어 있어서 그 안으로 들어갈 수가 있었다. 호빗들은 나무 안으로 기어들어 낙엽과 썩어 문드러진 나뭇조각 들을 바닥에 깔고 앉았다. 그들은 휴식을 취하고 가벼운 식사를 했으며 가끔 귀를 기울여 가며 작은 소리로 이야기도 나누었다.

그들이 길을 다시 걷기 시작했을 때는 어스름이 주위를 감싸고 있었다. 서풍이 나뭇가지 사이로 스쳐 지나가면서 나뭇잎들이 소곤거렸다. 길은 이내 땅거미 속으로 서서히 잠겨 들었다. 나무들 위로 어두워져 가는 동쪽 하늘에 별이 하나 나타났다. 그들은 용기를 내려고 어깨를 나란히 하고 발맞춰서 걸어갔다. 잠시 후 별이 더 많아지고 밝아지자 그들의 불안감은 한결 덜해지면서 마침내 말발굽 소리까지 잊었다. 그들은 호빗들이 길을 갈 때 흔히 그렇듯이 (특히 밤에 집 가까이 돌아올 때) 낮은 목소리로 콧노래를 부르기 시작했다. 대개의 호빗들은 그때 저녁 식사나 잠자리에 관한 노래를 불렀으나 이 호빗들은(물론 저녁 식사나 침대에 관한 언급이 없는 것은 아니었지만) 먼 길을 떠나는 나그네의 노래를 부르고 있었다. 이 노래는 골목쟁이네 빌보가 옛 민요 가락에 노랫말을 붙여 만든 것인데, 플골짜기의 산길을 걸으면서 프로도에게 옛날의 모험을 이야기하다가 가르쳐 준 것이었다.

난로 위엔 새빨간 불꽃
지붕 밑엔 포근한 침대 있지만,
우리의 발길 아직 피곤을 모르니
저기 길모퉁이 돌아가면
아직 아무의 손길도 닿지 않고
불쑥 나타나는 나무, 우뚝 선 바위.
　나무와 꽃, 잎과 풀
　지나가자! 지나가자!

푸른 하늘 아래엔 언덕과 강
지나가자! 지나가자!

저기 길모퉁이 돌아가면
낯선 길, 비밀의 문이 있어,
오늘 그 길을 지나쳐도
내일 다시 이 길을 오면
숨은 길이 나타나
해도 가고 달도 갈 테니.
사과나무, 가시나무, 호두와 자두
지나가자! 지나가자!
모래와 바위, 연못과 골짜기
잘 있거라! 잘 있거라!

등 뒤엔 고향 집, 눈앞엔 먼 나라
어둠을 지나 밤의 모퉁이까지
끝없는 길을 걷다 보면
마침내 별빛 환한 나라
등 뒤엔 먼 세상, 눈앞엔 고향 집
고향 집에 돌아가 편히 쉬리니.
안개와 황혼, 구름과 어둠
떠나거라! 떠나거라!
불꽃과 등불, 고기와 빵
꿈나라로! 꿈나라로!

노래가 끝나자 피핀이 소리를 질렀다.
"자, 꿈나라로! 자, 꿈나라로!"

프로도가 나직한 소리로 주의를 주었다.

"쉿! 말발굽 소리가 들리는 것 같지 않아?"

그들은 귀를 쫑긋하며 나무 그림자처럼 소리 없이 일어섰다. 저 멀리 뒤쪽 어디에선가 말발굽 소리가 바람결을 따라 서서히 다가왔다. 그들은 소리 없이 신속하게 길에서 벗어나 참나무 아래 그늘로 기어들었다.

프로도가 말했다.

"너무 멀리들 가지는 말게. 발각되고 싶지는 않지만 검은 기사인지 확인해 봐야겠어."

피핀이 거들었다.

"그게 좋겠어요. 하지만 놈들이 냄새를 잘 맡는다는 사실을 잊으면 안 돼요."

말발굽 소리가 점점 가까이 다가왔다. 그들은 나무 밑 그늘 말고는 더 좋은 은신처를 찾을 수 없었다. 샘과 피핀은 커다란 나무 밑에 납작 엎드렸고, 프로도는 다시 길 쪽으로 몇 미터를 기어갔다. 길은 숲속으로 스며든 한 줄기 희미한 빛처럼 창백한 회색이었다. 그 위 어두운 하늘엔 별빛이 가득했고 달은 보이지 않았다.

말발굽 소리가 뚝 그쳤다. 프로도는 두 그루의 나무 사이 좀 더 밝은 곳을 지난 다음 멈춰 선 검은 물체를 보았다. 말의 검은 그림자가 그보다 작은 형체의 그림자에게 끌려가는 것 같았다. 작은 그림자는 길을 벗어나서 고개를 두리번거렸다. 그때 프로도는 킁킁거리는 콧소리를 들은 듯했다. 그림자는 땅바닥에 엎드리더니 프로도가 있는 쪽으로 기어오기 시작했다.

다시 한번 반지를 끼고 싶은 유혹이 프로도를 엄습했다. 이번은 전보다 더 심했다. 유혹은 너무나 강렬했기 때문에 프로도의 손은 자기도 모르게 주머니를 더듬고 있었다. 그런데 그 순간 어디선가 노래와 엇섞인 웃음소리가 들려왔다. 검은 그림자가 갑자기 몸을 벌떡 일으켜 세우더니 뒤로 물러났다. 그러고는 어둠 속에 우두커니 서 있던 말의 그림자 위로 잽싸게 올라타더니 길 건너 어둠 속으로 사라졌다. 프로도는 참았던 숨을 몰아쉬었다.

샘이 쉰 목소리로 속삭였다.

"요정들, 요정들이에요."

그들이 말리지 않았다면 샘은 나무 사이에서 뛰쳐나가 목소리가 나는 쪽으로 달려갔을 것이다.

프로도가 말했다.

"그래, 요정들이 틀림없는 것 같네. 가끔 끝숲에도 나타나지. 물론 샤이어엔 요정들이 살지 않지만 봄가을엔 탑언덕까지 가는 길에 샤이어를 지나간다고들 하더니 오늘은 정말 고마운 일을 하는군. 자네들은 보지 못했겠지만 검은 기사가 바로 저기서 말에서 내려 우리 쪽으로 기어오고 있었어. 그런데 마침 저 노랫소리를 듣더니 번개같이 사라져 버린 거야."

샘은 너무 흥분한 나머지 검은 기사 따위는 잊은 듯했다.

"잠깐 가서 저 요정들을 보면 안 될까요?"

"아, 기다려. 들어 보게! 이리로 오고 있어. 우린 기다리기만 하면 돼."

노랫소리가 점점 가까워졌다. 그중에서도 특히 맑은 한 목소리가 다른 목소리들보다 도드라지게 들려왔다. 요정의 언어로 부르는 노래였다. 프로도는 그 말을 조금은 알아들을 수 있었지만 샘과 피핀은 전혀 알아듣지 못했다. 그러자 차츰 목소리가 곡조에 섞여 들면서 호빗들의 생각 속에 말로 모습을 나타내었고, 그리하여 그들도 약간은 이해할 수가 있었다. 프로도가 알아들은 바로는 그 내용은 대강 이런 것이었다.

　　　흰 눈처럼! 흰 눈처럼! 오, 정결한 여인이여!
　　　　오, 서쪽바다 건너의 여왕이여!

오, 여기 어지러운 숲속 나라를 방랑하는
　　우리들의 빛이시여!

길소니엘! 오, 엘베레스!
　　그대의 맑은 눈동자, 빛나는 숨결!
흰 눈처럼! 흰 눈처럼! 우리는 그대를 노래하오.
　　바다 건너 머나먼 땅에서.

태양이 없던 시절
　　빛나는 그대 손으로 심은 별들이여!
이제 맑고 환한 바람 부는 들판에서
　　우리는 그대의 은빛 꽃이 피어나는 것을 보노라!

오, 엘베레스! 길소니엘!
　　이역만리, 숲속에 은거하고 있는
우리들은 아직 기억하고 있네,
　　서쪽바다 위 그대의 별빛을!

　노래가 끝났다. 프로도는 사뭇 놀라운 표정을 지으며 말했다.
　"저들은 높은요정들이야. 엘베레스를 노래하고 있어. 저 아름다운 요정들이 샤이어에 오는 일은 거의 없는데. 대해 동쪽 가운데땅에 남아 있는 이들도 그리 많진 않아. 참 알 수 없는 일이군."
　호빗들은 길가 어둠 속에 앉았다. 요정들은 계곡을 향해 길을 따라 내려오는 중이었다. 그들은 천천히 지나갔고 호빗들은 그들의 머리와 눈동자에서 반짝이는 별빛을 볼 수 있었다. 그들은 등불 같은 것은 들고 있지 않았다. 그러나 그들이 걷는 동안, 마치 달이 떠오르기 전 산등성이 위로 희뿌연 달빛이 드러나듯 희미한 빛이 그들의 발길 언저리를 비추었다. 그들은 이제 노래를 그치고 조용해졌다. 맨 뒤에 따라가던 요정 하나가 호빗들을 보고 웃었다. 그는 큰 소리로 인사를 건넸다.

"안녕하세요, 프로도 씨! 이렇게 늦은 밤에 어딜 가십니까? 혹시 길을 잃은 거 아닌가요?"

그가 일행을 불러 세우자 요정들은 멈춰 서서 호빗들을 둘러쌌다. 한 요정이 말했다.

"정말 내일은 해가 서쪽에서 뜨겠군! 한밤중에 난데없이 숲속에 호빗 세 명이 나타났으니. 빌보가 떠난 뒤로는 이런 일을 본 적이 없는데, 무슨 일이에요?"

프로도가 대답했다.

"귀하신 분들, 우리는 단지 우연히 여러분들과 같은 길을 가게 된 것뿐입니다. 난 별빛을 따라 산책하는 것을 좋아하지요. 같이 가신다면 기꺼이 환영합니다."

요정들은 웃음을 지었다.

"하지만 우린 동행이 필요 없답니다. 게다가 호빗들은 너무 따분하지요. 그리고 우리가 어디로 가는지 알 수도 없을 텐데, 어떻게 같은 길을 간다고 하시죠?"

"그러면 제 이름은 어떻게 아셨습니까?"

프로도가 되물었다.

"우린 아는 게 많습니다. 당신은 우리를 보지 못했겠지만 우린 당신이 빌보와 함께 있는 것을 가끔 보았답니다."

"실례지만 당신들은 누구시죠? 어느 분이 인도하십니까?"

프로도에게 처음 인사를 했던 요정이 앞으로 나서며 말했다.

"납니다. 나는 길도르요. 핀로드 가문의 길도르 잉글로리온이오. 우린 망명자들입니다. 우리 형제들은 대부분 오래전에 떠났고, 우리도 대해를 건너기 전에 여기 잠시 머무르고 있을 뿐이지요. 아직 우리 말고도 깊은골에 평화롭게 살고 있는 요정들이 있기는 합니다. 자, 그러면 프로도 씨, 무슨 일인지 말해 주시겠어요? 당신 얼굴에 공포의 그림자가 덮여 있는 것이 보입니다."

피핀이 용감하게 끼어들었다.

"오, 지혜로운 분들! 검은 기사들에 대해 이야기 좀 해 주세요."

"검은 기사들이라고?"

그들은 목소리를 낮췄다.

"왜 검은 기사들에 대해 묻는 거요?"

"검은 기사 두 명이 우릴 쫓아왔어요. 한 명이 두 번 나타난 건지도 모르지만요. 바로 조금 전에 당신들이 가까이 오자 황급히 사라졌지요."

요정들은 바로 대답하지는 않고, 자기네들 언어로 조용히 의견을 교환했다. 그러고 나서 길도르가 호빗들을 향해 돌아섰다.

"지금 이 자리에서 이야기하기는 곤란하군요. 우리와 같이 갑시다. 우리 관습에는 어긋나지만 오늘 밤은 우리와 같이 가시지요. 원하신다면 잠자리도 함께하는 것이 나을 것 같습니다."

"오, 고마우신 분들! 꿈에도 생각하지 못한 행운이군요."

피핀이 말했다. 샘은 입도 제대로 열지 못하고 있었다.

프로도가 공손하게 절하며 감사의 말을 했다.

"정말 고맙습니다. 길도르 잉글로리온. 엘렌 실라 루멘 오멘티엘보, 우리들의 만남의 시간에 별이 빛납니다."

그는 높은요정들의 언어로 인사를 덧붙였다.

길도르가 웃으며 말했다.

"여보게들, 조심해야겠네. 함부로 비밀을 얘기하지 말라고. 여기 고대어를 아는 학자 양반이 계시단 말이야. 빌보도 상당한 대가였지. 반갑소, 요정의 친구."

그는 프로도를 향해 고개를 숙이며 말했다.

"자, 이제 당신 친구들도 우리와 같이 갑시다. 길을 잃지 않게 우리들 가운데로 들어오는 것이 낫겠지요. 먼 길을 걸어야 하니 피곤할겁니다."

프로도가 물었다.

"왜요? 어디로 갑니까?"

"오늘 밤 우린 끝숲마을 너머 산속의 숲까지 가야 합니다. 상당히 먼 거리이긴 하지만 거기 가서 쉬지요. 그러면 내일 여행길도 짧아질 거니까요."

그들은 다시 말없이 행군을 계속했다. 요정들의 모습은 때로는 그림자 같기도 했고 희미한 빛 같기도 했다. 그들은 마음만 먹으면 (호빗들보다) 교묘하게 발소리나 자취도 없이 걸을 수 있었다. 피핀은 곧 잠이 오기 시작했고, 몇 번인가 쓰러질 뻔도 했다. 그러나 그럴 때마다 옆에서 걷던 키 큰 요정이 팔을 뻗어 잡아 주었다. 샘은 프로도 옆에서 마치 꿈속을 헤매듯 반은 기쁘고, 반은 두려운 표정으로 걸었다.

길 양쪽의 숲은 더욱 울창해졌고 특히 어린 나무들이 빽빽하게 들어찼다. 길이 더 낮아지면서 언덕 사이의 우묵한 곳으로 접어들자 양쪽 산비탈에 개암나무 숲이 우거져 있었다. 거기서 요정들은 드디어 도로를 벗어나 오른쪽 숲에 감춰진 녹색 길을 찾아들었다. 그 길은 나무가 우거진 비탈을 돌아 올라가 산 능선으로 이어지고 그곳에서는 강변 계곡에 연한 저지대가 훤히 내려다보였다. 그들은 나무가 우거진 그늘에서 돌연 벗어났고, 밤의 어둠 속으로 잿빛의 넓은 풀밭이 그들의 눈앞에 펼쳐졌다. 풀밭은 삼면이 울창한 숲으로 둘러싸여 있었지만 동쪽으로는 지대가 가파르게 낮아지면서 비탈 아래쪽에서 자라는 거뭇거뭇한 나무들의 꼭대기가 그들의 발밑에 모습을 드러냈다. 저 멀리 별빛 아래로 저지대의 평평하고 희미한 모습이 눈에 들어오고 가까이 끝숲마을의 불빛이 가물거렸다.

요정들은 풀밭에 앉아 작은 소리로 이야기를 나누었다. 그들은 호빗에게 신경을 쓰지 않는 듯했다. 프로도와 일행은 외투와 담요로 몸을 감싸고 있었고 졸음이 그들을 엄습했다. 밤이 깊어지면서 골짜기의 불빛들도 하나둘 사라졌다. 피핀은 푸른 풀로 덮인 흙더미를 베개 삼아 잠들었다.

동편 하늘 높이 그물성좌인 렘미라스가 올라오고, 붉은 보르길 별이 안개를 뚫고 천천히 불꽃을 내는 보석처럼 떠올랐다. 곧이어 공기의 움직임이 심상치 않더니 베일처럼 드리워진 안개가 걷히고, 하늘의 검객 메넬바고르가 번쩍이는 띠를 두르고 하늘 위로 솟아올랐다. 요정들은 합창을 시작했고 갑자기 나무 아래에서 빨간 불꽃이 일었다.

요정들은 호빗들을 불렀다.

"이리들 오세요! 이제는 이야기를 나누고 즐길 시간입니다."

피핀은 몸을 일으키며 눈을 비볐다. 그는 떨고 있었다.

"저기 홀에 가면 불이 있고 시장한 손님들께 드릴 음식이 있답니다."

피핀 앞에 서 있던 어떤 요정이 말했다.

풀밭 남쪽 끝에 빈터가 있었다. 푸른 풀밭이 숲속까지 쭉 이어져 있어서 나뭇가지로 지붕을 이은 넓은 홀 같은 공간을 만들었다. 주위엔 거목들이 기둥처럼 버티고 있었고 그 한가운데에 장작불이 활활 타올랐다. 나뭇가지 위에는 금빛, 은빛의 횃불들이 차분하게 주위를 밝혔다. 몇몇 요정들이 장작불을 빙 둘러 풀밭이나 나무 그루터기 위에 앉았다. 또 이리저리 돌아다니며 빈 잔에 술을 채우는 요정들도 있었고 접시에 음식을 담는 요정들도 있었다.

그들은 호빗들에게 말했다.

"차린 것은 변변찮습니다만 많이들 드십시오. 집을 떠나 이런 숲에서 손님을 대접하자니 별수 없군요. 다음에 집에 모실 기회가 있으면 한턱 잘 내지요."

"무슨 말씀을, 생일잔치 음식이라 해도 손색이 없겠는데요."

프로도가 정중하게 감사의 말을 전했다.

후에 피핀은 그때 무슨 음식을 먹었고 무슨 술을 마셨는지 거의 기억해 내지 못했다. 그는 줄곧 요정들의 얼굴에 빛나는 환한 빛만 홀린 듯이 쳐다보았다. 그들의 갖가지 목소리도 너무 아름다워서 그는 꿈인지 생시인지 의심스러울 지경이었다. 그가 기억하는 것은 굶어 죽어 가던 사람이 맛있는 흰 빵을 먹을 때의 그 맛보다도 맛있는 빵과, 산딸기보다도 달콤하고 정원에서 기른 과일보다도 싱싱해 보이는 과일이 거기 있었다는 사실뿐이었다. 그는 맑은 샘물처럼 시원하며 여름날 오후처럼 뜨겁고 향기로운 술잔을 비웠다.

샘은 그날 밤 무엇을 느끼고 무엇을 생각했는지 말로 표현할 수도 없었고, 혼자 머릿속으로 상상해 그려 내는 일도 불가능했다. 그렇지만 그것은 그의 일생에서 가장 중요한 기억들 중 하나로 남아 있었다. 그가 기껏 입을 열고 한 말은 이 정도였다.

"흠, 이런 사과를 맺게 할 수 있어야만 정원사란 이름이 아깝지 않겠어요. 하지만 더 감동적인 것은 저 노래예요."

프로도는 즐겁게 먹고 마시며, 이야기를 나누었다. 그러나 그의 관심은 주로 이야기에 쏠렸다. 그는 요정들의 말을 조금밖에 몰랐기 때문에 열심히 들으려고 애를 썼다. 그는 이따금 자기에게 음식을 날라다 주는 요정들에게 요정어로 말을 걸기도 하고 고맙다는 인사를 하기도 했다. 그들은 그를 향해 웃으면서 이렇게 말했다.

"호빗들 중에도 보석 같은 인물이 있군요."

잠시 후 그들은 곯아떨어진 피핀을 나무 밑으로 옮겼다. 그는 날이 완전히 밝아 올 때까지 부드러운 잠자리 위에서 잠을 푹 잤다. 샘은 주인 곁을 떠나려 하지 않았다. 피핀이 잠들자 그는 프로도 옆으로 다시 다가와서 웅크리고 앉았다. 그러나 샘도 마침내 꾸벅꾸벅하더니 눈을 감고 잠에 빠져들었다. 프로도는 늦은 시간까지 자지 않고 길도르와 이야기를 주고받았다.

그들은 옛날이야기부터 최근의 소식에 이르기까지 여러 이야기를 주고받았고, 프로도는 샤이어 바깥의 넓은 세상에서 일어나는 사건들에 대해 물었다. 새로운 소식은 대개 비극적이고 불길한 것들이었다. 한곳에 모이고 있는 어둠의 세력들, 인간들의 전쟁, 요정들의 피난 등등. 프로도는 마침내 가슴속 깊이 묻어 두고 있던 질문을 했다.

"길도르, 빌보 아저씨가 우리를 떠난 후 혹시 그분을 뵌 적이 있습니까?"

길도르는 웃었다.

"본 적이 있죠. 두 번 봤습니다. 바로 여기서 작별 인사를 했고, 그 후로 한 번 더 보았는데, 여기서 아주 먼 곳이지요."

그 이상은 빌보의 이야기를 하고 싶어 하지 않는 것 같았기 때문에 프로도는 잠자코 있었다. 길도르가 말했다.

"프로도, 당신 문제와 관련하여 내게 여러 가지를 묻거나 이야기할 필요는 없습니다. 이미 얼마간은 알고 있을뿐더러, 당신 표정이나 당신 질문 뒤에 숨은 생각을 살펴보면 더 많은 것을 읽을 수 있죠. 당신은 지금 샤이어를 떠나고 있지만 당신이 찾고 있는 것을 과연 찾을 수 있을지, 계획한 바를 이룰 수 있을지, 아니면 무사히 돌아올 수 있을지 걱정하고 있습니다. 그렇지 않습니까?"

"그래요. 당신 말이 맞습니다. 하지만 내가 길을 떠난 것은 간달프와 여기 있는 충직한 샘만 아는 비밀인데 이상하군요."

프로도는 나직하게 코를 골고 있는 샘을 내려다보며 물었다.

"아, 걱정하지 마십시오. 우리 입을 통해 그 비밀이 대적에게 넘어가진 않을 겁니다."

"대적이라니요? 그러면 당신은 내가 왜 샤이어를 떠나는지도 알고 있단 말씀이십니까?"

"대적이 왜 당신을 추적하는지는 모릅니다. 하지만 쫓고 있다는 것만은 확실합니다. 내가 보기엔 참 별난 일이지만. 당신한테 분명히 말해 주고 싶은 것은 당신 주위 사방에 위험이 도사리고 있다는 사실입니다."

"기사들 말입니까? 그들이 대적의 하수인들이 아닌가 걱정이 됩니다. 검은 기사들은 누구입니까?"

"간달프가 말해 주지 않았습니까?"

"그들에 대해선 전혀 들은 바가 없습니다."

"그러면 내가 이야기할 계제가 아니군요. 당신이 겁을 먹고 여행을 포기하면 안 될 테니까요. 내가 보기엔 당신은 아주 알맞은 때에 출발한 것 같습니다. 이젠 쉬지도 말고 돌아서지도 말고 서둘러야 할 겁니다. 샤이어는 이제 당신의 은신처가 되지 못하기 때문입니다."

프로도는 목소리를 높였다.

"그런 암시와 경고를 듣고 나니까 더욱더 무섭네요. 물론 나도 앞길에 위험이 도사리고 있다는 것은 알고 있었습니다. 하지만 우리 샤이어 경내에서 그런 위험이 닥치리라고는 전혀 예상하지 못했습니다. 호빗이 믈강에서 브랜디와인강까지 마음 놓고 돌아다닐 수도 없단 말입니까?"

"샤이어는 당신들만의 땅이 아닙니다. 호빗들 전에는 다른 이들이 살았고 호빗들이 떠나가면 또 다른 이들이 여기 정착할 겁니다. 당신들 주변에는 넓은 세상이 있어요. 샤이어에 울타리를 치고 막을 수는 있겠지만, 언제까지 그렇게 할 수는 없어요."

"알고 있습니다. 하지만 지금까지는 너무나 평화롭고 안전한 땅이었거든요. 이젠 어떻게 해야 하지요? 내 계획은 샤이어를 몰래 떠나서 깊은골로 가는 것이었는데 노룻골에 도착하기도 전에 벌써 미행을 당하고 있으니 말입니다."

"그 계획을 그대로 밀고 나가는 것이 좋겠습니다. 당신 용기라면 충분히 해낼 수 있으리라 생각됩니다. 하지만 더 분명한 조언을 바란다면 간달프에게 여쭤보십시오. 나는 당신이 왜 떠나는지 모르기 때문에 당신의 추적자들이 어떤 수단으로 당신을 공격할지 알 수 없습니다. 이런 것들은 간달프가 잘 알고 있습니다. 샤이어를 벗어나기 전에 간달프를 만날 수 있을 것 같은데, 그렇지 않습니까?"

"그렇게 되었으면 좋겠습니다만, 사실은 그것도 걱정거리 중 하나입니다. 실은 며칠 전부터 간달프를 기다리고 있었습니다. 원래는 아무리 늦어도 그저께까지는 호빗골에 도착하기로 했는데 나타나지 않았거든요. 무슨 일이 있었던 건 아닌지 걱정이에요. 그를 기다려야 할까요?"

길도르는 얼른 대답하지 않았다.

"안 좋은 소식이군요. 간달프가 약속 시간에 늦다니, 예감이 안 좋은데요. 하지만 '마법사들은 까다롭고 성급하니 그들의 일에는 간섭하지 말라.'는 속담이 있잖아요? 당신이 선택하십시오. 가든 말든."

프로도는 그 말을 되받았다.

"이런 말도 있지요. '요정들에겐 조언을 구하지 마라. 그들은 예와 아니요를 동시에 말하니까.'"

길도르는 껄껄 웃었다.

"그런가요? 요정들은 경솔한 충고는 하지 않지요. 충고란 위험한 선물이기 때문이지요. 심지어 현명한 이들끼리도 그럴 수가 있어요. 모든 길은 언제나 어긋나기 십상입니다. 하지만 당신은? 당신은 아직 자신에 대한 이야기를 내게 모두 털어놓지도 않았습니다. 그런데 어떻게 내가 당신보다 나은 선택을 할 수 있겠습니까? 그러나 만약 당신이 진정으로 조언을 구한다면 우정의 표시로 몇 마디 하겠습니다. 지체하지 말고 지금 즉시 떠나는 것이 좋겠습니다. 출발하기 전까지 간달프가 오지 않으면, 당부하건대 혼자서는 가지 마십시오. 믿을 만한 친구 중 따라가겠다는 이가 있다면 함께 가십시오.

당신은 내게 특별히 감사해야 할 겁니다. 내가 기꺼운 마음으로 충고하는 게 아니기 때문입니다. 우리에겐 나름대로의 고통과 슬픔이 있기 때문에 호빗이나 지상의 다른 어떤 무리들의 일에도 거의 관심이 없습니다. 우연이든 고의든 간에 우리의 길과 그들의 길은 만나는 법이 없답니다. 오늘의 이 만남은, 비록 목적이 무엇인지 아직 내게는 분명치 않지만 우연 이상의 의미가 있다는 생각이 듭니다. 내가 말을 너무 많이 하는 것 같군요."

프로도가 말했다.

"대단히 감사합니다. 하지만 검은 기사들이 누군지 간단하게만 말씀해 주시면 더 고맙겠습니다. 지금의 조언을 그대로 따르자면 앞으로 당분간은 간달프를 만나지 못할 텐데, 나를 뒤쫓아오는 그 위험이 무엇인지 꼭 알아야겠습니다."

"대적의 하수인이란 것만으로 충분하지 않습니까? 그들을 피하십시오! 그들에게 아무 말도 걸지 마십시오! 무시무시한 무리입니다. 더는 묻지 마십시오! 하지만 내 예감으로는 드로고의 아들 프로도, 당신은 이 모든 일이 끝나기 전에 나, 길도르 잉글로리온보다 이 끔찍한 것들에 대해 더 많이 알게 될 겁니다. 엘베레스의 가호가 있기를!"

프로도가 물었다.

"하지만 어디서 용기를 얻을 수 있습니까? 지금 내게 가장 필요한 것은 그것입니다."

"용기는 뜻하지 않은 곳에서 얻어집니다. 희망을 가지십시오! 이젠 그만 주무십시오. 아침이면 우린 떠나고 없을 겁니다. 하지만 아무리 먼 곳에 있더라도 소식을 전하겠습니다. 우리 유랑의 무리들은 당신의 여행 소식을 항상 듣고 있을 것이며, 선을 행할 수 있는 힘을 가진 이들이 당신을 지키게 하겠습니다. 지금부터 당신을 요정의 친구라고 부르겠습니다. 하늘의 별들이 당신의 여정이 끝날 때까지 그 길을 비출 겁니다. 이방인을 만나서 이런 즐거움을 얻기란 참으로 드문 일이죠. 더욱이 땅 위의 다른 방랑자의 입술에서 고대어가 흘러나오는 것을 들을 수 있으리라고는 상상도 못 했습니다."

길도르가 이야기를 막 마치려는 순간 프로도는 갑자기 졸음이 몰려오는 것을 느꼈다.

"이젠 눈을 좀 붙여야겠습니다."

요정은 그를 피핀 옆의 나무 밑으로 데려갔고 그는 잠자리에 몸을 던지자마자 깊은 잠에 빠져들었다.

Chapter 4
버섯밭으로 가는 지름길

프로도는 상쾌한 기분으로 눈을 떴다. 그는 땅바닥까지 가지가 늘어져 자신의 주위를 벽처럼 두른 나무 아래 누워 있었다. 고사리와 풀잎으로 폭신폭신하게 꾸며진 그의 잠자리에선 묘한 향기가 났다. 살랑거리는 나뭇잎들 사이로 햇빛이 눈에 어른거렸다. 나뭇잎은 여전히 푸른빛이었다. 그는 벌떡 일어나 밖으로 나갔다.

샘은 벌써 일어나 숲과 잇닿은 풀밭에 앉아 있었다. 피핀도 하늘을 올려다보며 날씨를 살피고 있었지만 요정들은 흔적도 보이지 않았다.

피핀이 말했다.

"요정들이 과일과 술, 빵을 남겨 두고 떠났어요. 이리 와서 아침 드세요. 하룻밤 묵은 빵인데도 맛이 하나도 안 변했어요. 저는 남기지 말자고 했는데 샘이 자꾸만 당신 몫을 챙기더군요."

프로도는 샘 곁에 털썩 주저앉아 아침 식사를 시작했다. 피핀이 물었다.

"오늘 계획은 뭐예요?"

"가능한 한 빨리 노루말로 가야겠네."

그는 간단하게 대답하고 계속 먹기만 했다.

"혹시 그 기사들이 다시 나타나지 않을까요?"

피핀이 밝은 목소리로 물었다. 그는 밝은 아침 햇살을 다시 보자 기사들과 맞부딪친다 해도 겁나지 않을 것 같은 모양이었다.

프로도는 다시 기사들을 떠올리고 싶지 않았다.

"나타나긴 하겠지. 하지만 놈들에게 들키지 않고 강을 건널 수 있으면 좋겠어."

"길도르한테 무슨 이야기를 들었어요?"

"뭐 별 얘기는 없었네. 잘 알아듣지도 못할 수수께끼 같은 말만 하더군."

프로도는 그 이야기는 더 하고 싶지 않은 기분이었다.

"도대체 무슨 냄샐 맡으려고 쿵쿵거리고 다닌답니까?"

"그런 건 못 물어봤어."

그는 입에 음식을 잔뜩 문 채 대답했다.

"그걸 물어보셨어야 하는 건데. 난 그게 제일 중요한 문제인 것 같은데."

프로도가 날카로운 소리로 대꾸했다.

"그랬다면 길도르는 더욱더 이야기해 주지 않으려 했을 거야. 피핀, 조금만 날 가만히 내버려 두지 않겠나? 식사하면서까지 자네 신문을 받고 싶진 않아. 나 혼자 생각 좀 하게 내버려 두게."

"맙소사! 아침을 들면서 말이에요?"

피핀은 풀밭 쪽으로 자리를 비켰다.

수상쩍으리만큼 맑은 날씨의 아침마저도 그의 마음에 일고 있는, 쫓기는 듯한 공포심을 걷어 내지는 못했다. 그는 길도르의 충고를 곰곰이 생각했다. 피핀의 즐거운 목소리가 들려왔다. 그는 푸른 잔디밭을 뛰어다니며 흥얼거리고 있었다.

프로도는 혼자 나직이 중얼거렸다.

"안 돼! 그럴 수는 없어. 샤이어에서라면 아무리 피곤하고 배가 고파도 젊은 친구들을 데리고 다닐 수 있어. 여긴 따뜻한 음식과 잠자리가 있거든. 하지만 주린 배를 채우고 피곤한 다리를 쉬게 할 피난처가 아무 데도 없는 방랑의 길로 데려가는 것은, 설사 그들이 선뜻 따라나선다 해도, 달리 생각할 문제야. 짐은 나 혼자 져도 충분해.

샘도 안 돼."

그는 샘을 쳐다보다가 샘도 자기를 지켜보고 있음을 알았다.

"이봐, 샘! 내 얘기 좀 들어 봐. 가능한 한 빨리 샤이어를 떠나야겠어. 크릭구렁에서 하루 정도 쉬어 갈 생각은 아예 집어치우는 게 낫겠어."

"그렇죠, 프로도 씨."

"자넨 계속 나를 따라올 건가?"

"물론입니다."

"이봐, 샘! 이건 아주 위험한 길이야. 벌써 위험해졌어. 십중팔구는 우리 둘 다 살아 돌아올 수 없을 거야."

샘은 딱 잘라 말했다.

"주인님이 못 돌아오시면 저도 안 돌아옵니다. 그들이 절대로 프로도 씨를 떠나지 말라고 하더군요. 그래서 제가 이렇게 대답했어요. '프로도 씨를 떠나다니요? 꿈에도 그런 생각은 해 본 적이 없어요. 그분이 달나라에 올라가면 저도 올라갑니다. 검은 기사들이 그분을 붙잡으려면 먼저 저부터 처리해야 할 겁니다.' 그랬더니 그들이 웃더군요."

"그들이라니? 대체 무슨 소리를 하는 거야?"

"요정들 말이에요. 어젯밤에 그들과 이야기를 좀 나누었지요. 그들은 주인님이 멀리 떠나시는 걸 알고 있더군요. 그래서 부인해도 소용이 없다 싶었지요. 요정들은 정말 멋진 종족이에요. 정말 대단했어요."

"그렇지. 가까이에서 보고 나서도 여전히 요정들이 좋은가?"

샘은 천천히 자기 생각을 말했다.

"그들은 저 같은 게 좋아한다느니 싫어한다느니 뭐라고 할 분들이 아닌 것 같아요. 제가 그들을 어떻게 생각하느냐는 별로 중요한 문제가 아니겠지요. 물론 평소에 생각하던 모습과는 많이 달랐죠.

뭐라고 할까, 그들에겐 젊음과 늙음이 함께 있고, 슬픔과 기쁨이 공존한다고나 할까요?"

프로도는 다소 놀란 표정으로 샘을 바라보면서 샘에게 일어난 이 놀라운 변화를 그의 겉모습에서도 찾아보려고 애를 썼다. 도대체 그 소리는 지금까지 그가 알고 있던 샘의 목소리가 아니었다. 하지만 이상하리만치 진지해진 표정만 제외하면 거기 앉아 있는 것은 바로 옛날의 감지네 샘 그대로였다.

프로도는 불쑥 물었다.

"이젠 요정을 보겠다는 소원도 풀었는데 굳이 샤이어를 떠날 필요가 없지 않나?"

"그렇기는 하죠. 어떻게 표현해야 좋을지 잘 모르겠지만 어젯밤 이후로 저 자신이 좀 달라졌다는 느낌이 들어요. 시야가 좀 트였다고 할까요? 저는 우리가 매우 먼 길을, 어둠 속으로 떠난다는 것을 알고 있어요. 그리고 돌아오지 못할 수 있다는 것도요. 하지만 제가 원하는 것은 요정이나 용이나 산을 찾아가는 것이 아니에요. 제가 원하는 게 뭔지는 저도 잘 모르지만, 분명한 것은 일이 다 끝나기 전에 제가 해야 할 일이 있다는 거예요. 그것도 샤이어가 아니라 저 바깥세상에서 말이지요. 저는 그 일을 끝까지 해내야만 해요. 제 말을 이해하실지 모르지만요."

"글쎄, 잘 모르겠는걸. 하지만 간달프가 친구 하나는 잘 골라 주었군. 그럼, 함께 가세."

프로도는 아무 말 없이 아침 식사를 끝냈다. 그리고 일어서서 눈앞에 펼쳐진 들판을 바라보며 피핀을 불렀다.

피핀이 헐레벌떡 달려오면서 벌써 출발하느냐고 외쳤다.

"그래, 곧 출발해야겠어. 우리가 너무 늦잠을 잤거든. 갈 길이 바쁘단 말이야."

"우리가 아니라 내가라고 하세요. 저는 일어난 지 한참 되었다고요. 식사를 마치고 생각을 끝낼 때까지 우리는 계속 기다렸다니까요."

"이젠 둘 다 끝났어. 어서 서둘러서 노루말 나루터로 가지. 어제저녁에 떠나온 길로 되돌아가서 가지 않고 여기부턴 지름길로 질러갈 생각인데, 자네 생각엔 어떤가?"

"차라리 날아서 가자고 하시지 그래요. 여기서는 어디로 가더라도 걸어서는 똑바로 질러갈 수 없어요."

"어쨌든 도로보단 질러갈 수 있어. 나루터는 끝숲마을 동쪽에 있지만 길은 왼쪽으로 돌아가잖아. 저기 북쪽으로 휘어지는 게 보이지? 저 길은 구렛들 북단을 돌아서 가녘말 북쪽의 브랜디와인다리에서부터 내려오는 방죽길과 만나게 돼. 하지만 그 길은 한참 돌아가야 하네. 우리가 서 있는 데부터 나루터까지 직선 코스로 간다면 전체 거리의 4분의 1은 줄일 수 있을 거야."

피핀은 계속 못마땅해했다.

"바쁠수록 돌아가라는 말이 있지 않아요? 이곳은 굉장히 지세가 험해요. 구렛들로 내려가면 늪이 있을 뿐만 아니라 여러 곳에 위험 지대가 흩어져 있어요. 이 근방을 제가 좀 알기에 하는 소리예요. 또 검은 기사들과 맞부딪치더라도 숲이나 들판보다는 도로가 더 안전하지 않겠어요?"

"숲이나 들판에서는 사람들 눈을 피하기가 훨씬 쉽잖은가. 우리가 길 한복판에 있다고 가정해 봐. 그러면 항상 발각될 위험이 도사리고 있는 거야. 도망도 갈 수 없고 말이야."

마침내 피핀은 승복했다.

"좋습니다. 늪이든 개천이든 어디든지 맘대로 하세요. 하지만 쉽지는 않을 겁니다. 해가 지기 전에 가녘말에 있는 '황금농어' 주점에서 한잔 걸치려던 꿈은 버려야겠군요. 맛을 본 지가 꽤 오래되긴 했지만 여전히 동둘레에서는 그 집 맥주가 최고죠, 아니 옛날에는 그랬어요."

"그게 자네 속셈이었지? 하지만 그래, 자네 말대로 바쁠수록 돌아가야겠지만 술독에 빠지면 더 돌아가는 셈이 되지 않겠어? 무슨 수를 써서라도 '황금농어'는 피해야겠는걸. 어두워지기 전에 노루말에 도착하고 싶어서 그래. 샘은 어때?"

"프로도 씨와 함께 가겠어요."

샘이 대답했다(다소 불안하게 들리는 그의 목소리에는 동둘레 최고의 맥주 맛을 놓치는 데 대한 깊은 유감도 섞여 있었다).

피핀이 말했다.

"그렇다면 늪과 찔레나무 사이로 뚫고 나가야겠군요."

날은 벌써 전날 못지않게 푹푹 찔 기세였다. 하지만 서쪽 하늘에는 먹장구름이 몰려들고 있었다. 금방이라도 비가 쏟아질 것 같았다. 호빗들은 가파른 둑을 기어 내려가서 나무들이 **빽빽**이 우거진 숲으로 들어갔다. 그들의 계획은 왼편의 끝숲마을을 지나 산 동편에 자리 잡은 우거진 숲을 뚫고 나가서 그 아래 평지까지 가는 것이었다. 그다음에는 실개천이나 울타리 몇 군데를 제외하고는 나루터까지 계속 훤히 트인 평지였다. 프로도는 직선거리로 30킬로미터 정도 되겠다고 어림했다.

그런데 숲은 보기보다 훨씬 더 울창하고 **빽빽**해 걷기에 만만치 않았다. 숲속 덤불 사이로는 길이 전혀 나 있지 않아 속도를 낼 수가 없었다. 천신만고 끝에 둑 아래로 내려갔을 때, 그들은 언덕 밑으로 흐르는 개울을 발견했다. 개울은 바닥이 깊었고, 미끌거리는 급경사의 둑에는 가시덤불이 우거져 있었다. 더욱 낭패스럽게도 개울은 그들이 가는 방향을 딱 가로막고 있었다. 건너뛰기에는 폭이 너무 넓어서, 덤불에 긁혀 가며 진흙 바닥에 발을 들여놓지 않고는 건너갈 도리가 없었다. 그들은 어떻게 해야 할지 몰라 그대로 서 있었다.

피핀은 난감해하면서도 웃음을 잃지 않고 외쳤다.

"1차 장애물!"

감지네 샘이 뒤를 돌아보았다. 그들이 방금 내려온 푸른 둑의 꼭대기가 나뭇가지들 틈새로 언뜻 드러났다. 그는 프로도의 팔을 잡으며 말했다.

"저것 좀 보세요!"

그들은 모두 그쪽을 돌아다보았다. 언덕 꼭대기에 하늘을 배경으로 말이 한 마리 서 있는 것이 보였다. 그 옆에는 검은 그림자가 웅크리고 있었다.

그들은 되돌아갈 생각을 아예 포기해야 했다. 샘과 피핀은 프로도를 따라 재빨리 개울가를 따라 우거진 덤불숲으로 몸을 날렸다. 프로도는 피핀을 보며 안도의 숨을 내쉬었다.

"휴! 우리 둘 다 옳았다고 해야겠군. 지름길은 벌써 어긋나 버렸지만, 다행히 제때 몸을 피할 수 있었잖아. 샘, 자넨 귀가 밝지. 무슨 소리 안 들리나?"

그들은 거의 숨을 죽이다시피 꼼짝 않고 서서 귀를 기울였다. 쫓아오는 소리는 없었다. 샘이 말했다.

"말을 끌고 이 비탈을 내려올 생각은 못 하는 것 같아요. 하지만 우리가 여기 있는 것을 눈치챈 것 같으니 빨리 자리를 뜨는 것이 낫겠는데요."

계속 가는 것은 도대체 쉬운 일이 아니었다. 등에는 짐을 지고 있을 뿐만 아니라 관목이나 덤불숲이 그들의 발길을 자꾸 가로막았다. 등 뒤에 버티고 있는 높은 언덕 때문에 바람길이 막혀서 공기가 정체된 듯 퀴퀴한 냄새가 났다. 온갖 고생 끝에 드디어 숲을 벗어났을 때 그들의 몸은 온통 긁힌 상처와 땀투성이로 무척 피로했다. 이젠 방향조차 제대로 가늠할 수가 없었다. 평지에 내려와서 폭도 넓어지고 깊이도 얕아진 개울이 구렛들과 브랜디와인강을 향해 굽이쳐 흐르고 있었다.

피핀이 말했다.

"아, 이제 알겠어요. 이 강이 가녘말개울이에요! 우리가 원래 계획한 길로 가려면 여기서 강을 건너 오른쪽으로 가야 합니다."

그들은 마침내 발을 적셔 가며 개울을 건너, 나무는 없고 골풀만 우거진 둑 위의 넓은 공터로 넘어갔다. 그 너머로는 다시 숲지대가 나타났다. 대부분 키 큰 참나무였고 여기저기 느릅나무와 물푸레나무가 눈에 띄기도 했다. 땅바닥이 비교적 평평하고 덤불도 많지 않았지만 나무가 너무 빽빽해서 앞길을 잘 볼 수가 없었다. 갑자기 한차례 돌풍이 일어 낙엽들이 땅 위로 구르더니 우중충한 하늘에서 빗방울이 후두둑 듣기 시작했다. 바람이 잦아들면서 빗방울이 점점 굵어졌다. 그들은 서둘러 풀밭을 지나 나뭇잎들이 두텁게 깔린 숲속으로 들어갔다. 사방에서 빗소리가 후두둑거렸다. 그들은 아무 말도 하지 않고 계속 등 뒤와 양옆을 경계하며 앞으로 나아갔다.

그렇게 한 지 30분 남짓 지났을 때 피핀이 입을 열었다.

"남쪽으로 너무 많이 돌아가는 게 아닌지 모르겠어요. 그러면 숲속으로 계속 들어가는 쪽이거든요. 이 숲은 폭이 그리 넓지 않아요. 기껏해야 1, 2킬로미터 될까, 지금쯤은 숲을 벗어나야 했다고요."

프로도가 말했다.

"이쪽저쪽 가 봤자 소용없어. 계속 직진하세. 아직은 평지로 나가고 싶은 생각도 없으니까."

그들은 몇 킬로미터를 더 걸었다. 흩어지는 구름들 사이로 햇살이 보이기 시작하더니 빗방울이 가늘어졌다. 벌써 한낮이 지나고 몹시 배가 고팠다. 그들은 한 느릅나무 밑에서 멈추었다. 나뭇잎들이 빠르게 단풍이 들고 있었지만 아직 잎사귀가 무성하게 달려 있었고, 나무 밑은 물기가 없어서 앉을 만했다. 식사를 준비하면서 그들은 요정들이 그들의 물병에다 연노란빛의 맑은 물을 가득 채워 놓은 것을 알았다. 물에선 갖가지 꽃에서 딴 꿀 냄새가 나고 놀랄 만큼 시원했다. 그들은 소낙비와 검은 기사 따위는 까맣게 잊고 떠들고 웃었다. 남은 몇 킬로미터의 거리도 곧 끝날 것 같았다.

프로도는 나무 밑동에 등을 기대고 눈을 감았다. 샘과 피핀이 그 옆에 앉아 콧노래를 흥얼거리다 낮은 소리로 노래를 시작했다.

호! 호! 호! 술을 마신다
고통을 잊고 시름을 달래려고.
비가 내리고 바람 불어
아직 갈 길은 멀어도
고목 아래서 휴식을 취하리
구름이 지나갈 때까지.

호! 호! 호! 그들은 큰 소리로 다시 노래를 시작하다가 갑자기 멈추었다. 프로도가 벌떡 일어났다. 무섭고 외로운 어떤 짐승이 울부짖는 듯한 소리가 바람결에 끝자락을 남기며 실려 왔다. 소리가 높이 올라가다가 낮아지더니 마지막으로 찢어질 듯한 고음을 내고 끝났다. 그들이 얼어붙은 듯 꼼짝도 못 하는 동안 그 울부짖음에 답하는 듯한 소리가 들려왔다. 먼저 것보다 멀고 희미한 소리였으나 소름 끼치기는 한가지였다. 그다음에는 바람에 날리는 나뭇잎 소리뿐, 다시 사방이 정적에 휩싸였다.

피핀이 소리를 죽이려 애쓰며 마침내 입을 열었다. 그는 떨고 있었다.

"무슨 소리 같아요? 새소리 같기도 한데, 저런 소리는 샤이어에선 한 번도 들어 본 적 없는데요."

프로도가 대답했다.

"새도 아니고 짐승도 아니고 뭔가를 부르는 소릴세. 일종의 신호야. 알아듣지는 못했지만 저 소리엔 분명히 무슨 뜻이 담겨 있었어. 어느 호빗도 저런 목소리를 낼 수 없지."

더는 아무도 입을 열 엄두를 내지 못했다. 그들은 제각기 검은 기사들을 머릿속에 떠올렸지만 아무도 그것을 말로 표현하지 못했다. 거기 그렇게 눌러앉아 있을 수도 없고 떠나는 것도 망설여졌다. 그러나 그들은 어쨌든 넓은 들판을 건너 나루터까지 가야만 하고 그러자면 가능한 한 일찍, 해가 떨어지기 전에 가는 것이 나을 것 같았다. 잠시 후 그들은 다시 어깨에 짐을 메고 출발했다.

얼마 가지 않아서 갑자기 숲이 끝나고 넓은 초원이 펼쳐졌다. 그제야 그들은 남쪽으로 너무 돌아왔다는 것을 깨달았다. 초원 저쪽 강 건너에 노루말의 야산들이 눈에 들어왔지만 이제는 그들의 왼쪽에 있었다. 숲가에서 조심스럽게 기어 나온 그들은 탁 트인 풀밭을 서둘러 건너기 시작했다.

평지만 펼쳐진 곳이라 처음에는 숲의 방패막이가 없어서 겁이 났다. 등 뒤 멀리에 그들이 아침을 먹었던 고지가 보였다. 프로도는 능선 위에 하늘을 배경으로 서 있던 말 탄 사람의 모습을 희미하게나마 볼 수 있을까 했지만 그는 흔적도 없었다. 그들이 떠나온 산 너머로 멀어져 가는 태양이 조각구름들 사이에서 빠져나와 다시 대지를 환히 비추고 있었다. 마음 한구석에 여전히 걱정이 남기는 했지만 공포심은 이제 그들을 떠났다. 사람 손이 간 듯 땅이 차츰 평탄해지고 마침내 그들은 경작이 잘 된 밭길로 접어들었다. 생울타리와 출입문이 나타나고, 배수를 위한 도랑이 나 있었다. 모든 게 고요하고 평화로운 것이 전형적인 샤이어 마을이었다. 이제 그들은 발걸음을 내디딜수록 더 힘이 났다. 강줄기가 더 가까워지면서 검은 기사들이 저 멀리 두고 떠나온 숲속의 유령들처럼 잊히기 시작했다.

그들은 커다란 순무밭 가장자리를 돌아 튼튼하게 만들어진 대문 앞에 도착했다. 그 뒤로는 잘 가꾸어진 낮은 생울타리 사이로 바큇자국이 난 진입로가 한 무리의 나무숲을 향해 나 있었다. 피핀이 멈춰 섰다.

"이 밭과 문이 누구네 것인지 알 것 같은데요. '콩이랑밭'이에요. 그 늙은 농부 매곳의 땅이지요. 저 숲 뒤에는 그의 농장이 있고요."

"갈수록 태산이군!"

프로도는 피핀이 가리키는 곳이 마치 용의 소굴이라도 되는 양 몸을 움츠리며 말했다. 둘은 놀라서 그를 돌아보았다.

피핀이 물었다.

"매곳 노인이 어떻다고 그래요? 노인은 강노루 집안과 좋은 친구 사이잖아요. 물론 불법 침입자들은 무서워하겠죠. 사나운 개들이 지키고 있으니까요. 하여간 이 근방에 사는 이들은 모두 변경 근처에 살고 있으니까 더 조심을 하기는 해야지요."

프로도가 계면쩍게 웃으며 대답했다.

"나도 알고 있어. 하지만 난 그 노인과 개들이 무서워. 그 노인네 농장을 피해 다닌 지 오래되었거든. 내가 어려서 강노루 저택에 살 때 그 노인네 버섯밭에서 서리하다 몇 번 붙잡힌 적이 있었지. 마지막으로 붙잡혔을 때는 나를 마구 패더니 개들 앞으로 끌고 가서는 이렇게 말하는 거야. '얘들아, 잘 봐라. 다음번에 이 꼬마 도둑놈이 들어오면 잡아먹어도 좋다. 알겠지? 자, 쫓아내 버려!' 그때 그 개들이 나루터까지 나를 쫓아왔지. 사실 개들은 자기 임무가 뭔지 알고 있었기 때문에 정말 나를 잡아먹지는 않았지만, 그때 놀랐던 걸 생각하면 지금도 가슴이 졸아붙는다네."

피핀이 웃었다.

"그렇다면 이제 화해할 시간이 되었군요. 특히 앞으로는 노룻골에 정착해 살게 될 테니까 말이에요. 버섯만 건드리지 않으면 사실 괜찮은 양반입니다. 진입로만 따라가면 가택 침입이 아닐 테니까 안심하고 이 길을 따라갑시다. 노인을 만나면 내가 이야기하겠어요. 그는 메리의 친구이기도 해서 한때는 여기 같이 자주 왔었어요."

그들이 길을 따라 한참 걸어가자 눈앞의 나무들 사이로 큰 초가집과 농장 건물 들이 내다보였다. 매곳이나 가녘말의 흙탕밭 집안을 비롯한 구렛들의 주민들은 대부분 굴집이 아니라 주택에서 생활했다. 매곳의 농장은 튼튼한 벽돌로 벽을 쌓고 둘레에는 높은 담이 둘러쳐져 있었다. 진입로와 담이 만나는 곳에 안으로 들어가는 커다란 나무 대문이 있었다.

그들이 가까이 다가가자 갑자기 개들이 사납게 짖어 대기 시작하더니 곧이어 누군가가 큰 소리로 개들을 불렀다.

"악바리! 송곳니! 늑대! 얘들아, 이제 그만!"

프로도와 샘은 그 자리에 얼어붙은 듯 멈춰 서고 피핀은 몇 걸음 더 걸어갔다. 대문이 열리더니 큰 개 세 마리가 사납게 짖어 대면서 길가로 튀어나와 낯선 이들한테 덤벼들었다. 개들은 피핀을 알아보지 못했고 샘은 담에 바짝 기대 몸을 웅크렸다. 늑대처럼 생긴 두 마리 개가 수상쩍다는 듯 코를 킁킁대다가 그가 몸을 조금이라도 움직이면 으르렁거렸다. 셋 중에서 가장 덩치가 크고 험상궂게 생긴 녀석이 프로도 앞에 딱 버티고 서서 꼬리를 세우고 으르렁거렸다.

그때 혈색 좋아 보이는 둥근 얼굴에 어깨가 딱 벌어지고 땅딸막한 호빗이 문간에 나타나더니 말했다.

"어이! 어이! 누구신가, 무슨 일이시오?"

피핀이 나서서 인사를 했다.

"안녕하세요, 매곳 씨!"

농부가 그를 찬찬히 살폈다.

"아니, 이게 누군가? 피핀 군 아닌가? 툭 집안 페레그린이었지, 아마?"

찡그린 얼굴을 웃는 표정으로 바꾸며 그가 소리쳤다.

"자넬 본 지도 참 오래되었구먼. 지금 막 낯선 사람들을 쫓으려고 개들을 풀려던 참이었네. 오늘은 이상한 날이야. 물론 이 근방에는 가끔 이상한 인간들이 지나가기는 하지만. 강이 너무 가까워서 그런 가……."

그가 고개를 저으며 말했다.

"그런데 오늘 여기 들른 사람은 한 번도 본 적이 없는 괴상한 녀석이었어. 다음에는 절대로 허락 없이 발을 들이지 못하게 해야겠어."

피핀이 물었다.

"어떻게 생긴 사람이었습니까?"

오히려 농부가 되물었다.

"그러면 자네들은 그 사람을 못 봤단 말인가? 조금 전에 방죽길을 향해 올라갔네. 이상한 사람이었어. 이상한 질문도 많이 했고. 어쨌거나 우선 안으로 들어가서 편하게 이야기하세. 자네와 친구들이 원한다면 술통에 있는 좋은 맥주도 내놓겠네."

농부가 하고 싶은 대로만 내버려 두어도 더 많은 이야기를 해 줄 것이 확실해 보였다. 그래서 그들은 그의 제의를 받아들였다. 프로도가 걱정스럽게 물었다.

"개는 괜찮습니까?"

농부가 웃었다.

"내가 시키지 않으면 자넬 물지는 않을 걸세. 이리 와, 악바리! 송곳니!"

그는 개들을 불러들였다.

"늑대, 이리 와!"

개들이 농부 쪽으로 물러나면서 샘과 프로도를 풀어 주자, 그들은 안도의 한숨을 내쉬었다.

피핀이 둘을 농부에게 소개했다.

"이쪽은 골목쟁이네 프로도입니다. 기억하실지 모르겠지만 옛날에 강노루 저택에 살았었지요."

농부는 골목쟁이란 이름에 깜짝 놀라며 프로도를 뚫어지게 바라보았다. 프로도는 옛날에 버섯을 훔치다 들켜서 개한테 혼난 일을 농부가 기억해 내는 줄 알았다. 그러나 농부 매곳은 그의 팔을 잡으며 말했다.

"점점 더 이상해지는군. 골목쟁이라고 했나? 이리 들어오게! 이야기 좀 하세."

그들은 농부의 부엌으로 들어가서 널찍한 벽난롯가에 앉았다. 매곳 부인이 커다란 항아리에 든 맥주를 가져와 네 개의 큰 술잔을 가득 채웠다. 술맛이 일품이어서 피핀은 '황금농어'를 놓친 대가로 충분하다고 생각했다. 샘은 술잔에 조심스레 입을 댔다. 그는 샤이어의 다른 지방에 사는 주민들을 원래부터 불신했을 뿐만 아니라, 먼 옛날의 일이기는 하지만 언젠가 자기 주인을 때린 호빗과 쉽게 사귀는 것이 내키지 않았다.

날씨와 농사(평년 수준은 된 듯했다)에 대해 몇 마디 나눈 뒤, 농부 매곳은 술잔을 내려놓고 그들을 하나씩 둘러보고 나서 말했다.

"자, 페레그린. 어디서 오는 길이고 또 어디로 가는 길인가? 혹시 날 찾아온 건가? 그렇다면 자네들이 우리 대문 앞을 지나가는 걸 내가 못 봤는데?"

"아닙니다. 솔직히 말씀드리면, 짐작하신 대로, 우린 반대쪽에서 들어왔어요. 밭을 가로질러 온 셈이지요. 고의는 아니었어요. 나루터로 가는 지름길을 찾다가 끝숲마을 근처 어딘가 숲속에서 길을 잃은 것 같아요."

"급한 길이었으면 도로로 가는 것이 더 나았을 걸세. 하지만 내 걱정은 그게 아닐세. 필요하다면 우리 밭을 가로질러 가도 괜찮아, 페레그린. 그런데 골목쟁이 씨, 아직도 버섯을 좋아하는지는 모르겠네만, 자네 이름은 금방 기억나는군."

그는 웃음을 터뜨리며 말을 이었다.

"어린 시절의 골목쟁이네 프로도는 노룻골의 악동들 가운데서도 유명했었지. 그러나 지금 내가 생각하는 건 그런 일이 아니야. 자네가 여기 나타나기 바로 전에 골목쟁이란 이름을 들었거든. 아까 말한 그 이상한 사람이 내게 뭘 물었는지 아는가?"

그들은 걱정스러운 얼굴로 그의 이야기를 기다렸다. 농부는 천천히 뜸을 들이듯 이야기를 이어갔다.

"그는 흑마를 타고 마침 열려 있던 대문으로 달려들어 와 바로 내 앞에 섰어. 온통 검은색으로 몸을 감싸고 있었는데 정체를 드러내기가 싫은지 외투에다 두건까지 눌러쓰고 있더군. 그래서 '도대체 저 사람이 샤이어에 무슨 일일까?' 혼자 생각했지. 사실 변경을 넘는 큰사람은 많지가 않거든. 여하튼 그 검은 옷을 입은 사람 부류는 한 번도 들어 본 적이 없단 말이야.

그래서 '안녕하시오!' 하고 문밖으로 나서며 인사했지. '이 길은 막혔소. 어딜 가시는지 모르지만 돌아가시는 게 좋습니다.' 그자의 차림새가 그다지 맘에 들지 않더군. 그때 악바리가 뛰어나왔는데 그를 보자 킁킁거리며 냄새를 맡더니, 어디 찔리기라도 한 듯 깽깽 하고 비명을 지르고는 꼬리를 사리고 으르렁거리며 달아나 버렸어. 그 검은 사람은 꼼짝도 않고 말 위에 앉아 있고 말이야.

그는 '저쪽에서 오는 길이오.' 하고 천천히, 딱딱하게 말하면서 서쪽 내 밭 쪽을 가리키더군. 그리고 나를 향해 몸을 기울이면서 이상한 목소리로 '골목쟁이를 보았소?' 하고 묻더구면. 두건을 아주 깊숙이 눌러쓰고 있어서 얼굴이 보이지 않았지만 갑자기 오싹하는 느낌이 들었어. 하지만 그가 왜 우리 땅에 들어와서 그렇게 당당하게 구는지 이유를 모르겠더군.

그래서 이렇게 말했지. '가시오. 여기는 골목쟁이라고는 아무도

없소이다. 잘못 찾아왔소. 이 길을 따라 서쪽으로 가면 호빗골이라는 마을이 있으니 그리 가 보시오.'

그러자 그자가 낮은 소리로 '골목쟁이는 떠났소. 이리로 오고 있소. 멀지 않은 곳에 있을 거요. 그를 만나야 할 일이 있으니 혹시 그가 지나가면 알려 주겠소? 황금을 가져다주겠소.'라고 하더군.

그래서 '그럴 필요 없소, 당신이 왔던 길로 지금 당장 돌아가지 않으면 우리 개를 모두 풀어 놓겠소. 1분 드리지.' 하고 말했지.

그랬더니 그자가 이상하게 쉿 하는 소리를 내는데, 웃는 것 같기도 하고 아닌 것 같기도 한 묘한 소리였어. 그러고는 바로 커다란 말을 나를 향해 몰아 대 하마터면 깔릴 뻔했네. 화가 나서 개들을 부르자, 놈은 벌써 홱 돌아서서 대문을 지나 번개같이 방죽길 쪽으로 달려가 버렸어. 자네들은 어떻게 생각하나?"

프로도는 잠시 불을 바라보고 있었지만 머릿속은 오로지 어떻게 하면 나루터까지 갈 수 있을까 하는 생각으로 꽉 차 있었다. 그가 마침내 입을 열었다.

"무엇부터 생각해야 할지 모르겠습니다."

그러자 매곳 노인이 말했다.

"그렇다면 내가 가르쳐 주지. 프로도, 자넨 호빗골의 친구들하고 너무 오래 같이 지낸 거야. 거긴 전부 이상한 친구들뿐이잖은가?"

샘이 의자에서 몸을 떨며 날카로운 눈으로 노인을 쏘아봤다.

"하지만 자네는 어릴 때부터 항상 겁이 없었지. 자네가 강노루 집안에서 나와 늙은 빌보의 양자로 들어갔다는 소식을 들었을 때, 나는 자네가 고생깨나 할 거라고 생각했네. 잘 들어 보게. 이 모든 일이 그 이상한 빌보 때문에 생긴 거 아닌가? 소문에는 빌보의 돈이 교묘한 방법으로 먼 나라로 옮겨졌다던데. 또 호빗골 언덕에 묻혀 있다는 황금과 보석이 어떻게 되었는지 알고 싶어 하는 치들도 많다네."

프로도는 아무 말도 하지 않았다. 농부의 심술궂은 추측에 좀 기분이 상했다.

"자, 프로도, 자네가 마침내 정신을 차리고 노룻골로 돌아오게 되어 반갑네. 내 충고는 이것일세. 여기 정착하게! 그리고 그 이상한 사람들 일에는 휩쓸리지 말게. 자넨 여기 친구도 많이 있잖은가. 그 검은 녀석이 다시 찾아오면 내가 해결해 줌세. 자네가 죽었다고 하거나 아니면 샤이어를 떠났다고 꾸며 대지. 하여튼 자네 좋을 대로 해서 돌려보내지. 그러면 충분할 거야. 그들이 찾는 것은 십중팔구 그 늙은 빌보에 관한 소식 아닌가?"

"그럴지도 모르지요."

프로도는 농부의 눈길을 피해 불을 바라보았다. 매곳은 그를 유심히 살피며 다시 말했다.

"자네 나름대로의 생각이 있는 모양이군 그러고 보면 자네와 그 기사가 오늘 오후 거의 동시에 나타난 것도 우연은 절대 아닌 것 같네. 그러니 내 이야기도 결국 자네에겐 크게 새로울 것도 없겠지. 자네 혼자 지켜야 할 비밀을 털어놓으라고 하진 않겠네. 다만 내가 보기에 자네는 큰 걱정거리가 있는 듯한데. 나루터까지 무사히 도착하는 문제를 생각하고 있지, 그렇지?"

"실은 그렇습니다. 우린 어떤 일이 있어도 거기까지 가야 해요. 앉아서 생각만 한다고 해결될 문제는 아니거든요. 지금 곧 출발하는 게 좋지 않을까 하는 생각이에요. 이렇게 환대해 주셔서 대단히 고맙습니다. 웃으실지 모르겠습니다만, 실은 지난 30년간 어르신과 어르신네 개들은 생각만 해도 소름이 끼칠 정도였어요. 유감스러운 일이지요. 그동안 좋은 친구를 모르고 지낸 셈이니까요. 이렇게 일찍 떠나게 되어서 죄송하네요. 다음에 기회가 닿으면 꼭 들르지요."

"언제라도 좋네. 하지만 내가 제안을 하나 하지. 날도 거의 저물었으니 우리 식구는 곧 저녁을 먹을 걸세. 해만 지면 전부 잠자리에 들거든. 자네나 페레그린이 괜찮다면 소찬이나마 저녁 식사를 함께 하는 게 어떻겠나?"

"정말 감사합니다만, 우린 지금 즉시 떠나는 게 좋겠어요. 지금 떠난다 해도 어두워지기 전에 나루터에 도착하지 못할 것 같으니까요."

"아, 잠깐만! 그 이야기를 막 할 참이었네. 식사를 간단히 한 다음 내가 작은 마차로 자네 일행을 나루터까지 실어다 줌세. 그러면 시간도 절약될 거고 만일의 사태에 대비하는 방법도 될 테니까 말이지."

프로도가 그 제안을 고맙게 받아들이자 피핀과 샘은 안도의 한숨을 내쉬었다. 해는 이미 서산 너머로 떨어지고 빛은 가물거리고 있었다. 매곳의 두 아들과 세 딸이 들어오고 성대한 만찬이 커다란 식탁 위에 차려졌다. 부엌이 촛불로 환하게 밝혀지고 난롯불도 새로 활활 타올랐다. 매곳 부인이 부산하게 움직이고 농장에서 일하는 한두 명의 호빗도 들어왔다. 잠시 후 모두 열네 명이 식탁에 둘러앉았다. 맥주와 버섯과 베이컨이 상에 가득 차려지고 농장에서 수확한 채소들을 이용한 요리도 많았다. 개들은 난롯가에 앉아서 과일 껍질과 뼈다귀를 핥았다.

식사를 마치자 농부와 아들들이 등불을 가지고 나가 마차를 준비했다. 일행이 밖으로 나왔을 때 마당은 이미 캄캄했다. 그들은 짐을 싣고 올라탔다. 농부가 마부석에 앉아 건장한 두 마리 조랑말에 채찍을 휘둘렀다. 그의 부인이 문을 연 채 문간에 서서 외쳤다.

"여보, 조심하세요! 낯선 사람들과 다투지 말고 곧바로 돌아오시고요."

"알았소."

그는 대문 밖으로 마차를 몰았다. 사방이 바람 한 점 없이 고요하고 차가운 밤공기가 그들을 둘러쌌다. 그들은 등불을 켜지 않고 천천히 나아갔다. 2, 3킬로미터를 지나자 길이 끝나고 깊은 도랑이 앞을 가로막으며 짧은 오르막 비탈이 높은 방죽길로 이어졌다.

매곳이 마차에서 내려 남쪽과 북쪽을 살펴보았지만 어둠 속에서 아무것도 보이지 않았다. 대지는 쥐 죽은 듯 고요했다. 가느다란 강 안개 줄기가 도랑 위로 올라와 들판 쪽으로 스며들었다. 매곳이 말했다.

"안개가 짙어지는군. 하지만 집을 향해 돌아설 때까진 등불을 켜지 않겠네. 오늘 밤에는 십 리 밖의 소리도 들릴 것 같군."

매곳의 진입로에서 나루터까지는 8킬로미터 남짓 되었다. 호빗들은 담요로 몸을 감싸고 있었지만 삐걱거리는 바퀴 소리와 따각거리는 느린 조랑말 발굽 소리 사이로 혹시 무슨 소리라도 들리지 않을까 걱정하면서 신경을 곤두세우고 있었다. 프로도에게는 마차가 달팽이보다도 느린 것처럼 느껴졌다. 피핀은 그의 옆에서 꾸벅꾸벅 졸고 있었지만 샘은 안개가 피어오르는 전방을 응시하고 있었다.

마침내 그들은 나루터 입구에 이르렀다. 그들 오른쪽으로 불쑥 나타난 커다랗고 하얀 기둥 두 개가 그 표지였다. 매곳이 고삐를 당기자 삐걱 소리를 내며 마차가 멈췄다. 그 순간 그들은 하마터면 비명을 지를 뻔했다. 갑자기 그들이 두려워하던 소리가 들려왔기 때문이다. 멀리 앞쪽에서 그들을 향해 다가오는 말발굽 소리였다.

매곳이 펄쩍 뛰어내려 말 머리를 두 팔로 감싸고 전방의 어둠을 응시했다. 따각 따각…… 기사가 가까이 오고 있었다. 발굽이 땅에 부딪히는 소리가 안개 긴 고요한 밤공기를 타고 크게 울려 퍼졌다.

샘이 걱정스럽게 말했다.

"프로도 씨, 숨는 게 낫겠어요. 마차 안에서 몸을 숙이고 담요로 몸을 감추세요. 우리가 저놈을 쫓아 버릴게요."

샘이 마차에서 뛰어내려 농부 옆에 섰다. 검은 기사들이 마차에 접근하려면 먼저 자기부터 물리치지 않으면 안 될 거라는 기세였다.

딱 딱 딱 딱. 말 탄 사람이 그들 가까이 다가왔다.

"어이, 잠깐만!"

매곳이 불렀다. 다가오던 말발굽 소리가 급히 멈췄다. 그들은 1, 2미터 앞 안개 속에서 검은 외투를 입은 형체를 어렴풋하게 확인할 수 있었다. 농부가 샘에게 고삐를 건네고 앞으로 걸어 나갔다.

"자! 가까이 오지 마시오! 원하는 게 뭐요? 어디 가는 길이오?"

"골목쟁이 씨를 찾고 있어요. 혹시 못 보았습니까?"

둔탁한 목소리였다. 그러나 그것은 강노루네 메리의 목소리였다. 희미한 등불 가리개가 벗겨지며 놀란 농부의 얼굴 위로 불빛이 쏟아졌다. 농부가 소리를 질렀다.

"메리!"

"예, 그럼요! 누군 줄 아셨어요?"

메리가 다가서며 물었다. 그가 안개 속에서 모습을 드러내자 그들의 공포심은 가라앉았고 메리의 모습도 갑자기 보통 크기의 호빗으로 줄어든 것 같아 보였다. 그는 조랑말을 타고 있고 안개를 피하기 위해 목에서 턱까지 목도리를 두르고 있었다.

프로도가 마차에서 내려 그를 반겼다. 메리가 말했다.

"마침내 도착했군요. 오늘쯤은 도착하실 것 같아 기다리다가 저녁을 먹으러 가는 길이었어요. 안개가 좀 심하기에 강을 건너 가녘말 쪽으로 가 봤죠. 혹시 어디 개천에라도 굴러떨어지지 않았나 걱정이 돼서요. 도대체 어느 길로 오셨는지 모르겠어요. 매곳 씨, 이분들을 어디서 만나셨어요? 아저씨네 오리 연못에서였나요?"

"아닐세. 우리 집에 몰래 숨어들었기에 붙잡았지. 하마터면 개들을 풀 뻔했네. 하지만 자네 친구들이 더 자세한 이야기를 해 주겠지. 그러면 나는 이만 실례하겠네, 메리, 프로도, 그리고 나머지 분들도. 집에 가 봐야겠어. 밤이 깊어지면 아내가 걱정하거든."

그는 마차를 반대쪽으로 돌리며 인사했다.

"자, 여러분 모두 안녕! 오늘은 참 이상한 날이야. 문간에 발을 들이기까지는 안심해선 안 되겠지만 어쨌든 끝이 좋으면 다 좋은 거지 뭐. 집엔 무사히 도착하겠지.”

매곳 노인은 등불을 켜 들고 마차에 올랐다. 갑자기 그가 자리 밑에서 커다란 바구니 하나를 꺼냈다.

“하마터면 잊을 뻔했군. 매곳 부인이 골목쟁이 씨에게 선사하는 걸세.”

그는 바구니를 내려 주고는 감사와 작별 인사를 뒤로하고 떠났다.

그들은 마차의 등불이 그리는 희미한 동그라미 불빛이 안개 낀 어둠 속으로 완전히 사라질 때까지 지켜보았다. 프로도가 들고 있던 바구니를 열더니 갑자기 웃음을 터뜨렸다. 버섯 향기가 피어올랐다.

Chapter 5

발각된 계획

"자, 이젠 집으로 가시죠. 재미있는 일이 많았던 모양이지만, 집에 도착할 때까진 참아야겠네요."

메리가 말했다. 그들은 나루터길로 내려갔다. 잘 닦인 길이 곧게 뚫려 있었고 양쪽 길가에는 회칠한 연석들이 길을 따라 죽 박혀 있었다. 대략 100미터쯤 가니 강둑이 나타났다. 강둑에 나무로 된 넓은 잔교가 있고, 옆에 바닥이 평평한 큰 나룻배가 한 척 매여 있었다. 강가에는 배를 묶는 흰 말뚝들이 높은 장대에 달린 두 개의 등불 아래 어렴풋이 빛나고 있었다. 그들 등 뒤로는 평지의 안개가 생울타리 위까지 올라와 있었지만, 눈앞의 강물은 컴컴하기만 하고 강변의 갈대 사이로 수증기 몇 줄기만 휘돌고 있었다. 건너편에는 안개가 그리 심하지 않은 모양이었다.

메리가 조랑말을 끌고 잔교를 지나 나룻배에 오르자 나머지 일행도 그 뒤를 따랐다. 메리는 긴 장대로 천천히 배를 밀었다. 브랜디와인강은 그들을 태우고 유유히 흘렀다. 건너편 강둑은 경사가 심해 부두에서 위로 오르는 길이 구불구불했다. 그 위에는 등불이 빛났다. 뒤로 어렴풋이 노루언덕이 보였다. 뿔뿔이 흩어진 안개 자락 사이로 산기슭의 노랗고 빨간 둥근 창문들이 눈에 들어왔다. 강노루 집안의 고옥 강노루 저택의 창문들이었다.

먼 옛날 구렛들지방, 아니 샤이어에서 가장 유서 깊은 가문 중 하나인 노루아재 집안의 수장 노루아재네 고르헨다드가 원래 그 땅

동편 경계였던 브랜디와인강을 건넜다. 그는 강노루 저택을 지은 후 자신의 이름마저 강노루로 바꾸고는 그곳에 정착해 주인이 되었다. 그 후 그 땅은 작은 독립왕국처럼 되었다. 그의 가족은 점점 불어나, 그가 죽은 뒤에도 여전히 번성하여 마침내 강노루 저택은 나지막한 산 전부를 차지했고, 세 개의 커다란 현관, 여러 개의 작은 문, 그리고 백 개가량의 창문이 생겼다. 그 후 강노루 집안의 많은 자손들은 그 주변의 땅을 뚫어 나가며 사방에 집을 짓기 시작했다. 노룻골은 그렇게 시작되어 브랜디와인강과 묵은숲 사이의 인구 밀집 지역이 되었다. 일종의 샤이어 식민지와도 같은 셈이었다. 그 중심 마을은 강노루 저택 뒤편의 언덕과 강둑에 집단 부락을 이룬 노루말이었다.

구렛들의 주민들은 노룻골 주민들과 친하게 지냈고 강노루 공(강노루 집안 우두머리의 명칭)의 권위는 가녑말과 골풀섬 사이에 살고 있는 모든 농부들에게서 인정받고 있었다. 그러나 본래부터 샤이어에 살던 호빗들은 노룻골의 호빗들을 괴상한 친구들, 말하자면 반쯤은 이방인들로 여겼다. 사실 그들은 샤이어의 다른 네둘레의 호빗들과 다를 바가 전혀 없었지만 단 한 가지 배를 좋아한다는 점, 어떤 이들은 수영도 할 수 있다는 점에서 달랐다.

그들의 땅은 원래 동쪽으로는 무방비였으나, 그들은 그쪽에 '높은울짱'이라는 생울타리를 만들어 두었다. 나무들은 여러 세대 전에 심은 것이었고 그동안 꾸준히 손을 보았기 때문에 지금은 상당히 크고 울창했다. 높은울짱은 브랜디와인다리에서 동쪽으로 커다란 곡선을 그리며 강에서 멀어지다가 울짱끝(묵은숲에서 시작된 버들강이 브랜디와인강으로 흘러드는 곳)까지 이어졌다. 이 생울타리는 끝에서 끝까지 30킬로미터가 넘었다. 하지만 생울타리가 충분한 방어선이 되는 것은 아니었다. 묵은숲과 닿는 접경이 몇 군데 있었기 때문이다. 그래서 대부분의 샤이어에서는 그런 일이 없지만 노룻골 주민들은 해가 지면 꼭 대문을 걸어 잠갔다.

나룻배는 천천히 강을 가로질렀다. 노룻골 강변이 가까워졌다. 일행 중에서 샘만이 유일하게 그 강을 건넌 적이 없었기에 콸콸거리며 유유히 흘러가는 강물을 바라보는 그의 감회는 사뭇 남달랐다. 지금까지의 그의 삶은 뒤편 안개 속으로 사라지고, 앞에는 어두운 모험의 세계가 기다리고 있는 것이다. 샘은 머리를 긁적이며 프로도가 골목쟁이집에서 조용히 살 수 있었다면 얼마나 좋을까 하는 허망한 생각도 잠시 해 보았다.

네 호빗은 나루터에 발을 디뎠다. 메리가 배를 묶어 놓는 동안 피핀이 조랑말을 길 위로 끌어 올렸다. 샤이어에 작별을 고하기라도 하듯 건너편을 멍하니 바라보던 샘이 격한 목소리로 외쳤다.

"프로도 씨, 저것 좀 보세요. 뭐가 보이죠?"

멀리 강 건너 등불 아래 잔교 위로 흐릿한 사람의 형체가 눈에 들어왔다. 마치 그들이 깜박 잊고 온 시꺼먼 짐꾸러미 같기도 했다. 자세히 보니 그 형체는 땅바닥을 더듬어 살피는 듯 이쪽저쪽으로 움직였다. 그러고는 몸을 낮추어 기다시피 해 등불 너머 어둠 속으로 사라져 버렸다.

"도대체 저게 뭐예요?"

메리가 소리쳤다.

"우릴 쫓아오던 놈이야. 그러나 지금은 묻지 말게! 어서 떠나세!"

프로도가 대답하자 그들은 서둘러 급히 강둑 위로 올라갔다. 강둑 위에서 다시 건너편을 바라보았지만 모든 것이 안개 속에 휩싸여 아무것도 보이지 않았다.

프로도가 다시 입을 열었다.

"저편에 배가 남지 않아서 천만다행이군! 말이 강을 건널 수 있을까?"

그러자 메리가 대답했다.

"브랜디와인다리까지는 북쪽으로 15킬로미터나 돼요. 아니면 헤엄을 쳐야 해요. 하지만 말이 브랜디와인강을 헤엄쳐 건넜다는 소린 못 들어 봤어요. 그런데 말이 무슨 상관이에요?"

"이따가 얘기해 주지. 집 안에 들어가서 얘기하세."

"좋아요. 길은 알고 있죠? 내가 먼저 가서 볼저네 뚱보한테 오신다고 얘기해야겠어요. 저녁 식사도 준비해야겠고요."

"우린 벌써 매곳네에서 먹었네만 한 끼 더 먹을 수도 있겠지."

"물론이죠! 그 바구니 이리 주세요."

메리는 말을 마치고 어둠 속을 달려 나갔다.

브랜디와인강에서 크릭구렁에 있는 프로도의 새집까지는 상당한 거리였다. 그들은 노루언덕과 강노루 저택을 왼쪽으로 끼고 돌아 노루말 교외에서 노룻골 중앙 도로로 들어섰다. 그 길은 브랜디와인다리에서 남쪽으로 뻗어 내려오는 도로였다. 북쪽으로 800미터가량 그 길을 따라간 그들은 오른쪽으로 갈라져 나간 작은 도로로 접어들었다. 그들은 오르막 내리막을 넘으며 3킬로미터가량 계속 걸었다.

마침내 그들은 생울타리가 촘촘하게 쳐진 작은 대문 앞에 이르렀다. 주위가 이미 캄캄해서 집의 형체를 전혀 알아볼 수 없었다. 다만 울타리 안쪽에 심어진 작은 관목들로 빙 둘러싸인 넓은 잔디밭 한가운데에 집 한 채가 서 있는 것만 보일 뿐이었다. 프로도가 직접 선택한 집이었다. 왜냐하면 그 집은 노루말에서도 외딴곳에 있었고 근방에 아무도 살지 않았기 때문이다. 남의 눈에 띄지 않고 드나들 수 있는 집이었다. 그 집은 오래전에 강노루 집안에서 지은 것이었다. 손님들이 묵거나 강노루 저택의 복잡한 생활에서 잠시 벗어나고 싶은 가족들을 위한 집이었다. 구식 농가였지만 가능한 한 호빗들의 굴집을 본뜨려고 애쓴 흔적이 있었다. 전체적으로 길고 나지막한 형태와 2층이 없다는 점, 뗏장으로 덮은 지붕, 동그란 창문, 커다랗고 둥근 현관문 등이 그것을 말해 주었다.

입구에서 녹색 길을 걸어 올라가는 동안 불빛이 전혀 비치지 않았고 창문에는 가리개가 내려져 있었다. 프로도가 문을 두드리자 볼저네 뚱보가 문을 열었다. 따뜻한 불빛이 쏟아져 나왔다. 그들은 재빨리 안으로 들어가서 불빛이 새지 않게 문을 잠갔다. 넓은 홀 양쪽으로 문이 나 있고, 정면에는 집의 중심부로 내려가는 통로가 있었다. 메리가 통로로 올라오며 말했다.

"자, 어때요? 짧은 시간 동안 살 만한 집으로 손보느라 둘이서 애를 먹었어요. 뚱보와 내가 마지막 짐마차를 끌고 온 게 어제였거든요."

프로도는 주위를 둘러보았다. 아늑한 집이었다. 그가 즐겨 쓰던 옛 물건들―또는 빌보의 물건들(그것들은 새로운 환경에서도 빌보에 대한 기억을 생생하게 일깨웠다)―이 가능한 한 골목쟁이집과 똑같이 배열되어 있었다. 즐겁고 편안하고 마음에 드는 집이었다. 문득 자기가 정말로 이 집에서 조용히 눌러살려고 온 게 아닌가 하는 생각이 들었다. 친구들에게 이토록 번거로운 일을 시킨 것이 갑자기 미안했다. 그리고 그들에게 자신이 곧, 정말 지금 즉시 떠나야 한다는 사실을 이야기할 수 있을까 하는 걱정이 들었다. 어쨌든 그것은 그날 밤 그들이 잠자리에 들기 전에 해야 할 일이었다.

그는 간신히 입을 열어 감탄했다.

"정말 멋진데! 이사했단 생각이 하나도 들지 않는군!"

일행은 외투를 벗어 걸고 짐을 마룻바닥에 내려놓았다. 메리가 그들을 통로 아래로 안내해 맨 끝에 있는 문을 열었다. 불빛이 새어 나오며 뜨거운 김이 그들을 덮었다. 피핀이 소리쳤다.

"목욕탕! 오, 메리아독, 고마우셔라!"

프로도가 말했다.

"누구부터 할까? 나이 순서대로 할까, 아니면 제일 먼저 옷을 벗는 사람을 먼저 하게 할까? 어쨌든 자넨 꼴찌겠군, 페레그린."

그러자 메리가 말했다.

"더 좋은 생각이 있으니 내게 맡겨요. 크릭구렁에서의 새 출발을 목욕탕 때문에 싸우면서 시작할 수는 없잖아요? 목욕탕에는 욕조가 세 개 있고 가마솥에는 펄펄 끓는 물이 가득 있으니 걱정할 거 없어요. 수건하고 깔개, 비누도 전부 준비되어 있으니 어서 들어가세요. 빨리요!"

메리와 뚱보는 통로 반대쪽 끝에 있는 부엌으로 가서 때늦은 저녁 식사를 차리기 위해 마지막으로 음식을 손보았다. 목욕탕에서는 첨벙거리며 물 튀기는 소리와 함께 노랫가락이 마치 경쟁이라도 하듯 흘러나왔다. 피핀의 목소리가 갑자기 다른 목소리를 압도하면서 빌보의 유명한 목욕탕 노래 중 하나를 뽑아냈다.

> 헤이, 노래 부르세! 피곤한 땀을 씻어야지.
> 하루를 마무리하는 목욕!
> 노래하지 않는 자는 멍청이.
> 오, 뜨거운 물은 고상한 위안!
>
> 오, 떨어지는 빗소리도 달콤하고
> 산과 들을 건너뛰는 냇물 소리 달콤하지만
> 빗소리보다 물소리보다 달콤한 것,
> 그건 김이 오르는 뜨거운 물!
>
> 오, 타는 목마름을 축이는
> 냉수만큼 반가운 것은 없지만
> 더 반가운 건 모자랄 때 마시는 맥주,
> 등줄기로 쏟아붓는 뜨거운 물!

> *오, 하늘 밑 하얀 분수에*
> *튀어 오르는 물방울도 아름답지만*
> *어떤 분수 소리보다 달콤한 것은*
> *두 발로 뜨거운 물을 첨벙거리는 소리!*

요란하게 물 튀기는 소리가 나더니, 프로도가 "어이." 하고 고함을 질렀다. 피핀의 욕조에서 높이 솟아오른 물방울이 마치 분수라도 만들 것 같았다.

메리가 문 앞으로 가서 외쳤다.

"저녁 식사와 맥주는 잊은 거예요?"

프로도가 머리를 말리며 나왔다.

"온통 물바다라서 모두 치워 놓고 부엌으로 가겠네."

"맙소사!"

메리가 탕 안을 들여다보고 소리를 질렀다. 바닥이 온통 물바다였다.

"목욕탕 청소 끝내기 전에는 밥 먹을 생각 마, 페레그린. 늦게 오면 국물도 없을 거고."

그들은 부엌 난롯가 식탁에서 저녁 식사를 했다.

"세 분 손님께서는 설마 버섯을 더 드시진 않겠지?"

프레데가가 별로 기대하지 않는 투로 묻자, 아니나 다를까 피핀이 소리쳤다.

"더 먹어야지!"

그러자 프로도도 외쳤다.

"그건 내 거야! 여왕처럼 고귀하신 매곳 부인께서 내게 주신 거니까 자네들은 욕심부릴 생각 마. 내가 공평하게 나눌 테니까."

호빗들은 욕심쟁이 인간들보다도 훨씬 더 버섯을 좋아한다. 프로도가 어릴 때 멀리 구렛들의 유명한 버섯밭까지 원정을 간 것이나, 버섯을 도둑맞을 뻔했던 매곳이 그리도 화를 냈던 것을 보면 조금은 알 수 있는 일이다. 하지만 오늘은 먹성 좋은 호빗들에게조차 충분할 정도의 양이었다. 그 밖에도 먹을 것이 많아 식사를 마쳤을 때는 볼저네 뚱보마저도 너무 먹었다면서 숨을 씨근거렸다. 그들은 식탁을 물리고 난롯가로 의자를 당겨 앉았다.

메리가 말했다.

"설거지는 나중에 하고 먼저 이야기를 좀 들어야겠어. 아마 재미있는 일들이 많았던 모양인데, 나를 뺏다니 섭섭하네. 자초지종을 모두 이야기해 줘요. 우선 매곳 영감은 어떻게 만났고, 왜 나한테 그렇게 얘기했는지 말이죠. 그 영감 목소리가 거의 겁먹은 투였는데, 참 의외였어요."

프로도는 불을 응시할 뿐 말을 하려 하지 않았다. 잠시 후 피핀이 입을 열었다.

"우리도 마찬가지였어. 너도 이틀 동안 검은 기사들에게 쫓겨 보면 아마 그렇게 되었을 거야."

"그건 또 무슨 소리야?"

"검은 말을 탄 검은 사람 말이야. 프로도 씨는 말하고 싶지 않으신 모양이니 내가 자세히 말해 주지."

그러고 나서 피핀은 호빗골을 출발한 순간부터 그때까지 있었던 일들을 모두 이야기했다. 샘이 간간이 고개를 끄덕이기도 하고 탄성을 지르기도 하면서 이야기를 도왔다. 프로도는 여전히 아무 말이 없었다.

"아까 강 건너에 있던 검은 그림자를 보지 못했다면 모두 꾸며 낸 얘기라고 생각했을 거야. 매곳 아저씨 목소리도 이상하게 떨렸지. 어떻게 생각해요, 프로도 씨?"

메리가 묻자 피핀도 거들었다.

"프로도 씨는 저랑 가까운 친척인데 너무 숨기는 게 많은 것 같아요. 털어놓으실 때도 됐잖아요. 지금까지 우리가 들은 것이라고는 빌보의 보물과 관련되었을 거라는 매곳 영감의 추측뿐이잖아요."

"추측일 뿐이지. 매곳은 아무것도 몰라."

프로도가 재빨리 대답했다.

"매곳 영감은 눈치 하나는 빠른 양반이지요. 그 둥글둥글한 얼굴 뒤에는 얘기를 안 해도 많은 것이 숨어 있거든요. 내가 듣기론 언젠가 영감은 묵은숲까지 가 봤대요. 그리고 또 이상한 얘기를 많이 안다는 소문도 있고요. 어쨌거나 그의 추측이 맞는지 틀리는지만 말해 보세요."

프로도가 천천히 입을 열었다.

"어느 정도는 정확한 추측이야. 빌보 아저씨의 옛날 여행과 관련 있거든. 게다가 그 기사들이 찾는 것도 빌보 아저씨 아니면 나야. 자네들은 듣고 싶어 안달이지만 난 자네들이 이 말을 농담으로 여길까 봐 걱정돼. 여기 이 집이나 다른 어느 곳도 내겐 안전하지가 않아."

그는 혹시 창문과 벽이 갑자기 무너지지나 않을까 겁에 질린 사람처럼 주위를 둘러보았다. 다른 호빗들이 서로 의미심장한 눈길을 주고받으며 말없이 그를 바라보았다.

"이야기가 곧 나오겠지?"

피핀이 메리에게 속삭였고 메리도 고개를 끄덕였다. 프로도는 마침내 결심했다는 듯 몸을 일으켜 등을 꼿꼿이 세우며 말했다.

"그렇다면 더는 숨길 수가 없군. 자네들 모두에게 할 말이 있어. 그런데 어디부터 어떻게 시작해야 할지 모르겠네."

"제가 좀 도와드릴 수 있을지도 모르겠네요."

메리가 조용히 말했다. 그러자 프로도가 그를 불안한 눈빛으로 바라보며 물었다.

"그게 무슨 말인가?"

"간단히 말하면 이런 거지요, 프로도 씨. 지금 작별 인사를 어떻게 할까 하는 문제 때문에 고민하시는 거죠? 물론 그 말은 샤이어를 떠나신다는 얘기지요. 그런데 위험이 생각했던 것보다 훨씬 일찍 닥쳐서 지금 당장이라도 출발하고 싶은 생각이 간절하신 거죠. 그런데 그렇게 하고 싶지는 않고. 우리도 다 이해해요."

프로도가 입을 벌리더니 다시 다물었다. 그의 놀란 표정이 너무 재미있어서 다른 호빗들은 모두 웃음을 터뜨리고 말았다.

이번에는 피핀이 나섰다.

"존경해 마지않는 프로도 어르신, 정말 우리 모두를 속일 수 있을 거라고 생각하셨어요? 그랬었다면 그건 별로 지혜롭지도 용의주도 하지도 못했어요. 지난 4월부터 분명히 호빗골과 샤이어를 떠날 생각을 하고 계셨던 것을 알아요. 이런 말을 혼자 중얼거리시는 걸 우린 여러 번 들었거든요. '다시 이 골짜기를 볼 수 있을까?' 하는 탄식 말이에요. 그러고는 돈이 다 떨어진 척하면서 정든 골목쟁이집까지 그 자룻골골목쟁이네한테 정말 팔아 버리신 거예요. 그리고 간달프와 나누신 밀담도 그렇고요."

프로도가 마침내 입을 열었다.

"맙소사! 난 상당히 용의주도했다고 생각했는데 겨우 이 정도로군. 간달프가 알면 뭐라고 할까. 그러면 내가 떠나는 것을 샤이어의 모두가 다 알고 있단 말인가?"

그러자 메리가 말했다.

"그렇지는 않아요. 그 점은 걱정 안 하셔도 돼요. 물론 비밀이 오래가지는 않겠지요. 그렇지만 지금은 우리만 알고 있을 거예요. 어쨌든 우리가 당신을 잘 알고 있고, 대개는 당신 편이라는 것도 아셔야 해요. 우린 당신이 뭘 생각하고 있는지 짐작할 수 있었어요. 난 빌보 아저씨도 알고 있었지요. 솔직히 말하자면 그분이 떠난 뒤부터 당신을 주의 깊게 관찰했어요. 그리고 조만간에 그분을 따라 떠나실 거라고 짐작했어요. 실은 이보다 일찍 떠나시지 않을까 예상했죠. 사실 우린 최근 들어 상당히 불안한 상태였어요. 빌보 아저씨처럼 어느 날 갑자기 혼자 슬쩍 떠나 버리시지 않을까 걱정했거든요. 지난봄부터 우리는 항상 주의 깊게 당신을 지켜보면서 우리 나름대로 계획도 세웠지요. 이젠 그리 쉽게 빠져나갈 수 없을 거예요."

"하지만 난 가야 해. 어쩔 수 없는 일이야. 고마운 친구들, 우리 모두에게 고통스러운 일이지만 나를 붙잡으려 해 봤자 소용없어. 그 정도까지 깊이 생각했다면 이젠 나를 도와주게. 막지 않았으면 좋겠어."

이번엔 피핀이 말했다.

"이해를 못 하시는군요. 가셔야지요! 그리고 당연히 우리도 함께 가는 겁니다. 메리와 제가 같이 가기로 했어요. 샘도 좋은 친구니까 당신을 구하는 일이라면 용의 목구멍에라도 뛰어들겠지요. 발을 헛디뎌 넘어지지만 않는다면 말이에요. 하여튼 이 위험한 여행길에는 친구가 여럿 필요할 거예요."

프로도가 격한 감정을 억누르며 말했다.

"사랑하는 친구들! 하지만 난 그 제안을 받아들일 수 없어. 나 역시 오래전에 결정한 일이야. 자네가 지금 위험하다고 말했지만, 자네들은 짐작도 못 할 거야. 이건 보물찾기도 아니고 빌보 아저씨의 여행처럼 다시 돌아올 수 있는 여행도 아니야. 나는 지금 죽을 각오를 하고 위험에 뛰어드는 거야."

그러자 메리가 단호하게 대답했다.

"물론 알아요. 그래서 우리가 함께 가기로 결정한 거예요. 우리는 그 반지가 웃어넘길 만한 물건이 아니라는 것을 알기 때문에, 그리고 당신이 대적과의 싸움에서 이길 수 있게 최선을 다해 돕기 위해 가는 거예요."

"반지라고?"

프로도가 깜짝 놀라 소리쳤다.

"예, 그 반지 말이에요. 존경하는 프로도, 친구들의 눈치를 과소 평가했군요. 난 오래전부터, 실은 빌보 아저씨가 떠나기 전부터 그 반지에 대해 알고 있었어요. 그러나 그분이 그걸 비밀로 하는 게 분 명했기 때문에 우리가 음모를 꾸미기 전까지는 머릿속에 넣어 두고 만 있었지요. 전 물론 당신을 아는 만큼은 빌보 아저씨를 잘 모르지 요. 전 나이도 어렸고 그분 역시 대단히 조심했기 때문이에요. 그렇 지만 그분도 그렇게 철저하지는 못하셨어요. 혹시 제가 그것을 처음 알아챈 이야기를 듣고 싶으시면 지금 말씀드리지요."

"계속해 보게."

프로도가 나직하게 말했다.

"혹시 짐작하실지 모르겠지만, 그분이 실수하신 건 바로 자룻골 골목쟁이네 때문이었어요. 그 잔치가 있기 1년 전 어느 날, 우연히 길 을 가다가 빌보 아저씨가 앞에 계시는 걸 봤어요. 그때 갑자기 저 앞 쪽 멀리에서 녀석들이 우리 쪽을 향해 다가오더군요. 빌보 아저씨가 발걸음을 늦추더니 순식간에 온데간데없이 사라졌어요. 전 너무 놀 라 어디 마땅히 숨을 곳을 찾을 여유조차 없었어요. 겨우 정신을 차 려 길가 생울타리 안쪽으로 숨어들었지요. 그러고는 녀석들이 지나 갈 때까지 길 쪽을 뚫어지게 살펴보았죠. 그때 갑자기 빌보 아저씨 가 다시 나타났어요. 바지 주머니에 뭔가를 집어넣는데 금빛이 번쩍 거리더군요.

그 후로 유심히 지켜보았지요. 사실 감시했다고 하는 편이 낫겠 죠. 하지만 그건 너무도 호기심을 자극했고, 그때 전 10대였잖아요. 그분의 비밀 책을 본 호빗은 당신 말고는 샤이어 전체에서 아마 저 뿐일 거예요."

그러자 프로도가 소리쳤다.

"그분 책을 봤다고? 맙소사, 이젠 비밀이라곤 없군."

"아마 그럴지도 모르죠. 하지만 딱 한 번, 그것도 흘끗 보았을 뿐이에요. 빌보 아저씬 항상 책 곁을 떠나지 않으셨잖아요. 그러니 그것도 쉬운 일이 아니었어요. 그 책이 어떻게 됐는지 궁금한데요. 다시 한번 보고 싶거든요. 혹시 지금 갖고 계세요?"

"아니. 그건 골목쟁이집에 없어. 그분이 가져가셨을 거야."

메리는 이야기를 계속했다.

"아까 말했듯이 사태가 심각해지기 시작하던 올봄까지는 저 혼자만 알고 있었지요. 그러다가 우리 몇이서 음모를 꾸몄어요. 우리는 장난이 아니라 진지하게 이 문제를 생각했기 때문에 많이 겁나지는 않았어요. 비밀을 정탐하는 데는 당신도 쉽지 않은 분이었지만 간달프는 더 어려웠죠. 우리 일당의 정탐대장이 누군지 알고 싶으시면 말씀드릴까요?"

"누구지?"

프로도는 가면을 쓴 무서운 인물이 찬장 속에서 튀어나올 것을 예상이라도 하는 듯 주위를 둘러보았다.

"샘, 자백하지."

메리가 말하자 샘이 귀 끝까지 빨개지면서 일어섰다.

"우리 정보원이지요. 결국 꼬리가 잡히긴 했지만 그때까지 많은 정보를 수집했어요. 그 후로는 글쎄 무슨 맹세를 했는지 입을 다물었지만요."

"샘!"

프로도가 더 이상 놀라고 있을 수만은 없다는 듯 소리쳤다. 그는 도대체 화를 내야 할지, 재미있어해야 할지, 안심해야 할지 아니면 그냥 바보같이 있어야 할지 갈피를 잡을 수가 없었다.

샘이 입을 열었다.

"예, 그렇습니다. 용서해 주세요! 하지만 프로도 씨나 간달프 님께 그 문제에 관한 한 해를 끼칠 생각은 없었어요. 아시겠지만 그분은 생각이 깊으셔서 프로도 씨께서 혼자 간다고 하셨을 때 믿을 만한 친구를 데려가라고 하지 않으셨어요?"

"하지만 그 말은 아무나 믿으라는 이야기는 아니었어."

프로도가 말하자 샘이 억울하다는 듯한 표정으로 그를 바라보았다. 메리가 끼어들었다.

"결국 당신이 무엇을 원하는가에 달렸지요. 우리를 믿으신다면 어디라도 끝까지 따라가겠어요. 그리고 또 우리를 신뢰하신다면 그 비밀을 철저하게, 당신보다 철저하게 지키겠어요. 하지만 우리는 당신이 혼자 곤경에 처해 아무 말없이 떠나게 내버려 두지 않겠어요. 프로도 씨, 우리는 당신 친구예요. 그리고 어쨌든 일이 이렇게 되었잖아요. 우린 간달프가 당신께 이야기한 내용도 대개는 알고 있어요. 그 반지에 대해서도 상당히 알고 있고요. 사실 우리도 많이 두렵기는 해요. 하지만 당신과 함께 가려고 해요. 함께 갈 수 없다고 하신다면 사냥개처럼 쫓아갈 거예요."

그러자 샘도 덧붙였다.

"게다가 요정들의 충고도 들어야 하지 않겠어요? 길도르는 따라가겠다는 이가 있으면 데려가라고 하지 않았어요? 그 말을 부인하진 못하시겠죠?"

프로도가 샘을 보고 이제는 웃는 얼굴로 대답했다.

"그건 그렇지. 부인할 수 없지. 하지만 앞으로는 자네가 코를 골든 골지 않든, 잠들었다고는 절대 믿지 않겠어. 확인해 보기 위해 꼭 한 번씩 엉덩이를 차 볼 거야. 이 사기꾼 악당들 같으니라고!"

그는 나머지 호빗들도 돌아보면서 일어서서 두 팔을 벌리고 말했다.

"항복일세! 길도르의 충고를 따르지. 앞길의 위험이 그렇게 두렵지만 않다면 지금 난 기뻐서 춤이라도 추고 싶어. 하여간 기쁨을 감추고 싶지는 않아. 내 평생 지금처럼 행복한 순간은 없었네. 사실 오늘 저녁이 얼마나 두려웠는지 자네들은 모를 거야."

"좋아요! 이젠 됐어요. 프로도 대장과 그 부하들을 위해 만세, 만

세, 만세!"

그들은 소리 지르며 일어나 프로도를 둘러싸고 춤을 추었다. 메리와 피핀이 특별히 이 순간을 위해 준비해 둔 노래를 부르기 시작했다.

그건 오래전 빌보가 길을 떠날 때 불렀던 난쟁이들의 노래를 모델로 해서 만든 것으로, 가락은 그것과 같았다.

난롯불과 안방이여, 안녕!
바람이 불고 비가 내려도
아침 해가 뜨기 전에 우리는 떠나리,
멀리 숲을 지나 높은 산을 넘어.

그곳은 요정들의 깊은골
안개 내린 저 높은 숲속
늪과 황야를 지나 달려가리,
그다음엔 어디로 가야 할까?

앞에는 적, 뒤에는 공포
우리 쉴 곳은 하늘 밑 어디?
마침내 고생은 끝나고
긴 여행이 끝나 심부름 마칠 때까지.

떠나야 하리! 떠나야 하리!
아침 해가 뜨기 전에 달려가리!

프로도가 외쳤다.

"좋았어! 하지만 그러자면 잠자리에 들기 전에 준비할 것이 많아.

어쨌든 오늘 밤만은 지붕 아래서 잘 수 있어 다행이야."

그러자 피핀이 소리쳤다.

"아니! 그건 노래일 뿐이에요. 정말 아침 해가 뜨기 전에 출발할 작정이에요?"

"나도 잘 모르겠지만 검은 기사들을 생각하면 한곳에 오래 머물러 있는 건 안전할 것 같지 않아. 특히 이 집은 우리의 새집으로 세상에 알려졌잖아. 게다가 길도르도 기다리지 말라고 충고했거든. 하긴 나도 간달프를 꼭 보고 싶긴 해. 간달프가 나타나지 않았다는 말을 듣고 길도르도 대단히 놀라는 표정이었어. 문제는 결국 두 가지야. 검은 기사들이 얼마나 일찍 노루말에 도착할 것인가, 그리고 우리가 얼마나 일찍 출발할 수 있을 것인가 하는 문제야. 그러자면 준비할 일이 상당히 많아."

그러자 메리가 말했다.

"둘째 문제는 간단해요. 우린 한 시간 안에 출발할 수 있어요. 사실은 제가 다 준비해 놨거든요. 마구간에는 들판을 달릴 수 있는 조랑말이 다섯 필 있고 그 밖에 장비와 준비물도 꾸려 놨어요. 여분으로 넣을 옷가지나 상하기 쉬운 음식만 새로 챙기면 다 돼요."

프로도가 감탄했다.

"상당히 주도면밀한 음모였군그래. 그런데 검은 기사들은 어쩐다? 하루 더 간달프를 기다려도 괜찮을까?"

메리가 다시 말했다.

"그 기사들이 당신을 여기서 발견하면 어떻게 할지에 달렸지요. 물론 그들이 브랜디와인강 동쪽의 북문에서 제지받지 않았다면 지금쯤 여기 도착했을지도 모르고요. 강 건너 와서 바로 생울타리가 강둑으로 내려가는 지점에 북문이 있잖아요. 북문의 문지기들은 야간에는 절대로 그들을 들여보내지 않을 거예요. 그들이 강제로 뚫고 들어온다면 모르지만요. 제가 아는 한 대낮이라도 강노루 공의 허락이 없으면 들여보내지 않을 거예요. 그 기사들의 흉측한 모습을 문지기들이 좋아할 리가 있어요? 어쩌면 놀라 자빠질지도 모르죠. 어쨌든 그들의 무서운 공격을 노릇골이 오랫동안 막지는 못할 거예요. 따라서 아침이면 아마도 골목쟁이란 이름을 수소문하고 다닌 기사들 중 최소 한 명은 통과할지도 몰라요. 당신이 크릭구렁으로 돌아온다는 것은 꽤 널리 알려졌거든요."

프로도는 잠시 생각에 잠기더니 마침내 입을 열었다.

"이렇게 하지. 내일 아침 해가 뜨자마자 출발하세. 하지만 큰길로는 가지 않겠어. 그러느니 차라리 여기 있는 편이 더 안전할 거야. 다른 길로 가면 한 사나흘 정도는 들키지 않을 수도 있지만, 북문을 통과하기만 하면 내가 노릇골을 떠나는 것이 금방 발각되고 말겠지. 그 기사들이 노릇골에 발을 들여놓았건 아니건 간에 브랜디와인다리와 동부대로는 들키기 쉬운 곳일세. 우린 기사들이 모두 몇 명인지 알 수가 없네. 적어도 둘인데, 더 될지도 몰라. 유일한 해결책은 전혀 예상 밖의 방향으로 떠나는 거야."

프레데가가 겁에 질려 물었다.

"그러면 묵은숲을 뚫고 지나갈 거란 말입니까? 그건 말도 안 돼요. 암흑의 기사들과 맞부딪치는 것만큼 위험한 일이에요."

메리가 나섰다.

"꼭 그렇지는 않아. 위험해 보이긴 하지만 내 생각에는 프로도 씨가 말씀하신 계획이 괜찮을 것 같아. 그 길이 추적을 따돌리고 즉시 이곳을 빠져나갈 수 있는 유일한 길이야. 운만 따라 준다면 출발이 상당히 순조로울 수도 있어."

프레데가가 다시 반대했다.

"묵은숲에는 행운이라곤 없어. 거기서 행운을 만났다는 사람을 아직 못 봤거든. 십중팔구는 길을 잃을 거야. 요즘에는 그 숲에 가는 사람이 없어."

다시 메리가 말을 막았다.

"전혀 없는 건 아냐. 강노루네 사람들도 가끔 기분이 내키면 그 숲에 간다는 얘기를 들었어. 비밀 입구가 있어. 프로도 씨도 오래전에 한 번 들어가 보신 적이 있을 거야. 나도 여러 번 가 봤고. 물론 그때는 대낮이라서 나무들이 모두 잠을 자고 조용했었지."

프레데가가 말했다.

"그럼 좋을 대로들 해. 하지만 난 이 세상에서 묵은숲이 제일 무서워. 이름만 들어도 소름이 쫙 끼칠 정도야. 하지만 난 여행엔 따라가지 않을 거니까 말해 봤자 내 입만 아프지. 어차피 우리 중 누군가는 남아서 간달프가 나타나면 소식을 알려 줘야 할 테니 더 간섭은 않겠어. 그분이 곧 나타날지도 모르잖아."

볼저네 뚱보는 프로도를 좋아하기는 했지만 샤이어를 떠나거나 바깥세상을 구경하고 싶은 생각은 없었다. 그의 선조들 고향이 동둘레, 즉 다릿벌의 벗지여울이었지만 그는 브랜디와인다리도 건너 본 적이 없었다. 그들끼리 세운 원래의 계획에 의하면 그의 임무는 뒤에 남아서 호빗들의 호기심을 무마시키고, 골목쟁이가 크릭구렁에 사는 것처럼 꾸며 일행에게 최대한 시간을 벌게 하는 것이었다. 그래서 그는 그 역할을 맡기 위해 프로도의 옛날 옷까지 가져왔다. 하지만 그 역할이 얼마나 위험한지는 그들 중 누구도 짐작조차 못 했다.

프로도는 간달프를 떠올린 프레데가의 계획을 이해하고 말했다.

"멋진 생각이군. 하마터면 간달프에게 소식을 전할 수 없을 뻔했네. 검은 기사들이 우리 글을 읽을 줄 아는지 어떤지 모르지만 혹시 집에 들이닥쳐 온 집 안을 수색할까 싶어 메모 쪽지 한 장 남길 수 없을까 봐 걱정했는데 참 잘됐군. 뚱보가 우리 뒤에 남아서 이 집을 지켜 준다면 간달프는 분명히 우리가 간 방향으로 따라올 테니까 안심해도 되겠어. 내일 동이 트면 일찍 묵은숲으로 떠나세."

피핀이 말했다.

"자, 이제 그만들 합시다. 여하간 뚱보처럼 여기 남아서 그 검은 기사들을 기다리느니보다는 묵은숲으로 들어가는 것이 더 낫겠죠."

"숲속에 한참 들어가서 검은 기사들을 기다려 보지 그래. 아마 내일 이맘때쯤이면 차라리 나하고 여기 남을걸 하는 생각이 간절해질 거야."

프레데가의 반박에 메리가 나섰다.

"더 싸워 봤자 득 될 게 없어. 잠자리에 들기 전에 마지막으로 짐이나 살펴보고 정리해. 모두들 동트기 전에 깨울 테니."

마침내 잠자리에 들었으나 프로도는 한동안 잠을 이루지 못했다. 다리가 쑤셔 왔다. 아침에는 말을 탈 수 있다니 다행이었다. 그는 뒤척이다가 설핏 잠이 들었다. 그는 높다란 창문 밖으로 검푸른 바다처럼 펼쳐진 나무숲을 내다보는 꿈을 꾸었다. 창문 아래 나무 근처에서 쿵쿵거리며 기어 다니는 짐승들의 소리가 들렸다. 그것들이 곧 자신의 냄새를 찾아낼 것만 같았다.

그때 멀리서 큰 소리가 들렸다. 처음에 그는 그 소리가 숲의 나뭇잎들 사이에서 울부짖는 바람 소리라고 생각했다. 그러나 그것은 나뭇잎 소리가 아니라 멀리서 들려오는 바닷소리였다. 깨어 있을 때는 한 번도 들어 보지 못했지만 종종 그의 꿈자리를 뒤숭숭하게 했던 소리였다. 갑자기 그는 텅 빈 대지에 홀로 서 있는 자신을 발견했다. 나무 한 그루도 없었다. 그는 캄캄한 황야에 서 있었고 바람에서는 이상한 소금 냄새가 났다. 그는 눈을 들어 저 앞쪽의 높은 산등성이 위에 홀로 서 있는 커다란 흰 탑을 바라보았다. 탑에 올라가 바다를 바라보고 싶은 강한 욕망이 일었다. 그는 탑을 향해 산등성이를 기어오르기 시작했다. 그러나 갑자기 하늘에서 한 줄기 환한 빛이 내비치더니 천둥소리가 들렸다.

Chapter 6

묵은숲

프로도는 갑자기 눈을 떴다. 아직 방 안은 어두웠다. 메리가 한 손엔 초를 들고 다른 손으로 문을 두들겨 대며 서 있었다. 프로도는 아직도 얼떨떨해 있다가 놀란 목소리로 물었다.

"됐어, 이젠 그만해 둬! 대체 웬 소란이야?"

"웬 소란이냐고요? 일어날 시간이에요. 4시 반이란 말이에요. 안개가 잔뜩 꼈어요. 자, 어서 일어나요. 샘이 벌써 아침밥을 차려 놨고 피핀도 일어났어요. 전 나가서 말에다 안장을 씌우고 짐 싣고 갈 말도 안으로 끌어올 참이라고요. 저 느림보 뚱보나 좀 깨우세요! 뚱보도 그만 자고 일어나 환송은 해야 할 거 아니에요?"

6시 조금 넘어서 다섯 명의 호빗들은 출발할 준비를 다 마쳤다. 볼저네 뚱보는 여전히 하품하고 있었다. 그들은 살금살금 집을 빠져나왔다. 메리가 짐을 실은 조랑말을 끌고 앞장섰다. 그는 집 뒤 숲으로 난 길을 통해 들판을 가로지를 심산이었다. 나뭇잎에 맺힌 이슬이 반짝거리고 가지에선 물방울이 떨어졌다. 풀잎이 찬 이슬을 머금고 회색으로 변해 있었다. 사방은 고요하고 멀리서 들리는 작은 소리도 바로 옆에서 나는 것처럼 또렷하게 울려왔다. 어느 집 마당에선가 닭이 꾹꾹거리는 소리가 들리고 문 닫는 소리도 멀리서 들려왔다.

그들은 헛간에서 말을 끌어냈다. 속도가 빠르지는 않지만 하루종일 걷기엔 충분한, 호빗들이 좋아하는 튼튼한 종자의 조랑말들이었다. 그들은 말에 올라타고 곧 안개 속으로 숨어들었다. 안개는 마지못해 길을 열어 주고는 곧 지나온 등 뒤쪽을 철저하게 가려 주었다. 한 시간쯤 말도 없이 천천히 행군하자 경계로 심어 놓은 생울타리가 보였다. 나무들 모두 키가 크고 은빛 거미줄이 그물처럼 엉켜 있었다.

"저길 어떻게 지나간단 말이야?"

프레데가 물었다.

"날 따라와. 그러면 알게 될 테니까."

메리가 대답했다.

일행은 그를 따라 울타리를 끼고 왼쪽으로 올라갔다. 얼마 가지 않아 안으로 들어가는 통로가 보였다. 그 길은 계곡 초입으로 이어졌다. 울타리에서 좀 떨어진 곳에 완만하게 땅을 파서 만든 터널이 있었다. 양쪽 벽을 벽돌로 쌓은 둥그런 아치 모양의 터널이 울타리 밑으로 뚫려, 반대쪽 골짜기로 출구가 나 있었다.

볼저네 뚱보가 거기서 말을 멈추고 인사했다.

"조심히 가세요. 몸조심하시고요, 프로도 씨! 이 숲에는 들어가지 않길 바랐는데. 오늘 하루만이라도 아무 위험이 없길 바랄 수밖에 없겠군요. 어쨌든 행운을 빌어요. 이 순간부터 영원히."

"앞으로 이 묵은숲보다 더한 위험이 없다면 난 운이 좋은 걸 거야. 간달프에게 동부대로로 급히 오시라고 전하게. 우리도 가능한 한 빨리 그쪽으로 갈 테니까."

그들 모두가 큰 소리로 작별 인사를 하고 터널 속으로 비탈을 따라 내려가 마침내 프레데가의 시야에서 사라졌다.

터널 속은 어둡고 축축했다. 터널이 끝나는 곳에 촘촘하게 쇠창살로 만든 문이 있었다. 메리가 문을 열고 일행이 모두 통과하자 다시 문을 닫았다. 문이 철커덕 울리며 닫혔다. 기분 나쁜 소리였다. 메리가 말했다.

"자, 이젠 샤이어를 벗어났어. 여기부터가 묵은숲이야."

"소문이 정말일까?"

피핀이 묻자 메리가 대답했다.

"무슨 소문을 말하는지는 모르겠지만, 뚱보의 유모가 말해 줬다는 고블린이나 늑대가 나온다는 귀신 얘기라면 사실이 아니야. 여하튼 난 안 믿어. 하지만 이상하긴 이상한 곳이지. 여기에 들어오면 샤이어와는 달리 모든 것이 살아 있거든. 말하자면 주변에서 벌어지는 모든 일을 숲이 알고 있단 말이지. 나무들도 이방인을 좋아하지 않고 경계의 눈초리를 보내는데, 낮에는 그냥 바라보기만 하고 시비는 걸지 않아. 가끔 심술궂은 나무들이 가지를 떨어뜨리거나 뿌리를 불쑥 내밀기도 하고 덩굴로 몸을 감아서 놀라게 하지. 그런데 밤이 되면 그렇게 무섭다는 거야. 나도 들은 얘기지만 말이야. 어두워진 다음에 여기 들어왔던 건 한두 번밖에 없거든. 그것도 사실 생울타리 근처만 겨우 왔었어. 나무들끼리 서로 수군거리면서 알아듣지 못할 말로 소식과 음모를 주고받고, 바람이 불지 않는데도 나뭇가지들이 흔들리는 것 같더라고. 어떤 사람들은 나무들이 실제로 움직여서 이방인들을 꼼짝도 못 하게 포위하는 걸 봤다고 하던데. 사실 옛날에는 나무들이 울타리를 공격한 적도 있었어. 숲가로 이동해서는 바로 옆에 몸을 뉘기도 했거든. 그래서 호빗들이 와서 수백 그루의 나무를 베고 숲에 큰불을 피워 울타리 동쪽의 넓은 땅을 태워 버린 거야. 그 후로 나무들이 공격을 포기하기는 했지만 성질이 더 고약해졌다지 아마. 여기서 조금만 가면 그때 불을 질렀던 넓은 공터가 아직도 그대로 있어."

"위험한 건 그럼 나무들뿐이야?"

피핀이 물었다.

"깊은 숲 안쪽이나 저쪽 끝에 가면 이상한 것들이 많이 산다는 소문이 있지만 실제로 보지는 못했어. 하지만 뭔가가 지나다닌 흔적은 있지. 숲에 들어가면 언제나 길이 있는데, 수상쩍은 건 그 길이 가끔씩 이상한 모습으로 바뀌어 버린다는 점이야. 이 터널에서 멀지 않은 곳에서 시작되는 큰길이 있지. 그 길을 따라가면 그때 불을 질렀던 공터가 나올 거야. 우리가 가는 방향은 거기서 동북쪽인데, 지금 그 길을 찾아가는 거야."

마침내 일행은 터널 출구를 지나 넓은 계곡을 가로질러 갔다. 저 멀리 울타리 쪽에서 100미터 이상 떨어진 곳에 묵은숲 중심부로 올라가는 길이 희미하게 보였다. 그러나 그들이 숲에 도착하자 길이 사라져 버렸다. 뒤를 돌아다보니 이미 그들 주위를 둘러싸기 시작한 나뭇가지들 사이로 울타리가 검은 선처럼 보이고, 그들 앞쪽으로는 크고 작은 갖가지 모양의 나무들이 빽빽하게 차 있었다. 곧은 나무, 휜 나무, 배배 꼬인 나무, 옆으로 누운 것, 땅딸막한 것, 날씬한 것, 보드라운 것, 마디투성이인 것, 가지가 많은 것 등 수없이 많은 나무들이 바다를 이루었다. 나무줄기가 모두 매끌매끌한 털이 송송 난 이끼로 덮여 초록빛과 회색빛을 띠었다.

메리는 혼자 꽤 들떠 있었다. 프로도가 그에게 주의를 시켰다.

"길을 잘 찾아 인도해야지. 우리끼리 서로 잃어버리면 큰일이니까. 항상 울타리가 어느 쪽에 있는지 잊지 말고."

그들은 나무들 사이로 길을 트며 나아갔다. 조랑말들이 발굽에 휘감겨 오는 나무뿌리를 조심조심 피하면서 느릿느릿 걸었다. 관목이나 덤불은 없었다. 지대가 차츰 높아지면서 앞으로 나아갈수록 나무들이 더 커지고 거뭇거뭇해지면서 더 빽빽해지는 듯했다. 고요한 숲속에 간간이 떨어지는 이슬방울 소리 외에는 아무 소리도 들리지 않았다. 아직은 나뭇가지들끼리 속삭이거나 움직이는 것 같지 않았지만 그들은 모두 마음속에 누군가 자신들을 지켜보고 있다는 불안한 느낌을 지울 수가 없었다. 그런 기분은 불안한 정도를 지나 차차 혐오감과 적대감으로 변했다. 때문에 간간이 마치 어떤 기습

공격을 예감이라도 한 듯 고개를 위로 홱 쳐들거나 무심코 등 뒤로 고개를 돌리기도 했다.

아직 길이 나타날 조짐은 보이지 않고 나무들이 여전히 그들 앞길을 가로막고 있었다. 피핀이 갑자기 더 못 참겠다는 듯 소리 질렀다.

"어이! 아무 짓도 하지 않을 테니까, 그냥 통과만 시켜 줘!"

모두들 깜짝 놀라 멈춰 섰다. 그러나 그 고함 소리는 마치 두꺼운 커튼에 파묻혀 버리기라도 한 듯 이내 사라져 버렸다. 숲은 더 울창하고 더 무섭게 느껴졌지만 여전히 아무런 메아리나 응답도 들리지 않았다.

"나라면 그렇게 소리 지르지 않겠어. 오히려 그게 더 위험한 거야."

메리가 말했다.

프로도는 혹시 길을 못 찾을지도 모른다고 염려하면서, 이 무시무시한 숲으로 친구들을 데리고 들어온 것이 잘못이었다고 생각했다. 메리가 이쪽저쪽을 살피긴 했지만 이미 어느 쪽으로 가야 할지 자신이 없는 듯했다. 피핀이 눈치를 채고 핀잔을 주었다.

"그새 벌써 우리가 옆에 따라간다는 것도 잊었군그래."

그러나 순간 메리가 안도의 한숨을 내쉬며 앞쪽을 가리켰다.

"그럼 그렇지. 이 나무들이 움직이고 있어. 저 앞에 그 공터가 있었는데, 그동안 길이 바뀐 것 같아."

앞으로 나아갈수록 하늘이 차츰 밝아 왔다. 그들은 갑자기 숲에서 빠져나와 넓은 원형 공터에 서게 되었다. 머리 위로 맑고 푸른 하늘이 보이자 그들은 깜짝 놀랐다. 아침이 밝아 오면서 안개가 걷히는 것을 숲속에서는 볼 수 없었기 때문이다. 나무 꼭대기에는 햇빛이 반짝였지만 공터 안까지 비칠 만큼 해가 높이 솟은 것은 아니었다. 공터를 둘러싼 나무들은 잎이 더 푸르고 무성했다. 마치 단단한 벽처럼 주위를 포위한 듯한 나무숲이었다. 공터엔 나무라고는 한 그루도 없었고 길쭉하고 빛바랜 당근이나 파슬리, 보드라운 잿더미에서 피어난 들풀, 무성한 쐐기풀이나 엉겅퀴처럼 거칠고 키 큰 잡초 들뿐이었다. 황량한 곳이었다. 그러나 숨 막힐 듯한 숲을 빠져나온 그들에게는 아름답고 유쾌한 정원처럼 보였다.

한결 기분이 좋아진 호빗들은 환한 아침 햇살이 밝아 오는 하늘을 반가이 올려다보았다. 공터 저쪽 끝에는 벽처럼 둘러싼 나무들 사이로 갈라진 틈이 있었고, 그 속으로 좁은 길이 드러났다. 그쪽 숲길은 가끔 나무들 틈새가 좁아지고 무성한 나뭇가지들이 앞을 가렸지만 대체로 공간이 여유 있었고 머리 위로 터진 하늘도 보였다. 그들은 길을 따라 계속 올라갔다. 여전히 오르막길이긴 했지만 그들의 발걸음은 빨라졌고 마음이 한결 가벼워졌다. 드디어 숲이 노기를 누그러뜨리고 그들을 무사히 통과시켜 줄 것 같은 느낌이 들었기 때문이다.

그러나 잠시 후 날씨가 더워지면서 숨이 가빠졌다. 간격이 다시 좁아진 나무들이 그들의 시야를 가렸다. 숲의 심술이 아까보다 강하게 그들을 압박하는 듯했다. 사방이 너무도 고요했기에 낙엽을 스치며 이따금 숨어 있던 나무뿌리에 걸리는 조랑말들의 발굽 소리가 천둥소리만큼 크게 들렸다. 일행의 사기를 돋우기 위해 프로도가 노래를 시작했다. 하지만 목소리는 곧 중얼거리는 소리로 낮아졌다.

> 오, 어두운 대지의 방랑자들이여,
> 절망하지 마오! 그대 비록 어둠 속에 서 있으나
> 저 숲도 언젠가는 끝이 나
> 비쳐 드는 환한 햇빛을 보리니,
> 지는 해 아니면 떠오르는 해를,
> 하루의 끝 혹은 하루의 시작을,
> 동쪽이든 서쪽이든 모든 숲은 반드시 끝나리니…….

'끝나리니', 이 마지막 마디에서 그의 노래는 침묵으로 잦아들었다. 대기가 차츰 더 무거워지자 말하는 것조차 힘들 지경이었다. 그들 바로 뒤에서 늘어진 고목의 커다란 나뭇가지 하나가 쿵 소리를 내며 길바닥에 떨어졌다. 앞으로 갈수록 나무들이 점점 더 좁혀 오는 듯했다. 메리가 투덜거렸다.

"도대체 이 숲은 끝이라는 걸 모르는 것 같군. 이젠 노래를 부를 맛도 안 나. 숲이 끝날 때까지 기다렸다가 한번 멋지게 숲이 떠나가도록 소리를 질러 보는 게 어떨까?"

그는 쾌활하게 말했다. 속으로야 어떻든 겉으로는 불안한 표정을 짓지 않았다. 일행은 아무 대답도 하지 않았다. 모두 의기소침했다. 천근만근의 무게가 서서히 프로도의 가슴을 짓누르기 시작했다. 그는 한 걸음 내디딜 때마다 이 무시무시한 숲에 무모하게 도전한 것을 후회했다. 사실 그는 (가능하다면) 즉시 걸음을 멈추고 돌아가자고 말하고 싶었다. 그때 바로 눈앞에 변화가 생겼다. 오르막길이 끝나면서 평지와 같은 평평한 길이 펼쳐진 것이었다. 어두운 나무들이 물러나면서 눈앞에 거의 곧게 뻗은 길이 나타났다. 저 멀리 앞쪽에 나무가 없는 푸른 언덕이 주변을 둘러싼 숲 위로 대머리처럼 솟아 있었다. 길은 똑바로 그 언덕을 향하고 있었다.

일행은 잠시나마 그 감옥 같은 숲에서 벗어날 수 있다는 생각에 힘을 얻고 다시 서두르기 시작했다. 길은 내리막이 되었다가 다시 오르막이 되었고 그들은 마침내 가파른 언덕 기슭에 도착했다. 숲은 거기서 끝나고 땅에는 잔디가 깔려 있었다. 숲은 마치 정수리만 반지르르 벗어지고 주위에만 머리숱이 텁수룩한 대머리처럼 언덕 주위를 빙 두르고 있었다.

호빗들은 조랑말을 끌고 언덕 위로 빙빙 돌아 올라갔다. 정상에 올라 사방을 둘러보았다. 공기는 햇빛에 반짝거렸지만 아직 안개가 짙어 멀리까지 볼 수는 없었다. 주변에는 안개가 거의 걷혔지만 숲 속은 여전히 안개가 남아 있었고, 남쪽으로는 묵은숲 전체를 가로 질러 깊이 파인 골짜기에 하얀 연기처럼 안개가 피어났다.

메리가 손으로 가리키며 말했다.

"저게 버들강이야. 고분구릉에서 시작돼 서남쪽으로 숲을 뚫고 흘러 울짱끝 밑에서 브랜디와인강으로 흘러들지. 저쪽으로는 절대 로 가고 싶지 않아. 버들계곡은 이 숲에서도 제일 괴상한 곳으로 유 명하거든. 모든 이상한 일들이 거기에서 시작된다는 거야."

모두들 메리가 가리키는 방향을 바라보았지만 깊숙하고 습기 찬 골짜기 위로 떠도는 안개밖에는 보이지 않았다. 그 너머로는 묵은 숲의 남쪽 지역이 희미하게 시야에 들어왔다.

언덕 위의 공기가 햇빛으로 차츰 뜨거워졌다. 이미 11시가 지났음 이 틀림없었지만 가을 안개는 어느 쪽으로도 그들 시야를 시원하게 틔워 주지 않았다. 서쪽의 생울타리나 그 너머 브랜디와인강의 골짜 기도 볼 수 없었고, 혹시나 하고 바라본 북쪽에서도 그들이 찾아야 할 동부대로를 볼 수 없었다. 그들은 수해(樹海)의 고도에 갇혀 있었 으며 수평선은 베일에 가려 보이지 않았다.

동남쪽으로는 경사가 급해 흡사 깊은 바다에서 불쑥 솟은 섬처 럼 산비탈이 숲 깊은 곳까지 이어졌다. 그들은 풀밭에 앉아 점심을 먹으며 발아래 숲을 내려다보았다. 태양이 높이 떠올라 정오가 지 나면서 동쪽으로 묵은숲 너머에 있는 고분구릉 지역의 푸르스름한 선들이 조금씩 눈에 들어왔다. 숲이 아닌 다른 경치를 구경할 수 있 다는 것만도 그들에게는 큰 위안이 되었다. 그러나 가능하다면 그 쪽으로 가고 싶지는 않았다. 고분구릉은 호빗들의 전설에서 묵은 숲만큼이나 악명이 높은 곳이었기 때문이다.

시간이 좀 흐른 뒤에 마침내 그들은 길을 계속 가기로 마음먹었

다. 그들을 언덕 위로 데려다준 길은 다시 북쪽으로 계속 뻗어 있었
지만 그 길을 따라가지는 않았다. 왜냐하면 그 길은 오른쪽으로 조
금씩 굽어 들다가 마침내는 급경사로 이어진 버들계곡에 이를 것
이라고 짐작되었기 때문이다. 절대 가고 싶지 않은 방향이었다. 잠
시 의논한 뒤 그 위험한 길을 버리고 정북쪽을 택하기로 했다. 언덕
에서 보이지는 않았지만 동부대로가 거기에서 멀지 않은 거리에 있
을 것 같았다. 게다가 북쪽 길은 땅이 더 건조하고 공간이 넓어 보였
으며 나무들이 듬성듬성해 보였다. 그리고 지금까지 지나온 빽빽한
숲속의 참나무와 물푸레나무, 혹은 이름 모를 이상한 나무들 대신
소나무나 전나무가 주종을 이루었다.

그들의 선택은 처음에는 옳은 듯했다. 그래서 상당히 빠른 속도
로 나아갈 수 있었다. 하지만 이상하게도 고개를 들어 태양을 바라
볼 때마다 동쪽으로 가고 있는 느낌이 들었다. 게다가 멀리서 보았
을 때 듬성듬성하다 싶던 곳에 이르렀지만 오히려 나무들이 다시
빽빽해지기 시작했다. 땅에는 예상치도 않은 커다란 바큇자국 같은
깊은 고랑이 파인 곳도 있었고 이따금 물구덩이나 오랫동안 이용하
지 않아서 가시나무로 뒤덮인 함정도 있었다. 그런 장애물들이 대개
그들이 가려는 방향을 가로막고 있었기에 어쩔 수 없이 기어 내려
갔다가 다시 올라오는 수밖에 없었다. 조랑말들에게는 여간 어렵고
위험한 일이 아니었다. 그들이 기어 내려간 골짜기는 빽빽한 관목과
엉클어진 덤불로 가득했고 웬일인지 그들에게 왼쪽 방향을 허용하
지 않고 오로지 오른쪽 길만 내주는 듯했다. 그리고 내려갔다 올라
올 때마다 바닥에서 상당히 헤매야 했다. 앞으로 나아갈수록 나무
가 더 빽빽해지고 숲이 더 어두워졌다. 왼쪽이나 위로 향하는 길을
찾기 힘들어 그들은 어쩔 수 없이 오른쪽으로, 그것도 아래쪽으로
만 계속 가게 되었다.

그래도 그들은 자기들이 이미 북쪽으로 가지 못하고 있음을 알고 있었다. 한두 시간 뒤에는 방향감각마저 완전히 잃고 말았다. 그들은 방향을 잃은 채 길이 난 대로 무작정 끌려가는 꼴이 되고 말았다. 동쪽으로, 남쪽으로, 숲을 빠져나가는 게 아니라 바로 묵은숲의 심장부로 들어가는 것이었다.

그들이 그때까지 만난 어떤 골짜기보다 넓고 깊은 골짜기에 빠져 헤맬 때 해는 이미 기울고 있었다. 그 골짜기는 너무 경사가 급해서 조랑말과 짐을 버리지 않고는 앞으로도 뒤로도 빠져나갈 수가 없었다. 아래로 내려가는 수밖에 달리 도리가 없었다. 땅은 부드러웠고 가끔씩 습지도 나타났다. 둑 위로 샘이 보이더니 곧 풀밭 사이로 작은 시냇물이 졸졸 흘렀다. 그런데 땅이 갑자기 급경사로 변했고 냇물이 큰 소리를 내며 언덕 아래로 떨어졌다. 그들은 머리 위로 높이 나무들이 우거진 깊고 어두운 소협곡에 들어와 있었다.

냇물을 따라 한참 헤매며 고생한 끝에 겨우 어둠에서 빠져나왔다. 마치 문틈으로 새어 든 것처럼 햇빛이 비쳐 들었다. 바깥으로 나와서야 거의 절벽처럼 깎아지른 듯한 높은 언덕의 갈라진 틈새로 기어 내려왔음을 알게 되었다. 발밑에는 넓은 풀밭과 갈대밭이 펼쳐졌고 다른 쪽에는 이쪽만큼이나 가파른 또 하나의 절벽이 보였다. 황금빛 낙조가 따뜻하고 나른하게 그들을 비췄다. 앞에는 흑갈색 강물이 유유히 흘렀고 강가에는 수백 년 묵은 버드나무들이 지천으로 깔려 있었다. 골짜기에는 따스하고 부드러운 미풍이 일어 나뭇가지가 금빛으로 반짝일 때마다 냄새가 코로 스며들었다. 갈대도 바람에 바스락거렸고 버드나무 가지가 딱딱 소리를 냈다.

메리가 입을 열었다.

"아, 여기가 어딘지 조금은 알 것 같군! 우린 목적지하곤 정반대 방향으로 왔어. 여기가 바로 버들강이에요. 가서 좀 살펴보고 올게요."

그는 햇빛을 받으며 넓은 풀밭 사이로 들어갔다. 이윽고 되돌아와서는 절벽 아래와 강 사이에 꽤 단단한 땅바닥이 있으며 물가까지 잔디가 깔린 곳도 있다고 얘기했다.

"게다가 강변을 죽 따라 작은 길이 나 있는 것 같아요. 여기서 왼쪽으로 돌아 그 길로 가면 결국 묵은숲 동쪽으로 나갈 것 같은데."

그러자 피핀이 반대하고 나섰다.

"그 길이 계속 거기까지 이어져 있고 중간에 늪 같은 것도 없어서 무사히 데려다준다면야 괜찮겠지. 하지만 그 길을 누가 만들었을지 생각해 봐. 왜 만들었겠어? 우리 좋으라고 만든 건 절대 아닐 거야. 이 숲과 여기에 있는 것들 모두가 수상해. 소문이 맞는 모양이야. 도대체 동쪽으로 얼마나 더 가야 하는 거야?"

"모르겠어. 사실 버들강 하류로 얼마만큼 내려왔는지 알 수도 없고, 누가 여기까지 와서 길을 뚫은 건지는 더더욱 알 수 없지. 하지만 지금으로서는 다른 방법이 없잖아."

그 밖의 다른 대안이 없었기 때문에 그들은 한 줄로 서서 메리가 찾아낸 길을 따라 올라갔다. 갈대와 들풀이 도처에 무성했고 이따금 키를 넘는 경우도 있었다. 그러나 일단 길에 들어서니 따라가기는 쉬웠다. 늪과 웅덩이 사이의 단단한 땅을 잘 골라 길이 곧게 이어졌다. 길은 높은 언덕에서 시작해 산골짜기를 거쳐 버들강으로 흘러드는 실개천들을 건너는 곳도 있었다. 그런 곳에는 통나무와 잔가지로 묶인 다리가 놓여 있었다.

호빗들은 더위를 느끼기 시작했다. 갖가지 종류의 날곤충들이 귓가에서 앵앵거렸고 오후의 태양이 등 뒤에서 이글거렸다. 갑자기 흐릿한 그늘이 나타났다. 길 위로 커다란 회색 나뭇가지들이 뻗어 있었다. 한 걸음 한 걸음이 아까보다 힘들어졌다. 졸음이 땅에서 기어나와 다리로 기어오르는 듯했고, 공중에서도 내려와 슬며시 그들 머리와 눈으로 내려앉은 것 같았다.

프로도는 자기도 모르게 입을 벌리고 고개를 꾸벅거렸다. 그 앞에서 걸어가던 피핀이 무릎을 꺾으며 앞으로 고꾸라졌다. 프로도는 걸음을 멈췄다. 메리가 중얼거리는 소리가 들렸다.

"소용없어. 쉬지 않고는 못 배기겠는걸. 자야겠어. 버드나무 그늘이 시원하군. 파리도 덜하군."

프로도는 그 소리가 왠지 마음에 걸렸다.

"여기서 자면 안 돼! 우선 숲을 벗어나야 해."

그러나 때는 이미 늦었다. 옆에 있던 샘까지 하품을 하며 멈춰 서서 바보처럼 눈을 껌벅거렸다.

프로도도 갑자기 졸음이 엄습해 옴을 느꼈다. 머리가 어질어질했다. 공중에서는 아무 소리도 들리지 않았다. 다만 반쯤 속삭이는 노랫가락 같은 희미하고 부드러운 소리가 머리 위 나뭇가지 사이에서 들려오는 듯했다. 그는 무거운 두 눈을 억지로 뜨고 머리 위로 축 늘어진 거대한 고목을 바라보았다. 대단히 큰 나무였다. 나뭇가지들이 마치 긴 손가락이 달린 많은 손을 가진 팔처럼 뻗어 있었고 옹이 진 뒤틀린 몸통에는 커다란 틈새가 벌어져 나뭇가지가 움직일 때마다 삐걱거리는 소리까지 났다. 맑은 하늘 위에서 팔랑거리는 나뭇잎들의 현란한 빛이 눈을 가리자 그는 그대로 풀밭 위에 쓰러져 버렸다.

메리와 피핀은 몸을 질질 끌며 버드나무 아래로 가 나무에 등을 대고 누웠다. 나무는 흔들릴 때마다 삐걱거리는 소리를 내며 거대한 틈새로 그들을 끌어들이기 위해 입을 쩍 벌렸다. 그들은 회색과 노란색 나뭇잎들이 눈부신 햇빛 사이로 살랑거리며 노래 부르는 것을 쳐다보다 눈을 감았다. 그러자 어디선가 물과 잠을 노래하는 시원한 이야기가 귓가에 들리는 듯했다. 그들은 그 주문에 서서히 스며들어 회색 버드나무 고목에 기댄 채 깊은 잠 속으로 빠져들었다.

프로도는 엄습해 오는 수마와 싸우기 위해 한참 동안 몸부림치다가 겨우 힘을 내어 다시 다리를 질질 끌며 일어섰다. 시원한 물에 발을 적시고 싶은 강한 충동이 일었다.

"샘, 잠깐만 기다려. 발을 물에 좀 담가야겠어."

그는 비몽사몽간에 강으로 걸어갔다. 구불구불한 큰 뿌리들이 물속으로 뻗어 있어 마치 우락부락한 작은 용들이 물을 마시려고 몸을 구부리고 있는 것 같았다. 그는 뿌리들 중 하나에 걸터앉아 시원한 갈색 강물에 열이 나는 다리를 담갔다. 그러고는 그 역시 거기에서 나무에 등을 기댄 채 깜박 잠이 들었다.

샘은 땅바닥에 주저앉아 머리를 긁고 나서 입이 찢어져라 하품을 했다. 그는 걱정이 되었다. 아직 저녁도 안 됐는데 이렇게 갑자기 졸음이 쏟아지는 것이 이상했다. 그는 중얼거렸다.

"햇볕이 뜨겁고 날이 더운 탓만은 아니야. 이 커다란 고목이 기분 나빠. 정말, 믿을 수가 없어. 마치 자장가라도 부르는 것 같단 말이야. 도대체 말도 안 돼!"

그는 발을 끌며 비틀비틀 일어나 조랑말들이 어디 있는지 살펴보았다. 두 마리가 길 저쪽에서 서성대는 것을 보고 막 몰아온 순간 양쪽에서 갑자기 무슨 소리가 들렸다. 한쪽은 아주 큰 소리였고 다른 한쪽은 좀 작긴 했지만 매우 또렷한 소리였다. 하나는 뭔가 무거운 것이 물속에 첨벙 떨어지는 소리 같았고, 또 하나는 문이 조용히 닫힐 때 나는 '찰칵' 소리 같았다.

그는 강가로 뛰어갔다. 프로도가 물에 빠져 있었다. 거대한 나무 뿌리가 그를 휘감고 위에서 더 깊숙이 미는 것 같은데 프로도는 꼼짝도 하지 않았다. 샘은 그의 윗도리를 붙잡아 겨우 강둑 위로 끌어올렸다. 거의 동시에 프로도가 눈을 뜨더니 캑캑거리며 물을 뱉고 나서 말했다.

"샘, 저 괴물 같은 나무가 나를 밀어 넣었어! 거짓말이 아니야! 커다란 뿌리가 나를 친친 휘감더니 슬쩍 밀었단 말야."

"꿈을 꾸신 것 같아요. 아무리 졸려도 그런 곳에 앉으시면 안 되지요."

"모두들 어디 갔지? 무슨 꿈들을 꾸는지 궁금하군."

그들은 나무 뒤쪽으로 돌아갔다. 그제야 샘은 조금 전에 들은 '찰칵' 소리의 정체를 알 수 있었다. 피핀이 사라져 버린 것이었다. 그는 기대고 있던 나무둥치에 완전히 끼여 버렸다. 메리도 마찬가지였다. 그는 또 다른 나무 틈에 허리가 물려 있었다. 두 다리는 아직 바깥쪽에 있었지만 나머지 부분은 구멍 속으로 들어갔고 틈새 가장자리가 마치 집게처럼 그의 몸을 죄었다.

프로도와 샘은 우선 피핀이 누워 있던 나무 밑동을 힘껏 찼다. 그런 다음 불쌍한 메리를 붙잡고 있는 틈새를 벌리기 위해 있는 힘을 다해 당겼으나 아무 소용이 없었다. 프로도는 미친 듯 울부짖었다.

"아니, 이럴 수가! 어쩌다 이 끔찍한 숲에 들어온 거야! 크릭구렁으로 다시 돌아갈 수만 있다면 좋겠어!"

그는 발이 아픈 줄도 모르고 힘껏 나무를 찼다. 아주 작은 진동이 나무줄기를 통해 가지로 전달되자 나뭇잎들이 우수수 흔들리면서 멀리서 들리는 희미한 웃음 같은 소리를 냈다. 샘이 외쳤다.

"짐 속에 도끼가 있지 않을까요?"

"땔나무를 하기 위해 조그만 손도끼를 넣긴 했지만 그게 소용이 있을까?"

그러자 땔나무란 말에 샘이 소리를 질렀다.

"잠깐만요! 불을 피우면 어떨까요?"

"피핀이 산 채로 불이 붙을 수도 있잖아?"

프로도가 걱정스럽게 말했다.

"일단은 이 나무에 상처를 입히거나 겁을 줄 순 있을 거예요. 메리와 피핀을 내놓지 않는다면 베어 버려야지요."

샘은 사납게 말한 다음 조랑말로 달려가 부싯깃 두 통과 손도끼를 가지고 돌아왔다.

그들은 즉시 가랑잎과 마른 풀, 나무껍질, 나뭇가지들을 한 무더기 주워 모았다. 그러고는 그것들을 호빗들이 잡혀 있는 반대편으로 가지고 가서 나무 밑동에 놓았다. 샘이 부싯깃에 불을 일으키자마자 마른 풀에 옮겨붙어 불꽃과 연기가 치솟았다. 나뭇가지들이 타닥타닥 소리를 내며 탔다. 불꽃이 혀를 널름거리며 말라비틀어진 고목 껍질을 핥으며 그을렸다. 버드나무는 온몸을 크게 한번 뒤틀었다. 그들 머리 위에서 나뭇잎들이 쉭쉭 비명을 올리며 분노와 고통을 표했다. 갑자기 숨이 넘어갈 듯한 메리의 비명이 들리더니 곧이어 더 안쪽에서 들릴락 말락 하는 피핀의 소리도 들렸다. 메리가 소리를 질렀다.

"불 꺼! 불 꺼! 끄지 않으면 날 두 동강 내겠대. 어서 꺼!"

그러자 프로도가 그쪽으로 달려가며 소리쳤다.

"누가? 뭐라고?"

"불 꺼! 불 꺼!"

메리는 애원하고 있었다. 버드나무 가지들이 격렬하게 흔들렸다. 일진광풍이 일며 사방의 나뭇가지들로 퍼져 나가자 잠자듯 고요하던 강에 커다란 바위가 떨어져 물결이 솟아 퍼지듯 숲 전체가 분노의 물결로 가득 찬 것 같았다. 샘은 발로 짓밟아 불을 껐다. 프로도는 길을 따라 달리며 "살려 줘요! 살려 줘요!" 하고 고함을 질렀다. 그러나 그 날카로운 목소리는 자기 귀에도 잘 들리지 않았다. 고함소리는 입에서 떠나자마자 버드나무에서 이는 바람에 휩쓸려 나뭇잎들이 우수수 흔들리는 소리 속으로 잦아들었다. 절망적이었다. 그는 속수무책으로 달릴 뿐이었다.

순간 그는 갑자기 발을 멈췄다. 응답이 있었다. 적어도 그는 그렇게 생각했다. 그러나 그것은 그의 뒤쪽, 즉 길 아래쪽의 숲 멀리서 들려오는 소리였다. 프로도는 뒤돌아서서 귀를 기울였다. 소리가 차즘 분명해졌다. 누군가 노래를 부르고 있었다. 그윽하고 아름다운 목소리가 행복하고도 태평한 노래를 읊조리고 있었지만 가사에는 별다른 뜻이 담겨 있지 않았다.

> *헤이 돌! 메리 돌! 링 어 동 딜로!*
> *링 어 동! 깡충 뛰어! 팔 랄 버드나무!*
> *톰 봄, 유쾌한 톰, 톰 봄바딜로!*

이 새로운 상황에 반쯤은 희망을 품고 또 반쯤은 겁먹은 채 프로도와 샘은 꼼짝도 못 하고 서 있었다. 갑자기 긴 횡설수설이 (적어도 그들이 듣기에는 그랬다) 끝나더니 목소리가 굵어지며 청아한 노랫가락이 울려 퍼졌다.

> *헤이! 오라, 유쾌한 돌! 데리 돌! 내 귀여운 여인!*
> *날개 달린 찌르레기와 바람은 가벼이 날고,*
> *언덕 저 아래, 햇빛이 반짝이는 곳,*
> *차가운 별빛을 기다리며 물가에 서 있는*
> *어여쁜 내 사랑, 강의 여신의 딸,*
> *버들가지처럼 날씬하고, 강물보다 맑은 여인.*
> *늙은 톰 봄바딜은 수련을 가지고*
> *깡충깡충 집으로 돌아간다, 그의 노래 들리는가?*
> *헤이! 오라, 유쾌한 돌! 데리 돌! 유쾌한 — 오,*
> *금딸기, 금딸기, 유쾌한 노란색 딸기 — 오,*
> *불쌍한 버드나무 영감, 네 뿌리를 감추어라!*
> *톰이 달려간다. 해가 지면 저녁이 오는 법,*
> *톰은 수련을 가지고 집으로 돌아간다.*
> *헤이! 오라, 데리 돌! 내 노래 들리는가?*

　프로도와 샘은 귀신에 홀린 듯 서 있었다. 바람이 멎었다. 나뭇잎들이 다시 잠잠해진 나뭇가지에 조용히 매달려 있었다. 노래가 또한 곡 이어지고 나서 갑자기 갈댓잎 위로, 높은 꼭대기에 파란 깃털이 달린 낡아 빠진 모자 하나가 깡충깡충 춤추듯 길을 따라 나타났다. 모자가 다시 한번 깡충 뛰더니 웬 사람의 모습이 눈에 들어왔다. 인간이라고 할 만큼 키가 크지는 않았지만 그렇다고 호빗이라고 하기엔 덩치가 너무 컸다. 그는 두툼한 다리를 감싼 커다랗고 노란 목긴 구두로 쿵쾅거리며, 물을 마시러 내려가는 암소처럼 풀밭을 마구 뭉개며 걸어왔다. 그는 푸른 외투를 입었고 긴 갈색 수염과 밝고 푸른 눈동자를 지녔으며 얼굴은 익은 사과처럼 빨갰다. 웃을 때는 얼굴이 온통 주름투성이가 되었다. 그는 커다란 수련 잎을 쟁반처럼 받쳐 그 위에 작은 수련 꽃다발을 올려 들고 있었다.

　"살려 주세요!"

　프로도와 샘은 두 팔을 흔들고 외치며 그에게 달려갔다.

　"워, 워, 거기 서!"

　노인은 한 손을 들며 소리쳤다. 그들은 한 대 얻어맞기라도 한 듯 그 자리에 우뚝 멈춰 섰다.

　"자, 꼬마 친구들, 그렇게 풀무처럼 헐떡대며 어디 가는가? 도대체 무슨 일이야? 내가 누군지 아는가? 난 톰 봄바딜이야. 문제가 뭔지 얘기해 봐. 톰은 지금 바쁘다네. 내 수련을 망가뜨리지 말게."

　"저희 친구들이 버드나무에게 붙잡혔습니다."

　프로도는 숨을 씨근거리며 말했다.

　"메리가 틈새로 빨려 들어갔어요!"

　샘도 외쳤다. 그러자 톰 봄바딜은 몸을 깡충 뛰며 소리 질렀다.

　"뭐라고? 이 버드나무 영감이? 그것뿐이야? 그런 문제라면 쉽게 해결되지. 난 그의 노랫가락을 알고 있거든. 회색 버드나무 영감! 얌전하게 굴지 않으면 뼛속까지 얼게 할 거야! 노래를 불러 뿌리도 잘

228

라 버리고, 바람을 일으켜 가지와 잎을 몽땅 날려 보낼 거야, 이 버드
나무 영감!"

그는 풀밭 위에 수련을 곱게 내려놓고 버드나무를 향해 달려갔
다. 거기에서 그는 메리의 발만 나무 밖으로 삐쭉 나와 있는 모습을
발견했다. 나머지 부분은 이미 안쪽으로 삼켜져 들어갔다. 톰은 나
무 틈새에 입을 대고 낮은 소리로 노래 부르기 시작했다. 그들은 말
뜻을 알아듣지는 못했지만 메리가 힘을 얻은 것은 분명해 보였다.
그는 다리를 버둥거리기 시작했다. 톰은 벌떡 일어나더니 축 늘어진
가지 하나를 꺾어 버드나무를 후려쳤다.

"어서 놔, 버드나무 영감! 무슨 생각을 하는 거야? 넌 깨어나면 안
돼. 흙을 먹어! 땅으로 들어가! 물을 마셔! 잠을 자란 말이야! 봄바딜
의 말씀이시다."

그러고 나서 그는 메리의 두 발을 잡아 어느샌가 벌어진 틈새 밖
으로 끌어냈다. 찢어지는 듯한 소리가 나더니 다른 쪽 틈새도 벌어
지며 발길에 차이기라도 한 듯 피핀이 튕겨 나왔다. 나무는 뿌리에
서 가지 끝까지 한 번 크게 몸을 요동치더니 죽은 듯 조용해졌다.

"고맙습니다!"

호빗들이 차례로 인사했다. 톰 봄바딜은 너털웃음을 터뜨렸다.
그는 몸을 숙여 호빗들의 얼굴을 살펴보고 말했다.

"자, 꼬마 친구들! 나와 같이 우리 집으로 가세! 식탁에는 노란 크
림과 벌꿀, 흰 빵과 버터가 가득하다네. 금딸기도 기다리고 있어. 저
녁 식탁에 앉으면 질문할 시간을 충분히 줄 테니 우선 부지런히 날
따라오지."

그는 수련을 집어 들고 따라오라고 손짓하며 깡충깡충 춤추듯 길
을 따라 동쪽으로 걸어갔다. 여전히 무슨 뜻인지 알 수 없는 노래를
큰 소리로 부르고 있었다.

너무 놀라기도 하고 또 긴장이 풀리기도 해 걷기도 힘들었지만,

호빗들은 열심히 뒤를 따라갔다. 그러나 그의 속도를 따라잡기 힘들었다. 톰은 곧 그들 시야에서 사라졌고 노랫소리 역시 점점 희미하게 멀어졌다. 갑자기 그의 목소리가 고함치듯 높아지더니 뒤를 따르는 그들에게 날아왔다.

> *깡충 뛰어, 꼬마 친구들, 버들강을 올라오게!*
> *톰은 촛불을 켜야 하니 먼저 간다네.*
> *서쪽으로 해가 지면 곧 엉금엉금 기어야 하니까.*
> *밤의 그림자가 내려앉으면 문이 열리고*
> *창밖으로 노란 불빛이 반짝이지.*
> *검은 오리나무도, 백발의 버드나무도 두려워 말게!*
> *뿌리도 가지도 두려워 마! 톰이 앞장을 섰으니.*
> *헤이 어서! 유쾌한 돌! 자네들을 기다리겠어!*

그러고 나서 호빗들은 아무 소리도 들을 수 없었다. 거의 동시에 등 뒤 숲으로 해가 진 것 같았다. 그들은 그때쯤이면 기울어 가는 석양빛이 브랜디와인강 수면에 반짝이고 노루말의 창문에 수백 개의 등불이 반짝이는 것을 마음에 그려 보았다. 거대한 그림자들이 그들의 앞길을 가로막았다. 나무 밑동과 가지가 길 위에 어둠을 내려뜨리며 그들을 위협했다. 하얀 안개가 일어 강물 위를 맴돌더니 강가 나무뿌리 둘레로 스며들었다. 바로 그들 발밑에서는 어둑어둑한 수증기가 일어나 빠르게 내리깔리는 땅거미에 섞여 들어갔다.

길을 찾기가 어려워졌고 그들은 너무 피곤했다. 두 다리가 납덩이 같았다. 길 양쪽 덤불과 갈대숲 사이에서 수상쩍은 소리가 은밀히 오가는 듯했고, 고개를 들어 어두운 하늘을 쳐다보면 마디와 옹이가 달린 이상한 얼굴들이 황혼을 배경으로 어두운 표정을 지으며 때로는 높은 둑 위에서 때로는 숲가에서 그들을 내려다보며 웃고 있었다. 그들은 깨어날 수 없는 무시무시한 꿈속의 이상한 나라에서 헤매는 듯한 느낌이 들었다.

더 걸을 수 없을 만큼 피곤해졌을 때 앞길이 완만한 오르막으로 바뀌었다. 강물 소리가 요란해졌다. 어둠 속에서 흰 물거품이 어렴풋이 비쳐, 자세히 보니 강물이 작은 폭포를 이루고 있었다. 숲이 갑자기 끊기고 안개도 사라졌다. 드디어 묵은숲을 빠져나온 것이었다. 그들의 눈앞에 널따란 풀밭이 펼쳐졌다. 폭이 좁아지고 물살이 급해진 강물이 그들을 환영하듯 즐겁게 쿵쾅거리고 이미 하늘가에 나타난 별빛을 받아 여기저기서 반짝반짝 빛을 발했다.

발밑 풀밭이 마치 손질이라도 한 듯 짧고 보드라웠다. 묵은숲의 경계는 생울타리처럼 잘 정돈되어 있었다. 길이 평평하게 손질되어 있었고 길가에는 연석이 박혀 있었다. 희미한 별빛 아래 회색으로 보이는 길이 풀밭으로 뒤덮인 나지막한 산 위로 돌아 올라갔다. 그들은 그제야 겨우 비탈길 저 멀리 위에서 반짝이는 불빛 하나를 발견했다. 다시 내리막과 오르막이 이어지고 나서 불빛을 향해 잔디로 뒤덮인 부드러운 언덕길이 길게 열렸다. 열린 문에서 갑자기 노란 불빛이 환하게 쏟아져 나왔다. 언덕 아래에 있는 톰 봄바딜의 집이었다. 그 뒤로는 회색 민둥산이 가파른 절벽을 이루었고, 너머로는 고분구릉의 어슴푸레한 윤곽이 동녘 밤하늘 아래 깔려 있었다.

호빗과 조랑말들은 함께 발길을 재촉했다. 이미 그들의 피로는 절반쯤, 근심은 모두 달아난 듯했다. 헤이! 오라, 유쾌한 돌! 그들을 환영하는 노랫소리가 흘러나왔다.

헤이! 오라, 데리 돌! 깡충 뛰어, 다정한 친구들!
호빗! 조랑말! 모두 함께! 우리는 잔치를 좋아하지.
자, 즐겁게 놀아 보세! 함께 노래 부르세!

　그러자 상쾌한 아침부터 저녁까지 쉬지 않고 흘러내리는 산골짜기 개울물의 노랫가락 같은, 봄날처럼 유서 깊고 싱그러운, 그리고 낭랑한 또 다른 목소리가 은빛 선율로 그들을 맞이하며 울려 퍼졌다.

> *자, 노래 부르세! 함께 노래 부르세!*
> *해와 별, 달과 안개, 비와 구름을 노래하세!*
> *새싹 위의 햇빛, 깃털 위의 이슬,*
> *광활한 언덕 위의 바람, 헤더밭의 방울 소리*
> *그늘진 연못가의 갈대, 물 위의 수련을.*
> *늙은 톰 봄바딜과 강물의 딸!*

　노래가 끝날 즈음 호빗들은 이미 문간에 발을 들여놓았으며 황금빛 불빛이 그들을 온통 둘러쌌다.

Chapter 7

톰 봄바딜의 집에서

네 명의 호빗은 널찍한 돌 문지방을 넘고는 눈을 껌벅이며 안을 휘둘러보았다. 낮은 지붕의 들보에 매달린 등불들이 긴 방 안을 비추고 있었다. 검은 광택이 나는 나무로 된 식탁 위에는 길고 노란 양초들이 빛을 발하고 있었다.

방문 맞은편 안쪽에 한 여인이 의자에 앉아 있었다. 그녀의 긴 금발 머리는 어깨 위로 물결치듯 흘러내렸고, 싱싱한 갈대의 빛깔처럼 푸른 가운에는 이슬 같은 은박이 박혀 있었다. 불꽃을 한 줄로 꿴 듯한 순금 허리띠에는 하늘색 물망초 새싹이 새겨져 있었다. 그녀의 발 언저리에는 하얀 수련 꽃이 떠 있는 커다란 녹색과 갈색 토기들이 놓여 있어, 그녀는 마치 연못 한가운데 옥좌에 앉은 것처럼 보였다.

"어서 오세요, 귀한 손님들!"

그들은 그 여인의 음성을 듣고서야 오던 길에 들었던 청아한 목소리의 주인공이 누군지를 알았다. 그들은 방 안쪽으로 주춤주춤 들어가 허리를 깊숙이 숙여 절했다. 마치 산속 외딴집에 물 한잔을 청하기 위해 문을 두드렸다가 싱싱한 들꽃으로 옷을 해 입은 아름답고 젊은 요정 여왕을 만났을 때처럼 놀랍고 황망한 느낌이었다. 그들이 입을 열기도 전에 그녀는 가볍게 몸을 일으켜 수련 수반을 넘어 그들을 향해 웃으며 다가왔다. 강가의 꽃밭 사이로 스치는 바람처럼 그녀의 가운이 살포시 바스락거렸다.

그녀는 프로도의 손을 잡으며 말했다.

"이리 오세요, 귀한 분들! 즐겁게 웃으세요. 저는 강물의 딸 금딸기입니다."

그녀는 문을 닫고 돌아섰다. 그녀의 백옥 같은 두 팔이 문을 가로막고 있었다.

"어둠이 들어오지 못하게 해야지요. 아마도 여러분들은 안개와 나무 그림자와 깊은 물과 야생을 두려워하는 것 같군요. 두려워 마세요! 오늘 밤 여러분들은 톰 봄바딜의 지붕 아래 있으니까요."

호빗들은 경이의 눈으로 그녀를 바라보았다. 그녀 또한 그들을 차례차례 내려다보며 웃었다. 프로도는 영문을 모르는 환대에 감격하여 입을 열었다.

"아름다운 금딸기 님!"

그는 가끔씩 요정들의 아름다운 목소리에 매혹되었던 때와 마찬가지의 기쁨을 느꼈다. 그러나 오늘의 감동은 좀 색다른 것이었다. 기쁨이 그때만큼 강렬하거나 고상한 것은 아니었지만 가슴에 닿는 느낌은 더욱 그윽하고 친근했다. 놀랍기는 했지만 어색한 느낌이 들지 않았다. 그는 다시 말했다.

"아름다운 금딸기 님! 우리가 들었던 그 노래 속에 담겨 있는 기쁨을 이제 분명히 알 것 같습니다."

> 오, 버들가지처럼 날씬하고, 강물보다 맑은 여인!
> 오, 흐르는 물가의 갈대, 아름다운 강물의 딸이여!
> 오, 봄 지나면 여름, 그리고 다시 봄이 오는구나!
> 오, 폭포에 이는 바람, 나뭇잎들의 웃음소리!

갑자기 프로도는 자신이 이런 노래를 부를 수 있다는 사실에 깜짝 놀라 노래를 멈추고 말을 더듬었다. 하지만 금딸기가 웃음을 지어 보였다.

"멋지군요! 전 샤이어의 호빗들이 이렇게 감미로운 목소리를 갖고 있는 줄 미처 몰랐어요. 그런데 당신은 요정의 친구가 틀림없군요. 그 눈빛과 떨리는 목소리를 보면 알 수 있지요. 즐거운 만남이에요! 이제는 앉아서 집주인이 돌아오실 때까지 기다리세요. 오래 걸리진 않을 거예요. 여러분들의 지친 조랑말들을 돌보고 계실 테니까요."

호빗들은 골풀로 만들어진 낮은 의자에 앉았고, 금딸기는 식사를 준비하느라 바빴다. 그녀의 날렵하고 우아한 몸놀림이 대단히 매혹적이었기에 그들의 눈길은 계속 그녀를 따라다녔다. 집 뒤 어디에선가 노랫소리가 들려왔다. 데리 돌, 메리 돌, 링 어 딩 딜로. 이런 후렴구 사이로 간혹 반복되는 구절이 있었다.

> *늙은 톰 봄바딜은 유쾌한 친구,*
> *윗도리는 하늘색, 구두는 노란색.*

잠시 후 프로도가 다시 말했다.

"아름다운 부인! 어리석은 질문인지 모르겠습니다만, 톰 봄바딜은 누구죠?"

"그분은……."

금딸기는 날렵한 몸놀림을 멈추고 웃으며 말을 시작했다. 프로도는 더욱 궁금해져 그녀를 바라보았다. 그의 호기심 어린 표정을 향해 그녀는 말을 이었다.

"그분은 여러분들이 본 바로 그대로예요. 숲과 물과 산의 주인이시죠."

"그러면 이 이상한 나라가 전부 그분 것인가요?"

"아닙니다. 그렇다면 그것은 짐이 되겠지요."

이렇게 말하는 그녀의 얼굴에서 일순 미소가 걷혔다. 그녀는 마치 혼잣말을 하듯 낮은 목소리로 덧붙였다.

"나무와 풀과 이 땅에서 태어나 성장하는 모든 것은 다 그들 자신의 것입니다. 톰 봄바딜은 주인이지요. 낮이건 밤이건 톰이 숲을 거닐고, 물을 건너고, 산꼭대기를 뛰어다니는 것을 아무도 막을 수 없답니다. 그분에게는 두려움이 없어요. 그분은 주인이시니까요."

그때 문이 열리고 톰 봄바딜이 들어왔다. 그는 이제 모자를 벗고 텁수룩한 갈색 머리 위에 낙엽을 왕관처럼 두르고 있었다. 그는 너털웃음을 터뜨리며 금딸기에게 다가가 손을 잡았다. 그러고는 호빗들을 향해 고개를 숙이며 말했다.

"나의 귀여운 부인일세. 꽃장식 허리띠를 두르고 은초록 옷을 입은 나의 금딸기! 식탁은 준비되었는가? 노란 크림과 꿀과 흰 빵, 버터, 우유, 치즈, 산나물, 익은 열매까지 모두 차려졌군. 이 정도면 충분한가? 저녁 식사는 준비된 거지?"

"그래요. 하지만 손님들은 아직 준비가 안 되신 것 같아요."

금딸기가 대답하자 톰이 손뼉을 치며 큰 소리로 말했다.

"톰, 톰! 손님들이 피곤하다는 걸 까맣게 잊고 있었어! 자, 이리 오시게, 유쾌한 친구들! 톰이 깨끗하게 해 드리지. 때 묻은 손을 씻고, 지친 얼굴도 깨끗이 하고, 더러운 외투는 벗어 버리고, 달라붙은 덩굴도 좀 떼어 내게들."

그가 문을 열자 호빗들은 그 뒤를 따라 짧은 통로로 돌아갔다. 그들은 비스듬한 지붕으로 덮인 나지막한 방에 들어갔다(집의 북쪽 끝에 지어진 별채인 것 같았다). 벽은 깨끗한 돌로 이루어졌지만 대부분 녹색 걸개나 노란색 커튼이 걸려 있었다. 바닥에는 평평한 돌이 박혔고 산뜻한 녹색 골풀이 깔려 있었다. 네 개의 푹신한 매트리스와 하얀 담요가 잘 개켜진 채 벽 한쪽에 놓여 있었고, 맞은편 벽에 붙어 있는 긴 의자 위에는 큰 토기 대야가 있었다. 그 옆에는 김이 나는 뜨거운 물과 찬물이 담긴 물통들이 있었으며 침대 옆에는 푹신한 녹색 슬리퍼가 가지런히 놓여 있었다.

얼마 지나지 않아 몸을 씻고 원기를 회복한 호빗들이 식탁에 둘러앉았다. 서로 마주 보고 호빗이 둘씩 앉고 양쪽 끝에는 금딸기와 주인이 앉았다. 유쾌하고 긴 식사였다. 굶주린 호빗들이 으레 그렇듯 그들은 마음껏 먹었지만 음식이 부족하지는 않았다. 물통의 물은 시원한 냉수 같았지만 마치 포도주처럼 넘어가며 그들의 목을 해방시켰다. 손님들은 갑자기 이야기보다는 노래가 더 쉽고 자연스럽다는 듯 유쾌하게 노래를 부르고 있는 자신들을 발견했다.

마침내 톰과 금딸기가 일어나 재빨리 식탁을 치웠다. 손님들은 모두 피곤한 다리를 발판에 올려놓은 채 꼼짝 말고 휴식을 취하라는 명령을 받았다. 그들 앞 큼지막한 벽난로에는 불이 지펴져 있었고, 사과나무를 장작으로 쓰는지 향긋한 냄새가 배어 나왔다. 모든 것이 정리되자 등불 하나와 벽난로 위 양쪽에 켜 놓은 촛불 두 개를 제외하고 방 안의 모든 등불이 꺼졌다. 금딸기는 촛불을 들고 그들 앞으로 다가와 밤새 편히 쉬라며 한 사람 한 사람에게 인사를 했다.

"아침까지 편안히 주무세요. 밤의 소리는 조금도 신경 쓰지 마세요. 달빛과 별빛, 언덕 위에서 불어오는 바람 소리 말고는 아무것도 우리 집 창문을 지나갈 수 없으니까요. 안녕!"

옷자락이 스치는 감미로운 소리와 함께 그녀는 방을 나갔다. 그녀의 발소리는 밤의 고요 속에서 비탈길을 내려와 차가운 돌 위로 살며시 떨어지는 냇물 소리처럼 들렸다.

톰은 잠시 말없이 그들 옆에 앉아 있었다. 그동안 그들은 모두 식사 시간에 묻고 싶던 질문을 그제야 해 보려고 용기를 냈다. 졸음이 그들의 눈가에 찾아왔다.

프로도가 마침내 말문을 열었다.

"어르신, 제가 외치는 소리를 들으셨습니까, 아니면 우연히 그때 지나가시던 길이었습니까?"

톰은 즐거운 꿈에서 깨어난 사람처럼 몸을 떨었다.

"응, 뭐라고? 부르는 소리를 들었느냐고? 아니야, 못 들었어. 노래 부르느라 바빴거든. 자네 말대로 우연이라면 우연이랄 수도 있겠군. 자네를 기다리기는 했지만 계획된 일은 아니었어. 우린 자네 소식을 이미 들었고, 자네가 헤매고 있다는 것도 알고 있었지. 모든 길은 버들강으로 내려가는 그 길로 통하니까 우린 자네가 곧 그 길로 내려와 강가에 나타날 거라고 생각했지. 회색 버드나무 영감은 대단한 노래꾼이라서 호빗들이 그 간교한 미로에서 빠져나오기란 아주 힘들다네. 하지만 톰이 거기에 마침 볼일이 있었는데, 버드나무 영감이 감히 그걸 막을 수야 없지."

톰은 다시 잠들기라도 한 것처럼 고개를 꾸벅꾸벅하더니 곧 나지막한 소리로 노래 부르기 시작했다.

> 난 거기 심부름을 갔었지, 내 귀여운 여인을 위해
> 수련을, 그 푸른 연잎과 흰 연꽃을 꺾어 오는 일,
> 겨울이 오기 전 올해의 마지막 걸음이었지.
> 눈이 다시 녹을 때까지 그녀의 어여쁜 발을 치장할 꽃,
> 해마다 여름이 끝날 때면 그녀를 위해 꽃을 찾으러 가지.
> 버들강 저 아래에 있는 넓고 깊고 맑은 연못으로.
> 이른 봄 가장 일찍 꽃이 피고 가장 늦게 꽃이 지는 곳,
> 그 연못가에서 먼 옛날 강물의 딸을 보았지.
> 골풀 속에 앉아 있던 아름답고 젊은 금딸기!
> 그녀의 노랫소리는 달콤했고 그녀의 가슴은 뛰고 있었지.

그는 갑자기 눈을 뜨고 푸른빛이 감도는 눈으로 그들을 둘러보았다.

> 그러면 이해가 잘 되었겠지, 이제 다시는

숲속의 강물을 따라 깊숙이 가지는 않겠네,
이해가 가기까지는. 또한 봄이 오기까지는.
다시 버드나무 영감의 집을 지나지 않으리,
유쾌한 봄이 오기까지는. 봄이 와 강물의 딸이
춤추며 강변을 따라 내려가 목욕할 때까지는.

그리고 더는 아무 말도 하지 않았다. 하지만 프로도는 질문을 한 가지 더 하지 않을 수 없었다. 그가 꼭 묻고 싶었던 질문이었다.

"버드나무 영감에 대해 말씀해 주세요. 그는 누굽니까? 전엔 한 번도 들어 본 적이 없거든요."

그러자 메리와 피핀이 갑자기 몸을 바로 일으키며 동시에 외쳤다.

"안 돼, 하지 마세요! 지금은 안 돼요! 내일 아침까지는 안 돼요!"

"옳은 말이야. 지금은 휴식을 취해야 하지. 세상이 어둠 속에 들 때는 듣는 것도 조심해야 하지. 아침 햇빛이 비칠 때까지는 잠을 자게. 편히 자! 밤의 소리도 두려워하지 말고, 회색 버드나무도 두려워 말게."

그는 등불을 내려 불어서 끄고는 양손에 촛불을 하나씩 들고 그들을 침실로 데려갔다. 그들의 매트리스와 베개는 깃털처럼 푹신했고 담요는 흰 양털로 짠 것이었다. 침대 깊숙이 몸을 파묻고 가벼운 이불을 덮자마자 그들은 곧 잠에 빠져들었다.

한밤중에 프로도는 깜깜한 꿈속을 헤매었다. 초승달이 떠오르는 것이 보였다. 희미한 달빛 아래로 큼지막한 대문처럼 둥근 통로가 뚫린 검은 암벽이 펼쳐졌다. 프로도는 몸이 붕 떠오르는 것같이 느껴졌다. 암벽에 산처럼 둘러싸인 평지 한복판에는 사람의 손으로 만들었다고는 볼 수 없는 거대한 석탑이 우뚝 서 있었다. 꼭대기에는 희미하게 사람의 형체가 보였다. 떠오르던 달이 잠시 그의 머리 위에 멈추었고 바람이 불자 그의 백발이 달빛에 반짝였다. 어두운 평원에서 소름 끼치는 통곡과 늑대들의 울부짖음이 들려왔다. 거대한 날개 모양의 그림자가 갑자기 달을 가로질러 갔다. 첨탑 위의 사람의 형체가 두 팔을 들자 그의 지팡이에서 빛이 번득였다. 큰독수리가 내려앉더니 그를 낚아채 멀리 날아갔다. 통곡 소리가 커지며 늑대들이 울부짖었다. 바람이 거세게 불어왔다. 바람 소리를 타고 동쪽에서 따가닥따가닥 말굽 소리가 들려왔다. 프로도는 '검은 기사들!' 하고 생각하며 잠에서 깨어났지만 말굽 소리는 여전히 귓가에 남아 있었다. 그는 이 안전한 돌집을 과연 다시 떠날 용기를 낼 수 있을지 걱정이 되었다. 그는 꼼짝도 않고 귀를 기울이며 누워 있었다. 그러나 사방은 조용했고 마침내 몸을 돌려 다시 잠이 들어 기억할 수 없는 꿈나라로 빠져들었다.

옆에서는 피핀이 행복한 꿈을 꾸고 있었다. 그러나 꿈에서 무슨 일이 생겼는지 몸을 뒤틀며 신음 소리를 냈다. 갑자기 그는 잠에서 깨었다. 아니 잠에서 깨었다고 생각했다. 그러나 그는 어둠 속에서 그의 꿈자리를 괴롭히던 소리를 여전히 들을 수 있었다. 뚝뚝 끼익. 바람에 나뭇가지가 흔들리는 소리 같기도 했고, 손가락 같은 잔가지들이 벽과 유리창을 긁어 대는 소리 같기도 했다. 삐걱 삐걱 삐걱. 그는 집 근처에 혹시 버드나무가 있나 하는 생각이 들어 더럭 겁이 났다. 또 지금 누워 있는 곳이 보통 집이 아니라 버드나무 속 같은 느낌이 들었다. 삐걱삐걱하는 소름 끼치는 소리가 다시 그를 비웃었다. 그는 일어나 앉아 푹신한 베개를 만져 보고 안심하며 다시 누웠다. 귓가에 말소리가 들리는 듯했다.

"두려워 말게! 아침까지 편히 쉬어! 밤의 소리는 걱정 말게!"

그러고 나서 그는 다시 잠이 들었다.

메리의 고요한 잠자리를 괴롭힌 것은 물소리였다. 물소리는 처음에는 잔잔하게 졸졸 들려오다가 점점 커지더니 마침내는 집 주변을 온통 끝도 보이지 않는 호수로 만들어 놓았다. 그리고 벽 아래에서 꾸르륵하는 소리가 나며 서서히 물이 방에 차오르기 시작했다.

'물에 빠져 죽겠어. 곧 침대 위까지 올라오겠어.'

체념하는 사이에 벌써 그는 부드럽고 끈적끈적한 늪에 누워 있는 듯한 기분이 들었다. 벌떡 일어난다는 것이 차갑고 딱딱한 판석 한 귀퉁이를 밟고 서 있었다. 어렴풋이 무슨 소리가 들리는 것 같았다.

'달빛과 별빛, 언덕 위에서 불어오는 바람 소리 말고는 아무것도 우리 집을 지나갈 수 없으니까요.'

지나가던 따뜻한 미풍이 커튼을 가볍게 흔들었다. 그는 심호흡을 하고 다시 잠들었다.

샘은 적어도 자기 기억으로는 아무 꿈도 꾸지 않고 세상 모르게 잤다.

네 명의 호빗은 아침 햇살에 동시에 잠에서 깨어났다. 톰이 찌르레기처럼 휘파람을 불며 방 안을 서성이고 있었다. 그들이 일어나려는 기색을 보이자 그는 손뼉을 치며 소리쳤다.

"헤이! 오라, 유쾌한 돌! 데리 돌! 다정한 친구들!"

그가 노란 커튼을 걷자 호빗들은 그제야 방 양쪽에 창문이 나 있음을 알았다. 하나는 동쪽, 다른 하나는 서쪽을 향해 있었다.

그들은 상쾌한 기분으로 벌떡 일어났다. 프로도는 동쪽 창으로 달려가 이슬을 맞아 회색빛을 띤 채마밭을 내다보았다. 그는 잔디가 벽에까지 바짝 붙어 자라고 있고 또 온통 말발굽으로 푹푹 파여 있을 거라고 짐작했다. 그러나 받침대를 휘감고 자라난 강낭콩의 키 큰 줄기가 시야를 가렸다. 그 너머 멀리서는 일출을 배경으로 회색 산봉우리가 희끄무레 떠올랐다. 어슴푸레한 아침이었다. 동쪽으로 가장자리가 붉은 기다란 양털 구름 너머로 노란 하늘이 희미하게 아물거렸다. 비가 올 징조였다. 그러나 아침이 점점 밝아지고 콩밭의 붉은 꽃이 이슬 젖은 푸른 풀잎 위에서 피어났다.

피핀은 서쪽 창밖으로 안개 연못을 내다보았다. 숲이 안개 속에 숨어 있었다. 위에서 내려다보니 마치 비스듬한 구름 지붕을 보는 느낌이었다. 안개가 깃털이나 물결 모양으로 갈라지는 곳은 골짜기나 물길, 버들강의 계곡이었다. 강이 왼쪽 산 위에서 시작되어 하얀 안개 그림자 속으로 사라졌다. 가까이에는 꽃밭과 은빛 그물처럼 잘 정돈된 생울타리가 있었고, 그 너머에는 이슬방울로 연회색을 띤 풀밭이 산뜻한 모습을 드러냈다. 버드나무는 보이지 않았다.

"안녕들 하신가, 유쾌한 친구들!"

톰이 동쪽 창문을 크게 열어젖히면서 소리쳤다. 시원한 공기가 들어오며 빗방울 냄새가 났다.

"오늘은 해가 잘 나지 않을 것 같네. 새벽이 어슴푸레 시작될 때부터 난 벌써 저 멀리 산봉우리까지, 바람과 날씨와 발밑 젖은 풀과 머리 위 젖은 하늘 냄새를 맡으며 한 바퀴 돌아왔지. 창문 밑에서 노래를 불러 금딸기를 깨웠어. 하지만 이른 아침에는 아무도 호빗들을 깨우지 않네. 꼬마 손님들은 한밤중에 깜깜할 때 깨어 있고 날이 새면 자기 시작하는 모양이니까! 링 어 딩 딜로! 자, 일어나게, 유쾌한 친구들! 밤의 소리는 잊고 링 어 딩 딜로 델! 데리 델! 귀한 손님들! 빨리 오면 식탁에서 아침 식사를 대접하겠지만 늦으면 풀잎과 빗방울밖에 없을 거야."

말할 것도 없이(톰의 협박이 무서워서는 물론 아니었지만) 호빗들은 곧 달려갔고 식탁의 접시가 하나둘 비면서 천천히 일어났다. 톰과 금딸기는 그 자리에 없었다. 톰은 부엌에서 달그락거리기도 하고 층계를 오르내리기도 하고 노래를 부르며 집 바깥 여기저기를 돌아다니기도 했다. 서쪽으로 난 창문이 열려 있어 안개가 구름처럼 뒤덮인 골짜기가 내다보였다. 초가지붕 처마에서 물방울이 떨어졌다. 그들이 식사를 끝마치기도 전에 구름이 하늘을 가득 채우더니 회색 빗방울이 부드럽게 조금씩 조금씩 떨어졌다. 그 두꺼운 커튼 뒤로 묵은숲은 완전히 가려져 보이지 않았다.

창밖을 바라보는 동안 금딸기의 맑은 노랫소리가 위쪽에서 들려왔다. 마치 그 노래에 맞춰 빗방울이 떨어지는 듯했다. 그들은 노랫말을 거의 알아들을 수 없었지만 그 노래가 메마른 들판에 내리는 소나기처럼 달콤한 비의 노래라는 것과 고원의 샘물에서 저 아래 바다까지 흘러가는 강의 일생을 노래하는 것임을 알 수 있었다. 호빗들은 즐겁게 노래를 들었고 프로도는 특히 더 기분이 좋아 빗줄기를 바라보며 반가이 인사라도 하고 싶은 심정이었다. 출발을 연기할 명분이 생겼기 때문이었다. 눈을 뜬 순간부터 다시 떠나야 한다는 생각이 그의 마음을 무겁게 짓누르고 있었지만, 적어도 오늘은 떠나지 않아도 된다고 안심하고 있었던 것이다.

바람이 서쪽부터 잠잠해지더니 더 시커멓고 더 습한 구름이 빗방울을 가득 싣고 고분구릉의 벌거벗은 대지 위로 날아갔다. 집 주변에서는 빗줄기 말고는 아무것도 보이지 않았다. 프로도는 열린 출입문 옆에 서서 백묵처럼 하얀 길이 작은 우윳빛 강으로 변해 골짜기 아래로 물거품을 일으키며 흘러가는 것을 지켜보았다. 톰 봄바딜은 마치 빗줄기를 막기라도 하듯 두 팔로 비를 가리며 집 모퉁이를 돌아왔다. 사실 문간으로 성큼 뛰어든 그의 몸은 신발을 제외하고는 전혀 젖지 않았다. 그는 신발을 벗어서 벽난로 구석에 갖다 놓았다. 가장 커다란 의자에 자리를 잡은 톰은 호빗들을 자기 옆으로 불러 모았다.

"오늘은 금딸기가 세탁하는 날이자 가을 대청소를 하는 날이지. 호빗들에겐 빗물이 너무 셀 테니까 여기서 푹 쉬게. 오늘 같은 날은 옛날이야기를 하거나 궁금한 사연을 주고받기에 안성맞춤이지. 그러면 톰이 먼저 이야기하지."

그는 신기한 이야기를 많이 들려주었다. 때로는 반쯤 혼자 이야기하는 듯하기도 했고, 때로는 짙은 눈썹 아래로 형형한 푸른 눈을 번득이며 그들을 바라보기도 했다. 종종 그의 이야기가 노래로 변하면서 그는 의자에서 일어나 춤을 추기도 했다. 그는 묵은숲의 별과 꽃, 그리고 그 안에 사는 이상한 짐승 들에 관한 전설들을 들려주었고, 악한 무리와 선한 무리, 다정한 것과 사나운 것, 잔인한 것과 친절한 것, 그리고 덤불숲 속에 숨어 있는 비밀까지도 이야기해 주었다.

호빗들은 이야기를 들으며 자신들과는 다른 묵은숲의 삶을 이해하게 되었고, 그들끼리 평화롭게 지내는 곳에서 자신들이 바로 이방인이 될 수밖에 없음을 어렴풋하게나마 느끼기 시작했다. 톰은 이야기 도중 버드나무 영감을 이따금 언급했다. 그래서 프로도는 그에 대해 충분히 알게 되었다. 실은 너무 많이 알아 버렸다고 하는 편이 나을 것이다. 왜냐하면 그에 관한 이야기는 그리 유쾌한 내용이 아니었기 때문이다. 종종 이상하고 사악한 행동을 한다고 비난했던 나무들의 속마음과 사정을 톰의 이야기를 통해 이해할 수 있었으며, 대지를 자유로이 활보하면서 물고 뜯고 베고 자르고 불태우는 파괴자와 약탈자 들에게 품고 있는 그들의 증오심도 수긍이 갔다. 아무 근거 없이 이 숲의 이름이 묵은숲이 된 것도 아니었다. 사실 이 숲은 지금은 잊힌 고대의 거대한 삼림지였다. 거기에는 아직도 자기가 주인이었던 때를 기억하며 산처럼 서서히 늙어 가는, 나무들의 조상의 조상이 살고 있었다. 숱한 세월이 그들에게 자만심과 심원한 지혜를 심어 주었다. 그리고 그동안 원한도 쌓여 갔다. 그중에서 가장 무서운 것이 바로 버드나무 고목이었다. 그의 마음은 썩어 갔으나 힘은 아주 강하고 지혜는 간교했다. 그는 바람을 부릴 줄 알았고 그의 노래와 생각은 버들강 양안의 숲으로 전파될 수 있었다. 그의 갈급한 회색 영혼은 대지에서 힘을 끌어냈고 땅속으로는 실뿌리처럼, 공중에서는 보이지 않는 손가락처럼 세력을 확장하여 마침내는 생울타리 경계에서 고분구릉까지의 묵은숲 전체를 지배하게 되었다.

갑자기 톰의 이야기가 숲을 떠나 강 상류로 뛰어 올라갔다. 물거품이 이는 폭포와 조약돌, 세월에 마멸된 바위를 넘어 난쟁이 풀밭의 작은 꽃들과 젖은 바위틈에서 노닐던 이야기가 드디어 고분구릉에까지 이르렀다. 그들은 거대고분들과 초록 무덤들, 그리고 산등성이의 돌로 쌓은 원형지대와 언덕 사이의 분지에 대한 이야기를 들었다. 양 떼들이 무리 지어 음매 하고 울었고 녹색 성벽과 흰색 성벽이 일어났다. 고원에는 성채가 세워졌다. 소왕국의 제왕들은 서로 싸움을 벌였고, 그들의 탐욕스러운 신병기의 붉은 칼날에 아침 햇살이 불꽃처럼 반사되었다. 승리와 패배가 있었으며 탑이 무너지고 성채가 불타올라 화염이 하늘을 찔렀다. 죽은 왕과 왕비 들의 상여 위에 황금이 덮였고, 무덤이 그들을 덮고 나서 돌문이 닫혔다. 그러고 그 위에 풀이 자랐다. 오래전엔 양 떼들이 풀을 뜯으며 뛰놀았지만 언덕은 곧 황량한 빈터가 되었다. 멀리 암흑의 땅에서 어떤 그림자가 나타나면서 무덤의 뼈들이 다시 살아나기 시작했다. 고분악령들은 얼음같이 차가운 손가락에 반지를 끼고 황금 목걸이를 바람에 휘날리며 골짜기를 어슬렁거렸다. 원형지대의 돌기둥들은 마치 부서진 이빨처럼 달빛 속에서 흰 빛을 번뜩이며 웃고 있었다.

호빗들은 몸을 떨었다. 샤이어에서도 묵은숲 너머 고분구릉에 사는 고분악령들에 대한 소문을 들은 적이 있었다. 그러나 그것은 아무도 듣고 싶어 하지 않던 이야기였다. 아무리 아늑한 난롯가에서라도 마찬가지였다. 네 명의 호빗은 그 집의 평화로운 분위기에 빠져 잊고 있던 사실을 갑자기 기억해 냈다. 톰 봄바딜의 집은 바로 그 무시무시한 산골짜기 중턱에 자리 잡고 있었던 것이다. 그들은 톰의 이야기 가닥을 놓쳐 버리고 서로를 곁눈질하며 불안하게 몸을 꼼지락거렸다.

그들이 그의 이야기를 다시 따라잡았을 때 톰은 그들의 기억 저편에 있는 이상한 나라, 세상이 지금보다 넓어서 서쪽 해안에까지 바다가 바로 뚫려 있던 시절로 돌아가 있었다. 그리고 톰은 거기서 더 거슬러 올라가 요정의 조상만이 깨어 있던 태고의 별빛 속으로 노래를 흥얼거리며 들어갔다. 그런데 그가 갑자기 이야기를 멈추었다. 마치 잠들기라도 한 듯 고개를 꾸벅이는 것이었다. 호빗들은 마법에라도 걸린 듯 꼼짝도 못 하고 그의 동작을 지켜보았다. 그런데 그의 이야기가 주문이라도 되었던 듯 바람도 사라지고 구름도 개고 햇빛도 걷힌 채 동쪽과 서쪽에서 어둠이 몰려와 이윽고 온 하늘을 하얀 별빛으로 가득 채웠다.

며칠 낮, 며칠 밤이 지났는지 알 수 없었다. 프로도는 배고프지도 피곤하지도 않고 오직 경이로울 따름이었다. 별빛이 창가로 흘러들었고 우주의 적막이 자신을 둘러싸고 있는 것 같았다. 그는 갑자기 그 적막이 두려워지면서 궁금증을 감추지 못하고 그에게 물었다.

"어르신, 당신은 누구십니까?"

"응, 뭐라고?"

톰이 몸을 일으키며 말했다. 그의 두 눈이 어둠 속에서 희미한 광채를 발했다.

"내 이름을 아직도 모르는가? 그것이 내가 해 줄 수 있는 유일한 대답일세. 그러면 자네는 누군가? 아직 난 이름도 모른다네. 하지만 자네는 젊고 나는 늙었네. 이 세상에서 가장 늙은 사람, 그게 날세. 친구들, 내 말을 새겨듣게. 톰은 강과 나무들이 있기 전에 여기 이 자리에 있었다네. 최초의 빗방울과 최초의 도토리를 기억하지. 그는 인간이 태어나기 이전에 길을 닦았고 난쟁이들이 도착하는 것도 보았네. 그는 제왕들과 무덤과 고분악령들보다 먼저 여기에 있었고, 바다가 휘어지기 전 요정들이 서쪽으로 이동할 때도 여기 있었네. 그는 두려움이 없던 저 별빛 아래의 어둠을 알고 있었네. 즉 암흑군주가 바깥세상에서 나타나기 전 말일세.”

어떤 그림자가 창가를 스쳐 지나가는 듯해 호빗들은 창문 쪽으로 흘끗 시선을 돌렸다. 그들이 다시 고개를 돌렸을 때 금딸기가 등 뒤로 불빛을 받으며 문가에 서 있었다. 그녀는 촛불을 들고 한 손으로 불이 꺼지지 않게 바람을 가리고 있었다. 그녀의 손가락 사이로 빠져나오는 불빛은 마치 흰 조개껍데기에 햇빛이 반사되는 것 같았다.

그녀가 말했다.

“이젠 비가 그쳤어요. 별빛 아래로 새로운 물이 흐르고 있어요. 자, 함께 즐거운 시간을 보내야죠!”

그러자 톰이 맞장구를 쳤다.

“먹고 마실 것도 있어야겠지! 긴 이야기는 목을 마르게 하고 오랫동안 듣는 것도 배를 고프게 하는 법이야. 아침, 점심, 저녁까지!”

그는 자리에서 벌떡 일어나 굴뚝 밑 선반에서 양초를 내려 금딸기가 들고 있는 촛불에서 불을 옮겨붙였다. 그리고 테이블 주변에서 춤을 추더니 갑자기 깡충깡충 문턱을 뛰어넘어 사라졌다.

그는 곧 음식을 담은 커다란 쟁반을 들고 나타났다. 톰과 금딸기는 상을 차렸고 호빗들은 경이와 미소가 반쯤 섞인 표정으로 그들을 지켜보았다. 금딸기의 우아한 자태는 너무 아름다웠고, 톰이 깡충거리는 모습은 우스꽝스러우면서도 유쾌했다. 그들은 하나의 춤을 같이 추고 있었으나, 묘하게도 방 안팎과 식탁 주변을 돌 뿐 서로 방해하지는 않았다. 그동안 음식과 그릇과 촛불이 신속하게 준비되었다. 음식이 희고 노란 촛불의 빛을 받아 은은하게 빛났다. 톰이 손님들에게 인사를 하고 금딸기가 저녁 식사가 준비되었음을 알렸다. 그제야 호빗들은 그녀가 하얀 허리띠를 두르고 온몸을 은빛으로 치장하고 물고기 비늘 같은 구두를 신고 있음을 알았다. 톰의 옷은 모두 빗물에 씻긴 물망초처럼 맑고 푸른 빛깔이었고 양말은 초록색이었다.

지난번보다 더 멋진 저녁 식사였다. 톰의 이야기에 홀려 몇 끼를 거른 걸까? 음식이 차려지자마자 그들은 일주일은 굶은 사람들처럼 게걸스레 달려들었다. 한참 동안 말도 노래도 하지 않고 오로지 숟가락만 바쁘게 움직였다. 잠시 후 다시 기분이 무척 좋아져 웃으며 즐겁게 노래를 불렀다.

밥을 다 먹고 난 뒤 금딸기는 그들에게 노래를 몇 곡 들려주었다. 그녀의 노랫소리는 산속으로 기분 좋게 울려 퍼지다가 조용히 적막 속으로 숨어들었다. 그 적막 한가운데에서 그들은 지금까지 보아 왔던 어떤 것들보다 큰 호수와 강을 마음의 눈으로 볼 수 있었다. 그 물속에는 하늘도 있었고 더 깊은 곳에는 보석처럼 반짝이는 별도 있었다. 그러고 나서 그녀는 다시 한번 그들에게 작별 인사를 하고 난롯가를 떠났다. 그러나 톰은 말짱하게 깨어서 여러 가지 질문을 하느라 바빴다.

톰은 이미 그들과 그들의 가족에 대해 많은 것을 알고 있는 듯했고, 샤이어의 역사와 내력에 대해서는 호빗들조차 기억하지 못하는 먼 옛날의 역사까지 훤하게 알았다. 그 점에 대해 그들은 크게 놀라지는 않았다. 그러나 그는 최근에 얻은 소식이 대부분 농부 매곳에게 들은 것이라고 털어놓아 그들을 놀라게 했다. 그는 그들이 상상한 것 이상으로 매곳을 대단한 인물로 평가하고 있었다.

"그의 늙은 발밑에는 대지가 있고, 그의 손가락 위에는 흙이 있고, 그의 뼛속에는 지혜가 있고 그의 두 눈은 열려 있네."

톰은 매곳을 이렇게 칭찬했다. 톰은 요정들과 알고 지내는 게 분명했고, 어떤 경로를 통해서든 길도르에게서 프로도의 탈출 소식을 들은 것 같았다.

사실 톰은 아는 것이 너무 많았고 질문 또한 매우 교묘했기 때문에 프로도는 자기도 모르게 간달프에게 이야기한 것보다 자세하게 자신의 희망과 공포, 그리고 빌보에 대해 털어놓고 말았다. 톰은 연신 고개를 끄덕였고 검은 기사들에 관한 이야기가 나오자 두 눈엔 섬광이 일었다.

"그 반지 좀 보여 주게!"

이야기 도중에 그가 불쑥 말했다. 그러자 프로도는 스스로도 놀라면서 얼른 주머니에서 반지를 꺼내어 줄을 풀어 톰에게 넘겨주었다. 반지가 그의 커다란 갈색 손바닥에 놓이자 더 커지는 듯했다. 그때 갑자기 그는 반지를 자기 눈에 갖다 대고 웃었다. 호빗들은 잠시 우습기도 하고 놀랍기도 한 광경을 보았다. 반지의 금빛 동그라미 사이로 그의 푸른 눈이 반짝이고 있었다. 그러고 나서 톰은 새끼손가락 끝에 반지를 끼고 촛불에 비춰 보았다. 호빗들은 처음에는 무엇이 신기한지 알아채지 못했다. 그러다가 그들은 놀라 입을 벌렸다. 톰이 사라지지 않은 것이다!

톰은 껄껄 웃고는 공중에서 반지를 빙글 돌렸다. 그것은 번쩍거리는 빛과 함께 사라졌다. 프로도가 놀라 비명을 질렀다. 그러자 톰은 앞으로 몸을 숙이고 웃으면서 반지를 그에게 돌려주었다.

프로도는 그것을 자세히 살펴보았다. 사기꾼에게 보석을 빌려주었다가 되돌려 받는 사람처럼 약간은 의심스럽게 반지를 만져 보았다. 똑같은 반지였다. 모양도 같고 무게도 같았다. 프로도의 손에서는 반지가 항상 이상하리만치 무겁게 느껴졌기 때문이었다. 그러나 뭔가 확인해 보고 싶은 생각이 간절했다. 그는 간달프조차 그렇게 끔찍하게 위험시했던 반지를 톰이 그다지 대수롭지 않게 여기는 것을 보고는 조금은 불안해졌다. 이야기가 다시 계속되자 프로도는 기회를 엿보았다. 톰이 오소리들의 이상한 살림살이에 대해 터무니없는 이야기를 시작했을 때 그는 반지를 슬쩍 꼈다.

메리가 무슨 말을 하려고 그를 향해 몸을 돌리다가 깜짝 놀라서 소리도 못 지르고 입을 벌렸다. 프로도는 (어떤 면에서 그것이 약간은) 기뻤다. 틀림없는 그 반지였다. 메리는 분명 프로도의 의자를 보면서도 그를 보지 못했다. 그는 몰래 일어나서 난로 앞에서 슬그머니 바깥문 쪽으로 향했다.

톰이 그 빛나는 눈으로 모든 것을 다 알아본다는 듯 그를 향해 소리쳤다.

"어이, 잠깐만! 프로도, 이리 오게. 어서! 어딜 가는가? 톰 봄바딜이 늙긴 했지만 아직 그만큼 눈이 멀지는 않았네. 반지를 그만 빼게! 자네 손은 반지가 없어야 더 아름답지 않은가? 이리 돌아와! 장난 그만 치고 여기 와서 앉게! 이야기할 것이 아직 있어. 그리고 내일 아침 일도 생각해 둬야 하지 않겠나? 톰이 자네가 헤매지 않게 길을 잘 가르쳐 주겠네."

프로도는 (애써 재미있다는 듯이) 웃었다. 반지를 빼고는 돌아와서 앉았다. 톰은 내일 아침은 해가 나고 날씨가 좋아서 출발하기에는 괜찮을 거라고 말했다. 그리고 출발은 빠를수록 좋을 거라고도 했다. 왜냐하면 그곳 날씨는 톰도 자신 있게 말할 수 없어서 윗도리를 갈아입는 사이에 날씨가 갑자기 어떻게 변할지 모르는 일이라는 것이었다.

"나는 날씨의 주인이 아닐세. 두 발 짐승은 아무도 주인이 될 수 없지."

그들은 그의 충고대로 그의 집에서 거의 정북향으로 고분구릉 서쪽의 저지대 비탈을 따라가기로 결정했다. 그는 그렇게 하루쯤 걸어가면 고분들을 피해 동부대로를 만날 수 있을 것이라고 말했다. 그는 그들에게 두려워하지 말고 임무에만 충실하라고 부탁했다.

"풀밭을 따라가게. 그리고 웬만한 강심장의 소유자가 아니라면 옛 왕국의 돌조각이나 차가운 고분악령들, 혹은 그들의 집을 함부로 건드리지 말게!"

이 충고를 몇 번이나 당부하고 만약 고분 근처를 지나게 되면 반드시 서쪽으로 지나가라고 일러 주었다.

호! 톰 봄바딜, 톰 봄바딜로!
물이나 숲, 언덕, 갈대, 버드나무 옆이나
불이나 해와 달 어디에 있더라도 이제 우리의 소리를 들어
주오!
오라, 톰 봄바딜, 우리는 그대가 필요하오!

그들은 모두 그 노래를 따라 불렀다. 그는 웃으며 그들 모두의 어깨를 두드려 주고는 촛불을 들고 침실로 인도했다.

Chapter 8

고분구릉의 안개

그날 밤 그들은 아무 소리도 듣지 못했다. 그러나 프로도는 꿈인지 생신지 모를 만큼 매혹적인 노랫가락이 가슴으로 스며드는 것을 느꼈다. 잿빛 비의 장막 뒤로 흐릿한 불빛처럼 다가오는 노래였다. 노랫소리가 점점 커지더니 마침내 비의 장막을 온통 유리 조각과 은 조각으로 산산이 갈라 놓고 사라졌다. 순식간에 아침 해가 떠오르며 광대한 녹지대가 눈앞에 펼쳐졌다.

환상에서 현실로 돌아오면서 눈을 떠 보니, 마치 새들이 빈틈없이 들어찬 나무처럼 톰이 휘파람을 불며 서 있었다. 햇살이 벌써 고개를 넘어 열린 창문으로 비스듬히 비쳤고 창밖은 온통 초록색과 연노란색으로 덮여 있었다.

호빗들은 오늘도 그들끼리만 아침을 먹었다. 식사를 마친 그들은 그런 날 아침이면 으레 그렇듯 무거운 마음으로 작별 인사를 할 준비를 했다. 비 온 뒤의 쪽빛 가을 하늘은 서늘하고 맑고 환했다. 서북쪽에서 상쾌한 바람이 불어왔다. 말 못 하는 조랑말들은 벌써 코를 킁킁거리고 까불대며 떠나지 못해 안달이었다. 톰은 문간에서 춤추듯 모자를 흔들어 대며 호빗들에게 일어나라고 손짓했다. 빨리 떠나자는 신호였다.

그들은 집 뒤로 난 좁은 길로 들어섰다. 그 집을 뒤에서 보호하고 있는 언덕 위의 북쪽 끝을 향해 비스듬히 올라갈 작정이었다. 마지막으로 급경사 길로 말을 끌고 오르기 위해 그들 모두 말에서 내렸을 때 갑자기 프로도가 발을 멈추고 소리쳤다.

"금딸기! 은녹색의 옷을 입은 아름다운 여인! 우린 작별 인사도 못 했어! 어제저녁 이후로는 못 봤잖아!"

그는 몹시 서운한 표정으로 뒤돌아보았다. 바로 그때 그들을 부르는 맑은 목소리가 물결치듯 귓가에 내려왔다. 언덕 바로 위에서 그녀가 그들을 향해 손짓하고 있었다. 그녀의 머리카락이 햇빛에 현란한 광채를 띠며 휘날렸고, 그녀가 춤추는 동안 발밑 풀잎들이 이슬방울처럼 맑은 빛으로 반짝였다.

그들은 서둘러 마지막 비탈길을 올라가 숨을 헉헉거리며 그녀 옆에 섰다. 그들이 인사를 하자 그녀는 주위를 둘러보라고 손짓했다. 언덕 아래로 아침 햇살에 반짝이는 대지가 펼쳐졌다. 묵은숲의 산위에서 보았던 안개 자욱한 희미한 풍경과는 달리 언덕과 골짜기가 뚜렷한 윤곽을 드러내고 있었다. 묵은숲도 이제는 서쪽의 거뭇거뭇한 숲지대 가운데서 연녹색으로 두드러지게 구별되어 드러났다. 그쪽으로는 녹색과 황색, 적갈색의 산등성이들이 햇빛에 모습을 드러냈으며, 그 너머로 브랜디와인강의 골짜기가 숨어 있었다. 남쪽으로 버들강 줄기를 따라가면 브랜디와인강이 저지대에서 만곡을 이루며 호빗들이 알지 못하는 곳으로 흘러가는 것이 마치 멀리서 보이는 희미한 유리처럼 반짝거렸다. 북쪽으로는 지대가 차츰 낮아져 회색과 녹색, 연고동색의 평지와 구릉이 펼쳐지다가 마침내는 아무런 형체도 없이 흐릿하게 사라졌다. 동쪽에는 고분구릉의 수많은 능선이 아침 햇살에 모습을 드러내고는 차츰 멀리 사라졌다. 사라진 곳에는 희뿌연 하늘이 한 줄기 푸르스름한 빛과 섞여 저 멀리, 옛이야기와 기억 속의 높고 험준한 산맥을 말해 주고 있었다.

그들은 크게 심호흡을 하고 산 밑으로 펄쩍 뛰어 내려갔다. 몇 발짝만 달려가면 어떤 곳이라도 닿을 수 있을 것 같았다. 톰처럼 가볍게 높은 산들을 징검다리 삼아 안개산맥을 향해 곧바로 뛰어야할 만큼 급하면서도, 한편으로는 동부대로를 향해 고분구릉의 구불구불한 외곽을 기약 없이 걸어갈 생각을 하니 눈앞이 캄캄했다.

금딸기가 말을 걸어 수심에 잠긴 그들의 눈과 생각을 일깨웠다.

"자, 어서 가세요, 아름다운 손님들! 목표를 잊지 말아요. 바람을 왼쪽 눈으로 받으며 북쪽으로 가세요. 발걸음에 축복이 있기를 빕니다. 해가 있을 동안 열심히 가세요!"

그러고 나서 특별히 프로도를 향해 다시 인사했다.

"잘 가요, 요정의 친구! 즐거운 만남이었어요!"

그러나 프로도는 대답할 말이 떠오르지 않았다. 그는 허리를 깊이 숙여 인사하고 말에 올랐다. 그는 언덕을 뒤로하고 완만하게 경사진 길을 따라 일행을 이끌고 천천히 내려가기 시작했다. 톰 봄바딜의 집과 골짜기와 묵은숲이 이제 보이지 않았다. 산등성이의 푸른 풀밭 사이로 지나갈 무렵, 이미 날씨가 따뜻해졌고 숨을 쉴 때마다 달콤한 잔디 냄새가 진하게 코를 자극했다. 녹색 골짜기의 바닥까지 내려와 뒤돌아보았을 때, 그들은 금딸기가 여전히 하늘을 배경으로 조그맣고 날씬한 한 송이 꽃처럼 햇빛을 받고 서 있는 것을 볼 수 있었다. 그녀는 그들을 지켜보며 그들을 향해 두 팔을 벌리고 있었다. 그들이 뒤돌아보자 그녀는 맑은 목소리로 소리친 후 손을 흔들어 인사를 하고는 돌아서서 산 너머로 사라졌다.

길은 골짜기 바닥을 따라 꼬불꼬불 이어져 가파른 언덕 기슭을 돌아 더 깊고 넓은 골짜기로 접어들었다. 그런 다음 산마루로 다시 올라가더니 때로는 산등성이를 따라, 때로는 부드러운 기슭을 지나 새로운 언덕으로 이어지기도 하고 다시 골짜기로 내려가기도 했다. 주위에는 나무도 없고 물도 찾을 수 없었으며 짧고 푹신한 잔디만이 깔려 있었다. 산등성이를 스쳐 지나는 바람 소리와 낯선 새들의 외로운 울음소리만 들려올 뿐이었다. 시간이 흐를수록 태양은 더 높이 떠올랐고 날이 더워졌다. 산등성이를 새로 오를 때마다 바람은 점점 잦아드는 듯했다. 멀리 서쪽을 바라보자 묵은숲에서 연기가 피어올랐다. 어제 내린 비가 나뭇잎과 뿌리와 흙에서 수증기로 변한 모양이었다. 이제 어두운 그림자는 저 멀리 물러나고 높은 하늘이 파란 모자처럼 뜨겁고 무겁게 느껴졌다.

한낮 무렵 그들은 바닥이 넓고 평평한 분지로 들어섰다. 그곳은 가장자리에 녹색 띠를 두른 얕은 접시 모양의 분지였다. 바람 소리는 전혀 들리지 않았고 하늘이 바로 머리 위에 있는 것 같았다. 고개를 돌려 북쪽을 바라본 그들은 다시 용기를 냈다. 예상했던 것보다 훨씬 많이 온 것이 분명했다. 자욱한 안개 때문에 멀리까지 선명하게 보이지는 않았지만 고분구릉이 곧 끝날 것이 분명했다. 눈 아래로 길쭉한 계곡이 북쪽으로 굽어졌고, 그 계곡은 경사진 두 언덕 사이의 통로로 연결되었다. 그 너머로는 더 이상 산이나 언덕이 보이지 않았다. 정북 방면으로 그들은 기다란 검은 선을 희미하게나마 볼 수 있었다. 메리가 말했다.

"저건 가로수예요. 동부대로가 틀림없어요. 브랜디와인다리에서 동쪽으로 상당히 멀리까지 가로수가 서 있거든요. 소문에는 아주 먼 옛날에 심어졌다고 해요."

그러자 프로도가 말을 받았다.

"멋진데! 오후에도 아침처럼만 걷는다면 해가 지기 전에 고분구릉을 빠져나가 야영지를 찾을 수 있겠어."

그렇지만 그렇게 이야기를 하면서도 그는 동쪽을 한번 살펴보았다. 고분구릉의 산들이 더 우뚝하게 그들을 내려다보고 있었고, 봉우리마다 녹색의 무덤이 마치 왕관처럼 자리를 잡고 있었다. 갖가지 비석들이 녹색 잇몸에서 나온 들쭉날쭉한 이빨처럼 땅 위에 불쑥불쑥 솟아 있었다.

그 광경을 보고 있노라니 어쩐지 기분이 좋지 않았다. 그래서 그들은 눈을 돌려 쉬고 있던 우묵한 분지를 둘러보았다. 둥근 분지 한

가운데에 한낮의 태양을 바라보며 큰 비석이 하나 서 있었다. 한낮이라 그림자가 없었다. 비석은 볼품은 없었지만 어떤 중요한 역할을 맡은 것 같았다. 이정표나 길 표지판 같기도 했고 어떻게 보면 경고판 같기도 했다. 그들은 배가 고팠고 태양은 아직 너무 뜨거웠다. 그들은 비석의 동쪽에 등을 기대고 앉았다. 뜨거운 태양도 이 비석만은 어쩔 수 없는 듯 비석은 이상하리만치 서늘했다. 여하튼 시원해서 좋았다. 거기서 먹을 것과 마실 것을 꺼내 놓고 맑은 하늘 아래서 맛있게 식사를 했다. 그날 하루 먹기에는 충분할 만큼 톰이 도시락을 준비해 주었기에 음식은 맛으로나 양으로나 모자람이 없었다. 등짐을 풀어 놓은 조랑말들도 풀밭에서 한가로이 풀을 뜯었다.

언덕을 겨우겨우 올라와 배가 터지게 식사를 하고, 여전히 뜨겁게 내리쬐는 태양 아래 잔디 향기가 코를 찌르는 곳에서 등을 깔고 다리를 뻗고 코 위의 하늘만 보고 누워 있으니, 다음에 어떤 일이 벌어질지는 이야기하지 않아도 뻔한 이치였다. 그러나 얼마 지나지 않아 그들은 생각하지 않았던 잠에서 갑작스러운 불편을 느끼며 깨어났다. 비석은 차가워졌고 그들이 누운 동쪽으로 기다란 그림자를 드리웠다. 태양은 그들이 누워 있던 분지 서쪽 가장자리 위에서 안개 사이로 희미하고 누르스름한 빛을 발했다. 동쪽, 남쪽, 북쪽 모두 분지 밖으로 짙은 안개가 차가운 벽을 두른 듯 깔려 있었다. 주변에는 무거운 적막감이 감돌았고 냉기마저 느껴졌다. 조랑말들은 고개를 숙인 채 저편에 모여 서 있었다.

호빗들은 깜짝 놀라 벌떡 일어나 서쪽으로 달려갔다. 그들은 자신들이 안개로 둘러싸인 섬에 고립되었음을 깨달았다. 당황해서 서로 바라보는 동안 석양은 바로 그들의 눈앞에서 흰 안개 바다로 빠져 들어갔고, 뒤편 동쪽에서 차가운 잿빛 어둠이 밀려왔다. 안개가 가장자리부터 서서히 위로 말려 올라오더니 그들 머리 위에 지붕처럼 자리 잡았다. 그들은 중앙의 비석이 기둥처럼 버티고 선 안개의 방 안에 갇혀 버린 꼴이었다.

그들은 덫에 걸려든 기분이었지만 크게 낙심하지는 않았다. 눈앞에 보였던 동부대로의 검은 선이 그려 놓았던 희망적인 광경을 아직 기억하고 있었으며 그것이 어느 쪽인지도 알고 있었기 때문이다. 여하튼 이 비석 둘레의 분지가 너무 섬뜩한 기분이 들어 그 자리에서 더 쉬고 싶은 생각은 없었다. 그들은 차가워진 손가락으로 서둘러 짐을 꾸렸다.

호빗들은 곧 조랑말들을 이끌고 일렬종대로 안개 바다에 빠진 비탈길의 북쪽을 따라 천천히 나아갔다. 갈수록 안개는 더 차갑고 축축해져 머리카락이 이마에 달라붙어 물방울을 떨어뜨렸다. 계곡 바닥에 도착했을 때는 너무 쌀쌀해져 외투와 두건을 꺼냈지만, 그것들도 곧 잿빛 이슬에 젖어 축축해졌다. 그들은 조랑말에 올라 오르막과 내리막을 천천히 더듬어 가며 앞으로 나아갔다. 아침에 보았던 긴 계곡 북쪽 끝에 있던 대문처럼 생긴 통로를 목표 삼아 가능하면 그쪽으로 갈 수 있도록 방향을 잡았다. 일단 그곳만 빠져나가면 바로 일직선으로 동부대로를 향해 달려갈 수 있을 것 같았다. 그들의 생각은 오직 그것뿐이었으며, 게다가 고분구릉만 벗어나면 안개도 없어지겠지 하는 막연한 희망을 품고 있었다.

행군 속도는 매우 느렸다. 길을 잃고 다른 쪽에서 헤매지 않도록 모두 프로도의 뒤를 따라 일렬로 나아갔다. 샘이 바로 뒤에 섰고 그 다음에 피핀, 메리 순이었다. 계곡은 끝도 없이 뻗어 있는 것 같았지만 프로도는 갑자기 희망적인 징후를 발견했다. 전방의 길 양쪽으로 안개 속에서 어둠이 서서히 드러나기 시작했다. 프로도는 드디어 언덕 사이의 통로, 즉 고분구릉의 북쪽 입구에 도착했다고 추측했다. 저곳만 지나면 안심이다.

"자, 따라와!"

그는 어깨 너머로 소리치고 앞으로 서둘러 나아갔다. 그러나 프로도의 희망은 곧 당혹과 경악으로 바뀌고 말았다. 어둠의 장막이 더욱 깊어졌고 그들은 그럴수록 위축되었다. 다음 순간 그는 불길한 탑처럼 생긴 두 개의 비석이 마치 문짝이 떨어져 나간 기둥이 서로 떠받치듯 앞을 가로막고 선 것을 발견했다. 아침에 산 위에서는 이런 것을 본 기억이 나지 않았다. 그는 자기도 모르게 그 사이를 통과했다. 어둠이 옥죄듯 더 짙어졌다. 조랑말이 히힝 콧소리를 내며 몸을 뒤로 젖히는 바람에 프로도는 말에서 떨어지고 말았다. 뒤를 돌아보았지만 아무도 없이 그 혼자만 남아 있었다.

그는 동료들을 향해 외쳐 댔다.

"샘! 피핀! 메리! 이쪽이야! 왜 안 따라오는 거야!"

대답이 없었다. 그는 뒷걸음질 치며 미친 듯 외쳤다.

"샘! 샘! 메리! 피핀!"

조랑말이 안개 속으로 뛰어들어 사라져 버렸다. 멀리서 무슨 고함 소리가 들리는 것 같기도 했다.

"여기! 프로도! 여기요!"

동쪽이었다. 그는 커다란 바위 밑에 서서 왼쪽의 어둠 속을 뚫어지게 응시하다가 소리가 들리는 쪽으로 뛰어갔다. 가파른 오르막 같았다.

그쪽으로 달려가면서도 프로도는 계속 미친 듯 외쳤지만 한참 동안 아무 소리도 들리지 않았다. 잠시 후 아까보다 희미한 소리가 더 위쪽, 머리맡에서 들려오는 것 같았다.

"프로도! 여기요!"

안개 속에서 희미한 비명들이 들려왔다. 그리고 나서 "살려 줘요! 살려 줘!" 하는 듯한 아우성이 몇 번 반복되다가 마지막으로 "살려 주세요!" 하는 애원이 기다란 통곡처럼 여운을 남기다 뚝 끊기고 말았다. 그는 있는 힘을 다해 소리 나는 쪽으로 달려갔다. 그러나 빛 한 점 없이 조여 오는 어둠 속에서 방향을 찾는 것은 거의 불가능한 일이었다. 그는 점점 더 위쪽으로 올라가는 것 같았다.

발바닥에 닿는 지면의 감촉으로 보아 마침내 언덕이나 산등성이의 꼭대기에 올라온 것 같았다. 그는 땀을 뻘뻘 흘리며 기진맥진했으나 여전히 으스스한 냉기를 느꼈다. 어둠은 여전히 물러갈 기미를 보이지 않았다.

"어디들 있는 거야!"

프로도는 비참한 심정으로 소리를 질렀다.

대답이 없었다. 그는 귀를 기울이며 서 있었다. 갑자기 냉기가 심해지면서 얼음처럼 찬 바람이 불어왔다. 주변에 변화가 일어났다. 안개가 뒤로 빠져나가며 갈래갈래 흩어졌다. 자기 입김이 보이기 시작하면서 어둠이 뒤로 물러나 옅어졌다. 그는 고개를 들어 머리 위에서 빠른 속도로 흘러가는 구름과 안개 사이로 별들이 희미하게 빛나는 것을 보고 놀랐다. 바람이 쌩쌩 소리를 내며 풀잎 위로 스쳐 갔다.

어디선가 들릴까 말까 하는 비명 소리가 나는 것 같아 그쪽으로 움직였다. 걸어가는 동안 안개가 양옆으로 위로 걷히면서 별이 반짝이는 밤하늘이 드러났다. 방향을 가늠하려고 주위를 둘러보다 자신이 언덕 위에서 남쪽을 향해 있음을 알았다. 북쪽에서 언덕을 기어 올라온 게 분명했다. 동쪽에서 살을 에는 듯한 찬 바람이 불어왔다. 그의 오른쪽으로 서쪽 하늘의 별들을 배경으로 검은 형체가 어렴풋이 눈에 들어왔다. 커다란 무덤이 있었다.

"어디들 있는 거야?"

무섭기도 하고 한편으로는 화가 나기도 해 다시 고함을 질렀다.

"여기야!"

음산한 저음의 목소리가 땅속에서 울려 나오는 듯 들려왔다.

"널 기다리고 있어!"

"안 돼!"

프로도는 소리를 질렀지만 꼼짝도 할 수 없었다. 그는 힘없이 무릎을 꺾고 무너져 내리듯 땅바닥에 쓰러졌다. 아무 일도 일어나지 않았고 아무 소리도 들리지 않았다. 그가 몸을 부르르 떨며 고개를 들었을 때, 그림자 같은 검은 형체가 별빛을 등지고 커다랗게 시야를 가로막았다. 그림자는 몸을 숙여 그를 살피고 있었다. 아마 검은 형체의 눈인 듯한 곳에서 멀리서 비쳐 오는 것 같은 희미한 광채가 소름 끼칠 정도로 차갑게 번득였다. 무쇠보다 육중하고 차가운 손길이 그를 잡아챘다. 뼈를 얼어붙게 할 만큼 차가운 감촉이 몸을 스치고 지나간 후 그는 아무것도 기억할 수 없었다.

다시 제정신으로 돌아왔을 때 프로도는 잠시 막막한 공포감으로 치를 떨며 아무 생각도 할 수가 없었다. 그러다 정신을 차리고 보니 무덤에 갇혀 있었다. 꼼짝없이 사로잡힌 것이다. 소문으로만 들었던 그 무시무시한 고분악령들의 주문에 걸려 무덤으로 끌려들어 온 모양이었다. 그는 감히 움직일 엄두도 못 내고 차가운 돌바닥에 그대로 등을 댄 채 두 손을 가슴 위에 얹고 반듯하게 누워 있었다.

공포가 너무 심하다 보니 오히려 공포가 자신을 둘러싼 어둠의 일부처럼 익숙하게 느껴졌다. 프로도는 어느새 그대로 누워 골목쟁이네 빌보와 그의 이야기를 생각하고 있었다. 그와 함께 샤이어의 골목길을 돌아다니면서 모험과 여행을 이야기하던 기억이 스쳐 지나갔다. 아무리 뚱뚱하고 소심한 호빗이라 할지라도 막상 최후의 절망적인 상황에 맞부딪칠 때면 가슴 깊은 곳(종종 깊이 숨어 있는 것이 흠이지만)에 간직한 용기의 씨앗이 싹트게 마련이다. 더욱이 프로도는 지나치게 뚱뚱하지도 소심하지도 않을 뿐 아니라, 사실 그 자신도 모르고 있었지만 빌보(와 간달프)는 그를 샤이어 최고의 호빗으로 여기고 있었다. 그는 모험이 드디어 끔찍한 종말에 이르렀다고 생각했다. 그러나 그러한 절망감이 오히려 그에게 강인함을 불어넣어 주었다. 마치 마지막 순간에 용수철처럼 탄력 있게 튀어 오를 각오로 단단히 무장한 듯 그의 몸은 점점 더 긴장되었으며 이제 더 이상 죽음을 기다리는 나약한 사냥감이 아니었다.

그렇게 이 생각 저 생각을 하며 마음을 진정시키는 동안 그는 불현듯 어둠이 서서히 걷히는 것을 깨달았다. 푸르스름한 빛이 점점 주변을 밝히고 있었다. 그러나 그 빛은 프로도가 누워 있는 마룻바닥 주변만을 감돌 뿐 천장이나 벽에는 닿지 않았기 때문에, 도대체 자신이 어디 있는지 가늠하기 어려웠다. 그가 몸을 비트는 순간 차가운 불빛 속에서 바로 옆에 샘과 피핀, 메리가 누워 있는 것이 보였다. 그들도 모두 바닥에 등을 대고 누워 있었고 얼굴은 죽은 사람처럼 창백했으며, 흰옷을 입고 있었다. 그들의 몸에는 황금으로 세공한 듯한 보석들이 불빛 속에 주렁주렁 매달려 있었다. 그 모습은 아름답기보다 섬뜩할 정도로 차갑게 느껴졌다. 머리에는 가는 관이 씌워져 있었고 허리에는 황금 허리띠, 손가락에는 수많은 반지가 끼워져 있었다. 옆구리에는 칼을 차고 있었고 발끝에는 방패가 놓여 있었다. 그리고 세 호빗의 목에는 한 자루의 긴 칼이 일자로 놓여 있었다.

갑자기 어디선가 노랫소리가 들려왔다. 높낮이가 있는 차가운 웅얼거림이었다. 목소리는 아주 먼 곳에서 한없이 처량하게 들려왔고, 때로는 하늘 높이 가냘프게 올라가기도 하고 때로는 땅에서 흘러나오는 나직한 신음처럼 들려오기도 했다. 처량하면서도 섬뜩한 소리들이 형체도 없이 흘러가는 와중에 간혹 몇 마디 알아들을 수 있는 말이 섞여 들기도 했다. 소름 끼칠 만큼 딱딱하고 섬뜩한 소리들이었으며 냉혹하면서도 처연한 한탄이었다. 밤은 자신이 잃어버린 아침을 비난하고 있었고 추위는 자신이 갈망하는 더위를 증오하고 있었다. 프로도는 뼛속까지 으스스해졌다. 잠시 후 노래가 더 분명해졌는데 프로도는 가슴이 차가워지며 그것이 어떤 주문으로 변해 가고 있음을 알아챘다.

> *손도 가슴도 뼈도 차가워지고,*
> *돌 아래 잠도 차가울지어다.*
> *돌침대 위에서도 깨어나지 마라,*
> *해도 사라지고 달도 멈출 때까지.*
> *어두운 바람 속에서는 별들도 죽어,*
> *여기 황금 위에 조용히 누울지어다,*
> *암흑의 군주가 자신의 손을*
> *죽은 바다와 황폐한 대지 위에 들어 올릴 때까지.*

그의 머리 위로 삐걱거리며 긁는 듯한 소리가 들려왔다. 한쪽 팔로 몸을 일으키던 그는 희미한 빛 속에서 비로소 뒤쪽으로 모퉁이진 통로에 자신들이 누워 있음을 알았다. 웬 길쭉한 팔이 손가락으로 바닥을 더듬으며 모퉁이를 돌아 나와 가장 가까이 누워 있는 샘과 그의 목 위에 놓여 있는 칼의 손잡이 쪽으로 다가오고 있었다.

프로도는 처음에는 그 주문에 의해 자신이 돌로 변해 버린 것 같다는 착각에 빠졌다. 그러나 곧 도망쳐야 한다는 강박감이 강하게 뇌리를 스쳤다. 만일 반지를 낀다면 그 고분악령이 알아채지 못하게 도망칠 수 있지 않을까 생각했다. 그러면 탈출구를 찾을 수 있을 것도 같았다. 그는 혼자 살아나 메리와 샘, 피핀을 안타까워하며 풀밭을 뛰어 내려가는 자신을 상상해 보았다. 어쩔 도리가 없었다고 하면 간달프도 이해해 줄 것 같았다.

그러나 다음 순간 그에게 솟아난 용기는 친구들을 그렇게 버리고 도망갈 만한 비겁함을 허락하지 않았다. 그는 고개를 내젓고는 주머니를 더듬으며 다시 자기 자신과 싸웠다. 그러는 동안 팔은 더 가까이 다가왔다. 이것저것 생각할 겨를도 없이 그는 자기 옆에 놓여 있던 단검을 집어 들고 동료들의 몸 위로 무릎을 꿇은 채 웅크렸다. 그리고 힘을 다해 다가오는 팔의 손목을 베었다. 손이 잘려 나가며 동시에 프로도가 든 단검도 부서져 버렸다. 날카로운 비명과 함께 빛도 사라졌다. 으르렁거리는 소리가 어둠 속으로 차츰 잦아들었다.

프로도는 몸을 굽혀 메리를 살펴보았다. 그의 얼굴은 얼음장같이 차가웠다. 순간 불현듯 그의 의식 위로 불쑥 떠오르는 것이 있었다. 안개 속을 헤매면서 줄곧 잊고 있던 언덕 아래 집의 기억, 즉 톰이 가르쳐 준 노래가 떠오른 것이었다. 그는 작지만 필사적인 목소리로 "호! 톰 봄바딜!" 하고 소리를 가다듬으며 점점 큰 소리로 노래하기 시작했다. 그의 목소리는 크고 우렁차게 변해서, 어두운 실내가 마치 북과 트럼펫이 함께 어우러진 듯한 소리로 꽉 차기 시작했다.

호! 톰 봄바딜, 톰 봄바딜로!
물이나 숲, 언덕, 갈대, 버드나무 옆이나
불이나 해, 달, 어디에 있더라도 이제 우리의 소리를 들어 주오!
오라, 톰 봄바딜, 우리는 그대가 필요하오!

노래를 마치자 일순 깊은 정적이 흘렀고 프로도는 자신의 심장박동 소리를 애타는 심정으로 듣고 있었다. 노래가 끝난 뒤의 그 짧은 정적이 마치 천년 세월처럼 느껴졌다. 그러자 얼마 지나지 않아 아주 멀리서 톰의 노랫소리가 들려왔다. 그 소리는 마치 땅끝에서 울려오는 소리 같기도 하고 두터운 벽 너머에서 들려오는 듯도 했다.

늙은 톰 봄바딜은 유쾌한 친구,
윗도리는 하늘색, 구두는 노란색.
아무도 그를 붙잡지 못하지, 그는 주인이니까.
그의 노래는 가장 힘찬 노래, 그의 발은 가장 빠른 발.

거대한 바위가 굴러떨어지듯 귀를 멍멍하게 하는 큰 소리가 나더니 곧이어 어둠 속으로 빛이 스며들었다. 대낮처럼 환한 진짜 햇빛이었다. 프로도의 발 뒤, 방 끝 쪽으로 문처럼 생긴 낮은 통로가 드러나면서 톰의 머리(모자, 깃털, 그리고 몸통도 함께)가 떠오르는 붉은 아침 햇살을 등에 업고 나타났다. 햇빛이 마룻바닥과 프로도 옆에 누워 있는 세 호빗의 얼굴에도 비쳤다. 그들은 여전히 꼼짝도 않고 있기는 했지만 창백하던 얼굴이 핏기를 되찾고 깊은 잠에 빠져 있는 듯 평온한 모습이었다.

톰은 모자를 벗고 몸을 숙여 어두운 방 안으로 들어서며 노래를 불렀다.

꺼져라, 이 늙다리 귀신! 햇빛 속에 사라지거라!
차가운 안개처럼 오그라들어 바람처럼 통곡하며
산을 넘어 저 멀리 황량한 대지로 떠나가라!
다시는 이곳에 오지 마라! 네 무덤을 비우고 떠나가라!
잊히고 사라져라, 영원히 문이 열리지 않는
어둠보다 어두운 곳으로, 세상이 바뀔 때까지.

노래가 끝나자 방 안쪽이 요란스럽게 무너졌다. 그러고 나서 기다란 여운을 남기며 비명이 이어지다가 끝없이 먼 곳으로 아득하게 사라져 갔고, 그다음에는 다시 고요해졌다.

"이리 오게, 내 친구 프로도! 깨끗한 풀밭으로 나가야겠어. 나 좀 거들어 주게."

톰은 세 호빗을 가리키며 말했다.

그들은 메리와 피핀, 샘을 밖으로 옮겼다. 프로도는 마지막으로 무덤을 빠져나오면서 잘린 손이 아직도 흙더미 속에 묻힌 거미처럼 꿈틀대는 것을 보았다. 톰이 다시 무덤으로 들어갔다. 쿵쾅거리는 소리가 한참 들리더니 그가 갖가지 보석을 한 아름 안고 나왔다. 금, 은, 동, 청동으로 만들어진 갖가지 구슬과 사슬, 보석이 달린 장식품 등이었다. 그는 녹색 무덤 위로 올라가 햇빛에 환히 비치도록 그것들을 모두 내려놓았다.

그 위에 올라서서 그는 한 손에 모자를 들고 바람결에 머리칼을 나부끼며 무덤 서쪽의 풀밭에 나란히 누워 있는 세 호빗을 내려다보았다. 그는 오른손을 들어 올리며 또렷하고 위엄 있는 목소리로 명령했다.

> *유쾌한 내 형제들 이제 일어나라! 일어나 내 소리를 들으라!*
> *심장과 사지도 온기를 찾으라! 차가운 비석은 쓰러지노라.*
> *어둠의 문이 활짝 열리고, 죽음의 손도 파괴되노라.*
> *밤은 밤 속으로 달아나고, 대문이 환하게 열리노라.*

그러자 신기하게도 호빗들이 몸을 부르르 떨더니 팔을 뻗으며 눈을 비비고 벌떡 일어났다. 그들은 놀란 눈으로 먼저 프로도를 보고 다음에는 머리맡에 있는 무덤 위의 톰을 바라보았다. 그러고는 자기들이 입고 있는 흰옷과 갖가지 금빛 보석과 달그락거리는 장신구들을 눈이 휘둥그레져 내려다보았다.

"도대체 어떻게 된 일이에요?"

한쪽 눈가로 흘러내린 황금 관을 더듬으며 메리가 먼저 물었다. 그리고 말을 멈추었다. 그의 얼굴에 그늘이 지며 눈이 감겼다.

"아, 이제 기억이 나요. 카른 둠 사람들이 밤에 우리에게 와서 이 옷을 입혔어요. 아, 그리고 내 가슴에 창을!"

그는 두 손으로 가슴을 움켜쥐었다. 그러고는 "안 돼, 안 돼!" 하고 소리를 지르더니 눈을 뜨면서 다시 말했다.

"내가 지금 무슨 소리를 하고 있지? 꿈을 꾸었군, 어디 갔었어요, 프로도 씨?"

"길을 잃은 줄 알았어. 하지만 지금 이야기하고 싶지는 않아. 우선 어떻게 해야 할지부터 생각해 보세. 여길 떠나야지!"

그러자 샘이 말했다.

"이 옷을 입은 채 말이에요? 내 옷은 어디 갔지요?"

그는 허리띠와 관, 반지 등을 풀밭 위에 내려놓고는 혹시 근처에서 자기 외투와 윗도리, 바지를 찾을 수 있을까 싶어 사방을 힘없이 둘러보았다.

"옷은 다시 찾지 못할 걸세."

톰이 무덤에서 내려오며 이렇게 말하고는 햇빛 속에서 그들 주위를 빙빙 돌면서 춤추며 웃었다. 조금 전에 무슨 위험이나 무시무시한 사건이 벌어졌으리라고는 상상하기가 힘들 정도였다. 그의 춤과 장난기 어린 눈빛을 바라보는 호빗들의 가슴속에도 차츰 공포심이 사라졌다. 어리둥절하면서도 조금은 안도하는 표정으로 피핀이 그를 향해 물었다.

"무슨 뜻이죠? 옷을 왜 못 찾지요?"

그러자 톰은 고개를 저으며 말했다.

"자네들은 지금 깊은 물속에서 살아 나온 거야. 물에 빠져 죽지 않은 것만도 다행이지. 옷이 대수인가! 자, 유쾌한 친구들! 마음을 편하게 먹고 따뜻한 햇볕에 팔다리와 가슴을 녹이게. 이 차가운 옷은 벗어 버리고. 톰이 사냥을 갔다 올 동안 발가벗고 풀밭이나 달려 보게!"

그는 흥얼흥얼 노래를 부르며 산 아래로 뛰어 내려갔다. 프로도는 산과 산 사이의 녹색 계곡을 따라 여전히 흥얼거리며 남쪽으로 달려가는 그의 뒷모습을 지켜보았다.

헤이! 자! 이제 오라! 어딜 그리 돌아다니나?
위로, 아래로, 가까이, 멀리, 여기, 저기, 저 너머로?
쫑긋귀, 날랜코, 촐랑꼬리, 시골뜨기,
하얀양말 우리 어린 꼬마, 그리고 늙은 뚱보 땅딸보!

그는 그렇게 노래를 부르며 한편으로는 모자를 위로 높이 던졌다가 다시 낚아채는 묘기도 부리면서 빠른 속도로 달려 마침내 골짜기 뒤로 사라졌다. 그러나 한참 동안 "헤이 어서! 헤이 어서!" 하는 소리가 바람을 타고 계속 들려왔다.

날이 다시 몹시 더워졌다. 호빗들은 톰이 말한 대로 한참 동안 풀밭을 뛰어다녔다. 그러다가 그들은 혹독한 겨울 추위에서 갑자기 낯익은 고향 땅으로 날아온 사람들처럼, 혹은 오랫동안 병석에 누워 있다가 어느 날 갑자기 완쾌되어 희망이 넘쳐흐르는 사람처럼 기분 좋게 햇볕을 쬐며 누워 있었다.

톰이 돌아올 때쯤엔 이미 원기를 다시 회복하고 (또 배가 고파) 있었다. 그의 모자가 먼저 언덕 위로 모습을 드러내면서 그가 다시 나타났다. 그 뒤로 여섯 마리 조랑말이 수긋하게 따라오고 있었다. 호빗들의 말 다섯에 또 한 마리가 더 있었다. 그 말은 분명 늙은 뚱보 땅딸보인 것 같았다. 그들의 말보다 더 크고 더 건장하고 더 뚱뚱한 (더 늙은) 말이었다. 나머지 말들의 주인인 메리는 아직 그들에게 이름을 붙여 주지 않았었다. 이제 말들은 톰이 지어 준 새 이름을 죽을 때까지 지니고 다녔다. 톰은 말들을 한 마리씩 불러 한 줄로 세우고는 호빗들에게 인사를 했다.

"자, 여기 조랑말들을 대령했나이다. 이놈들은 (어떤 점에서는) 길을 헤매는 자네들 호빗보다 낫더군. 코가 더 예민하더란 말이야. 자네들이 가려고 했던 곳에서 수상한 냄새를 맡았던 거지. 아마 마음대로 가라고 했으면 제대로 길을 찾았을 거야. 용서하게. 아무리 충성스러운 짐승이라 하더라도 고분악령들 냄새가 나는데 어떻게 하겠는가? 자, 보게들. 여기 짐도 그대로 가지고 있지 않은가 말일세."

메리와 피핀과 샘은 여벌로 가져온 옷을 꺼내 입었다. 그러나 그옷들은 겨울이 되면 입을 요량으로 준비해 온 두터운 것들이었기에곧 더워 못 견딜 지경이 되었다.

"저기 저 뚱보 땅딸보란 말은 어디서 온 겁니까?"

프로도가 물었다.

"내 말이야. 네발 달린 내 친구지. 내가 타는 일은 거의 없고 혼자서 가끔 산속 멀리까지 돌아다닌다네. 자네들 조랑말이 나와 함께있는 동안 우리 땅딸보와 친해졌나 보네. 밤인데도 땅딸보 냄새를맡고는 재빨리 그에게 달려갔던 거야. 그래서 땅딸보를 데려오면 지혜로운 이야기로 그들의 공포를 덜어 줄 수 있으리라 생각했네. 이제 유쾌한 땅딸보는 이제 이 늙은 톰이 타고 가야지. 헤이! 자네들을큰길까지 바래다주려고 같이 가는 거야. 그래서 땅딸보를 데려온거라네. 자네들은 말을 타고 난 걸어간다면 마음 놓고 이야기를 나누지 못할 테니까 말이야."

호빗들은 그 말을 듣고 너무 기뻐 몇 번이나 고맙다는 인사를 했다. 그러나 그는 웃으며 호빗들은 길을 잃어버리는 데엔 일가견이 있으니 자기 땅 경계까지 안전히 가는 것을 자기 눈으로 지켜보아야안심이 되겠다고 말했다.

"난 할 일이 많아. 시를 짓고, 노래 부르고, 이야기하고, 걷고, 또내 땅도 돌봐야 하거든. 버드나무 틈새와 무덤의 문짝을 톰이 항상지키고 있을 수만은 없어. 톰은 지켜야 할 집이 있고, 또 금딸기가 기다리고 있거든."

하늘을 올려다보니 아직 꽤 이른 시간이었다. 아마 9시나 10시쯤 된 것 같았다. 호빗들은 그제야 출출한 배를 채울 궁리를 했다. 전날 비석 옆에서의 식사가 마지막이었던 것이다. 그들은 저녁 식사로 남겼던 음식에 톰이 새로 가져온 음식을 보태 아침을 먹었다. 식탁은 호빗들과 그들이 처한 상황을 생각해 보면 그리 풍성한 것은 아니었으나 식사를 하고 나자 꽤 기분이 좋아졌다. 그들이 음식을 먹는 동안 톰은 무덤 위로 올라가 보석들을 살폈다. 그는 그것들을 모두 풀밭 위에 반짝반짝 빛나게 쌓아 놓았다. 그리고 그것을 '발견하는 모든 생물들, 곧 새와 짐승, 요정과 인간, 그리고 모든 선한 피조물들'이 공짜로 가져갈 수 있게 내버려 두었다. 그렇게 해야만 무덤의 주문이 풀리고 어느 고분악령도 다시 찾아올 수 없기 때문이다. 그는 보석 더미에서 자기 몫으로 아마 꽃이나 파랑나비의 날개처럼 여러 빛깔이 나는 푸른 보석이 박힌 브로치를 골랐다. 그것을 한참 들여다보던 그는 마치 어떤 옛일을 회상하듯 고개를 끄덕이며 말했다.

"여기 톰과 그 부인을 위한 예쁜 장난감이 있군! 먼 옛날 어깨에 이것을 달았던 여인은 무척 아름다웠겠지. 금딸기가 이제 이것으로 치장을 할 테니, 우린 그녀를 잊을 수 없겠군."

그는 호빗들에게 각각 섬세한 장인의 솜씨임이 확연한, 나뭇잎 모양의 길고 예리한 단검을 골라 주었는데 거기에는 적황색의 뱀무늬가 새겨져 있었다. 그가 검을 칼집에서 뽑자 햇빛이 칼날에 부딪혀 섬광이 일었다. 칼집은 가벼우면서도 탄탄한 진귀한 금속으로 만들어진 듯했고, 여러 개의 불꽃 같은 돌들이 박혀 있었다. 칼집이 훌륭해서인지 아니면 무덤 속을 떠돌던 주문 덕분인지는 몰라도 칼날은 오랜 세월이 지났음에도 녹이 슬지 않았고 햇빛 속에 예리하게 번득

269

였다.

"옛날 칼이 호빗들이 쓰기에 길이가 알맞지. 샤이어의 친구들이 동쪽이든 남쪽이든 혹은 어둡고 위험한 먼 나라로 떠난다면 좋은 칼이 꼭 있어야만 할 걸세."

그러고 나서 그는 그 칼들이 먼 옛날 서쪽나라 사람들이 만든 것이고, 그들이 암흑군주의 적이었기에 앙마르의 카른 둠의 마왕에게 패배했다는 이야기를 들려줬다.

"이젠 그들을 기억하는 이들이 거의 없지만, 아직도 사라진 왕들의 몇몇 후손들이 외로이 방황하며 악의 무리에서 착한 사람들을 구해 주고 있다네."

호빗들은 그의 말을 이해하지 못했지만 그의 이야기에는 광대한 세월을 거슬러 올라간 한 시대의 환영이 보였다. 어둠이 깔린 거대한 평원이 나타났고 그 평원 위로 빛나는 칼을 든 채 엄숙한 표정으로 걸어오는 키 큰 사람들이 있었으며 맨 뒤에는 이마에 별을 단 사람이 오고 있었다. 곧 환영은 사라지고 호빗들은 다시 환한 햇빛 속으로 되돌아왔다. 다시 떠날 시간이었다. 호빗들은 짐을 꾸려 말에 싣고 떠날 준비를 했다. 그들은 새로 얻은 무기를 윗도리 속 가죽 허리띠에 매달았으나 매우 어색한 느낌이었고 언제 써먹을 일이 있을지 의심스러웠다. 그들이 위험천만한 탈출을 감행한 후 아직 싸움이라 할 만한 사건이 없었기 때문이다.

드디어 다시 행군이 시작되었다. 그들은 언덕 아래까지는 조랑말을 끌고 내려가, 거기에서부터 조랑말에 올라타고 빠른 속도로 계곡을 빠져나갔다. 언덕 위 옛 무덤 꼭대기를 뒤돌아보자 햇빛이 황금에 반사되어 마치 노란 불꽃처럼 공중에서 번쩍거렸다. 그리고 고분구릉의 한 굽이를 돌아서니 이내 무덤이 시야에서 사라졌다.

프로도는 사방을 둘러보았지만 문처럼 생긴 두 개의 커다란 비석은 흔적도 찾을 수 없었다. 이윽고 그들은 북쪽 입구에 도착해서 재빨리 그곳을 통과했다. 거기부터 길은 내리막이었다. 톰 봄바딜과의 여행은 즐거웠다. 뚱보 땅딸보는 예상했던 것보다 훨씬 더 잘 달렸고, 톰은 그들과 나란히 가거나 때로는 앞장서기도 하면서 시종 노래를 흥얼거렸다. 그러나 노래는 대개 말도 안 되는 소리이거나 아니면 호빗들이 알아듣지 못하는 가사로 놀라움이나 기쁨을 나타내는 고대어였다.

그들은 꾸준히 앞으로 나아갔으나 동부대로는 예상과 달리 쉬 나타나지 않았다. 전날은 안개를 만나지 않았더라도 한낮의 낮잠 때문에 해 지기 전에 대로에 도착하지 못했을 것이다. 그리고 그들이 보았던 검은 띠는 가로수가 아니라 깊은 계곡 가장자리의 관목 덤불이었다. 계곡 반대편은 가파른 암벽이었다. 톰의 이야기로는 그것이 아주 오랜 옛날 한때 어떤 왕국의 경계였다고 하는데, 거기에 무슨 슬픈 사연이라도 있는지 더는 말하려 하지 않았다.

그들은 계곡을 내려간 다음 암벽 사이의 틈을 따라 빠져나왔다. 톰은 그때까지 약간 서쪽을 향하던 방향을 꺾어 정북쪽으로 진로를 바꾸었다. 거기부터 시야가 확 트이고 땅이 비교적 평탄했기에 속도가 빨라졌다. 드디어 저 앞쪽으로 길게 열을 짓고 선 키 큰 나무들이 보였을 때, 서서히 해가 지고 있었다. 그들은 예기치 않은 수많은 모험을 겪은 후 비로소 대로로 되돌아오게 된 것이다. 마지막 남은 길을 전속력으로 말을 달려 기다란 나무 그림자 밑에서 멈추었다. 그들이 멈춘 곳은 경사진 제방 꼭대기였고 땅거미가 지면서 희미해진 동부대로가 발아래로 곡선을 그리며 뻗어 있었다. 거기부터 도로는 서남쪽에서 동북쪽으로 방향을 바꾸었고 도로 오른쪽으로는 넓은 계곡이 급경사를 이루며 뻗어 있었다. 도로에는 최근에 폭우가 내린 듯 곳곳에 물웅덩이와 홈이 파여 있었고 바큇자국도 보였다.

그들은 제방을 내려가 길 아래위를 살폈다. 아무것도 보이지 않았다. 프로도가 말했다.

"드디어 도착했군! 아마 묵은숲으로 질러온답시고 늦어지긴 했지만 이틀 이상 손해 본 건 아닐 거야. 어쩌면 늦어진 게 결국은 도움이 될지도 모르고. 놈들을 완전히 따돌렸을지도 모르니 말이야."

일행이 그를 돌아보았다. 검은 기사들에 대한 공포의 그림자가 갑자기 그들을 덮쳐 왔다. 묵은숲에 들어간 후 그들은 내내 동부대로로 되돌아갈 궁리만 하고 있었다. 그러나 이제 두 발로 다시 도로를 밟게 되자 그들을 쫓아왔던 공포가 되살아났고, 오히려 대로에서 그들을 기다리고 있는 느낌마저 들었다. 그들은 불안한 표정으로 지는 해를 뒤돌아보았다. 갈색의 큰길은 여전히 텅 비어 있었다.

"오늘 밤에 또다시 추격을 당하지나 않을까요?"

피핀은 한참을 망설이다가 물었다.

"아니, 오늘 밤은 그렇지 않을 거야. 어쩌면 내일도 괜찮을지 몰라. 하지만 내 추측을 믿지는 마. 자신이 없으니까. 이 톰의 지식은 동쪽 방향으로는 한계가 있단 말이야. 어쨌든 암흑의 나라에서 온 그 기사들의 주인이 이 톰은 아니거든."

톰이 이렇게 말했는데도 호빗들은 그가 자기들과 함께 동행해 주었으면 하고 바랐다. 그들은 검은 기사들을 능히 대적할 만한 사람은 바로 톰뿐이라고 믿었다. 그들은 이제 완전히 낯선 세계, 먼 옛날부터 희미한 전설로만 전해 오던 세계로 막 들어갈 참이었던 것이다. 밀려오는 어둠을 바라보니 불현듯 고향 집이 그리워졌다. 진한 외로움과 깊은 절망이 그들을 엄습했다. 그들은 마지막 이별을 두려워하며 말없이 서 있었다. 톰이 이제 막 작별 인사를 남기고 떠나려 한다는 것을 예감하고 있었다. 그는 그들에게 용기를 잃지 말고 어두워지기 전까지 쉬지 말고 달려가라고 격려했다.

"톰이 좋은 충고를 해 주지. 이건 오늘 날이 지기까지만 유효하네.

그다음엔 운에 맡기는 수밖에. 이 길을 따라 7킬로미터가량 달려가면 브리언덕 밑에 브리라는 마을이 나올 걸세. 문이 모두 서쪽으로 나 있는 마을이지. 그곳엔 '달리는조랑말'이라는 오래된 여관이 하나 있는데 주인은 머위네 보리아재라는 사람이야. 오늘 밤은 거기서 묵고 내일 아침 힘을 내서 떠나게. 대담하게, 그러나 조심해서 가야 하네! 항상 마음을 편안하게 먹고 운명에 도전하게!"

그들은 그에게 그 여관까지만이라도 같이 가서 술 한잔 대접하겠노라고 간청했다. 그러나 그는 웃으면서 거절했다.

톰의 땅은 여기서 끝나지. 경계는 넘을 수가 없다네.
톰은 돌봐야 할 집이 있고, 그곳에선 금딸기가 기다리고 있다네.

그는 모자를 머리 위로 높이 던져 올려 쓰고는 땅딸보 등에 올라탔다. 그리고 말을 달려 제방을 넘어 어둠 속으로 노래를 부르며 사라졌다. 호빗들도 제방을 올라 그가 보이지 않을 때까지 지켜보았다. 샘이 입을 열었다.

"봄바딜과 헤어지게 되어 섭섭해요. 그분은 사려가 깊어서 실수가 없을 것 같아요. 우리가 어딜 가더라도 그처럼 멋지고 이상한 분을 다시 만나기 어렵겠죠. 어쨌든 달리는조랑말 여관을 알려 주신 것만 해도 대단히 고마운 일이에요. 고향에 있는 푸른용 주막만큼 괜찮은 집이라면 좋겠는데. 브리에는 어떤 사람들이 살고 있을까요?"

메리가 대답했다.

"브리에는 호빗들이 있지. 물론 큰사람들도 있지만. 인심이 그리 고약하지는 않을 거예요. 그리고 조랑말 여관도 내가 듣기론 꽤 괜찮은 집이고요. 우리 친척들도 가끔 거기 들르거든요."

프로도가 말했다.

"그럴지도 모르지. 하지만 어쨌든 거긴 샤이어가 아닐세. 너무 방심해서는 안 돼. 특히 모두들 기억해야 할 것은 골목쟁이라는 이름을 절대 써서는 안 된다는 점일세. 내 이름은 이제부터 언덕지기야, 알겠나?"

그들은 조랑말에 올라타고 소리 없이 어스름으로 숨어들었다. 어둠은 재빨리 그들을 에워쌌다. 오르막 내리막을 몇 번 지난 뒤에 마침내 멀리서 불빛이 가물거리는 것이 보였다.

브리언덕이 희미한 별들을 배경으로 그들의 앞길을 가로막고 우뚝 서 있었고, 그 서쪽 측면에 커다란 마을이 자리 잡고 있었다. 그들은 오직 밤의 어둠에서 그들을 지켜 줄 대문과 난롯불을 바라는 간절한 마음으로 그쪽을 향해 말고삐를 재촉했다.

Chapter 9

달리는조랑말 여관에서

인구가 그리 많지 않은 브리지방의 중심이 되는 마을인 브리는, 주변을 빙 둘러 황량한 땅이 펼쳐져 있어서 마치 섬처럼 고립되어 있는 것 같았다. 브리 근처에는 언덕 반대쪽으로 스태들이, 좀 더 동쪽의 깊은 골짜기 속에 우묵골이 자리 잡았고 쳇숲 언저리에는 아쳇이 있었다. 브리언덕과 마을 부근에는 작은 규모의 농경지와 폭이 5, 6킬로미터에 불과한 벌목지가 있었다.

브리 사람들은 갈색 머리칼에, 키는 작지만 어깨가 벌어진, 쾌활하고 독립심이 강한 이들이었다. 그들은 대체로 다른 큰사람(인간)들보다는 호빗이나 난쟁이, 요정 들을 비롯한 인근의 주민들과 꽤 친하게 지냈다(지금도 그렇다). 그들은 자신들이 그 땅에 최초로 정착한 사람들이며, 가운데땅의 서부지역에 최초로 발을 들여놓은 사람들의 후예라고 주장했다. 상고대의 격동기를 거치면서 살아남은 사람들은 거의 없었다. 하지만 대해를 건너 다시 돌아온 제왕들은 그때까지도 브리에 사람들이 살고 있는 것을 발견했고, 그 옛 왕들의 기억이 이슬 속으로 사라져 버린 오늘날까지도 그들은 여전히 브리에 뿌리를 박고 살고 있는 것이었다.

옛날에는 서쪽 외곽 지역에는 사람들이 거의 살지 않았다. 샤이어에서 500킬로미터 이내 지역에 정착한 사람들은 그들뿐이었다. 브리 외곽의 황야에는 신비한 방랑자들이 떠돌아다녔다. 브리 주민들은 그들을 순찰자라고 불렀지만 그들의 정체에 대해서는 전혀 아는 바가 없었다. 그들은 브리 사람들보다 키가 더 크고 피부가 더 검었으며, 시각과 청각이 놀랄 만큼 뛰어나 짐승이나 새들의 소리도 알아들을 수 있다는 소문이 있었다. 그들은 남부지역, 심지어는 안개산맥까지 마음대로 활보하고 돌아다녔는데, 어쩐 일인지 최근에는 거의 나타나지 않았다. 그들이 나타날 때는 대개 먼 지방 소식을 가지고 와서 사람들이 잊어버린 이상한 옛날이야기들을 재미있게 들려주었다. 그러나 브리 사람들은 그 이상으로 그들과 가까이 지내려 하지는 않았다.

브리지방에는 호빗 집안도 여럿 정착해 있었다. 그들은 이 세상에서 가장 오래된 호빗 부락, 즉 호빗들이 브랜디와인강을 건너 샤이어를 개척하기 전에 세워진 곳이, 바로 이곳 자기들 마을이라고 주장했다. 브리에 정착한 호빗들도 있긴 했지만 대개는 스태들에 모여 살았고, 특히 사람들의 주택 위쪽 높은 언덕 기슭에 집을 지었다. 큰사람과 작은사람들(그들은 서로를 이렇게 불렀다)은 사이가 좋았고, 상대편의 고유한 관습을 인정해 줌으로써 서로를 당연히 브리에서 없어선 안 될 구성원으로 여기게 되었다. 세상 어느 곳에서도 이처럼 특이한(그러나 훌륭한) 친교가 맺어진 곳을 찾아보기 힘들었다.

크고 작은 브리인들은 여행을 자주 하지 않았고, 네 마을에서 벌어지는 사건들만이 그들의 주된 관심사였다. 간혹 브리의 호빗들이 노룻골이나 더 멀리 동둘레까지 가는 일도 있었다. 그들이 사는 그 작은 땅은 브랜디와인다리에서 조랑말로 하루 거리밖에 되지 않는 곳에 있었지만 샤이어의 호빗들은 거의 그곳을 찾지 않았다. 가끔 노룻골이나 툭 집안 호빗들이 여관에 들러 하루 이틀 묵고 가는 일도 있었지만 그것도 점점 드물어졌다. 샤이어의 호빗들은 브리 주민들뿐만 아니라 경계 밖에 있는 이들을 모두 이방인이라 불렀고, 따분하고 천박하게 여겨 그들에게 거의 관심을 갖지 않았다. 그 당시 서부지역에는 아마 샤이어의 호빗들이 상상했던 것보다 훨씬 더 많은 이방인들이 떠돌아다녔을 것이다. 그중에는 분명히 유랑객이

나 다름없는 뜨내기들도 있어, 그들은 마음에 들기만 하면 아무 산기슭에나 굴을 파고 거기에서 살았다. 하여튼 브리지방의 호빗들은 매너가 세련되었고 살림살이도 괜찮았으며, 대부분 '안쪽'의 먼 친척들만큼 문화적 수준도 유지했다. 샤이어와 브리 사이에 왕래가 빈번한 적도 있었음을 기억하는 이들도 아직은 많았다. 그리고 여러 모로 따져 보면 강노루네 주민들 중에는 브리 쪽 혈통이 섞인 호빗들도 꽤 있었다.

브리 마을에는 사람들이 사는 백 채가량 되는 석조 건물이 있는데, 대개 대로 위쪽의 산기슭에 자리를 잡고 서쪽을 향해 창문을 내었다. 산을 빙 둘러 반원 모양의 깊은 도랑이 마을을 감싸고 있고, 안쪽으로는 빽빽한 생울타리가 마을을 에워쌌다. 동부대로는 이 도랑을 건너면서 방죽길과 만나고, 생울타리를 지나는 곳에는 커다란 대문이 세워져 있었다. 대로가 남쪽으로 마을을 빠져나오는 곳에도 대문이 있었다. 해가 지면 문은 대개 폐쇄되었고 문 안쪽엔 문지기들의 작은 초소가 있었다.

길 아래쪽으로 산기슭을 오른쪽으로 돌아가는 곳에 커다란 여관이 하나 있었다. 그것은 동부대로의 교통량이 지금보다 훨씬 많던 옛날에 세워진 것이었다. 과거엔 브리가 교통의 요지였다. 마을 서쪽의 도랑 바깥쪽으로 동부대로와 교차하는 옛날 도로가 하나 더 있는데, 과거에는 인간이나 요정, 호빗 들이 분주하게 다니던 길이었다. 동둘레에서는 아직도 '브리에서 온 소식처럼 이상한'이라는 말이 있는데 그것은 동쪽, 남쪽, 북쪽의 모든 새 소식들이 여관에 몰리고 샤이어의 호빗들도 종종 소식을 들으러 가던 과거부터 내려온 속담이었다. 그러나 북쪽지역은 이미 오래전에 황폐해졌고, 따라서 북부대로는 이용되지 않은 지 오래되어 잡초만 무성했다. 브리 주민들은 그 길을 초록길이라 불렀다.

　그러나 브리 여관은 여전히 열려 있었고 주인은 마을의 유지였다. 그 여관은 네 마을에서 수다스럽고 호기심 많은 한량들이 모이는 장소였으며 순찰자들과 다른 방랑자들, 동부대로를 따라 안개산맥까지 오가는 여행객들(대개는 난쟁이들)이 묵어 가는 곳이기도 했다.

　프로도 일행이 마침내 초록길 교차로를 지나 마을 어귀에 들어섰을 때, 날은 이미 어두워 흰 별들이 반짝이고 있었다. 서문은 닫혔고, 그 너머 문지기 초소 앞에 한 사람이 앉아 있었다. 그는 벌떡 일어나더니 등불을 가져와 문 위로 들어 올리다가 놀란 얼굴로 그들을 바라보았다.

　"원하는 게 뭐요? 어디서 왔소?"

　그는 퉁명스럽게 물었다. 프로도가 대답했다.

　"여관을 찾고 있습니다. 동쪽으로 여행 중인데 날이 너무 어두워 오늘 밤은 더 갈 수가 없군요."

　"호빗! 네 명의 호빗이라! 게다가 말씨를 보니 샤이어에서 온 모양이군."

　문지기는 혼잣말하듯 나직하게 중얼거렸다. 그는 어둠 속에서 그들을 잠시 훑어보더니 천천히 문을 열어 그들을 들어오게 했다. 그러곤 그들이 문 옆에서 멈칫거리자 말을 이었다.

　"한밤중에 샤이어 분들이 동부대로에 나타나는 것은 보기 드문 일인데, 무슨 일로 브리를 지나 동쪽으로 가시는지 알고 싶소. 실례지만 성함이 뭡니까?"

　"우리 이름과 용건은 당신이 알 바가 아니고, 또 여기는 그런 얘길 나눌 만한 곳이 못 되는 것 같소."

　프로도는 그 사람의 인상과 표정이 마음에 들지 않았다.

　"그렇기도 하겠지만 어두워진 후에는 용건을 묻는 것이 내 임무요."

이번에는 메리가 나섰다.

"우리는 노룻골에서 온 호빗들이오. 여행을 하는 중인데 오늘은 여관에서 묵어야겠소. 나는 강노루라는 호빗이오. 이제 됐소? 브리 사람들은 손님 대접이 좋다고 들었소만."

"좋습니다, 좋아요! 화내실 필요는 없지. 하지만 여관에 들어가면 이 문지기 해리 영감 말고도 질문을 해 대는 사람들이 줄을 설 겁니다. 호기심이 많은 친구들이거든요. 조랑말 여관에 가시면 다른 손님들이 더 있을 거요."

그가 인사를 했는데도 그들은 대꾸하지 않았다. 그러나 프로도는 그가 여전히 등불을 비추며 수상쩍게 자신들을 노려보고 있음을 느꼈다. 그들이 걸어가는 동안 등 뒤로 문이 닫히는 소리가 '쾅' 하고 들리자 프로도는 안심이 되었다. 그는 왜 그 문지기가 수상쩍은 표정을 지었을까 궁금하면서도 혹시 누군가가 호빗 일행을 찾았을지도 모른다는 생각을 했다. 간달프였을까? 그들이 묵은숲과 고분구릉에서 지체하는 동안 그가 도착했을지도 모를 일이었다. 그러나 문지기의 표정과 목소리에는 어딘가 그를 불안하게 하는 점이 있었다.

문지기는 호빗들의 뒷모습을 한참 바라본 후 다시 초소로 들어갔다. 그가 돌아서자마자 어떤 검은 그림자 하나가 재빨리 대문을 넘어 호빗들이 지나간 어둠 속으로 사라졌다.

호빗들은 호젓한 오르막길을 계속 올라가 외딴집 몇 채를 지난 뒤 드디어 여관 앞에서 말고삐를 늦췄다. 그들의 눈에는 집이 너무 크고 낯설게 보였다. 샘은 3층으로 지어진 창문이 많은 여관을 쳐다보면서 가슴이 철렁하는 느낌을 받았다. 그는 여행 중에 언젠가는 나무보다 키가 큰 거인들이나 아니면 무시무시한 괴물들을 만나게 될지도 모른다는 상상을 했었다. 그러나 처음으로 인간들과 그들의 높다란 집을 본 샘은 그 순간 섬뜩했다. 더욱이 피로에 지친 하룻길 뒤라 더 그랬다. 마당 한구석 어두운 곳에 검은 말들이 안장을 얹은 채 서 있는 것 같기도 하고, 캄캄한 2층 창문으로 검은 기사들이 내려다보고 있을지 모른다는 생각도 들었다.

샘이 걱정스럽게 물었다.

"오늘 밤 여기서 묵을 건 아니죠? 이 마을에도 호빗들이 있을 테니까 우릴 반길 만한 집이 있을지도 모르잖아요? 그게 더 낫겠어요."

그러자 프로도가 대답했다.

"이 여관이 어째서 그래? 톰 봄바딜이 추천한 집이야. 안으로 들어가 보면 괜찮을 거야."

밖에서 보기에도 그 여관은 낯익은 사람의 눈에 호감이 갈 만한 집이었다. 건물 정면은 도로 쪽을 향하고 있었고, 양쪽 날개는 뒤로 갈수록 조금씩 야트막한 산기슭에 잘려 있어서, 뒤쪽에서는 3층 창문이 지면과 맞닿아 있었다. 그리고 양쪽 날개 사이의 안마당으로 들어가는 커다란 아치가 세워져 있었고, 아치 밑으로 왼쪽에 큼지막한 층계 몇 개가 널찍한 현관까지 이어져 있었다. 문은 열려 있었고 그 사이로 불빛이 새어 나왔다. 아치 위의 등불 밑으로 큼지막한 간판이 흔들렸다. 살집 좋은 흰 조랑말이 뒷다리로 서 있는 그림이었다. 출입문 위에는 흰 글씨로 '머위네 보리아재의 달리는조랑말'이라고 쓰여 있었고, 아래층 창문 여러 곳에서 두꺼운 커튼 뒤로 불빛이 어른거렸다.

그들이 어두컴컴한 바깥에서 망설이는 동안 안에서는 누군가 유쾌한 노래를 부르기 시작하더니 곧 쾌활한 목소리들이 여럿 합세해 노래가 합창이 되었다. 그들은 노랫소리를 잠시 듣고 용기를 내어 말에서 내렸다. 노래가 끝나자 환호성과 박수가 터졌다.

그들은 아치 밑으로 조랑말들을 끌고 들어가 마당에 세워 놓고는 층계를 올라갔다. 앞장서 들어가던 프로도는 하마터면 대머리에 혈색이 좋고 키가 작은 뚱보와 부딪힐 뻔했다. 그는 앞치마를 두른 채술이 가득 찬 머그 잔들을 올려놓은 쟁반을 들고 한쪽 문에서 급히 나와 다른 문으로 들어가는 중이었다.

프로도가 말을 꺼냈다.

"저……."

"죄송합니다, 손님들. 잠깐만요!"

뚱보는 어깨 너머로 소리치고는 왁자지껄한 소음과 자욱한 담배연기 속으로 사라졌다. 잠시 후 그는 앞치마에 두 손을 닦으며 다시나와 허리를 굽히면서 말했다.

"어서 오십시오. 뭘 원하십니까?"

"침대 넷과 조랑말 다섯 마리가 들어갈 마구간을 부탁합니다. 당신이 머위 씨인가요?"

"그렇소. 이름은 보리아재요. 머위네 보리아재지요. 분부만 하십시오. 모두들 샤이어에서 오셨군요?"

그렇게 말하면서 그는 갑자기 뭔가를 기억해 내려고 애쓰며 손으로 이마를 쳤다.

"호빗들이시라! 그런데 그게 뭐였더라? 혹시, 손님들 성함을 여쭤봐도 되겠소?"

"툭과 강노루입니다. 이쪽은 감지네 샘이고 내 이름은 언덕지기요."

머위는 손가락으로 딱 소리를 내며 말했다.

"또 잊었군! 하지만 좀 한가해지면 기억이 날 겁니다. 여하간 오늘저녁은 녹초가 될 지경이지만 최선을 다해 모시지요. 요즘은 샤이어 손님이 참 드문데, 대환영을 못 해 드려 유감입니다. 이상하게도 오늘따라 이렇게 손님이 몰려드는군요. 브리식으로 말하자면 비가 한번 내렸다 하면 억수같이 퍼붓는 거지요. 어이, 놉! 어디 있냐? 이 게으름뱅이 얼간이 같으니라고! 놉!"

"갑니다! 예, 가요!"

쾌활하게 생긴 호빗 하나가 건들거리며 문밖으로 걸어 나오다 여행객들을 보고는 갑자기 멈춰 서더니 대단히 흥미롭다는 듯 찬찬히 뜯어보았다.

"봅은 어디 있어? 몰라? 여하간 찾아봐! 빨리 서둘러! 내가 다리가 여섯에 눈이 여섯 개나 되는 줄 알아? 봅한테 조랑말 다섯 마리가 더 있다고 해. 어쨌든 자리를 만들어 보라고 하란 말이야, 알겠어?"

놉이 싱긋 웃으며 윙크를 하고는 재빨리 사라졌다.

"그런데 무슨 말을 하려고 했더라?"

머위는 이마를 치며 말했다.

"한 가지가 생각나면 다른 하나를 잊어버리는군. 오늘 밤은 너무 정신이 없어서 머리가 빙빙 돌 지경이라오. 어젯밤에는 초록길을 따라 남쪽에서 올라온 손님들이 있었고, ······아무튼 그것부터 이상한 일이었지요. 그런데 오늘 저녁에는 서쪽으로 가는 난쟁이들 일행이 또 들이닥쳤지요. 그리고 손님들이 나타나신 겁니다. 손님들이 호빗들이 아니었더라면 방도 드리지 못할 뻔했어요. 다행히 이 집을 처음 지을 때 호빗 손님용으로 특별히 북쪽 끝에 방을 한두 개 만들어 두었거든요. 흔히들 좋아하시는 대로 1층에다가 유리창도 둥그렇게 했고 다른 것도 모두 호빗식으로 꾸며 놓았습죠. 아마 마음에 드실 겁니다. 식사도 하셔야겠죠? 가능한 대로 빨리 준비하지요. 자, 이쪽으로 오세요."

그는 짧은 내리막 통로로 일행을 데리고 내려가 방문을 열었다.

"아주 멋지고 아늑한 응접실이지요! 마음에 드시길 바랍니다. 그럼 난 바빠서 이만 실례해야겠습니다. 이야기할 시간도 없이 계속 뛰어다녀야 할 지경이라니까요. 다리가 둘뿐인 게 유감천만이지만 도대체 이놈의 살은 빠질 생각을 않는군요. 좀 있다 다시 들르겠습니다. 필요한 것이 있으면 거기 요령을 흔드세요. 그러면 놉이 올 겁니다. 그래도 오지 않으면 다시 한번 흔들고 소리 지르세요."

그가 마침내 사라지자 그들은 거의 숨이 찰 지경이었다. 주인은 아무리 바빠도 이야기를 끝없이 늘어놓을 수 있는 재간이 있는 사람 같았다. 그들이 들어간 방은 작고 아늑했다. 난로에는 따뜻한 불이 활활 타올랐고 그 앞에는 낮은 안락의자가 몇 개 놓여 있었다. 둥근 식탁 위에는 이미 흰 식탁보가 깔려 있었고 그 위에 커다란 요령이 있었다. 그러나 호빗 하인인 놉이 그들이 요령을 울릴 생각도 하기 전에 벌써 부산을 떨며 나타났다. 양초와 접시가 가득한 큰 쟁반을 들고 있었다.

"식사 준비가 될 동안 한잔하시는 게 어떻습니까, 손님들? 그리고 침실도 보여 드리지요."

그들이 세수를 하고 맛있는 맥주를 시원하게 들이켜고 있을 때 머위와 놉이 다시 들어왔다. 눈 깜짝할 사이에 식탁이 차려졌다. 뜨거운 수프와 차가운 고기, 검은딸기 파이, 갓 구워 낸 빵, 버터 조각, 그리고 반쯤 숙성한 치즈 등으로 꽤 풍성한 식탁이었다. 샤이어에서도 이 정도 차림이면 성찬 축에 들 수 있었고, 마지막으로 남아 있던 샘의 걱정(이미 탁월한 맥주 맛 덕분에 상당히 완화되어 있던)도 없앨 수 있을 만큼 좋은 식사였다.

주인은 잠시 식탁 주변을 돌아다니다 가 봐야겠다고 했다.

"식사하시고 나서 바깥손님들과 합석하실 의향이 있으신가 모르겠군요. 아마 바로 침대에 들고 싶으시겠지요? 하지만 생각 있으시면 바깥손님들은 대환영일 겁니다. 요즘은 외지인들이, 죄송합니다만 우리는 샤이어 손님들을 그렇게 부릅니다. 아무튼 외지인들이 없었거든요. 그쪽 소식도 좀 듣고 싶고 혹시 무슨 노래나 재미있는 얘기라면 더 좋겠지요. 하지만 편하실 대로 하십시오. 그리고 부족한 것이 있으면 요령을 울려 주시고."

저녁 식사를 마친 후(쓸데없는 말 한마디 없이 거의 45분 동안 열심히) 원기도 다시 솟고 기분도 좋아진 프로도와 피핀, 샘은 바깥에 나가 보기로 했다. 메리는 공기가 답답할 것 같다며 반대했다.

"난 여기서 난롯불이나 좀 쬐다가 이따 늦게 바람이나 쐬러 나갔다 오겠어. 말조심들 하라고. 우리는 지금 몰래 도망치는 중이라는 걸 잊어서는 안 돼. 여기는 아직도 대로변이고 샤이어에서 그리 멀리 떨어진 곳도 아니야."

"알았어! 너나 조심하라고. 괜히 나갔다가 길이나 잃지 마. 방 안에 있는 게 더 안전할 거야."

피핀이 대답했다.

손님들은 모두 큰 연회실에 모여 있었다. 불빛에 눈이 익숙해지면서 프로도는 여러 부류의 사람들이 상당히 많이 모여 있는 것을 볼 수 있었다. 불빛은 주로 활활 타오르고 있는 장작불에서 나왔다. 들보에 매달린 세 개의 등불이 너무 침침했고, 또 반쯤 연기 속에 가려 있었기 때문이었다. 머위네 보리아재가 장작불가에서 난쟁이 두엇과 이상하게 생긴 외지인 한두 명과 이야기를 나누고 있었다. 의자에는 많은 사람들이 앉아 있었는데, 브리 사람들과 (함께 앉아 수다를 떠는) 인근의 호빗들, 그리고 난쟁이들도 몇 명 더 있었다. 어두컴컴한 구석에 따로 떨어져 앉아 있는 사람들도 있었지만 제대로 알아볼 수가 없었다.

샤이어의 호빗들이 들어서자 브리 사람들이 환영의 표시로 환성을 질렀고, 초록길을 올라왔다는 낯선 사람들은 호기심에 가득 차 그들을 바라보았다. 주인이 새로 온 손님들을 브리 주민들에게 인사시켰다. 하지만 말이 하도 빨라 호빗들은 그들의 이름을 들었지만 도대체 누가 누구인지 알 수가 없었다. 브리 사람들은 모두 식물과 관련된 (샤이어 호빗들이 보기엔 이상한) 이름들이 많았다. 가령 골풀쏘시개, 염소풀, 헤더발가락, 사과나무, 엉겅퀴털, 고사리꾼 등이 그랬고 머위도 물론 마찬가지였다. 브리의 호빗들도 일부는 그와 비슷한 이름들이었는데 쏙부쟁이란 이름이 꽤 많은 것 같았다. 그러나 대부분의 호빗들은 샤이어에서처럼 강둑, 오소리집, 긴굴집, 모래언덕, 땅굴네 같은 자연스러운 이름이었다. 언덕지기란 이름의 스태들 출신 호빗이 서넛 있었는데, 프로도와 아무 인척 관계도 아닌 것에 의아해하면서도 그를 오랫동안 만나지 못한 사촌 대하듯 다정하게 대했다.

브리의 호빗들은 사실 우호적이고 호기심도 많아 프로도는 자신이 무슨 일을 하는지 약간은 이야기해 줄 필요가 있음을 곧 깨달았다. 그는 역사와 지리에 관심이 많다고 털어놓았다(이 두 단어가 브리 근방에서는 많이 쓰이는 말은 아니었지만 그들은 그 말을 듣자 고개를 끄덕였다). 그는 자신이 책을 한 권 쓸 계획이라고 말하고(그러자 그들은 속으로 좀 놀라는 것 같았다) 친구들과 함께 샤이어 외곽, 특히 동부 지역에 살고 있는 호빗들에 관한 자료를 모으러 나선 길이라고 했다.

이 말에 다시 환성이 일어났다. 정말 프로도가 책을 쓸 계획이었고 또 귀가 몇 개 더 있었더라면 아마 순식간에 몇 장을 충분히 채울 수 있는 이야기를 들었을 것이다. 만약 그것도 모자랐다면 '보리아재 영감'을 위시해 더 많은 정보를 얻을 수 있는 사람들의 이름을 수없이 추천받았을 것이다. 그러나 잠시 후 프로도가 당장 그 자리에서 원고를 쓸 의향을 보이지는 않았기에 그들은 샤이어가 어떻게 돌아가고 있는지 묻기 시작했다. 그러나 말주변 없는 프로도는 곧 한구석에 혼자 앉아 그저 이야기를 듣기만 하면서 주위를 둘러보았다.

사람들과 난쟁이들은 먼 지방에서 벌어진 사건들을 주로 이야기하고 있었는데, 그들 모두에게 공통의 관심이 되는 이야기가 하나 있는 모양이었다. 멀리 남쪽에서 난리가 났다는 소문이 있었다. 초록길을 따라온 인간들은 어딘가 평화롭게 살 수 있는 땅을 찾아 나선 모양이었다. 브리 주민들은 동정심이 많기는 했지만 많은 외지 사람들을 좁은 땅에 모두 받아들일 의사는 없었다. 여행자들 중에서 어떤 못생긴 사팔뜨기 하나가 장차 더 많은 사람들이 북쪽으로 올라올 것이라고 했다.

"여기 그들이 살 곳이 없다면 그들은 또 찾아 나설 거예요. 다른 사람들처럼 그들도 살 권리가 있으니까요."

브리의 주민들은 그 이야기에 영 못마땅한 표정들이었다.

호빗들은 현재로서는 자신들과 별 상관이 있을 것 같지 않은 그런 이야기에 별로 관심을 기울이지 않았다. 큰사람들이 호빗들의 토굴에서 같이 살자고 할 리는 결코 없었다. 그들은 샘과 피핀에게 더 관심이 있었는데 둘은 이제 꽤 느긋한 기분이 되어 샤이어에서 있었던 사건들을 재미있게 이야기했다. 피핀이 큰말에 있던 공관 굴집의 지붕이 무너지던 때의 이야기를 해 사람들을 한바탕 웃겼다. 서둘레에서 가장 뚱뚱한 호빗인 하얀발 윌 시장이 석회 더미에 파묻혔다가 밀가루 묻은 옹심이처럼 어기적거리며 기어 나오는 모습을 흉내 내자 모두들 배꼽을 잡았다. 그러나 프로도를 약간은 불안하게 만드는 질문도 몇 가지 있었다. 샤이어에 몇 번 가 본 경험이 있는 듯한 브리 사람이 언덕지기 집안은 어디 살며 누구와 친척인지를 물어 그를 난처하게 했다.

갑자기 프로도는 햇볕에 얼굴이 시커멓게 그을린 이상하게 생긴 사람이 벽 옆 어둠 속에 앉아 호빗들의 이야기를 유심히 듣고 있는 것을 깨달았다. 그는 높은 술잔을 앞에 놓고 묘하게 생긴 기다란 담뱃대로 담배를 피우고 있었다. 앞으로 쭉 뻗은 두 다리에는 부드러운 가죽으로 만들어진 굽이 높은 구두가 신겨 있었는데 그에게 꼭 맞긴 했지만 많이 닳고 또 온통 흙투성이였다. 두꺼운 진녹색 천으로 만든 빛바랜 외투로 온몸을 감싼 채 실내의 열기에도 불구하고 그는 얼굴을 거의 가릴 정도로 두건을 깊숙이 눌러쓰고 있었다. 그러나 호빗들을 지켜보는 그의 눈길은 어둠 속에서도 확연히 드러날 정도로 날카로웠다.

머위와 이야기할 기회가 생기자 프로도가 물었다.

"저 사람은 누구입니까? 아까 소개받지 못한 것 같은데요?"

"저 사람?"

고개도 돌리지 않고 곁눈으로 힐끔 보면서 주인이 낮은 소리로 대답했다.

"나도 잘 몰라요. 뜨내기들 중 하난데, 우리는 순찰자라고 부르지요. 이야기를 거의 하지 않지만 어떤 때는 아주 희한한 이야기를 하기도 하지요. 한 달이나 1년씩 보이지 않다가 다시 불쑥 나타납니다. 지난봄에 가끔씩 들락 날락 했는데 최근에는 도통 못 보았어요. 저 사람 이름이 정확히 뭔지는 나도 모릅니다만, 여기선 흔히들 성큼걸이라고 부르지요. 다리가 길어서 걸음이 굉장히 빨라요. 하지만 어딜 그렇게 급히 달려가는지 아무에게도 말하는 법이 없지요. 우리 식으로 말하자면 동쪽은 동쪽이고 서쪽은 서쪽인 셈이지요. 죄송한 말씀입니다만 여기선 순찰자들과 샤이어 분들을 그렇게 부르거든요. 저 양반에게 관심을 갖다니 참 재미있군요."

그러나 그 순간 맥주를 달라는 주문이 있어 머위는 뒷말을 끝내지 못하고 일어서야만 했다.

프로도는 성큼걸이가 그들이 주고받는 이야기를 모두 알아들었다는 표정으로 이제 자신을 보고 있는 것을 발견했다. 그는 즉시 손짓과 고갯짓으로 프로도에게 가까이 오라고 불렀다. 프로도가 가까이 다가가자 그는 두건을 벗고 희끗희끗하고 텁수룩한 머리를 드러냈다. 차갑고 무표정한 얼굴이었지만 잿빛 두 눈동자는 매우 날카로웠다. 그는 착 가라앉은 음성으로 말했다.

"난 성큼걸이라고 하네. 만나서 반갑군. 언덕지기라고 했지? 머위 영감이 그렇게 말한 것 같은데?"

"그렇습니다."

프로도는 일부러 딱딱하게 대답했다. 그의 날카로운 눈매가 몹시 두려웠던 것이다.

"그런데 언덕지기, 내가 자네라면 자네의 젊은 친구들이 저렇게 이야기를 늘어놓는 걸 놔두진 않을 거야. 술이 있고 난로가 있는 곳에서 우연히 만난 사람들과 담소를 즐기는 것은 좋은 일이지. 하지만 여기는 샤이어가 아니야. 주위엔 이상한 사람들도 있네. 내가 이래라저래라 할 건 아니지만 어쨌든 잘 생각해 보게."

그는 비죽 웃음을 지으며 프로도의 기색을 살폈다. 그러고는 프로도의 얼굴을 직시하며 계속 말을 이었다.

"그리고 최근엔 더 이상한 여행자들도 브리를 거쳐 갔다네."

프로도는 그의 눈길을 마주 보았으나 아무 말도 하지 않았다. 성큼걸이 역시 더 이상 말이 없었다. 그의 눈길이 갑자기 피핀에게로 향했다. 프로도는 이 우스꽝스러운 젊은 툭이 큰말의 뚱보 시장 이야기의 성공에 도취해 이제는 빌보의 송별 잔치를 화제로 삼아 주변의 호빗들을 웃기고 있는 것을 발견하고 깜짝 놀랐다. 그는 이미 빌보의 연설을 흉내 내고 있었고 곧 빌보가 갑자기 사라지는 장면으로 들어갈 찰나였다.

프로도는 불안했다. 사실 이 지방의 호빗들에게는 그 이야기가 강 저쪽에 사는 재미있는 친구들의 재미있는 이야기로 그냥 넘어갈 수도 있었다. 그러나 일부에서는(가령 머위네 영감 같은 이는) 한두 가지 사건을 이미 알고 있을 수도 있었고, 또 빌보가 사라진 사건에 대해서도 오래전에 소문이 돌았을 가능성도 있었다. 그렇게 되면 골목쟁이란 이름도 튀어나올 게 뻔했고, 특히 브리에서 그 이름을 찾는 사람이 있다면 문제가 될 것이었다.

프로도는 어찌할 바를 몰랐다. 피핀은 완전히 분위기에 취해 자신이 지금 얼마나 위험한 짓을 하는지 전혀 의식하지 못하고 있었다. 지금 기분대로라면 반지 이야기까지도 털어놓을지 모른다는 생각에 프로도는 더럭 겁이 났다. 그렇게 되면 큰일이었다.

성큼걸이가 그의 귀에 대고 속삭였다.

"빨리 손을 쓰는 게 좋겠어."

프로도는 벌떡 일어나 테이블 위에 올라서서 이야기를 시작했다. 피핀의 이야기를 듣던 청중들의 눈길이 모두 그에게 쏠렸다. 몇몇 호빗들은 프로도를 보고 언덕지기 씨가 술을 꽤 마셨나 보다 생각하며 손뼉을 치면서 좋아했다.

프로도는 갑자기 바보 같다는 생각이 들어 (이야기할 때의 그의 버릇대로) 주머니 속의 물건들을 만지작거리기 시작했다. 반지의 감촉이 전해지자 그는 자기도 모르게 반지를 끼고 이 난처한 상황에서 빠져나가고 싶은 충동이 문득 일었다. 그런데 어쩐 일인지 그 충동은 외부에서, 즉 방 안의 다른 어떤 사물이나 사람에게서 그에게 전해져 오는 듯한 느낌이 들었다. 그는 유혹을 단호히 거부하고 반지가 손을 빠져나가 말썽을 부리지 못하게 해야겠다는 생각에 반지를 손안에 꼭 움켜쥐었다. 어쨌거나 어색한 상황은 변하지 않았다.

그는 샤이어에서 하는 대로 우선 '몇 마디 인사치레'를 했다.

"여러분들의 따뜻한 환대에 저희 모두는 무어라 감사의 말씀을 드려야 할지 모르겠습니다. 제가 잠시 여기 머무르는 것을 계기로 샤이어와 브리 사이의 오랜 유대 관계가 더 공고해졌으면 하는 바람이 간절합니다."

그리고 그는 잠시 머뭇거리며 헛기침을 했다.

이제 방 안의 모든 사람들이 그를 쳐다보고 있었고, 호빗들 중 하나가 "노래를 해요!" 하고 소리를 지르자 여기저기서 "노래! 노래!" 하는 아우성이 일어났다.

"자, 한 곡만 해 보세요. 우리가 못 들어 본 노래 좀 들어 봅시다!"

프로도는 잠시 입을 벌리고 서 있었다. 그런 절망적인 상황에서 그는 빌보가 꽤 좋아했던 (자신이 작사를 했기에 사실 상당히 자랑스럽게도 여기고 있던) 우스꽝스러운 노래를 부르기 시작했다. 특히 어느 여관에 관한 노래였기 때문에 아마 금방 머릿속에 떠오른 모양이었다. 요즘엔 대개 가사의 일부만 전해지고 있지만 여기 전곡을 싣겠다.

옛날에 한 유쾌한 여관이 있었지
　어느 오래된 잿빛 언덕 아래,
그곳에서는 갈색 맥주를 빚고 있었지.
어느 날 밤 달나라 사람이 내려와
　마시고 흠뻑 취해 버렸지.

마부에겐 비틀거리는 고양이가 있었지
　고양이는 다섯 줄 바이올린을 연주하네.
아래위로 활을 흔들어 대며,
때로는 삑삑거리며 높이, 때로는 가르릉거리며 낮게
　때로는 중간 소리도 내면서.

농담을 한없이 좋아하는
　강아지를 기르는 여관 주인,
손님들이 한바탕 크게 웃을 때면,
그도 우스개에 귀를 기울이다가
　배를 잡으며 웃어 댔지.

어느 여왕 못지않게 오만한
　뿔 달린 암소도 길렀지,
그렇지만 음악만 들으면 술 취한 듯 어지러워,
부숭부숭한 꼬리를 내저으며
　풀밭에서 춤을 추었지.

그리고 오! 줄지어 놓인 은빛 접시들,
　　창고 가득한 은빛 스푼들!
일요일에 쓰이는 특별한 짝이 있어,
토요일 오후만 되면
　　조심스레 닦았지.

달나라 사람이 곤드레만드레하자
　　고양이는 소리치고
접시 하나 스푼 하나가 식탁 위에서 춤을 췄지.
정원의 암소는 미친 듯 날뛰고
　　강아지도 자기 꼬리를 좇아다녔지.

달나라 사람은 한 잔 더 들이켜고
　　의자 밑으로 굴러떨어졌지.
그리고 꾸벅꾸벅 졸더니 꿈속에서 맥주를 만났네.
하늘에선 별빛이 희미해지고
　　새벽이 훤히 밝아 올 때까지.

마부가 비틀거리는 고양이에게 말했지.
　　달나라에서 온 백마들이
히힝거리며 안달이 났는데
주인은 세상모르고 자빠져 있고,
　　해는 금방 떠오르겠어.

고양이는 바이올린으로 헤이 디들 디들 연주를 했지.
　　죽은 사람도 일어날 빠른 곡조로
삑삑거리며 활을 켜는 동안

주인이 달나라 사람을 흔들어 깨웠지,
　　세 시가 넘었어요.

그들은 천천히 언덕 위로 그 사람을 밀어 올려
　　달나라로 던져 올렸지.
뒤에서는 그의 말들이 뛰어오르고
암소는 사슴처럼 껑충거리고
　　접시가 스푼과 함께 달려왔었지.

바이올린은 더 빨리 디딜 둠 디들
　　강아지가 으르렁거렸지.
암소와 말 들은 물구나무를 서고
손님들은 모두 침대에서 튀어나와
　　마룻바닥에서 춤을 추었지.

핑, 퐁 소리와 함께 바이올린 줄이 끊어졌지.
　　암소는 달을 향해 뛰어오르고
강아지는 재미있다고 깔깔거렸지.
토요일의 접시는 일요일의 스푼과 함께
　　어디론가 사라져 버렸지.

둥근 달이 언덕 너머로 굴러 내려갔고
　　태양이 슬며시 고개를 들었지.
불꽃처럼 환한 두 눈을 태양은 믿을 수 없었지.
한낮인데도 아, 놀라워
　　모두들 잠자리에 들어가다니!

한동안 요란한 박수갈채가 쏟아졌다. 프로도는 목청이 좋았기 때문에 모두들 그의 노래에 만족했다.

"보리 영감은 어디 있어? 이 노래를 들어야만 하는 건데. 봅더러 고양이한테 바이올린을 가르치게 하라고, 그러면 우리도 춤을 출 텐데."

그들은 맥주를 더 시키더니 다시 소리치기 시작했다.

"손님, 그거 한 번 더 들어봅시다. 자, 한 번만 더요!"

그들은 프로도에게 술을 한 잔 권하고 노래를 다시 부르게 했고 일부는 따라 부르기도 했다. 곡조가 널리 알려진 것이기도 했지만 그들은 노랫말 외우는 데는 일가견이 있었다. 이젠 프로도가 즐길 차례였다. 그는 테이블 위에서 껑충껑충 뛰면서 노래를 불렀다. '암소는 달을 향해 뛰어오르고' 하는 대목에 와서는 정말 공중으로 펄쩍 뛰어올랐다. 그러나 너무 높이 뛰어올랐던지 술잔이 가득 놓인 쟁반 위에 떨어지면서 미끄러져 우당탕 테이블 밑으로 구르고 말았다. 청중들은 입이 찢어져라 웃어댔지만 곧 입을 벌린 채 그대로 숨을 죽였다. 가수가 사라져 버린 것이었다. 마루 틈새로 구멍도 남기지 않고 사라진 듯 그는 온데간데없었다.

호빗들은 놀라 눈이 휘둥그레지더니 갑자기 벌떡 일어나 큰 소리로 보리아재를 불렀다. 모든 손님들이 샘과 피핀을 구석에 남겨 둔 채 뒤로 물러나 어둠 속에서 의심스러운 눈으로 그들을 노려보았다. 아마도 그들을 알지 못할 힘과 목적을 가진 이상한 마법사의 친구들로 간주하는 것이 분명했다. 그러나 샘과 피핀을 가장 불안하게 한 것은 모든 것을 알고 있는 듯 조롱 섞인 표정으로 그들을 바라보며 서 있던 가무잡잡한 브리 사람이었다. 그가 곧 문을 열고 슬며시 빠져나가자 남쪽에서 왔다던 사팔뜨기가 그 뒤를 따랐다. 둘은 저녁 내내 작은 소리로 이야기를 나누고 있었다.

프로도는 잘못했다는 생각이 들었다. 그는 어찌할 바를 모르고 테이블 밑으로 기어나와, 아무 표정 없이 꼼짝 않고 앉아 있던 성큼 걸이 옆으로 돌아왔다. 프로도는 벽에 등을 기대며 반지를 뽑았다. 어떻게 손가락에 끼워졌는지 알 수가 없었다. 다만 노래를 부르는 동안 주머니에서 그것을 만지작거렸는데, 넘어지지 않으려고 몸의 균형을 잡다가 손을 뻗치는 바람에 손가락에 반지가 끼워진 모양이 었다. 잠시 그는 반지가 무슨 장난을 친 것이 아닐까 하는 생각을 해 보았다. 방 안에서 느껴지는 어떤 소망이나 명령에 대해 반지 스스 로 자신의 존재를 드러내려 했는지 모를 일이었다. 그는 밖으로 나 간 사람들의 표정이 마음에 걸렸다. 그가 모습을 드러내자 성큼걸 이가 말했다.

"도대체, 왜 그런 짓을 했어? 자네 친구들이 저지를 뻔했던 것보 다 더 위험한 짓이야! 자넨 벌써 발을 잘못 디딘 거야! 아니면 손가락 을 잘못 놀렸다고나 할까?"

프로도는 당혹감을 감추지 못하며 대답했다.

"무슨 말씀인지 모르겠습니다."

"잘 아실 텐데 그래. 하지만 일단은 소동이 가라앉을 때까지 여기 서 기다리는 게 좋겠지. 골목쟁이 군, 괜찮다면 조용히 할 말이 있네."

"무슨 말입니까?"

그는 자신이 본명으로 불렸다는 사실을 깨닫지도 못하고 물었다. 성큼걸이는 프로도의 눈을 보며 말했다.

"상당히 중요한 일이지. 우리 둘 다에게. 자네한테는 이로운 이야 길 거야."

"좋습니다. 나중에 이야기하지요."

프로도는 애써 담담한 표정을 지으며 말했다.

한편 난롯가에서는 토론이 벌어졌다. 그제야 머위 씨가 들어와 사 건의 자초지종을 동시에 여러 사람의 입을 통해 듣고 있었다.

"머위 씨, 그 친구가 금방 내 눈앞에 있다가 다음 순간에 안 보이더라고요. 내 말 알아듣겠어요? 노랠 부르다 공중으로 사라졌다니까요."

한 호빗이 열심히 주장했다.

"쑥부쟁이 씨, 설마?"

이해를 못 하겠다는 표정으로 주인이 말했다.

"설마가 아니라니까요! 나는 쓸데없는 소리나 하는 호빗이 아니에요. 게다가……."

쑥부쟁이는 계속 우겼다. 그러나 머위 씨는 고개를 저으며 말했다.

"착각을 하셨겠지. 아무튼 언덕지기 씨가 공중으로 사라졌다는 얘기가 너무 많기는 많군. 담배 연기가 너무 뿌얘서 그런가?"

"도대체 그 친구 지금 어디 있는 거야?"

몇 사람이 물었다.

"내가 어떻게 압니까? 내일 아침에 돈만 낸다면 그 손님이 어디 갔든 난 상관 안 해요. 툭 씨는 지금 저기 앉아 있잖아요. 사라지지 않았다고요."

"내 두 눈으로 똑똑히 보았다니깐."

쑥부쟁이가 계속 우겼다.

"착각한 모양이지."

깨진 그릇과 쟁반을 주워 모으며 머위 씨가 다시 말했다.

그때 프로도가 나섰다.

"물론 착각을 하신 겁니다. 저는 사라지지 않았어요. 여기 있습니다! 구석에서 성큼걸이와 이야기를 나누고 있었지요."

그는 난롯가로 성큼 걸어 나왔다. 그러나 대부분의 사람들은 더 놀란 표정으로 뒷걸음질 쳤다. 그들은 프로도가 떨어진 다음 테이블 밑으로 재빨리 성큼걸이에게 기어갔다는 변명을 전혀 수긍할 수 없었다. 대부분의 호빗들과 브리 사람들은 그날 밤을 즐기려던 생각을 바꾸고 곧바로 사라져 버렸다. 그중 한두 사람은 프로도에게 험상궂은 표정까지 지어 보이며 저희들끼리 뭐라고 투덜거리며 나갔다. 남아 있던 난쟁이들과 두세 명의 이상한 사람들도 주인에게만 인사를 하고 프로도와 그 친구들은 못 본 체하고 떠나갔다. 얼마 지나지 않아 방 안에는 벽 옆에 꼼짝 않고 앉아 있는 성큼걸이밖에 남지 않았다.

머위 씨는 많이 화난 것 같지는 않았다. 아마 그는 오늘 밤의 이 사건을 모두 해결하자면 자신의 여관이 앞으로도 오랫동안 손님들의 토론장으로 쓰일 것이라 계산하는 모양이었다.

"언덕지기 씨, 어떻게 된 겁니까? 우리 손님들을 모두 놀라 쫓겨나게 만들고, 게다가 재주를 부리다가 그릇을 온통 깨 버렸으니 말입니다."

프로도가 정중하게 사과를 했다.

"본의 아니게 폐를 끼쳐 정말 죄송합니다. 정말 터무니없는 실수였어요."

"좋아요, 언덕지기 씨. 하지만 앞으로 또다시 무슨 재주를 부린다거나 마술을 보여주시려면 미리 말씀을 해 주세요. 그리고 '제게도' 알려주시고요. 여기서는 무슨 일이든 이상한 일이 벌어지면 일단 의심부터 하고 봅니다. 아시겠소? 무슨 일이든지 갑자기 좋아하는 법은 없으니까요."

"다시는 그런 일이 없을 겁니다, 머위 씨. 약속하지요. 그러면 이제 우리도 잠자리로 가 봐야겠습니다. 내일 아침 일찍 출발할 예정인데 8시까지 말을 준비해 주실 수 있겠습니까?"

"물론이지요! 하지만 떠나시기 전에 따로 긴히 드릴 말씀이 있습니다, 언덕지기 씨. 당신한테 얘기해야 할 게 이제 생각났어요. 나쁘게는 생각 마세요. 한두 가지 일을 더 마무리한 다음에 객실로 찾아가지요."

"좋습니다."

프로도는 그렇게 대답을 했지만 가슴이 철렁했다. 그는 잠자리에 들기 전에 얼마나 많은 비밀 이야기를 듣게 될지, 또 그 속에서 어떤 사실이 밝혀질지 궁금했다. 이들이 모두 자신을 둘러싸고 음모를 꾸미고 있는 것은 아닐까? 그는 심지어 머위네의 퉁퉁한 얼굴에도 무슨 무서운 흉계가 숨어 있는 것이 아닐까 의심하기 시작했다.

Chapter 10
성큼걸이

프로도와 피핀, 샘은 응접실로 돌아왔다. 촛불이 꺼져 있었다. 메리는 거기 없었고 난롯불도 사그라지고 있었다. 남은 불씨를 살려 장작 두 개를 던져 넣은 후에야 비로소 그들은 성큼걸이가 자신들과 함께 와 있음을 발견했다. 그는 문 옆 의자에 꼼짝도 않고 앉아 있었던 것이다!

"여보세요! 당신은 누군데 여기 들어와 있어요?"

피핀이 물었다.

"난 성큼걸이라고 하네. 그리고 잊어버렸는지는 모르지만 자네 친구가 나하고 조용히 이야기하기로 약속했네."

그러자 프로도가 나섰다.

"나한테 도움이 될 만한 것이 있다고 했는데, 그게 뭐지요?"

"여러 가지지. 하지만 공짜로는 안 되는데."

"무슨 뜻입니까?"

프로도는 날카롭게 물었다.

"놀랄 필요는 없어! 다만 이런 얘기야. 내가 알고 있는 것, 즉 자네에게 도움이 될 충고를 해 줄 테니 그 대가만 치르면 된다는 말이지."

"그 대가란 게 뭐죠?"

그제야 프로도는 자신이 못된 악당에게 걸려들었다는 불길한 예감이 들었고, 돈을 조금밖에 가져오지 않았다는 사실에 생각이 미쳤다. 그 돈을 다 준다 해도 악당이 만족할 리가 없겠지만 그로서는 한 푼이라도 낭비할 수가 없었다. 프로도의 심중을 꿰뚫어 보기라도 하듯 성큼걸이가 비죽 웃으며 말했다.

"자네가 할 수 없는 일은 아니야. 바로 이걸세. 내가 있고 싶을 때까지 자네들 일행에 끼워달라는 거야."

"아, 그래요?"

프로도는 약간 의외란 듯 되물었다. 그러나 아직 완전히 마음을 놓을 수는 없었다.

"내가 아무리 일행이 더 필요하다 해도 그런 제안에는 쉽게 동의할 수 없어요. 당신이 누군지, 무슨 일을 하는지 하나도 모르면서 말입니다."

성큼걸이는 다리를 꼬고 등을 편하게 기대앉으면서 말했다.

"멋진 친구로군! 자네가 이제야 이성을 찾은 것 같군. 잘됐네. 지금까지는 너무 경솔했어. 어쨌든 좋아! 내가 알고 있는 것을 얘기해 줄 테니 그 대가는 자네가 결정하게. 아마 내 얘기를 듣고 나면 기꺼이 내 제안을 받아들일 걸세."

"그렇다면 말씀해 보시죠. 그게 뭡니까?"

프로도가 물었다.

성큼걸이는 엄숙한 표정으로 이야기를 시작했다.

"얘기가 많지, 그것도 모두 어두운 얘기들이라네. 하지만 자네 일은……."

그는 일어나서 문 쪽으로 가더니 재빨리 문을 열고 바깥을 둘러보았다. 그러고는 조용히 문을 닫고 다시 의자에 앉아 낮은 목소리로 계속 이야기했다.

"나는 귀가 예민하지. 그리고 비록 몸을 숨기는 재주는 없지만 마음만 먹으면 산짐승들조차 눈에 띄지 않게 다가가서 붙잡을 수 있어. 그런데 아까 해거름에 브리 서쪽의 동부대로 생울타리 뒤에 있자니까 호빗 네 명이 구릉 지대 쪽에서 오는 게 보이더군. 봄바딜 영감에게 한 말이나 서로 주고받은 이야기를 여기서 모두 되풀이할 필요는 없겠지만 딱 한 가지 내 관심을 끄는 얘기가 있었지. 그들 중 하나가 이런 얘기를 했어. '특히 모두들 기억해야 할 것은 골목쟁이라는 이름을 절대로 써서는 안 된다는 점일세. 내 이름은 이제부터 언덕지기야, 알겠나?' 이 말에 난 호기심이 동해서 여기까지 그들을 따라온 거야. 그들의 뒤를 따라 곧장 서문을 훌쩍 넘어왔지. 골목쟁이 씨는 본명을 숨겨야 할 충분한 이유가 있겠지. 그렇다면 그는 더욱더 조심을 하는 것이 좋을 것 같네."

그러자 프로도는 다시 격앙된 목소리로 말했다.

"내 이름이 브리 사람들에게 왜 관심거리가 되는지 모르겠군요. 그리고 당신이 왜 그 점에 호기심을 느끼는지도 말예요. 성큼걸이 씨도 아마 남을 엿보고 남의 이야기를 엿들어야 할 충분한 이유가 있을 테니 어디 그 얘기부터 들어보지요."

성큼걸이는 껄껄 웃으며 말했다.

"재치가 있군. 하지만 대답은 간단하네. 나는 골목쟁이네 프로도라는 이름의 호빗을 찾고 있었거든. 나는 그를 급히 찾는 중이었지. 사실 그는 나와 내 친구들에게 대단히 중요한 어떤 비밀을 가지고 샤이어를 빠져나오는 중이란 걸 난 알거든."

그러자 프로도가 자리에서 일어나고 샘도 얼굴을 찌푸리며 벌떡 일어났다.

"자, 오해는 말게. 나는 자네들보다 그 비밀을 더 무섭게 생각하는 사람이야. 정말 조심해야 하네."

그는 몸을 앞으로 바짝 당기며 그들을 바라보았다. 그러고는 낮은 목소리로 다시 말을 이었다.

"사방의 어둠을 조심하게! 암흑의 기사들이 이미 브리를 지나갔지. 지난 월요일에 한 놈이 초록길을 따라 내려갔다는 소문이 있고, 또 한 놈이 남쪽에서 초록길을 따라 올라왔다는 정보도 있어."

잠시 침묵이 흘렀다. 마침내 프로도는 피핀과 샘을 향해 말했다.

"아까 문지기의 인사말부터 이상했어. 그때 눈치챘어야 하는데. 주인도 무슨 얘기를 들은 모양이야. 그러면 왜 우리를 밖으로 나오라고 했을까? 어쨌거나 우린 왜 그렇게 바보 같은 짓을 했지? 여기 가만히 있는 건데 그랬어."

그러자 성큼걸이가 끼어들었다.

"맞네, 그게 나았을 걸세. 내가 할 수만 있었다면 자네들이 연회장에 나오는 것을 막았을 거야. 그런데 여관 주인이 허락하지 않더군. 쪽지 전달도 안 되겠다는 거야."

"그렇다면 그가?"

"아닐세. 머위 영감은 나쁜 사람이 아니야. 다만 나 같은 이상한 뜨내기들을 싫어할 뿐이지."

프로도는 어리둥절한 표정으로 그를 바라보았다. 성큼걸이는 입을 씰룩거리며 눈에 이상한 빛을 띠고 말했다.

"자네가 보기에도 내가 좀 악당같이 보이지 않는가? 하지만 곧 서로를 잘 이해할 수 있게 되겠지. 그렇게 된 후에 자네 노래가 끝날 때 일어났던 그 일도 설명을 들었으면 하네. 그 작은 장난……."

"그건 순전히 실수였어요!"

프로도가 말을 가로막았다.

"글쎄, 그렇다면 실수였겠지. 하지만 그 실수 때문에 자네가 위험해졌어."

"이전보다 위험할 것도 없지요. 그 기사들이 나를 쫓아오고 있다는 것은 이미 알고 있었어요. 그리고 어쨌든 지금은 나를 놓치고 떠나가지 않았어요?"

그러자 성큼걸이가 날카롭게 말했다.

"그렇게 낙관하지 말게. 그들은 돌아올 거야. 그리고 더 많은 놈들이 자네를 쫓아올 거야. 나는 그들이 몇 명이라는 것을 알아. 그 기

사들이 누구인지 안단 말이야."

그는 말을 멈췄다. 그의 눈에 냉기가 흘렀다.

"브리에도 믿을 수 없는 사람들이 몇 명 있지. 가령 고사리꾼네 빌 같은 녀석이지. 브리지방에서도 악명 높은 녀석인데 이상한 방문객들이 그의 집을 종종 찾아온다네. 아마 자네도 보았을지 몰라. 조롱하듯이 웃던, 그 얼굴이 가무잡잡한 녀석 말이야. 남쪽에서 올라온 피난민들 중 한 녀석 곁에 앉아 있다가 자네가 그 '실수'를 저지른 후에 곧바로 밖으로 나갔지. 남쪽에서 온 피난민 중 일부도 수상한 녀석들이야. 그리고 고사리꾼 같은 녀석은 누구에게 무엇이든 팔아먹을 수 있는 놈이고. 아니면 일부러 못된 장난을 칠 수도 있겠지."

"고사리꾼이 무엇이든 팔아먹다니, 그게 내 실수와 무슨 상관이 있어요?"

프로도는 성큼걸이가 넘겨짚은 말을 여전히 모르는 척하면서 물었다.

"물론 자네에 관한 소식이지. 조금 전에 자네가 보여 준 묘기를 설명해 주면 지대한 관심을 보일 사람들이 많이 있네. 그러고 나면 자네 진짜 이름은 확인할 필요도 없게 되는 거야. 내 생각으로는 오늘 밤이 새기 전에 아마 그들이 그 소식을 들을 걸세. 이 정도면 충분한가? 나를 길잡이로 데려가든 말든 이제 자네 마음대로 하게. 나는 샤이어와 안개산맥 사이의 지역을 손바닥 들여다보듯 훤히 알고 있어. 오랜 세월 동안 그곳을 돌아다녔거든. 나는 겉보기보다는 나이가 많아. 그리고 자네들한테도 유익할 걸세. 이제부터는 밤낮으로 그 기사들이 경계를 할 테니 자네들은 오늘 밤 이후로 동부대로로 가는 걸 포기해야 할 거야. 아마 브리를 빠져나가서 낮 동안은 달아날 수 있겠지. 하지만 멀리는 못 가. 아무도 도와줄 수 없는 황야나 어느 캄캄한 구석에서 그들이 덮칠지 모를 일이야. 그들을 만나고 싶은가? 무서운 놈들이지!"

호빗들은 그를 바라보다가 그의 얼굴이 고통스럽게 일그러지고 두 손으로 의자의 팔걸이를 꽉 움켜쥐는 것을 보고 놀랐다. 방 안은 쥐 죽은 듯 고요하고 불빛은 더 침침해진 것 같았다. 한동안 그는 과거의 기억을 더듬는 듯, 아니면 어둠 속 저 멀리서 들려오는 소리라도 듣는 듯 두 눈을 감고 있었다. 잠시 후 손으로 이마를 쓸어 올리며 그가 다시 소리쳤다.

"자, 그 추적자들에 대해선 아마도 내가 자네들보다 더 잘 알고 있을 거야. 자네들도 그들을 두려워하고는 있지만 그들이 과연 얼마나 무서운 놈들인지는 잘 모르고 있어. 자네들은 가능한 한 바로 떠나야 하네. 성큼걸이가 아무도 모르는 길로 데려가 주겠어. 같이 가겠나?"

무거운 침묵이 흘렀다. 프로도는 아무 대답도 할 수 없었고 마음속이 의심과 공포로 혼란스러웠다. 샘이 얼굴을 찡그리며 주인을 바라보다가 드디어 입을 열었다.

"감히 제가 먼저 말씀드리자면 전 반대예요! 여기 이 성큼걸이라는 사람이 우리들에게 조심하라고 경고하고 있는데 그 점은 저도 동의해요. 하지만 그는 우선 황야의 유랑자예요. 전 그들에 대해 좋은 이야기를 들은 적이 없어요. 그리고 이 사람이 우리에 대해 뭔가를 알고 있다는 것도 분명해요. 하지만 그렇다고 해서 정말 자기 말대로 아무도 도와줄 수 없는 캄캄한 구석으로 우리를 끌고 가게 할 수는 없는 일이에요."

피핀은 안절부절못하면서 불안한 표정을 지었다. 성큼걸이는 샘의 말에는 상관하지 않고 날카로운 눈길을 프로도에게로 향했다. 프로도는 그와 눈이 마주치자 고개를 돌렸다. 그리고 천천히 말했다.

"안 됩니다. 동의할 수 없어요. 내 생각에 당신은 겉과 속이 일치하지 않는 것 같군요. 당신은 처음에는 브리 사람들처럼 이야기했는데 이제는 목소리가 달라졌어요. 그리고 샘이 말한 대로 당신은 우리에게 조심하라고 주의를 주면서 또 당신을 믿고 따라오라고 하는데, 그 이유를 모르겠어요. 왜 가장을 하는 겁니까? 당신은 누굽니까? 우리들의 일에 관해 당신이 정말 얼마나 알고 있죠? 그리고 그걸 어떻게 알게 된 겁니까?"

그러자 성큼걸이가 쓴웃음을 지으며 말했다.

"사전 교육을 아주 잘 받았군. 하지만 조심하는 것과 망설이는 것은 별개야. 자네들은 자네들만의 힘으로 절대 깊은골까지 갈 수가 없어. 나와 함께 가는 것이 유일한 방법일세. 결정하게. 혹시 도움이 된다면 자네들이 묻는 말에도 대답해 주겠네. 하지만 나를 못 믿는다면 어떻게 내 이야기를 믿을 수 있겠는가? 아직도……."

그 순간 밖에서 노크 소리가 들렸다. 머위 씨가 양초를 가지고 들어섰고, 그 뒤엔 뜨거운 물통들을 든 놉이 서 있었다. 성큼걸이는 재빨리 어두운 구석으로 몸을 숨겼다. 여관 주인이 양초를 테이블 위에 세워 놓으며 말했다.

"안녕히 주무시라는 인사를 드리러 왔지요. 놉! 그 물통들을 각 방에 날라 둬."

여관 주인은 문을 닫은 다음 어색한 표정을 지으며 머뭇거리다가 이야기를 시작했다.

"사실은 이렇습니다. 저 때문에 폐가 됐다면 죄송합니다. 하지만 보시다시피 일이 웬만큼 바빠야지요. 전 바쁜 사람입니다. 그런데 이번 주에 들어와 이 일 저 일 터지면서 기억이 되살아나더군요. 제발 너무 늦지나 않았으면 좋겠습니다. 사실 전 샤이어에서 오는 호빗들을 찾아보라는 부탁을 진작에 받았지요. 특히 골목쟁이라는 이름을 가진 호빗을 말입니다."

"그게 나하고 무슨 상관이 있습니까?"

프로도가 이렇게 말하자 주인은 다 알고 있다는 듯 말했다.

"아, 잘 아실 텐데요. 밖으로 비밀이 새어 나가게 할 생각은 없어요. 실은 골목쟁이란 호빗이 언덕지기란 가명으로 지나갈 것이란 이야기까지 들었지요. 그리고 대강 들은 인상착의가 손님한테 꼭 맞는군요."

"그래요? 어디 한번 들어봅시다."

프로도가 말을 가로막았다.

"빨간 볼을 가진 키가 작고 뚱뚱한 친구."

머위 씨는 엄숙하게 말했다.

피핀은 킬킬거리고 웃었지만 샘은 화가 난 표정이었다. 머위 씨는 피핀을 흘끗 보면서 말을 이었다.

"'호빗들은 모두 그렇게 생겼으니 그 말만 가지고는 잘 모르겠지, 보리?' 그분은 제게 이렇게 일러줬지요. '하지만 그 호빗은 키가 보통보다는 크고 꽤 잘생겼어. 갈라진 턱에 눈이 반짝이는 활달한 친구야.' 죄송합니다만 이건 제 말이 아니고 그분이 말씀하신 겁니다."

"그분이라니, 그게 누굽니까?"

프로도는 초조한 빛을 감추지 못하고 물었다.

"아, 혹시 아시는지 모르겠지만 간달프라는 분이지요. 흔히들 마법사라고 하지만 여하튼 저하고는 아주 친한 사이올시다. 하지만 그 양반이 나중에 만나면 저보고 뭐라고 할지 겁이 납니다. 우리 집 맥주를 모두 쓴맛으로 바꿔 버릴지, 아니면 저를 나무토막으로 만들어 버릴지 모르겠어요. 그분은 성질이 좀 급하니까요. 그런데 일이 벌써 글렀으니."

"도대체 당신이 무슨 잘못을 저질렀단 말입니까?"

머위네가 느적느적 이야기를 풀어 나가자 마음이 급한 프로도가 물었다.

"어디까지 얘기했지요?"

주인은 숨을 들이마셨다가 손가락으로 딱 소리를 내며 다시 이야기를 했다.

"아, 그렇지. 간달프 영감, 그분이 석 달 전에 제 방에 노크도 없이 불쑥 나타났어요. 그리고 이렇게 말했지요. '보리, 난 오늘 아침에 떠나네. 부탁 좀 들어주겠나?' 그래서 말씀해 보시라고 했지요. '난 지금 급하네. 시간이 없어. 샤이어에 연락을 해야 하는데 누구 믿을 만한 사람 좀 보낼 수 있겠나?' 그래서 내일이나 모레 찾아보겠다고 했지요. 그랬더니 '내일로 하게.' 그러면서 편지를 한 통 주더군요. 주소가 이랬어요."

머위 씨는 주머니에서 편지를 꺼내 주소를 천천히 자랑스럽게 읽었다(그는 글을 읽을 줄 안다는 사실을 대단히 자랑스럽게 여겼다).

"샤이어, 호빗골, 골목쟁이집, 골목쟁이네 프로도 씨."

"간달프가 보낸 편지라고요!"

프로도가 소리를 질렀다.

"아, 그러면 당신이 골목쟁이 씨가 맞군요."

"그래요. 빨리 그 편지를 주세요. 왜 진작 보내지 않았어요? 뜸 들이느라 얘기를 오래 했지만 사실은 그 변명을 하러 여기 오신 거죠?"

불쌍한 머위 씨의 얼굴이 벌게졌다.

"맞습니다, 손님. 정말 죄송합니다. 만일 그 때문에 무슨 사고라도 생겼으면 간달프가 뭐라고 하실지 정말 겁이 납니다. 그렇지만 고의로 그런 건 아니었어요. 그리고 편지도 안전하게 보관하고 있었거든요. 그런데 그다음날, 또 그다음날도 샤이어에 선뜻 가겠다고 나서는 사람이 없었어요. 우리 집 애들도 바빴고요. 그러면서 차일피일 미루다가 잊은 겁니다. 장사가 워낙 바빠서요. 혹시 어디 잘못된 일이라도 있으면 제가 힘닿는 대로 도와드릴 테니 말씀만 하세요. 편지는 그렇고 간달프와 약속한 일이 또 있어요. 이런 이야기를 했지요. '보리, 샤이어의 그 친구가 머지않아 이쪽으로 올지도 몰라. 동행이 하나 있을 걸세. 그런데 이름을 언덕지기라고 할 테니 잘 기억해 두게. 하지만 묻지는 말고. 만일 내가 그때 그와 동행하고 있지 않으면 그가 분명히 위험한 처지에 있을 테니 자네 힘닿는 대로 그를 도와주면 정말 고맙겠네.' 그런데 이제 손님이 나타나신 겁니다. 그리고 제가 보기에는 위험이 곧 닥쳐올 것 같거든요."

"무슨 뜻입니까?"

프로도가 물었다. 그러자 주인은 목소리를 낮춰 말했다.

"그 검은 옷을 입은 사람들 말입니다. 그들은 골목쟁이를 찾고 있었어요. 좋은 일로 찾는 게 아닌 건 분명해요. 월요일이었는데 동네 개들이 마구 짖어대고 거위들도 꽥꽥거리더군요. 참 이상한 일이다 하고 있는데 놉이 들어와서 검은 옷을 입은 두 사람이 문간에서 골목쟁이란 호빗을 찾는다고 말하더군요. 놉의 머리카락이 온통 곤두서 있었어요. 나가서 그들을 돌려보내고 문을 쾅 닫았지요. 하지만 나중에 들어보니 그들은 아쳇까지 가면서 집집마다 똑같은 질문을 했다더군요. 그리고 그 성큼걸이라는 순찰자도 역시 똑같이 물었어요. 손님들이 식사도 하기 전에 만나보겠다고 떼를 썼답니다."

그러자 성큼걸이가 갑자기 밝은 곳으로 나오며 말했다.

"떼를 좀 썼지. 그리고 보리아재, 당신이 나를 진작 들여보내 주었더라면 위험이 상당히 줄어들었을 거요."

여관 주인이 놀라 펄쩍 뛰었다.

"당신은! 당신은 항상 소리 없이 나타나는군요. 여기서 뭘 하고 있는 겁니까?"

"내가 허락했습니다. 날 도와주러 왔다는군요."

프로도가 대답했다.

그러자 머위 씨는 성큼걸이를 수상쩍게 바라보며 말했다.

"글쎄, 손님 일이니까 잘 알아서 하시겠지요. 하지만 제가 손님같이 위험한 처지에 있다면 순찰자와 같이 있지는 않을 겁니다."

그러자 성큼걸이가 말했다.

"그러면 누구하고 같이 있겠소? 하루 종일 손님들이 불러 대야 겨우 자기 이름이나 기억하는 뚱보 여관 주인하고 같이? 이 친구들은 조랑말 여관에 오래 있을 수도 없고, 집으로 돌아갈 수도 없소. 앞으로 갈 길이 멀거든. 당신이 함께 가서 그들을 지켜 주겠소?"

"내가? 브리를 떠난다고! 억만금을 준다 해도 그렇게는 안 돼요!"

머위 씨는 정말 겁먹은 표정을 지었다.

"그런데 언덕지기 씨, 왜 여기서 며칠 조용히 숨어 있으면 안 됩니까? 요 며칠 사이에 벌어진 이상한 일들은 뭐가 뭔지 모르겠습니다. 그 검은 옷을 입은 사람들은 누구를 쫓고 있는 건가요? 어디서 온 사람들입니까?"

"미안하지만 모두 다 설명할 수가 없어요. 난 지금 피곤하고 몹시 불안합니다. 그리고 이야기를 하자면 길어져요. 그러나 당신이 나를 돕고 싶다 해도 한 가지 말씀드리지 않을 수 없는 것은, 내가 이 집에 있으면 있을수록 당신이 더 위험에 처하게 된다는 점입니다. 그 검은 기사들은 자세히는 모르지만 아마……."

그때 성큼걸이가 낮은 목소리로 끼어들었다.

"모르도르에서 왔지. 보리아재, 당신이 그 이름을 아는지 모르겠지만, 그놈들은 모르도르에서 온 거요."

그러자 머위 씨는 파랗게 질려 소리쳤다. 그 이름을 아는 모양이었다.

"맙소사! 제 평생 브리에서 들어 본 것 중에 가장 무서운 소식이군요."

"그렇습니다. 그래도 아직 날 돕고 싶은 생각이 있나요?"

프로도가 묻자 머위 씨는 머뭇거리며 말했다.

"그럼요. 전보다 많이 도와드려야지요. 비록 나 같은 사람이 대항해 싸워야 할 적이 바로……."

성큼걸이가 나직이 말했다.

"동쪽의 어둠이지요. 조금만 도와주면 됩니다. 보리아재, 오늘 밤 언덕지기 씨가 이 집에서 언덕지기란 이름으로 지내게만 해 주면 고맙겠소. 그가 내일 떠날 때까지 골목쟁이란 이름은 잊어 주시오."

"물론 그렇게 하지요. 하지만 제가 손님을 보호하고 있다는 것을 그들이 눈치챌까 봐 걱정입니다. 골목쟁이 씨가 오늘 저녁 사람들의 주목을 받게 된 것도 매우 걱정스럽습니다. 빌보 씨가 사라졌다는 소문은 이미 여기까지 퍼졌습니다. 우리 집 얼간이 놉도 그 둔한 머리로 약간은 짐작하고 있거든요. 게다가 브리에는 보기보다 머리가 잘 돌아가는 사람들이 더러 있어요."

프로도가 말했다.

"알겠습니다. 우린 다만 그 기사들이 돌아오지 않기를 바랄 뿐입니다."

머위네가 말했다.

"저도 그런 일이 일어나지 않길 바랍니다. 어쨌든 유령인지 귀신인지 모를 그 기사들이 우리 여관을 호락호락 쳐들어올 수는 없을 겁니다. 내일 아침까지는 아무 걱정 마세요. 놉도 아무 말 하지 않을 겁니다. 제가 두 다리로 버티고 있는 한 그 검은 옷을 입은 놈들이 우리 집 문안에 발을 들여놓을 수는 없습니다. 저희 집에서 일하는 애들과 함께 제가 직접 오늘 밤 보초를 설 테니 걱정 말고 주무십시오."

프로도가 말했다.

"어쨌든 우리는 새벽같이 일어나야 합니다. 가능한 한 빨리 떠나는 것이 낫겠어요. 여섯 시 반에 아침 식사를 부탁합니다."

"물론이지요! 그렇게 일러두겠습니다. 안녕히 주무세요, 골목쟁이, 아차, 언덕지기 씨. 자, 그럼 안녕히들 주무십시오. 참! 그런데 강노루 씨는 어디 계십니까?"

"잘 모르겠는데요."

프로도는 갑자기 걱정이 되기 시작했다. 그들은 모두 메리를 잊고 있었다. 벌써 밤도 꽤 깊은 시간이었다.

"밖에 나가지 않았나 모르겠군요. 아까 바람 쐬러 간다는 소리를 들은 것 같은데."

머위네가 말했다.

"어린애들처럼 따라다녀야 말썽이 없을까, 원! 놀이터에 놀러 나온 걸로나 생각하는 모양이죠? 저는 가서 빨리 문단속을 해야겠습니다. 하지만 손님들 친구가 오면 들여보내죠. 놉을 내보내서 찾아보는 것이 낫겠군요. 모두들 안녕히 주무십시오!"

머위 씨는 여전히 의심스러운 눈초리로 성큼걸이를 다시 한번 돌아보고 밖으로 나갔다. 그의 발소리가 점점 멀어져 갔다.

"어이! 그 편지는 언제나 뜯을 건가?"

성큼걸이가 물었다. 프로도는 편지를 뜯기 전에 밀봉이 그대로 되어 있나 유심히 살펴보았다. 봉투 안에는 분명 마법사의 굵고 우아한 필치로 다음과 같은 내용이 적혀 있었다.

샤이어력 1418년, 한 해의 가운뎃날,
브리의 달리는조랑말에서.

사랑하는 프로도!
좋지 않은 소식이 들려와서 곧 가 봐야겠네. 자네도 빨리 골목쟁이집을 떠나는 것이 좋겠어. 늦어도 7월 말 이전에는 샤이어를 출발하게. 가능한 한 빨리 돌아오겠지만 이미 자네가 떠났으면 뒤를 따라감세. 혹시 브리를 지나가게 되면 거기에 내게 쪽지를 남겨 두게. 주인(머위네)은 믿을 만한 사람일세. 그리고 또 동부대로에서 내 친구들 중 하나를 만날지도 모르겠네. 키가 크고 호리호리하고 얼굴이 시커면 친군데 흔히들 성큼걸이라고 부르지. 그는 우리가 하는 일을 알고

있으니 자네를 도와줄 걸세. 깊은골로 가게. 거기서 다시 만날 수 있기를 빌겠네. 만약 내가 못 가면 엘론드가 충고를 해 줄 걸세.

그럼, 이만 총총.

간달프. 🝐

추신. '그것'을 다시는 사용하지 말게. 어떤 이유로도 말이야. 밤에는 여행하지 말게! 🝐

다시 추신. 성큼걸이가 진짜인지 확인할 것. 노상에는 이상한 작자들이 너무 많네. 그의 진짜 이름은 아라고른이네. 🝐

> 황금이라고 해서 모두 반짝이는 것은 아니며,
>   방랑자라고 해서 모두 길을 잃은 것은 아니다.
> 속이 강한 사람은 늙어도 쇠하지 않으며,
>   깊은 뿌리는 서리의 해를 입지 않는다.
> 잿더미 속에서 불씨가 살아날 것이며,
>   어둠 속에서 빛이 새어나올 것이다.
> 부러진 칼날이 다시 벼려질 것이며,
>   잃어버린 왕관은 다시 찾을 것이다.

또다시 추신. 머위네가 이 편지를 신속하게 전해 주었으면 좋겠는데. 훌륭한 사람이긴 한데 까마귀 고기를 먹었는지 기억력이 엉망이라네. 필요한 것은 꼭 잊어버리니 말일세. 만약 잊어버리면 이번에는 바싹 구워 버릴 셈이네.

그럼, 안녕! 🜍

프로도는 혼자 편지를 다 읽고 나서 피핀과 샘에게 그것을 넘겨

주며 투덜거렸다.

"머위 영감이 일을 모두 엉망으로 만들었군! 정말 바싹 구워 버려야겠어. 이 편지를 그때 즉시 받았다면 우리는 지금쯤 깊은골에 무사히 도착했을 텐데. 그런데 간달프에겐 무슨 일이 생긴 걸까? 마치 대단히 위험한 곳으로 떠나가듯 적고 있으니 걱정이 되는군."

"오랫동안 계속해 온 일일세."

성큼걸이가 말했다. 프로도는 간달프의 두 번째 추신을 생각하면서 고개를 돌려 그를 바라보았다.

"왜 진작 간달프의 친구라고 말하지 않았습니까? 그랬으면 시간이 절약되었을 텐데요."

"그럴까? 하지만 자네들은 지금까지 나를 믿으려 하지 않았어. 나는 그 편지에 대해서는 아무것도 몰랐고. 그러니 내가 자네들을 도와주려면 아무 증거 없이도 자네들이 나를 신뢰할 수 있도록 설득해야만 한다고 생각했네. 어쨌든 간에 처음부터 자네들한테 나의 정체를 드러내 보일 생각은 없었지. 나도 자네들을 먼저 살펴본 뒤에야 진짜인지 확인할 수 있지 않겠는가? 대적이 훨씬 전에 벌써 내 앞에 함정을 파 놓았거든. 그러나 마음속으로 확신한 뒤로는 곧바로 자네들의 질문에 무엇이든 대답할 준비가 되어 있었네. 하지만 내 마음속으로는……."

그는 어색한 미소를 지으며 덧붙였다.

"나 자신을 위해서 자네들이 나를 좋아해 주기를 바랐네. 쫓기는 사람은 가끔 남의 불신에 짜증이 나고 따뜻한 우정이 그리울 때가 있는 법이거든. 하지만 내 인상이 워낙 고약해서 그런 기대는 좀 지나치겠지?"

"그럼요. 어쨌든 첫눈에는……."

간달프의 편지를 읽고 마음을 놓은 피핀이 웃으며 말했다.

"하지만 샤이어 속담에는 거죽보다 속마음이란 말이 있답니다.

그리고 아마 저라도 숲속이나 도랑에서 며칠만 뒹굴면 인상이 그렇게 되고 말 겁니다."

"자네가 성큼걸이처럼 보이려면 황야에서 몇 날, 몇 주, 아니 몇 년을 보내도 부족할 걸세. 그보다도 우선 지금의 자네보다 튼튼해지지 않고서는 그렇게 되기도 전에 먼저 저세상에 가 있겠지."

성큼걸이의 대구에 피핀은 다시 기가 꺾였다. 그러나 샘은 전혀 겁내지 않고 여전히 성큼걸이를 의심스러운 눈초리로 쳐다보았다.

"당신이 간달프가 말한 진짜 성큼걸이인지 우리가 어떻게 압니까? 이 편지가 나오기 전까지만 해도 당신은 간달프에 대해서는 한마디도 안 했어요. 내가 보기에 당신은 지금 우리와 함께 가려고 연극을 꾸미는 것 같은데요. 어쩌면 진짜 성큼걸이를 해치고 옷을 뺏어 입었는지도 모르죠. 대답해 보세요."

"맹랑한 친구군. 감지네 샘, 미안하네만 내가 자네한테 해 줄 수 있는 대답은 이것뿐일세. 만약 내가 성큼걸이를 해치웠다면 자네들도 이미 목숨이 붙어 있지 못했을 걸. 무슨 말이냐 하면 이렇게 길게 얘기할 필요도 없이 자네들을 벌써 해치우고 말았을 거란 말일세. 만약 내가 반지를 빼앗으려고만 했다면 이미 손에 넣고도 남았을 거야. 자, 보게!"

그가 의자에서 몸을 불쑥 일으키자 갑자기 키가 쑥쑥 커지는 것 같았다. 그의 두 눈엔 날카롭고 위압하는 듯한 빛이 번득였다. 그는 외투를 벗어 던지고 옆구리에 감추고 있던 장검의 손잡이에 손을 갖다 댔다. 호빗들은 숨조차 크게 내쉴 수 없었다. 샘은 벙어리가 된 듯 입을 벌리고 그를 쳐다볼 뿐이었다.

"하지만 다행히도 나는 진짜 성큼걸이야."

그는 돌연 온화한 표정으로 돌아가서 그들을 그윽한 눈길로 내려다보았다.

"나는 아라소른의 아들 아라고른이오. 내 목숨이 다할 때까지 그대들을 지켜주겠소."

긴 침묵이 흘렀다. 한참을 망설이던 프로도가 먼저 침묵을 깼다.

"나는 이 편지를 보기 전부터 당신이 친구인 걸 알았습니다. 적어도 그렇기를 바라고 있었지요. 당신은 오늘 저녁에 나를 여러 번 놀라게 하셨지만, 대적의 하수인들의 방식과 다르다는 생각이 든 겁니다. 그들의 첩자라면 아마 더 잘생기긴 했겠지만 어떤 거부감이 느껴졌을 테지요. 제 말이 무슨 뜻인지 아시겠죠?"

성큼걸이는 껄껄 웃었다.

"알고말고. 내가 생긴 건 이리 고약해도 호감은 간단 말이지, 맞나? '황금이라고 해서 모두 반짝이는 것은 아니며, 방랑자라고 해서 모두 길을 잃은 것은 아닐세.'"

프로도가 놀란 얼굴로 물었다.

"그러면 그 시는 당신을 두고 한 말입니까? 저는 그 뜻이 무언지 몰랐습니다. 그런데 간달프의 편지를 보지 않고도 거기 있는 내용을 어떻게 아십니까?"

"나도 몰랐네. 하지만 내 이름은 아라고른이고 그 시구는 그 이름에 어울리지."

그는 돌연 칼집에서 칼을 빼 들었다. 호빗들은 그 칼이 손잡이 아래로 60센티미터 정도 되는 곳에서 부러져 있는 것을 보았다.

"이보게, 샘! 이 칼은 아직까지 살생을 저지른 것 같지는 않지? 그러나 이 칼을 다시 벼려야 할 때가 가까웠네."

샘은 아무 말도 하지 않았다.

"자, 이제 샘이 허락한 셈이니 그 문제는 해결된 것으로 하고 성큼걸이가 자네들의 길잡이가 되겠네. 내 생각엔 지금은 잠자리에 들어 최대한 휴식을 취할 시간이야. 내일은 꽤 어려운 길이 될 걸세. 우리가 브리를 무사히 빠져나갈 수 있다 하더라도 아무도 눈치채지 못하게 빠져나갈 수는 없어. 그래서 가능한 한 빨리 샛길로 숨어들 계획일세. 동부대로 말고 브리지방을 빠져나가는 길을 한두 군데 알고 있지. 그리고 일단 추적만 벗어나면 바람마루로 곧장 향할 것이고.”

“바람마루? 거긴 어딥니까?”

샘이 물었다.

“동부대로 바로 북쪽에 있는 야산인데 여기서 깊은골로 가는 길목 중간쯤에 있네. 거기서는 사방이 멀리까지 보이니 거기까지 가서 한번 둘러보세. 만약 간달프가 우리를 따라온다면 분명히 그곳으로 올 거야. 바람마루를 지나서는 길이 험한 곳이 여러 군데 있지.”

프로도가 물었다.

“간달프를 마지막으로 본 것이 언제였나요? 지금은 어디서 무얼 하고 있는지 아십니까?”

성큼걸이의 표정이 심각해졌다.

“나도 모르네. 지난봄에 간달프와 함께 서쪽으로 왔어. 그가 다른 곳에서 바쁜 일이 있었기 때문에 지난 몇 년 동안은 내가 쭉 샤이어의 경계 지역을 지키고 있었지. 간달프가 항상 경계를 해야 한다고 했거든. 우리가 마지막으로 만난 것이 5월 초하루 브랜디와인강 하류의 사른여울에서였는데, 자네와 일이 잘 진행되었다면서 자네가 9월 마지막 주에 깊은골로 출발할 거라고 하더군. 나는 그가 자네와 함께 있는 줄 알고 내 볼일 때문에 여행을 떠났는데 그것이 잘못이었어. 분명히 무슨 소식을 들은 모양인데, 나도 가까이 없어서 도와줄 수가 없었지.

간달프를 알게 된 후로 이번처럼 걱정되기는 처음일세. 만약 올 수가 없었으면 연락이라도 했을 텐데 말이야. 며칠 전에 여행에서 돌아왔을 때 그 나쁜 소식을 들었지. 간달프가 사라지고 기사들이 나타났다는 소문이 사방에 짜하게 퍼졌더군. 나는 이 소식을 길도르의 요정들에게서 들었는데 그들이 나중에 자네가 출발했다는 소식도 전해주었지. 하지만 노룻골을 떠났다는 소식은 듣지 못했기 때문에 그 후로 동부대로로 가는 길목에서 계속 기다리고 있었네.”

“검은 기사들이 나타난 것과 간달프가 사라진 것이 무슨 관계가 있나요?”

프로도가 물었다.

“내가 알기로는 간달프의 앞길을 막을 수 있는 자는 바로 대적 그자 말고는 없네. 하지만 희망을 잃진 말게. 간달프는 샤이어의 호빗들이 생각하는 것 이상으로 위대한 분일세. 자네들이 본 것은 그의 불꽃놀이와 장난감밖에 없겠지만 우리들이 하고 있는 이 일은 그의 임무 중에서도 가장 중요한 것일세.”

피핀이 하품을 했다.

“죄송하지만 너무 졸려서 못 견디겠어요. 걱정이고 위험이고 간에 우선 잠부터 자야겠어요. 아니면 여기서 그냥 곯아떨어져 버릴 것 같은데요. 그런데 이 멍청이 메리는 어디 갔지? 이 깜깜한 밤중에 찾으러 나가 봤자 헛수고일 테고.”

그 순간 그들은 문이 쾅 닫히는 소리를 들었다. 복도를 따라 요란한 발소리가 들리더니 메리가 황급히 뛰어들고 놉이 뒤따라 들어왔다. 그는 재빨리 문을 닫고 그 앞에 막아 섰다. 그들은 모두 놀라서 숨을 헐떡거리고 있는 메리를 바라보고만 있었다.

“놈들을 봤어요, 프로도! 그 검은 기사들을 봤단 말입니다.”

“검은 기사들을? 어디서?”

“여기, 이 마을에서요. 아까 방 안에서 한 시간쯤 있다가, 아무리 기다려도 돌아오지 않기에 바람이나 쐬려고 산책을 나갔어요. 한 바퀴 돌고 돌아오는 길에 여관 바깥의 등불 밑에서 별빛을 바라보며 한참 서 있었는데, 갑자기 소름이 끼쳐 오면서 뭔가 무서운 것이 가까이 기어오는 듯한 느낌이 들었어요. 길 건너 등불이 비치지 않는 어둠 속에 더 시커먼 무슨 물체가 있는 것 같더니 곧 소리도 없이 어둠 속으로 사라졌어요. 말은 보이지 않았어요.”

성큼걸이가 갑자기 날카롭게 물었다.

“어느 쪽으로 사라졌나?”

메리는 그제야 낯선 사람을 알아채고는 움찔했다. 그러자 프로도가 말했다.

“계속해! 간달프의 친구분인데, 나중에 차차 이야기해 줄게.”

“대로를 따라 동쪽으로 올라가는 것 같았어요. 따라가 보려고 했는데 금방 사라져 버렸어요. 그래도 길모퉁이를 돌아서 대로 맨 끝에 있는 집까지는 가 봤어요.”

성큼걸이가 놀랍다는 듯이 메리를 바라보았다.

“담력이 대단하군. 하지만 어리석은 일이었네.”

메리는 개의치 않고 계속했다.

“잘 모르겠지만, 그건 용감해서도 아니고 어리석어서도 아니었어요. 나 자신도 속수무책으로 끌려가는 듯한 느낌이 들었단 말이에요. 하여간에 그렇게 가다가 생울타리 옆에서 어떤 목소리를 들었어요. 하나는 중얼중얼하는 듯한 소리였고 다른 하나는 속삭이는 것 같기도 하고 쉬쉬거리는 소리 같기도 했어요. 하지만 한마디도 알아들을 수가 없었어요. 거기부터는 온몸이 떨리고 더 이상 가까이 갈 수도 없어서 가만있다가 더럭 겁이 나서 뒤로 돌아서서 죽어라 달렸지요. 그런데 뒤에서 무언가가 뒤쫓아오는 바람에 그만 넘어지고 말았어요.”

놉이 설명을 했다.

“제가 손님을 발견했습니다. 머위 씨가 저에게 등불을 들고 나가 보라고 했어요. 그래서 처음에는 서문으로 갔다가 다시 남문 쪽으로 가 봤지요. 고사리꾼네 빌의 집 바로 옆 대로에 뭔가가 보이더군요. 확실하진 않지만 마치 두 사람이 몸을 숙이고 무엇을 들어 올리는 것 같았어요. 그래서 소리를 지르며 달려갔더니 그들은 흔적도 없고 강노루 씨만 길가에 쓰러져 있더군요. 잠이 든 것 같았습니다. 그래서 흔들어 깨웠더니 '깊은 물속에 빠졌던 것 같군.' 하고 말하긴 하는데 정신이 나간 사람 같았어요. 그런데 몸을 일으켜 세우려 하자 벌떡 일어나더니 미친 듯이 여기까지 달려온 겁니다."

그러자 메리가 말했다.

"무슨 말을 했는지는 기억나지 않지만 그게 사실인 것 같아요. 무시무시한 꿈이었는데 기억도 나지 않아요. 온몸이 조각조각 찢어지는 것 같았어요. 나를 덮친 것이 뭔지 모르겠어요."

성큼걸이가 말했다.

"암흑의 입김이지. 그 기사들은 마을 외곽에 말을 세워 두고 서문으로 몰래 들어온 것이 틀림없어. 지금쯤은 고사리꾼네 빌도 만나 보았을 테니 소식을 다 알고 있겠군. 그 남부인도 역시 첩자였던 것 같고. 오늘 밤 브리를 떠나기 전에 무언가 일이 벌어질지도 모르겠네."

메리가 물었다.

"어떻게 될까요? 그들이 여관을 공격할 것 같습니까?"

"그러지는 않을 거야. 그들은 아직 여기에 모두 모이지도 못했고, 또 그렇게 공격하는 것은 그들 방식이 아니지. 그들은 어둡고 인적이 드문 곳에선 아주 강한 힘을 발휘하지만 불빛이 있고 사람들이 많은 집은 급박한 경우를 제외하고는 함부로 공격하지 않아. 그리고 아직은 에리아도르의 여러 마을이 근처에 있지 않은가! 그러나 그들의 위력은 그들이 내뿜는 공포에 있지. 이미 브리 사람들 몇몇은 그들의 손아귀에 들어갔어. 그들은 불쌍한 사람들을 이용해서 나쁜 짓을 벌이겠지. 고사리꾼과 낯선 사람들 몇 명, 그리고 문지기 해리도 그 속에 낀 것 같네. 월요일에 그들이 해리와 얘기하는 것을 보았는데, 그들이 지나간 뒤에 보니 그가 안색이 백지장처럼 되어 떨고 있었지.”

“사방이 적으로 둘러싸인 것 같습니다. 어떻게 해야 될까요?”

프로도가 물었다.

“일단은 자네들 방에 돌아가지 말고 이 방에 있게! 기사들은 자네들 방이 어딘지 분명히 알고 있을 거야. 호빗들 침실은 북쪽으로 창이 나 있고 지면에 가깝거든. 이 방에 모두 함께 모여서 유리창과 출입문을 봉쇄하는 것이 좋겠어. 우선 내가 놉과 함께 가서 자네들 짐을 가져오겠네.”

성큼걸이가 나가자 프로도는 메리에게 저녁 식사 후에 있었던 일을 빠르고 상세하게 설명해 주었다. 성큼걸이와 놉이 돌아왔을 때 메리는 아직도 간달프의 편지를 읽으며 고개를 갸우뚱하고 있었다.

놉이 말했다.

“자, 손님들, 제가 침대마다 시트를 부풀려 놓고 복판에다가 덧베개를 접어 넣어 두었습니다. 그리고 골목…… 언덕지기 씨, 손님 머리는 갈색 양털 깔개로 멋지게 꾸며 놓았지요.”

그가 싱긋 웃자 피핀도 따라 웃었다.

“진짠 줄 알겠죠? 하지만 가짜인 것이 탄로 나면 어떻게 하지요?”

그러자 성큼걸이가 말했다.

“어쨌든 아침까지만 이 요새를 지키도록 힘써 보세.”

“모두들 안녕히 주무십시오.”

놉은 인사를 하고 경계를 서기 위해 현관문으로 나갔다. 그들은 짐과 옷을 응접실 바닥에 모두 쌓아 놓았다. 그러고는 낮은 의자를 출입문 앞에 당겨다 막고 창문을 가렸다. 프로도는 창문 틈으로 별빛이 아직 환한 것을 보았다. 브리언덕 위로 북두칠성이 환하게 빛나고 있었다. 그러고 나서 그는 창문을 닫고 무거운 안쪽 덧문을 내린 다음 커튼을 쳤다. 성큼걸이는 난롯불을 더 살린 뒤에 촛불을 모두 껐다.

호빗들은 모두 난로 쪽으로 발을 향한 채 담요 속으로 기어들었다. 그러나 성큼걸이는 문 앞에 막아 놓은 의자에 자리를 잡았다. 메리가 아직도 궁금한 것이 있었기 때문에 그들은 누워서도 이야기를 더 했다. 메리는 담요 속에서 몸을 굴리며 낄낄거렸다.

"암소가 달에 뛰어올랐다고요? 정말 한심해요, 프로도 씨! 나도 그 장면을 봤어야 하는 건데. 브리 사람들은 그 이야기를 앞으로 백 년 동안 두고두고 할 겁니다."

"동감일세."

성큼걸이가 말했다. 그러고 나서 그들은 모두 입을 다물었고, 호빗들은 차례로 잠이 들었다.

Chapter 11
어둠 속의 검

그들 일행이 브리의 여관에서 잠자리를 준비하고 있을 때, 노룻골에는 어둠이 무겁게 내려앉고 있었다. 골짜기와 강둑을 따라 밤안개가 떠돌았고 크릭구렁의 집은 정적에 휩싸여 있었다. 볼저네 뚱보는 가만가만 문을 열고 밖을 내다보았다. 그는 그날 하루 종일 까닭모를 두려움에 사로잡혀 잠도 잘 자지 못했고 맘 놓고 쉬지도 못했다. 숨통을 조이는 듯한 밤공기가 사방에서 엄습해 왔다. 그가 어둠을 한참 응시하고 있을 때 갑자기 눈앞의 나무 밑에서 검은 그림자가 어른거렸다. 대문이 저절로 열리더니 소리도 없이 닫히는 것 같았다. 순간 그는 엄청난 공포가 자신을 휘어잡는 것을 느꼈다. 그는 마루로 흠칫 물러나서 정신없이 떨며 서 있다가 얼른 방문을 닫고 빗장을 걸었다.

밤이 깊어 갔다. 그는 길을 따라 살금살금 말을 끌고 오는 소리를 들었다. 그 소리는 대문 앞까지 와서 그쳤다. 밤의 그림자가 대지를 뒤덮듯이 세 개의 검은 그림자가 집 안으로 쓱 들어섰다. 하나는 방문 앞에 섰고 나머지 둘은 양쪽 집 모퉁이 쪽에 지켜 섰다. 그러나 그들은 마치 바위 그림자처럼 꼼짝도 하지 않았고 밤은 서서히 깊어갔다. 어둠에 휩싸인 집과 나무들은 숨을 죽이고 무슨 일이 일어나기를 기다리고 있는 것 같았다.

나뭇잎이 가늘게 떨리기 시작하더니 멀리서 닭 울음소리가 들려왔다. 날이 새기 직전의 차가운 새벽 공기가 집 주위를 둘러쌌다. 그때 문 앞의 그림자가 움직이기 시작했다. 칼집에서 빠져나온 칼날이 달도 없고 별도 없는 칠흑 같은 밤하늘에 섬뜩한 빛을 뿜어냈다. 희미하지만 둔중하게 치는 소리가 나더니 방문이 흔들리기 시작했다.

"문을 열라! 모르도르의 이름으로!"

나직하지만 위협적인 목소리였다. 또 한 번 쿵 소리가 나더니 빗장이 부서지고 방문이 안으로 벌렁 나자빠져 버렸다. 검은 그림자들이 재빠르게 안으로 들이닥쳤다.

그 순간 집 근처 숲속에서 뿔나팔 소리가 울렸다. 그 소리는 언덕 꼭대기의 봉화처럼 순식간에 밤공기 속으로 퍼져 나갔다.

"비상! 비상! 불이다! 적이다! 비상!"

볼저네 뚱보는 멍청이가 아니었다. 그는 검은 그림자가 마당을 가로질러 오는 것을 보자마자 도망치지 않으면 살 수 없으리란 생각이 퍼뜩 들었다. 그는 뒷문으로 빠져나와 뒷마당을 가로질러 들판으로 죽을힘을 다해 뛰었다. 그러나 그 집에서 가장 가까운 인가는 1킬로미터 이상이나 떨어져 있었다. 그는 근처 인가에 도착하자마자 문 앞에서 쓰러지고 말았다.

"안 돼, 안 돼, 안 돼! 아니야, 나는 아니야! 나한테는 없어!"

그는 계속 소리를 질렀다. 주변의 호빗들이 그가 질러 대는 소리를 알아듣는 데는 한참 시간이 걸렸다. 마침내 그들은 노룻골에 외적이 쳐들어왔다고 생각했다. 아마도 묵은숲에서 이상한 공격을 해 오는 것으로 생각한 그들은 즉각 행동을 개시했다.

"비상! 불이야! 적이다!"

강노루네 호빗들은 근 백 년 동안 사용한 적이 없던 노룻골의 뿔나팔을 불어 댔다. 그것은 브랜디와인강까지 꽁꽁 얼어붙은 그 '혹한의 겨울'에 흰 늑대들이 쳐들어왔을 때 말고는 사용한 적이 없었던 것이었다.

"비상! 비상!"

멀리서 응답하는 뿔나팔 소리가 들려왔다. 구석구석까지 경보가 퍼졌다.

검은 그림자들은 서둘러 집을 빠져나갔다. 그들 중 하나가 달려나가면서 층계에 호빗용 외투를 떨어뜨렸다. 그들은 급히 말을 몰아 어둠 속으로 사라져 버렸다. 크릭구렁 일대가 순식간에 발칵 뒤집혀 뿔나팔 소리와 허둥대는 발소리들로 온통 난장판이 되어 버렸다. 암흑의 기사들은 등 뒤의 소동에도 아랑곳 않고 질풍처럼 북문 쪽으로 치달았다.

'꼬마 녀석들, 계속 불어 보라고! 나중에 사우론에게 혼 좀 날 거다!'

그들에게는 또 다른 임무가 있었다. 이제 그 집은 텅 비어 있고 반지도 사라졌다는 것을 알았기 때문이었다. 그들은 북문의 경계선을 넘어 샤이어 땅에서 사라졌다.

밤이 깊지 않았을 때 프로도는 갑작스럽게 깨어났다. 어떤 소리나 형체 같은 것이 그의 꿈자리를 괴롭힌 것 같았다. 그는 의자에 앉아서 보초를 서고 있는 성큼걸이를 보았다. 난롯불은 새로 지펴 넣은 듯 활활 타오르고 있었고 그의 눈은 그 불빛을 받아 번득이고 있었다. 그는 꿈쩍도 않고 자리를 지키고 있었다.

프로도는 곧 다시 잠에 들었으나 꿈자리는 다시 바람 소리와 달리는 말발굽 소리로 어지러웠다. 바람이 주위를 빙빙 돌며 집을 흔들어 댔고 멀리서는 뿔나팔 소리가 요란하게 들려왔다. 그는 눈을 번쩍 떴다. 여관 마당에서 수탉이 기운차게 울어 댔다. 성큼걸이는 커튼을 걷고 쨍 소리를 내며 덧문을 열어젖혔다. 열린 창문으로 희미한 새벽빛이 방 안에 쏟아지고 찬 공기가 선뜻하게 밀려들었다.

성큼걸이는 호빗들을 모두 깨우고는 곧 침실로 데려갔다. 침실의 광경을 보고서야 그들은 성큼걸이의 충고가 옳았다는 것을 알았다. 창문은 바깥에서 억지로 열어젖힌 듯 덜렁거리고 커튼이 펄럭였다. 침대는 엉망으로 흩어지고 덧베개들은 난도질당해서 마룻바닥에 뒹굴고 있었으며 갈색 깔개는 아예 갈기갈기 찢겨 있었다.

성큼걸이는 즉시 주인을 불러왔다. 불쌍한 머위 씨는 졸린 듯 연신 선하품을 해 대다가 방 안의 광경을 보고 경악을 금치 못했다. 그는 밤새 한잠도 자지 않았지만 아무 소리도 못 들었다고 말했다. 그는 공포에 사로잡혀 두 손으로 머리를 움켜쥐며 소리쳤다.

"내 평생에 이런 사건은 한 번도 없었어요. 손님들을 받을 수도 없게 침대고 베개고 온통 엉망이 되다니! 세상에 이런 일도 있습니까?"

성큼걸이가 말했다.

"어두운 시대요. 하지만 우리가 이 집을 나가기만 하면 당신은 안전할 겁니다. 우린 곧 떠나겠소. 아침은 걱정 마시오. 물 한 모금, 빵 한 조각이면 충분할 테니까. 우린 2, 3분 내로 짐을 꾸리겠소."

머위 씨는 조랑말들에게 여물을 좀 먹여서 출발할 채비를 할 참으로 밖으로 나갔다. 그러나 그는 금세 당황해서 되돌아왔다. 조랑말이 모두 사라진 것이었다. 간밤에 누가 마구간 문을 열어 말을 모두 내보낸 것이 분명했다. 메리의 조랑말뿐만 아니라 거기 있던 다른 말이나 가축도 모두 없어졌다.

프로도는 그 말을 듣고 몹시 낙심했다. 적은 말을 타고 쫓아오는데 어떻게 걸어서 깊은골까지 갈 수 있단 말인가? 차라리 달에 뛰어오르는 게 낫지! 성큼걸이는 한동안 말없이 앉아서 호빗들을 바라보다가 달래듯 말했다.

"그 기사들을 따돌리고 도망가는 데는 조랑말이 별 도움이 안 되네."

그는 프로도의 표정을 보고 이미 심중을 헤아리기라도 했는지 신중하게 말했다.

"내가 생각해 둔 길은 말을 타는 것이 걷는 것보다 빠를 것도 없는 길이야. 애초에 걸어갈 작정이었으니까. 내가 걱정하는 것은 식량이지. 여기부터 깊은골까지는 전적으로 우리가 지고 갈 식량에만 의존해야 해. 그리고 혹시 예정보다 늦어지거나 먼 길로 우회해야 할 사태가 벌어질지도 모르니 될 수 있는 대로 충분히 여유 있게 가져가야 하네. 등짐을 얼마나 지고 갈 수 있겠나?"

"힘닿는 대로 가져가야지요."

피핀은 가슴이 철렁하면서도 보기보다 튼튼하다는 인상을 주려고 애를 썼다.

"저는 두 사람 몫은 할 수 있습니다."

샘도 씩씩하게 말했다.

그러나 프로도는 여전히 걱정스러워 머위네를 향해 물었다.

"무슨 수가 없을까요, 머위 씨? 이 마을에서 조랑말 두 마리 정도 구할 수 없나요? 아니면 짐이라도 싣고 가게 한 마리라도요. 세를 낸다면 거짓말이 될 테고 돈을 주고 사면 어떻습니까?"

그는 돈이 그만큼 될까 걱정을 하면서도 내친김이라 말을 꺼내 보았다. 주인은 표정이 그리 밝지 않았다.

"글쎄요. 이 마을에서 타고 다니던 몇 안 되는 조랑말은 모두 저희 마당에 있었는데 보시다시피 다 달아나 버렸군요. 이곳 브리에는 짐수레나 다른 용도로 쓰이는 말이 거의 없을뿐더러 있어도 팔지를 않아요. 하지만 한번 알아보도록 하지요. 봅을 내보내서 빨리 한 바퀴 돌아보게 해야겠습니다."

성큼걸이가 마뜩잖은 표정으로 말했다.

"그렇게 하시오. 적어도 한 마리는 있어야 할 텐데 걱정이군. 아침 일찍 몰래 빠져나가려던 계획은 수포로 돌아갔군! 차라리 출발한다고 나팔이라도 불어 대는 게 낫겠어. 이게 다 그놈들 작전이겠지만."

"하지만 좋은 점도 있습니다. 기다리는 동안 아침을 먹을 수 있지 않습니까? 빨리 놉을 찾아야지!"

메리가 말했다.

결국 그들은 예정보다 세 시간이나 넘게 지체했다. 놉은 조랑말이고 큰 말이고 간에 인근에서는 딱 한 마리밖에 구하지 못했다고 보고해 왔다. 고사리꾼네 빌의 말인데 팔 수도 있다는 것이었다.

놉이 말했다.

"늙어서 반쯤 죽어 가는 볼품없는 말인데 손님들이 급한 걸 알고는 값을 세 배까지 쳐주지 않으면 팔지 않겠답니다."

프로도가 물었다.

"고사리꾼 빌? 무슨 속임수가 아닐까요? 그놈이 우리 짐을 모두 가지고 돌아와 버린다거나 아니면 우리 뒤를 추적하려는 속셈은 아닐까요?"

성큼걸이가 말했다.

"그럴지도 모르지. 하지만 일단 집을 떠나면 집으로 돌아오기는 힘들 걸세. 내 생각에는 고사리꾼 빌이 이번 기회에 이익이라도 좀 더 보자고 약은 수작을 부리는 것 같군. 문제는 그 말이 금방 죽어 나자빠지지나 않을까 하는 건데, 지금으로서는 별다른 뾰족한 수도 없지 않나! 얼마나 달라고 하던가?"

고사리꾼네 빌이 요구한 값은 은화 12페니로 그곳에서 거래되는 조랑말 가격보다 세 배나 비싼 값이었다. 말을 데려와 보니 과연 못

먹어서 뼈만 앙상하게 남아 힘이라고는 하나도 없어 보였다. 하지만 금방 죽을 것 같지는 않았다. 머위 씨가 그 값을 지불했다. 그리고 메리에게는 잃어버린 조랑말들에 대한 대가로 18페니를 따로 주었다. 그는 정직한 사람이었고 브리에서는 꽤 부유한 축에 들었으나 은화 30페니는 그로서도 상당한 타격이었고, 더구나 고사리꾼 빌에게 속았다는 것은 정말 참기 힘든 일이었다.

그러나 그는 결국 이익을 본 셈이었다. 실제로 잃어버린 말은 딱 한 마리뿐이었던 것이다. 나머지 말들은 모두 겁에 질려 달아나기는 했지만 브리지방 여기저기에서 돌아다니다가 발견되었고, 메리의 조랑말들도 함께 도망치기는 했지만 결국은 (꽤 영리한 놈들이라서) 모두 뚱보 땅딸보를 찾아서 고분구릉에까지 내려갔다. 거기서 톰 봄바딜의 보호를 받으며 한동안 편하게 지냈다. 그러나 톰은 브리에서 일어난 일을 듣고 조랑말들을 모두 머위 씨에게 돌려주어서 머위 씨는 얼마 안 되는 돈으로 다섯 마리의 좋은 조랑말을 산 셈이 되었다. 메리의 조랑말들은 브리에서 많은 일을 해야 했지만 봅이 잘 보살펴 주었고, 무엇보다도 프로도 일행과 함께 무섭고 위험한 여행을 하지 않게 된 것이 다행한 일이었다. 그러나 그 덕에 조랑말들은 깊은골을 구경하지 못하게 되었다.

어쨌든 머위 씨가 이익을 보았건 손해를 보았건 그건 나중의 일이고, 그는 또 한바탕 곤욕을 치러야 했다. 여관에 투숙한 손님들이 간밤에 여관이 습격당했다는 소문을 듣고 소동을 벌인 것이다. 남쪽에서 온 여행객들은 자기들 말도 잃어버렸다는 것을 알고 주인에게 온갖 욕설을 퍼부었으나 자기들 일행 중 한 사람이 없어졌다는 사실이 밝혀지자 조금은 머쓱해졌다. 없어진 사람은 바로 고사리꾼네 빌과 함께 있던 사팔뜨기였다. 혐의는 그에게 씌워졌다.

머위네는 화가 나서 악을 썼다.

"그 도둑놈을 찾아서 내 앞에 데려오시오. 나한테 소리 지를 것도 없이 당신네끼리 손해배상을 하면 될 거 아니오! 고사리꾼한테 가서 그 잘생긴 친구가 어디 있나 한번 물어보시오!"

그러나 그가 어느 누구의 친구도 아니었다는 사실이 밝혀졌고 그가 언제부터 그들 일행과 동행하게 되었는지 기억하는 사람은 아무도 없었다.

아침 식사를 하고 난 후 호빗들은 짐을 다시 풀어서 예상보다 훨씬 길어질지도 모를 여행에 대비해 식량과 물자를 더 많이 챙겨 넣었다. 오전 10시가 다 돼서야 그들은 겨우 출발할 수 있었다. 그때쯤 이미 브리 마을은 온갖 추측들로 떠들썩했다. 프로도의 귀신 같은 마술, 검은 기사들의 출현, 말 도난 사건, 그리고 순찰자 성큼걸이가 수상한 호빗들과 한 패거리가 되었다는 소문은 그곳 사람들에게 앞으로 몇 년 동안 큰 사건이 일어나지 않아도 될 정도로 끝없는 얘깃거리를 제공한 셈이었다. 브리와 스태들 사람들은 말할 것도 없고 우묵골과 아쳇 사람들도 호빗들이 출발하는 광경을 보려고 우르르 몰려나왔다. 여관의 투숙객들도 현관문 앞에 나와 서 있거나 창문 밖으로 고개를 내밀고 있었다.

성큼걸이는 계획을 바꾸어 대로를 따라 브리를 떠나기로 마음먹었다. 여관에서 나와 바로 숲이나 산으로 들어가는 것은 사태를 오히려 악화시킬 염려가 있었다. 주민들의 반 정도는 호빗 일행을 따라와서 어디로 가는지 지켜볼 것이 뻔했기 때문에 함부로 행동할 수 없었다. 그들은 놉과 밥에게 작별 인사를 하고 머위 씨에게는 몇 번이나 고맙다는 인사를 했다.

"세상이 다시 조용해지면 그때 다시 만나 뵐 수 있기를 빌겠습니다. 이 여관에서 오랫동안 맘 놓고 푹 쉴 수 있으면 좋겠어요."

프로도가 말했다.

그들은 수많은 군중이 지켜보는 가운데 불안하고 풀죽은 모습으로 출발했다. 그들을 바라보는 얼굴이나 그들을 향해 질러 대는 소리가 모두 다정한 것만은 아니었다. 그러나 성큼걸이를 본 브리 사람들은 모두 겁에 질려 있었고, 특히 그의 눈길을 한번 받은 사람들은 아예 입을 다물고 뒷걸음질 치기도 했다. 성큼걸이와 프로도가 맨 앞에 서고 메리와 피핀이 그 뒤를 따랐으며 샘이 맨 뒤에서 조랑말을 끌고 갔다. 조랑말에는 그들의 양심이 허락하는 한 최대한의 짐이 실렸지만 조랑말은 이미 자신의 운명을 예감이라도 했는지 그리 낙담한 기색이 아니었다. 샘은 사과를 씹으며 생각에 잠겨 있었다. 사과는 놉과 봅이 이별의 선물로 준 것인데 그의 한쪽 주머니 가득 되는 분량이었다.

"걸을 때는 사과, 앉아서는 담배. 하지만 둘 다 곧 끝장나고 말겠지."

그는 혼자 중얼거렸다.

호빗들은 문밖이나 담 울타리 너머로 기웃거리는 호기심 많은 얼굴들을 모른 척하고 태연히 걸어갔다. 프로도는 남문 쪽으로 한참 다가가서야 우거진 생울타리 너머로 손질이 잘 안 된 어두컴컴한 집 한 채를 보았다. 마을 맨 끝에 있는 집이었다. 그 집 창문으로 교활한 눈빛을 한 창백한 얼굴이 쓱 나타나더니 곧 사라졌다. 프로도는 혼자 생각했다.

'그러니까 저기가 그 남쪽에서 온 놈이 숨어 있는 곳이란 말이지! 꼭 고블린같이 생긴 녀석이군.'

울타리 너머로 또 한 얼굴이 대담하게 째려보고 있었다. 그는 두툼한 검은 눈썹에다 조롱 섞인 검은 눈을 하고 있었는데 커다란 입에 냉소를 띠었다. 그는 짧은 검은색 담뱃대를 입에 물고 있다가 그들이 다가가자 담뱃대를 입에서 떼고 침을 뱉었다. 그가 외쳤다.

"안녕하신가, 꺽다리! 벌써 떠나나? 드디어 길동무를 만났군?"

성큼걸이는 고개를 끄덕였으나 대답은 하지 않았다. 그가 이번에는 호빗들을 향해 말했다.

"안녕, 애송이들! 자네들 지금 누구하고 같이 가는지나 알고 있나? '거칠 것이 없다'는 성큼걸이야. 이름치고는 근사하지? 오늘 밤을 조심하게! 그리고 자네, 새미, 불쌍한 우리 늙은 조랑말을 박대하면 안 돼! 퉤!"

그가 다시 침을 뱉자, 샘이 재빨리 고개를 돌리고 말했다.

"그런데, 너 고사리꾼, 그 못생긴 대가리 좀 치울 수 없어? 혼 좀 나 볼래?"

그와 동시에 '휙' 하는 소리가 나면서 번개처럼 사과 하나가 샘의 손을 떠나 빌의 코를 정통으로 맞혔다. 피하기에는 이미 너무 늦었다. 울타리 너머로 빌의 욕설이 마구 쏟아졌다.

'아까운 사과 하나만 버렸네.'

샘은 걸어가면서 계속 후회했다.

마침내 그들은 마을을 벗어났다. 줄레줄레 뒤따라붙던 아이들과 구경꾼들은 지쳤는지 남문에서 터덜터덜 돌아가 버렸다. 그들은 남문을 지나 동부대로 방향으로 몇 킬로미터 더 걸어갔다. 길은 브리 언덕 밑을 돌아 왼쪽으로 꺾어지면서 동쪽으로 향해 가다가 급한 내리막길이 되었다. 그리고 숲지대가 나타났다. 그들 왼쪽으로 산 위 동남쪽 완만한 비탈에 스태들 마을의 집들과 호빗들의 토굴이 몇 채 눈에 띄었고 멀리 북쪽의 깊은 분지에서는 우묵골 마을의 연기 자락이 가늘게 피어올랐다. 아쳇은 나무들에 가려 보이지 않았다.

내리막길을 따라 한참 내려와서 브리언덕마저도 높은 갈색의 산으로 덩그렇게 윤곽을 드러낼 때쯤 해서 그들은 북쪽으로 빠지는 오솔길을 발견했다. 성큼걸이가 말했다.

"이제부터는 쉬운 길을 버리고 숨어야겠네."

피핀이 말했다.

"지름길이 아니었으면 좋겠어요. 지난번 숲속에서는 지름길이라고 그쪽으로 갔다가 죽을 뻔했거든요."

"아, 그거야 내가 없을 때 얘기지. 내가 가는 지름길은 짧든 길든 간에 틀린 길은 아니야."

성큼걸이가 웃으며 말하고는 대로를 아래위로 한 번 훑어보았다. 아무것도 보이지 않았다. 그는 재빨리 나무가 우거진 계곡을 향해 길을 내려가기 시작했다.

그 지방의 지리를 모르는 그들이 이해하는 바로는, 그의 계획은 먼저 아쳇으로 가다가 곧 오른쪽으로 방향을 바꾸어 아쳇을 지나 동쪽으로 똑바로 황야를 거쳐 바람마루까지 올라가는 것이었다. 그렇게 계획대로만 잘되면 그들은 각다귀늪 때문에 남쪽으로 크게 곡선을 그리고 있는 동부대로를 가로질러 가는 셈이었다. 그러나 물론 그들은 직접 늪지대를 건너야만 했다. 성큼걸이가 설명해 주는 늪지대는 가고 싶은 마음이 내키지 않는 곳이었다.

그렇지만 다른 한편으로는 행군이 기분 나쁜 것만은 아니었다. 사실 지난밤의 소동만 없었다면 그들은 지금까지의 여행 중에서 가장 즐거운 시간을 맞은 것이기도 했다. 태양은 밝게 빛나고 있었지만 뜨겁지 않았다. 계곡 숲속에는 울긋불긋한 단풍이 무성했고 평화롭고 상쾌한 가을을 느낄 수 있었다. 성큼걸이가 수많은 갈림길에서 그들을 자신 있게 인도했기에 망정이지 그들끼리 있었더라면 곧 길을 잃어버렸을 것이 분명했다. 그는 추적을 피하기 위해 몇 번이나 빙빙 돌아가는 우회로를 택했다.

"고사리꾼 빌은 분명히 우리가 어디서 대로를 벗어났는지 확인했을 거야. 하지만 자기 혼자서 따라올 생각은 못 하겠지. 제 딴에는 이 지방을 꽤 알고 있다고 생각하겠지만 숲속에서는 내 상대가 못 된다는 것도 잘 알고 있거든. 내가 걱정하는 것은 다른 놈들에게 뭐라고 전할까 하는 점인데, 그놈들이 멀리 있을 것 같지가 않군. 우리가 아쳇으로 갔다고 생각해 주면 좋겠는데 말이야."

성큼걸이의 솜씨 덕분인지 아니면 다른 이유가 있어선지 그들은 하루 종일 살아 움직이는 것이라고는 전혀 보지도 듣지도 못했다. 두 발 달린 동물은 새밖에 없었고 네발 달린 짐승이라고는 여우 한 마리와 다람쥐 몇 마리밖에 없었다. 다음 날도 그들은 꾸준히 동쪽을 향해 나아갔다. 숲속은 여전히 고요하고 평화로웠다. 브리를 떠난 지 사흘째 되는 날, 그들은 쳇숲을 빠져나왔다. 대로를 벗어나 샛길로 들어서면서부터 차츰 낮아지기 시작하던 도로는 이제 광활한 평원으로 바뀌었지만 행군하기에는 더 힘이 들었다. 그들은 브리지방의 경계를 벗어나 한참 동안 길도 없는 황야를 걸어 각다귀늪 가까이 나아갔다.

지면이 축축해지면서 곳곳에 소택지와 웅덩이가 나타나고 보이지 않는 작은 새들이 재잘거리는 소리로 가득한 갈대와 골풀밭이 넓게 펼쳐졌다. 그들은 발을 적시지도 않고, 또 정해진 길에서 벗어나지도 않기 위해 무진 애를 썼다. 처음에는 그리 어렵지 않았지만 갈수록 속도가 느려지고 길이 위험해졌다. 늪은 겉보기와 달리 복잡한 곳이어서 순찰자들조차도 그 변화무쌍한 수렁들 사이로 안전하게 다니는 일정한 길을 만들어 놓을 수가 없었다. 파리가 성가시게 굴고 공중에는 작은 각다귀들이 구름처럼 떼를 지어 소매와 바짓가랑이, 머리카락 속으로 기어 들어 왔다. 피핀이 소리를 질렀다.

"산 채로 뜯어 먹히겠어! 각다귀늪이라니! 물보다 각다귀가 더 많은걸 그래."

샘도 몸을 긁으며 짜증을 냈다.

"이놈들은 호빗이 없으면 무얼 먹고 살까?"

그들은 그 쓸쓸하고 기분 나쁜 곳에서 처량하게 하룻밤을 보냈다. 차갑고 축축하고 불편한 습지 외에는 야영할 만한 곳이 없었고,

날파리와 각다귀벌레 들도 잠을 편히 잘 수 있게 내버려 두지 않았
다. 그리고 갈대와 덤불 속에는 소리로 짐작건대 귀뚜라미의 사촌
쯤 될 성싶은 끈질기기 짝이 없는 곤충들이 우글거렸다. 사방에서
수천 마리가 밤새 쉬지도 않고 찍찍 소리를 질러 대는 통에 호빗들
은 거의 미칠 지경이었다.

　나흘째 되는 날도 나을 것이 없었고 밤은 여전히 지긋지긋했다.
(샘이 이름을 지어 준) 찍찍이들은 이제 없어졌지만 각다귀들은 여전
히 따라왔다.

　프로도는 피곤하긴 했지만 눈을 붙이지 못하고 누워 있었다. 멀
리 동쪽 하늘에 불빛이 한 점 반짝이는 것이 보였다. 불은 몇 번 반
짝이고 사그라졌다. 날이 새려면 아직 몇 시간이 더 지나야 했다. 프
로도는 이미 몸을 일으키고 어둠 속을 응시하고 있던 성큼걸이에게
물었다.

　"저 불빛이 뭘까요?"

　"나도 모르겠네. 산꼭대기에 비치는 번개 같기도 한데, 너무 멀어
서 알 수가 없군."

　프로도는 다시 누웠지만 오랫동안 하얀 불꽃과 말없이 불빛을 쳐
다보고 서 있는 성큼걸이의 어두운 뒷모습을 바라보았다. 마침내 그
는 불편한 잠 속으로 빠져들었다.

　닷새째 되는 날, 얼마 가지 않아 드디어 늪지대의 웅덩이와 갈대
밭에서 벗어나게 되었다. 눈앞의 평지가 조금씩 오르막으로 변했다.
그들은 동쪽 멀리 연이어 늘어선 산봉우리들을 보았다. 그중 가장
높은 산봉우리는 다른 봉우리들과 멀리 떨어져 맨 끝에 장중하게
버티고 서 있었다. 원추형 모양을 한 산의 정상이 약간 평평해 보였
다. 성큼걸이가 말했다.

　"저것이 바람마루야. 우리가 오른쪽 멀리 버리고 온 동부대로는

저 산 남쪽 기슭 근처를 지나가지. 바람마루로 똑바로 간다면 내일 정오에는 도착할 수 있을 거야. 그렇게 하는 게 좋을 것 같군."

"무슨 말씀이죠?"

프로도가 물었다.

"내 말은, 우리가 바람마루에 도착하면 무엇과 만나게 될지 분명치 않다는 거야. 동부대로가 가깝거든."

"하지만 간달프를 만날 수도 있잖겠어요?"

"그렇기도 하지만 그건 우리의 희망 사항일 뿐이지. 만일 그가 이 길로 온다면 브리에 들르지 않을지도 몰라. 따라서 지금 우리가 어떤 길로 가는지 모를 거란 말이야. 그리고 어쨌든 운이 좋아 함께 그곳에 도착하지 못한다면 만나기가 쉽지 않겠지. 간달프나 우리나 거기서 오래 기다릴 수는 없거든. 기사들이 만일 평지에서 우리를 발견하지 못하면 틀림없이 바람마루로 갈 거야. 거기서는 사방이 다 보이거든. 사실 우리가 여기 서 있으면 저 꼭대기에서 우리를 볼 수 있는 새나 짐승이 많지. 이 지방에서는 새들조차 모두 믿어선 안 돼. 그들 중에는 겉보기와는 다른 정탐꾼들도 있거든."

호빗들은 걱정스러운 얼굴로 먼 산을 바라보았다. 샘은 푸르스름한 하늘을 쳐다보면서 혹시 날카롭고 사나운 눈을 가진 독수리나 매들이 머리 위를 맴돌지나 않나 걱정하는 눈치였다. 샘이 말했다.

"그 말을 들으니 더 겁나고 무서워지잖아요, 성큼걸이!"

"어떻게 하면 좋겠어요?"

프로도가 물었다.

그러자 그리 자신은 없는 듯 성큼걸이가 천천히 말했다.

"내 생각에는 여기부터 가능한 한 동쪽으로 직진해서 바람마루가 아닌 다른 봉우리 쪽으로 가는 것이 최선일 것 같네. 거기 가면 산기슭에 나 있는 도로를 따라갈 수 있지. 그러면 북쪽에서 은밀하게 바람마루로 올라갈 수 있을 거야. 그때가 되면 앞으로 어떻게 될지 알 수도 있을 걸세."

초저녁의 한기가 둘러쌀 때까지 그들은 하루 종일 걸었다. 땅은 점점 더 팍팍하고 황량해졌고, 그들 뒤쪽 늪지대에서는 여전히 안개와 수증기가 피어올랐다. 둥글고 붉은 태양이 서편 어둠 속으로 천천히 가라앉을 무렵 몇 마리 새들이 우울하고 슬픈 노래를 불렀으나 곧 대지는 침묵에 휩싸였다. 호빗들은 아득한 고향 골목쟁이 집의 따스한 창문 너머로 흘러들던 감미로운 저녁놀을 생각하고 있었다.

하룻길이 끝날 때쯤 그들은 산에서 흘러나와 고여 있는 늪지대로 흘러 들어가는 하천에 이르러, 강둑을 따라 해가 있을 때까지 계속 걸었다. 마침내 강변 오리나무 밑에 야영을 하기 위해 멈춰 섰을 때는 이미 밤이었다. 멀리 전방에서 황혼의 하늘을 배경으로 나무 한 그루 없는 황량한 산등성이의 윤곽이 어슴푸레 떠올랐다. 그들은 그날 밤 불침번을 세웠지만 성큼걸이는 한잠도 자지 않는 것 같았다. 달이 중천에 떠오르면서 초저녁의 대지 위로 차가운 달빛이 내려앉았다.

다음 날 아침 해가 뜨자마자 즉시 출발했다. 하얀 서리가 대지를 덮었고 푸른 하늘은 물감을 뿌린 듯 선명했다. 호빗들은 간밤에 숙면을 취한 것처럼 기분이 상쾌했다. 그들은 이미 적은 식사로 많이 걷는 데 꽤 익숙해지고 있었다. 샤이어라면 겨우 입에 풀칠할 정도에도 못 미치는 양이었다. 피핀이 프로도에게 전보다 키가 두 배나 더 커 보인다고 하자 프로도가 허리띠를 조이며 말했다.

"사실 살이 점점 빠지는 것 같으니 이상한 일이야. 이러다 살이 무한정 빠지면 악령만 남게 되는 게 아닌가 모르겠어."

"그런 소리는 함부로 하지 말게!"

성큼걸이가 놀랄 만큼 엄숙한 표정으로 급히 말을 가로막았다.

산이 더 가까워졌다. 길은 굴곡이 심해 때로는 거의 300미터나 올라가다가 다시 내리막길로 협곡을 이루면서, 그 너머 동쪽으로 이어지는 연결로를 이루기도 했다. 산등성이 위로 푸른 나무들이 우거진 성벽과 수로의 흔적 같은 것을 볼 수 있었고, 산골짝에는 옛날의 돌기둥을 비롯한 유적들이 아직도 남아 있었다. 그들은 밤이 이슥해져서야 서쪽 산비탈에 도착해 야영을 했다. 그날은 10월 5일로, 브리를 떠난 지 엿새째 되는 날이었다.

아침에 그들은 쳇숲을 떠난 후 처음으로 길이라 할 만한 곳으로 들어서게 되었다. 그들은 오른쪽으로 방향을 바꾸어 남쪽으로 그 길을 따라 내려갔다. 그 길은 위쪽 산꼭대기나 서쪽의 평지 어디에서도 쉽게 보이지 않도록 대단히 교묘하게 닦여 있었다. 그들은 가파른 언덕을 올라가거나 골짜기로 내려가기도 했는데, 비교적 평평하고 앞이 트인 곳에서는 양쪽에 커다란 둥근 바위나 깎아 놓은 돌기둥들이 늘어서 있어 마치 생울타리처럼 그들을 숨겨 주었다. 유난히 바위들이 크고 촘촘하게 박힌 지역을 지나면서 메리가 말했다.

"이 길은 누가 무슨 목적으로 만든 거죠? 기분이 좋지 않아요. 어쩐지 무덤 속의 고분악령들이 튀어나올 것만 같아요. 바람마루에는 고분악령들이 없겠지요?"

그러자 성큼걸이가 말했다.

"없지. 바람마루에는 물론이고 이곳 어느 산에도 고분악령들은 없어. 서쪽나라 사람들은 앙마르의 적들이 쳐들어왔을 때 이 산을 지킨 적은 있지만 여기서 살지는 않았지. 이 길은 그때 세워진 성벽을 따라 만들어진 거야. 까마득한 옛날, 북왕국 초기에 그들은 바람마루에 아몬 술이라는 거대한 파수대를 세웠는데, 지금은 모두 불타 없어지고 파수대의 폐허와 그 주변의 원형 띠 모양의 허물어진 돌기둥만 남았지. 하지만 그것도 옛날에는 높고 아름다웠다고 하네. 들리는 소문으로는 인간과 요정의 최후의 동맹이 이뤄졌을 때 엘렌딜이 여기 서서 서쪽에서 길갈라드가 오는지 지켜보았다고 하더군."

호빗들은 성큼걸이를 바라보았다. 그는 황야의 생활뿐만 아니라 옛 전승에도 조예가 깊은 것 같았다. 메리가 물었다.

"길갈라드는 누구예요?"

성큼걸이는 아무 대답도 없이 생각에 잠긴 듯했다. 갑자기 웅얼거리는 듯한 낮은 목소리가 들려왔다.

> *길갈라드는 요정의 왕.*
> *하프를 타는 이들은 슬프게 노래했지,*
> *안개산맥과 바다 사이의 넓고 아름다운 대지를*
> *마지막으로 다스린 왕이 바로 그였다고.*
>
> *그의 칼은 길고 창은 예리했으며*
> *번쩍이는 투구는 멀리서도 보였네.*
> *밤하늘의 셀 수 없이 많은 별들도*
> *그의 은빛 방패 속으로 모두 안겨 들어왔지.*
>
> *그러나 오래전에 그는 떠났고*
> *지금은 어디 있는지 아무도 알 수 없지,*
> *어둠에 뒤덮인 모르도르의 암흑 속으로*
> *그의 별이 떨어졌기에.*

모두들 놀라서 뒤를 돌아보았다. 샘의 목소리였다. 메리가 소리쳤다.

"계속해 봐, 샘!"

그러자 샘이 얼굴을 붉히며 말을 더듬었다.

"겨우 이것밖에 몰라. 어릴 때 빌보 어른께 배웠답니다. 내가 요정이야기를 좋아한다는 걸 아시고는 그런 이야기를 많이 해 주셨지요. 글을 가르쳐 주신 것도 그분인데, 그분은 모르는 게 없어요. 시도 쓰셨죠. 방금 부른 노래도 그분이 지으신 거예요."

성큼걸이가 말했다.

"빌보가 직접 지은 것은 아니지. 그건 '길갈라드의 몰락'이라는 고대어로 된 노래의 일부분인데 그가 번역을 한 모양이지. 그런 줄은 몰랐어."

"노래가 더 있었는데 모두 모르도르에 관한 것이라서 배우지를 못했어요. 노래만 불러도 온통 소름이 끼쳤거든요. 그런데 제가 그쪽으로 가게 될 줄 꿈엔들 알았겠습니까?"

그러자 피핀이 말했다.

"모르도르로 간다고! 제발 거기는 안 갔으면 좋겠어요!"

"그 이름을 그렇게 큰 소리로 말하지 말게!"

성큼걸이가 말했다.

그들이 도로의 남쪽 끝에 가까이 왔을 때는 이미 한낮이었다. 그들은 10월의 맑고 푸른 하늘 아래에서 산의 북쪽 비탈로 들어가는, 마치 다리처럼 생긴 청회색 들길을 보았다. 그들은 곧 해가 있는 동안에 정상에 오르기로 결정했다. 이제는 더 이상 숨는 것도 불가능했고 오로지 적이나 첩자가 그들을 발견하지 못하기만을 바랄 뿐이었다. 산 위에는 움직이는 것이라고는 아무것도 없었다. 간달프가 근처 어디에 있는지는 몰라도 아직은 아무런 기미가 없었다.

바람마루 서쪽 비탈 밑에는 눈에 잘 띄지 않는 분지가 하나 있었는데, 맨 밑바닥은 주발 모양이었고 양옆에는 풀밭이 깔려 있었다. 그들은 말을 세우고 짐을 내려놓았다. 샘과 피핀이 짐을 지키고 셋은 계속 올라갔다. 30분쯤 산을 오른 후 성큼걸이가 먼저 정상에 오르고, 프로도와 메리도 숨을 헉헉거리며 기진맥진한 상태로 정상에 올라섰다. 정상 바로 밑의 비탈은 경사가 심한 암벽이었다.

성큼걸이가 말한 대로 정상에는 틈 사이로 잡초가 무성한 허물어진 돌기둥들이 커다란 원을 그리고 있었고, 그 한가운데는 돌무덤이 있었다. 돌은 모두 불길에 그을린 듯 시커멨고 주변의 잔디밭도 뿌리까지 불에 탄 듯한 흔적이 역력했다. 불길이 산꼭대기까지 휩쓴 듯 원둘레 안에 있는 풀밭이 모두 시커멓게 그을려 살아 있는 것이 아무것도 없었다.

폐허가 된 원둘레의 가장자리에 올라서서 그들은 사방을 멀리까지 둘러보았다. 땅은 대부분 나무도 없이 평탄하고 민둥민둥했지만 남쪽으로 멀리 숲이 보이고, 그 너머로 강이 있는지 물빛이 반짝였다. 동부대로가 그들의 발밑으로 산 남쪽 기슭을 끼고 마치 리본처럼 꼬불꼬불 서쪽에서 오르막 내리막을 달려와 동쪽 어두운 산맥 속으로 사라졌다. 길에는 아무도 보이지 않았다. 길을 따라 동쪽으로 눈길을 돌리다가 그들은 안개산맥을 보았다. 가까운 산기슭은 엷은 갈색이었으나 그 뒤로 솟은 높은 산봉우리들은 잿빛이었고, 다시 그 너머로 하늘을 찌를 듯한 흰 산봉우리들이 구름 사이로 어슴푸레 윤곽을 드러내고 있었다. 메리가 신음을 내뱉었다.

"흠, 드디어 여길 왔군! 정말 음산하고 기분 나쁜 곳이군요! 물도 집도, 간달프의 흔적도 없으니 말예요. 하지만 그분이 여기 왔다가 우리를 기다리지 않고 가 버렸다 해도 탓할 수는 없겠는데요."

성큼걸이는 무언가를 생각하듯 주위를 둘러보며 말했다.

"브리에서 우리보다 하루 이틀 늦게 출발했다 하더라도 우리보다 먼저 여기 도착하셨을 텐데 이상하군. 급할 때는 몹시 빨리 달리시는 분인데!"

갑자기 그는 허리를 굽히고 돌무덤 꼭대기에 있는 돌 하나를 유심히 살펴보았다. 그것은 다른 것들보다 더 반반하고 불길에 그을리지 않은 듯 더 흰색을 띠고 있었다. 그는 그 돌을 들어서 이리저리 뒤집어 보며 자세히 살펴보았다.

"최근에 누군가 만진 돌이군. 자넨 이 기호가 무엇이라고 생각하나?"

프로도는 납작한 돌 아래쪽에 긁힌 자국이 있는 것을 보았다.

$$I'' \cdot III$$

"세로줄 하나, 점 하나, 그리고 다시 줄이 세 개 있군요."

"왼쪽 세로줄은 가는 가지 같은 것이 달린 것으로 보아 아마 룬 문자로 G일 걸세. 확실하지는 않지만 간달프가 남긴 암호일지도 모르네. 긁힌 자국이 아직 선명한 걸 보면 최근에 새긴 것이 분명하거든. 하지만 우리하고는 전혀 관계가 없는 다른 기호일지도 몰라. 순찰자들도 룬 문자를 쓸 줄 알고 가끔 여기 오기도 하거든."

메리가 물었다.

"만약 간달프가 쓴 것이라면 무슨 뜻이 됩니까?"

"그렇다면 이건 G3가 되는 셈인데 간달프가 10월 3일 여기 있었다는 말이 되네. 그러니까 사흘 전이지. 짐작건대 몹시 급하고 위험한 상태에 있어서 더 길고 자세하게 쓸 시간도 없고 그럴 엄두도 못 냈던 것 같네. 만약 그렇다면 우리도 조심해야겠지."

그러자 프로도가 말했다.

"그게 무슨 뜻이든 간에 간달프가 남긴 표시라면 정말 다행입니다. 우리 앞에 있든 뒤에 있든 그분이 가까이 있다는 것만 해도 안심이 되네요."

"간달프가 여기 왔었고, 또 위험한 처지였다는 생각이 드네. 여기 이 그을린 자국을 보게. 우리가 사흘 전 밤중에 동쪽 하늘에서 보았던 불빛이 이제 생각나는군. 그가 산꼭대기에서 적의 공격을 받은 것이 분명한데 그다음은 알 수가 없어. 그가 이제 다시 여기 오진 않을 테니 우린 무슨 수를 써서라도 깊은골까지 갈 도리밖에 없네."

"깊은골은 얼마나 멉니까?"

메리가 피곤한 눈으로 주위를 둘러보며 물었다. 바람마루에서 바라본 세상은 넓고 황량했다.

"브리에서 동쪽으로 하루 거리에 있는 '버림받은' 여관 너머의 도로는 거리를 측정한 적이 없는 걸로 알고 있네. 어떤 사람들은 아주 멀다고 하기도 하고 또 어떤 이들은 그렇지 않다고 하기도 하지. 어쨌든 이상한 길이야. 그래서 그 길이 멀든 가깝든 간에 그 길에 들어선 사람들은 모두 빨리 길이 끝나기를 바랄 뿐이지. 하지만 내 경험으로는 날씨가 좋고, 달리 사고만 없다면 여기부터 브루이넨여울까지 약 열이틀 거리로 알고 있어. 브루이넨여울은 바로 깊은골에서 흘러나오는 큰물소리강과 동부대로가 만나는 지점일세. 우리는 동부대로를 거의 이용하지 못할 테니까 앞으로 적어도 2주는 더 가야 할 거야."

프로도가 소리를 질렀다.

"2주라고요? 그동안 무슨 일이 벌어질지도 모르겠군요."

성큼걸이가 대답했다.

"그럴지도 모르지."

그들은 산꼭대기 남쪽 끝에서 한동안 말없이 서 있었다. 프로도는 그 쓸쓸한 곳에서 처음으로 자신의 고독과 위험을 절감했다. 그는 운명이 다시 자신을 평화롭고 사랑스러운 샤이어로 되돌려 놓기를 간절히 바랐다. 그는 서쪽으로 죽 뻗은 동부대로를 따라 아득하게 보이지 않는 고향 집을 바라보았다. 그 순간 그는 두 개의 검은 점이 길을 따라 서쪽으로 천천히 움직이는 것을 발견했다. 다시 자세히 보니 또 다른 세 점이 자기들 쪽으로 기어오듯이 다가오는 것이 보였다. 프로도는 비명을 지르며 성큼걸이의 팔에 매달렸다. 그러고는 아래쪽을 가리키며 말했다.

"저기 좀 보세요!"

성큼걸이는 즉시 프로도를 끌어당기며 허물어진 돌기둥 뒤의 땅바닥에 몸을 엎드렸다. 메리도 함께 몸을 던졌다. 그가 소리를 죽여 물었다.

"뭡니까?"

성큼걸이가 대답했다.

"아직 잘 모르겠지만 위험할 것 같네."

그들은 다시 천천히 원둘레의 가장자리로 기어가서 들쭉날쭉 갈라진 두 개의 바위 틈새로 내다보았다. 오전에는 날씨가 맑았으나 오후가 되면서 동쪽에서 몰려온 구름 떼가 해를 가려 날씨가 흐려졌다. 메리도 검은 점을 보았지만 어떻게 생긴 것인지 분명하게 알아볼 수는 없었다. 그러나 산 밑에서 조금 떨어진 동부대로에 암흑의 기사들이 모여 있음이 분명했다.

"틀림없어! 적일세!"

그들보다 시력이 좋은 성큼걸이가 확실한 어조로 말했다.

그들은 서둘러 뒤로 물러나서 산의 북쪽 사면을 따라 동료들이 기다리는 곳으로 내려갔다.

한편 샘과 페레그린도 한가하게 쉬고 있지만은 않았다. 그들은 그동안 그 작은 골짜기와 주변의 비탈을 자세히 살펴보는 중이었다. 멀지 않은 산비탈에서 그들은 깨끗한 샘물을 발견하고, 그 근처에서 하루 이틀 전의 것으로 보이는 발자국을 보았다. 골짜기 안에는 최근에 불을 피운 흔적도 있었고, 야영을 하고 급히 떠난 자취도 있었다. 산 쪽 가까운 골짜기 가장자리에는 떨어져 내린 바위도 몇 개 있었는데, 샘은 그 뒤에서 솜씨 좋게 쌓아 놓은 땔나무 더미를 찾아냈다. 샘은 피핀을 돌아보며 말했다.

"간달프가 여기 오셨었는지도 모르겠어. 여기 이렇게 땔나무를 쌓아 놓은 걸 보면 그게 누구든지 간에 다시 돌아올 생각이 있었던 모양이지?"

성큼걸이는 그들이 발견한 것을 심상치 않게 생각했다.

"차라리 내가 여기 남아서 직접 땅바닥을 살펴볼걸 그랬군."

그는 그렇게 말하고 발자국을 직접 확인하기 위해 서둘러 샘물가로 뛰어갔다 와서 말했다.

"걱정한 대로야. 샘과 피핀이 부드러운 땅을 마구 밟아 버려서 발자국들이 서로 뒤엉켜 잘 알아볼 수는 없지만 순찰자들이 여기 왔었던 것 같아. 바로 그들이 나무를 저 뒤에 숨겨 놓았네. 그런데 순찰자들보다 나중에 여기 온 사람들도 있는 것 같아. 적어도 한 사람의 발자국이 더 있어. 하루나 이틀 전에 온 것 같은데, 무거운 구둣발자국이야. 적어도 한 사람, 아니 확실하지는 않지만 그런 발자국이 몇 개 더 되는 것 같기도 해."

그는 걱정스러운 표정을 지었다. 호빗들은 모두 마음속으로 외투를 입고 구두를 신은 기사들을 생각하고 있었다. 이미 기사들이 이 골짜기를 발견했다면, 빨리 성큼걸이와 함께 다른 곳으로 떠나는 것이 상책이었다. 샘은 적이 벌써 동부대로에 나타났다는 소식을 듣고는 의심스러운 눈초리로 계곡을 둘러보았다. 그는 도저히 더는 못 참겠다는 듯 성큼걸이에게 물었다.

"빨리 여기를 뜨는 것이 좋지 않겠어요, 성큼걸이? 해도 기울어 가고 어쩐지 이 구석이 으스스한 기분이 드는군요."

성큼걸이는 날씨와 시간을 가늠하려는 듯 고개를 들어 하늘을 쳐다보며 말했다.

"물론이지. 방향을 곧 결정해야겠지. 샘, 나도 여기가 마음에 들지는 않지만 여길 떠난다 해도 해 지기 전에는 이보다 나은 곳에 갈 수가 없어. 이 자리를 피하면 잠시 눈을 속일 수는 있겠지만 곧 적의 첩자들 눈에 띄기 십상일세. 기껏해야 여기서 북쪽으로 달아나는 수밖에 없는데, 거기나 여기나 위험하기는 마찬가지야. 동부대로가 위험하긴 하지만 대로 남쪽의 숲속으로 숨으려면 그 길을 건너는 수밖에 없네. 동부대로 북쪽은 나무라고는 전혀 없는 평지뿐이야."

메리가 물었다.

"기사들이 우리를 볼 수 있을까요? 제 말은 무슨 뜻이냐 하면 그들은 적어도 대낮에는 눈보다는 코로 냄새를 맡아서 우리를 찾아내는 것 같단 말입니다. 그런데 아까 산 위에서는 우리보고 엎드리라고 하고 이제는 길을 건너가다가 들킬지도 모르겠다고 하시니 이상하군요."

성큼걸이가 대답했다.

"산 위에서는 내가 너무 경솔했어. 간달프가 남긴 암호를 찾느라 정신이 없었거든. 세 명씩이나 올라갈 필요도 없었고 그렇게 오래 있을 필요도 없었는데 잘못했어. 암흑의 기사들은 직접 나타날 수도 있고, 또 브리에서처럼 사람이나 다른 동물들을 첩자로 이용할 수도 있거든. 그들은 우리와는 달리 밝은 곳에서는 사물을 보지 못하고 다만 그 형체를 머릿속에 그림자로만 간직할 수 있는데, 그 그림자는 오로지 정오의 태양으로만 지울 수 있다고 하네. 하지만 어둠 속에서 그들은 우리가 보지 못하는 신호나 형체를 인식하는데, 그때가 가장 무서울 때지. 그리고 언제나 살아 있는 것은 무엇이든 그것의 피 냄새를 맡고 그것을 갈구하면서 또 증오한다네. 시각과 후각 말고도 다른 감각이 더 있지. 그들이 우리 근처에 접근하면 우리는 눈에 보이지 않아도 이상할 만큼 가슴이 섬뜩한 어떤 예감이 드는데, 그들은 우리보다 예민하게 우리가 다가가는 것을 감지한다네. 게다가……."

그는 잠시 숨을 죽이고 겨우 들릴 만큼 낮은 목소리로 덧붙였다.

"반지가 그들을 끌어당기고 있지."

프로도는 거친 눈으로 주위를 살피며 말했다.

"그렇다면 놈들에게서 벗어날 방도가 없단 말입니까? 움직이면 발각돼서 쫓기고, 그대로 있으면 놈들이 저절로 여기를 찾아온단 말이지요!"

성큼걸이는 그의 어깨에 손을 얹었다.

"걱정 말게. 아직 희망은 있어. 자넨 혼자가 아니야. 여기 이 딸나무들을 이용하세. 우린 지금 하늘을 가릴 지붕도 없고 엄호물도 없는데, 어쩌면 이 장작불이 그 두 가지 구실을 모두 해낼지도 모르지. 사우론은 불뿐만 아니라 무엇이든지 자기한테 유리하게 이용할 수 있지만 그 기사들은 불을 아주 싫어하고, 또 그것을 휘두르는 사람들을 무서워하네. 황야에서는 불이 우리의 친구야."

"그리고 소리 한마디 없이 우리가 여기 있다는 것을 알리는 신호가 되겠군요."

샘이 빈정거렸다.

그들은 골짜기 중에서 가장 낮고 깊숙한 곳에 자리를 잡고 불을 피우고 식사를 준비했다. 저녁 그림자가 산속을 찾아들면서 기온이 내려가기 시작했다. 그들은 아침 식사 이후로 아무것도 먹지 못했기 때문에 몹시 시장했지만 함부로 양껏 먹을 수도 없었다. 앞으로 그들이 가야 할 곳은 새나 짐승 들밖에 없는, 말하자면 세상 모두에게서 버림받은 땅이라는 것을 알고 있기 때문이었다. 순찰자들이 그 산을 넘어 다니기도 하지만 그 수도 적고 오래 머물러 있지도 않았다. 다른 방랑자들도 가끔 있지만 대개는 경계의 대상들이었다. 안개산맥 북쪽 골짜기에서는 가끔 트롤들이 내려와 어슬렁거리기도 했다. 동부대로를 걷는 여행객들을 발견할 수도 있는데, 그들은 대체로 급한 볼일로 달려가는 난쟁이들이어서 무슨 도움을 바라고 말을 붙여 볼 형편도 되지 못했다.

프로도가 말했다.

"식량이 모자랄까 걱정이군요. 지난 며칠 동안도 조심했고 오늘도 결코 잘 먹었다고는 할 수 없는데 벌써 계획했던 것보다 많이 먹었으니 큰일이에요. 아직도 2주 이상은 더 버텨야 하는데."

성큼걸이가 말했다.

"들판으로 나가면 식량은 있네. 열매나 나무뿌리, 약초 들을 구할 수 있겠지. 그리고 난 급하면 사냥꾼이 되는 재주도 있으니 겨울이 오기 전까지는 굶어 죽을 걱정은 말게. 하지만 그렇게 식량을 구하는 일은 여간 힘들고 어려운 일이 아니니까 서두를 필요가 있네. 그러니 가급적 허리띠를 더 조이고 엘론드의 저택에서 맛볼 진수성찬만 생각하세."

어둠이 짙어지면서 날씨도 차츰 쌀쌀해졌다. 골짜기 바깥으로는 어둠 속으로 급하게 빨려 들어가는 회색빛 대지밖에 보이지 않았으나, 하늘이 다시 맑아지면서 별들이 하나둘 서서히 떠오르기 시작했다. 프로도와 일행은 자신들이 가진 담요와 옷가지를 모두 꺼내 둘러쓰고 모닥불가에 둘러앉았다. 그러나 성큼걸이는 외투 하나만 뒤집어쓰고 따로 떨어져 앉아서 깊은 생각에 잠긴 듯 담뱃대를 빨고 있었다.

밤이 깊어지고 불꽃이 더욱 활활 타오르기 시작하자 성큼걸이는 호빗들의 사기를 북돋워 주기 위해 이야기를 시작했다. 그는 고대의 역사와 전설에 대해 해박한 지식을 갖고 있어서 상고대의 요정과 인간 들의 신나는 무용담을 끝없이 이야기해 주었다. 그들은 그의 나이가 몇 살인지, 어디서 그런 이야기를 모두 들었는지 궁금해졌다.

그가 요정 왕국의 이야기를 끝내고 잠시 숨을 돌리고 있을 때 메리가 물었다.

"길갈라드 이야길 좀 해 주세요. 지난번에 말씀하신 그 옛날 노래를 더 알고 있나요?"

"물론이지. 프로도도 알고 있을 거야. 우리 모두와 관련이 있는 문제니까.”

메리와 피핀이 불빛을 응시하고 있는 프로도 쪽으로 고개를 돌렸다. 프로도가 나직이 말했다.

“난 간달프한테 들은 것밖에는 몰라. 길갈라드는 가운데땅 최후의 요정 왕이었지. 길갈라드는 그들 요정의 언어로는 별빛이란 뜻이야. 요정의 친구인 엘렌딜과 함께 그는……..”

그때 성큼걸이가 갑자기 프로도의 이야기를 가로막았다.

“그만! 지금은 대적의 하수인들이 가까이 있으니 그런 이야기를 하기엔 때가 좋지 않아. 엘론드의 저택에 무사히 도착하면 그때 처음부터 끝까지 모두 얘기해 줌세.”

샘이 말했다.

“그럼, 무슨 다른 이야기라도 해 주세요. 요정들이 몰락하기 전의 이야기라든가, 어쨌거나 저는 요정들의 이야기를 더 듣고 싶어요. 사방에서 어둠이 점점 더 조여드는 것 같아요.”

“티누비엘의 이야기를 해 주지. 그것도 짧게. 왜냐하면 이 이야기는 끝이 어딘지도 모를 만큼 긴 데다 옛날 그대로 정확하게 기억하는 사람이 엘론드 말고는 아무도 없으니까. 가운데땅의 이야기가 모두 그렇듯이 슬픈 이야기이긴 하지만 아름다운 이야기야. 그리고 자네들도 힘이 더 솟아날 걸세.”

그는 잠시 쉬었다가 이야기를 시작했다. 그러나 그것은 이야기가 아니라 노래였다.

나뭇잎은 길고, 풀잎은 초록
  헴록 꽃잎은 크고 아름답고,
숲속 빈터에는 빛이 비쳤네,
  어둠 속에서 아물거리는 별빛이.
티누비엘은 거기서 춤을 추고 있었지,

보이지 않는 피리 소리에 맞춰,
그녀의 머리에도, 그녀의 옷자락에도
별빛이 반짝이고 있었네.

추운 산맥에서 베렌이 내려와
길을 잃고 숲을 방황하고 있었지.
요정의 강이 흘러가는 곳에서
그는 슬퍼하며 홀로 걷고 있었네.
헴록 꽃잎 사이로 그는 보았지,
금으로 만든 눈부신 꽃들이
그녀의 망토와 소매에 달려 있는 것을.
그녀의 머리채가 그림자처럼 따라가는 것을.

산속을 헤매 다닐 수밖에 없던
그의 지친 두 다리를 마법이 고쳐 주었지.
그는 날 듯이 힘차게 달려가서
반짝이는 달빛을 붙잡았네.
요정 나라의 우거진 숲속으로
그녀는 춤추듯 가볍게 달려갔지,
적막한 숲속에서 귀 기울이며
외로이 헤매고 있는 그를 남겨 두고.

그는 거기서 종종 들었지,
보리수나무 잎처럼 가볍게 날아가는 발소리를.
비밀의 동굴에 울려 퍼지는
땅속에서 울려 나오는 음악 소리를.
이제 헴록 꽃잎은 시들었고,

한숨 쉬듯 하나씩 하나씩
너도밤나무 잎도 속삭이듯 떨어졌네,
　소리 없이 떨고 있는 겨울의 숲속으로.

그는 언제나 그녀를 찾아 헤맸지.
　달빛과 별빛을 벗 삼아
차가운 하늘가를 하염없이 떠돌며
　아무도 밟지 않은 낙엽을 밟으며 방황했네.
달빛에 빛나는 그녀의 망토는
　산꼭대기처럼 높고 멀었지.
흩어지는 은빛 안개 속에서
　그녀는 춤을 추고 있었네.

겨울이 지나고 그녀는 다시 왔지,
　솟구치는 종달새처럼, 떨어지는 빗방울처럼
살며시 녹아드는 얼음 조각처럼
　그녀의 노래는 대지에 갑작스러운 봄을 몰고 왔네.
그는 요정의 꽃이 피어나는 것을 보았지,
　그녀의 발밑에서. 다시 힘을 얻은 그는
평화로운 풀밭 위에서 그녀와 함께
　춤추고 노래 부르고 싶었네.

다시 그녀가 달아났지만 그의 걸음도 빨랐지.
　티누비엘! 티누비엘!
그가 요정들의 이름으로 그녀를 부르자
　그녀는 귀 기울이며 돌아섰네.
그녀가 잠깐 멈춰 서는 동안 그의 음성이

> 그녀에게 마법을 걸었지. 베렌이 다가왔고
> 그의 두 팔에 반짝이며 안긴
> 티누비엘에게 운명의 순간이 다가왔지.
>
> 그녀의 머리채 그림자 속으로
> 그녀의 두 눈을 들여다보다가
> 베렌은 밤하늘에 반짝이는 별빛이
> 그 눈동자 속에서 빛나는 것을 보았지.
> 아름다운 요정 티누비엘
> 영원히 죽지 않는 요정 소녀는
> 반짝이는 은빛 두 팔로
> 검은 머리채로 그를 감쌌네.
>
> 그들을 떼어 놓은 운명의 길은 멀었지.
> 차가운 회색 바위산맥을 넘어
> 무쇠로 된 방과 어둠의 문을 지나
> 아침이 없는 밤의 숲속으로.
> 분리의 바다가 그들을 가로막았으나
> 마침내 그들은 다시 만났지.
> 그리고 먼 옛날 그들은 즐거이 노래 부르며
> 숲속에서 함께 숨을 거뒀네.

성큼걸이는 한숨을 쉬고 잠시 쉬었다 말했다.

"이건 요정들 언어로는 '안센나스'라는 가락으로 된 노래인데 공용어로는 옮기기가 쉽지 않아. 옮긴다고 옮겨 봤지만 어설프게 흉내낸 것밖에는 안 되는군. 이 노래는 바라히르의 아들 베렌과 루시엔 티누비엘의 만남을 소재로 한 것인데, 베렌은 유한한 생명의 인간이고 루시엔은 먼 옛날 가운데땅 요정 왕들 중 하나인 싱골의 딸이었지. 그녀는 이 땅에서 가장 아름다운 여인이었어. 북방의 안개 위로 반짝이는 별들처럼 아름다운 그녀의 얼굴 위엔 언제나 환한 빛이 떠돌고 있었다는군. 그 시절에 거대한 적(모르도르의 사우론은 그의 졸개에 불과했는데)이 북부의 앙반드에 살고 있었는데, 그가 훔쳐 온 보석 실마릴을 되찾기 위해 서녘의 요정들이 가운데땅으로 돌아와 전쟁을 일으켰다네. 인간의 조상들은 요정들을 도왔지. 하지만 결국 대적에게 패해 바라히르는 죽게 되었네. 그의 아들 베렌은 천신만고 끝에 공포의 산맥을 넘어 넬도레스숲 속에 있는 싱골의 숨은왕국에 들어가게 된 걸세. 거기서 그는 루시엔이 마법의 강이라는 에스갈두인강 변의 숲속에서 춤추고 노래하는 것을 보게 된 거야. 그가 그녀에게 붙여 준 티누비엘이란 이름은 옛말로 나이팅게일이란 뜻이야. 그 후로 그들에게 슬픈 일이 많이 닥쳐서 그들은 오랫동안 헤어져 있었는데, 결국은 티누비엘이 사우론의 지하 감옥에서 베렌을 구출해 냈지. 그들은 함께 힘을 합쳐 갖은 위험을 무릅쓰며 마침내 그 거대한 적을 왕좌에서 끌어내렸고, 베렌은 보석 중의 보석인 실마릴 중 하나를 그의 강철 왕관에서 떼어 내어 그녀의 아버지 싱골에게 신부의 몸값으로 주었다네. 하지만 베렌은 앙반드의 성문을 열고 나온 늑대에게 물려 결국 티누비엘의 팔에 안겨 숨을 거두고 말았지. 그가 죽자 요정인 그녀도 남편을 뒤따르기 위해 유한한 생명을 선택했고, 그리하여 세상에서 사라졌지. 전해 오는 노래에 의하면 그들은 분리의 바다 너머에서 다시 만나, 잠깐 동안 푸른 숲속을 살아서 거닐다가 오래전에 이 세상의 한계를 벗어나 떠나갔다고 하네. 그리하여 요정들 가운데 유일하게 루시엔 티누비엘만이 정말로 죽어서 이 세상을 떠나갔지. 그들은 자신들이 가장 사랑했던 여인을 잃어버린 걸세. 하지만 그녀로 인해서 그 옛날 요정 왕 혈통이 인간들에게도 내려오게 된 거야. 루시엔을 조상으로 모시는 종족들이 아직 있지 않은가! 그들은 결코 후손이 끊어지지 않는다고들 하네. 깊은골의 엘론드가 그 혈통이지. 베렌과 루시엔에게서 디오르, 즉 싱골의 후계자가 태어났고 디오르에게서 백색의 엘윙이 태어났는데, 그녀의 남편이 바로 에아렌딜이라네. 이마에 실마릴을 달고 자신의 배를 몰아 이 세상의 안개를 벗어나 하늘의 바다로 들어간 인물이지. 그리고 그 에아렌딜에게서 누메노르의 왕들, 즉 서쪽나라 사람들이 태어나게 된 거야."

성큼걸이가 이야기하는 동안 그들은 모닥불 빛에 희미하게 어른거리는 그의 얼굴이 이상하리만큼 열띤 표정으로 변해 가는 것을 지켜보았다. 그의 눈이 광채를 띠며 목소리에도 무게와 깊이가 실리는 듯했다. 그의 머리 위로 별이 빛나는 검은 하늘이 숨죽이고 있었다. 갑자기 그의 등 뒤로 바람마루 꼭대기에 희미한 빛이 나타났다. 떠오르는 달이 그들을 가려 주던 산 위로 서서히 솟아올라 산꼭대기의 별빛이 희미해졌다. 이야기가 끝났다. 호빗들은 몸을 뒤틀며 기지개를 켰다. 메리가 말했다.

"저것 봐! 달이 떠오르는데. 밤이 꽤 깊어진 모양이야."

모두 고개를 들어 위를 쳐다보았다. 달을 바라보면서도 그들은 그 희미한 달빛 속에서 조그마한 검은 물체가 산꼭대기에 있는 것을 보았다. 아마도 희미한 달빛 때문에 더욱 뚜렷이 보이는 큰 기둥이거나 튀어나온 바위인지도 몰랐다.

샘과 메리는 일어나서 어둠 속을 걸어 보았다. 프로도와 피핀은 아무 소리 없이 가만히 앉아 있었다. 성큼걸이마저 입을 다물어 사위가 죽은 듯이 고요했지만 프로도는 섬뜩한 냉기가 갑자기 엄습해 옴을 느꼈다. 그는 모닥불가로 더 가까이 다가앉았다. 그 순간 샘이 골짜기 끝에서 허둥지둥 달려왔다.

"왠지 모르겠지만 갑자기 마구 겁이 나는데요. 죽으면 죽었지 골짜기 바깥으로는 못 나가겠어요. 누군가 비탈을 올라오는 것 같기도 하고."

프로도가 벌떡 일어나며 물었다.

"뭐가 보여?"

"아뇨. 못 봤습니다만 겁이 나서 살펴볼 수도 없었어요."

메리가 말했다.

"뭔가 있는 것 같았어요. 산 그림자 너머 달빛이 비치는 평지 서쪽으로 멀리 두세 개의 검은 형체가 있는 것 같았어요. 이쪽으로 오는 것 같던데요."

성큼걸이가 명령을 내렸다.

"모닥불에 등을 대고 바깥쪽으로 향해 앉게! 양손 가까이 긴 장작을 준비해 두게."

그들은 모닥불을 등지고 어둠 속을 뚫어지게 응시하면서 숨 막힐 듯한 순간을 보냈다. 아무 일도 일어나지 않았다. 어둠 속에선 아무 소리도, 움직임도 없었다. 프로도는 불안한 침묵을 깨야겠다는 생각이 들어 몸을 떨었다. 그는 크게 고함이라도 지르고 싶었다. 성큼걸이가 속삭였다.

"쉿!"

동시에 피핀이 물었다.

"저게 뭡니까?"

골짜기 어귀의 산에서 약간 떨어진 곳에 하나인지 몇인지 헤아릴 수 없는 그림자가 일어서는 것이 보였다(보인다기보다는 느껴졌다). 그 순간 그들은 눈을 번쩍 떴다. 그림자는 더 늘어나는 듯했고 잠시 후에는 모든 것이 분명해졌다. 서너 개의 키 큰 검은 그림자들이 비탈 위에서 그들을 내려다보며 서 있었다. 그들의 검은 어둠이 얼마나 진한지, 그들은 짙은 어둠 속에 뚫린 검은 구멍과도 같았다. 프로도는 기분 나쁜 숨소리처럼 '쉿쉿' 하는 소리가 희미하게 들리는 것 같았고, 살을 에는 듯한 냉기가 온몸을 엄습하는 느낌이 들었다. 그림자들이 천천히 앞으로 다가왔다.

피핀과 메리는 공포에 사로잡혀 땅바닥에 납작 엎드렸다. 샘은 프로도 옆에 바짝 붙었다. 무섭기로 치자면 프로도도 동료들이나 다를 바 없었다. 그 역시 한겨울 추위라도 만난 듯 덜덜 떨고 있었으나 반지를 껴야겠다는 순간적인 유혹에 정신이 팔려 공포를 잊고 있었다. 반지를 끼고 싶은 유혹이 너무 강해서 그는 다른 생각을 전혀 할 수가 없었다. 고분구릉의 사건이나 간달프의 충고를 잊은 것은 아니었다. 그러나 그 모든 충고와 경고를 무시하도록 유혹하는 이상한 힘이 프로도를 사로잡았고 그는 거기에 굴복하고 싶었다. 탈출을 하겠다거나 아니면 좋거나 나쁜 무슨 행동을 취해야겠다는 생각이 아니었다. 그냥 반지를 한번 껴 보아야겠다는 생각만이 간절했다. 그는 말을 할 수가 없었다. 샘이 자기를 바라보는 것도 알고 있었다. 샘은 지금 프로도가 대단히 어려운 지경에 처해 있음을 아는 것 같은 표정이었지만 프로도는 그쪽으로 고개를 돌릴 수가 없었다. 그는 눈을 감고 잠시 자신과 계속 싸웠다. 그러나 역부족이었다. 마침내 그는 천천히 반지를 꿴 줄을 꺼내어 왼손 집게손가락에 반지를 끼웠다.

주변의 모든 것이 어둡고 침침하기는 마찬가지였으나 갑자기 그림자의 형체들이 무시무시하게 뚜렷해졌다. 그는 그들의 검은 옷 속까지 꿰뚫어 볼 수 있었다. 모두 다섯 명의 키가 큰 괴한들이었는데, 둘은 골짜기 입구에 서 있고 셋은 앞으로 다가오고 있었다. 그들의 하얀 얼굴에는 날카롭고 냉혹한 눈동자가 이글거리고 있었고 망토 속으로는 기다란 회색 옷이 보였다. 은빛 투구가 그들의 회색 머리카락을 덮고 있었고 말라빠진 손에는 장검이 들려 있었다. 그들은 모두 삼키기라도 할 듯한 눈으로 그를 노려보고 있었다. 그는 필사적으로 칼을 빼 들었다. 횃불처럼 붉은 빛이 칼날에 번득였다. 두 그림자가 걸음을 멈췄다. 다른 하나는 옆의 둘보다 키가 더 크고 머리도 길고 번쩍거렸으며, 투구에는 왕관이 그려져 있었다. 그는 한 손에 장검을, 다른 손에는 단검을 들고 있었는데 단검을 든 손에 희미한 빛이 번쩍이고 있었다. 그는 앞으로 뛰어나오며 프로도를 향해 덤벼들었다.

그 순간 프로도는 땅바닥으로 몸을 날리며 자기도 모르게 "오 엘베레스! 길소니엘!" 하고 소리를 질렀다. 동시에 그는 적의 발을 칼로 찔렀다. 어둠 속에 처절한 비명이 울려 퍼지고, 그는 왼쪽 어깨에 얼음장처럼 차가운 독화살이 뚫고 들어오는 듯한 통증을 느꼈다. 의식이 사라지는 순간에도 그는 희뿌연 안개 속으로 성큼걸이가 양손에 불붙은 장작을 들고 어둠 속에서 뛰쳐나오는 것을 어렴풋이 보았다. 그는 마지막 안간힘을 다해 칼을 던지고는 손가락에서 반지를 빼어 오른손으로 꽉 움켜쥐었다.

Chapter 12
여울로의 탈출

프로도는 정신이 다시 들었을 때도 필사적으로 반지를 움켜쥐고 있었다. 그는 장작을 높이 쌓아 올려 너울너울 타오르는 모닥불가에 누워 있었다. 세 동료가 그를 내려다보고 있었다.

"도대체 어찌 된 일이야? 그 악령의 왕은 어떻게 됐어?"

프로도는 눈을 뜨자마자 느닷없이 질문을 던졌다. 그들은 프로도가 말을 하는 것을 듣자 너무 기뻐 잠시 대답조차 할 수 없었고, 실은 그가 무엇을 물었는지도 알아채지 못했다. 한참 후에야 프로도는 샘에게서 흐릿한 검은 형체가 자기들 쪽으로 다가오는 것만 보았다는 말을 들었다. 샘은 프로도가 사라진 것을 보고 갑자기 겁에 질렸고, 그 순간 검은 그림자가 옆을 지나가자 자기도 쓰러져 버렸다고 했다. 그는 프로도의 비명을 들었지만 그 소리는 먼 곳 아니면 땅속에서 기어 나온 듯한 괴성으로 아득하게 들릴 뿐이었다. 그들은 처음엔 아무것도 보지 못했지만 곧 칼을 배 밑에 깐 채 죽은 듯이 풀밭 위에 엎어져 있는 프로도를 발견했다. 성큼걸이는 모닥불가에 그를 눕히라고 말하고는 어디론가 사라져 버렸다. 그것이 얼마 전까지의 일이었다.

샘은 솔직히 성큼걸이가 다시 의심되기 시작했다. 그들이 이야기를 나누고 있을 때 성큼걸이가 어둠 속에서 불쑥 나타났다. 호빗들은 깜짝 놀라고 샘은 칼을 빼어 프로도의 앞을 막아 섰지만 성큼걸이는 태연히 그 옆에 무릎을 꿇고 앉아서 부드럽게 말했다.

"난 암흑의 기사가 아닐세, 샘. 그리고 그들과 한패도 아니야. 놈들이 움직인 흔적이라도 찾아보려고 했는데 아무것도 없더군. 왜 그들이 다시 공격하지 않고 사라졌는지 알 수가 없어. 하여튼 이 근방 어디에 숨어 있는 것 같지는 않아."

그는 프로도의 이야기를 듣고 난 후 머릿속이 복잡하다는 듯 고개를 휘휘 젓고는 한숨을 내쉬었다. 그러고는 피핀과 메리에게 작은 주전자에 가능한 한 물을 많이 끓여 그 물로 프로도의 상처를 씻어 주라고 시켰다.

"불을 잘 피워서 프로도를 따뜻하게 해 주어야 하네!"

그는 그렇게 말하고 일어나 저쪽으로 걸어가면서 샘을 불렀다.

"이제야 좀 알 것 같군. 적은 모두 다섯뿐이었어. 왜 모두 다 나타나지 않았는지 잘 모르지만 아마도 저항을 예상하지 못했던 거 같아. 일단은 물러선 모양인데 필경 멀리 가지는 않았을 걸세. 우리가 이곳을 탈출하지 못하면 내일 밤 다시 오겠지. 어쩌면 놈들은 목표가 일단 달성되었고, 반지가 멀리 달아날 수는 없을 거라고 판단하고 기다리고 있는지도 몰라. 자네 주인이 치명적인 부상을 당해 그들의 의지에 굴복할 거라고 믿는 것 같네. 두고 보면 알겠지."

샘이 갑자기 눈물을 쏟자 성큼걸이가 그를 달랬다.

"낙심 말게! 자네는 나를 믿어야 해. 간달프도 얘기한 적이 있지만 프로도는 내가 생각했던 것보다 훨씬 더 강인하네. 그는 죽지 않아. 적이 예상하는 것보다 훨씬 오랫동안 상처의 독성을 견뎌 낼 거야. 나도 최선을 다해 치료해 보도록 애쓸 테니까, 자네는 내가 없는 동안 그를 잘 지켜야 하네!"

그는 이렇게 말하곤 급히 어둠 속으로 사라져 버렸다.

상처의 통증이 점점 더 심해지고 어깨의 얼음장 같은 냉기가 팔과 옆구리에까지 내려왔지만 프로도는 졸기만 할 뿐이었다. 친구들은 그를 지켜보면서 상처를 씻어 주고 몸을 따뜻하게 해 주었다. 힘겨운 밤이 서서히 지나가고 동쪽 하늘에서 희뿌옇게 박명이 떠오르고 있었다. 성큼걸이는 골짜기에 희미한 아침 빛이 스며들 때쯤 돌아왔다.

그는 소리를 지르면서 그때까지 어두워서 발견하지 못했던 검은 외투를 땅바닥에서 주워 들었다. 아랫단에서 30센티미터쯤 위쪽에 칼자국이 나 있었다.

"이것 좀 보게! 이것이 프로도의 칼자국이야. 적의 상처는 겨우 이것뿐이야. 그는 상처를 입지 않는다네. 오히려 그 무시무시한 마왕을 찌르는 칼이 부러질 뿐이야. 그에게 치명적이었던 것은 바로 엘베레스란 이름이었지."

그는 다시 몸을 숙여 가느다란 단검을 들어 올렸다.

"프로도에게는 이 칼이 더 치명적이었어."

칼날에는 차가운 빛이 감돌았다. 성큼걸이가 칼을 들어 올리자 그들은 칼날 끝부분에 흠이 나 있고 맨 끝이 부러져 있는 것을 발견했다. 그런데 더욱 놀라운 것은 칼을 희미한 아침의 여명에 비추자 칼날이 얼음 녹듯 녹아서 연기처럼 공중으로 사라져 버리는 것이었다. 성큼걸이의 손에는 칼자루밖에 없었다.

"아! 이 저주받은 칼이 바로 프로도에게 상처를 입힌 거야. 이처럼 사악한 무기를 감당할 만한 치료법을 아는 사람은 거의 없지. 하지만 최선을 다해 보겠네."

그는 땅바닥에 앉아서 칼자루를 자기 무릎 위에 올려놓고 이상한 말로 천천히 노래를 불렀다. 그리고 그것을 옆에 내려놓고 프로도를 향해 나직한 목소리로 알아들을 수 없는 말을 건넸다. 그런 다음 허리띠에 찬 주머니에서 길쭉한 풀잎을 수북이 꺼냈다.

"이 잎을 구하러 사방을 헤맸지. 야산에서는 잘 자라지 않는 풀이야. 다행히 동부대로 남쪽 숲에서 풀잎 향기를 맡을 수 있었지."

그가 손가락으로 잎을 뭉개자 향긋하고 톡 쏘는 냄새가 났다.

"이걸 찾게 되어서 정말 다행일세. 이 약초는 서쪽나라 사람들이 가운데땅으로 들여온 것으로 여간 귀한 것이 아니거든. 이름은 아셀라스라고 하는데 워낙 희귀한 것이라 옛날에 서쪽나라 사람들이 살던 곳이나 야영하던 곳에서만 자라지. 북부에서는 황야의 방랑자들 중 일부만 알고 있을 뿐, 이 풀을 아는 이들은 거의 없어. 약효가 대단한 풀인데 프로도의 상처엔 얼마나 효험이 있을지 모르겠군."

그는 나뭇잎을 끓는 물에 집어넣고 그 물로 프로도의 어깨를 씻어 주었다. 수증기에서 상큼한 향기가 났고 다치지 않은 호빗들도 마음이 안정되고 맑아지는 것 같았다. 약초는 상처에도 꽤 효험이 있어서 프로도는 통증은 여전했지만 옆구리의 차가운 기운이 줄어드는 듯한 느낌을 받았다. 그러나 팔의 감각은 돌아오지 않아서 손을 들어 올리거나 사용할 수가 없었다. 그는 자신의 어리석음을 통탄하면서 박약한 의지력을 질책했다. 그제야 그는 자신이 반지를 낀 것이 자신의 욕망이 아니라 적의 강압적인 요구에 굴복한 것임을 깨달았다. 프로도는 이러다 평생 불구가 되는 것은 아닌지, 이 상태로 여행을 계속할 수 있을지 걱정이 태산 같았다. 그는 너무 힘이 없어서 일어설 수도 없었다.

그의 동료들 역시 그 문제를 논의하고 있었다. 그들은 가능한 한 빨리 바람마루를 떠나기로 신속하게 결정을 내렸다. 성큼걸이가 말했다.

"내 생각에 적은 며칠 동안 이곳을 감시하고 있었던 것 같아. 간달프가 여기 왔었다 해도 그도 떠날 수밖에 없었을 걸세. 그러니 다시 돌아오지도 않을 것 같네. 여하튼 어젯밤의 공격이 있었으니 일단 해가 지면 여기는 위험해. 어디로 가든 여기보다는 나을 거야."

날이 훤히 밝자마자 그들은 간단히 아침을 때우고 서둘러 짐을 챙겼다. 프로도가 걸을 수 없기 때문에 조랑말의 짐을 네 명이 나누어 지고 프로도가 말을 타는 수밖에 없었다. 지난 며칠 동안 그 가련한 짐승은 임무를 훌륭하게 수행했을 뿐만 아니라 살도 더 찌고 몸도 꽤 튼튼해졌다. 그리고 새 주인들, 특히 샘을 잘 따르기 시작한 것이 퍽 다행이었다. 황야에서 그 어려운 길을 가는데도 전보다 몸이 좋아진 것을 보면 고사리꾼네 빌의 집에서 얼마나 학대를 받았는지 알 법도 했다.

그들은 남쪽으로 방향을 잡았다. 이것은 바로 동부대로를 횡단한다는 의미였지만 숲지대로 가장 빨리 가려면 그 길밖에 없었다. 게다가 그들에겐 연료도 필요했다. 성큼걸이의 말대로 프로도를 항상, 특히 밤중에 따뜻하게 해 주어야 할 뿐 아니라 밤에는 불이 그들 모두에게도 무기가 될 수 있었기 때문이었다. 또한 바람마루를 지나면서부터는 동부대로도 북쪽으로 크게 휘어져 돌아가기 때문에 오히려 숲속으로 빠지는 것이 지름길일 수도 있다는 것이 성큼걸이의 생각이었다.

그들은 조심스럽게 천천히 산의 서남쪽 비탈을 끼고 돌아서 잠시 후 동부대로 길가로 나왔다. 아직 기사들이 나타날 조짐은 보이지 않았다. 그러나 그들이 다시 길을 재촉하고 있을 때 멀리서 서로 부르고 대답하는 서늘한 목소리가 들려왔다. 그들은 벌벌 떨면서 앞쪽의 작은 숲속으로 들어갔다. 그들의 눈앞, 남쪽으로는 길도 없는 황량한 비탈이 펼쳐졌다. 발육 부진으로 이지러진 나무들과 관목들이 빽빽이 들어서 있고 간간이 그 사이로 맨땅이 희끗희끗 드러나기도 했다. 풀을 찾아보기 힘들었지만 거친 회색 잡초가 간혹 눈에 띄었고 빛바랜 단풍잎들도 떨어졌다. 주변 풍경은 하나같이 우울했고 그들의 발걸음도 느리고 지루했다. 그들은 걷는 동안 거의 말을 하지 않았다. 프로도는 동료들이 무거운 짐을 지고 고개를 숙인 채 타박타박 걸어가는 모습을 보고 마음이 아팠다. 성큼걸이조차 피곤하고 어두운 표정이었다.

첫날 행군이 끝나기 전부터 상처가 다시 쑤시기 시작했으나, 프로도는 한참 동안 아무 내색하지 않고 견뎌 냈다. 나흘이 지났다. 그동안 지형과 풍경은 아무 변화가 없었고 다만 바람마루가 등 뒤로 서서히 사라지고 앞쪽으로 멀리 있던 산맥이 어렴풋하게나마 좀 더가까워진 것 같았다. 그러나 멀리서 들었던 그 고함 말고는 적이 그들이 도망치는 것을 알아채고 뒤쫓아오는 낌새는 아직 없었다. 어둠이 찾아들면 두려움이 그들을 엄습했다. 그들은 밤에는 둘씩 짝을 지어 보초를 섰으나 구름에 가린 희미한 달빛 아래로 언제 검은 그림자들이 불쑥 다가올지 알 수 없는 일이었다. 나뭇잎이 떨어지고 풀잎이 바람에 스치는 소리 말고는 아무 소리도 들리지 않았고 아무것도 보이지 않았다. 골짜기에서의 공격이 있기 바로 직전에 느꼈던 섬뜩한 두려움이나 냉기를 그 후로는 전혀 느끼지 못했다. 그러나 기사들이 그들의 흔적을 놓쳐 버렸을 리는 절대로 없었다. 어쩌면 좁은 길목에서 잠복하고 있는 것은 아닐까?

닷새째, 해도 저물어 갈 즈음 그들은 여태껏 내려왔던 넓고 얕은 골짜기를 빠져나가기 위해 천천히 오르막을 오르기 시작했다. 성큼걸이는 다시 방향을 동북쪽으로 바꿨다. 그들은 엿새째 되는 날 길고 완만한 경사지의 정상에 올라서서 멀리 숲이 우거진 산들을 보았다. 그들의 발밑으로는 다시 동부대로가 산을 끼고 돌아가고 있었고 오른쪽으로는 엷은 햇빛 속에 회색강이 반짝거렸다. 그리고 더 멀리 또 하나의 강이 안개로 반쯤 가려진 바위 골짜기 사이에서 흘러나오는 것이 어렴풋이 보였다. 성큼걸이가 말했다.

"당분간은 다시 동부대로로 들어가는 수밖에 없군. 우리는 지금 흰샘강에 도착했네. 요정들은 미세이셀이라고 부르기도 하지. 이 강은 깊은골 북쪽의 트롤들이 살고 있는 고원지대, 즉 에튼황야에서 시작해서 남쪽에 가서는 큰물소리강과 합쳐지네. 거기부터는 회색

강이라고 부르는 사람들도 있는데, 바다로 들어갈 때쯤에는 상당히 큰 강이 되지. 에튼황야의 수원지 말고 이 강을 건널 수 있는 곳은 바로 동부대로가 지나가는 '마지막다리'밖에 없어."

메리가 물었다.

"멀리 보이는 저 강은 무슨 강이에요?"

"깊은골의 브루이넨이라고도 하는 큰물소리강이야. 마지막다리를 건너 동부대로를 따라 수 킬로미터를 가면 브루이넨여울이 나오지. 하지만 그 강을 어떻게 건너야 할지 아직 생각도 못 했네. 당장 눈앞에 있는 강부터 생각하세! 마지막다리를 무사히 통과하는 것만 해도 큰 행운이야."

그들은 다음 날 아침 일찍 동부대로 길가로 내려왔다. 샘과 성큼걸이가 먼저 길에 들어섰다. 길가에는 그들 말고는 인적이라곤 전혀 없었다. 산 그림자가 진 이쪽에는 비가 조금 내린 듯했다. 성큼걸이는 이틀 전에 비가 온 것으로 추정했다. 그렇다면 그 이전의 발자국은 모두 씻겨 나가 버리고 그 이후의 발자국은 없을 것이었다.

그들은 거의 뛰다시피 속력을 내어 걸었다. 2, 3킬로미터쯤 지나서 짧고 가파른 비탈길 바닥에 있는 마지막다리를 보았다. 암흑의 기사들이 거기서 기다리지나 않을까 걱정했으나 아무도 보이지 않았다. 성큼걸이는 그들을 대로변의 작은 숲에 숨어 있도록 하고 혼자서 정탐을 하러 나섰다.

그는 금세 급히 되돌아왔다.

"적은 보이지 않아. 무슨 뜻인지 알 수가 없지만 아주 이상한 것을 하나 발견했지."

그는 손을 내밀었다. 연녹색 보석이었다.

"다리 한가운데 진흙 속에 박혀 있는 것을 주웠지. 요정석이라고도 하는 녹주석이야. 일부러 거기 놓아둔 것인지 아니면 우연히 떨어진 것인지 모르겠지만 어쨌든 길조로 여겨야지. 다리를 건너도 좋다는 허가증으로 생각하세. 하지만 그다음부터는 더 확실한 허가증이 없으면 동부대로를 다시 포기하는 수밖에 없겠어.”

그들은 곧 출발했다. 세 개의 커다란 아치형 교각을 싸고 돌아가는 물소리를 들으며 무사히 다리를 건넜다. 2, 3킬로미터 더 가서 그들은 대로 왼쪽에서 가파른 비탈길로 들어가는 좁은 골짜기를 발견했다. 성큼걸이는 거기서 방향을 바꾸었고 그들은 곧 야산 기슭을 돌아 거무튀튀한 나무들이 우거진 어두운 땅으로 접어들었다.

호빗들은 그 따분한 야산과 위험한 대로를 벗어나게 되어 기뻤지만 새로 들어가는 곳도 위험하고 불안하기는 마찬가지였다. 앞으로 갈수록 주변의 지대가 점점 높아졌다. 산등성이와 고지대에는 폐허가 된 옛 성벽과 탑의 잔해들이 곳곳에 어지러이 널려 있어서 기분이 과히 좋지 않았다. 말을 타고 가던 프로도는 주위를 둘러보며 생각할 수 있는 여유가 있었다. 그는 빌보가 들려준 여행기를 회상하면서 그가 최초로 큰 모험을 했다던 트롤의 숲 근처, 동부대로 북쪽 산 위에 위험한 탑이 많이 있다는 이야기를 생각해 냈다. 프로도는 바로 여기가 그곳이 아닐까 짐작하면서 우연하게도 빌보와 자신이 같은 지점을 지나가게 되는 것이 신기하게 느껴졌다.

그는 성큼걸이에게 물었다.

“이곳엔 누가 삽니까? 이 탑은 모두 누가 세웠지요? 여기가 트롤의 땅입니까?”

“아닐세. 트롤은 집을 짓지 않지. 이 땅에는 아무도 살지 않아. 오래전에 인간들이 여기 살았지만 지금은 아무도 남아 있지 않네. 전설에 의하면 그들은 앙마르의 마수에 걸려들어 악의 무리가 되었다고 하더군. 하지만 결국 북왕국이 멸망하던 전쟁에서 전멸하고 말았지. 이젠 그 이야기도 먼 옛날 일이 되었네. 아직 이 땅에 어둠이 남아 있긴 하지만 이곳을 기억하는 이들은 거의 없을 거야."

페레그린이 물었다.

"이 땅은 비어 있고 기억하는 이들도 없는데 그런 이야기는 어디서 들었어요? 새나 짐승 들한테서 들었을 리는 없을 텐데요."

"엘렌딜의 후예들은 과거의 일들을 절대로 잊지 않아. 깊은골에 가면 내가 말해 준 것보다 훨씬 더 많은 이야기를 들을 수 있을 걸세."

프로도가 물었다.

"깊은골엔 자주 가 보셨습니까?"

"한때 거기 살았었지. 요즘도 여유가 있으면 들르곤 한다네. 내 마음의 고향은 거기야. 하지만 엘론드의 아름다운 저택에서도 평화롭게 쉴 수 없는 것이 내 운명일세."

나무들이 다시 빽빽해지기 시작했다. 그들이 떠나온 동부대로가 브루이넨강으로 달려가고 있었지만 이젠 강도 길도 모두 보이지 않았다. 일행은 기다란 골짜기로 들어갔다. 폭이 좁고 깊이가 깊은 어둡고 고요한 골짜기였다. 꼬불꼬불 늙은 뿌리가 달린 나무들이 가파른 벼랑 밖으로 몸을 내밀고 위쪽 가지는 소나무숲을 향해 하늘을 쳐다보고 있었다.

호빗들은 몹시 피곤했다. 길이 없는 숲속에서 떨어진 나뭇가지와 굴러오는 바윗돌을 피하며 나아가야 했기 때문에 속도도 느렸다. 그들은 프로도를 위해 가능한 한 오르막길은 피했다. 사실 좁은 골짜기를 빠져나오기 위해 오르막길을 찾을 수도 없었다. 그렇게 이틀을 걸었을 때 날이 흐려졌다. 서쪽에서 바람이 조금씩 불어오더니 먼바다에서 몰고 온 빗방울을 어두운 산꼭대기에 쏟아붓기 시작했다. 밤이 되면서 그들은 옷이 흠뻑 젖어 버렸고 불도 피울 수 없었기 때문에 야영은 더욱 침울했다. 다음 날 눈을 떠 보니 정면의 산이 더 높고 가파르게 솟아 있었다. 그들은 방향을 바꾸어 북쪽으로 돌아가는 수밖에 없었다. 성큼걸이의 표정이 점점 더 불안해 보였다. 바람마루를 떠난 지 벌써 열흘이 다 되었고 양식이 점점 줄어들었다. 비는 계속 내렸다.

그날 밤 그들은 등 뒤로 암벽이 둘러쳐진 바위 턱에서 야영을 했다. 얕은 동굴이라기보다는 그저 절벽 중간이 움푹 파인 곳이었다. 프로도는 불안했다. 추위와 습기로 인해 상처가 전보다 쓰렸고 냉기와 통증 때문에 잠을 이룰 수 없었다. 그는 몸서리를 치면서 잠을 설친 채 마치 도둑의 발소리처럼 다가오는 밤의 소리들을 공포에 떨며 들어야 했다. 바위 틈새로 불어오는 바람 소리와 물방울 듣는 소리, '툭' 하고 떨어지는 난데없는 돌멩이 소리가 그를 섬뜩하게 했다. 검은 그림자들이 다가와 목을 조르는 것 같아 벌떡 일어나 앉으면 성큼걸이가 웅크리고 앉아 담배를 피우며 어둠 속을 응시하는 모습이 보였다. 그는 다시 누워서 잠을 청했지만 여전히 꿈자리는 사나웠다. 그는 꿈속에서 샤이어의 정원을 거닐고 있었지만 그것은 안개 속처럼 희미하게만 보였고, 암벽 너머로 그를 내려다보는 커다란 검은 그림자만 뚜렷이 눈에 들어왔다.

아침이 되자 비가 그쳤다. 구름이 여전히 짙게 내리깔려 있었지만 그 틈새로 푸른 하늘이 언뜻언뜻 드러났다. 바람의 방향이 다시 바뀌고 있었다. 그들은 출발을 서두르지 않았다. 차고 맛없는 아침 식사를 끝내자마자 성큼걸이는 그들에게 자기가 돌아올 때까지 절벽의 은신처에 그대로 있으라고 말하고는 혼자 밖으로 나갔다. 그는 가능한 한 위로 올라가서 지형을 한번 둘러볼 심산이었다.

그가 돌아왔지만 좋은 소식은 없었다.

"북쪽으로 너무 왔네. 남쪽으로 다시 돌아가는 길을 찾아야겠어. 이대로 계속 가면 깊은골에서 훨씬 북쪽에 있는 에튼계곡에 이르게 되지. 거기는 트롤들의 땅이고 나도 잘 몰라. 물론 거기서 남쪽으로 깊은골까지 가는 길을 찾을 수도 있겠지만, 내가 그 길을 모르기 때문에 시간도 오래 걸릴 뿐만 아니라 식량도 모자랄 걸세. 그러니 어떻게 하든지 브루이넨여울로 가는 길을 찾아야겠어."

그날은 하루 종일 암벽을 기어올랐다. 그들은 두 언덕 사이의 통로에서 그들이 가고자 하는 동남쪽 방향으로 들어가는 골짜기를 발견했다. 그러나 날이 다 저물 때쯤 길이 다시 높은 산등성이에 가로막혀 버렸다. 어두컴컴한 산등성이가 하늘을 배경으로 마치 이 빠진 톱니처럼 들쭉날쭉 튀어나와 있었다. 그들은 올라가든지 되돌아가든지 양자택일할 수밖에 없었다.

그들은 올라가기로 작정했다. 그러나 여간 어려운 일이 아니었다. 프로도는 곧 말에서 내려 걸어 올라가야만 했다. 그들은 등에 짐을 진 채로 과연 말을 끌고 올라갈 수 있을지, 그리고 길을 발견할 수 있을지 불안했다. 가까스로 정상에 도착했을 때는 모두들 완전히 녹초가 되어 버렸고 날이 벌써 어둑어둑해져 있었다. 그들은 두 개의 산꼭대기 사이에 좁게 파인 곳으로 올라가서 다시 급경사 길을 약간 내려갔다. 프로도는 탈진한 상태로 몸을 덜덜 떨며 땅바닥에 누웠다. 왼쪽 팔엔 감각이 없었고 어깨와 옆구리는 얼음장같이 차가운 발톱으로 후벼 파는 듯 아팠다. 주위의 나무와 바위 들이 더욱 어두컴컴해 보였다.

메리가 성큼걸이에게 말했다.

"오늘은 더 이상 갈 수 없겠어요. 프로도에겐 너무 무리였어요. 더 크게 탈 나지 않으면 다행이겠는데, 어떡하죠? 우리가 깊은골에 가면 거기서는 치료할 수 있을까요?"

"두고 봐야겠지. 산속에선 나도 어쩔 도리가 없어. 내가 이렇게 서두르는 것도 바로 그 상처 때문이야. 여하간 자네 말대로 오늘 밤은 더 갈 수 없는 것 같군."

샘이 애타는 눈빛으로 성큼걸이를 바라보며 나직이 물었다.

"프로도 씨의 상태는 도대체 어느 정도예요? 상처도 작고 거의 다 아물지 않았어요? 어깨에 난 차가운 흰 상처밖에 보이지 않는데요."

"프로도는 대적의 무기에 당했어. 거기엔 내 힘으로도 제거할 수 없는 독이나 재앙이 숨어 있네. 하지만 포기하진 말게, 샘!"

높은 산마루에서 밤을 지내기엔 추웠다. 그들은 옹이가 불거져 울퉁불퉁한 노송 뿌리 근처에 관솔불을 피웠다. 소나무 밑에 움푹 파인 구덩이는 한때 돌을 캐내던 곳 같기도 했다. 그들은 불가에 오종종 모여 앉았다. 밤바람이 거칠게 몰려왔다. 노송은 바람이 스칠 때마다 우쭐우쭐 춤을 추면서 '잉잉' 하는 신음을 내뱉었다. 프로도는 혼미한 가운데서 헤아릴 수 없이 많은 어둠의 날개들이 머리 위를 빙빙 돌아다니는 환상을 보았다. 추적자들이 산골짜기 곳곳에서 날개를 타고 그를 쫓아왔다.

새벽이 맑고 상쾌하게 밝아 왔다. 비 갠 뒤의 공기는 더 깨끗했고 하늘빛도 더 산뜻한 쪽빛이었다. 날이 밝자 힘이 좀 나기는 했지만, 그들은 어서 해가 떠올라 차갑게 굳은 몸을 따뜻이 녹여 주기를 간절히 바랐다. 날이 더 밝자 성큼걸이가 메리를 데리고 동쪽 방면의 지형을 살피러 높은 꼭대기로 올라갔다. 해가 떠올라 사방을 환히 비추었을 때 그들은 다소 고무적인 소식을 갖고 돌아왔다. 지금 비교적 바른 방향으로 나아가고 있다는 것이었다. 계속 이렇게 나아가면 산등성이 저 아래 왼쪽으로 안개산맥을 만날 수 있을 것 같았다. 성큼걸이는 멀리 전방에서 큰물소리강을 다시 보았다고 하면서, 잘 보이지는 않지만 브루이넨여울로 향하는 동부대로가 강에서 멀지 않고 그들 가까이 어디에 있을 거라고 짐작했다.

"동부대로로 다시 나가세. 산속에선 길을 찾을 수 없어. 무슨 위험이 있든 간에 여울로 가는 데는 동부대로가 제일 낫겠어."

그들은 식사를 끝내자마자 남쪽 산등성이를 타고 천천히 내려갔다. 그쪽 비탈길은 경사가 훨씬 완만해서 예상했던 것보다 쉽게 내려갈 수 있었고, 프로도는 곧 다시 말에 올랐다. 고사리꾼네 빌의 늙은 조랑말은 의외로 길을 찾는 데 상당한 재능이 있었고, 등에 태운 프로도를 편안하게 해 주려고 애를 썼다. 일행은 다시 힘이 솟았다. 프로도도 아침 햇살을 받자 기분이 좋아졌다. 그러나 이따금 안개가 시야를 가리는 듯해서 그는 두 손으로 눈을 비비곤 했다. 앞장서서 걷던 피핀이 갑자기 뒤로 돌아서서 소리를 질렀다.

"여기 길이 있어요!"

모두들 그에게 급히 달려가 보니 정말이었다. 저 아래 숲에서 꼬불꼬불 올라와서 뒤쪽 산꼭대기로 올라가는 길이 뚜렷하게 드러났다. 간혹 나무가 무성하거나 바위가 굴러떨어져 막힌 곳이 있기는 했지만 한때는 사람들이 자주 왕래했던 길임이 틀림없었다. 그리고 팔다리가 건장하고 힘센 사람들이 길을 닦은 듯 여기저기 고목이 쓰러져 있었고, 큰 바위가 갈라지거나 쪼개진 곳도 있었다.

그들은 그 길이 훨씬 더 쉬웠기 때문에 한참 동안 그 길을 따라갔다. 그러나 길이 어두운 숲속으로 들어가면서 좀 더 넓어지고 평평해지자 그들은 불안해져서 사방을 경계하기 시작했다. 전나무숲을 나오자 갑자기 급경사가 나타나더니 길이 산중턱의 암벽 왼쪽으로 급히 돌아 내려갔다. 모퉁이에 다다라서 주위를 둘러보자 길이 휘늘어진 나무들로 뒤덮인 낮은 절벽 바로 밑의 좁고 평평한 지대로 이어졌다. 암벽에는 큼지막한 돌쩌귀 하나에 매달린 문 하나가 삐죽 열려 있었다.

그들은 문 앞에 멈춰 섰다. 안쪽에는 동굴이나 무슨 석실이 있는 듯했으나 캄캄해서 아무것도 보이지 않았다. 성큼걸이와 샘, 메리가 온 힘을 다해 밀자 문이 겨우 조금 열렸다. 성큼걸이와 메리가 안으로 들어갔다. 그들은 깊숙이 들어가지는 않았다. 바닥에는 오래된 뼈들이 널려 있었고, 입구 가까이에 커다란 빈 단지와 깨진 그릇 들밖에 보이지 않았다. 피핀이 말했다.

"정말 그런 굴이 있는지 모르겠지만 이건 어쩐지 트롤의 굴인 것만 같은데요. 어서 나오세요. 여길 떠나는 것이 낫겠어요. 그러고 보니 이 길을 누가 만들었는지도 알겠어요. 빨리 도망가죠!"

성큼걸이가 밖으로 나오며 말했다.

"내 생각에는 그럴 필요가 없겠어. 이건 트롤의 굴이 확실하지만 쓰지 않은 지 오래된 것 같아. 걱정할 필요는 없어. 하지만 조심해서 내려가야겠지."

길은 그 문 오른쪽 평평한 공터를 지나 숲이 우거진 산비탈로 이어졌다. 피핀은 자신이 겁먹고 있음을 성큼걸이에게 보이고 싶지 않아 메리와 함께 저만치 앞장서서 나아갔다. 샘과 성큼걸이는 프로도의 조랑말 양쪽에서 나란히 걸어갔다. 길은 이제 네댓 명의 호빗이 나란히 걸을 수 있을 만큼 넓어졌다. 그러나 얼마 가지 않아 피핀이 달려오고 메리도 뒤따라왔다. 둘 다 잔뜩 겁에 질린 표정이었다.

피핀이 헐떡거리며 말했다.

"트롤이 있어요! 저 아래 멀지 않은 숲속 빈터예요. 나무 사이로 보았는데 굉장히 커요."

"가서 보세!"

성큼걸이가 막대기 하나를 쥐고 말했다. 프로도는 아무 말도 하지 않았고, 샘은 안색이 창백해졌다.

위로 쭉쭉 뻗은 나뭇가지들이 가려 주기는 했지만 해는 이미 중천에 떠올라서 숲속의 빈터를 환하게 비췄다. 그들은 빈터에서 멀찍이 떨어진 나무들 밑동 사이에 몸을 숨긴 채 숨을 죽이고 내다보았다. 커다란 트롤이 셋이나 있었다. 하나는 웅크리고 있었고 둘은 그를 내려다보며 서 있었다.

성큼걸이가 아무 일도 아니라는 듯 일행을 안심시키고 앞으로 나아갔다.

"일어나라, 늙은 돌!"

그는 그렇게 말하면서 막대기로 옹크린 트롤을 툭 쳤다. 아무 일도 일어나지 않았다. 호빗들은 탄성을 지르고 프로도마저 웃음을 터뜨렸다.

"그렇지, 우리 집안의 가족사를 잊고 있었군! 이것들은 분명히 간달프의 속임수에 넘어가서 열세 난쟁이와 한 명의 호빗을 요리해 먹는 방법을 놓고 싸우던 그 트롤들이 틀림없어."

"우리가 이곳을 지나게 될 줄이야! 꿈에도 생각 못 했는데."

피핀이 말했다. 빌보와 프로도에게서 종종 그 일에 관해 들었기 때문에 그도 그 이야기를 잘 알고 있었다. 그러나 사실 그때는 그 이야기를 반쯤밖에 믿지 않았다. 심지어 지금도 피핀은 혹시 어떤 마법의 힘으로 그들이 다시 살아나면 어떡하나 걱정을 하며 바위가 된 트롤들을 의심스럽게 지켜보고 있었다.

성큼걸이가 말했다.

"프로도, 자넨 가족사뿐만 아니라 트롤에 관한 지식을 모두 잊어버리고 있군그래. 지금은 해가 중천에 떠 있는 환한 대낮일세. 그런데도 자네들은 숲속에 트롤이 숨어 있다고 나를 겁주고 놀릴 셈인가? 게다가 저 녀석들 중 하나는 귓등에 오래된 새둥지를 매달고 있는 것도 봤어야지. 저게 정말 살아 있는 트롤이라면 얼마나 우스꽝스러운 장식물이겠는가 말이야."

그들은 한바탕 웃어 젖혔다. 프로도도 힘이 다시 솟았다. 빌보의 첫 여행을 돌이켜 보면서 자신감이 생기는 것 같았다. 따사로운 햇빛도 기분 좋게 느껴지고 눈앞을 가리던 안개도 조금 걷히는 듯했다. 그들은 빈터에서 잠시 휴식을 취하고 트롤들의 거대한 다리 그림자 바로 밑에서 점심을 먹었다.

식사를 마치고 나서 메리가 말했다.

"날씨도 좋은데 누가 노래 좀 불러 봅시다! 며칠 동안 노래도 못 듣고 이야기다운 이야기도 전혀 들은 기억이 없는데."

"바람마루에서가 마지막이었지."

프로도가 말했다. 모두 그를 바라보자 그가 웃으며 덧붙였다.

"이젠 내 걱정은 말게! 상태가 훨씬 좋아진 듯한데 노래는 아는 것이 없으니 어떡한다? 샘이 기억을 되살려 한 곡 해 보지!"

메리도 샘을 부추겼다.

"자, 샘! 자네 머릿속에는 입 밖에 내놓는 것보다 더 많은 게 저장되어 있다는 걸 알고 있어."

그러자 샘이 말했다.

"무슨 말들을 하는지 모르겠군요. 하지만 이건 어떨까요? 글쎄 이건 시라고 할 수도 없고 허튼소리로 치부해 주면 좋겠어요. 금방 머릿속에 떠오른 거니까."

그는 일어나서 마치 학생들이 노래하듯이 두 손을 등 뒤로 돌린 채 옛 가락에 맞춰 노래를 부르기 시작했다.

트롤은 바위 위에 홀로 앉아
닳아 빠진 옛날 뼈다귀를 우물우물 씹고 있었네.
그는 몇 년 동안 계속 그것만 뜯었지.
고기를 구할 수가 없었으니까.
끝났어! 틀림없어!
산속 동굴 속에 그는 홀로 살았네.
고기를 구할 수가 없었으니까.

톰이 커다란 구두를 신고 올라와서

트롤에게 말했지, 그게 뭔가?
　무덤 속에 누워 있어야 할
　　우리 삼촌 팀의 정강이뼈 같은데
　　　동굴 속에! 큰길가에!
　팀은 벌써 몇 년 전에 죽었으니
　　무덤 속에 누워 있어야 할 텐데.

젊은이, 트롤이 말했지, 이 뼈는 훔친 걸세.
하지만 무덤 속에만 있으면 뼈다귀가 무슨 소용?
　자네 삼촌 죽은 지 한참 지나서
　　정강이뼈만 꺼내 왔을 뿐이야.
　　　정강이뼈! 썩은 뼈!
　불쌍한 늙은 트롤한테 적선 좀 하면 어때?
　　그 양반은 필요도 없을 텐데.

톰이 말했지, 당신 같은 신사가 왜
허락도 받지 않고 함부로
　우리 삼촌 정강이뼈를 훔쳐 왔는지 알 수 없군.
　　그러니 그 뼈 이리 내놓으쇼!
　　　도둑놈! 불한당!
　그분은 돌아가셨지만 그 뼈는 그분 거요.
　　그러니 그 뼈 이리 내놓으쇼!

트롤이 웃으면서 말했지, 다리 두 개 때문에
자네도 잡아먹어야겠네. 정강이뼈 맛 좀 보세.
　싱싱한 고기라 달콤하게 넘어가겠지!
　　자, 이젠 시식해 볼까.
　　　잘 봐라! 맛봐라!

말라빠진 뼈다귀 뜯는 데도 이젠 지쳤어.
　　오늘 저녁은 네놈으로 잔치하자!

그러나 저녁거리를 잡았다고 생각한 순간
그의 손안에는 아무것도 없었지.
　　그가 마음먹기도 전에 톰은 뒤로 빠져나가
　　　그를 혼내 주려고 발로 찼다네.
　　　　조심해라! 나쁜 놈!
　톰은 생각했네.
　　　엉덩이에 한 방 먹이면 혼쭐나겠지 하고.

그러나 산속에 홀로 앉아 있는
트롤의 뼈와 살은 바위보다 단단해서
　　차라리 그 발로 산 뿌리를 차는 것이 더 나을 텐데.
　　　트롤의 엉덩이는 끄떡도 않았지.
　　　　달려라! 치료하라!
　늙은 트롤은 허허 웃고 있었고
　　톰은 발가락이 아파 어쩔 줄을 몰랐지.

집에 돌아와서 톰의 다리가 고장 났네.
쓸데없는 헛발질로 그의 발은 영영 절름발이가 되었지.
　　그러나 트롤은 아무렇지도 않다는 듯이
　　　도둑질한 뼈를 입에 물고 여전히 거기 있었어.
　　　　고맙소! 주인장!
　트롤의 늙은 궁둥이는 여전했다네.
　　도둑질한 뼈를 입에 물고.

메리가 말했다.

"우리 모두에게 주는 경고로군! 손을 대지 않고 막대기를 쓴 게 천만다행이었군요, 성큼걸이!"

피핀이 물었다.

"샘, 그건 어디서 배웠지? 한 번도 들어 본 적이 없는데."

샘이 뭐라고 우물우물거렸으나 잘 들리지 않았다. 프로도가 말했다.

"물론 자작곡이겠지. 이번 여행으로 감지네 샘의 진면목을 보는구먼. 처음에는 음모를 꾸미더니 이젠 광대 노릇까지 하는군. 나중에 가면 마법사나 아니면, 전사가 될지도 모르겠는걸."

그러자 샘이 말했다.

"제발 둘 중 어느 것도 되지 않았으면 좋겠어요."

오후에도 그들은 계속 숲속을 내려갔다. 어쩌면 먼 옛날 간달프와 빌보, 그리고 난쟁이들이 지나갔던 바로 그 길을 그들이 따라가고 있는지도 몰랐다. 몇 킬로미터를 더 내려가니 그들은 동부대로 위쪽의 높은 언덕 꼭대기에 나와 있었다. 그 지점에서 바라보니 길은 멀리 좁은 산골짜기 훨씬 뒤에 있는 흰샘강에서 동쪽으로 브루이넨여울과 안개산맥에 이르기까지 숲과 헤더가 무성한 비탈을 지나 꼬불꼬불 흘러가고 있었다. 언덕에서 얼마 내려가지 않은 곳에서 성큼걸이가 풀밭 속에 있는 돌 하나를 가리켰다. 돌 위에는 난쟁이들의 룬 문자와 비밀 기호가 거칠게 새겨져 있었지만 비바람에 닳아 잘 알아볼 수 없었다.

메리가 말했다.

"맞았어! 이건 트롤의 황금이 숨겨져 있던 곳을 표시했던 돌이 틀림없어. 프로도, 빌보 아저씨의 몫이 지금 얼마나 남아 있는지 궁금하군요."

프로도는 그 돌을 바라보면서 빌보가 그보다 위험한, 함부로 내버릴 수도 없는 그 보물을 집으로 가져오지 않았더라면 하고 상상해 보았다.

"하나도 없어. 아저씨가 모조리 남들에게 줘 버렸지. 사실 그것들은 도둑놈들에게서 뺏어 온 것이기 때문에 당신의 것으로 생각하지도 않는다고 내게 말씀하시더군."

초저녁의 긴 그림자를 드리운 동부대로는 고요했고 다른 여행자들의 모습도 보이지 않았다. 이젠 달리 갈 수 있는 길도 없었기 때문에 그들은 언덕을 내려가서 서둘러 왼쪽으로 돌아갔다. 급히 떨어지던 석양도 산허리에 걸려 곧 자취를 감춰 버렸다. 그들을 맞이하러 앞쪽 산맥에서 찬 바람이 불어왔다.

그들이 대로에서 떨어진 곳에서 밤새 야영할 곳을 찾기 시작했을 때, 그들의 가슴을 섬뜩한 공포로 몰아넣는 소리가 또 들려왔다. 뒤쪽에서 들려오는 말발굽 소리였다. 그들은 뒤를 돌아보았으나 길이 워낙 기복이 심하고 또 굴곡이 많았기 때문에 멀리까지 볼 수 없었다. 그들은 재빨리 대로를 벗어나 헤더와 월귤나무 가지 들이 우거진 비탈로 올라가서 개암나무가 빽빽이 작은 숲을 이룬 곳에 숨었다. 그리고 약 10미터 아래 관목숲 사이로 석양빛을 받아 희미한 회색빛 윤곽을 드러낸 동부대로를 바라보았다. 말발굽 소리가 더 가까워졌다. 따가닥따가닥하는 경쾌한 소리로 보아 꽤 빠른 속도 같았다. 그런데 그 소리와 함께 그들은 바람결에 실려 온 듯한 딸랑딸랑하는 방울 소리도 들을 수 있었다.

"암흑의 기사의 말굽 소리가 아닌데."

유심히 듣고 있던 프로도가 말했다. 다른 호빗들도 희망을 가지고 모두 아닌 것 같다고 동의를 했다. 그러나 여전히 경계를 늦추지 않았다. 그들은 너무 오랫동안 추격의 공포에 시달려 왔기 때문에

375

뒤에서 달려오는 소리라면 무엇이든 불길하고 적대적인 것으로 생각했던 것이다. 그러나 성큼걸이는 몸을 앞으로 내밀고 한 손을 귀에 댄 채 땅바닥에 엎드려 소리를 듣더니 기쁜 표정을 지었다.

해가 지고 관목잎들도 부드럽게 흔들렸다. 방울 소리가 더욱 또렷하고 가깝게 들려오고 따가닥따가닥하는 말굽 소리도 더 커졌다. 갑자기 황혼의 어스름 속으로 백마 한 필이 환한 빛을 내며 급히 달려왔다. 말의 굴레장식 띠가 마치 별빛 같은 보석이라도 박힌 듯 어스름 속에서 번쩍번쩍 빛을 발했다. 기사의 망토가 등 뒤로 펄럭이고 두건도 벗겨져 금빛 머리카락이 달리는 바람결 속에 희미하게 빛났다. 마치 얇은 베일 사이로 새어 나온 듯한 흰 빛이 기사의 형체와 옷을 환히 비췄다.

성큼걸이가 숨어 있던 곳에서 벌떡 일어나 헤더 수풀 사이로 소리를 지르며 대로를 향해 뛰어갔다. 그러나 기사가 벌써 말고삐를 당겨 말을 멈추고 그들이 숨어 있는 숲을 쳐다보았다. 성큼걸이를 보자 그는 말에서 내려 큰 소리를 지르며 달려왔다.

"아이 나 베두이 두나단! 마에 고반넨."

맑게 울려 퍼지는 그 음성이 그들의 마음속에서 의심의 그림자를 몰아냈다. 기사는 요정이 틀림없는 것 같았다. 이 넓은 세상에서 어느 누구도 그렇게 아름다운 목소리를 가질 수 없었다. 그러나 그의 목소리에서 어쩐지 긴박하고 무서운 사태가 예감되었다. 그는 성큼걸이와 뭔가 급박하게 이야기를 나누었다.

이윽고 성큼걸이가 호빗들에게 손짓을 했다. 그들은 숲을 박차고 나가 대로로 급히 내려갔다. 성큼걸이가 그를 소개했다.

"이쪽은 엘론드의 저택에 계시는 글로르핀델일세."

그 요정 영주는 프로도에게 인사를 건넸다.

"반갑습니다, 드디어 만났군요! 나는 당신을 찾으러 깊은골에서 파견되었습니다. 노상에서 혹시 위험한 사태를 당하지나 않았는지 걱정하고 있었지요.”

프로도가 환하게 웃으며 물었다.

“그러면 간달프가 깊은골에 도착했단 말입니까?”

글로르핀델이 대답했다.

“아니요. 내가 떠날 때만 해도 그분은 거기 안 계셨지요. 하지만 그건 아흐레 전 일입니다. 엘론드 님은 걱정하고 있던 어떤 소식을 들으신 겁니다. 바란두인(브랜디와인)강을 넘어 당신네 땅으로 여행을 하던 우리 종족 중의 누군가가 일이 잘못되어 간다는 것을 알고 급히 연락을 해 온 겁니다. 그 전갈에 의하면 아홉 기사들이 출현했고 당신은 간달프가 돌아오지 않기 때문에 아무 연락도 받지 못하고 무거운 짐을 진 채 길을 떠났다고 하더군요. 사실 깊은골에도 아홉 기사들과 정면으로 맞설 수 있는 용사가 많지 않은데, 엘론드 님은 그들을 모두 북쪽과 서쪽, 남쪽으로 보내셨지요. 당신이 추격을 피하기 위해 너무 멀리 우회하다가 산속에서 길을 잃었을 것으로 짐작했던 겁니다.

동부대로가 내가 맡은 지역인데 약 이레 전에 미세이셀다리에 가서 거기에 신호를 남겨 두었지요. 사우론의 세 기사가 다리 위에 있다가 달아나기에 서쪽까지 추격해 보았습니다. 다른 두 기사도 만났는데 그들은 남쪽으로 달아나 버리더군요. 그때부터 당신의 자취를 찾기 시작해서 이틀 전에야 찾았지요. 그래서 마지막다리를 건너 되돌아오다가 오늘 당신들이 산을 넘어 내려오는 것을 본 것입니다. 하지만 잠깐만! 여기서 이러고 있을 시간이 없소. 당신이 여기 있으니 우리는 위험을 무릅쓰고 이 길을 달려가야 합니다. 우리 뒤에는 여전히 암흑의 기사가 다섯 놈이나 도사리고 있어요. 길에서 당신의 흔적을 발견하면 순식간에 달려올 겁니다. 게다가 나머지 네 명이 어디 있는지 알 수도 없습니다. 혹시 벌써 브루이넨여울에서 기다리고 있을지도 모르겠군요.”

글로르핀델이 이야기하고 있는 동안 땅거미가 더욱 짙어졌다. 프로도는 갑자기 감당할 수 없을 만큼 피로가 엄습해 오는 것을 느꼈다. 해가 지기 시작하면서 눈앞을 가로막는 안개가 더 심해져, 마치 동료들과 자기 사이에 어두운 막이 한 겹 씌워져 있는 것 같았다. 이제는 통증이 되살아나면서 추위까지 몰려왔다. 그는 샘의 팔을 붙잡고 한쪽으로 휘청거렸다. 샘이 격앙된 목소리로 소리쳤다.

"프로도 씨께선 부상당했어요. 해가 지면 계속 갈 수가 없어요. 쉬어야 해요."

글로르핀델이 땅바닥에 쓰러지려는 프로도를 붙잡았다. 프로도의 두 팔을 부드럽게 부축하면서 안색을 살펴보던 그의 얼굴이 갑자기 심각한 표정으로 바뀌었다.

성큼걸이가 바람마루 밑에서 야영하다가 기습당했던 일과 떨어져 있던 적의 칼에 대해 간략하게 설명했다. 그는 숨겨 두었던 칼자루를 꺼내 요정에게 넘겨주었다. 글로르핀델은 그것을 받으며 몸을 떨었지만 찬찬히 살펴보았다.

"당신 눈에는 보이지 않겠지만 이 칼자루에는 무서운 내용이 적혀 있습니다. 아라고른, 엘론드의 저택에 도착할 때까지 이것을 잘 보관하세요. 하지만 조심할 것은 가능한 한 이것을 만지지 말아야 한다는 겁니다! 아! 이 칼이 만든 상처는 내 솜씨로도 어쩔 수가 없어요. 최선을 다하겠습니다만. 무엇보다도 쉬지 말고 계속 달아나는 일이 급합니다."

그는 손가락으로 프로도의 어깨 상처를 만져 보았다. 상처가 예상보다 심했는지 그의 표정이 더욱 심각해졌다. 그러나 프로도는 옆구리와 팔의 냉기가 한결 덜한 느낌이었다. 한 줄기 따뜻한 기운이 어깨에서 손으로 전해 오면서 통증이 다소 가라앉았다. 마치 하늘을 가린 구름이라도 걷힌 듯 그를 둘러싸고 있던 저녁의 어둠도 한 꺼풀 엷어지는 것 같았다. 동료들의 얼굴이 다시 똑똑히 보였고 새로운 희망과 힘이 솟아났다.

글로르핀델이 말했다.

"당신이 내 말을 타는 게 더 낫겠소. 등자를 안장에 맞도록 줄이지요. 가능한 한 말잔등에 꼭 붙어야겠지만 너무 걱정은 마시오. 이 말은 내가 부탁하는 손님은 절대로 떨어뜨리지 않습니다. 걸음걸이가 가볍고 유연할 뿐만 아니라 위험이라도 닥치면 적의 흑마보다 더 빨리 달릴 수 있지요."

그러자 프로도가 말했다.

"안 됩니다. 그럴 수는 없어요. 내 친구들을 위험한 곳에 두고 간다면, 깊은골이든 어디든 절대로 그 말을 타고 가지 않겠습니다."

글로르핀델이 웃으며 말했다.

"당신만 없다면 친구들이 얼마나 안전할지 아직 잘 모르시는군요. 적은 당신만 쫓아가고 우리는 아마 털끝 하나 다치지 않을 겁니다. 우리 모두를 위험하게 하는 것이 바로 프로도 당신이고 또 당신이 가진 물건이라오."

프로도는 더 이상 고집 피우지 못하고 글로르핀델의 백마를 타는 데 동의했다. 그 대신 다른 일행의 짐을 조랑말에 많이 실을 수 있어서 그들은 한결 가볍게 출발할 수 있었고 한동안 꽤 빠른 속도로 나아갔다. 그러나 호빗들은 얼마 가지 못해, 요정의 지칠 줄 모르는 빠른 속도를 따라갈 수 없음을 알아챘다. 그는 계속 그들을 칠흑 같은 어둠 속으로 끌고 가고 밤하늘은 여전히 두꺼운 구름장으로 덮여 있었다. 달도 없고 별도 없었다. 새벽빛이 푸르스름하게 밝아 왔을 때 비로소 글로르핀델은 휴식을 허락했다. 그때쯤 피핀과 메리, 샘은 터덜거리는 다리를 끌고 거의 반쯤 잠든 상태였다. 성큼걸이조차도 피곤한지 양어깨를 축 늘어뜨렸다. 프로도는 말을 탄 채 어두운 꿈을 꾸고 있었다.

그들은 길가에서 2, 3미터 떨어진 헤더숲 속으로 쓰러질 듯 몸을 던지고 곧 잠이 들었다. 그러나 잠을 자는 동안 불침번을 선 글로르핀델이 그들을 깨우자, 그들은 한숨도 못 잔 것 같았다. 해가 벌써 높이 떠오르고 간밤의 안개와 구름도 씻은 듯 걷혔다.

"이걸 마셔요."

글로르핀델이 은단추를 박은 가죽 주머니에서 음료수를 따라서 모두에게 한 잔씩 나눠 주었다. 그 음료수는 이른 봄의 샘물처럼 산뜻하고 아무 냄새도 없었으며, 입안에 들어가서는 차지도 뜨겁지도 않았다. 그러나 그것을 마시는 동안 그들은 몸속으로 힘과 생기가 흘러 들어오는 듯한 느낌이 들었다. 음료수를 마시고 나서 그들은 (그들에게 남아 있는 마지막) 빵과 마른 과일을 먹었다. 샤이어에서는 그처럼 맛있는 아침 식사를 해 본 적이 없었던 것 같았다.

그들이 다시 길에 나섰을 때는 다섯 시간 남짓하게 휴식을 취한 뒤였다. 글로르핀델이 여전히 재촉했고, 그날 하루 동안 단 두 번만 간단한 휴식을 허락했다. 그렇게 해서 그들은 해가 지기 전 30여 킬로미터를 갈 수 있었고, 그 지점부터 길이 오른쪽으로 방향을 바꾸어 골짜기 하단부까지 내리막길이 되어, 브루이넨까지 곧장 뻗어 있었다. 호빗들이 보거나 듣기에는 아직까지 무슨 추격의 기미나 소리가 없었다. 그러나 글로르핀델은 그들이 뒤에 처질 때마다 한참 동안 멈춰 서서 귀를 기울이고는 걱정스러운 표정을 짓곤 했다. 그리고 가끔 성큼걸이와 요정어로 이야기를 나누기도 했다.

그러나 아무리 길잡이가 걱정스러운 표정을 지어도 호빗들은 그날 밤 더 이상 갈 수 없었다. 그들은 극도의 피로로 비틀거리며 걸었고, 자신의 발과 다리밖에 다른 것은 생각할 수도 없었다. 프로도의 통증은 점점 더 심해졌고 주위의 사물은 모두 유령 같은 회색 그림자처럼 보일 뿐이었다. 그는 밤이 되는 것이 오히려 반가웠다. 밤이 되면 세상이 덜 희미하게 보였다.

다음 날 아침 일찍 출발할 때 호빗들은 여전히 피로가 풀리지 않았다. 브루이넨여울까지는 아직 몇 킬로미터 더 남아 있어서 호빗들은 사력을 다해 걸었다.

글로르핀델이 말했다.

"강을 건너기 직전이 아마 가장 위험할 겁니다. 우리를 추격하는 발길이 차츰 빨라지고 있고, 브루이넨여울에서는 또 다른 위험이 기다리고 있을지도 모른다는 예감이 듭니다."

길은 여전히 완만한 내리막길이고 길가에는 가끔 풀밭이 있어서 호빗들은 발을 조금이라도 편하게 하려고 가능한 한 그쪽으로 걸었다. 느지막한 오후가 되면서 갑자기 장대 같은 소나무가 우거진 어두컴컴한 숲속으로 들어갔다가 다시 축축한 붉은 바위들이 양쪽 벽을 가득 채운 굴속 같은 곳을 향했다. 급히 달려가는 그들의 발소리가 사방에서 메아리쳐 울려왔다. 한 발만 내디뎌도 수많은 메아리가 울려 퍼지는 듯했다.

빛으로 들어가는 문이라도 통과한 듯 갑자기 길이 터널 끝을 지나 밝은 세계로 나왔다. 그들은 가파른 경사지가 끝나면서 2킬로미터가량 기다란 평지가 펼쳐지고 그 끝에 깊은골(브루이넨)여울이 있는 것을 보았다. 강 건너에는 가파른 갈색 언덕이 있고 실낱같이 가는 길이 꼬불꼬불 언덕 위로 올라가고 있었다. 그 너머로는 안개산맥의 연봉들이 경쟁이라도 하듯 어깨를 견주며 어두운 하늘 위로 삐죽삐죽 솟아 있었다.

그들이 지나온 굴속 같은 길에서는 여전히 발소리가 메아리쳐 울려왔다. 소나무 가지 사이로 바람이 일어나듯 갑자기 일진광풍이 일었다. 글로르핀델이 즉시 뒤로 돌아 귀를 기울이더니 갑자기 큰 소리를 지르며 앞으로 뛰어나갔다.

"어서 피해! 적이다!"

백마가 앞으로 내달았다. 호빗들은 비탈길을 뛰어 내려가고 글로르핀델과 성큼걸이는 후방을 경계하며 따라갔다. 평지를 겨우 반쯤 달려갔을 때 갑자기 뒤에서 말발굽 소리가 들렸다. 그들이 방금 지나온 소나무숲 입구에 암흑의 기사가 한 명 서 있었다. 그는 고삐를 당겨 말을 멈추고 안장 위에서 육중하게 몸을 비틀었다. 그 뒤로도 하나, 또 하나 그리고 둘이 더 나타났다.

글로르핀델이 프로도에게 소리쳤다.

"앞으로 달려! 달려!"

그는 그 말대로 따를 수가 없었다. 이상한 힘이 그를 붙잡고 있었던 것이다. 말이 천천히 걸어가게 고삐를 당겨 놓고 그는 뒤를 돌아보았다. 기사들은 마치 언덕 위의 무시무시한 동상처럼 견고한 모습으로 거대한 흑마 위에 올라앉아 있었다. 주변의 모든 숲과 대지가 안개 속으로 숨어 버린 듯했다. 갑자기 그는 그들이 자기에게 기다리라는 무언의 명령을 내리고 있다는 것을 마음속으로 느꼈다. 그는 고삐를 잡았던 손을 놓고 칼자루를 잡았다. 그러곤 붉은 섬광을 일으키며 칼을 빼 들었다.

"달려! 계속 달려!"

글로르핀델이 소리를 질렀다. 그러고는 크고 또렷한 목소리로 말을 향해 요정어로 소리쳤다.

"노로 림, 노로 림, 아스팔로스!"

백마는 즉시 몸을 날려 남아 있는 마지막 거리를 바람처럼 달려 나갔다. 그와 동시에 흑마들이 언덕 아래로 추격해 내려오면서 암흑의 기사들이 프로도가 멀리 동둘레의 숲속에서 끔찍스럽게 듣던 것과 같은 괴성을 질러 댔다. 그 소리에 응답이 들려왔다. 왼쪽 나무숲과 바위 사이에서 네 명의 다른 기사들이 날 듯이 달려들어 프로도와 동료들의 간담을 서늘하게 했다. 둘은 프로도를 향해 달려오고, 나머지 둘은 앞길을 차단하려고 여울을 향해 미친 듯이 달려갔다. 거리가 가까워질수록 프로도는 그들이 마치 바람처럼 달려오며 점점 더 검고 거대한 모습으로 압박해 들어오는 것 같았다.

프로도는 잠시 어깨 너머로 뒤를 돌아보았다. 동료들이 더 이상 보이지 않았다. 뒤를 따라오던 기사들이 처지고 있었다. 그들의 거대한 흑마들은 속도에 있어서 글로르핀델 요정의 백마에게 적수가 되지 못했다. 그는 다시 앞을 보았다. 절망적이었다. 숨어 있던 적이 앞길을 차단하기 전에 여울에 닿을 수 있을 것 같지가 않았다. 그는 이제 그들의 모습을 뚜렷하게 볼 수 있었다. 그들은 망토와 두건을 벗어 버린 것 같았고 흰색과 회색 옷을 입고 있었다. 창백한 손에는 장검을 들고 있었고 머리에는 투구를 쓰고 있었다. 그들의 차가운 눈엔 살기가 번득거리고 소름 끼치는 목소리로 그를 향해 소리를 질렀다.

프로도는 완전히 공포에 사로잡혔다. 이제는 칼을 쥘 엄두도 나지 않았고 입에서는 비명조차 나오지 않았다. 그는 두 눈을 감고 말갈기에 매달렸다. 귓가로 바람이 씽씽 지나가고 마구에 달린 방울이 날카롭고 요란한 소리를 냈다. 마치 날개라도 달린 듯 한 줄기 흰 불꽃처럼 요정의 말이 마지막으로 질주하여 맨 앞에 있는 기사의 얼굴을 지나쳐 갈 때 무시무시한 냉기가 창끝처럼 그를 찔렀다.

프로도는 물이 첨벙이는 소리를 들었다. 발밑에서 물거품이 일었다. 말이 강을 건너 자갈밭길을 올라갈 때쯤에서야 프로도는 자기 몸이 공중으로 붕 떠올랐다는 것을 깨달았다. 그는 급경사의 언덕길을 오르고 있었다. 여울을 건넌 것이다.

그러나 추격자들은 바로 뒤에 있었다. 언덕 꼭대기에서 말이 걸음을 멈추고 요란하게 히힝거리며 뒤로 돌아섰다. 저 건너편 물가에 아홉 기사들이 있었다. 프로도는 자기를 쳐다보는 그들의 위협적인 얼굴을 보고 다시 절망에 빠졌다. 그가 그토록 쉽게 건넌 여울을 그들도 쉽게 건널 것은 뻔한 이치였다. 일단 그들이 여울을 건너기만 한다면 거기부터 깊은골까지 알지도 못하는 먼 길을 혼자 도망쳐 간다는 것은 불가능한 일이었다. 여하튼 그는 적의 마력이 강하게 자신을 붙잡는 것을 느꼈다. 분노가 다시 솟았지만 그는 더 이상 거부할 힘이 없었다.

갑자기 맨 앞에 있던 기사가 말에 박차를 가했다. 그러나 말이 강물 앞에서 뒤로 물러섰다. 마지막 안간힘을 다해 프로도는 몸을 곧추세운 뒤 칼을 빼 들었다. 그리고 소리쳤다.

"돌아가라! 더 이상 따라오지 말고 모르도르로 돌아가라!"

그 목소리는 자신이 듣기에도 힘이 없었다. 기사들은 멈추었지만 프로도는 봄바딜의 능력을 갖고 있지 못했다. 적들은 그를 향해 냉기가 감도는 거친 비웃음을 던진 다음 소리쳤다.

"돌아오라! 돌아오라! 모르도르로 너를 데려가겠다!"

프로도는 또 한 번 힘없이 말했다.

"돌아가라!"

"반지! 반지!"

그들은 소름 끼치는 목소리로 외쳐 댔다. 갑자기 그들의 우두머리가 물속으로 말을 몰아 오자 두 기사가 그 뒤를 바짝 따랐다.

프로도는 칼을 높이 쳐들고 마지막 힘을 다해 소리쳤다.

"엘베레스와 아름다운 루시엔의 이름으로, 너희들은 결코 반지와 내 몸에 손대지 못할 것이다."

그러자 여울을 거의 반쯤 건너온 우두머리가 등자 위에서 위협적인 자세로 일어나 손을 들었다. 프로도는 말문이 막혀 버렸다. 그는 입의 혀가 꼬이고 가슴이 쿵쾅거리는 것을 느꼈다. 그의 칼이 부러지면서 땅바닥에 떨어져 버리고, 요정의 백마가 뒷걸음질 치며 히힝거렸다. 맨 앞에 섰던 흑마는 벌써 거의 물가에 다다라 있었다.

그 순간 천지를 울릴 듯한 파도 소리가 들리더니 수많은 바위라도 굴릴 듯한 기세로 집채만 한 파도가 밀려왔다. 프로도는 희미한 의식 가운데 발밑의 강물이 일어나고 그 물길을 따라 깃털 장식을 한 기병대 같은 파도가 노호하듯 밀려 내려가는 것을 보았다. 프로도의 눈에는 파도 머리에서 흰 불꽃이 번쩍이는 것 같았고, 물속에는 흰 거품 같은 갈기가 달린 백마 위에 흰옷의 기사들이 타고 있는 듯했다. 그때까지 여울 속에 있던 세 기사는 파도에 휩쓸려 분노한 물거품 속에 묻혀 버렸다. 건너편에 있던 기사들이 당황하여 뒤로 물러섰다.

　프로도는 가물가물 꺼져 가는 의식 속에서 비명 소리를 들었다. 그리고 강변에서 망설이던 기사들 등 너머로 흰 빛을 내는 물체를 본 것 같았다. 그 뒤로 작고 검은 형체들이 불꽃을 흔들며 달려오고 그 불꽃이 대지를 감싸고 있던 회색 안개 속에서 새빨간 빛을 토해 냈다.

　흑마들이 공포에 사로잡혀 어쩔 줄 모르다가 미친 듯이 파도 속으로 뛰어들었다. 기사들의 날카로운 비명 소리가 그들을 싣고 가는 파도의 노호하는 소리에 묻혀 버렸다. 프로도는 말에서 떨어지면서 파도 소리와 어지러운 함성이 자신을 둘러싸는 것을 느꼈다. 그리고 그는 아무것도 보지도 듣지도 못했다.

반지 원정대

BOOK TWO

Chapter 1
많은 만남

프로도가 눈을 떴을 때는 침대 위였다. 그는 아직도 기억의 한구석을 떠돌고 있는 길고 어지러운 악몽에 사로잡혀 늦잠을 잔 것이 아닌가 생각했다. 아니면 앓아누워 있었나? 그러나 천장이 낯설었다. 다양한 무늬가 새겨진 검은 들보가 평평한 천장을 떠받치고 있었다. 그는 누운 채 한참 동안 벽에 비친 햇빛을 바라보며 폭포 떨어지는 소리를 들었다. 마침내 그는 누운 채 크게 소리를 질렀다.

"여긴 어딥니까? 그리고 지금 몇 시예요?"

그러자 누군가의 목소리가 들려왔다.

"여긴 엘론드의 집이지. 시간은 아침 10시고. 더 알고 싶다면 얘기해 주지. 지금은 10월 24일 아침일세."

"간달프!"

프로도는 벌떡 일어나 앉으며 외쳤다. 열린 창문가의 의자에 늙은 마법사가 앉아 있었다.

"그래, 날세. 집을 떠난 뒤로 그렇게 수없이 어리석은 일을 저지르고도 여기 도착한 걸 보면 자네도 운이 꽤 좋군그래."

프로도는 다시 누웠다. 간달프와 말싸움을 하기엔 마음이 너무 평화롭고 흡족했으며, 그와 말싸움을 한들 이길 것 같지도 않았다. 그제야 의식이 완전히 돌아오면서 지난 여정이 주마등처럼 머릿속을 스쳤다. 묵은숲의 끔찍한 '지름길', 달리는조랑말 여관의 '사고', 바람마루에서 귀신에 홀린 듯 반지를 끼던 일이 생각났다. 프로도가 기억을 더듬어 깊은골에 이르기까지 여정을 생각해 내려고 애쓰는 동안 간달프는 아무 말 없이 앉아 이따금 담뱃대를 뻐끔거리며 창밖으로 하얀 담배 연기 동그라미를 날려 보냈다. 마침내 프로도가 말을 꺼냈다.

"샘은 어디 있습니까? 그리고 다른 친구들도 모두 무사한가요?"

"물론이지. 모두 건강하고 무사하네. 샘은 계속 자네 옆에 있었는데 30분 전쯤에 좀 쉬라고 내보냈지."

"여울에서는 어떻게 된 거지요? 이유는 모르겠는데 모든 게 흐려져 보였어요. 지금도 그렇지만요."

"그랬을 거야. 자네는 사라지기 시작하고 있었거든. 상처가 자네를 거의 압도하고 있었지. 몇 시간만 늦었더라면 우리 힘으로도 어쩔 도리가 없었을 거야. 하지만 사랑스러운 호빗, 자넨 정말 대단한 힘을 갖고 있더군. 고분구릉에서 그걸 보여 주었지. 거기선 아슬아슬했어. 아마 그때가 가장 위험한 순간이었을 거야. 바람마루에서는 좀 더 버텨 볼 수도 있지 않았나?"

"벌써 다 알고 계시는군요. 그런데 고분구릉 일은 아무한테도 말하지 않았는데 어떻게 아셨습니까? 처음에는 그게 너무 무서웠고, 나중에는 다른 일 때문에 잊어버렸거든요. 정말 어떻게 아셨어요?"

그러자 간달프가 자상하게 말했다.

"프로도, 자네는 잠자는 동안 많은 이야기를 했네. 그래서 자네 생각과 기억을 읽어 내는 것은 그리 어려운 일이 아니었지. 하지만 걱정 말게! 조금 전에 내가 '어리석은 일'이라고 했지만 진심은 아니야. 난 자네와 동료들을 대단히 높게 평가한다네. 여기까지 온 것만해도 적잖은 자랑거리로 삼을 만하고. 게다가 그 엄청난 위험 속에서 여전히 반지를 지켜 왔다는 건 대단한 일일세."

"성큼걸이가 없었다면 해낼 수 없었을 겁니다. 하지만 당신이 계셔야 했어요. 당신이 돌아오시지 않아서 뭘 어떻게 해야 할지 몰랐거든요."

"내가 좀 늦었지. 그 바람에 일을 모두 그르칠 뻔했어. 하지만 어쩌면 전화위복이 될 수도 있다는 생각이 드네."

"무슨 일이 있었는지 듣고 싶군요."

"때가 되면 얘기해 주지. 하지만 오늘은 얘기를 하거나 무슨 다른 일에 신경 쓰면 안 된다는 게 엘론드의 처방이야."

"하지만 얘기를 하지 않으면 쓸데없는 상상이나 추측을 해서 더 피곤해질 텐데요. 이젠 정신이 말짱해요. 궁금한 일이 한두 가지가 아닙니다. 왜 늦으셨어요? 적어도 그것만이라도 말씀해 주셔야죠."

"자넨 곧 알고 싶은 걸 모두 듣게 될 거야. 자네 몸이 건강해지면 우린 회의를 열 테니까 말이야. 우선은 내가 포로로 잡혀 있었다는 사실만 말해 주지."

프로도가 소리를 질렀다.

"당신이요?"

간달프는 엄숙한 표정으로 말했다.

"그렇다네. 이 회색의 간달프가 말이야! 이 세상에는 선이든 악이든 많은 세력들이 있지. 나보다 강한 이들도 있고, 또 아직 상대해 보지 못한 이들도 있어. 하지만 이제 나의 시간이 오고 있네. 모르굴의 군주와 그의 암흑의 기사들이 나타났어. 전쟁 직전에 와 있네!"

"그렇다면 제가 그 기사들과 마주치기 전에도 그들을 알고 계셨군요."

"물론 알고 있었지. 언젠가 자네에게 이야기한 적도 있던 것 같군. 암흑의 기사들이란 반지악령들이고, 그러니까 반지의 제왕 아래 있는 아홉 심복이야. 나는 그들이 다시 활동을 시작한 것은 모르고 있었어. 만일 알았더라면 자네와 함께 즉시 떠났을 걸세. 지난 6월에 자네 집에서 떠난 뒤에야 그 소식을 들었지. 하지만 그 이야기는 뒤로 미루기로 하지. 우선은 우리 모두 아라고른 덕분에 목숨을 건진 거야."

"맞습니다. 우리를 구한 것은 성큼걸이였어요. 하지만 처음에는 겁이 났어요. 아마 샘은 글로르핀델을 만날 때까지는 그를 완전히 믿지 않았을 겁니다."

간달프가 웃었다.

"샘에게서 모두 들었지. 이젠 완전히 의심을 푼 모양이더군."

"저도 성큼걸이를 좋아하게 되어서 기뻐요. 아니, 좋아한다는 말 이상으로 그에게 정을 느낍니다. 가끔씩 이상하고 또 무서울 때도 있지만요. 사실 성큼걸이는 간달프 당신을 연상케 하는 뭔가가 있지요. 큰사람들 중에 그런 사람이 있는 줄은 몰랐습니다. 대개는 그냥 덩치만 크고 멍청한 줄 알았거든요. 머위네처럼 친절하면서 멍청하거나, 고사리꾼네 빌처럼 멍청하면서 성질이 고약하거나 말이지요. 그러고 보면 우리는 브리 사람들을 빼놓곤 인간들에 대해 잘 모르는가 봅니다."

"만일 보리아재를 어리석다고 생각한다면 자넨 아직 브리 사람들도 잘 모른다는 이야기가 되지. 그는 나름대로 충분히 지혜로운 사람이야. 생각하기보다 말하기를 더 좋아하고 또 느림보지만, (브리식으로 말하자면) 때가 되면 돌담 뒤까지 꿰뚫어 볼 수 있는 사람이지. 하지만 이제 가운데땅엔 아라소른의 아들 아라고른 같은 사람은 거의 없네. 바다를 건너온 왕족의 혈통도 거의 끊겼으니까. 이번의 반지전쟁은 아마 그들로서는 마지막 모험이 되겠지."

그러자 프로도가 놀라서 물었다.

"그렇다면 성큼걸이가 고대 왕족의 후예란 말입니까? 저는 그들이 벌써 먼 옛날에 사라진 걸로 알고 있었는데요. 성큼걸이가 그저 순찰자 중의 한 사람인 줄만 알았어요."

"그저 순찰자라니! 프로도, 그들이 바로 순찰자들이야. 북부에 남아 있는 위대한 서쪽나라 사람들의 마지막 후예들이란 말일세. 그들은 전에도 나를 도와주었고, 앞으로도 나는 그들의 도움을 받아야 해. 우린 깊은골에 무사히 도착했지만 반지가 아직 안전하지 않으니 말이야."

"그건 그렇지요. 하지만 지금까지 저는 여기까지만 무사히 도착하면 된다고 생각했습니다. 더는 가고 싶지 않아요. 그냥 쉴 수만 있다면 얼마나 좋을까요! 여행과 모험은 지난 한 달만으로도 충분한 것 같습니다."

프로도는 말없이 눈을 감았다. 잠시 후 그는 다시 입을 열었다.

"머릿속으로 계산해 보았는데 아무리 해도 10월 24일이 나오지 않네요. 제 생각에는 오늘이 21일이 틀림없는 것 같은데요. 여울에 도착한 게 20일이었거든요."

"자넨 말도 너무 많이 하고 계산도 너무 많이 하는군. 이제 어깨나 옆구리는 좀 어떤가?"

"잘 모르겠습니다. 감각이 없어요. 그게 나았다는 얘기도 되겠지만, 그런데⋯⋯."

그는 억지로 몸을 움직여 보았다.

"팔은 조금 말을 듣네요. 맞아요. 감각이 살아나는 것 같습니다. 냉기가 없어졌네요."

그는 오른손으로 왼손을 만지면서 말했다.

"좋아! 회복이 빠르군. 곧 건강을 되찾을 수 있겠어. 엘론드가 자넬 치료했지. 자네가 여기 온 뒤 며칠 동안 계속 말이야."

"며칠이라고요?"

"그러니까, 정확히 나흘 밤 사흘 낮이지. 자네가 날짜 계산을 잊은 그 20일 밤에 요정들이 자넬 여울에서 데려왔어. 우린 대단히 걱정했지. 샘은 심부름할 때를 빼고는 자네 곁을 밤이나 낮이나 떠난 적이 없었네. 엘론드는 의술의 대가이긴 하지만 적의 무기가 너무 치명적이었지. 솔직히 말해서 난 자네가 죽을 줄 알았네. 상처 속에 칼날 조각이 있는 것 같았는데 어제저녁까지도 그걸 찾을 수가 없었거든. 엘론드가 결국 찾아냈지. 그게 깊이 박혀서 계속 살 속으로 파고 들었네.”

프로도는 성큼걸이의 손에서 사라져 버린 그 무시무시한 칼의 끝이 부러져 있던 것을 생각해 내고는 몸을 떨었다.

“놀라지 말게! 이젠 없어졌어. 녹아 버렸지. 호빗들은 버티는 힘이 대단해. 내가 알기론 큰사람들 중에서도 많은 용사가 그 칼날 조각에 금방 쓰러지곤 했는데, 자네는 17일 동안이나 몸속에 넣고 다녔으니 말이야.”

“그들은 어떻게 하려고 했던 걸까요? 기사들의 계획이 뭐였을까요?”

“자네 상처 속에 들어간 모르굴의 칼로 자네 심장을 찌를 작정이었지. 그것이 성공했더라면 자네도 그들처럼 되었을 걸세. 좀 더 약한 부하가 되어 그들의 명령을 받았겠지. 암흑군주에게 지배받는 악령이 되는 거지. 그는 자네가 반지를 가지려 했다는 이유로 고문을 했을 수도 있어. 하지만 빼앗긴 반지가 그의 손안에 있는 것을 보는 게 가장 고통스럽겠지.”

그러자 프로도가 나지막한 소리로 말했다.

“그 끔찍한 위험을 몰랐던 게 오히려 다행이군요. 물론 안 그래도 무섭기는 했지만, 그런 사실을 알았더라면 한 발짝도 못 움직였을 겁니다. 살아난 게 기적이군요!”

“그렇지. 자네 용기도 물론 가상하지만 운이 좋은 거야. 자네는 심장을 다치지 않고 어깨만 다쳤기 때문에 끝까지 버틸 수 있었지. 말하자면 간발의 차이였네. 자네가 반지를 끼고 있을 때는 더 위험했지. 왜냐하면 그때 자네는 이미 반쯤은 악령의 세계에 들어가 있었기 때문에, 그들이 자네를 사로잡을 수 있었거든. 자네는 그들을 볼수 있었고, 그들도 자네를 볼 수 있었지.”

“맞아요. 끔찍한 모습이었어요. 그런데 그들의 말은 왜 눈에 보이지요?"

"그건 진짜 살아 있는 말이거든. 마치 그들이 살아 있는 우리와 싸울 때 그들의 허상에다 형체를 부여하기 위해 입은 검은 옷이 진짜 천이듯 말이야."

"그렇다면 그 흑마들은 어째서 그 기사들의 말을 고분고분 듣지요? 다른 동물들은 그들이 다가오기만 해도 공포에 사로잡혀 꼼짝을 못 하는데 말입니다. 글로르핀델의 백마도 마찬가지였어요. 그들을 보면 개도 짖고 거위도 꽥꽥거리던데요."

"그 말들은 태어날 때부터 모르도르의 암흑군주에게 복종하도록 훈련을 받은 거야. 그의 종이나 노예들이 다 악령인 건 아니야. 오르크와 트롤도 있고, 와르그와 늑대인간도 있지. 옛날에도 그랬고 지금도 그렇지만 이 땅 위의 많은 인간 전사와 왕 들 역시 그의 수하에 있다네. 그리고 그들의 수는 점점 불어나고 있지."

"깊은골과 요정들은 어떨까요? 안전합니까?"

"물론이지. 바깥세상이 완전히 적의 수중에 들어갈 때까지는 안전하네. 요정들도 물론 암흑군주를 두려워하고 그를 보면 달아나지만, 결코 그의 말을 듣거나 복종하지는 않아. 그리고 여기 깊은골에는 적이 가장 두려워하는 상대, 곧 먼바다를 건너온 엘다르 요정 현자와 영주 들이 아직 남아 있지. 그들은 반지악령들을 두려워하지 않아. 왜냐하면 먼 옛날 축복의 땅에서 살았기 때문에 그들은 양쪽 세계에서 동시에 살 수 있고, 보이는 자와 보이지 않는 자 모두에게 강력한 힘을 행사할 수도 있거든."

"빛이 나면서 다른 형체들과는 달리 흐려지지 않은 하얀 물체를 본 기억이 납니다. 그러면 그것이 글로르핀델이었단 말이지요?"

"그렇지. 그가 다른 세계로 들어선 것을 잠시 본 것이네. 그는 첫째자손 중에서도 대단한 용사이자 고귀한 혈통의 요정 영주야. 사실 깊은골에는 일시적이지만 모르도르의 공격을 막아 낼 만한 힘이 있네. 다른 곳에는 또 다른 힘들이 있고, 샤이어에는 샤이어만의 힘이 있지. 그러나 지금의 상황이 계속되는 한 이런 곳들은 곧 사면초가가 되고 말 걸세. 암흑군주가 총공세를 펴고 있거든."

갑자기 간달프가 몸을 일으키며 턱을 내밀었다. 그의 수염이 곧은 철사처럼 뻣뻣하게 뻗쳤다. "아직은 용기를 잃어선 안 돼. 자네가 죽을 지경이 될 정도로 내가 얘기를 시키지만 않는다면 곧 완쾌될 거야. 여기는 깊은골이야. 당분간은 아무것도 걱정할 필요가 없단 말일세."

"더 낼 용기도 없지만 지금은 아무 걱정 안 합니다. 다만 마지막으로 친구들이 어떻게 되었는지, 그리고 여울에서 어떻게 일이 끝났는지만 말씀해 주세요. 더는 묻지 않겠습니다. 잠을 좀 더 자야겠지만, 얘기를 듣기 전에는 잠이 안 올 것 같네요."

간달프는 의자를 침대 옆으로 당기고 한참 동안 프로도를 내려다보았다. 프로도의 얼굴은 혈색이 돌아와 붉어졌고, 눈동자도 맑아져 의식이 완전히 정상을 되찾은 것 같았다. 그는 미소를 짓고 있었으며, 아무런 이상도 발견할 수 없었다. 그러나 마법사의 눈은 그의 몸에서 미세한 변화를 감지했다. 어쩐지 그의 몸이, 특히 이불 밖으로 나와 있는 왼손이 속이 비어 투명해진 듯한 기미가 보였다. 간달프는 중얼거렸다.

"아직은 기대를 해 봐야겠지. 지금까지 절반도 못 갔지만, 결국 어떻게 될지는 엘론드도 모를 거야. 설마 일이 나쁜 쪽으로 가지야 않겠지만, 어쩌면 빈 유리잔처럼 속이 텅 비어 버릴 수도 있겠어."

그리고 프로도를 향해 큰 소리로 말했다.

"자넨 다 나은 것 같군. 엘론드에게는 비밀로 하기로 하고 대강만 얘기해 주지. 아주 간략하게 할 테니까 그다음엔 자야 하네. 알겠지? 내가 들은 바로는 이렇게 된 거야. 자네가 달아나자마자 그들은 추격을 시작했지. 자네가 이미 그들의 세계에 반쯤 발을 들여놓아서 그들의 눈으로도 자네를 볼 수 있었기 때문에, 그놈들은 굳이 말의 인도를 받을 필요가 없어진 거야. 게다가 반지 역시 그들을 끌어당겼거든. 자네 친구들은 길옆으로 피해 달아날 수밖에 없었는데, 그렇지 않았다면 그들의 말발굽에 깔려 버렸을 걸세. 자네를 구할 수 있는 것은 백마밖에 없다는 걸 알았지. 기사들은 너무 빨라 따라잡을 수도 없었고, 또 수가 너무 많아 함부로 덤벼들 수도 없었네. 글로르핀델과 아라고른도 맨손으로는 그들 아홉을 동시에 상대할 수가 없었지.

반지악령들이 지나가자 자네 동료들이 그 뒤를 따랐네. 그리고 여울 가까이 길옆에 졸든 나무 몇 그루로 가려진 작은 구덩이가 있었는데 거기서 재빨리 불을 피운 거야. 글로르핀델은 기사들이 여울을 건너려 하면 반드시 물결이 일 것이라는 사실을 알았기 때문에, 그쪽에 남아 있던 놈들을 처치해야겠다고 생각한 거지. 홍수가 일자마자 그는 아라고른을 포함한 자네 동료들과 함께 불붙은 가지를 들고 뛰어간 거야. 기사들은 앞에는 강물, 뒤에는 불꽃이 나타난 데다가 요정 영주가 분노한 것을 보자 당황했지. 말들도 공포에 사로잡혀 반쯤 미쳐 버렸고. 셋은 홍수가 처음 밀려올 때 휩쓸려 가고, 나머지도 놀란 말들이 강물로 뛰어드는 바람에 역시 강물 속으로 사라져 버렸네."

"그렇다면 이제 암흑의 기사들은 끝장난 겁니까?"

"그건 아니야. 말들이 모두 죽어 버렸으니 절름발이나 마찬가지 처지가 되었지만, 반지악령들은 그리 쉽게 죽지 않네. 하지만 지금 당장은 그리 걱정할 필요가 없을 거야. 자네 친구들은 물결이 잔잔해진 뒤에 강을 건너 자네가 부러진 칼을 배 밑에 깐 채 강기슭에 엎드려 있는 걸 발견했지. 백마가 옆에서 지키고 있었네. 얼굴이 창백하고 몸은 얼음장처럼 식어서 모두들 자네가 죽지 않았나 걱정했네. 그때 엘론드의 부하들이 나타나 자네를 천천히 깊은골까지 데려온 거야."

"홍수는 누가 일으킨 건가요?"

"엘론드의 명령이었네. 이 골짜기의 강은 그의 지배하에 있기 때문에 여울을 급히 봉쇄해야 할 땐 강물이 분노하여 홍수를 일으키게 되어 있어. 그래서 악령들의 우두머리가 강물에 들어서자마자 큰 물결이 일어난 거지. 내 솜씨도 일조를 했고. 자네는 보지 못했겠지만 물결 가운데 백색의 기사들이 거대한 백마를 탄 모습이 있었네. 수많은 집채만 한 바윗돌이 우당탕거리며 굴러가기도 했지. 순간적으로 우리가 너무 심하게 분노를 풀어 놓은 게 아닌가 걱정도 했어. 홍수가 통제할 수 없을 정도로 거세져서 자네들까지 휩쓸 정도였거든. 안개산맥의 눈이 녹아 내려오는 강물은 물살이 대단하다네."

"예, 이제야 기억이 납니다. 물결 소리가 천지를 진동하는 것 같았지요. 저도 빠져 죽는 줄만 알았습니다. 친구고 적이고 다 같이 말이지요. 하지만 살았군요!"

간달프는 재빨리 프로도를 바라보았지만, 그는 이미 눈을 감고 있었다.

"맞았어. 당분간은 모두 안전하네. 조만간 브루이넨여울의 승리를 자축하는 잔치가 열릴 거야. 자네들이 그 잔치의 주인공일세."

"멋지군요! 성큼걸이는 말할 것도 없고 엘론드와 글로르핀델 같은 위대한 영주분들이 저를 위해 그렇게 애써 주시고 게다가 환대를 베풀어 주시니 뭐라고 감사드려야 할지 모르겠습니다."

그러자 간달프가 껄껄거리며 말했다.

"거기엔 몇 가지 이유가 있지. 우선은 나 때문이고, 둘째는 반지 때문이야. 자네는 '반지의 사자'야. 게다가 자네는 '반지의 발견자'인 빌보의 후계자가 아닌가!"

"아, 빌보 아저씨! 아저씨는 어디 계실까요? 여기 오셔서 이 이야기를 모두 들으실 수 있다면 참 좋을 텐데. 한바탕 웃음을 터뜨리셨을 겁니다. 암소가 달에 뛰어오른 사건도 있고, 불쌍한 늙은 트롤 이야기도 있는데 말이지요."

졸린 얼굴로 말을 마친 프로도는 깊은 잠에 빠져들었다.

프로도가 이제 편히 쉬고 있는 이곳은 '바다 동쪽의 최후의 아늑한 집'이었다. 이 저택은 오래전 빌보가 말한 대로 '먹고, 자고, 이야기하고, 노래하고, 또 그냥 앉아 좋은 생각을 하기에, 아니면 이 모든 일을 한꺼번에 즐기기에 가장 알맞은 집'이었다. 이곳에 있다는 것 자체만으로도 피로와 공포와 슬픔이 치료되었다.

저녁 무렵 프로도는 다시 잠에서 깨어났다. 이제 휴식과 잠은 충분한 것 같았고, 다만 목이 마르고 배가 고팠다. 그리고 노래도 부르고 이야기도 듣고 싶었다. 그는 침대에서 나와 팔을 움직여 보고는 거의 예전처럼 회복되었음을 알았다. 초록색의 깨끗한 옷이 준비되어 있었고 몸에 꼭 들어맞았다. 거울을 보고 그는 자신이 전보다 많이 야윈 것에 놀랐다. 마치 샤이어의 정원에서 빌보 아저씨와 즐겁게 뛰놀던 어린 조카로 되돌아간 것 같았다. 그러나 그의 두 눈은 깊은 생각에 잠겨 거울을 들여다보고 있었다. 그는 거울 속의 자신을 향해 중얼거렸다.

"그렇군. 마지막으로 거울을 본 뒤로 이상한 일을 한두 가지 겪었지. 하지만 이젠 즐거운 만남의 시간이야!"

그는 두 팔을 크게 뻗으며 휘파람을 불었다.

그때 노크 소리가 나며 샘이 들어왔다. 샘은 프로도에게 달려와 조심스럽고 어색하게 그의 왼손을 잡았다. 그러고는 부드럽게 손을 쓰다듬어 본 후 얼굴을 붉히며 급히 고개를 돌렸다.

"안녕, 샘!"

"따뜻해졌어요. 손 말이에요. 며칠 밤 동안 얼마나 차가웠는지 몰라요. 이젠 승리의 노래를 불러야겠어요!"

그는 탄성을 지르더니 돌아서서 두 눈을 반짝이며 마룻바닥에서 춤을 추었다.

"다시 일어나셔서 정말 기뻐요. 간달프가 올라가서 프로도 씨가 내려오실 준비가 되었는지 살펴보라고 하셨는데 농담인 줄 알았죠."

"준비됐네. 가서 다른 친구들을 만나 보지."

"제가 안내할게요. 이 집은 굉장히 큰 집이에요. 희한한 데도 많고요. 항상 새로운 게 나타나기 때문에 다른 모퉁이를 돌아가면 또 무엇이 나타날지 몰라요. 그리고 요정들 말이에요! 여기도 요정, 저기도 요정, 온통 요정들뿐이에요! 왕처럼 위엄 있고 화려한 이들도 있고, 어린애처럼 나대는 요정들도 있어요. 지금까지는 즐길 만한 마음의 여유나 시간이 없었지만, 노래와 음악도 얼마나 신기한지 몰라요. 그래도 벌써 이곳 사정에 조금은 익숙해졌어요."

프로도는 샘의 팔을 잡으며 말했다.

"샘, 자네가 그동안 어떻게 해 왔는지 잘 알아. 하지만 오늘 밤은 마음 푹 놓고 즐겁게 지내지. 자, 안내해 보게."

샘은 몇 개의 복도와 많은 층계를 내려가서 급경사의 제방 위에 있는 높은 정원으로 그를 인도했다. 프로도는 친구들이 저택 동쪽 현관에 앉아 있는 것을 보았다. 골짜기 아래로 벌써 어둠이 깔렸지만 산꼭대기에는 아직도 석양빛이 감돌았다. 대기도 따스했다. 물이 흘러가고 떨어지는 소리가 크게 울리고, 엘론드의 정원에서는 아직 여름이 완전히 물러가지 않은 듯 저녁 공기 속에 희미한 꽃 향기와 풀 냄새가 스며 나왔다. 피핀이 벌떡 일어나며 소리쳤다.

"만세! 우리 위대한 친구께서 오신다! 반지의 제왕 프로도 만세!"

그러자 현관 뒤쪽 그늘에 있던 간달프가 주의를 주었다.

"쉿! 악의 무리들이 이 골짜기 속에야 못 들어오겠지만 그래도 그런 이름을 함부로 불러서는 안 돼! 그리고 반지의 제왕은 프로도가 아니야. 모르도르에서 암흑의 탑을 차지하고 온 세계에 세력을 퍼뜨리는 암흑군주가 바로 반지의 제왕이지. 우리는 지금 이 요새 안에 앉아 있지만 바깥세상은 점점 어두워지고 있어.”

피핀이 투덜거렸다.

“간달프는 항상 참으로 명랑한 말씀만 하시는군요. 제가 얌전히 있어야 한다 생각하시지만, 어떻게 이런 집에서 매일 축 처져 우울하게 있을 수 있어요? 때에 딱 어울리는 노래라도 알면 신나게 불러 젖힐 텐데.”

그러자 프로도가 웃으며 말했다.

“나도 한 곡조 뽑고 싶은 기분이야. 하지만 일단은 먹고 마시는 게 더 급해.”

“문제없어요. 평소와 마찬가지로 절묘하게 식사 시간에 딱 맞춰 일어나셨거든요.”

피핀이 말하자 메리도 거들었다.

“그냥 식사가 아니에요. 잔치라고요! 회복되셨다고 간달프가 얘기하시자마자 잔치 준비가 시작됐어요.”

그가 말을 마치기도 전에 안쪽에서 그들을 부르는 종소리가 요란하게 울렸다.

엘론드의 저택 안 홀은 벌써 꽉 차 있었다. 대부분이 요정들이었으나 다른 손님들도 드문드문 있었다. 엘론드는 관례에 따라 상단 긴 테이블 끝에 놓인 큰 의자에 앉아 있었고, 그 양쪽에 글로르핀델과 간달프가 자리를 잡았다.

프로도는 경이의 눈으로 그들을 바라보았다. 그 수많은 이야기 속에 나오는 요정 엘론드를 처음으로 본 것이다. 글로르핀델이나 그가 평소에 알고 지내던 간달프까지도 엘론드의 오른쪽과 왼쪽에 자리를 잡으니 대단히 위엄 있고 권위 있는 영주로 보였다.

간달프는 그 둘보다 키가 작았지만 긴 백발이나 늠름하게 늘어뜨린 은빛 수염, 그리고 떡 벌어진 어깨 때문에 마치 고대 전설에 나오는 지혜로운 왕처럼 보였다. 그의 얼굴에서 나이를 느낄 수 없는 것은 아니었으나, 눈처럼 희고 두툼한 눈썹 아래 자리 잡은 검은 눈동자는 당장이라도 불 속에서 활활 타오를 석탄과 같았다.

글로르핀델은 키가 크고 꼿꼿했다. 머리는 빛나는 금발이었고, 얼굴은 젊고 아름다웠으며, 용감무쌍하면서도 기쁨으로 충만한 표정이었다. 눈은 맑고 예리했으며, 목소리는 음악 같았다. 이마에는 지혜가 새겨져 있었고, 손에는 힘이 넘쳐났다.

엘론드의 얼굴은 늙지도 젊지도 않은, 나이를 가늠할 수 없는 그런 것이었다. 그러나 거기엔 기쁨과 슬픔을 함께 간직한 수많은 기억이 아로새겨져 있었다. 그의 머리는 미명의 어둠처럼 검은빛을 띠었고, 그 위에는 은으로 만든 가느다란 관이 씌워져 있었다. 두 눈은 맑은 저녁 날 같은 회색인데, 그 속에는 별빛을 닮은 빛이 담겨 있었다. 그는 오랜 세월 왕좌에 앉아 있는 영주처럼 덕망이 느껴지면서도, 여전히 힘이 넘치는 강건한 용사처럼 정정했다. 그는 깊은골의 군주였으며, 인간과 요정 모두로부터 존경을 받는 인물이었다.

테이블 중앙에 벽걸이 천을 배경으로, 차양을 친 그 아래에 참으로 아름다운 여인이 앉아 있었다. 그녀는 여성이었지만 엘론드와 너무도 닮은 데가 많아, 프로도는 그녀가 엘론드의 가까운 친척 중 하나일 것이라고 짐작했다. 그녀는 젊은 것 같기도 하고 그렇지 않은 것 같기도 했다. 땋아 내린 검은 머리는 흰 가닥이 한 올도 없었으며, 흰 팔과 맑은 얼굴은 흠이라고는 찾아볼 수 없이 고왔다. 구름 한 점 없는 밤의 회색을 닮은 그녀의 밝은 눈동자에는 별빛이 담겨 있었다. 하지만 그녀에게는 여왕의 품위가 있었고, 오랜 세월의 풍상을 겪은 듯 눈길에는 깊은 사색과 지혜가 담겨 있었다. 이마 위엔 하얗고 작은 보석들이 박힌 은빛 레이스 모자를 쓰고 있었으나, 보드라운 회색 옷은 은으로 만든 나뭇잎 모양의 허리띠 외에 다른 장식물은 없었다.

그렇게 그는 유한한 생명들로서는 아무도 쉽게 볼 수 없는 엘론드의 딸 아르웬을 본 것이었다. 루시엔이 환생했다고 할 만큼 아름다운 여인이었다. 그녀는 요정들의 저녁별이었기 때문에 운도미엘이라 불리기도 했다. 아르웬은 오랫동안 산맥 너머 로리엔의 외가쪽 친척집에 있다가 최근에 깊은골의 아버지 집으로 돌아왔다. 그녀의 두 오빠 엘라단과 엘로히르는 무술 수행을 위해 떠나고 없었다. 그들은 북부의 순찰자들과 함께 종종 먼 곳까지 여행을 했는데, 그들의 어머니가 오르크들의 굴에서 수모를 받은 쓰라린 기억을 절대로 잊을 수가 없기 때문이었다.

프로도는 이제껏 그녀처럼 아름다운 여인을 본 적도 상상한 적도 없었다. 그는 자신이 이처럼 아름답고 고귀한 이들과 같은 테이블에 앉아 있다는 사실에 너무 감격해 얼굴이 화끈거릴 지경이었다. 프로도의 의자는 쿠션을 많이 넣어 높이를 알맞게 조정해 놓았으나 그는 자신이 초라하게 느껴지고, 주제넘은 자리에 나선 것 같았다. 그러나 그런 느낌은 곧 사라졌다. 연회는 매우 유쾌했으며, 음식은 그의 허기진 배를 채우고도 남았다. 시간이 한참 지나서야 프로도는 다시 주위를 둘러보고 옆자리의 손님과도 인사를 나눌 수 있는 여유를 갖게 되었다.

그는 먼저 친구들을 찾았다. 샘은 자신의 주인 곁에 앉게 해 달라고 부탁했지만, 프로도가 중요한 손님이기에 어쩔 수 없다는 대답을 들었다. 프로도는 샘이 피핀, 메리와 함께 상단 가까이 있는 옆 테이블 위쪽 끝에 앉아 있는 것을 보았다. 성큼걸이의 모습은 보이지 않았다.

프로도의 오른쪽에는 화려한 복장을 한 난쟁이가 앉아 있었다.

그는 상당히 중요한 인물인 듯했다. 턱수염을 두 갈래로 길게 늘어뜨렸는데, 입고 있는 옷과 마찬가지로 눈처럼 흰 빛깔이었다. 그는 은으로 만든 허리띠를 매고, 은과 다이아몬드로 장식한 목걸이를 걸고 있었다. 그는 식사를 잠시 멈추고 난쟁이를 보았다.

"안녕하십니까? 반갑습니다. 글로인, 삼가 인사드립니다."

난쟁이는 그를 향해 고개를 돌리며 이렇게 인사하고는, 실제로 의자에서 일어서서 절을 했다.

프로도는 황급히 일어나 받쳐 놓은 쿠션을 떨어뜨리며 깍듯이 답례했다.

"골목쟁이네 프로도가 귀하와 귀하의 댁에 삼가 안녕을 기원합니다. 혹시 저 유명한 참나무방패 소린의 열두 동료 중 한 분이신 글로인이 아니신지요?"

난쟁이는 쿠션을 주워 모아 프로도가 의자에 다시 앉는 것을 정중히 도와주며 말했다.

"그렇습니다. 손님께서는 저 유명한 우리 친구 빌보의 친척이자 양자라는 것을 이미 들어 알고 있으니 여쭙지는 않겠습니다. 회복되신 것을 진심으로 축하드립니다."

"대단히 감사합니다."

글로인이 다시 말했다.

"매우 어려운 여행을 하신 것으로 들었습니다. 호빗 네 분이 무슨 일로 그렇게 긴 여행을 하셨는지 정말 궁금하군요. 빌보가 우리와 함께 떠난 이후론 그런 일이 없었지요. 하지만 너무 캐묻지는 않겠습니다. 엘론드와 간달프께서 싫어하실 테니까요."

"저도 지금은 좀 곤란하군요."

프로도가 정중하게 대답했다. 그는 엘론드의 집일지라도 반지 문제는 함부로 언급할 수 있는 이야기가 아님을 대강 짐작했다. 그래서 그 문제는 당분간 잊기로 했다.

"그렇지만 저 역시 존귀하신 난쟁이께서 무슨 일로 '외로운산'을 떠나서 이 먼 길을 오셨는지 궁금합니다."

글로인이 그를 바라보았다.

"그 이야기를 듣지 못하셨다면 그 역시 아직은 말할 계제가 아니겠지요. 아마도 엘론드께서 우리 모두를 곧 부르실 테니까 그때 가면 아시게 될 겁니다. 그것 말고도 이야깃거리는 많으니까요."

식사가 끝날 때까지 그들은 함께 이야기를 나누었지만 프로도는 주로 듣는 편이었다. 샤이어의 소식은 반지 말고는 별로 특이한 것 없이 자질구레한 것뿐이었으나, 글로인은 야생지대 북부에서 일어난 사건들을 많이 알았다. 베오른의 아들 그림베오른 영감이 이제는 많은 장사들을 거느린 영주가 되어 안개산맥과 어둠숲 사이에 있는 자기 영토 안에서 오르크나 늑대들이 함부로 다니지 못하게 한다는 이야기도 들었다. 글로인이 말했다.

"사실 베오른족이 없었다면 너른골에서 깊은골까지의 통행은 일찌감치 불가능했을 겁니다. 그들은 용감하기 때문에 항상 높은고개와 바우바위여울을 무사히 통과할 수 있게 도와줍니다. 하지만 통행료가 너무 비싸지요."

그는 고개를 휘휘 내두르고는 다시 말을 이었다.

"옛날의 베오른과 마찬가지로 그들도 난쟁이들을 그리 좋아하지 않습니다. 요즘 들어서 조금씩 우애가 싹트고는 있지만 말입니다. 우리와 가장 친하게 지내는 쪽은 바로 너른골 사람들입니다. 바르드의 후손이라고 해서 바르드족이라고 하는데 아주 좋은 사람들이에요. 지금은 그 유명한 명궁 바르드의 손자이자 바인의 아들인 브란드가 통치합니다. 그는 강인한 왕이어서 그의 영토는 이제 에스가로스 동쪽과 남쪽 멀리까지 뻗어 있습니다."

"귀하네 사정은 어떠십니까?"

"좋은 일이든 나쁜 일이든 이야기는 많지요. 하지만 대부분은 좋은 편입니다. 이 시대의 어둠을 피할 수 없는 것은 모두 마찬가지지만 우리는 그래도 지금까지 운이 좋았습니다. 정말 제 이야기를 듣고 싶으시다면 기꺼이 해 드리지요. 하지만 지루하면 곧 이야기를 멈추라고 하세요. 난쟁이들은 자기 이야기를 할 때면 끝이 없다고들 하니까요."

그리고 나서 글로인은 난쟁이 왕국의 이야기를 장황하게 늘어놓기 시작했다. 그는 이렇게 착실하게 경청하는 이를 상대하게 된 것이 무척 기쁜 모양이었다. 프로도는 피곤하다거나 화제를 바꾸려는 기색을 전혀 드러내지 않았다. 사실 그는 한 번도 들어 보지 못한 낯선 지명과 인명이 쏟아져 나오자 곧 어리벙벙해졌다. 그러나 그는 다인이 여전히 산아래왕국의 왕좌에 있고, 이제는 늙었지만(이백쉰 살이 넘었으니) 모든 이의 존경을 받고 있으며, 대단한 부자가 되었다는 이야기가 흥미로웠다. 다섯군대 전투에서 살아남은 열 명 중 일곱이 아직 그의 곁에 머물러 있었다. 드왈린, 글로인, 도리, 노리, 비푸르, 보푸르, 그리고 봄부르가 그들이었다. 봄부르는 이제 너무 뚱뚱해져 식탁에 혼자 앉을 수조차 없어서 젊은 난쟁이 여섯이 도와야 한다고 했다. 프로도가 물었다.

"발린과 오리, 오인은 어떻게 되었습니까?"

글로인의 얼굴에 그늘이 스쳤다.

"우리도 모릅니다. 깊은골에 계신 분들께 조언을 청하러 온 것도 바로 발린 때문입니다. 하지만 오늘 밤은 다른 재미있는 이야기를 하지요!"

글로인은 너른골과 산아래왕국에서 이루어진 훌륭한 성과를 비롯해 그들의 하고 있는 일에 대해 이야기를 시작했다.

"우리도 솜씨가 있지만 금속 공예에서는 조상들을 따를 수 없습니다. 비법이 많이 끊어졌지요. 요즘도 훌륭한 갑옷이나 예리한 검이 나오긴 합니다만, 용이 나타나기 전에 만들어진 갑옷이나 칼과는 비교가 안 됩니다. 광산이나 건축 부문에서는 옛날보다 발전했지요. 프로도, 언제 한번 너른골에 와서 수로와 분수, 인공호 들을 구경해 보세요. 석재로 알록달록하게 깔린 포장도로도 있습니다. 지하에는 큰 연회장도 있고 가로수 모양의 아치가 세워진 동굴 도로도 있지요. 산기슭에는 축대와 탑도 많이 있답니다. 그걸 보시면 아마 우리가 결코 게으름뱅이가 아니었다는 걸 아시게 될 겁니다."

"언제 기회가 닿으면 꼭 구경하러 가겠습니다. 스마우그의 폐허에 그 놀랄 만한 변화가 일어난 것을 보면 빌보 아저씨가 얼마나 놀라시겠어요!"

글로인은 프로도를 보고 웃었다.

"빌보를 대단히 사랑하시는군요."

"그렇습니다. 이 세상 어느 궁전, 어느 탑보다도 그분을 먼저 뵙고 싶습니다."

마침내 연회가 끝났다. 엘론드와 아르웬이 일어나 홀을 내려가자 남은 이들도 모두 정해진 순서에 따라 뒤를 따랐다. 문이 열리고 일행은 넓은 복도를 지나 몇 개의 문을 거쳐 멀리 떨어진 홀로 들어섰다. 거기엔 테이블이 없고, 양쪽으로 죽 늘어선 조각이 새겨진 기둥 사이에 놓인 대형 벽난로에서 불꽃이 밝게 타오르고 있었다.

프로도는 어느새 간달프와 나란히 걷고 있었다.

마법사가 말했다.

"이곳은 불의 방이라고 하네. 자네가 잠들지 않고 깨어 있을 수만 있다면 여기서 많은 노래와 이야기 들을 들을 수 있을 거야. 하지만 이 방은 잔칫날 외에는 텅 비어 있기 때문에, 조용히 사색하려는 사람들이 주로 이용하지. 여기는 1년 내내 불이 피워져 있고 다른 빛은 거의 없네."

엘론드가 들어와서 그를 위해 마련해 둔 의자 쪽으로 걸어가자 요정 음유시인들이 달콤한 음악을 연주하기 시작했다. 방 안이 천천히 채워지자, 프로도는 함께 모여 있는 많은 아름다운 얼굴들을 기쁘게 바라보았다. 황금빛 불빛이 그들의 얼굴에 어른거리고 그들의 머리카락을 빛냈다. 갑자기 그는 난롯가에서 멀지 않은 곳에 작고 검은 형체가 기둥에 등을 대고 낮은 의자에 앉아 있는 것을 보았다. 그 옆 바닥에는 술잔과 빵이 몇 조각 있었다. 프로도는 그가 몸이 아픈지 궁금해졌고(깊은골에서도 사람들이 병에 걸린다면), 그래서 연회장에 나타나지 않았을지도 모른다고 생각했다. 그는 잠에 취한 듯 머리를 가슴에 푹 파묻고는, 검은 외투 자락으로 얼굴을 가리고 있었다.

엘론드가 앞으로 나가 그 말 없는 인물 옆에 걸음을 멈추었다. 그리고 잔잔한 웃음을 띠고 말했다.

"그만 일어나게, 작은 친구!"

그는 프로도를 향해 가까이 오라고 손짓했다.

"프로도, 이제 자네가 그토록 바라던 시간이 왔네. 자네가 오랫동안 그리워하던 친구가 여기 있지."

검은 옷을 입은 인물이 고개를 들고 얼굴을 드러냈다.

"빌보 아저씨!"

그 순간 프로도가 갑자기 그를 알아보고 소리를 지르며 앞으로 뛰쳐나갔다. 빌보가 대답했다.

"잘 있었니, 내 아들 프로도! 드디어 도착했구나! 난 네가 꼭 해낼 줄 알았지. 잘했어, 잘했어! 이 잔치가 모두 너를 축하하기 위한 것이던데, 즐거운 시간을 보냈겠지?"

"왜 거기 안 오셨어요? 그리고 왜 이제야 나타나신 겁니까?"

"네가 잠들어 있었기 때문이야. 난 그동안 '널' 많이 봤단다. 매일 샘하고 네 옆에 앉아 있었지. 하지만 이젠 잔치 같은 것도 시시해져서 연회장에 가지 않았을 뿐이란다. 더구나 해야 할 일도 있었거든."

"무슨 일요?"

"뭐긴, 그냥 하염없이 앉아서 사색하는 일이지. 요즘엔 그런 시간이 늘어났단다. 명상을 하기엔 이 방이 최고지. 그런데, 일어나라고요?"

그는 한쪽 눈으로 엘론드를 흘겨보았다. 빌보의 눈은 반짝거렸고, 프로도가 보기엔 졸음기라고는 전혀 없었다.

"일어나라니! 사실 잠든 게 아니었어요, 엘론드 님. 모두들 너무 빨리 연회를 마치고 이 방으로 들이닥치는 바람에 노래 한 곡을 다 만들어 가다가 그만 망쳐 버린 겁니다. 한두 소절이 마음에 걸려서 끙끙거리고 있었는데. 하지만 이젠 다 글렀어요. 시끄럽게 노래들을 불러 젖힐 텐데 머리가 제대로 돌아가겠어요? 내 친구 두나단에게나 도와달라고 해야겠군. 그 친구 어딨습니까?"

엘론드가 소리 내어 웃었다.

"찾아보지. 그러면 한쪽 구석으로 가서 작품을 마저 끝내게. 우리가 들어 보고 평가할 수 있게 잔치가 다 끝나기 전에 완성해야 하네!"

엘론드는 요정들을 내보내 빌보가 말하는 친구를 찾게 했지만, 그가 왜 연회에 참석하지 않았는지 그렇다면 지금 어디에 있는지 아는 사람이 아무도 없었다.

한편 프로도와 빌보가 나란히 자리를 잡자, 샘이 재빨리 다가와 그들 곁에 자리를 잡았다. 그들은 방 안의 흥겨운 분위기와 노랫소리를 잊은 채 둘이서만 조용조용 이야기를 나누었다. 빌보는 자신에 대해 들려줄 이야기가 많지 않았다. 그는 호빗골을 떠난 후 동부대로를 따라 돌아다니거나 그 길 양쪽 마을을 정처없이 떠돌았다. 하지만 그의 행로는 줄곧 깊은골을 향했다.

"이곳엔 별 어려움 없이 도착했지. 처음 얼마 동안 쉰 다음에 난쟁이들하고 너른골을 구경하러 갔단다. 그게 내 생애의 마지막 여행이었지. 이제 다시는 여행은 하지 않을 참이다. 늙은 발린은 집을 비우고 없더구나. 그래서 다시 여기로 돌아와 내내 여기 눌러 지냈지. 이 일 저 일 손을 대 보았다. 글도 더 썼고 노래도 몇 곡 지었지. 여기 요정들이 가끔 내 노래를 부르는데, 난 그게 꼭 날 즐겁게 해 주려고 일부러 그러는 것 같아. 사실 깊은골에 어울릴 만한 좋은 노래도 아닌데. 가끔 요정들이 부르는 노래도 듣고 사색에 잠기기도 하지. 여기선 시간이 흐르지 않는 것 같아. 그냥 그대로 머물러 있는 거 같거든. 아무튼 여러모로 희한한 곳이지.

난 여기 가만히 앉아서도 온갖 소식을 듣고 있다. 안개산맥 너머, 그리고 멀리 남부 지방 소식까지. 하지만 샤이어 소식은 통 듣질 못했지. 물론 반지 소식은 들었단다. 간달프가 종종 여기 왔으니까. 간달프는 별 이야기를 해 주지 않았지만 어쨌든 그와 난 최근 몇 년 동안 사이가 각별해졌단다. 소식을 더 많이 들려준 사람은 두나단이지만. 세상에, 그 반지가 그렇게 골칫거리일 줄이야! 간달프가 좀 더 빨리 그 사실을 알아내지 못한 게 유감이구나. 차라리 그때 내가 직접 가져왔으면 오히려 별 탈 없었을 텐데. 그 때문에 몇 번이나 호빗골로 돌아갈까 망설였는데 이젠 너무 늙었구나. 모두들 못 가게 말리기도 하고, 간달프와 엘론드가 특히 그랬지. 대적이 지금 나를 찾으려고 사방을 뒤지는데 혼자 가다가 산속에서 붙잡히기라도 하면 뼈도 못 추릴 거라는 거야.

게다가 간달프가 '반지는 이미 당신 손을 떠났으니 두 번 다시 그 반지 문제에 간섭하려 하면 당신이나 남들에게 도움될 게 없다'고 하더구나. 간달프다운 묘한 말이지. 하여간 자기가 지금 프로도를 신경 쓰고 있다길래 그냥 잠자코 있었는데, 이렇게 무사히 건강하게 다시 만나니 정말 기쁘구나!"

그는 잠깐 말을 끊고 의심에 찬 눈초리로 프로도를 바라보았다. 그러고는 은밀히 물었다.

"지금 갖고 있니? 그동안 있던 일들을 듣고 나니 더 궁금해지는구나. 다시 한번 잠깐만 봤으면 싶다."

"예, 갖고 있죠. 하지만 예전 그대로겠죠, 뭐."

프로도는 이상하게 마음이 내키지 않았다.

"그래, 잠깐만 보자꾸나."

프로도는 조금 전에 옷을 갈아입으면서 자기가 잠든 동안 누군가 반지를 새 줄에 꿰어 목에 걸어 준 것을 알고 있었다. 가볍고도 단단한 줄이었다. 그는 천천히 반지를 꺼냈다. 빌보가 손을 내밀었다. 그러나 프로도는 반지를 재빨리 다시 감췄다. 고통스럽고도 놀라운 일이었지만, 그가 보고 있는 건 더 이상 빌보가 아니었다. 그들 사이에 어두운 그림자가 드리운 것 같았다. 프로도는 그 그림자 너머로 탐욕스러운 얼굴에 뼈만 앙상한 손을 내미는 주름투성이의 왜소한 노인을 보았다. 불현듯 그 노인을 주먹으로 한 대 치고 싶은 충동이 일었다.

음악과 노랫소리가 잦아드는 것 같더니 방 안이 조용해졌다. 빌보는 프로도의 얼굴을 힐끗 보고 나서 손으로 눈을 가렸다.

"이제 알겠구나. 치워라! 미안하다. 네게 이 짐을 지게 해서 미안하구나. 모든 게 미안해. 모험에 끝이 있을까? 아마 없겠지. 누군가는 항상 그 짐을 지고 나가야 하지, 그건 어쩔 수 없는 일이야. 책을 다 쓴들 무슨 소용 있겠느냐? 하지만 이제 그 이야긴 그만두고 진짜 소식을 들려주렴. 샤이어 얘길 말이다!"

프로도가 반지를 치우자 그림자가 아무 흔적도 없이 사라졌다. 깊은골의 불빛과 음악이 다시 그를 둘러쌌다. 빌보도 즐겁게 웃었다. 때때로 샘의 정정을 받아 가며 프로도가 들려주는 샤이어 소식은 무엇이든, 마을에서 가장 작은 나무가 쓰러진 사건부터 호빗골에서 가장 어린 꼬마의 짓궂은 장난에 이르기까지, 빌보는 흥미 있

410

게 들었다. 그들은 네둘레 지역의 이야기에 너무 깊이 빠져 있어서 진녹색 옷을 입은 사나이가 가까이 다가온 것도 몰랐다. 그 남자는 미소를 띠고 한동안 그들을 내려다보았다.

갑자기 빌보가 고개를 들더니 소리쳤다.

"어, 이제 나타나셨소. 두나단!"

프로도가 말했다.

"성큼걸이! 당신은 이름이 참 많군요!"

빌보가 말했다.

"성큼걸이라니, 그건 처음 들어 보는 이름인데. 어째서 그런 이름이 생겼소?"

성큼걸이는 한바탕 웃고 나서 말했다.

"브리에선 그렇게들 부르지요. 그리고 이 친구들한테도 그렇게 가르쳐 줬습니다."

프로도가 물었다.

"그럼 두나단이란 이름은 뭐죠?"

빌보가 대답했다.

"두나단, 여기서는 종종 그렇게 부르지. 너도 둔-아단이란 말을 이해할 만큼 요정어에 대한 지식은 있지 않아? 서쪽나라 사람, 즉 누메노르인이란 말이지. 하지만 지금은 공부 시간이 아니야!"

그는 성큼걸이 쪽으로 고개를 돌렸다.

"어디 있었소, 친구? 왜 연회엔 참석하지 않았소? 아르웬 님도 거기 갔었다는데."

성큼걸이가 어두운 표정으로 빌보를 내려다보았다.

"압니다. 하지만 가끔은 즐겁게 지낼 수 없는 때가 있지요. 엘라단과 엘로히르가 예고 없이 황야에서 돌아왔는데 내가 급하게 기다리던 소식을 가지고 왔어요."

빌보가 말했다.

"그렇다면 친구, 이제 그 소식을 들었으니 나한테 시간 좀 내주면 어떻소? 급히 당신 도움이 필요한 일이 있는데. 오늘 저녁 잔치가 끝나기 전에 노래 한 곡을 완성하라는 게 엘론드의 명령인데 막히는 데가 있거든. 자, 저쪽으로 가서 마저 해 봅시다."

성큼걸이가 빙그레 웃었다.

"좋아요. 일단 한번 들어 보고요."

샘이 잠이 들어서 프로도는 한참 동안 혼자 있어야 했다. 깊은골의 요정들도 곁에 있었지만 왠지 외롭고 쓸쓸했다. 옆에 있는 요정들은 음성과 악기 소리가 어우러진 음악만을 조용히 들을 뿐, 다른데는 전혀 신경쓰지 않았다. 프로도도 음악을 듣기로 했다.

그는 요정의 언어를 완전하게 알아듣지는 못했지만, 주의 깊게 듣기 시작하자 노랫가락과 노랫말의 아름다움이 그를 마법처럼 사로잡았다. 어쩐 일인지 음성이 그대로 형상이 되어 지금까지 그가 상상도 하지 못한 먼 나라의 빛나는 환상이 눈앞에 펼쳐졌다. 그리고 불꽃이 환히 비치는 실내가 세상 끝에서 한숨지으며 떠도는 거품바다의 황금빛 안개처럼 보였다. 음악은 점점 더 꿈같은 세계로 그를 이끌고 금과 은이 넘쳐흐르는 끝없는 강이 헤아릴 수 없이 많은 무늬를 그리며 머리 위를 흘렀다. 음악이 방 안의 요동치는 대기로 바뀌자 그는 거기에 흠뻑 빨려 들었다. 순식간에 그는 휘황찬란한 세계에 제압당하여 깊은 잠의 나라로 빠져들었다.

꿈같은 음악의 나라를 한참 동안 헤매던 프로도는 음악이 갑자기 유장한 강물로 변했다가 어느 순간 낭랑한 음성으로 바뀌는 것을 느꼈다. 울려 퍼지는 노랫소리가 빌보의 목소리 같았다. 처음에는 아련하더니 차차 또렷하게 노랫말이 들려왔다.

에아렌딜은 항해가,

아르베르니엔에 남아 있었다오.
그는 배 한 척을 지었지,
님브레실에서 베어 낸 나무로
은실을 짜서 돛을 만들고
등불도 은으로
뱃머리는 백조의 형상
깃발엔 햇살이 가득했지.

고대 왕들의 갑옷과
사슬로 무장하고
빛나는 방패엔 룬 문자를 새겨
모든 부상과 재앙을 막았지.
활은 용뿔로
화살은 흑단으로
갑옷조끼는 은으로
칼집은 옥수(玉髓)로 만들었지.
강철 검에 대적할 이 없었고
높은 투구는 철석같았고
투구머리에는 독수리 깃털이,
가슴받이엔 에메랄드가 빛났네.

인간 세상의 시간 너머
마법의 길에 미혹되어
북쪽 해안에서 멀리,
달빛 아래 별빛 속을 그는 헤매었다네.
얼어붙은 산 위에 어둠이 뒤덮인
얼음땅의 혹한을 뚫고

하계의 열기와 불타는 황야를
황급히 빠져나와 멀리,
별빛조차 없는 바다 위를 헤맨 끝에
마침내 무(無)의 밤을 통과했지만
그가 고대하던 빛과 찬란한 해안을
끝내 찾지 못했네.
분노의 광풍이 그를 몰아치고
파도 속을 미친 듯이 도망친 에아렌딜,
절망적인 심정으로 고향을 향해
동쪽으로 배를 돌렸네.

그때 엘윙이 그에게로 날아와
어둠 속을 환히 비추었네,
금강석보다 밝은 불꽃으로.
그녀의 목걸이는 빛을 발했지.
그녀가 그에게 실마릴을 달아 주자
그는 살아 있는 빛의 왕관을 쓰고
불꽃처럼 환한 이마로
담대하게 뱃머리를 돌렸네.
깊은 밤, 바다 건너 다른 세상에서
폭풍처럼 바람이 불어왔네
타르메넬의 강풍이었지.
죽음의 입김처럼 차가운 냉기로
바람은 그의 배를 몰아
어느 인간도 가 보지 못한 길을 따라
오랫동안 버려진 잿빛 바다를 건너
동에서 서로 그를 데려갔네.

노호하는 검은 파도에 밀려
에아렌딜은 '끝없는 밤'을 지났고
세상이 시작하기도 전에 가라앉은
해안과 캄캄한 바닷길을 넘어 마침내
세상의 끝 진주 해안에서
아스라이 음악 소리를 들었네.
그곳은 끝없이 넘실거리는 파도 사이로
노란 황금과 하얀 보석이 구르는 곳
희미한 빛에 잠긴 발리노르의 입구 너머로
그는 소리 없이 솟아오르는 신들의 산과,
바다 건너 저쪽
엘다마르를 보았지.
그는 먼바다 저편에서 보았네.
밤의 어둠을 빠져나온 방랑자는
마침내 백색항구에 도착했네,
초록빛 아름다운 요정들의 본향에.
바람은 짜릿하고 상쾌하며
일마린 언덕 아래
가파른 계곡에 은은히 비치는
티리온의 불 밝힌 등대가 유리처럼 투명하게
'그림자호수' 위에 빛나네.

그는 그곳에서 기사 수업을 받았네.
그들은 그에게 노래를 가르치고
늙은 현자들은 불가사의를 들려주며
황금의 하프를 가져다주었지.
그가 칼라키랴골짜기를 지나

비밀의 땅으로 외로이 들어갈 때
그들은 그에게 요정의 흰옷을 입히고
일곱 등불을 가져왔네.
그가 들어간 곳은 영원의 궁정,
그곳은 무수한 세월이 빛을 발하고,
수직의 산정, 일마린왕궁에서
노왕(老王)이 영겁을 통치하고 있네.
인간과 요정은 들어 본 적 없는
언어가 그곳에선 쓰이고,
이 땅의 존재들에겐 허용되지 않는
세계가 그곳에선 보이네.

그들은 미스릴과 요정의 유리로
그에게 배 한 척을 새로 만들어 주었네.
빛나는 뱃머리만 있으나 다듬은 노도 없고,
은으로 만든 돛대에는 돛도 없었네.
한편으로는 등불 삼아
한편으로는 환한 깃발 삼아
엘베레스는 손수 살아 있는 불꽃
실마릴을 배에 걸었네.
그리고 불멸의 날개를 그에게 만들어 주고
불사의 운명을 선사했네.
가없는 하늘을 항해하여
해와 달의 저쪽까지 이르도록.

은빛 샘이 고요히 흘러내리는
영원한 저녁의 나라, 높은 언덕 위에서

그의 날개는 방랑하는 빛처럼
그를 성산의 장벽 너머로 데려갔네.
세상의 끝에서 다시 돌아선 그는
멀리 어둠 속을 날아서 그의
고향을 다시 찾아보고 싶었네.
안개 위 높은 곳을 외로운 별처럼
불타오르며 그는 날아왔네.
태양 앞에서는 먼 불꽃으로
북국의 잿빛 바닷물이 흐르는
여명의 새벽 앞에서는 불가사의로.

그리고 가운데땅 위로 날아가
드디어 멀고 먼 옛날 상고대의
아낙과 요정 여인 들의
쓰라린 통곡을 들었네.
그러나 달이 질 때까지 사라져야 하는
둥근 별이 그의 무서운 운명,
유한한 생명의 인간이 살고 있는
이쪽 땅에서는 절대로 머물 수가 없네.
그는 지금도 영원한 전령관,
한순간도 쉬지 못하고
언제나 멀리까지 비추어야 하리,
서쪽나라의 등불지기여!

노래가 끝났다. 프로도는 눈을 뜨고 빌보가 웃으며 환호하는 청중들에게 둘러싸여 의자에 앉아 있는 것을 보았다. 어떤 요정이 말했다.

"한 번 더 듣고 싶습니다."

빌보가 자리에서 일어나서 인사했다.

"과찬의 말씀을 하시는군요, 린디르. 하지만 너무 피곤해서 다시 할 수가 없어요."

요정들이 웃으며 대꾸했다.

"그다지 피곤하지 않을 텐데요. 자기가 지은 노래는 아무리 불러도 지치지 않잖아요? 그리고 딱 한 번 들어서는 답을 알아맞힐 수도 없어요!"

빌보가 외쳤다.

"뭐라고요? 어느 부분이 내 작품이고 어느 부분이 두나단의 것인지 구분할 수 없단 말이오?"

그 요정이 말했다.

"우리로서는 유한한 생명의 존재들 사이에 놓인 차이점을 알아내기가 힘들답니다."

빌보가 콧방귀를 뀌었다.

"말도 안 되는 소리, 린디르. 인간하고 호빗을 구별 못 하다니. 당신 판단력은 기대 이하군. 완두콩하고 사과도 구별 못 하겠구려."

린디르가 웃었다.

"그럴 수도 있죠, 뭐. 양 눈에는 양이 다 달라 보이겠지요. 양치기 눈에도 마찬가지고요. 하지만 유한한 생명의 존재는 우리의 연구 대상이 아닙니다. 우린 할 일이 따로 있답니다."

빌보가 말했다.

"당신하고 다투고 싶지 않소. 너무 오랫동안 음악과 노랠 들었더니 졸리군. 답은 당신 짐작에 맡기겠소."

그는 일어나서 프로도에게 다가왔다. 그가 소곤소곤 말했다.

"음, 이제 끝났어. 생각한 것보다 좋았던가 보구나. 한 번 더 듣자는 소리 나올 때가 드문데. 넌 구분하겠니?"

프로도는 웃으며 대답했다.

"잘 모르겠어요."

"그렇겠지. 실은 다 내가 지었단다. 아라고른이 녹옥을 자꾸 집어 넣으라고 고집부리더구나. 딴에는 중요하다고 생각한 모양인데 이유를 모르겠어. 아니면 혹시 내 머리로 그 노래를 완성하는 게 무리라고 생각한 건지도 모르고. 엘론드의 저택에서 감히 에아렌딜의 노래를 하겠다면 자긴 알 바 아니라는 투로 말하던데. 맞는 말인지도 몰라."

프로도가 말했다.

"전 잘 모르지만 어쩐지 잘 어울린다는 느낌이 들었어요. 노래가 시작될 때 저는 반쯤 잠든 상태였는데 제가 꿈꾸고 있는 어떤 것부터 노래가 계속되는 것 같더라니까요. 노래가 끝날 때까지도 누가 노래를 부르는지 확실하게 알지 못했어요."

"이곳에 익숙해질 때까지는 정신 차리고 깨어 있기가 힘들지. 물론 호빗들이 요정들만큼이나 음악과 시와 이야기를 즐기는 건 아니지만. 어쨌거나 요정들은 먹는 것만큼, 아니 그 이상으로 여흥을 즐기는 것 같구나. 아직도 한참 더 계속할 거야. 몰래 빠져나가 조용히 얘길 좀 더 하는 게 어떻겠니?"

"지금 여기서 나가도 돼요?"

"물론이지. 지금은 일하는 시간이 아니고 노는 시간이야. 소리만 내지 않으면 마음대로 왔다 갔다 할 수 있어."

그들은 자리를 털고 일어나 조용히 어둠 속으로 물러나 문간으로 향했다. 샘은 얼굴에 엷은 미소를 짓고 깊이 잠들어 있어서 그대로 내버려 두었다. 빌보와 함께 있게 된 즐거움에도 불구하고 프로도는 불의 방을 나오면서 뒤에서 누가 잡아끄는 듯 미련이 남았다. 그가 문을 나오는 순간에도 낭랑한 음성이 뒤따라왔다.

아 엘베레스 길소니엘,
실리브렌 펜나 미리엘
오 메넬 아글라르 엘레나스!
나카에레드 팔란디리엘
오 갈라드렘민 엔노라스,
파누일로스, 레 린나손
네브 아에아르, 시 네브 아에아론!

프로도는 걷다가 멈춰 서서 뒤를 돌아보았다. 엘론드는 여전히 자기 자리에 앉아 있었고, 불꽃이 마치 오뉴월 땡볕이 숲에 내리쬐듯 그의 얼굴 위에 닿아 부서졌다. 그 옆에는 아르웬이 앉아 있었다. 프로도는 아라고른이 그녀 옆에 서 있는 것을 보고 놀랐다. 그의 검은 망토가 뒤로 젖혀져 있었다. 그는 안에 요정의 갑옷을 받쳐 입은 것 같았고 가슴에는 별 하나가 반짝거렸다. 그들은 함께 이야기를 나누고 있었는데, 갑자기 아르웬이 프로도를 향해 고개를 돌리는 것 같았다. 그녀의 눈빛이 멀리서 그에게 날아와 가슴을 찔렀다.

그가 귀신에게라도 홀린 듯 말없이 멈춰 서자, 이야기와 가락이 절묘하게 섞인 요정들의 감미로운 노랫소리가 수많은 보석처럼 흘러나왔다. 빌보가 말했다.

"엘베레스에게 바치는 노래란다. 그들은 그 노래를 부르고 나서 축복의 땅을 찬미하는 노래를 오늘 밤에도 여러 번 부를 거야. 자, 가자!"

그는 프로도를 자신의 작은 방으로 데리고 갔다. 그 방은 정원 쪽으로 문이 나 있고 남쪽으로 브루이넨계곡이 보였다. 그들은 방에 앉아 한참 동안 창밖 멀리 가파른 산 위에 별이 반짝이는 것을 바라보며 조용히 이야기를 나누었다. 머나먼 고향 샤이어의 사소한 소식이나 주변을 둘러싼 어둠의 그림자나 위험은 이제 그들의 화제가 아니었다. 넓은 세상에서 그들이 함께 본 온갖 아름다운 것들, 요정, 별, 나무 그리고 빛나는 세월이 고요히 숲속으로 흘러가는 아름다운 이야기를 낮은 목소리로 나누었다.

　문밖에서 노크 소리가 났다.
　"죄송합니다만, 혹시 뭐 필요한 거 없으세요?"
　샘이 고개를 들이밀고 물었다.
　"미안하네만, 감지네 샘, 혹시 자네 주인이 잠자러 갈 시간이란 뜻인가?"
　빌보가 물었다.
　"실은 저, 내일 아침 일찍 회의가 있답니다. 프로도 씨가 겨우 오늘 아침에야 일어나시지 않았습니까?"
　빌보가 웃으며 말했다.
　"좋아, 샘. 빨리 가서 간달프에게 자네 주인이 잠자리에 들었다고 이르게. 프로도, 잘 자거라! 정말이지 너를 다시 보게 될 줄이야! 정말로 즐거운 얘기를 함께 나눌 상대는 호빗밖에 없어. 나도 이젠 늙어서 우리 얘기에 네가 등장하는 대목을 모두 볼 수 있을지 모르겠구나. 잘 자거라! 난 정원에서 산보나 하며 엘베레스의 별들을 살펴봐야겠다. 잘 자거라!"

Chapter 2
엘론드의 회의

이튿날, 프로도는 아침 일찍 일어났다. 몸이 가뿐하고 상쾌했다. 그는 아래로 물이 콸콸거리며 흐르는 브루이넨계곡 위 축대를 따라 거닐면서 희미하고 서늘한 아침 해가 먼 산 위로 떠올라 은빛 안개 사이로 햇살을 비추는 것을 지켜보았다. 노란 나뭇잎에 매달린 이슬방울과 관목덤불에 걸린 거미줄이 곧 스러질 듯 빛났다. 샘은 프로도 옆에서 아무 말 없이 걷다가 가끔 아침 공기를 깊숙이 들이마시며 신기한 듯 멀리 동쪽의 험준한 산세를 바라보았다. 산꼭대기가 모두 하얗게 눈을 이고 있었다.

길모퉁이 옆에 자리 잡은, 바위를 깎아 만든 의자에 도착했을 때, 그들은 간달프와 빌보가 심각하게 이야기를 나누고 있는 것을 발견했다. 빌보가 말했다.

"잘 잤는가, 프로도? 큰 회의에 참석할 수 있겠어?"

프로도가 대답했다.

"네, 거뜬합니다. 하지만 전 오늘은 좀 걸으면서 이 골짜기나 깊숙이 들어가 보았으면 좋겠어요. 저 위에 있는 소나무 숲도 가 보고 싶네요."

그가 멀리 깊은골 북쪽을 가리키자 간달프가 말했다.

"나중에 기회가 있을 걸세. 지금은 계획을 세울 때가 아니야. 오늘은 듣고 결정할 것들이 많아."

그들이 이야기를 하고 있을 때 갑자기 맑은 종소리가 한 번 울렸다. 간달프가 큰 소리로 말했다.

"엘론드의 회의를 알리는 종소릴세. 가지. 자네와 빌보 모두 참석해야 하네."

프로도와 빌보는 마법사를 따라 구불구불한 길을 돌아 저택으로 총총 내려갔다. 회의에 초대받지 못한, 그리고 관심 밖에 나 있던 샘도 종종걸음으로 그들 뒤를 따랐다.

간달프는 전날 저녁, 프로도가 동료들을 다시 만난 현관으로 그들을 데려갔다. 맑은 가을 아침의 햇살이 계곡을 꽉 채웠다. 하얀 물거품이 이는 계곡 바닥에서 물소리가 요란하게 위로 퍼져 올라왔다. 새들이 지저귀고 대지는 평화로 가득 찬 것 같았다. 프로도는 그 아슬아슬하던 탈출과 바깥세상에서 점점 무성하게 퍼지는 어둠에 관한 소문들이 다만 간밤의 어지러운 꿈자리인 듯 싶었다. 그러나 그가 들어가면서 마주친 얼굴들은 모두 굳은 표정이었다.

엘론드는 이미 도착해 있었고, 몇몇 다른 인물들도 조용히 그 옆에 자리를 잡고 있었다. 글로르핀델과 글로인이 보였다. 성큼걸이는 여행할 때 입었던 낡은 옷을 다시 입고 구석에 따로 떨어져 앉아 있었다. 엘론드는 프로도를 불러 자기 옆자리에 앉게 하고 좌중에게 그를 소개했다.

"친구들, 이 호빗은 드로고의 아들 프로도라 합니다. 여기에 이분보다 위험하고 절박한 임무로 오신 분은 없을 줄로 압니다."

그러고 나서 그는 프로도와 초면인 인물들을 한 명씩 소개했다. 글로인의 옆자리에 앉은 젊은 난쟁이가 그의 아들 김리였다. 그 밖에 글로르핀델 옆에 있는 다른 고문들도 몇 명 소개했다. 에레스토르가 우두머리였고 그와 함께 있는 이가 갈도르였다. 그는 조선공 키르단의 심부름으로 회색항구에서 달려온 요정이었다. 녹색과 갈색 옷을 입은 레골라스라는 낯선 요정은 어둠숲 북부의 요정 왕인 스란두일의 아들이라고 했다. 그는 아버지가 보낸 사자였다. 그리고 또 한쪽 구석에 아름답고 기품 있어 보이는 한 사나이가 앉아 있었다. 그는 검은 머리에 오만하고 완고한 회색 눈동자를 가진 사람이었다.

그는 방금 말에서 내렸는지 망토를 두르고 긴 구두를 신고 있었다. 사실 그의 복장은 매우 화려했고 망토 가장자리를 모피로 둘렀지만 오랜 여행으로 때가 많이 묻어 있었다. 그는 하얀 보석이 달린 은목걸이를 하고 머리채를 어깨까지 치렁치렁 늘어뜨리고 있었다. 그는 장식 허리띠 위에 달고 있던 은이 박힌 커다란 뿔나팔을 풀어 무릎 위에 올려놓았다. 그는 프로도와 빌보를 신기한 눈길로 계속 지켜보았다. 엘론드가 간달프를 돌아보며 말했다.

"이분은 보로미르라 하고 남부에서 오신 분입니다. 새벽 일찍 도착했지요. 우리에게 의견을 구하러 오셨답니다. 이 자리에서 답을 얻게 될 것이기에 참석하시라고 했습니다."

회의에서 논의된 사항을 모두 다 이 자리에서 되풀이할 필요는 없을 것이다. 바깥세상, 특히 남쪽과 안개산맥 동쪽의 광활한 지역에서 일어난 사건들이 주로 언급되었다. 프로도도 이미 소문을 들어 알고 있는 것도 있었지만 글로인의 이야기는 전혀 새로운 것이어서 그가 말을 꺼낼 때마다 주의 깊게 들었다. 이미 수공예품으로 놀라운 발전을 이룬 바 있는 외로운산의 난쟁이들에게 대단한 시련이 몰아닥친 듯했다. 글로인이 말했다.

"벌써 오래전 일이지요. 우리 형제들에게 불안의 그림자가 덮치기 시작했습니다. 어디서 시작됐는지 처음엔 알 수 없었습니다. 하지만 소문이 은밀히 퍼졌어요. '우린 우물 안 개구리처럼 살고 있다, 넓은 세상에 나가면 부자도 되고 명예도 얻을 수 있다'는 소문이었지요. 심지어 모리아를 들먹이는 이들도 있었답니다. 모리아는 지금 우리 말로는 크하잣둠이라고 하는데, 우리 조상들이 건설한 옛 도시지요. 이제 우린 그곳으로 돌아갈 만큼 힘도 세졌고 수도 많아졌다고 주장하는 이들이 생겨났습니다.”

글로인은 한숨을 푹 내쉬고 계속 이야기를 이어 갔다.

“모리아! 모리아! 북부의 불가사의죠! 우린 그곳을 너무 깊숙이 파 들어갔습니다. 그래서 그 거명할 수 없는 공포의 존재를 깨워 놓고 말았지요. 두린의 후예들이 떠난 후로 그 거대한 저택들은 오랫동안 텅 빈 채 방치되었습니다. 그런데 이제 다시 그 땅을 회복하려는 움직임이 일어난 겁니다. 하지만 두려움은 여전히 남아 있었지요. 지금까지 수많은 세월이 흘렀지만 스로르 말고는 아무도 크하잣둠의 입구로 들어갈 수 없었기 때문입니다. 그도 결국은 죽고 말았지만요. 그런데 발린이 그 소문에 솔깃해서 그 땅으로 가겠다고 나선 겁니다. 다인 왕께서 허락하시지 않았지만 그는 오리와 오인을 비롯한 많은 추종자를 거느리고 남쪽으로 떠났습니다.

약 30년 전의 일입니다. 그리고 얼마 동안은 소식도 있었고 그런대로 견딜 만한 것 같았지요. 모리아의 입구를 무사히 통과해서 큰 공사를 시작했다는 보고가 들어왔거든요. 그런데 그 후로는 아무 소식도 없었습니다.

그러나 1년 전쯤 우리 국왕께 사자가 왔습니다. 그런데 모리아가 아니라…… 모르도르에서 온 사자였습니다. 그는 한밤중에 말을 타고 와서는 우리 왕을 대문 앞으로 불러냈습니다. 그러고는 위대한 군주 사우론이 우리와 친교를 맺길 원한다고 하더군요. 그는 그 징표로 옛날에 사우론이 우리에게 준 것과 똑같은 반지를 선사하겠다면서 ‘호빗’이 대체 누구며, 어디 살고 있는지 다그쳤습니다. 그는 또 ‘언젠가 어떤 호빗이 당신네와 사귄 적이 있다는 사실을 사우론도 이미 알고 있다.’고 협박했지요.

우린 얼마나 떨었는지 대꾸조차 제대로 할 수 없었습니다. 그러자 그 사자는 안 그래도 소름 끼치는 목소리를 더 낮추면서 말하더군요. 아마 할 수만 있다면 더 부드럽게 했을 겁니다. 그의 말은 대강 이랬습니다. '작은 우정의 표시로 사우론이 이런 부탁을 한다. 그 호빗 도둑놈을 잡아서 싫든 좋든 그놈이 가진 작은 반지를 빼앗아 와라. 아주 작은 반지 하난데, 그건 바로 놈이 도둑질한 물건이다. 사우론이 원하는 건 그렇게 하찮은 것 하나다. 너희들은 성의만 표하면 된다. 그렇게만 하면 옛날에 너희 난쟁이 조상들의 것이던 반지 세 개도 돌려주고, 모리아도 영원히 소유할 수 있게 해 주겠다. 그 도둑놈이 아직 살아 있는지, 그렇다면 어디에 사는지 그 소식만 알아 와도 후히 보답하고 사우론과 영원한 친교를 맺을 수 있을 것이다. 만약 거절한다면 뒷일을 책임질 수 없다. 거절하겠는가?'

이 말을 전하는 그의 숨소리에는 마치 징그러운 뱀이 지나갈 때 내는 쉿쉿 하는 소리가 섞인 듯했습니다. 곁에 서 있던 우리 모두 진저리를 쳤습니다. 하지만 다인께선 이렇게 대답하셨지요. '지금은 가부를 밝힐 수 없다. 그럴싸한 그 제안의 진의가 무엇인지 생각해 보고 결정하겠다.' 그러자 사자는 '잘 생각해 봐라. 단, 너무 오래 걸리면 안 된다.'고 단서를 달았죠. 우리 다인께서는 '내가 생각하는 시간은 내 마음대로다.'라고 하셨지요. 사자는 '지금은 그렇겠지.' 하고는 휭하니 말을 몰아 어둠 속으로 사라졌습니다.

하지만 그날 밤부터 우리는 가슴이 답답해졌습니다. 사자의 섬뜩한 목소리를 되새길 필요도 없이 우린 그 말이 협박인 동시에 속임수임을 직감했던 거지요. 모르도르에 다시 들어선 세력은 변한 게 하나도 없었고, 옛날에 우리를 배반한 그놈들이라는 걸 이미 알았기 때문입니다. 사자는 그 후로 두 번 더 왔습니다만 그냥 돌려보냈습니다. 마지막 사자가 올해가 가기 전에 곧 오기로 되어 있습니다.

그래서 저는 다인의 명을 받고 빌보에게 대적이 찾고 있다는 것을 알려주고, 가능하다면 왜 사우론이 그 하찮다는 반지를 찾고 있는지 알고자 이 자리에 참석하게 된 겁니다. 또 엘론드의 조언도 꼭 받았으면 좋겠습니다. 어둠의 세력이 점점 강해지고 또 가까이 다가오고 있습니다. 너른골의 브란드 왕에게도 사자가 찾아갔다는 소식을 들었습니다. 그분도 걱정하고 계십니다. 우린 그분이 항복해 버릴까 걱정입니다. 이미 그 나라 동쪽 국경에는 전운이 감돌고 있답니다. 만약 우리가 아무런 대답도 해 주지 않으면 대적은 아마 자기 휘하에 있는 인간들을 움직여 브란드 왕과 다인까지 공격할 겁니다."

엘론드가 말했다.

"네, 잘 오셨습니다. 여러분들은 오늘 이 자리에서 대적의 음모를 알아내는 데 필요한 모든 정보를 들으실 수 있을 겁니다. 죽든 살든 싸우는 수밖에 다른 도리가 없습니다. 하지만 여러분은 혼자가 아닙니다. 여러분의 고민은 바로 모든 서부세계가 안고 있는 고민의 일부입니다. 반지! 그 작디작은 반지를, 사우론이 원한다는 그 하찮은 반지를 어떻게 처리하면 좋겠습니까? 그것이 바로 우리가 생각해야 할 우리의 운명입니다.

여러분이 여기 모이신 이유도 바로 거기에 있습니다. 하나 여러분 모두를 여기 모이시라고 내가 청한 것은 아닙니다. 여러분은 각각 먼 땅에서 이곳을 찾아와 서로 처음 만나신 것인데, 이 시간, 바로 이 장소에 함께 모인 것이 어쩌면 우연일 수도 있겠지요. 하지만 그렇지 않습니다. 오히려 소명을 받았다고 믿는 것이 나을 겁니다. 다른 누구 아닌 바로 여기 앉아 있는 우리가 세상의 위기를 타개해 나갈 수 있는 길을 찾아야 한다는 소명 말입니다.

그러므로 이젠 지금까지 서로 따로따로 알고 있던 이야기들을 숨기지 말고 허심탄회하게 털어놓아야 합니다. 그러면 먼저 현재의 위기 상황의 실체를 모든 분이 정확하게 이해하실 수 있게 처음부터 지금에 이르기까지 반지의 내력을 말씀드리겠습니다. 이야기 끝맺음은 다른 분이 하시더라도 시작은 내가 하지요."

엘론드가 낭랑한 목소리로 사우론과 힘의 반지들, 그리고 먼 옛날 제2시대에 그것들이 만들어진 이야기를 하는 동안 참석자들은 모두 온 신경을 집중시켜 귀를 기울였다. 그의 이야기 중 일부를 아는 이들이 몇몇 있었지만 전말을 다 아는 이는 아무도 없었기 때문에, 엘론드가 에레기온의 보석세공요정, 그들과 모리아 사이의 우정, 사우론의 함정에 빠진 그들의 지식욕 등을 이야기해 나가자 모두들 공포와 경이의 표정을 지었다. 그 당시에는 아직 사우론의 겉모습만 봐서는 그의 사악함을 알 수 없었기 때문에, 에레기온의 요정들은 그의 도움을 받아들여 세공술을 더욱 발전시켰다. 그러나 사우론은 그들의 비밀을 모두 캐낸 후에 그들을 배반하고, 은밀하게 불의 산에서 모든 반지의 주인이 되는 절대반지를 만들었다. 그러나 켈레브림보르가 사우론의 음모를 알아차리고 자신이 만든 세 개의 반지를 숨겨버리자 그로 인해 전쟁이 벌어졌다. 에레기온은 전쟁 끝에 폐허가 되었고 모리아의 입구는 막혀 버렸다.

그 후 엘론드는 절대반지의 행적을 따라가며 오랜 세월의 이야기를 풀어 놓았다. 그러나 그 역사는 다른 곳에 밝혀져 있고, 또 엘론드 자신도 자신의 전승록에 기록하여 두었으므로 여기서는 생략하겠다. 그것은 끔찍하고 놀라운 무용담으로 가득 찬 긴 이야기였기 때문에, 엘론드가 간략하게 줄였는데도 해가 하늘 높이 솟아올라 오전 한나절이 지나서야 그의 이야기가 끝이 났다.

그는 누메노르의 영화와 몰락을 이야기했다. 인간의 왕들이 깊은 바닷속에서 폭풍의 날개에 실려 가운데땅으로 되돌아왔다. 장신의 엘렌딜과 용감한 그의 두 아들 이실두르와 아나리온은 위대한 군주가 되었다. 그들은 아르노르에 북왕국을 세웠고 안두인강 하구 곤도르에 남왕국을 세웠다. 그러나 모르도르의 사우론이 그들을 공격해 왔고 그리하여 요정들과 인간들은 마지막으로 동맹을 맺고 길갈라드와 엘렌딜의 군대를 아르노르에 집결시켰다.

거기서 엘론드는 이야기를 멈추고 한숨을 쉬었다.

"그 장엄하게 나부끼던 깃발들이 아직도 기억납니다. 그것을 보고 나는 수많은 제왕과 장수 들이 벨레리안드에 모여들던 상고대의 영광을 떠올렸습니다. 하지만 상고로드림이 무너지던 날만큼 웅장하거나 아름답지는 못했지요. 요정들은 상고로드림과 더불어 악의 무리가 영원히 멸망했다고 생각했지만 실은 그게 아니었습니다."

"그걸 기억하세요?"

프로도는 놀란 나머지 큰 소리로 말하고 말았다. 그러나 엘론드가 그를 향해 고개를 돌리자 그는 당황해서 말을 더듬었다.

"저, 저는 길갈라드가 돌아가신 것은 아주 먼 옛날이라고 들었거든요."

엘론드는 진지한 표정으로 대답했다.

"맞습니다. 하지만 난 상고대의 일까지 기억할 수 있습니다. 내 부친은 에아렌딜이고 그분은 몰락하기 전의 곤돌린에서 태어났습니다. 그리고 모친은 디오르의 따님 엘윙으로, 디오르는 바로 도리아스 왕국의 공주 루시엔의 아드님이십니다. 나는 이 서부세계에서 세 시대를 살아오면서 수많은 패배와 소용없는 승리를 보았습니다.

나는 길갈라드의 전령으로 그의 군대와 함께 있었습니다. 모르도르의 암흑의 성문 앞에서 벌어진 다고를라드 전투에 참전했고 결국 우리가 승리를 거두었지요. 길갈라드의 창 아에글로스와 엘렌딜의 검 나르실 앞에선 어떤 적도 견딜 수 없었습니다. 나는 오로드루인산 기슭의 마지막 전투를 목격했습니다. 그 전투에서 길갈라드가 죽고, 엘렌딜도 나르실이 부러지면서 함께 죽었습니다. 하지만 사우론 또한 쓰러졌고, 이실두르가 자기 부친의 부러진 검으로 사우론의 손가락을 자른 후 반지를 차지했습니다."

이 말에 보로미르가 끼어들었다.

"반지가 그렇게 된 것이군요. 남부에도 그런 전설이 있었을 텐데 잊힌 지 오랩니다. 여기서는 거명할 수 없는 적의 위대한 반지가 있다는 소문은 들었습니다. 그의 첫 왕국이 멸망하면서 반지도 같이 없어진 줄 알았는데, 이실두르가 가져갔군요! 흠, 굉장한 소식입니다.”

엘론드가 말했다.

“유감스럽게도 그렇습니다. 그래서는 안 되는데 이실두르가 가져갔던 겁니다. 반지를 처음 만든 오로드루인화산에 반지를 던져 버렸어야 했는데 말입니다. 하지만 이실두르가 반지를 손에 넣는 것을 목격한 사람은 거의 없었습니다. 그 처절한 마지막 싸움이 벌어질 때 그는 자기 아버지 곁에 혼자 서 있었고, 길갈라드 곁에는 오직 키르단과 내가 서 있었습니다. 그러나 이실두르는 우리의 충고를 들으려 하지 않았습니다.

그가 아버지와 동생의 죽음에 대한 보상으로 반지를 가져야겠다고 너무 고집을 부려 우리는 그 이상 말리지 못했지요. 그러나 이실두르는 반지 때문에 죽었습니다. 그래서 북쪽 사람들은 그 반지를 ‘이실두르의 재앙’이라고 부르지요. 그러나 어떻게 보면 그로서는 죽는 것이 더 다행이었다고 할 수도 있습니다.

하지만 반지에 관한 소식은 북쪽에만 전해졌고 그것도 극히 일부만 알고 있지요. 보로미르, 당신이 그 소식을 듣지 못했던 것은 이상할 게 없습니다. 이실두르가 죽은 창포벌판 전투에서는 겨우 세 사람만 살아남았는데, 그들은 오랫동안 안개산맥을 헤맨 끝에야 돌아올 수 있었습니다. 그 생존자 중의 한 사람이 이실두르의 종자 오흐타르인데 그는 엘렌딜의 부러진 칼을 간직하고 있었습니다. 그는 당시 어린 나이로 여기 깊은골에 머무르고 있던 이실두르의 후계자 발란딜에게 그것을 가져왔습니다. 그렇지만 나르실은 부러지고 빛도 잃었으며, 다시 벼리지 않은 채 여태 남아 있습니다.

마지막 동맹의 승리를 내가 헛된 것이라고 했던가요? 전적으로 그런 건 아닙니다만 우린 그 전쟁에서 목적을 이루지 못했습니다. 사우론은 사라졌지 죽은 게 아닙니다. 그의 반지 역시 사라졌지 파괴된 건 아닙니다. 암흑의 탑도 무너지기는 했지만 터는 그대로 남아 있었지요. 그 터는 반지의 힘으로 만들어진 것이기에 반지의 힘이 존재하는 한 그것도 영원히 존재할 것입니다. 많은 요정들과 용감한 인간들 그리고 그들의 친구들이 그 전쟁에서 죽었습니다. 아나리온이 전사하고 이실두르가 살해당했으며, 길갈라드와 엘렌딜도 돌아가셨습니다. 이제 다시는 인간들과 요정들 사이에 그 같은 동맹이 맺어질 수 없을 것입니다. 인간은 수가 불어났고 첫째자손은 줄어들어 사이가 멀어졌지요. 그날 이후 누메노르인들은 퇴보해 지금은 평균 수명도 많이 줄었습니다.

전쟁이 끝나고 창포벌판에서 살육이 있고 난 뒤, 북부에서는 서쪽나라 사람들이 점점 줄더니 저녁어스름호수 옆의 도시 안누미나스가 폐허가 되고 발란딜의 후계자들은 북구릉의 고원에 있는 포르노스트로 이동했지요. 그러나 지금은 그곳도 황량해졌습니다. 사람들은 그곳을 '사자(死者)의 둔덕'이라 부르며 접근하길 꺼립니다. 왜냐하면 아르노르의 주민들은 수가 점점 줄었고 또 적에게 살해당해, 이제는 풀만 무성한 언덕 위에 무덤들만 남아 있기 때문입니다.

남쪽의 곤도르 왕국은 더 오랫동안 이어졌지요. 몰락하기 직전의 누메노르의 영광을 회상시키기라도 하듯 한동안 그들은 번영을 누렸습니다. 그들은 높은 탑과 견고한 요새, 그리고 많은 배가 드나들 수 있는 항구를 건설했고, 인간들의 왕들이 쓰던 날개 달린 왕관은 다른 많은 민족들에게 경외의 대상이었습니다. 그들의 중심 도시는 별들의 요새라고 하는 오스길리아스였는데 그 한가운데로 안두인 대하가 흘러갑니다. 그들은 동쪽으로 어둠산맥 등성이에 '떠오르는 달의 탑'이라는 뜻의 외곽 도시 미나스 이실을 건설했고, 서쪽으로는 백색산맥 기슭에 '지는 태양의 탑'이라는 미나스 아노르를 건설했습니다. 그곳 왕궁에는 백색성수(白色聖樹)가 한 그루 자라고 있었는데, 그것은 이실두르가 서쪽나라에서 가져온 나무의 자손입니다. 그 종자는 원래 에렛세아에서 건너왔고, 그 조상은 세상이 처음 만들어진 그 옛날 아득한 서녘에 있었다고 합니다.

그러나 가운데땅의 세월이 화살같이 빠르게 지나며 아나리온의 아들 메넬딜의 혈통도 끊기고 그 성수도 시들어 버리자, 서쪽나라 사람들의 혈통은 그보다 못한 인간들과 피를 섞게 되었지요. 그러던 중 모르도르에 대한 감시가 소홀해진 사이에 어둠의 세력이 고르고로스로 기어들었고, 결국에 정체를 드러내 미나스 이실을 공격했습니다. 그 후 그 성은 공포의 대상으로 변했지요. 그 성은 미나스 모르굴, 즉 마술의 탑이라 불리게 되었고 미나스 아노르도 새로이 미나스 티리스, 그러니까 감시의 탑이란 이름으로 바뀌게 된 것입니다. 두 도시는 계속 전쟁을 벌였고, 그 사이에 위치한 오스길리아스는 폐허가 되고 그 폐허에는 어둠의 세력이 출몰하기 시작했습니다.

오랜 세월 동안 사정은 그러했습니다. 하지만 미나스 티리스는 지금까지도 계속 적과 싸우고 있습니다. 아르고나스에서 바다로 연결되는 대하의 통행을 확보하기 위해서입니다. 이제 이 대목에 관한 내 이야기도 끝내겠습니다. 이실두르 시대에 절대반지는 아무도 모르게 사라졌고, 요정들의 세 반지는 그 지배에서 풀려났습니다. 그러나 오늘에 와서 그것들은 다시 위험에 처하게 되었습니다. 유감스럽게도 절대반지가 발견되었기 때문입니다. 그것이 발견되는 과정에 대해서는 내가 한 일이 별로 없으니 다른 분이 말씀하시겠지요."

그가 이야기를 마치자 곧바로 키가 크고 거만한 태도의 보로미르가 일어났다.

"제게 잠시만 시간을 주십시오. 곤도르에 관해 말씀드릴 게 더 있습니다. 그것은 제가 물론 곤도르에서 왔기 때문이고, 또 그곳에서 지금 벌어지는 상황에 대해 여러분께서 알아 두시는 게 좋을 것이기 때문입니다. 우리가 전멸한다면 우리가 어떤 위급한 상황에 놓였으며 또 얼마나 용감하게 싸웠는지, 아무도 아는 사람이 없을 테니 말입니다.

곤도르에서 서쪽나라 사람의 혈통이 끊어지고 그들의 긍지와 위엄이 모두 사라져 버렸다는 말은 믿지 말아 주십시오. 용감한 우리 곤도르인들이 있었기에 동쪽의 야만족들도 멈칫거렸고, 모르굴의 공포도 힘을 죽여 온 것입니다. 서부의 보루, 즉 우리가 있기 때문에 서부의 평화와 자유가 유지되고 있습니다. 만일 안두인수로를 빼앗긴다면, 그때는 어떻게 되겠습니까?

하지만 그 시간은 그리 머지않았습니다. 거명조차 두려운 대적은 다시 일어났습니다. 우리가 운명의 산이라 부르는 오로드루인에서는 다시 연기가 피어오르고, 검은 땅의 세력은 더 강성해져 우리는 점점 궁지에 몰리고 있습니다. 대적이 안두인대하 동쪽의 아름다운 땅 이실리엔에 쳐들어왔을 때 우리에겐 튼튼한 요새와 막강한 무기가 있었는데도 패하고 말았습니다. 그리고 바로 올 6월에도 모르도르의 급습으로 큰 패배를 당했습니다. 중과부적이었지요. 적은 동부인들, 그리고 그 잔인한 하라드인들과 동맹을 맺었습니다. 하지만 우리가 패배한 것은 수적 열세 때문만은 아니었습니다. 그들에게는 전에 느껴보지 못한 어떤 힘이 있었습니다.

사람들은 달빛 아래서 거대한 암흑의 기사처럼 보이는 어두운 그림자를 보았다고 합니다. 어쨌든 그가 나타나기만 하면 적은 미친 듯 사기가 오르고 우리 편은 모두 공포에 사로잡혀, 말이건 사람이건 할 것 없이 달아나 버립니다. 동쪽을 지키던 병사들 중 극히 일부만 겨우 돌아와, 오스길리아스의 폐허 속에 남은 마지막 다리를 파괴했습니다.

저는 다리를 지키고 있다가 마침내 우리 등 뒤에서 다리가 파괴되는 것을 목격한 무리 속에 있었습니다. 헤엄쳐 강을 건너고 보니 겨우 네 명만 돌아왔습니다. 저와 제 동생, 그리고 다른 두 사람이었습니다. 그러나 우리는 여전히 안두인대하 서안에서 싸우고 있습니다. 우리 등 뒤에서 평화를 누리는 이들은 우리 이름을 들으면 찬사를 보냅니다. 그렇지만 찬사는 많아도 도와주는 이는 없습니다. 다만 로한에서만 우리가 요청하면 도우러 오기로 했을 뿐입니다.

이 어려운 때에 전 엘론드를 뵙기 위해 천 리 길을 달려왔습니다. 백 일 하고도 열흘이 넘게 걸린 긴 여행이었습니다. 그러나 제가 원하는 것은 동맹군이 아닙니다. 엘론드 님의 명성은 무력이 아니라 지혜에 있다고 들었기 때문입니다. 제가 여기에 온 것은 조언을 구하기 위한 것뿐만 아니라 어려운 수수께끼를 하나 풀기 위해섭니다. 지난번 기습을 받던 날 저녁, 제 동생은 잠을 설치다가 이상한 꿈을 꾸었습니다. 그 뒤로 비슷한 꿈을 다시 꾸었고 저도 한 번 그 꿈을 꾸었습니다.

꿈에서 동쪽 하늘이 점점 어두워지며 천둥소리가 커졌고, 서쪽에서는 희미한 빛이 맴돌면서 거기서 아득하고도 또렷한 외침이 들려왔습니다.

부러진 검을 찾으라,
  그것은 임라드리스에 거하니라.
그곳에서 조언을 얻으라,
  모르굴의 마법보다 강한 조언을.
그곳에서 징조를 보리라,
  종말이 머지않았다.
이실두르의 재앙이 다시 일어나고,
  반인(半人)족이 나설 것이다.

우리는 이 말을 도무지 이해할 수가 없어 미나스 티리스의 영주,

제 부친 데네소르께 여쭈어 보았습니다. 부친은 곤도르의 전승에 조예가 깊으십니다. 부친께서는 임라드리스라는 건 옛날 요정들의 언어로, 전승의 대가이신 반(伴)요정 엘론드 님이 살고 있는 북쪽의 골짜기라고 말씀하셨습니다. 그래서 제 동생이 상황의 긴박함을 깨닫고 꿈에서 말한 대로 임라드리스로 가겠다고 했습니다. 하지만 길이 너무 불확실하고 위험하다고 들었기 때문에 제가 직접 나선 것입니다. 부친께서 허락하시지 않았지만, 저는 기억 속에 사라진 멀고 먼 길을 헤맨 끝에 드디어 모든 사람이 이름은 알지만 어디에 있는지는 몰랐던 엘론드 님의 저택을 찾은 것입니다."

"그렇다면 이제 여기 엘론드의 집에서 당신은 그 수수께끼를 풀게 될 것이오."

아라고른이 일어서며 말했다. 그는 엘론드의 앞 테이블에 자기 검을 던졌다. 칼날이 부러져 있었다.

"부러진 검이 여기 있소."

아라고른이 말하자 보로미르는 순찰자의 여윈 얼굴과 빛바랜 망토를 놀란 눈으로 바라보며 물었다.

"당신은 누굽니까? 미나스 티리스와는 무슨 관련이 있습니까?"

그러자 엘론드가 대신 대답했다.

"그는 아라소른의 아들 아라고른이며, 미나스 이실의 왕인 엘렌딜의 아들 이실두르의 직계 장손입니다. 그는 북부 두네다인의 지도자이지만 그들은 이제 거의 남아 있지 않습니다."

그러자 프로도는 갑자기 놀라 벌떡 일어나며 마치 반지를 내놓으라는 명령을 받기라도 한 듯 큰 소리로 말했다.

"그렇다면 이건 제가 아니라 당신이 가져야 합니다."

그러자 아라고른이 대답했다.

"자네도 나도 그 반지의 주인은 아니오. 다만 잠시 자네가 그것을 지켜야 하는 임무를 맡은 거지.”

그러자 간달프가 엄숙하게 말을 했다.

“반지를 내놓게, 프로도! 때가 왔네. 그것을 높이 들어 보로미르가 수수께끼의 나머지를 깨닫게 해 주게!”

좌중은 술렁거렸고 모든 이의 눈길이 프로도를 향했다. 그는 갑자기 부끄러움과 두려움을 함께 느끼며 몸을 덜덜 떨었다. 그런데 어찌 된 셈인지 반지를 내보이고 싶지 않았고 손으로 만지는 것조차 꺼려졌다. 그는 멀리 달아나고 싶었다. 마침내 프로도가 떨리는 손으로 그들 앞에 반지를 높이 들어 올리자 반지는 희미한 섬광을 발했다. 엘론드가 말했다.

“이실두르의 재앙을 보시오!”

황금빛으로 번쩍이는 반지를 바라보는 보로미르의 눈에 불꽃이 일었다. 그는 중얼거렸다.

“반인족이라! 그렇다면 드디어 미나스 티리스의 종말이 임박한 거 아닙니까? 부러진 검은 찾을 필요도 없지 않습니까?”

그러자 아라고른이 말했다.

“미나스 티리스의 종말이라고는 하지 않았소. 우리의 장엄한 모습을 보여 주어야 할 종말이 임박한 건 사실이오. 여기 이 부러진 검은 엘렌딜이 쓰러졌을 때 그와 함께 부러진 바로 그 엘렌딜의 칼입니다. 다른 유품들은 모두 없어졌음에도 후손들에게 이것만은 대단히 귀중한 가보로 전해 내려왔습니다. 예로부터 이실두르의 재앙, 즉 반지가 발견되면 칼도 다시 제 모습을 찾게 된다는 말이 있었기 때문입니다. 이제 당신이 찾던 칼을 발견했으니 어떻게 하겠소? 엘렌딜 왕가가 곤도르로 돌아오기를 원하오?”

그러자 보로미르는 거만하게 말했다.

“나는 무슨 부탁을 하러 온 것이 아니라 수수께끼의 의미를 물으러 왔을 뿐이오. 하지만 우리는 대단히 어려운 처지에 있으니 엘렌딜의 검이 기대 이상의 큰 도움이 될지도 모르지요……. 만일 그게 과거의 어두운 그림자에서 정말로 벗어났다면 말입니다."

그는 아라고른을 다시 보았다. 여전히 의심스러운 눈초리였다.

프로도는 옆에 앉은 빌보가 몹시 흥분했음을 느꼈다. 분명 그는 자기 친구가 의심받고 있다는 사실에 분개한 것 같았다. 빌보는 갑자기 벌떡 일어나더니 큰 소리로 시를 한 수 읊었다.

> *황금이라고 해서 모두 반짝이는 것은 아니며,*
> *방랑자라고 해서 모두 길을 잃은 것은 아니다.*
> *속이 강한 사람은 늙어도 쇠하지 않으며,*
> *깊은 뿌리는 서리의 해를 입지 않는다.*
> *잿더미 속에서 불씨가 살아날 것이며,*
> *어둠 속에서 빛이 새어나올 것이다.*
> *부러진 칼날이 다시 벼려질 것이며,*
> *잃어버린 왕관은 다시 찾을 것이다.*

"그리 좋은 작품은 아니지만 시사하는 바는 많을 것입니다. 엘론드의 설명이 부족하다고 느끼신다면 말입니다. 이 노래를 듣고 백일하고도 열흘을 달려오신 보람을 얻으시려면 귀 기울여 잘 들으시는 것이 좋습니다."

그는 콧방귀를 뀌며 앉았다. 그리고 프로도를 향해 작게 말했다.

"이 노래는 두나단의 정체를 처음 알았을 때 내가 그를 위해 직접 지은 거야. 내 모험이 완전히 끝난 게 아니라면 그의 시대가 도래할 때 나도 그와 함께 나가고 싶을 정도지."

아라고른은 빌보를 향해 웃어 보이고는 보로미르를 향해 다시 고개를 돌렸다.

"나로서는 당신이 의심하는 것을 이해할 만하오. 데네소르의 홀에 위엄 있게 조각되어 있는 엘렌딜이나 이실두르의 모습과는 너무도 닮은 데가 없으니 말이오. 나는 이실두르의 후손일 뿐 이실두르가 아니오. 나는 오랜 세월 많은 고생을 겪었소. 여기서 곤도르까지의 거리는, 내가 지금까지 걸은 길에 비하면 극히 짧은 거리에 지나지 않소. 나는 수많은 산을 넘고 강을 건넜으며, 황야를 헤매기도 하고 별빛마저 낯선 하라드와 룬의 오지까지도 여행하였소.

그러나 내게 고향이 있다면 그것은 이곳 북부요. 왜냐하면 발란딜의 후예들이 오랜 세월 대를 이어 살아온 곳이 바로 이곳이기 때문이오. 우리 조상들의 찬란한 시대는 이제 어둠 속에 묻혔고 우리의 수도 줄었지만, 이 칼은 언제나 새로운 주인에게로 전해져 내려왔소. 하지만 보로미르, 이 점은 분명히 밝혀 두겠소. 외로운 사람들이오, 우리는. 황야의 순찰자이자, 말하자면 사냥꾼이오. 그러나 언제나 대적의 하수인들만을 사냥하오. 왜냐하면 그들은 이제 모르도르뿐만 아니라 도처에서 발견되기 때문이오.

보로미르, 곤도르가 탄탄한 요새였다면 우리도 나름대로 중요한 역할을 했소. 당신들의 견고한 성벽과 빛나는 칼로도 막을 수 없는 것들이 많소. 당신은 곤도르 밖은 잘 모를 거요. 조금 전에 평화와 자유라고 했소? 우리가 없었다면 북부는 그것을 누리지 못했을 거요. 공포가 모두를 죽음으로 몰고 갔을 테니까. 어둠의 무리는 인적 없는 산에서, 햇빛 없는 숲에서 기어 나오지만 우리를 보면 달아나오. 만일 우리 서쪽나라 사람들이 잠자고 있다면, 아니 진작에 모두 무덤 속에 들어갔다면 고요한 대지와 순박한 사람들의 잠자리에 어떻게 평화가 깃들고, 자유롭게 다닐 수 있는 길이 있겠소?

그러나 당신들은 찬사라도 받지만 우리는 그렇지 못하오. 우리와 맞부딪치면 길손들은 얼굴을 찌푸리고 마을 사람들은 모욕적인 별명까지 붙여 주지요. 지금도 내가 계속 지켜 주지 않으면 적들이 단

하루 만에 쳐들어와 그의 심장을 얼리고, 폐허로 만들어 버릴 수도 있는 마을에 살고 있는 한 뚱보는 나를 '성큼걸이'라고 조롱하오. 하지만 우리는 그 이상의 대접을 바라지는 않소. 순박한 사람들이 근심 걱정 없이 평화롭게 살 수만 있다면 우리는 언제나 음지에서 묵묵히 일할 생각이오. 세월이 바뀌고 풀은 더 무성해졌지만 그 일은 언제나 우리의 임무였소.

하지만 이제 세상은 다시 변하기 시작했소. 새로운 시간이 다가오고 있소. 이실두르의 재앙이 발견되었소. 전쟁이 임박한 거요. 이 칼은 다시 벼려질 것이며, 나도 곧 미나스 티리스로 갈 계획이오."

그러자 보로미르가 말했다.

"이실두르의 재앙이 발견되었다고 했지만, 나는 이 반인족의 손에서 반짝이는 반지를 보았을 뿐입니다. 이실두르가 죽은 것은 이 시대가 시작되기도 전인데 어떻게 현자들께서는 이 반지가 그의 반지인지 알 수 있습니까? 그리고 어떻게 반지가 이제 와서 발견되었고, 그것도 이렇게 이상하게 생긴 심부름꾼 손에 들어가게 된 까닭은 무엇입니까?"

"그 이야기도 곧 하지요."

엘론드가 말하자 빌보가 외쳤다.

"하지만 지금은 안 됩니다. 엘론드 님! 벌써 한낮이에요. 뭘 좀 먹고 기운부터 차려야겠습니다."

엘론드가 웃으며 말했다.

"귀하께 발언권을 드리지 않았습니다만, 지금 드립니다. 자, 이야기하세요. 혹 그 이야기를 아직 시로 만들지 못했다면 그냥 쉬운 말로 하세요. 가능하면 짧게 빨리 끝내시는 게 건강에도 좋으실 겁니다."

빌보가 대답했다.

"좋습니다. 명령대로 하지요. 이제부터 제가 하는 이야기는 진짜

이니 혹시 예전에 달리 들으신 분이 있다면……." 그는 글로인을 흘
끔 보았다. "용서하시고 그 이야기는 잊어 주십시오. 그 당시에는 반
지를 소유하고 싶은 욕심이 앞섰고, 또 도둑이라는 누명을 벗으려
다 그렇게 된 겁니다. 이제야 제가 왜 그렇게 어리석은 짓을 했는지
이해가 되는군요. 여하튼 이야기는 이렇습니다."

빌보의 이야기를 난생처음 듣는 이들도 있어 그들은 그 늙은 호
빗이 골룸과의 만남을 처음부터 끝까지 이야기할 때ㅡ빌보는 전혀
기분 나쁜 표정이 아니었다ㅡ신기한 표정으로 귀를 기울였다. 빌보
는 골룸과 내기한 수수께끼를 하나도 빠뜨리지 않고 모두 이야기했
다. 말리지만 않았다면 그는 자기 생일잔치와 샤이어에서 사라지던
사건까지도 신이 나서 이야기했을 것이다. 그러나 엘론드가 손을 들
었다.

"좋습니다, 친구. 오늘은 그 정도면 충분합니다. 이제 반지는 당신
의 후계자인 프로도에게 넘어갔으니 그의 이야기를 들어 봅시다!"

그리하여 빌보보다는 마음이 덜 내켰으나, 프로도는 반지를 자신
이 보관하기 시작하던 때부터 이야기를 하나하나 풀어 나갔다. 호빗
골에서 브루이넨여울까지 오는 도중에는 여러 번 질문이 들어와 일
일이 대답을 해 주어야 했다. 암흑의 기사들에 대해서는 자신이 경
험한 모든 것을 전했다. 그가 이야기를 끝내고 자리에 앉자 빌보가
말했다.

"잘했다. 중간에 이 친구들이 방해하지만 않았으면 더 훌륭했을
텐데 말이야. 내가 몇 가지를 기록하려고 했는데, 차라리 나중에 쓰
게 될 때 다시 함께 살펴보는 게 낫겠다. 네가 여기까지 오는 동안 겪
은 사건들만으로도 몇 장은 채울 수 있겠다!"

"예, 이야기가 상당히 길지요. 하지만 저도 불확실한 곳이 몇 군데
있어요. 좀 더 알아봐야겠지요. 특히 간달프에 대해서 말이에요."

회색항구에서 온 갈도르가 옆에 있다가 그의 이야기를 들었다.

"내가 하고 싶은 이야기를 하시는군요."

그는 그렇게 말하고는 엘론드를 향해 말했다.

"현자들께서는 이 호빗들이 발견한 이 반지가 오랫동안 논란의 대상이 된 그 절대반지라고 믿을 만한 충분한 이유가 있는 모양이신데, 견문이 부족한 저로서는 잘 이해가 안 됩니다. 혹시 무슨 증거가 있으면 들려주실 수 없습니까? 그리고 하나 더 여쭙고 싶은 것은, 사루만은 어떻게 된 겁니까? 반지에 관한 한 그분이 조예가 깊으신 걸로 아는데 이 자리에 안 계시군요. 지금까지 나온 이야기를 그분께 들려드리면…… 그분은 어떻게 말씀하실까요?"

그러자 엘론드가 대답했다.

"그 문제도 모두 관련이 있습니다, 갈도르. 내가 잊은 게 아니니 그것도 답변이 나올 것입니다. 하지만 그런 이야기는 간달프께서 밝혀 주셔야겠지요. 이 문제에 있어서는 그분이 가장 어른이시니, 예의상 순서를 맨 마지막으로 미루어 둔 겁니다."

그 말에 간달프가 입을 열었다.

"갈도르, 어떤 이들은 글로인이 가져온 소식이나 프로도가 추격받은 사실만으로도 그가 가진 것이 대적에게는 대단히 귀중한 어떤 것임을 알 수 있을 겁니다. 그것은 바로 반지입니다. 아홉 반지는 나즈굴이 갖고 있고 일곱 반지는 빼앗기거나 파괴되었습니다."

이 말에 글로인이 몸을 움직였다. 하지만 그는 아무 말도 하지 않았다.

"세 개의 반지는 우리가 알고 있습니다. 그렇다면 그들이 그렇게 혈안이 되어 찾고 있는 이 반지는 뭡니까? 반지를 잃어버리고 다시 찾기까지 안개산맥과 안두인대하 사이에서 많은 시간이 헛되이 소모됐습니다. 그러나 이제 현자들의 부족했던 지식은 드디어 채워졌습니다. 그런데 너무 늦었지요. 대적은 우리 등 뒤에, 내가 걱정한 것보다 훨씬 가까이 와 있었습니다. 다행인 것은 올해, 정확히는 올여름까지는 적도 자세히 몰랐다는 점입니다.

혹시 기억하시는 분이 있는지 모르겠지만, 나는 오래전에 혼자서 돌 굴두르의 강령술사를 찾아간 일이 있습니다. 몰래 그의 행방을 추적하다가 거기서 우리의 우려가 사실임을 알았지요. 그는 다름 아닌 우리의 옛 원수 사우론이었습니다. 다시 형체를 회복하고 세력을 규합하던 중이었습니다. 역시 기억하시는지 모르겠습니다만, 그 당시 우리가 그를 직접 공격하려 했을 때 사루만이 말렸습니다. 그래서 우리는 그냥 오랫동안 지켜보는 수밖에 없었습니다. 하지만 드디어 어둠의 세력이 커지자 사루만도 자기 주장을 거두었고 백색회의에서는 무력으로 사우론을 어둠숲에서 축출하기로 결정했습니다. 그것이 바로 반지가 발견되던 해의 일입니다. 우연이라면 참 이상한 우연이지요.

그러나 엘론드께서 예측하신 대로 우리는 너무 늦었습니다. 사우론 역시 우리를 지켜보고 있었고, 오랫동안 우리의 공격에 대비해 온 것이지요. 그는 거기서 모든 것이 준비될 때까지 아홉 명의 반지 악령 부하들이 빼앗은 미나스 모르굴을 통해 모르도르를 지배하고 있었던 것입니다. 그는 우리에게 굴복하는 체하고 몸을 피해 결국 암흑의 탑으로 되돌아가 암흑의 왕국을 선언한 것입니다. 그래서 마지막으로 백색회의가 열렸지요. 그가 전보다 절대반지를 찾는 데 더 열중한다는 것을 알았기 때문입니다. 우리는 그가 혹시 반지에 대해 우리가 모르는 무슨 소식을 들었나 싶어 걱정했지요. 그러나 사루만은 아니라면서 전에 하던 이야기만 되풀이했습니다. 절대반지는 가운데땅에서 절대로 발견되지 않는다는 거였지요. 그는 이렇게 말했습니다.

'최악의 경우, 우리가 반지를 갖고 있지 않고 여전히 반지는 분실 상태라는 것을 적이 안다고 합시다. 그러면 그는 잃어버린 것이니까 언젠가는 찾을 수 있을 거라고 생각하겠지요. 걱정 마십시오. 그는 제풀에 지쳐 쓰러질 것입니다. 이 문제는 내가 오랫동안 연구해 오지 않았습니까? 반지는 안두인대하에 빠졌고 오래전 사우론이 잠자는 동안 강물을 따라 바다로 떠내려갔습니다. 그것은 세상이 끝날 때까지 바다에서 나타나지 않을 겁니다.'"

간달프는 입을 다물고 멀리 안개산맥의 연봉이 삐죽삐죽 솟은 동쪽을 바라보았다. 그 산맥의 거대한 뿌리 밑에, 온 세계를 흔들어 놓을 재앙이 오랫동안 숨어 있었던 것이다. 그는 한숨을 쉬고 말을 이었다.

"내 실수였습니다. 현자 사루만의 말을 너무 믿었어요. 진상을 좀 더 일찍 파악했어야 했습니다. 그랬다면 상태가 지금처럼 급박해지진 않았을 텐데 말입니다."

그러자 엘론드가 그를 위로했다.

"우리 모두의 실수지요. 그래도 당신마저 경계하지 않았더라면 지금쯤 암흑이 우리를 덮쳤을지도 모르는 일입니다. 계속하시지요."

"여러 이야기를 듣긴 했지만 나는 처음부터 의심했습니다. 그래서 반지가 어떻게 골룸의 손에 들어갔고 또 그가 얼마나 오랫동안 그것을 가지고 있었는지 알아보기로 마음먹었습니다. 그래서 그를 지켜보았지요. 그가 자기 보물을 되찾기 위해 어둠 속에서 곧 뛰쳐나올 걸 짐작하고 말입니다. 그는 나타났습니다. 그러나 곧 사라졌지요. 그런데 그때, 유감스럽게도 나는 그 문제를 잠시 보류해 두고 말았습니다. 우리가 종종 그렇듯, 그냥 기다리며 지켜보기로 한 겁니다.

걱정만 하면서 그렇게 시간을 보내다가, 다시 섬뜩한 공포가 느껴지면서 의혹이 생겼습니다. 호빗의 반지는 어디서 온 것일까? 만일 내 우려가 사실이라면 어떻게 해야 할까? 이런 문제들에 대해 나는 결정을 내려야만 했습니다. 하지만 이 말이 새어 나가면 오히려 화를 자초할 수도 있었기 때문에 누구에게 함부로 털어놓을 수도 없었지요. 암흑의 탑과의 기나긴 전쟁을 돌이켜 볼 때 우리의 가장 큰 적은 배신이었기 때문입니다.

열일곱 해 전의 일이었습니다. 그때쯤 나는 갖가지 행색의 첩자들, 심지어 짐승이나 새 들까지도 샤이어에 모여든다는 것을 알았습니다. 걱정은 더 커졌지요. 나는 두네다인에게 도움을 청했습니다. 그들의 순찰이 두 배로 강화되었지요. 그러고 나서 이실두르의 후계자인 아라고른에게 속을 털어놓았습니다."

그러자 아라고른이 나서서 그 이야기를 들려주었다.

"그래서 저는 좀 늦은 것 같기도 하지만 골룸을 찾는 게 좋겠다고 했습니다. 그리고 이실두르의 후손인 제가 이실두르의 죄과를 속죄하는 것이 당연하다고 생각해서 간달프와 함께 오랫동안 기약 없는 수색에 나섰습니다."

이어서 간달프가 어둠산맥과 모르도르의 경계에 이르기까지 야생지대를 헤맨 이야기를 시작했다.

"거기서 우리는 골룸이 어둠산맥에 오랫동안 숨어 있다는 소문을 들었습니다. 그러나 아무리 찾아도 없어서 결국 포기했습니다. 그런데 포기한 와중에 갑자기 골룸을 찾지 않아도 반지를 확인할 수 있는 길이 있을지도 모른다는 생각이 들었습니다. 만약 그게 절대반지라면 반지 그 자체에서 확인할 수 있는 뭔가가 있을지도 모른다는 생각이었습니다. 사루만이 백색회의에서 한 말이 기억난 거지요. 그 당시에는 반쯤 흘려 버린 말인데 그제야 생생하게 기억났습니다.

'아홉, 일곱, 세 개의 반지는 각각 고유한 보석이 있지만 절대반지는 그렇지 않습니다. 그것은 둥글고 아무런 장식도 없는 평범한 작은 반지나 다를 바가 없습니다. 그러나 제작자는 그 위에다 보통사람은 알아볼 수 없는 무슨 표시를 해 놓았습니다.'

하지만 그는 그 표시가 무엇인지는 확실히 말해 주지 않았습니다. 누가 그걸 알고 있을까? 반지 제작자, 아니면 사루만? 그가 아무리 반지에 조예가 깊다 하더라도 분명 무슨 근거가 있을 것이다. 사우론 말고 반지가 없어지기 전에 그것을 만져 본 자는 누구일까? 이실두르뿐이다.

그렇게 생각한 나는 골룸을 쫓는 일을 포기하고 급히 곤도르로 내려갔습니다. 옛날엔 우리 마법사들도 그곳에선 환대를 받았습니다. 사루만이 제일 환대받았지요. 그는 도시 영주들의 초대를 여러 번 받은 적이 있을 정도였습니다. 내가 도착하니 데네소르 공은 나를 예전처럼 달가워하는 눈치가 아니더군요. 하지만 못마땅해하면서도 창고에 쌓아 놓은 두루마리 문서와 서적 들을 내놓으면서 이렇게 말했습니다.

'당신 말씀대로 고대의 기록과 이 도시가 처음 세워지던 때의 자료만 읽으시겠다면 한번 찾아봐도 좋습니다. 내가 보기엔 지나간 세월보다 다가올 날이 더 어두워 보입니다. 나는 그게 더 걱정입니다. 하지만 당신이 여기서 오랜 세월 연구에 전념한 사루만보다 학식이 더 깊지 못하다면 내가 아는 것 이상으로 무슨 큰 소득을 올리지는 못할 겁니다. 나도 이쪽 방면에는 좀 아는 바가 있소.'

사실 그의 창고에는 전승의 대가들도 읽을 수 없는 기록들이 많았습니다. 그들의 말과 글은 후대로 오면서 완전히 잊혔기 때문이지요. 그러나 보로미르, 지금도 미나스 티리스에 가면 이실두르가 직접 만든 두루마리가 하나 있는데, 곤도르에서 왕이 사라진 후로 사루만과 나를 제외하고는 누구도 그것을 읽어 본 적이 없을 겁니다. 일부 기록이 말하듯이 이실두르가 모르도르에서 벌어진 전투가 끝난 뒤 곧바로 떠난 것은 아니란 얘기지요."

보로미르가 끼어들었다.

"북부의 일부 기록이겠지요. 곤도르에서는 모두 이렇게 알고 있습니다. 그는 먼저 미나스 아노르로 가서 조카 메넬딜과 함께 그곳에 있었습니다. 그에게 왕위를 맡기기 전에 남왕국의 법도를 가르친 것이지요. 그때 그는 죽은 동생을 기억하면서 서쪽나라에서 가져온 백색성수의 마지막 묘목을 거기에 심었습니다."

그러자 간달프가 다시 말했다.

"그때 그 두루마리도 함께 남긴 거요. 곤도르에서는 그 점은 잘 모르는 것 같더군요. 그 기록은 바로 반지에 관한 것이었는데 이렇게 쓰여 있었습니다.

위대한 반지는 이제 북왕국의 보물로 전해질 것이다. 그러나 엘렌딜의 후예가 이곳에도 있으니 그에 관한 기록은 곤도르에 남길 것이다. 이는 그 영광스러운 순간의 기록이 사라지지 않게 하기 위함이다.

그러고 나서 이실두르는 반지를 발견하던 순간을 이렇게 묘사했습니다.

내가 처음 만졌을 때 그것은 달아오른 석탄처럼 뜨거웠다. 내 손은 시커멓게 눌렸고, 나는 이 통증이 완쾌될 수 있을지 걱정이 된다. 그러나 이 글을 쓰는 동안 반지는 벌써 식었고, 아름다움이나 모양은 변하지 않았지만 크기는 작아진 듯하다. 반지에 새겨진 글자는 처음에는 빨간 불꽃처럼 선명하더니 이젠 식어서 겨우 알아볼 정도가 되었다. 모르도르에는 그렇게 정교하게 새길 문자가 없어서인지 에레기온의 요정 문자로 새겨져 있다. 나는 그 뜻을 이해할 수 없는데, 상스럽고 거친 것으로 보아 암흑의 땅의 말인 것 같다. 무슨 나쁜 뜻인지는 알 수 없으나 혹시 나중에 기억할 수 있게 여기 기록해 둔다. 반지는 사우론의 뜨거운 손을 그리워하는 것 같다. 그 검은 손은 손이면서도 불이 타오르듯 뜨거웠고, 길갈라드도 그 손에 살해당했다. 반지

가 다시 뜨거워지면 글자가 다시 선명해질지도 모른다. 하지만 나로 서는 사우론의 작품 중에서 유일하게 아름다운 이것에 그런 모험을 하고 싶지 않다. 비록 많은 고통이 거기 담겨 있기는 하나 이것은 내게 대단히 소중한 것이다.

그 글을 읽으면서 나의 추적은 끝이 났습니다. 이실두르가 추측 한 대로, 새겨진 글은 모르도르와 암흑의 탑 하수인들이 쓰던 언어 로 기록된 것이었습니다. 그 내용은 이미 세상에 알려져 있습니다. 왜냐하면 사우론이 그 절대반지를 완성해 손가락에 끼던 날, 세 개 의 반지를 만든 켈레브림보르가 그 사실을 알고 멀리서 그가 그 말 을 하는 소리를 들은 것입니다. 그래서 그의 사악한 흉계는 세상에 폭로되었지요.

나는 즉시 데네소르 공과 작별하고 북쪽으로 가다가 로리엔으로 부터 아라고른이 그곳을 지나갔고 골룸이라는 녀석을 잡았다는 전 갈을 받았습니다. 그래서 나는 먼저 그의 이야기를 들으러 아라고 른을 찾아갔습니다. 그가 혼자서 얼마나 위험한 고비들을 넘겼는지 감히 상상할 수도 없었지요."

그러자 아라고른이 입을 열었다.

"그 이야기를 새삼스럽게 할 필요는 없지요. 누구든지 암흑의 성 문 근처를 헤매거나 모르굴계곡에서 죽음의 꽃들을 밟아 볼 생각 이라면 그런 위험은 각오해야 합니다. 저 역시 결국에는 포기하고 집으로 돌아갈 준비를 했습니다. 그런데 다행히도 제가 찾던 것을 우연히 만났습니다. 어떤 진흙탕 가에서 맨발 자국을 발견한 겁니 다. 최근에 만들어진 발자국이었고 또 급한 걸음이었는데 모르도 르가 아니라 그 반대쪽을 향해 있었습니다. 죽음늪 주위를 따라 계 속 추적해 가다가 드디어 골룸을 발견했습니다. 냄새나는 웅덩이 가에 숨어서 날이 어두워질 때까지 기다리다가 드디어 녀석을 붙잡은 거죠. 녀석의 몸은 늪지대의 푸른 진흙으로 온통 범벅이었습니다. 평생 동안 저를 증오할 텐데 걱정이 되는군요. 이빨로 깨물기에 혼을 좀 냈거든요. 그의 입에서 얻어낸 거라고는 고작 그 이빨 자국밖에 없었습니다. 데리고 돌아오는 것이 제일 힘들었지요. 골룸의 목에 줄을 걸고 입에는 재갈을 물린 채 앞장을 세워 밤낮으로 감시하면서 끌고 왔는데, 배고프고 목이 마르니까 겨우 말을 듣더군요. 그렇게 해서 사전에 약속한 대로 그놈을 어둠숲으로 데려가 요정들께 맡겼습니다. 떼어 두고 나니까 살 것 같더군요. 냄새가 정말 고약했습니다. 저는 그놈을 다시는 보고 싶지 않습니다만, 간달프가 돌아와서 오랫동안 놈과 이야기를 나누었습니다."

간달프가 말을 받았다.

"그렇습니다. 길고 지루한 작업이었지요. 하지만 소득이 없는 건 아니었습니다. 우선 골룸이 반지를 잃은 경위는 방금 빌보가 처음으로 털어놓은 이야기와 일치합니다. 하긴 그건 별로 중요한 일이 아니었어요. 이미 짐작하고 있었으니까 말입니다. 그런데 골룸이 그 반지를 창포벌판 근처의 안두인강에서 주웠다는 것을 처음으로 알아냈지요. 그리고 그것을 아주 오랫동안 지니고 있었다는 사실도 알아냈습니다. 동족들보다 몇 배나 더 오래 산 거지요. 반지의 힘이 그의 수명을 동족들보다 훨씬 길게 만든 겁니다. 위대한 반지들만의 능력이지요.

갈도르, 혹시 아직도 의문점이 남아 있다면, 아까 내가 말한 증거가 또 있습니다. 당신이 방금 본 이 반지는 둥글고 아무런 장식도 없는 듯하지만 사실 거기에는 이실두르가 기록한 문자가 새겨져 있습니다. 물론 그것을 보려면 이 황금 반지를 잠시 불 속에 던질 수 있는 용기가 필요합니다. 나는 그렇게 해 보았지요. 그리고 이런 글을 읽었습니다.

'*아쉬 나즈그 두르바툴룩, 아쉬 나즈그 김바툴,*

아쉬 나즈그 스라카툴룩 아그 부르줌-이쉬 크림파툴.'"

마법사의 목소리가 놀랍게 변했다. 갑자기 그의 목소리가 위협적이고 강렬한 쇳소리로 바뀌었다. 어두운 그림자가 한낮의 태양을 가리는 듯하더니 현관이 잠시 어둠에 휩싸였다. 참석자들은 모두 몸을 떨었고 요정들은 귀를 막았다. 어둠이 사라지고 모두가 안도의 한숨을 쉬고 나서야 엘론드가 말했다.

"회색의 간달프, 지금까지 임라드리스에서는 어느 누구도 감히 그들의 언어로 말한 적이 없었습니다."

간달프가 대답했다.

"그리고 다시는 그런 일이 있어도 안 되겠지요. 하지만 엘론드, 나는 지금 당신의 용서를 구하고 싶지는 않습니다. 이 언어가 서부 방방곡곡에서 들리기를 원치 않는다면, 모든 의심을 버리고 바로 이것이 우리 현자들이 공언했던 것임을 믿어야 합니다. 바로 이것이 대적의 사악함으로 충만한 그의 보물이며, 예전의 그의 위력도 대부분 그 속에 있다는 사실 말입니다. 에레기온의 장인들이 들었고, 자신들이 사우론에게 배신당했음을 깨닫게 된 그 말, 바로 그 암흑기부터 전해 오는 말입니다.

'모든 반지를 지배하고, 모든 반지를 발견하는 것은 절대반지,
모든 반지를 불러 모아 암흑에 가두는 것은 절대반지.'

친구 여러분, 나는 골룸에게서 더 많은 것을 알아냈습니다. 그가 말하지 않으려 했고 또 확실하지 않았지만 틀림없는 사실은, 그가 모르도르에 갔으며 거기서 그가 알고 있는 모든 것을 강제로 털어놓게 되었다는 겁니다. 그리하여 대적은 절대반지가 발견되었고, 오랫동안 샤이어에 비밀리에 보관되고 있었다는 사실을 알게 되었습니다. 그리고 그의 하수인들이 거의 우리의 문 앞까지 그것을 추적해 왔으니 이제 적은 곧, 아니 이 말을 하고 있는 바로 이 순간에 이미 우리가 여기 그것을 가지고 있다는 사실을 알게 되었을 겁니다.”

모두들 한동안 숨을 죽이고 있었다. 마침내 보로미르가 입을 열었다.

“그 골룸이란 놈이 덩치가 작다고 하셨습니까? 작지만 큰 해악을 끼칠 놈이로군요. 그놈은 어떻게 되었습니까? 어떻게 그를 처리하셨지요?”

아라고른이 대답했다.

“그냥 감옥에 갇혀 있을 뿐입니다. 놈은 예전에도 고생을 많이 했습니다. 고문을 심하게 받은 모양인데 사우론에 대한 공포가 아직 마음에 강하게 남아 있었습니다. 어둠숲의 날쌘 요정들이 그를 꼼짝 못 하게 지키고 있어서 다행입니다. 그는 원한도 대단합니다. 그렇게 야위고 지친 몸에서 어떻게 그런 힘이 나오는지 놀랄 지경이었지요. 지금이라도 풀려난다면 놈은 무슨 말썽을 일으킬지 모릅니다. 모르도르를 떠나도록 허락을 받은 것도 분명 무슨 흉계가 있었을 겁니다.”

“아, 큰일이군요!”

갑자기 레골라스가 외쳤다. 아름다운 그 요정의 얼굴에 대단히 근심스러운 표정이 번졌다.

“제가 가져온 소식을 이제는 말씀드려야 할 것 같군요. 나쁜 소식이 될 거라고 짐작은 했지만 그 말씀을 듣고 나니 정말 큰일입니다. 지금 골룸이라고들 부르시는 그 스메아골이 달아났습니다.”

그러자 아라고른은 비명을 질렀다.

“달아났다고! 정말 나쁜 소식이군요! 그 때문에 장차 큰 화를 입지 않을까 두렵습니다. 스란두일 같은 분이 어떻게 그런 실수를 하셨을까요?"

레골라스가 대답했다.

"경계가 소홀해서가 아니라 아마 자비가 지나쳐서 그런 것 같습니다. 그리고 그놈은 외부의 도움도 받은 것 같습니다. 우리의 동태가 외부에 필요 이상으로 알려진 모양입니다. 우리는 힘들기는 했지만 간달프의 부탁대로 주야로 철저하게 감시했습니다. 하지만 그의 몸을 회복시켜 보라는 당부도 있고 해서 차마 지하 토굴에 계속 가둬 둘 수가 없었습니다. 혹시 옛날 하던 대로 더 못된 생각을 할까 봐 걱정도 되고 해서지요."

"당신들은 나한테는 그렇게 친절하지 않았잖소?"

글로인이 눈을 번득이며 말했다. 요정 왕의 깊은 감옥에 갇혔던 옛 기억이 갑자기 되살아난 모양이었다. 그러나 간달프가 그의 입을 막았다.

"자, 잠깐! 친애하는 글로인, 이야기를 막지 마시오. 그 일은 유감스럽게도 오해에서 비롯된 것이었고 벌써 오래전에 풀리지 않았소? 만일 요정과 난쟁이 사이에 있었던 모든 원한을 여기에 다시 끌어들인다면 우린 지금 당장 회의를 그만두는 것이 더 나을 것이오."

글로인이 일어나 절을 했고 레골라스는 이야기를 계속했다.

"맑은 날이면 우리는 골룸을 데리고 숲속을 거닐었습니다. 그곳에는 다른 나무들로부터 떨어진 곳에 그가 자주 올라가던 키 큰 나무가 한 그루 있었습니다. 우리는 가끔 골룸을 가장 높은 가지 끝까지 올려 보내 시원한 바람을 쐬게 했지요. 물론 나무 밑에는 보초를 세웠습니다. 그런데 어느 날 놈이 내려오질 않았습니다. 보초들도 따라 올라갈 마음은 안 들었나 봅니다. 그에게는 손뿐만 아니라 발로도 나뭇가지에 매달리는 재주가 있었습니다. 그래서 그들은 밤늦게까지 나무 밑에 앉아 있었지요.

바로 그 여름날 밤, 달도 없고 별도 없는 칠흑 같은 어둠 속에 오르

451

크들이 갑자기 쳐들어왔습니다. 한참 싸운 끝에 우린 결국 그들을 격퇴했습니다. 그들은 수가 많고 용감하긴 했지만 산을 넘어왔고 또 숲의 지리에 익숙하지 않았으니까요. 싸움이 끝나고 보니 골룸이 없어졌고 보초들도 살해되거나 찾을 수가 없었습니다. 그제야 그 공격이 골룸을 구하기 위한 것이었고, 골룸은 사전에 그 사실을 알고 있었다는 게 자명해졌습니다. 그 탈주가 어떻게 계획되었는지는 모르겠습니다만, 골룸도 교활할 뿐만 아니라 적의 첩자들도 많아졌습니다. 용이 죽던 해에 쫓겨난 그 어둠의 무리들이 더 숫자가 늘어서 돌아왔고, 어둠숲도 우리가 사는 곳을 제외하고는 다시 무서운 땅으로 변해 버렸습니다.

우리는 골룸을 다시 붙잡지 못했습니다. 그의 발자국은 수많은 오르크들과 함께 깊은 숲속을 향하다가 남쪽으로 내려가더군요. 흔적도 곧 사라졌고 더 추격할 용기도 없었습니다. 그곳은 돌 굴두르에 가까웠고, 돌 굴두르는 아직도 우리에게 공포의 대상이니까요."

간달프가 입을 열었다.

"흠, 그렇게 도망쳐 버렸단 말씀이지! 그를 다시 쫓을 시간은 없습니다. 하고 싶은 대로 하도록 내버려 두지요. 골룸이 사우론이나 그 자신도 예상치 못한 역할을 맡게 될지도 모르는 것이니까요.

그러면 지금부터 갈도르의 다른 질문에 대답하지요. 사루만은 어떻게 되었으며, 이런 경우에 그는 어떤 충고를 할 것인가? 자초지종을 말씀드려야겠습니다. 엘론드께서도 간략하게만 알고 계시지요. 그러나 이것은 우리가 결정해야 할 모든 문제와 관련이 있습니다. 그리고 지금까지 진행된 바로는 반지의 긴 내력 중에서 맨 마지막 장이 되는 셈입니다.

6월 말경에 샤이어에 있는데, 까닭 없이 불안한 느낌이 들어 말을 타고 그 좁은 지역의 남쪽 경계로 내려갔지요. 정체 모를 위험이 다가오고 있다는 예감이 들었지요. 곤도르에서 전쟁이 벌어져 밀리고 있다는 소식을 거기서 들었는데, 암흑의 그림자라는 말에는 가슴이 섬뜩했습니다. 그렇지만 내 눈에는 남쪽에서 올라오는 몇몇 피난민들밖에 보이지 않더군요. 물론 말하지 않아도 그들의 얼굴에서 짙은 공포의 그림자를 읽을 수 있었습니다. 그래서 나는 동북쪽으로 방향을 바꿔 초록길을 따라갔습니다. 그러던 중 브리에서 멀지 않은 곳에서 말은 풀을 뜯게 내버려 두고 길가의 둑에 앉아 쉬고 있는 한 여행자를 만났지요. 바로 갈색의 라다가스트였습니다. 그는 한때 어둠숲 변경의 로스고벨에 살았습니다. 그는 나와 같은 마법사인데 몇 해 동안 서로 연락이 끊겼습니다.

'간달프!' 그가 외치더군요. '당신을 찾고 있었는데, 이 근방은 처음이라서요. 내가 전해 들은 건 그저 당신이 샤이어라는 듣도 보도 못한 외딴곳에 있으리라는 것뿐이었소.'

그래서 내가 말했습니다. '제대로 알고 계시군요. 하지만 이곳 주민을 만나면 그렇게 말하지 마시오. 당신은 지금 샤이어 경계에 가까이 왔으니 말이오. 그런데 무슨 일이오? 급한 일인 모양인데. 당신은 특별히 급한 일이 아닌 경우에는 길을 잘 나서지 않는 성미 아니오?'

그랬더니 이렇게 말하더군요. '급한 전갈이오. 상서롭지 못한 소식이지.' 그러고는 마치 산울타리에 귀가 달려 엿듣기라도 하듯 사방을 둘러보고 소리를 낮추더군요. '나즈굴, 그 아홉 나즈굴이 다시 나타났소. 몰래 강을 건너 서쪽으로 오고 있소. 암흑의 기사 복장으로 말이오.'

나는 그제야 까닭 없이 불안했던 이유를 알게 되었습니다. 라다가스트는 말을 계속했지요. '대적은 뭔가 대단히 급하고 중요한 일이 있는 모양이오. 하지만 왜 이렇게 멀리 황량한 오지까지 찾아드는지 이유를 모르겠소.' 그래서 내가 '무슨 말이오?'라고 묻자 그는

이렇게 대답했습니다. '어디를 가든 기사들이 샤이어란 곳에 관해 묻는다고 하오.'

'샤이어라!' 나는 이렇게 말하긴 했지만 가슴이 철렁했습니다. 그 무시무시한 대장까지 포함해서 아홉 나즈굴이 떼 지어 있을 때는 아무리 현자라 해도 상대하기 두려운 법이지요. 먼 옛날 그 대장은 막강한 왕이자 마술사였는데, 지금은 끔찍한 공포의 존재가 되었습니다. 그래서 내가 이렇게 물었지요. '누가 그렇게 말하던가요? 누가 당신을 보냈소?'

'백색의 사루만이오. 필요하면 자기가 도울 수도 있다고 전하라더군요. 단, 도움을 청하려면 빨리 해야지 그렇지 않으면 너무 늦을 거라고 했소.'

그 말을 듣고 나는 희망이 생겼습니다. 백색의 사루만은 우리 마법사들 중에서도 가장 뛰어난 존재이기 때문입니다. 라다가스트 역시 훌륭한 마법사입니다. 그는 색깔을 만들고 바꾸는 데 대가이며, 식물과 짐승 들에 대해 많은 연구를 했기 때문에 특히 새들이 그의 친한 친구들이지요. 하지만 사루만은 오랫동안 대적의 마법을 연구했습니다. 그 덕택에 우리는 종종 적의 기선을 제압할 수 있었고, 돌 굴두르에서 적을 쫓아낸 것도 역시 사루만의 솜씨였습니다. 아홉 나즈굴을 물리칠 수 있는 무슨 무기를 벌써 그가 만들어 놓고 있는지도 모를 일이었지요.

그래서 '내가 가겠소.'라고 말했습니다. 그러자 그는 다시 말하더군요. '그렇다면 지금 바로 가시오. 당신을 찾느라 내가 시간을 너무 지체했으니 말이오. 시일이 촉박하오. 한여름이 되기 전에 당신을 찾아보라는 부탁을 받았는데 이제야 겨우 왔으니. 지금 즉시 출발한다 해도 당신이 그에게 닿기 전에 벌써 아홉 기사들은 자기들이 찾던 곳을 발견했을지도 모르오. 나도 곧 돌아갈 참이오.' 그는 그렇게 말하고 말에 올라타고 떠나려 했습니다.

'잠깐만! 우리는 당신뿐 아니라 도와줄 수 있는 모든 이들의 지원이 필요하오. 우선 당신 친구들인 모든 짐승들과 새들에게도 소식을 전해 주오. 이 문제와 관련 있는 소식이라면 무엇이든 사루만과 간달프에게 가져오라고 부탁해 주시오. 오르상크로 소식을 보내게 말이오.' 그러자 그는 '그렇게 하겠소.'라는 대답과 함께 마치 아홉 나즈굴이 뒤를 쫓기라도 하듯 급히 떠나 버렸습니다.

나는 곧바로 그를 따라갈 수가 없었지요. 그날은 여행을 너무 오래 해서 말뿐만 아니라 나도 무척 지쳤고 또 그 문제를 차근차근 정리해 볼 필요도 있었습니다. 나는 그날 밤 브리에서 묵으면서 샤이어에 돌아갈 시간이 없다고 결정을 내렸습니다. 정말 터무니없는 실수였지요.

그렇지만 프로도에게 편지를 써서 친구인 여관 주인에게 맡기고 그가 오면 전해 달라고 부탁을 했습니다. 그러고는 그날 새벽에 출발해 마침내 사루만이 있는 곳에 당도했습니다. 그곳은 안개산맥 최남단에 있는 아이센가드란 곳인데 로한관문에서 멀지 않은 곳입니다. 보로미르에게 물으면 에레드 님라이스, 즉 그의 고향에 있는 백색산맥의 최북단과 안개산맥 사이에 위치한 널따란 골짜기가 바로 그곳이라고 가르쳐 줄 겁니다. 하지만 아이센가드는 마치 벽처럼 계곡을 둘러싼 환상(環狀)의 가파른 암벽입니다. 그 계곡 한가운데에 오르상크라는 석탑이 있습니다. 석탑은 사루만이 건축한 것이 아니라 오래전 누메노르인들이 세운 것인데, 높이가 아주 높고 많은 비밀을 간직한 듯하면서도 인공물 같은 느낌이 전혀 들지 않는 탑입니다. 아이센가드의 환상지대를 통하지 않으면 그 탑에 들어갈 수 없는데 그 환상지대에는 출입구가 단 하나 있습니다.

어느 날 저녁 늦게서야 아치형 암벽으로 된 문 앞에 도착했는데, 입구의 경비가 삼엄했습니다. 문지기들은 나를 발견하고는 사루만이 기다리고 있다고 하더군요. 아치 밑으로 말을 타고 들어서자 뒤에서 소리 없이 문이 닫히는데 이상하게도 갑자기 두려운 생각이 들었습니다.

그렇지만 오르상크 밑에까지 말을 타고 가서 사루만의 계단에 당도했습니다. 거기서 그는 나를 맞이했고 탑 속의 높은 방으로 인도하더군요. 그는 손에 반지를 끼고 있었습니다.

'드디어 도착하셨군, 간달프.' 그는 엄숙한 표정으로 말했습니다. 그러나 마음속에 차가운 냉소라도 품고 있는 듯 그의 눈가에는 흰 빛이 감돌았습니다.

'그렇소, 백색의 사루만. 당신 도움을 청하러 왔소.' 하지만 어쩐지 사루만은 그 호칭이 마음에 들지 않는 듯한 기색이었습니다.

그는 비웃듯 되물었지요. '정말이오, '회색'의 간달프? 도움을 청한다고? 회색의 간달프가 도움을 청한다는 말은 처음 듣는구려. 그렇게 현명하고 지혜롭고, 들판을 쏘다니며 남의 일에 참견하지 않는 데가 없는 간달프께서 말이야!' 나는 놀라서 그를 쳐다보며 이렇게 말했습니다. '내가 잘못 들은 것인지 몰라도, 지금 사태는 우리 모두가 힘을 합쳐야 할 만큼 급박하게 돌아가고 있소.' 그는 이렇게 응수하더군요. '그럴 수도 있겠지만 너무 늦게 깨달은 것 같소. 그런데 당신은 백색회의의 의장인 내게 지극히 중요한 문제를 오랫동안 숨겼소. 그걸 안 지 얼마나 됐소? 그리고 샤이어의 은신처에 숨어 있으려면 곱게 있을 것이지 뭐 하러 이제야 나타났소?'

그래서 내가 설명했지요.

'아홉 기사가 다시 나타났소. 라다가스트가 그러더군. 강을 이미 건넜다고.'

사루만은 이제 조롱을 감추지도 않고 웃어 댔습니다.

'갈색의 라다가스트라! 새 조련사 라다가스트! 저능아 라다가스트! 명청이 라다가스트! 그 명청이는 내가 맡긴 임무만은 썩 잘 해냈단 말이야. 당신이 여기 나타났으니 말이오. 내가 전갈을 보낸 목적

456

은 바로 당신을 이리로 오게 하려는 것이었소. 자, 회색의 간달프, 여기 묵으면서 여독을 푸시오. 난 현자 사루만이자, 반지세공사 사루만, 다색(多色)의 사루만이오!'

나는 그제야 전에는 흰색이던 그의 옷이 이제는 다채로운 색깔로 변했음을 알아챘습니다. 그리고 그가 움직일 때마다 빛깔은 눈부실 만큼 현란하게 반짝이며 변했습니다. 나는 '흰색이 더 좋은 것 같군.'이라고 말했습니다.

그러자 그는 이렇게 대답했습니다. '흰색! 시작할 때는 그 색이 적격이지. 흰색은 염색을 할 수도 있고, 흰 페이지는 글을 적을 수도 있고, 흰 빛은 쪼개질 수도 있으니 말이오.'

'그럴 경우에 그것은 더는 흰색이 아니오. 어떤 사물의 진실을 발견하기 위해 그것을 파괴한다면 그는 이미 지혜의 길을 벗어난 것이오.'

'당신이 친구로 여기는 그 바보들 중의 하나에게 하듯 내게 설교할 필요는 없소. 내가 당신을 여기 부른 것은 가르침을 받기 위해서가 아니라 기회를 주기 위해서요.'

그리고 그는 몸을 꼿꼿이 세우고 마치 오랫동안 준비해 온 연설이라도 하듯 이야기를 시작했습니다. '상고대는 지나갔고 지금 이 중시대도 끝나면 곧 신시대가 도래할 것이오. 그와 함께 요정들의 시대가 끝나고 우리의 시대가 임박했다는 뜻이오. 우리가 지배해야 할 인간들의 세계 말이오. 그러자면 이 만물을 우리 뜻대로 정리할 수 있는 힘이 있어야 하오. 물론 그것은 우리 현자들만이 볼 수 있는 최고의 선을 실현하기 위함이오. 그러니 영원한 내 친구이자 협력자인 간달프, 들어 보시오!'

그리고 그는 가까이 다가와서 더욱더 부드러운 소리로 이야기를 계속했습니다. '난 방금 우리라고 했소. 그러나 그건 당신이 내 뜻에 찬성한다는 전제하의 이야기요. 새로운 세력이 떠오르고 있소. 옛날의 구태의연한 동맹이나 연합으로는 막아 낼 수도 없고, 요정이나 쓰러져 가는 누메노르인들에게도 아무런 희망을 걸 수 없소. 당신 앞에, 그리고 우리 앞에는 선택할 수 있는 길이 하나 있소. 그 세력에 동참하는 것 말이오, 간달프. 그것이 현명한 길이오. 그 길에는 희망이 있소. 승리는 목전에 있으니까 그들에게 협력한다면 후한 보상이 있을 것이오. 그 세력이 강해질수록, 검증된 친구들도 늘어날 거요. 당신과 나 같은 현자들은 참을성 있게 견디기만 하면 결국에는 그들의 방향을 통제할 수 있고, 그들을 지배할 수 있게 될 거요. 우리는 우리의 생각을 마음속에 넣어 두고 때를 기다릴 수 있소. 우리의 고상하고 궁극적인 목적, 즉 지식과 규율, 질서를 마음에 새기고만 있다면 그 과정의 오류와 잘못은 잠시 용납될 수 있을 거요. 그렇게만 된다면, 우리의 나약하고 게으른 친구들이 항상 도와준다면서 방해하기만 하던 그 모든 목적을 드디어 이룰 수 있을 것이오. 우리의 계획에는 아무런 실질적 변화가 없을 뿐 아니라 그럴 필요도 없소. 다만 방법상의 차이만 있을 뿐이오.'

　그래서 나는 이렇게 답했지요. '사루만, 난 전에도 이런 말을 여러 번 들었는데, 그것은 무지한 사람들을 속이기 위해 모르도르에서 보낸 사자들의 입을 통해서였소. 당신이 그런 터무니없는 이야기를 하려고 나를 부르리라고는 상상도 못 했소.'

　그러자 그는 나를 곁눈질로 바라보더니 잠시 생각에 잠겨 있더군요. '흠, 이 현명한 제안이 마음에 들지 않는다 그 말이군. 그런가? 그렇다면 더 나은 방법이 있는데, 어떻소?'

　그는 다가와 긴 손으로 내 팔을 잡았습니다. '간달프, 이건 어떻소? 절대반지 말이오! 우리가 그것만 손에 넣는다면 그 세력도 결국 우리에게 넘어올 거요. 내가 당신을 부른 진짜 목적은 이것이오. 내가 사방에 풀어 놓은 소식통들에게서 당신이 이 소중한 것의 소재를 알고 있다는 이야기를 들었소. 그렇지 않소? 그렇지 않다면 왜 아

홉 나즈굴이 샤이어를 찾고 있으며, 당신은 거기서 무엇을 한 거요?'
이 말을 하는 그의 두 눈에는 언뜻 숨길 수 없는 탐욕이 번득였습
니다.

나는 그에게서 물러서며 말했지요. '사루만, 당신도 잘 알다시피
한 번에 오직 하나의 손만이 반지를 지배할 수 있소. 그러니 억지로
우리라고 말하지 마시오! 여하튼 나는 그 말에 동의할 수 없고 이제
당신의 본심도 알았으니 반지의 소식은 결코 알려 줄 수 없소. 당신
은 백색회의의 의장이었지만 결국 가면을 벗고 말았어. 그러니 당신
의 선택이라는 것은 결국 사우론이나 당신에게 굴복하란 뜻이 분명
하오. 난 두 가지 다 택하지 않겠소. 다른 제안은 없소?'

그의 얼굴은 이제 차갑고 무섭게 변했습니다. '있지. 난 자네가 순
순히 지혜의 길을 택할 것이라 기대하지 않았네. 그럼에도 난 당신
이 자발적으로 나를 돕고 당신의 근심과 고통을 덜어 낼 기회를 주
었네. 세 번째 길은 여기서 쉬는 거야. 영원히!'

'영원히라고?'

'절대반지의 위치를 내게 말할 때까지 말이야. 당신을 설득할 방
법을 찾아봐야지. 아니면 마음에 안 들겠지만 반지가 발견될 때까
지 여기 있을 수밖에. 그러면 반지의 지배자께서는 좀 더 사소한 문
제에 신경 쓸 여유도 생기시겠지. 가령 회색의 간달프가 오만 무례
하게 굴면서 일을 훼방한 데 대한 적절한 보상 같은 것 말이지.'

'그렇게 사소한 문제는 아닐 거요.' 나는 그렇게 응수했지만 그는
나를 비웃었습니다. 내 말이 공허한 빈말일 뿐임을 알고 있었기 때
문이지요.

그들은 나를 끌고 가 오르상크의 첨탑 위에 홀로 남겨 두었습니
다. 사루만이 별을 관찰하던 곳이지요. 거기서 빠져나가는 유일한
길은 수천 개의 계단으로 된 좁은 층계밖에 없었고 발밑은 천 길 낭

떠러지였습니다. 나는 계곡을 내려다보고 한때 그렇게 푸르고 아름답던 곳이 이제 온통 지하 요새와 대장간으로 가득 찼음을 알았습니다. 사루만은 아이센가드에 늑대와 오르크 들을 끌어모아 엄청난 무력을 조성하고 있었습니다. 그는 벌써 사우론의 수하에 들어간 것이 아니라, 아직은 그와 대항하여 자신의 이익을 지키려는 것이었습니다. 그가 만들어 놓은 요새 위로 온통 시커먼 안개가 자욱했고, 오르상크도 안개에 둘러싸여 있었습니다. 말하자면 나는 운해로 둘러싸인 고도에서 탈출의 희망이라고는 전혀 보이지 않는 고통의 나날을 보냈습니다. 혹독한 추위 속에서 한 평도 안 되는 공간을 서성이며 북으로 진격해 올라오는 아홉 나즈굴을 걱정하고 있었던 겁니다.

사루만의 말은 거짓일 수도 있지만 나즈굴이 다시 나타난 것만은 분명한 사실 같았습니다. 아이센가드로 가던 중 거의 확실한 소식을 들었기 때문이지요. 샤이어에 있는 친구들이 매우 염려스러웠지만 일말의 희망이 그래도 남아 있었습니다. 나는 프로도가 내가 편지에 부탁한 대로 즉시 샤이어를 떠나, 적의 추격이 시작되기 전에 깊은골에 도착하기를 바랐습니다. 하지만 나의 희망이나 공포는 둘 다 근거가 희박했습니다. 왜냐하면 희망은 브리의 뚱보에게 달려 있었고, 공포는 사우론의 교활함을 지나치게 두려워한 것이었으니까요. 사실 그 뚱보는 손님들 시중 때문에 바빴고, 사우론의 힘도 걱정한 것만큼 무서울 정도는 아니었습니다. 하지만 아이센가드라는 함정에 홀로 갇힌 상태에서는, 보기만 해도 소름 끼치는 적의 기사들이 샤이어에서 헤매고 있을 거라고는 상상도 할 수 없었지요."

그때 프로도가 소리쳤다.

"저는 마법사님을 보았어요! 앞뒤로 서성이고 계셨는데 머리에서 달빛이 반사되더군요."

그러자 간달프는 놀라서 이야기를 멈추고 그를 바라보았다. 프로도가 계속했다.

"그저 꿈이었어요. 지금 막 기억이 나는군요. 잊고 있었는데 방금 생각이 났습니다. 샤이어를 떠난 뒤인 것 같아요."

다시 간달프가 말을 이었다.

"이야기를 들어 보면 알겠지만 그 일이 있고 난 뒤였군. 그때는 정말 비참했습니다. 내가 그런 궁지에 빠진 적이 한 번도 없었으니, 아마 나를 잘 아는 분들은 내가 그런 곤경을 잘 견딜 수 있었을까 걱정하시는지도 모릅니다. 회색의 간달프가 파리처럼 거미줄에 걸리다니 말입니다! 하지만 아무리 정교한 거미줄이라도 허점은 있기 마련입니다.

처음에 나는 사루만이 말한 대로 라다가스트 역시 배반자가 되었을지도 모른다고 생각했지요. 하지만 길에서 만났을 때 그의 음성이나 눈길에서 무슨 이상한 낌새를 눈치챌 수는 없었어요. 그랬더라면 아이센가드에 가지도 않았을 것이고, 가더라도 좀 더 조심했을 겁니다. 사루만 역시 그런 계산을 했을 것이니 라다가스트에게 속을 보이지 않고 속인 것이지요. 사실 정직한 라다가스트를 유혹해 배반하게 만든다는 것은 거의 불가능한 일입니다. 그래서 그는 나를 진정으로 찾아다녔고 나도 그의 말을 믿은 것이지요.

그러나 사루만의 음모는 바로 그 점 때문에 헝클어지기 시작했습니다. 라다가스트는 내가 부탁한 대로 하지 않을 아무런 이유가 없던 것이지요. 그는 자신의 옛 친구들이 많이 살고 있는 어둠숲으로 들어갔습니다. 안개산맥의 독수리들은 멀리까지 날아다니기 때문에 많은 것을 볼 수 있습니다. 늑대와 오르크 들이 모이는 것도 보았고, 아홉 기사들이 여기저기 출몰하는 모습과 골룸이 도망쳤다는 소식도 들었습니다.

그래서 여름이 물러갈 즈음 어느 날 달이 뜬 밤에 그들은 이 소식을 내게 전하려고 사자를 보냈습니다. 그리하여 바람의 왕 과이히르가 뜻밖에도 오르상크에 나타나게 된 겁니다. 그는 위대한 독수리들 중에서도 가장 빠른 독수립니다. 독수리는 탑 꼭대기에 서 있던 나를 발견했고, 그래서 사루만이 눈치채기 전에 나를 그곳에서 벗어나게 해 달라고 부탁했지요. 늑대와 오르크들이 나를 쫓아 오르상크를 출발할 무렵엔 이미 아이센가드에서 멀리 벗어나 있었습니다.

난 과이히르에게 날 어디까지 데려다줄 수 있는지 물었습니다. '아주 멀리까지라도 가능합니다. 하지만 땅끝까지는 안 됩니다. 나는 짐을 나르러 온 것이 아니라 소식을 전하러 온 거니까요.' 그래서 내가 '그렇다면 말이 있는 곳으로 가세. 가장 빠른 말이어야 하네. 지금 매우 화급한 문제가 생겼거든.' 이라고 했더니, '그러면 로한 왕이 있는 에도라스로 모셔 드리지요. 거긴 멀지 않습니다.'라고 하더군요. 로한의 리더마크 땅에는 로히림, 곧 말의 명인들이 살기 때문에 나도 동의했습니다. 안개산맥과 백색산맥 사이의 거대한 골짜기에서 자라는 말보다 훌륭한 말은 세상 어디에도 없습니다. 나는 다시 물었습니다. '로한인들은 아직 믿을 만한가?' 사루만의 배반에 워낙 놀랐기 때문에 의심한 거지요. '그들은 말을 공물로 바칩니다. 해마다 모르도르에 꽤 많은 말을 보낸다는 소문이 있습니다만, 아직 그들의 지배하에 들지는 않았지요. 만일 당신 말씀대로 사루만이 악의 길에 들어섰다면 로한의 종말도 멀지 않은 셈이지요.'

과이히르는 동트기 바로 전에 나를 로한에 내려 주었습니다. 이야기가 너무 길어졌군요. 이제부터는 간단하게 말씀드리겠습니다. 로한에도 벌써 악의 세력이 손을 뻗치고 있었습니다. 사루만의 감언이설에 넘어간 거지요. 로한 왕은 내 경고는 전혀 들을 생각도 않고 말을 한 필 줄 테니 떠나라고 하더군요. 그래서 나는 가장 날렵해 보이는 말을 골랐습니다. 내게는 무척 마음에 드는 선택이었지만 왕에게는 별로 달갑지 않은 일이었겠지요. 난 가장 훌륭한 말을 택했습니다. 지금까지 그렇게 멋진 말은 본 적이 없었지요."

그러자 아라고른이 말했다.

"그렇다면 혈통이 좋은 말인가 보군요. 하지만 무엇보다도 사우론이 말을 공물로 받는다는 건 정말 슬픈 소식입니다. 내가 지난번에 로한에 갔을 때만 해도 그렇지는 않았는데 말입니다."

그때 보로미르가 끼어들었다.

"맹세컨대 지금도 그렇지 않습니다. 그건 대적의 거짓말입니다. 저는 로한인들을 압니다. 진실하고 용감한 민족이지요. 우리가 옛날에 양도한 땅에서 살고 있는 우리의 동맹국입니다."

그러자 아라고른이 대답했다.

"모르도르의 그림자는 사방에 깔려 있소. 게다가 사루만이 그들의 코앞에 있으니 로한은 함락된 거나 마찬가지요. 당신이 돌아가는 길에 들러 보면 어떤 일이 벌어지고 있을지 모르지요."

"적어도 그들은 말을 팔아서 목숨을 부지하는 일은 하지 않을 겁니다. 그들은 말을 친족처럼 아낍니다. 리더마크의 말은 암흑의 땅과는 거리가 먼 북부 평원 태생이고 그들의 혈통은 주인들과 마찬가지로 먼 옛날 자유의 시대부터 이어지기 때문입니다."

그러자 간달프가 말했다.

"보로미르의 말이 맞소. 내가 탄 그 말은 어쩌면 역사의 첫 새벽에 태어난 말일지도 모릅니다. 아홉 기사의 말도, 바람처럼 빠르고 지칠 줄 모르는 그 말과는 비교가 되지 않습니다. 그 준마의 이름은 샤두팍스지요. 낮에는 털이 은빛으로 빛나고 밤에는 마치 어둠 속의 그림자처럼 흔적 없이 달립니다. 발굽 소리의 경쾌함이란 이루 다 표현할 수가 없지요. 아무도 그 말을 타지 못한 모양인데 내가 타면서 길을 들였습니다. 속도가 얼마나 대단한지 로한을 출발한 것과 프로도가 호빗골을 떠난 것이 거의 동시일 텐데, 프로도가 고분구릉에 있을 때 난 벌써 샤이어에 도착했을 정도입니다.

　그러나 달리면서도 걱정이 앞섰지요. 북쪽으로 올라오는 내내 기사들의 소식을 들었고 밤낮으로 그들을 따라잡았으나 그들은 여전히 내 앞에 있었으니까요. 내가 알기로 그들은 세력을 분산시켰습니다. 일부는 초록길에서 멀지 않은 샤이어 동쪽 경계에 남았고, 일부는 남쪽에서 샤이어로 잠입했습니다. 내가 호빗골에 도착했을 때 프로도는 이미 떠나고 없더군요. 그래서 감지 영감과 이야기를 몇 마디 나누었는데 말만 많았지 중요한 이야기는 별로 없었습니다. 영감은 골목쟁이집의 새 주인에 대해 영 못마땅한 모양이더군요. 계속 이런 불평을 늘어놓았습니다. '변해도 이렇게 변할 수가 없어요. 내 평생에 이런 꼴을 보다니! 최악의 상황이라니까요!' 그는 몇 번씩이나 최악이라는 말을 하더군요.

　그래서 나는 '최악이란 좋은 말이 아니네, 영감. 정말 최악의 경우를 당하면 어쩌려고 그러나?' 하고 위로해 주었습니다. 그렇지만 나는 그의 이야기에서 프로도가 호빗골을 떠난 지 일주일이 채 안 되었고, 바로 그날 저녁 암흑의 기사들이 언덕으로 몰려왔다는 사실을 알아냈습니다. 나는 두려움에 사로잡혀 급히 말을 몰았지요. 노릇골에 도착해 보니 아니나 다를까 벌써 막대기로 개미집을 쑤신 듯 큰 소동이 벌어졌더군요. 크릭구렁의 집은 모조리 난장판이 되어 문이 열려 있고 아무도 보이지 않았습니다. 문간에 떨어져 있던 프로도의 망토를 본 순간 거의 절망적이었지요. 주위를 둘러보고 무슨 소식이라도 들었다면 다소 마음이 놓였겠지만 워낙 급하고 경황이 없었습니다. 곧바로 말을 타고 기사들을 뒤쫓았지요. 하지만 그들은 여러 방향으로 뿔뿔이 흩어져 버려 도무지 방향을 종잡을 수가 없더군요. 속수무책으로 망설이다가 적어도 그들 중 한두 명은 브리로 갔을 거라는 생각이 번뜩 들더군요. 그리고 여관 주인을 생각하니 새삼스럽게 분통이 터지기도 해서 그쪽으로 향했습니다. 여관 주인이 뭔가 들은 말이 있을 거란 생각을 한 거지요.

그리고 '그 영감 이름이 머위(Butterbur)라고 했지! 만일 프로도가 그 영감 때문에 출발이 늦어졌다면 그 이름 그대로 온몸에다 버터를 바르고 숯불에 올려 로스구이를 만들어야겠어.' 그런 생각을 하며 여관에 들어갔습니다. 머위네는 나를 보자마자 사색이 되어 땅바닥에 납작 엎드리더니 땅속으로 꺼질 듯한 시늉을 하더군요."

그러자 프로도가 놀라 외쳤다.

"설마 그를 혼내진 않으셨겠지요? 그는 아주 친절했고 할 수 있는 한 최선을 다했습니다."

간달프는 웃었다.

"걱정 말게! 물어뜯지는 않고 살짝 짖어 주기만 했지. 그의 이야기를 듣고 내가 무척 기뻐하자 그제야 떠는 걸 멈추더군. 그래서 그 늙은이를 힘껏 안아 주었지. 그땐 자초지종을 짐작조차 할 수 없었지만, 어쨌든 자네가 그 전날 밤 브리에서 묵고 아침에 성큼걸이와 함께 떠났다는 걸 알았네. 난 너무 기뻐서 이렇게 외쳤지. '성큼걸이라고!' 그러자 머위네는 내 뜻을 오해하고는 이렇게 변명하더군. '그렇습니다. 걱정이 됩니다만 사실이에요. 그가 먼저 그들 일행에게 접근했고 제가 말렸는데도 그들은 그와 함께 떠났어요. 그들은 여기 있는 동안 아주 즐겁게 지냈지요. 멋지게 한바탕 놀았답니다.' 그래서 난 이렇게 말해 주었지. '멍청이! 바보! 위대하고 사랑스러운 우리의 보리아재! 이건 지난여름 이후 내가 들은 최고의 소식일세. 적어도 금덩이 하나쯤의 가치는 있는 거야. 자네 맥주에 앞으로 7년 동안 마법의 맛이 깃들기를 바라네! 이제야 좀 쉴 수 있겠군. 잠자리에 들어 본 게 언젠지 까마득하군.'

그래서 나는 기사들이 어디 있을까 궁금해하며 그날 밤을 브리에서 묵었습니다. 그때까지 브리에는 그들 중 단둘만 나타난 것 같았습니다. 하지만 밤중에 소식을 더 들었습니다. 적어도 다섯 기사가 서쪽에서 나타나 마을 입구의 문을 부수고 들어와 일진광풍처럼 브리를 휩쓸고 지나갔다는 겁니다. 그래서 브리 사람들은 아직도 공포에 떨면서 말세가 가까웠다고 중얼거리고 있지요. 나는 동이 트기 전에 일어나 그들의 뒤를 따랐습니다.

확실치는 않지만 추리를 하자면 이렇습니다. 그들의 대장은 브리 남쪽 은밀한 곳에 숨어 있었고, 둘만 먼저 마을로 들어왔습니다. 그리고 넷은 샤이어로 쳐들어간 겁니다. 그러나 브리와 크릭구렁에서 실패하자 그들은 다시 대장에게 되돌아간 것이죠. 그 바람에 동부대로는 그들의 첩자들만 감시를 할 뿐 경계가 다소 소홀해졌습니다. 대장은 그들 중 일부는 들판을 가로질러 동쪽으로 똑바로 가게 하고, 자신은 분노를 삭이지 못한 채 나머지와 함께 동부대로를 따라 계속 올라온 겁니다.

나는 질풍처럼 달려서, 브리를 떠난 지 둘째 날 해가 지기 전에 바람마루에 이르렀습니다. 그들이 눈앞에 나타났지요. 그러나 그들은 내가 분노한 것을 알았고, 또 하늘에 해가 아직 떠 있었기 때문에 일단 뒤로 물러서더군요. 밤이 되니 그들은 점점 거리를 좁혀 산꼭대기의 아몬 술 원형지대에서 드디어 나를 둘러쌌습니다. 나 혼자 그들 모두를 상대하기는 정말 벅찼습니다. 아마 옛날 봉화를 피운 이래로 바람마루가 그렇게 빛과 불꽃으로 번득인 적은 없었을 겁니다.

동틀 녘에야 나는 겨우 포위망을 벗어나 북쪽으로 달렸습니다. 거기 더 있어 봤자 소용이 없었기 때문이지요. 우선 그 넓은 산을 다 뒤져서 프로도를 찾아낸다는 게 불가능할 뿐 아니라, 아홉 나즈굴을 뒤에 달고 그를 찾는다는 것은 더 어리석은 일이기 때문이었지요. 그래서 일단 아라고른을 믿기로 했습니다. 그리고 그들 중 일부를 유인하면서 프로도보다 먼저 깊은골에 도착해 대책을 강구하기로 결정했습니다. 네 명의 기사가 따라오다가 돌아갔는데 지금 와서 보니 그들은 브루이넨여울로 간 것 같습니다. 그것이 프로도에게는 다행이었지요. 그들이 프로도 일행의 야영지를 습격할 때는 아홉이 아니라 다섯뿐이었으니 말입니다.

나는 흰샘강 상류로 올라가서 에튼황야를 지나 다시 남쪽으로 내려오는 어려운 길을 거쳐 마침내 여기에 도착했습니다. 바람마루에서 여기까지 거의 열닷새가 걸렸지요. 우선 트롤고원 암벽 지대에서는 말을 탈 수 없었고, 게다가 샤두팍스가 떠났기 때문이었습니다. 샤두팍스를 주인에게 돌려보내기는 했지만, 우리는 우정이 깊어졌기에 내가 부르면 언제나 다시 찾아오리라 생각됩니다. 하여간 그 때문에 나는 반지보다 겨우 이틀 먼저 여기 도착한 것이지요. 이미 프로도가 위험에 처했다는 소식은 여기에 알려져 있었고, 그것은 사실로 입증되었습니다.

프로도, 이것이 내 이야기의 끝일세. 엘론드와 여러분께서는 이 야기가 너무 길었던 점을 양해해 주십시오. 하지만 간달프가 약속을 어기고 제시간에 나타나지 않았다는 사실은 예전에 없던 일이니만큼 반지의 사자에게 그 이유를 분명히 해명할 필요가 있다고 생각했습니다. 이제 내 이야기는 모두 끝났습니다. 우리는 여기에 모였고 반지도 여기 있습니다. 하지만 우리의 목적에 한 걸음도 접근하지 못했습니다. 이제 어떻게 해야 할까요?"

침묵이 흐른 뒤 마침내 엘론드가 입을 열었다.

"사루만의 배신은 슬픈 일입니다. 그를 믿었고, 또 우리의 논의에 그가 항상 깊이 개입했기 때문에 더욱 그렇습니다. 대적의 기술을 깊이 연구한다는 것은 그 의도가 선하든 악하든 간에 위험합니다. 하지만 그와 같은 타락과 배신은 유감스럽게 옛날에도 있었습니다. 우리가 오늘 들은 이야기 중에서는 프로도의 이야기가 가장 놀랍습니다. 나는 여기 있는 빌보 말고는 호빗들을 거의 모릅니다만, 이제 보니 빌보도 내 생각처럼 특이하거나 괴짜 호빗은 아닌 것 같군요. 내가 지난번 서쪽으로 여행한 이후 세상은 많이 바뀌었습니다.

우리가 아는 고분악령들은 여러 가지로 불립니다. 묵은숲에 대해서도 많은 이야기가 전해 오지만 지금 남은 지역은 과거 북쪽 변경의 일부일 뿐이지요. 옛날에는 다람쥐들이 지금의 샤이어에서 아이센가드 서쪽 던랜드까지 나무만 타고 다닐 수 있었던 적도 있습니다. 언젠가 그곳을 여행했는데 신기한 야생 동식물들을 많이 알게 되었습니다. 하지만 봄바딜을 까맣게 잊고 있었어요. 그 옛날 언덕을 뛰어다니던 바로 그 인물이 맞는지 몰라도, 그는 그때 이미 무척 나이가 많았습니다. 그때는 그 이름이 아니었습니다. 우리는 그를 '나이가 많고 아버지가 없다'는 뜻으로 야르와인 벤아다르라고 불렀습니다만, 그 밖에 다른 종족이 붙인 이름도 많았지요. 난쟁이들은 포른이라 불렀고, 북부인들은 오랄드라고 불렀습니다. 이상한 인물이지요. 오늘 회의에 초청했으면 좋았을걸 그랬어요."

"오지 않았을 겁니다."

간달프가 말했다. 그러자 에레스토르가 물었다.

"지금이라도 연락해서 그의 도움을 청하는 게 어떻겠습니까? 그는 이 반지에 영향력을 행사할 수 있을 것 같은데요."

그러나 간달프는 반대했다.

"아니요. 난 그렇게 생각하지 않습니다. 차라리 그에게 반지가 아무 영향력을 행사하지 못한다는 편이 옳겠지요. 그는 그 자신의 주인입니다. 반지를 변화시킬 수도 없고 또 타인에 대한 반지의 힘을 사라지게 할 수도 없습니다. 게다가 지금은 아무도 찾을 수 없는 자신의 조그만 땅에 머물러 있습니다. 아마도 세월이 바뀌기를 기다리고 있을 것이니, 밖으로는 나오지 않겠지요."

에레스토르가 다시 말했다.

"그의 영역 내에선 아무도 그를 괴롭히지 못하는 것 같군요. 그렇다면 그가 반지를 그곳에 영원히 간직하면 어떻겠습니까?"

"안 됩니다. 십중팔구는 맡지 않으려 할 겁니다. 물론 온 세상의 자유민들이 모두 그에게 간청한다면 승낙할지도 모르지요. 하지만 그는 왜 그래야 하는지 이해하지 못할 겁니다. 그에게 반지를 준다면 그는 곧 그걸 잊거나 멀리 던져 두기 십상입니다. 그런 것은 그에게 아무 매력이 없습니다. 따라서 그는 매우 불안한 관리인이 되겠지요. 이것만으로도 충분한 답이 될 겁니다."

간달프의 말이 끝나자 글로르핀델이 말했다.

"여하튼 그에게 반지를 보내는 것은 결국 최후의 날을 연기하는 것밖에는 안 됩니다. 그는 지금 멀리 있습니다. 적의 첩자들에게 들키지 않고 다시 거기까지 간다는 것도 불가능합니다. 설령 그렇게 할 수 있더라도 조만간 반지의 제왕은 반지를 숨긴 곳을 찾아낼 것이고, 그러면 모든 힘을 그리로 기울일 겁니다. 봄바딜 혼자서 그 힘을 막을 수 있을까요? 나는 불가능하다고 봅니다. 결국 모두가 정복되면 봄바딜도 쓰러지고 말겠지요. 최초에 났으니 최후에 쓰러질 법도 하지 않습니까. 그리고 그다음엔 어둠이 덮칠 겁니다."

이번에는 갈도르가 나섰다.

"야르와인에 대해선 이름밖에 아는 게 없지만, 내 생각에도 글로르핀델의 의견이 옳은 것 같습니다. 대적에게 대항할 수 있는 힘이 이 대지 자체에 없다면 그에게도 없습니다. 반대로 사우론에겐 높은 산조차 파괴하고 변형시킬 힘이 있음을 우리는 압니다. 지금 남은 세력이라고는 이곳 임라드리스의 우리와 회색항구의 키르단, 그리고 로리엔뿐입니다. 하지만 다른 모든 곳이 쓰러지고 마지막으로 사우론이 쳐들어올 때, 그들이 대적을 막아 낼 수 있겠습니까, 우리가 막아 낼 수 있겠습니까?"

그러자 엘론드가 대답했다.

469

"내게는 그럴 만한 힘이 없습니다. 그들도 불가능하지요."

"그렇다면 적에게 강제로 반지를 빼앗기지 않기 위해서 우리가 취할 수 있는 방법은 두 가지뿐입니다. 바다 저쪽으로 보내든 파괴하든 둘 중 하나입니다."

글로르핀델이 말하자 다시 엘론드가 대답했다.

"간달프의 말에 의하면 우리의 기술로는 반지를 파괴하는 것이 불가능하다고 합니다. 그리고 바다 저편의 이들도 그것을 받아들이지 않을 겁니다. 좋든 싫든 그것은 가운데땅에 속한 것이므로 여기 있는 우리가 처리해야 합니다."

글로르핀델이 다시 말했다.

"그렇다면 바닷속에 던져 버립시다. 사루만의 거짓말을 사실로 만드는 겁니다. 우리가 회의를 하고 있는 이 시간, 이미 그의 발길은 악의 길로 들어서 있음이 분명해졌습니다. 그는 반지가 완전히 사라지지 않았다는 사실을 알면서도 우리에게는 그렇게 믿게 했습니다. 사실 그 자신이 반지를 노리면서 그렇게 말한 것이지만 종종 거짓말에도 진실이 담겨 있을 때가 있습니다. 바닷속이라면 반지는 안전할 것입니다."

그러자 다시 간달프가 나섰다.

"영원히 안전한 것은 아닙니다. 깊은 물속에도 적의 첩자가 있을 수 있습니다. 그리고 바다와 육지는 변하게 마련입니다. 우리가 여기 모인 것은 한 계절이나 일부의 생물들, 아니면 한 시대만을 염려하기 위함이 아닙니다. 과연 가능할지 모르지만 이 골칫거리를 영원히 제거할 수 있는 궁극적인 해결책을 찾아야 합니다."

이번에는 갈도르가 말했다.

"바다는 해결책이 못 됩니다. 만일 야르와인에게 보내는 것이 위험하다면 바다에 던져 버리는 것은 훨씬 더 위험합니다. 제 직감으로도 사우론이 현재의 상황을 보고받는다면 분명 서쪽으로 가는 길에서 우리를 기다릴 겁니다. 틀림없습니다. 지금은 아홉 기사들이 말을 잃은 상태지만, 그것도 잠시뿐 곧 더 날쌘 새 말로 갈아탈 겁니다. 해안선을 따라 북으로 진군하는 길과 사우론 사이에는 기울어 가는 곤도르의 세력만 있을 뿐입니다. 만일 그가 백색탑과 회색항구를 공격한다면 앞으로 요정들은 가운데땅의 깊어 가는 어둠에서 탈출할 길이 없어지는 거지요."

그러자 보로미르가 나섰다.

"그 진군은 당분간은 가능하지 않습니다. 곤도르가 기울어 간다고 말씀하셨지만 아직은 건재합니다. 마지막 순간까지도 곤도르는 매우 용감합니다."

"하지만 당신들의 군세도 아홉 나즈굴을 막을 수는 없습니다. 또한 그들은 곤도르가 지키지 않는 다른 길을 찾아낼 겁니다."

갈도르가 말하자 에레스토르가 나섰다.

"그렇다면 글로르핀델이 이미 말한 대로 길은 두 가지밖에 없습니다. 반지를 영원히 숨기든 아니면 파괴하는 것이지요. 하지만 둘 다 우리의 능력 밖의 일입니다. 누가 이 수수께끼를 풀 수 있겠습니까?"

그러자 엘론드가 엄숙하게 말했다.

"이 자리에 있는 누구도 풀 수 없습니다. 만일 우리가 두 가지 방법 중 하나를 택한다면 어떤 일이 일어날지 아무도 예측할 수 없습니다. 하지만 내가 보기엔 이제 우리가 어떤 길을 택해야 할지 분명해진 것 같습니다. 서쪽으로 가는 길은 가장 쉬운 길이지요. 그렇기때문에 그 길은 피해야 합니다. 틀림없이 그들이 감시하고 있을 겁니다. 요정들이 그 길로 탈출한 적이 한두 번이 아니니까요. 결국 우리는 어려운 길, 아무도 예견하지 못할 길을 찾아야 합니다. 혹시 희망이 있다면 그 길뿐일 것입니다. 위험 속으로 뛰어드는 거지요. 모르도르로 말입니다. 우리는 반지를 불의 산 분화구로 던져 넣어야 합니다."

다시 침묵이 흘렀다. 프로도는 반짝이는 햇빛과 맑은 물소리로 가득 찬, 계곡이 한눈에 내려다보이는 이 아름다운 저택에 앉아 있으면서도 막막한 어둠의 공포를 느꼈다. 보로미르가 몸을 움직였고 프로도가 그것을 보았다. 그는 손가락으로 커다란 뿔나팔을 만지면서 얼굴을 찡그렸다. 마침내 보로미르가 입을 열었다.

"저는 이런 논의를 정말 이해할 수가 없습니다. 사루만은 배신자이긴 하지만 중요한 암시를 해 준 게 아닙니까? 왜 반지를 숨기거나 파괴하는 것만 생각하시는 겁니까? 반지가 우리 손에 들어왔는데 이처럼 위급할 때 그것을 사용하는 게 좋지 않습니까? 우리 자유국의 군주들은 반지의 힘으로 대적을 이길 수 있을 겁니다. 대적이 가장 두려워하는 것도 바로 그것입니다. 곤도르인들은 용감합니다. 우리는 결코 항복하지 않을 겁니다. 그러나 우리도 언젠가는 패배할지도 모릅니다. 용기는 먼저 힘을 필요로 하고, 그다음엔 무기를 필요로 합니다. 여러분이 말씀하신 대로 반지에 그처럼 놀라운 힘이 있다면 반지를 우리의 무기로 하면 됩니다. 그러면 승리도 우리의 것이 되지 않겠습니까!"

그러자 엘론드가 말했다.

"아, 안 되오. 우리는 '지배의 반지'를 사용할 수 없습니다. 그건 우리가 너무도 잘 아는 사실이지요. 그것은 사우론이 만든 것이고 따라서 그의 것이며 사악한 것입니다. 보로미르, 반지의 힘은 너무 위력적이어서 아무나 함부로 휘두를 수 없습니다. 이미 스스로 위대한 힘을 소유한 자만이 반지를 사용할 수 있을 뿐이지요. 그러나 그런 이들조차 그 때문에 더욱 치명적인 화를 자초할 수 있습니다. 반지에 대한 욕망, 그것이 바로 그의 마음을 타락시키는 겁니다. 사루만을 보시오. 만일 현자들 중 한 명이 반지를 가지고, 또 그의 지혜를 이용하여 모르도르의 군주를 무찌를 수 있다면 그는 곧 사우론의 권좌에 스스로 오를 것이며, 따라서 또 하나의 암흑군주가 탄생하는 겁니다. 이것이 반지가 파괴되어야 하는 또 다른 이유입니다. 이 세상에 반지가 존재하는 한 그것은 현자들에게조차 위협이 됩니다. 왜냐하면 처음부터 악한 이는 없기 때문입니다. 사우론도 마찬가지였습니다. 나는 반지를 숨기기 위해 그것을 만지는 것조차 두렵습니다. 그리고 그것을 휘두르기 위해 만지는 일은 더욱 원치 않습니다.”

그러자 간달프도 말했다.

“나 역시 그렇습니다.”

보로미르는 의심스럽다는 얼굴로 그들을 바라보았으나 곧 고개를 숙였다.

“정 그렇다면 우리 곤도르는 지금의 무기로 싸우는 수밖에 없겠지요. 그리고 적어도 현자들께서 반지를 지켜 주시는 한 우리는 계속 싸울 겁니다. 혹시 그 부러진 검이 공격을 막아 낼 수 있을지도 모르지요. 그 검을 휘두르는 손이 그 검뿐 아니라 선왕의 능력까지 물려받았다면 말입니다.”

그러자 아라고른이 대답했다.

“혹시 압니까? 하지만 그것을 곧 시험해 볼 작정입니다.”

“그날이 너무 멀지 않았으면 좋겠습니다. 저는 도움을 요청하러 온 것은 아닙니다만, 우리는 사실 도움이 필요합니다. 다른 이들도 모든 힘을 다해 함께 싸우고 있다는 소식을 듣는다면 우리 곤도르인들도 위안을 받을 겁니다.”

그러자 엘론드가 말했다.

“그 점은 안심하십시오. 당신이 알지 못하는 많은 세력과 나라 들이 더 있습니다. 당신에게 보이지 않을 뿐이지요. 안두인대하가 아르고나스와 곤도르의 관문까지 흘러가는 동안 많은 대지를 거쳐 간다는 것을 기억해 두십시오.”

난쟁이 글로인이 나섰다.

"그 모두가 힘을 합치고, 연합하여 각자의 능력을 발휘한다면 그나마 다행이겠군요. 게다가 좀 덜 위험한 다른 반지도 있으니 위급할 땐 사용할 수도 있지 않을까요. 난쟁이들의 일곱 반지는 잃어버렸습니다. 발린이 마지막 반지였던 스로르의 반지를 찾아내지 못한다면 말입니다. 스로르가 모리아에서 사라진 뒤로 아무 소식이 없습니다. 이제 와서 솔직히 말씀드립니다만, 발린이 떠나간 데는 그 반지를 찾기 위한 목적도 있었습니다."

그러자 간달프가 말했다.

"발린은 모리아에서 어떤 반지도 찾을 수 없을 겁니다. 스로르는 반지를 자기 아들 스라인에게 주었지만, 스라인은 소린에게 물려주지 않고 갖고 있다가 돌 굴두르의 토굴에서 강제로 빼앗겼습니다. 내가 너무 늦었지요."

글로인이 탄식했다.

"아, 그럴 수가! 복수의 날은 언제나 올 것인가! 하지만 아직 세 개의 반지는 남아 있지 않습니까? 요정들의 세 반지는 어떻게 되었습니까? 그것도 대단한 힘이 있다고 들었습니다. 요정 영주들께서는 그것을 갖고 계시지 않습니까? 그것들도 역시 먼 옛날에 암흑군주가 만든 것이지요. 지금은 한가히 쉬고 있는 겁니까? 여기 요정 영주들께서 계신데 말씀해 주시지요."

요정들은 아무 말도 하지 않았다. 한참 만에 엘론드가 입을 열었다.

"내 이야기를 듣지 않았소, 글로인? 세 반지는 사우론이 만든 것이 아니고, 그는 만져 보지도 못했습니다. 그것들에 관해서는 언급하는 것이 금지되어 있지만 궁금한 분들이 많을 테니 이야기하겠습니다. 반지는 쉬고 있는 게 아닙니다. 그러나 요정의 반지들은 전쟁이나 정복을 위한 무기로 만들어진 게 아닙니다. 정복은 그 반지들의 목적이 아니지요. 그 반지들을 만든 이들은 힘과 지배와 부의 축적을 바란 것이 아니라 이해와 생성, 치유, 순수의 보존을 희망했습니다. 가운데땅의 요정들은 슬픈 일도 많이 겪었지만 어느 정도 그런 목적을 이룰 수 있었지요. 그러나 만일 사우론이 절대반지를 손에 넣게 되면 세 개의 반지를 이용하여 이루어 놓은 모든 것들을 허물 것입니다. 그리고 그 것을 소유한 이들의 머릿속과 가슴속은 모두 그에게 훤히 들여다보이게 됩니다. 세 개의 반지는 차라리 없던 게 더 나을지도 모르게 될 것입니다. 그것이 적의 목적이지요."

"그런데 당신 말씀대로 절대반지가 파괴된다면 그때는 어떻게 됩니까?"

글로인이 다시 묻자 엘론드는 슬픈 음성으로 대답했다.

"나도 정확히는 모릅니다. 어떤 이들은 세 반지는 사우론이 건드린 적이 없기 때문에 자유를 찾아, 사우론이 끼친 이 세상의 해악들을 치유할 수 있을 것이라 희망적으로 생각하기도 합니다. 하지만 내 생각으로는 절대반지가 파괴되면 세 반지도 힘을 잃을 것이고, 많은 아름다운 것들은 사라져 결국 망각되고 말 것입니다. 나는 그렇게 믿습니다."

그러자 글로르핀델이 말했다.

"하지만 사우론을 물리치고 그의 지배에 대한 공포를 영원히 잠재울 수 있다면, 모든 요정들은 그러한 희생을 기꺼이 받아들일 것입니다."

에레스토르가 말했다.

"결국 우리는 다시 반지를 파괴하는 문제로 돌아왔군요. 하지만 한 발짝도 더 나아가지 못했습니다. 반지를 만들어 낸 그 불을 찾을 수 있는 능력을 가진 이가 누구입니까? 그것은 절망의 길입니다. 한없이 지혜로우신 엘론드께서 말리시지 않는다면 나는 차라리 어리석음의 길이라 부르고 싶습니다."

그러자 간달프가 말했다.

"절망이나 어리석음이라고요? 절망은 아닙니다. 왜냐하면 절망이란 아무 의심 없이 종말을 확신하는 이에게만 어울리는 말이기 때문입니다. 우리는 그렇지 않습니다. 모든 가능한 방법을 검토해본 뒤 남는 필연을 인식하는 것은 오히려 지혜입니다. 거짓된 희망에 매달리는 이들에게는 그것이 우둔하게 보이겠지요. 그러니 그 어리석음을 우리의 외관으로 만들어 대적의 눈을 피할 가림막이 되게 합시다! 왜냐하면 그는 매우 똑똑하니까 자신의 악의 저울로 모든 일을 정확하게 측정할 테니 말입니다. 그러나 그가 알고 있는 유일한 척도는 욕망, 오직 권력을 향한 욕망뿐입니다. 그는 타인의 생각을 모두 그런 척도로 판단합니다. 어느 누가 반지를 거부한다거나, 우리가 그 반지를 파괴하리라는 것을 그의 사고방식으로는 도저히 생각할 수 없을 겁니다. 우리가 반지를 파괴하기로 작정한다면 그는 알아채지 못할 것입니다."

엘론드가 말을 받았다.

"당분간은 그렇습니다. 우리는 그 길을 가야 합니다. 하지만 매우 어려운 길입니다. 강한 자나 지혜로운 자는 멀리까지 갈 수 없습니다. 그 길은 강한 자만큼의 희망을 가진 약한 이가 가야 하는 길입니다. 역사의 수레바퀴를 움직인 것은 사실 그런 식이었습니다. 강자들의 눈이 다른 곳을 향하는 동안, 작은 손들은 바로 자신들이 해야만 하기 때문에 그 일을 하는 겁니다."

그러자 갑자기 빌보가 입을 열었다.

"좋습니다, 좋아요, 엘론드 님! 그만하세요! 무슨 말씀을 하시는지 충분히 알겠습니다. 어리석은 호빗 빌보가 이 일을 저질러 놓았으니 끝맺음도 제가 하는 것이 낫겠다는 말씀이시지요? 저는 지금까지 여기서 편안하게 지내며 자서전을 계속 집필해 왔습니다. 자세히 말씀드리자면 지금 맺음말을 생각하는 중이었지요. 이렇게도 써

보았습니다. '그리고 그는 그 후로 죽을 때까지 행복하게 살았다.' 전에 많이들 써먹은 말이긴 하지만 훌륭한 맺음말이지요. 이제는 그 말대로 실현될 것 같지 않으니 바꿔야겠습니다. 그리고 제가 다시 끝을 맺을 수 있다면 새로운 내용을 많이 추가해야겠어요. 정말 골치 아프군요. 언제 출발할까요?"

보로미르는 놀라서 빌보를 바라보았다. 둘러앉은 모든 참석자들이 그 늙은 호빗의 말을 대단히 진지하게 받아들이는 걸 보고 그는 터져 나오는 웃음을 참아야 했다. 오직 글로인만이 아득한 옛 기억을 되새기며 소리 없이 웃고 있었다.

간달프가 말했다.

"물론일세, 사랑하는 빌보! 자네가 만일 정말로 이 일을 시작했다면 끝을 내야 옳겠지. 하지만 자네도 잘 알다시피 시작이란 어느 누구에게도 쉬운 일이 아니야. 그 어떤 큰일이라도 영웅이 할 수 있는 것은 아주 작은 부분에 불과하다네. 자네가 그럴 필요는 없어! 혹시 진심으로 그런 생각을 하는지는 몰라도 우리는 자네가 농담 삼아 그런 용감한 제안을 했다고 믿고 싶네. 자네에게는 힘에 부치는 일이야, 빌보. 자네가 다시 떠맡을 수는 없어. 이미 지나갔다네. 충고 한마디 더 하면, 자네 역할은 이제 기록원의 역할 말고는 끝났다는 거야. 자네는 집필을 완성하게. 맺음말을 바꾸지 말고! 아직 희망은 있네. 그들이 돌아올 때 속편을 쓸 준비를 하게."

빌보는 웃었다.

"간달프 당신에게서 이렇게 듣기 좋은 충고가 나올 때도 있군요. 하지만 지금까지의 듣기 싫은 충고는 모두 결과가 좋았는데 이번의 충고는 그래서 꺼림칙하군요. 저는 아직 제게 그 반지를 책임질 만한 힘이나 운이 남아 있다고는 생각하지 않습니다. 반지는 컸는데 저는 그렇지 않거든요. 그런데, 아까 '그들'이라고 하셨는데 누구를 가리키는 겁니까?"

"반지를 맡아서 떠날 사자들일세!"

"알았어요! 그게 누구냐 하는 것이 문제 아닙니까? 오늘 회의에서 결정해야 할 전부이자 유일한 안건이 바로 그거 아닙니까? 요정들은 끝없이 떠들고, 난쟁이들은 진득하게 들을는지 모르겠지만! 저는 늙은 호빗일 뿐이고, 또 점심 먹을 때도 되었어요. 누구 생각나는 이름 없나요? 아니면 식사 후에 다시 모일까요?"

아무도 대답이 없었다. 정오의 종이 울렸다. 여전히 아무도 입을 열지 않았다. 프로도는 모두의 얼굴을 흘끗 둘러보았으나 자신을 바라보는 눈은 없었다. 모든 참석자들은 깊은 생각에 잠긴 듯 눈을 내리깔고 있었다. 거대한 두려움이 그를 덮쳤다. 오랫동안 예견해 왔으나 결코 일어날 리가 없다고 헛되이 희망을 품고 있었던 어떤 운명이 마침내 선고되는 것을 기다리고 있는 기분이었다. 마음에는 빌보와 함께 깊은골에서 평화롭게 살아가고 싶은 욕망이 강하게 일었다. 마침내 그는 억지로 입을 열었다. 그는 자신의 조그마한 목소리가 마치 다른 어떤 힘에 이끌려 나오기라도 하듯, 놀라워하며 자신의 목소리를 들었다.

"제가 반지를 맡겠습니다. 길은 잘 모르지만요."

엘론드가 고개를 들어 그를 바라보았다. 프로도는 그의 눈길이 갑자기 날카로운 창 끝처럼 가슴에 와서 박히는 것을 느꼈다.

"내가 지금까지 들은 이야기가 모두 옳다면, 이 일은 프로도 자네의 몫이라고 생각하네. 자네가 길을 찾을 수 없다면 아무도 찾을 수 없을 걸세. 지금은 샤이어의 호빗들이 그 고요한 들판에서 일어나 강자들의 탑과 지혜를 흔들어 놓을 시간이야. 어느 현자가 이것을 예견할 수 있었겠는가? 아니 그들이 진정 현명하다면 왜 시간이 무르익기 전에 이런 사실을 구태여 알고자 하겠는가? 하지만 이것은

478

무거운 짐일세. 너무 무겁기 때문에 아무도 남에게 떠맡길 수 없는 짐이야. 나 역시 이 짐을 자네에게 떠맡기지 않겠네. 다만 자네가 기꺼이 맡아 준다면 자네의 선택이 옳다고 말해 주고 싶네. 그리고 고대의 저 위대한 요정의 친구들 곧 하도르와 후린, 투린, 베렌이 모두 한자리에 모인다 해도, 자네도 그들과 동석할 수 있을 걸세.”

그때 마루 한구석에 숨어서 엿듣고 있던 샘이 더는 참을 수 없었는지 불쑥 튀어나오며 말했다.

“하지만 프로도 씨를 혼자만 보내시는 건 분명 아니겠지요?”

엘론드는 그를 향해 웃으며 말했다.

“물론이지! 적어도 자네는 함께 가야지. 보다시피 지금 여기서 비밀 회의를 하는 데도 자네를 떼어 놓을 수 없지 않았는가 말이야.”

샘은 얼굴을 붉히고 앉으면서 중얼거렸다.

“이제 진짜 아슬아슬한 모험을 하게 되었군요, 프로도 씨!”

그러면서 그는 고개를 휘휘 내저었다.

Chapter 3

반지는 남쪽으로

호빗들은 그날 늦게 빌보의 방에서 자기들끼리만 모여 앉았다. 메리와 피핀은 샘이 회의장에 몰래 들어가 프로도의 동료로 뽑혔다는 사실에 몹시 분개했다. 피핀이 말했다.

"말도 안 돼! 끌어내 감옥에 가두기는커녕, 엘론드께서 그 건방진 행동에 대해 상까지 주시다니 말이야."

그러자 프로도가 말했다.

"상이라니? 난 그보다 무서운 벌은 없다고 생각하네. 자네들은 지금 무슨 말을 하는지 알기나 하고 그런 소리를 하는 건가? 죽으러 가는 길을 상이라니! 어제만 해도 난 내 임무가 완전히 끝나서 여기서 오랫동안, 아니 죽을 때까지 평화롭게 살았으면 하고 생각했네."

메리가 말했다.

"맞아, 저도 이해가 됩니다. 문제는 그게 아니라 샘이 부럽단 말이에요. 샘은 따라가고 우리만 여기 남으면 그게 벌이 아니고 뭡니까? 아무리 깊은골이라고 해도 말이에요. 우린 모두 같이 먼 길을 왔고 또 죽을 고비도 함께 넘겼잖아요. 우리도 가고 싶다고요."

피핀도 말했다.

"내 말이 그 말이에요. 우리 호빗은 똘똘 뭉쳐야 해요. 그리고 할 수 있어요. 감옥에 가두지만 않는다면 난 무슨 수를 써서라도 따라갈 겁니다. 이런 일에는 머리를 쓸 수 있는 친구가 있어야 해요."

그때 나지막한 창문턱으로 고개를 들이밀며 간달프가 말했다.

"그렇다면 자넨 분명히 빠져야겠군, 툭 집안 페레그린! 하지만 모두들 쓸데없는 싸움을 하는 것 같네. 아직 결정된 건 아무것도 없어."

"결정된 게 없다니요? 그러면 모두 뭘 하신 겁니까? 몇 시간 동안 말이에요."

피핀이 소리치자 빌보가 대답했다.

"이야기를 했지. 할 이야기가 많았거든. 모두들 놀라서 눈이 화등잔만 해졌지. 간달프까지도 말이야. 내가 보기엔 레골라스가 골룸의 소식을 전하자 꽤나 놀란 표정이었어. 나중엔 어물쩍 넘어가긴 했지만 말이야."

그러자 간달프가 말했다.

"그렇지 않네. 자네가 잘못 봤어. 난 이미 과이히르에게서 그 소식을 들었어. 사실대로 말하자면, 자네들 표현대로 눈이 화등잔만 해진 건 바로 자네하고 프로도였어. 놀라지 않은 건 나뿐이었지."

빌보가 말을 받았다.

"흠, 어쨌든 불쌍한 프로도와 샘이 뽑힌 것 말고는 아직 결정된 게 없네. 나는 내가 빠지면 일이 이렇게 될까 봐 내내 걱정했어. 자네들이 물으니까 말인데, 보고가 들어오면 엘론드 님이 몇 명 더 뽑을 거야. 간달프, 그들은 출발했어요?"

"출발했지. 벌써 정찰대가 몇 명 나갔고 내일은 더 나갈 거야. 엘론드가 내보낸 요정들은 순찰자들이나 스란두일 휘하의 어둠숲 요정들과 접촉하게 될 거야. 아라고른도 엘론드의 두 아들과 함께 나갔지. 우리는 출발하기 전에 상당한 거리까지 안전을 확보할 작정이야. 그러니 용기를 내게, 프로도! 여기서 꽤 오래 기다려야 할지도 몰라."

그러자 샘이 우울하게 말했다.

"아니, 한참 기다리다 겨울이 와서 추워지면 떠난단 말인가요?"

빌보가 대답했다.

"어쩔 수 없어. 프로도, 일부는 네 탓도 있어. 일부러 내 생일을 출발일로 잡았다면서? 생일 축하를 아주 희한하게 한다고 생각했지.

자룻골 골목쟁이네 녀석들이 하필 내 생일날 골목쟁이집을 차지하게 한단 말이냐? 여하간 여기서 봄이 올 때까지 기다릴 수는 없고, 그래도 보고가 들어와야만 떠날 수가 있네.

> 겨울이 얼음장 같은 이빨을 드러내
> 밤새 내린 서리에 바위틈이 갈라지고,
> 호수가 어두워지고 나무가 옷을 벗을 때,
> 숲길은 얼마나 무서운 곳인가!

이것이 네 운명이 될까 걱정스럽구나."

그러자 간달프가 말했다.

"유감스럽게도 사실일세. 암흑의 기사들이 어디에 잠복하고 있는지 알아내기 전까지는 출발할 수 없거든."

메리가 물었다.

"하지만 그들은 모조리 강물에 빠져 죽지 않았나요?"

"반지악령들은 그리 쉽게 죽지 않아. 그들의 우두머리인 악령의 군주가 그들을 지배하는 한 그들이 쓰러지고 일어나는 것은 그에게 달린 거야. 우리로서는 그들이 말도 잃어버리고 위장도 벗겨져서 당분간 위험이 덜하기만을 바랄 뿐이지. 하지만 확실한 증거를 찾아야 해. 그동안은 한시름 놓게, 프로도. 글쎄, 내가 자네를 도와줄 방도가 있을지 모르겠네만 이것만은 귀띔해 주지. 아까 누군가 일행 중에 머리를 쓸 수 있는 이가 있어야 한다고 했는데 맞는 말이야. 그래서 내가 자네하고 함께 갈까 생각 중일세."

프로도가 그 말을 듣고 너무 기뻐하자 간달프는 앉아 있던 창문턱에서 내려와 모자를 벗고 고개를 숙여 절하는 흉내를 내며 말했다.

"난 분명히 '생각 중'이라고 했네. 아직 안심하기엔 일러. 이 문제는 엘론드 나름대로 생각이 있을 뿐 아니라, 자네 친구 성큼걸이의 의

견도 들어 보아야 하거든. 그러고 보니 깜빡 잊었군. 엘론드와 약속한 걸 잊고 있었어. 자, 난 가네.”

간달프가 사라지자 프로도는 빌보에게 물었다.

“여기선 얼마나 있게 될까요?”

“아, 나도 몰라. 깊은골에선 날짜를 계산할 수 없어. 하지만 꽤 오래 있어야 할 거야. 재미있는 이야기를 많이 할 수 있겠군. 내 집필을 도와주는 게 어때? 후편을 시작하는 것도 괜찮겠고, 혹시 맺음말을 생각해 봤니?”

“예, 몇 가지 생각해 봤는데 모두 슬프고 우울한 것들뿐이라서…….”

“음, 그러면 안 되지! 책이란 모름지기 끝이 좋아야 해. 이건 어때? ‘그리고 그들은 여행을 끝내고 모두 함께 행복하게 살았다.’”

“그렇게만 된다면 오죽 좋겠습니까?”

“아! 그런데 어디서 산단 말이에요? 제가 종종 궁금한 게 그거랍니다.”

샘이 물었다.

호빗들은 지나온 여행과 앞으로 닥칠 위험을 생각하며 오랫동안 이야기를 나누었다. 그러나 깊은골의 미덕이 거기 있었다. 모든 불안과 공포가 그들의 가슴에서 곧 사라진 것이었다. 앞으로 어떻게 될지 걱정이 없는 것은 아니었지만 지금의 그들에겐 아무런 영향도 미치지 못했다. 그들은 날이 갈수록 더욱 건강해지고 더욱 희망에 가득 찼으며, 말 한 마디, 노래 한 곡, 식사 한 끼마다 모두 기쁨을 맛보며 만족스럽고 즐거운 나날을 보냈다.

아침이 언제나 맑고 아름답게 밝아 오고, 저녁이 항상 시원하고 상쾌하게 내려앉는 동안, 시간은 그렇게 흘러갔다. 그러나 가을은 빠르게 지나갔다. 어느새 금빛 햇살은 창백한 은빛으로 바뀌어 갔고, 벌거벗은 나무에서는 마지막 잎새가 떨어졌다. 안개산맥에서 차가운 바람이 일어 동쪽으로 불어 갔다. 밤하늘에 사냥꾼의 달이 둥글게 떠오르자 작은 별들은 모두 사라졌다. 그러나 남쪽 하늘에서는 낮게 내려앉은 별 하나가 붉은 빛을 뿌렸다. 매일 밤 달이 기울고 나면 별은 더욱 강렬한 빛을 내뿜었다. 프로도는 어두운 밤하늘에서 빛을 발하는 그 별을 창밖으로 볼 수 있었다. 별빛은 감시의 눈길처럼 강렬하게 골짜기 가장자리의 나뭇가지들 위를 응시하고 있었다.

호빗들이 엘론드의 저택에 머문 지 거의 두 달이 가까워졌다. 늦가을 기운과 함께 11월도 저물고, 12월에 들어서면서 정찰대들이 돌아오기 시작했다. 그들 중에는 북쪽 흰샘강의 수원을 지나 에튼황야까지 갔다 온 이들도 있었고, 일부는 서쪽으로 가서 아라고른과 순찰자들의 도움을 받아 회색강과 옛날 북부대로가 교차하던 지점인 사르바드까지 회색강 하류지대를 살펴보았다. 동쪽과 남쪽으로는 그보다 많은 정찰대원이 파견되었는데 그들은 안개산맥을 넘어 어둠숲까지 수색했으며, 이들 중 일부는 창포강의 수원지가 있는 고개를 넘어 야생지대로 들어간 다음 창포벌판으로 내려가 드디어는 라다가스트의 옛 집이 있는 로스고벨까지 갔다왔다. 라다가스트는 거기에 없었으며, 그들은 '붉은뿔의 문'이라는 높은 재를 넘어 되돌아왔다. 엘론드의 두 아들 엘라단과 엘로히르는 맨 마지막으로 돌아왔다. 그들은 은물길강을 지나 낯선 지방까지 다녀오는 장거리 여행을 했지만 그 결과는 엘론드를 제외한 아무에게도 말하지 않았다.

정찰대는 어느 곳에서도 대적의 기사들이나 다른 졸개들의 흔적이나 소문을 듣지 못했다. 심지어 안개산맥의 독수리들에게서도 아무런 새로운 정보를 얻지 못했다. 골룸 역시 흔적도 없었으며 사나운 늑대들만이 점점 늘어나 안두인강 상류에 출몰했다. 브루이넨여

올의 홍수에 빠져 죽은 흑마 세 마리는 그 즉시 여울에서 발견되었고, 정찰대는 그 아래 급류가 지나가는 바위 턱에서 다른 다섯 마리의 시체와 갈기갈기 찢겨 누더기가 된 검은색 긴 망토 하나를 발견했다. 암흑의 기사들의 다른 흔적은 찾을 수 없었고 아무런 기미도 보이지 않았다. 그들은 북부를 떠난 것 같았다.

간달프가 말했다.

"적어도 아홉 중 여덟은 설명이 되는군. 속단은 금물이겠지만 짐작건대 반지악령들은 모두 흩어졌고, 아마 지금쯤은 빈손으로 아무 형체도 없이 모르도르의 군주에게 돌아가는 중일 거야. 그렇다면 그들이 다시 나타나기까지는 시간이 좀 있네. 물론 대적에게는 다른 하수인들이 있겠지만 우리를 추적하려면 먼 길을 여행해서 깊은골 경계까지 와야 할 거야. 그리고 우리가 조심만 한다면 쉽게 발각되지 않을 수도 있어. 하여간 더는 지체하면 안 되겠군."

엘론드가 호빗들을 불렀다. 그는 굳은 표정으로 프로도를 내려다보았다.

"때가 되었어. 반지가 떠나려면 지금 곧 가야 하네. 그러나 반지와 함께 동행하는 이들은 싸움을 하거나 무력의 도움으로 임무를 수행할 생각을 해서는 안 되네. 그들은 아무도 도와줄 수 없는 대적의 영토로 들어가는 것이니 말이야. 프로도, 반지의 사자가 되겠다는 약속을 여전히 지키겠는가?"

"그렇습니다. 샘과 같이 가겠습니다."

"하지만 난 자네를 크게 도와줄 수가 없네. 심지어 지혜로서도 말일세. 난 자네 앞길도 거의 내다볼 수가 없고, 자네 임무가 어떻게 완수될지도 모르네. 이제 어둠은 안개산맥 기슭까지 다가왔고 회색강 경계까지도 안심할 수가 없어. 그 어둠 속에서는 모든 것이 캄캄하게만 보인다네. 자넨 많은 적을 만날 거야. 정면으로 달려드는 적도 있을 테고 변장한 적도 있겠지. 하지만 또한 뜻하지 않은 곳에서 친구를 만날 수도 있어. 자네가 가는 길목에 있는 내 친구들에게 연락이 되는 대로 모두 전갈을 보낼 생각이네. 하지만 이제는 세상이 너무 위험해져서 어떤 곳은 연락이 안 될 수도 있고, 아니면 자네보다 늦게 들어갈 수도 있겠지. 그러면 이제 자네와 함께 떠날 동료를 뽑아 주겠네. 이것은 그들이 원한 것일 수도 있고 운명의 명령일 수도 있지. 그 수는 적어야 하네. 임무가 워낙 화급하고 은밀하게 처리되어야 하니 말이야. 이럴 때는 상고대의 갑옷으로 무장한 수천 명의 요정도 아무 소용 없다네. 모르도르의 사기만 돋울 뿐이니 말이야.

반지의 사자를 따라가는 원정대는 사악한 아홉 기사에 대항한다는 의미에서 모두 아홉 명일세. 자네와 자네의 충직한 하인과 함께 먼저 간달프가 들어가네. 그에겐 이 임무가 가장 중요하며, 어쩌면 그가 해 줘야 할 마지막 수고가 될지도 모르지. 그다음으로 이 세계의 자유민들, 즉 요정, 난쟁이, 인간의 대표들이 포함되네. 요정의 대표는 레골라스이며, 난쟁이 대표는 글로인의 아들 김리이네. 그들은 적어도 안개산맥을 넘을 때까지는 동행하기로 했고 혹시 그 너머까지 갈지도 모르네. 인간을 대표해서는 아라소른의 아들 아라고른이 동행할 걸세. 이실두르의 반지에 대해 그는 대단한 책임감을 느끼고 있으니 말이야."

"성큼걸이!"

프로도가 외쳤다. 그러자 아라고른이 웃으며 대답했다.

"물론이지. 다시 한번 자네 여행에 끼워 주게, 프로도!"

"오히려 내가 같이 가자고 청할 판이었어요. 보로미르와 함께 미나스 티리스로 가는 줄 알았는데."

"거기도 가네. 출발하기 전에 부러진 검을 다시 벼릴 걸세. 자네가 가는 길과 우리가 가는 길이 수백 킬로미터는 겹치지. 그래서 보로미르도 동행하게 될 거야. 용감한 친구지."

다시 엘론드가 말했다.

"둘이 더 있어야 하는데, 생각을 좀 해 봐야겠어. 우리 집안에서 누구 적당한 인물을 찾아보세."

그러자 피핀이 당황해서 소리를 질렀다.

"그러면 우리 자리가 없잖아요! 우리만 뒤에 남을 수는 없어요. 우리도 프로도와 함께 가겠어요."

"앞길이 어떤지 아직 잘 모르기 때문에 그런 거요."

엘론드가 말하자 간달프가 평소답지 않게 피핀의 역성을 들었다.

"프로도도 마찬가지지요. 우리 역시 확실히 모르기는 마찬가집니다. 이 호빗들이 얼마나 위험한 길인지 알면 감히 나서지 못할 거라는 말씀도 맞습니다. 하지만 지금도 이렇게 용감하게 나서고 또 뒤에 남는 것을 수치로 생각하고 있습니다. 엘론드, 이번 일에는 무슨 대단한 지혜보다도 그들의 우정을 믿는 게 더 낫다고 생각합니다. 예컨대 글로르핀델 같은 요정 영주를 뽑는다 해도, 암흑의 탑을 공격하거나 오로드루인화산으로 들어가는 길을 그의 힘으로는 찾을 수 없습니다."

"진지하게 말씀하시지만, 저도 나름대로 걱정이 있어서 그럽니다. 이젠 샤이어도 안전하지 못합니다. 그래서 나는 이 두 호빗을 샤이어로 돌려보내 샤이어의 방식에 따라 닥쳐오는 위험을 경계하고 대비하게 할 생각이었지요. 특히 둘 중 나이가 더 어린 툭 집안 페레그린만은 여기 있었으면 좋겠는데. 정말로 보내고 싶지 않아요."

그러자 피핀이 외쳤다.

"그러면 엘론드, 저를 감옥에 집어넣든지 자루에 넣어 고향에 보내세요. 안 그러면 저도 따라갈 겁니다."

엘론드는 한숨을 쉬었다.

"할 수 없지. 가게. 이제 아홉 명이 찼군. 이레 후에 출발합시다."

엘렌딜의 검이 요정 대장장이들의 손으로 다시 벼려졌다. 칼날에는 초승달과 빛나는 태양 사이에 일곱 개의 별 모양이 그려졌고 그 둘레에는 많은 룬 문자가 새겨졌다. 아라소른의 아들 아라고른이 모르도르 경계로 전쟁의 길을 떠나는 것이었다. 새로 완성된 검의 광채는 현란했다. 햇빛이 칼날에 반사되면 붉게 빛났고, 달빛은 싸늘한 기운으로 바뀌었다. 칼날은 예리하고도 매우 단단했다. 아라고른은 그 칼에 안두릴, 즉 '서쪽나라의 불꽃'이란 이름을 새로 붙였다.

아라고른과 간달프는 여행 경로와 앞으로 닥칠 난관에 대비하기 위해 함께 앉아서 혹은 걸으면서 이야기를 나누었고, 엘론드의 집에 있던 유서 깊은 지도와 전승록을 뒤적이기도 했다. 가끔 프로도가 그들과 합석하는 경우도 있었지만 그는 주로 이야기를 듣는 편이었고, 가능한 한 빌보와 많은 시간을 보냈다.

마지막 며칠간 호빗들은 저녁마다 불의 방에 함께 모였다. 그리고 무엇보다도 거기서 베렌과 루시엔의 노래와 위대한 보석을 손에 넣게 된 이야기를 처음부터 끝까지 들었다. 메리와 피핀이 나가서 돌아다니는 낮 동안 프로도와 샘은 빌보의 작은 방에 있었다. 빌보는 (아직 완성되려면 한참 남은) 저서의 일부나 시구들을 읽어 주면서 프로도의 모험을 기록했다.

출발 전날 아침 프로도는 빌보와 단둘이 있었다. 그 늙은 호빗은 침대 밑에서 나무상자 하나를 꺼냈다. 그는 뚜껑을 열고 속을 더듬으면서 말했다.

"여기 네 칼이 있다. 너도 알다시피 부러졌어. 안전하게 보관은 했지만 대장장이에게 고쳐 달라고 부탁한다는 걸 잊었구나. 이젠 시간이 없겠지? 그래서 네가 이걸 갖고 싶어 할 거라고 생각했다. 알아보겠니?"

그는 상자에서 가죽 칼집에 든 작은 칼을 꺼냈다. 칼을 뽑자 날카롭고 매끄러운 칼날에서 갑자기 싸늘한 빛이 번득였다.

"이게 스팅이다."

그는 별 힘도 들이지 않고 칼을 쉽게 나무 기둥에 꽂아 보였다.

"괜찮다면 가져라. 내겐 이제 더는 필요 없을 것 같구나."

프로도는 고마운 마음으로 받았다.

"그리고 이것도 있구나."

빌보는 보기보다 좀 무거워 보이는 꾸러미를 꺼냈다. 몇 겹의 낡은 보자기를 풀자 작은 갑옷 윗도리가 나타났다. 쇠고리를 촘촘하게 엮어 만든 것으로 옷감처럼 부드러웠으나 얼음처럼 차갑고 강철보다 단단했다. 그것은 은은한 달빛을 띤 은색이었고 흰 보석이 박혀 있었다. 진주와 수정이 박힌 허리띠도 함께 있었다. 빌보는 그것을 밝은 빛 속에 들어 보이며 말했다.

"빛깔이 곱지? 꽤 요긴하게 쓰일 거야. 소린이 내게 준 난쟁이들의 갑옷인데 큰말에 맡겨 두었다가 이곳에 올 때 찾아왔지. 호빗골을 떠나올 때 반지만 빼 놓고 내 옛날 여행의 기념품들을 모두 가져왔는데 이렇게 써먹을 줄은 전혀 몰랐구나. 지금은 가끔 꺼내 보는 것 말고는 전혀 필요가 없어. 이 갑옷은 무겁다는 느낌이 전혀 들지 않지."

"글쎄요, 남에게 보이기엔 별로 좋아 보이지 않는데요."

"나도 옛날엔 그렇게 생각했지. 그런 걱정은 필요 없단다. 이건 겉옷 안에 입을 수 있으니까 말이야, 자! 아무에게도 얘기하면 안 돼! 우리만 아는 비밀이야! 네가 이것을 입고 있다고 생각하면 내 마음이 얼마나 든든하겠니. 암흑의 기사들의 칼도 뚫을 수 없을 거다."

그는 마지막 말은 낮은 목소리로 말했다.

"좋아요, 입지요."

빌보는 프로도에게 갑옷을 입히고 번쩍이는 허리띠 위에 스팅을 차게 했다. 프로도는 그 위에 입고 있던 빛바랜 헌 바지와 겉옷, 윗도리를 다시 껴입었다.

"넌 그냥 지극히 평범한 호빗일 뿐이야. 하지만 이젠 겉보기와는 전혀 다르지. 행운을 빈다!"

빌보는 고개를 돌려 창밖을 바라보며 노랫가락을 흥얼거렸다.

"오늘 이 선물이나 지금까지의 모든 은혜에 대해 뭐라고 말씀드려야 할지 모르겠어요."

"그런 소리 할 것 없다."

말을 하면서 늙은 호빗은 돌아서서 그의 등을 툭 쳤다.

"아야! 등이 너무 단단해서 건드릴 수가 없구나. 여하튼 우리 호빗들은 뭉쳐야 해. 특히 골목쟁이 집안은 말이지. 내가 바라는 건 오직 이것뿐이다. 모쪼록 몸조심하고, 돌아올 때는 그동안의 소식과 함께 옛날이야기나 노래가 있으면 무엇이든 수집해 오면 좋겠다. 난 네가 돌아오기 전에 책을 끝내도록 노력하지. 시간이 있다면 후편도 쓰고 싶은데 말이야."

그는 이야기를 멈추고 창문을 향해 돌아서서 나지막한 음성으로 노래를 불렀다.

> 난롯가에 앉아 생각하네
> 　눈앞에 스쳐 간 모든 것들을,
> 여름날을 가득 채우던
> 　풀꽃과 나비 들을.
>
> 그리고 가을날의 낙엽과
> 　풀잎 위의 잔 거미줄,
> 아침 안개와 은빛 태양
> 　머리카락에 휘날리는 바람까지.
>
> 난롯가에 앉아 생각하네

다시 올 봄의 기약도 없이
　겨울이 성큼 찾아올 때
　　세상은 어떻게 될까.

내가 보지 못한 것들이
　　아직도 세상엔 많은데,
봄이 올 때마다, 숲이 바뀔 때마다
　　풀빛이 달라지네.

난롯가에 앉아 생각하네
　　지나간 추억의 벗들을
그리고 내가 보지 못한
　　세상을 보고 올 친구들을.

그러나 여전히 앉아 생각하네
　　지나간 추억의 나날들을
먼 길 돌아오는 발걸음과 목소리를
　　문간에서 귀 기울이며.

　12월 말경의 춥고 흐릿한 날이었다. 동풍이 발가벗은 나뭇가지 사이로 불어와 언덕 위 소나무숲에서 잉잉거렸다. 낮게 깔린 검은 조각구름들이 머리 위로 서둘러 지나갔다. 초저녁의 음산한 어둠이 출발 준비를 하는 일행을 둘러쌌다. 그들은 어두워지면 출발할 예정이었다. 깊은골을 멀리 벗어나기까지는 가능한 한 한밤중에만 행군하라는 엘론드의 충고 때문이었다.
　"사우론 첩자들의 수많은 눈을 조심하십시오. 지금쯤은 틀림없이 기사들이 당했다는 소식이 그의 귀에 들어갔을 것이고 당연히 분노하고 있을 것입니다. 그의 첩자들이 하늘과 땅으로 곧 북쪽을 향해 몰려올 것이니 가는 도중에는 머리 위쪽도 반드시 경계해야 합니다.”

　그들은 싸움을 벌이지 않고 몰래 임무를 완성하는 것이 목적이었으므로 무장은 거의 하지 않았다. 아라고른은 안두릴 외에는 다른 무기가 없었으며, 황야의 순찰자들처럼 녹갈색의 헌 옷을 그대로 입고 있었다. 보로미르는 안두릴보다는 못하지만 비슷한 모양의 장검을 차고 있었고 뿔나팔과 함께 방패도 들었다.
　“산골짜기에서는 나팔 소리가 크고 맑지요. 그러면 곤도르의 적들은 모조리 달아나고 맙니다!”
　그렇게 말한 그는 나팔을 입에 대고 크게 불었다. 나팔 소리는 바위에 부딪혀 온 계곡에 메아리쳤고, 깊은골의 주민들은 그 소리에 깜짝 놀랐다.
　엘론드가 말했다.
　“보로미르, 다음에 나팔을 불 때는 신중히 생각하십시오. 당신의 나라에 다시 발을 들여놓았을 때나 아니면 정말 긴박한 상황에만 불어야 합니다.”
　“그러지요. 하지만 전 출정할 때면 항상 뿔나팔을 붑니다. 앞으로도 우리는 어두운 곳만 찾아다니겠지만 저는 그렇게 한밤의 도둑처럼 숨지는 않겠습니다.”
　무거운 것을 대수롭지 않게 여기는 난쟁이답게 김리만 짧은 강철 고리의 윗도리를 겉에 걸치고 허리에는 날이 큼직한 도끼를 찼다. 레골라스는 활과 전통을 들고 허리띠에는 흰 장검을 차고 있었다. 젊은 호빗들은 고분에서 얻은 칼을 각각 가졌고 프로도는 스팅을 찼다. 빌보가 시킨 대로 그는 갑옷을 옷 안에 숨겼다. 간달프는 지팡이를 들고 옆구리에는 요정의 검 글람드링을 찼는데, 그것은 바로 지금

외로운산에 누워 있는 소린의 가슴에 놓인 오르크리스트와 쌍둥이 검이었다.

엘론드는 그들 모두에게 두툼하고 따뜻한 옷을 마련해 주었으며, 모피로 안을 댄 윗도리와 외투를 입혔다. 여분의 식량과 옷가지, 담요를 비롯한 다른 필수품들은 조랑말 한 마리에 모두 실었다. 브리에서 데려온 그 불쌍한 조랑말이었다.

깊은골에 있는 동안 그 조랑말은 놀랄 만큼 변했다. 털에선 윤기가 흘렀고 마치 한창때처럼 원기가 왕성했다. 샘은 그 말에 빌이라는 이름을 붙이고 만일 데려가지 않으면 빌이 크게 상심할 거라고 주장했다.

"이 말은 거의 말을 할 정도까지 됐다니까요. 여기 조금만 더 있으면 정말 말을 할 수 있을 거예요. 저를 쳐다보는 게 꼭 피핀이 대들던 때 같아요. '샘, 나를 데려가지 않으면 혼자서라도 갈 거예요.' 하고 말이에요."

그래서 빌은 간신히 짐말로 따라가게 되었지만, 일행 중에서 유일하게 기가 꺾이지 않고 기분이 좋아 보였다.

그들은 곧 중앙 홀 난로 옆에서 작별 인사를 마치고 밖으로 나와, 아직 밖으로 나오지 않은 간달프를 기다렸다. 열린 문 사이로 한 줄기 희미한 불빛이 새어 나왔고 창문마다 따스한 불빛이 반짝였다. 빌보는 현관 앞 계단에서 외투를 둘러쓰고 프로도와 함께 말없이 서 있었다. 아라고른은 무릎 위에 얼굴을 파묻고 앉아 있었다. 오로지 엘론드만이, 이 순간이 아라고른에게 무엇을 의미하는지 알고 있었다. 어둠 속에 선 다른 이들은 모두 희미한 형체로 보였다.

샘은 울적한 기분으로 조랑말 곁에 서서 바위에 부딪혀 통탕거리며 어둠 속으로 흘러가는 강물을 내려다보았다. 여행을 그만두고 싶은 생각이 굴뚝같았다.

그는 말에게 이야기를 걸었다.

"빌, 이 녀석아! 우리하고 어울리지 말아야 했어. 여기 있으면 봄에 새 풀이 돋기까지는 최고급 건초만 먹을 텐데 말이야."

빌은 꼬리를 한번 철썩 내저을 뿐 아무 소리도 없었다. 샘은 어깨의 짐 보따리를 헐겁게 하고 머릿속으로 거기에 든 물건을 하나하나 더듬어 보면서 빠뜨린 게 없는지 점검해 보았다. 먼저 가장 중요한 장비인 취사도구, 항상 가지고 다니면서 틈날 때마다 채워 넣는 작은 소금 통, 상당 분량의 연초(틀림없이 모자라겠지만), 부싯돌과 부시, 털양말, 아마포, 그리고 프로도가 잊은 잡동사니들도 있었는데 샘은 그것들이 아쉬울 때 의기양양하게 꺼낼 작정이었다. 점검이 모두 끝났다.

그때 샘이 중얼거렸다.

"밧줄! 밧줄이 없어. 이런 멍청한! 어젯밤에 '샘, 밧줄을 좀 넣으면 어때? 없으면 아쉬울 거야.'라고 말해 놓고도 잊어버렸군. 그래, 필요할 거야. 이젠 너무 늦었지."

그 순간 엘론드가 간달프와 함께 나와 일행을 불러 모았다. 그는 낮은 목소리로 말했다.

"마지막 당부의 말을 드리겠소. 반지의 사자는 이제 운명의 산을 향해 떠납니다. 모든 책임은 오로지 그에게만 있습니다. 반지는 버려도 안 되고 대적의 하수인들에게 넘겨서도 안 되며, 누가 함부로 만지게 해서도 안 됩니다. 극히 불가피한 경우에만 일행 중 누구에게 맡길 수는 있겠지요. 다른 분들은 그를 돕기 위해 가는 것이지만 행동은 자유입니다. 사정에 따라 뒤처지거나 돌아올 수도 있고, 옆길로 빠질 수도 있습니다. 가면 갈수록 돌아서기는 더 어려워집니다. 하지만 여러분의 의지를 구속하는 아무런 맹세나 약속도 없었음을 기억하십시오. 여러분은 자신의 용기가 얼마나 되는지, 앞길에 어떤 위험이 닥쳐올지 아직 모르기 때문입니다."

그러자 김리가 말했다.

"길이 어두워진다고 돌아온다면 그는 배신자입니다."

"그럴지도 모릅니다만 어둠이 내리는 것을 보지도 못한 이들에게 어둠 속의 길을 강요하는 맹세는 절대 안 됩니다."

"하지만 맹세는 흔들리는 마음을 강하게 할 수도 있잖습니까?"

김리는 여전히 우겼다. 그러나 엘론드는 말을 이었다.

"오히려 약하게 할 수도 있지요. 너무 멀리까지 내다볼 필요는 없습니다. 용기를 가지시오! 안녕히! 요정과 인간과 모든 자유민의 축복이 그대들과 함께 있기를 기원합니다. 별빛이 그대들의 얼굴을 밝혀 주기를 기원합니다."

빌보는 추위에 말을 더듬으며 인사했다.

"행운을…… 행운을 빕니다! 프로도, 내 아들아, 네게 일기를 쓰는 것까지 기대하지는 않는다만 돌아오면 하나도 빠짐없이 이야기를 들려주어야 한다. 너무 오래 걸리지 않기를 빈다! 잘 가거라!"

엘론드의 많은 가솔들이 어둠 속에서 그들이 떠나는 것을 지켜보며 나지막한 소리로 작별 인사를 했다. 웃음이나 노랫소리, 음악 소리는 전혀 들리지 않았다. 드디어 그들은 엘론드의 저택을 등지고 소리 없이 어둠 속으로 스며들었다.

그들은 다리를 건너 깊은골의 협곡을 빠져나오는 길로 가파른 오솔길을 천천히 올라갔고, 얼마 후에는 헤더 수풀 사이로 바람이 씽씽거리는 황량한 고원에 닿았다. 그리고 눈 아래 불빛이 가물거리는 '최후의 아늑한 집'을 한 번씩 바라본 뒤 일행은 성큼성큼 밤의 어둠 속으로 걸어 들어갔다.

그들은 브루이넨여울에서 동부대로를 버리고 남쪽으로 방향을 바뀌 우묵한 분지 사이로 난 소로를 계속 걸었다. 그들의 계획은 그 길을 따라 안개산맥 서쪽으로 며칠간 계속 가는 것이었다. 이곳은 산맥 반대편 야생지대의 안두인강 유역 푸른 계곡보다 거칠고 황량했다. 자연히 속도는 더딜 수밖에 없었지만 그렇게 해서라도 수상한 눈길에서 벗어날 수 있기를 바랐다. 이 텅 빈 땅에는 사우론의 첩자들이 없었다. 그 길은 깊은골의 요정들 외에는 아는 이가 거의 없었기 때문이다.

간달프가 앞장서고 아라고른이 그 옆에서 걸어갔는데 그는 어둠 속에서도 이 지역을 잘 알았다. 다른 이들은 한 줄로 뒤따랐다. 그중 눈이 밝은 레골라스가 맨 후미에 섰다. 여행의 초반부는 힘들고 지루했기 때문에 프로도는 바람 소리밖에 기억나는 것이 없었다. 며칠간 흐린 날이 계속 되면서 동쪽의 산맥에서 얼음장 같은 바람이 불어왔고, 살을 에는 듯한 추위에는 어떤 옷도 소용이 없는 것 같았다. 모두 옷을 두껍게 입고 있었지만 움직일 때나 쉴 때나 계속 추위에 떨어야 했다. 한낮에는 우묵한 분지나 곳곳에 흩어져 있는 우거진 가시나무숲 밑에 숨어서 새우잠을 잤다. 그리고 오후 늦게 불침번이 깨우면 그제야 일어나 하루의 가장 중요한 식사를 했다. 함부로 불을 피울 수가 없었기에 식사는 대개 차갑고 맛이 없었다. 밤에는 다시 길이 보일 때까지 계속 남쪽에 가까운 방향으로 걸었다.

호빗들은 처음엔 매일 지칠 때까지 정신없이 걸었으나 여전히 굼벵이처럼 제자리만 기어가고 있다는 느낌이 들었다. 주변의 풍경은 언제나 전날과 똑같았다. 그러나 그들은 차차 산맥에 접근했다. 깊은골 남쪽부터 산맥은 점점 높아졌지만 방향은 차츰 서쪽으로 기울어졌다. 산맥 중심부의 기슭에는 요란한 물소리로 가득한 깊은 계곡과 황량한 야산 들이 여기저기 펼쳐졌다. 길은 거의 없었고, 그나마 있는 길들도 굴곡이 심해서 길을 따라가다 보면 이따금 급경사의 폭포 위이거나 위험한 늪지대이기도 했다.

길을 떠난 지 2주째 접어들자 날씨가 변했다. 바람이 갑자기 가라앉더니 남쪽으로 방향을 바꿨다. 급히 흘러가던 구름도 녹아 사라지면서 밝은 햇빛이 비쳤다. 지루하고 힘든 야간 행군 끝에 차갑고 맑은 새벽이 밝았다. 여행자들은 호랑가시나무 고목들로 뒤덮인 낮은 산등성이에 도착했다. 초록빛이 감도는 회색 나무줄기는 마치 산위의 돌로 만든 것 같았다. 떠오르는 아침 햇살에 거무스름한 나뭇잎은 반짝거렸고 열매는 붉은빛을 띠었다.

프로도는 멀리 남쪽으로 자신들이 향한 높은 산맥의 희미한 윤곽을 볼 수 있었다. 왼쪽으로 세 개의 봉우리가 솟아 있었는데, 가장 높고 가까운 봉우리는 정상이 눈으로 덮인 이빨 모양의 산이었다. 그 거대한 봉우리의 벌거벗은 북쪽은 아직 대부분 어둠에 잠겨 있었지만 햇빛이 비치는 곳은 붉게 반사되었다.

간달프는 프로도 곁에 서서 한 손으로 햇빛을 가린 채 그쪽을 바라보았다.

"지금까지는 괜찮았어. 우린 인간들이 호랑가시나무땅이라고 부르는 곳의 경계에 와 있는 거야. 행복하던 시절에는 요정들도 여기 많이 살았는데, 그때는 에레기온이라고 불렀지. 우린 지금까지 직선거리로 200킬로미터가 넘게 왔네. 물론 실제로 걸은 거리는 훨씬 길지만 말이야. 지형이나 날씨는 전보다 나아지겠지만 위험은 한층 더해질 거야."

"위험하든 어쨌든 햇빛을 보니 살 것 같은데요."

프로도가 두건을 뒤로 젖히고 아침 햇살을 얼굴 가득 받으며 대답하자 피핀이 간달프에게 물었다.

"그런데 산맥이 우리 앞쪽에 있잖아요. 지난밤에 동쪽으로 방향을 바꾼 게 틀림없어요."

"아니야, 햇빛이 좋으니 더 멀리까지 잘 봐. 저 봉우리들 지나가면 산맥이 서남쪽으로 방향을 바꾸지. 엘론드의 저택에 지도가 많이 있었는데 아마 자넨 볼 생각이 없었겠지?"

"가끔 보긴 했지만 기억이 나질 않아요. 그런 건 프로도 씨가 잘 기억하겠죠."

그러자 레골라스와 함께 올라온 김리가 말했다.

"내겐 지도가 필요 없소."

그는 깊숙한 두 눈에 묘한 빛을 띤 채 앞을 바라보고 있었다.

"저기는 우리 조상들이 계시던 곳이지. 저 세 봉우리의 모습을 우린 금속과 돌로 수없이 조각했고 또 노래와 이야기도 많이 전합니다. 우리의 꿈속에서는 너무도 생생한 곳이지요. 바라즈, 지락, 샤트후르. 전에 딱 한 번밖에 본 적이 없지만 난 저곳을 대번에 알아볼 수 있소. 이름까지 기억하지요. 왜냐하면 저 산 속에 크하잣둠, 곧 난쟁이들의 저택이 있기 때문이오. 요정들은 저곳을 모리아, 즉 검은 구덩이라고 부릅니다. 맨 앞에 있는 게 바라진바르, 인간들은 '붉은뿔', 요정들은 잔인한 카라드라스라고 부르는 산이지요. 그다음이 은빛첨봉과 구름머리봉인데, 요정들은 그것들을 각각 백색의 켈레브딜, 회색의 파누이돌이라고 부르고, 우리는 지락지길, 분두샤트후르라고 합니다. 저기서 안개산맥이 갈라지는데 그 갈라진 사이에 결코 잊을 수 없는 깊고 어두운 골짜기가 있지요. 아자눌비자르, 즉 요정들이 난두히리온이라 부르는 어둔내계곡입니다."

그러자 간달프가 말했다.

"우리가 가고 있는 곳이 어둔내계곡일세. 만일 우리가 카라드라스 반대쪽 아래로 '붉은뿔의 문'이라는 고개로 올라서면 '어둔내계단'을 따라 난쟁이들이 살던 깊은 골짜기로 들어서는 거야. 거기에 가면 '거울호수'가 있고, '은물길강' 수원이 되는 얼음장같이 차가운 샘물이 있지."

"크헬레드자람 호수의 물은 검고, 키빌 날라의 샘물은 차지요. 그것들을 곧 보게 된다고 생각하니 가슴이 두근거립니다."

"실컷 봐 두게, 사랑하는 난쟁이 양반! 하지만 자네가 무얼 하고 싶은지 모르지만 우리는 그 골짜기에서 오래 머물 수는 없네. 은물길 강을 따라 내려가다가 비밀의 숲으로 들어가야 하고, 그리고 나서 안두인대하로 향한 후 그다음엔……."

그는 말을 멈췄다.

"계속하세요. 그다음엔 어디예요?"

메리가 재촉했다.

"우리의 목적지겠지…… 결국은. 너무 멀리까지 내다볼 필요는 없어. 1단계 계획이 무사히 끝난 것을 기뻐하세. 내 생각에 오늘은 밤에도 걷지 말고 여기서 그냥 쉬는 게 좋겠어. 호랑가시나무땅 주변은 공기가 맑거든. 한때 요정이 살던 곳은 세상이 혼탁해져도 그 요정들의 기억을 완전히 잊는 데는 시간이 많이 걸리거든."

그러자 레골라스가 말했다.

"맞습니다. 하지만 여기 살던 요정들은 우리 같은 숲요정들과는 다른 종족이었습니다. 그래서 나무와 풀도 이젠 그들을 기억하지 못하지요. 다만 돌과 바위 들이 슬퍼하는 소리가 들립니다. '그들은 우리를 깊이 팠고, 우리를 아름답게 다듬었지. 그들은 우리를 높이 세웠지만 사라져 버렸네.' 그들은 사라져 버렸어요. 먼 옛날 항구를 찾아 떠나 버렸습니다."

그날 아침 그들은 호랑가시나무덤불이 우거진 깊은 골짜기에서 불을 피웠고, 그날의 아침 겸 저녁 식사는 길을 떠난 이래 가장 즐거운 식사였다. 식후에도 그들은 곧바로 잠자리에 들지 않았다. 오늘은 밤새 잠을 충분히 자고 내일 저녁까지 길을 나설 계획이 없기 때문이었다. 오직 아라고른만 불안한 표정으로 침묵을 지켰다. 잠시 후 그는 일행을 떠나 능선 위로 올라가 나무 그늘에서 무슨 소리라도 듣는 듯 고개를 갸웃거리며 서쪽과 남쪽을 번갈아 바라보았다. 그리고 다시 골짜기 아래로 돌아와 다른 동료들이 웃으며 이야기하는 모습을 물끄러미 지켜보았다.

메리가 쳐다보며 물었다.

"무슨 일이에요, 성큼걸이? 뭘 찾고 있어요? 동풍이 없어요?"

"아닐세. 한데, 뭔가 없는 것 같아. 전에도 호랑가시나무땅에 여러 번 왔었는데, 이곳엔 아무도 살지 않기 때문에 짐승들의 천국이었소. 특히 새들이 많았지. 그런데 지금은 자네들 소리 말고는 사방이 너무 고요하단 말이야. 난 그걸 느낄 수가 있소. 사방 몇 킬로미터 안에선 아무 소리도 들리지 않아 자네들 소리에 땅이 울릴 지경이오. 이해할 수가 없어."

그러자 간달프가 긴장하며 물었다.

"이유가 뭐라고 생각하오? 인적이 워낙 드문 곳이니 우리는 말할 것도 없고 호빗들이 넷씩이나 나타나서 동물들이 놀란 것 아니겠소?"

"그랬으면 좋겠습니다. 하지만 어쩐지 예전과는 달리 감시당하고 있는 듯한 두려움이 느껴지는군요."

"그렇다면 우리 모두 조심합시다. 순찰자와 함께 다닐 때는 그의 말을 듣는 것이 이롭소. 특히 그 순찰자가 아라고른이라면 더욱 그렇고. 이제 이야기는 그만하고 조용히 쉬면서 불침번을 세우지."

그날 첫 당번은 샘이었지만 아라고른도 함께 불침번을 섰다. 나머지는 모두 잠자리에 들었다. 이제 적막은 샘조차 느낄 수 있을 정도였다. 잠을 자는 동료들의 숨소리가 샘의 귀에 선명하게 들려왔다. 이따금 조랑말이 꼬리를 철썩거리거나 발굽으로 땅바닥을 긁는 소리가 섬뜩할 만큼 크게 들렸다. 샘은 몸을 움직일 때마다 자신의 관절이 삐걱거리는 소리가 들리는 것 같았다. 사방은 쥐 죽은 듯 고요했고 동쪽 하늘에 태양이 떠오르면서 맑고 푸른 하늘이 나타났다.

그때 남쪽 하늘 멀리서 검은 점이 하나 나타나더니 점점 커지면서 바람에 실린 연기처럼 북쪽을 향해 날아왔다.

"성큼걸이, 저게 뭐예요? 구름 같지는 않은데요."

샘이 아라고른에게 속삭였다. 그는 하늘을 뚫어지게 바라보며 아무 대답도 하지 않았다. 하지만 샘은 다가오는 게 무엇인지 곧 자기 눈으로 확인할 수 있었다. 대단히 빠른 속도로 둥그렇게 원을 그리며 날아오는 것은 새 떼였다. 마치 뭔가를 찾기라도 하듯 새 떼는 구석구석을 누비며 서서히 가까이 날아왔다.

"꼼짝 말고 엎드려!"

아라고른이 날카롭게 소리지르며 호랑가시나무덤불로 샘을 끌어당겼다. 한 무리의 새 떼가 본대에서 떨어져 나와 고도를 낮추며 능선을 향해 직선으로 날아왔다. 샘이 보기에는 몸집이 큰 까마귀류였다. 워낙 수가 많아서 그들의 머리 위로 날아가는 동안 땅에는 커다란 검은 그림자가 뒤따랐다. '까악' 하는 소리가 크게 울렸다.

새 떼가 서북쪽으로 까마득하게 사라지고 하늘이 다시 밝아질 때까지 아라고른은 꼼짝도 하지 않았다. 그리고 그는 일어나 간달프를 깨웠다.

"까마귀 떼가 산맥과 회색강 사이의 전역을 수색하고 있습니다. 지금 막 호랑가시나무땅을 지나갔는데 원래 이 땅에 살던 무리가 아니고 팡고른과 던랜드에서 날아온 크레바인이라는 까마귀였습니다. 뭘 찾는지는 모르겠습니다. 혹시 남쪽에서 무슨 변고가 일어나 피난하는 중인지도 모르지요. 하지만 제가 보기엔 분명, 지상에서 무언가를 찾고 있었습니다. 더 높은 하늘에선 매도 몇 마리 보였는데 아무래도 오늘 저녁에 다시 출발하는 것이 좋겠습니다. 호랑가시나무땅도 이제 안전한 장소가 아니군요. 우린 감시당하고 있습니다."

"그렇다면 붉은뿔의 문도 마찬가진데. 어떻게 발각되지 않고 그곳을 넘어갈지 걱정이오. 그 문제는 그때 가서 생각하기로 하고, 어두워지면 출발하자는 의견에는 나도 동의합니다."

"다행히 우리가 피운 불이 연기가 적었고 또 크레바인 떼가 오기 전에 거의 사그라졌지요. 다시는 불을 피우지 말아야겠습니다."

오후 늦게 일어나자마자 앞으로 불도 피우지 못하며, 오늘 밤 행군을 계속한다는 소리를 듣고 피핀은 못마땅한 표정을 지으며 불평했다.

"아니, 어떻게 그럴 수가! 겨우 까마귀 때문에! 오늘 저녁엔 정말 근사한 식사를 기대했는데, 뜨끈한 걸 말이에요!"

간달프가 말했다.

"흠, 기대는 계속해도 좋아. 앞으로 기대하지도 않던 멋진 식사가 많을 테니까. 사실 나도 느긋하게 담배도 좀 피우고, 발도 녹이고 싶다네. 하지만 한 가지 분명한 것은 남쪽으로 갈수록 점점 더 따뜻해질 거란 사실이야."

샘이 프로도에게 중얼거렸다.

"너무 뜨거워서 탈이겠지요. 하지만 제 생각엔 지금쯤 그 불의 산이 보일 때도 된 것 같은데요. 다시 말하자면, 이제 여행이 끝날 때도 된 게 아닐까요? 처음에 김리가 이야기하기 전까지는 저기 붉은뿔인가 뭔가가 거긴 줄 알았어요. 난쟁이들 말은 발음이 어려워서 원!"

샘의 머리로는 도무지 지도를 이해할 수가 없었다. 지금까지 그들이 걸어온 먼 길만으로도 너무 엄청났기 때문에 그로서는 도대체 가늠할 수 없었다.

그날 하루 종일 일행은 숨어 지냈다. 검은 새들이 이따금 지나갔지만 석양이 빨갛게 물들면서 모두 남쪽으로 사라졌다. 사방이 어둑어둑해졌을 때 그들은 출발했다. 카라드라스봉이 마지막 석양을 받아 아직 불그레한 빛을 띠고 있었다. 그들은 반쯤 동쪽으로 길을 틀어 곧바로 카라드라스로 향했다. 하늘이 어두워지며 흰 별들이 하나둘씩 나타났다.

아라고른의 인도로 그들은 상당한 거리를 걸었다. 프로도가 보기에 호랑가시나무땅에서 고개까지 이르는 길은 한때 널찍하게 잘 닦인 고대 도로의 자취인 것 같았다. 산 위로 보름달이 떠올라 희미한 빛으로 거뭇거뭇한 바위 그림자를 만들어 냈다. 지금은 쓸쓸하고 황량한 폐허에 뒹굴고 있지만 그것들은 대부분 석공들의 손을 거친 것 같았다.

새벽이 밝기 직전의 차고 쌀쌀한 시간이었다. 달은 벌써 저만치 내려앉고 있었다. 프로도는 하늘을 올려다보다가 갑자기 별빛을 가리며 시커먼 그림자가 지나가는 것을 보았다. 마치 별빛이 잠시 어두워졌다가 다시 반짝이는 것 같았다. 그는 몸을 떨었다.

"뭐 지나가는 거 못 보셨어요?"

그는 바로 앞에 가던 간달프에게 물었다.

"보지는 못했지만 뭔가 지나간 것 같네. 엷은 구름인지도 모르지."

간달프가 대답하자 아라고른이 중얼거렸다.

"속도가 빨랐어요. 바람도 없는데."

그날 밤은 더는 아무 일도 일어나지 않았다. 다음 날 아침은 전날보다 맑았다. 그러나 공기는 다시 차가워졌고 바람은 벌써 동쪽으로 방향을 바꾸었다. 그들은 이틀 밤을 더 걸었다. 산으로 들어갈수록 길은 점점 더 가팔라졌고, 산들은 거대한 장막처럼 눈앞으로 다가들었다. 사흘째 아침 거대한 봉우리 카라드라스가 그들 앞에 위용을 드러냈다. 정상에는 은빛 눈이 덮여 있었고 깎아지른 듯한 측면은 아침 햇살을 받아 핏빛으로 물들었다.

하늘이 거뭇거뭇하게 인상을 찌푸리더니 햇빛도 힘을 잃었고 바람은 이제 동북쪽으로 불었다. 간달프가 킁킁거리며 찬 공기를 들이 마시고는 뒤를 돌아보며 아라고른에게 나직하게 말했다.

"겨울이 깊어지고 있소. 북쪽엔 전보다 눈이 더 왔어. 산허리까지 눈이 덮였으니 말이오. 오늘 밤에는 붉은뿔의 문을 오르는데 그 좁은 산길에서 적의 눈에 발각될지도 모르고 또 기습을 받을 수도 있소. 하지만 그보다 더 무서운 적은 날씨일 것 같소. 아라고른, 그래도 이 길이 낫겠소?"

프로도는 이 말을 엿듣고서야 간달프와 아라고른이 오래전부터 시작한 논쟁을 아직 계속하고 있음을 알았다. 그는 걱정스럽게 귀를 기울였다.

아라고른이 말했다.

"간달프, 잘 아시다시피 우리가 가는 길이 처음부터 끝까지 어디 쉬운 데가 있습니까? 예상했던 못 했던 위험은 갈수록 커집니다. 계속 가는 수밖에 없지요. 산을 넘는 걸 미뤄 봤자 소용이 없습니다. 남쪽으로 내려가면 로한관문에 이르기 전까진 길도 없습니다. 더구나 지난번 말씀하신 대로 사루만이 그렇게 변했다면 그쪽도 마음을 놓을 수 없잖습니까? 말의 명인들의 장군들이 지금은 어느 편이 되어 있는지 아무도 모릅니다."

"그럴 수도 있지. 하지만 카라드라스 고개 말고 다른 길이 있지 않소? 지난번에 말한 어두운 비밀의 길 말이오."

"그 길 얘기는 이제 그만합시다! 아직은 말입니다. 다른 길이 없다는 게 분명해질 때까지는 아무에게도 말씀하지 마십시오."

"더 들어가기 전에 결정 내려야 하오."

간달프가 말하자 아라고른이 대답했다.

"그렇다면 다들 잠든 후에 다시 한번 각자 생각해 보지요."

오후가 되어 모두들 늦은 아침을 먹는 동안 간달프는 아라고른과 함께 한쪽 옆으로 가서 카라드라스를 바라보고 섰다. 산허리는 벌써 그늘이 져서 음침했으며, 산 정상은 회색 구름에 잠겨 있었다. 프로도는 그들을 지켜보며 어느 쪽으로 결정이 날지 궁금했다. 잠시 후 둘은 되돌아왔고 날씨가 나쁘지만 높은 재를 넘기로 했다고 간달프가 말했다. 프로도는 안심했다. 그는 간달프가 말하던 어두운 비밀의 길이 무엇인지 짐작할 수는 없었지만, 아라고른이 그 말만 듣고도 꺼리는 것을 보면 그쪽을 포기한 게 잘된 것이란 생각이 들었다.

간달프가 말했다.

"우리가 지금까지 관찰한 바에 따르면 붉은뿔의 문은 감시를 받고 있는 것 같소. 그리고 날씨도 대단히 좋지 않아요. 눈이 내릴지도 모르오. 그러니 가능한 한 빨리 올라가야 하지만, 아무리 빨리 가도 행군을 두 번 넘게 더 해야 고개 위에 도착할 거요. 오늘 밤은 일찍 어두워질 테니 준비되는 대로 빨리 출발합시다."

그러자 보로미르가 말했다.

"죄송합니다만, 한 말씀 드리겠습니다. 저는 백색산맥 그늘에서 태어났기 때문에 고지대의 여행에 관해 조금 아는 게 있습니다. 산을 넘으려면 지독한 추위를 각오해야 합니다. 그러니 소리도 없이 몰래 넘어가려다가 얼어 죽으면 아무 소용 없는 일이지요. 여긴 아직 나무나 덤불이 좀 있으니 모두 힘닿는 데까지 땔나무를 지고 가는 게 나을 겁니다."

"그러면 빌, 너도 짐을 좀 더 질 수 있을까?"

샘이 조랑말을 바라보며 말하자 조랑말은 그를 애처롭게 바라보았다. 간달프가 말했다.

"좋소. 하지만 생사의 갈림길이란 결정이 내려지기 전까지는 절대 불을 피워서는 안 되오."

그들은 다시 행군을 시작했다. 처음에는 꽤 빠른 속도로 나아갔지만, 곧 길이 가파르고 험해졌다. 꼬불꼬불한 오르막길은 도처에서 흔적도 없이 사라지거나 산에서 굴러 내린 바윗돌로 막혀 있었다. 밤은 짙은 구름 아래 지독한 칠흑으로 짙어져 갔다. 바위 사이로 모진 바람이 소용돌이쳤다. 자정쯤에 그들은 거대한 산맥의 무릎에 올라섰다. 좁은 길이 왼쪽으로 깎아지른 절벽을 끼고 돌아가고, 그 위로 어둠에 묻혀 보이지 않지만 카라드라스의 험궂은 산허리가 솟아 있었다. 오른쪽으로는 깊은 계곡 아래로 암흑의 심연이 펼쳐졌다.

일행은 가파른 비탈길을 간신히 올라 절벽 위에 잠시 멈춰 섰다. 프로도의 얼굴에 부드러운 감촉이 느껴졌다. 그는 팔을 꺼내어 희끗희끗한 눈발이 소매 위에 내려앉는 것을 보았다.

그들은 계속 걸었다. 그러나 얼마 안 가 눈송이는 점차 세차게 어둠 속에서 휘몰아치기 시작했고, 프로도는 눈을 뜰 수가 없었다. 한두 발짝 앞에 서 있는 간달프와 아라고른의 구부정하고 시커먼 형체가 보이지 않을 정도였다. 샘이 바로 뒤에서 헐떡이며 중얼거렸다.

"영 마음에 안 들어. 눈이란 맑은 아침에 내다보아야 좋은 거지, 이렇게 내릴 때는 침대에 있고 싶단 말이야. 호빗골에 이렇게 내리면 모두들 아주 좋아할 텐데!"

북둘레의 고지대 외에는 샤이어에 눈이 많이 내리는 일이 드물었기 때문에 눈은 언제나 즐거운 손님이었다. (빌보를 제외하고) 살아 있는 호빗 중에는 아무도 흰 늑대가 얼어붙은 브랜디와인강을 건너 샤이어에 쳐들어온 1311년 '혹한의 겨울'을 기억하지 못했다.

간달프가 걸음을 멈췄다. 그의 모자와 어깨 위에 눈이 두텁게 쌓였고 신발 위로도 쌓여 벌써 발목까지 차올랐다.

"내가 걱정한 게 바로 이거요. 아라고른, 이제 어떻게 해야겠소?"

"나도 걱정했지요. 그렇지만 내가 걱정한 것과는 다릅니다. 이런 남쪽 지방에서는 고산지대를 제외하곤 폭설이 드문데 이건 좀 이상합니다. 우린 아직 그리 높이 올라오지도 않았습니다. 아직 산 아래라고도 할 수 있는데 말입니다. 여긴 항상 길이 뚫려 있던 곳입니다."

그러자 보로미르가 말했다.

"대적의 농간일지도 모릅니다. 모르도르경계의 어둠산맥에서는 폭풍도 그의 의지대로 인다는 소문이 있습니다. 그는 신비한 힘과 많은 동맹 세력을 갖고 있지요."

김리가 말을 받았다.

"그렇다면 팔이 꽤 커졌군. 우리를 괴롭히려고 북쪽에서 눈을 퍼서 1500킬로미터나 떨어진 여기까지 가져오다니!"

그러자 간달프가 대답했다.

"팔이 점점 커지는 모양이야."

그들이 쉬는 동안 바람이 잦아들면서 눈발도 약해지더니 이윽고 멎었다. 그들은 다시 터벅터벅 걷기 시작했다. 그러나 200미터도 채 못 가서 바람이 다시 기승을 부렸다. 바람 소리가 윙윙거렸고 눈발은 이제 눈앞을 가로막는 눈보라로 변했다. 이윽고 보로미르조차 더는 행군이 불가능하다고 생각했다. 호빗들은 거의 반쯤 몸을 숙인 채 키 큰 사람들 뒤를 겨우 따라갔다. 그러나 눈이 계속 이렇게 내린다면 분명히, 더 나아갈 수가 없었다. 프로도는 다리가 천근같이 무거웠다. 피핀이 뒤로 처지기 시작했으며, 난쟁이치고는 대단한 체력의 소유자인 김리도 뒤에서 불평했다.

일행은 말 한마디 없이 약속이라도 한 듯 갑자기 걸음을 멈췄다. 사방의 어둠 속에서 괴이한 소리가 들려온 것이었다. 그것은 암벽의 틈새나 골짜기를 지나는 바람의 장난 같았지만 그들의 귀에는 날카로운 비명이나 요란한 웃음소리로 들렸다. 산비탈에서 돌이 굴러떨어지기 시작하더니 머리 위로 소리를 내며 쏟아지거나 그들 옆에 떨어져 박살이 났다. 이따금 집채만 한 바위가 보이지 않는 높은 곳에서 굴러떨어지는 둔중한 소리가 들렸다.

보로미르가 말했다.

"오늘 밤은 더는 못 갑니다. 저건 바람 소리라고 할 수가 없어요. 대단히 기분 나쁜 소리군요. 그리고 떨어지는 바위도 우리를 겨냥하고 있습니다."

아라고른이 대답했다.

"분명히 바람 소리요. 하지만 당신 말이 틀린 것은 아니오. 이 세상에는 사우론과 손을 잡진 않았지만 두 발 달린 생물만 보면 적대감을 드러내는 못된 것들이 많으니, 그들 나름대로의 목적이 있겠지. 그중에는 사우론보다도 먼저 이 땅에 나타난 것들도 있소."

그러자 김리가 말했다.

"카라드라스는 한때 잔인한 산이라고 불릴 만큼 악명이 높았지요. 사우론이란 이름을 들어 보지도 못하던 옛날 일이지만 말입니다."

간달프가 말했다.

"우리가 물리칠 수 없는 적이라면 그게 누구든 무슨 상관이겠는가?"

"그렇다면 어떻게 해야 하죠?"

피핀이 의기소침해서 물었다. 그는 메리와 프로도에게 기댄 채 떨고 있었다.

"여기서 멈추든 되돌아가든 둘 중 하나야. 계속 갈 수는 없어. 내 기억이 정확하다면 여기서 조금만 더 올라가면 이 절벽이 끝나고 기다란 비탈이 나타나는데 그 바닥에는 야트막하고 널찍한 골이 파여 있네. 따라서 거기선 눈이나 돌이나 뭐라도 막아 낼 수 없을 거야."

간달프가 말하자 아라고른이 나섰다.

"이 폭설에서는 돌아갈 수도 없습니다. 우리가 오늘 저녁 지나온 길에는 지금 이곳 절벽 아래보다 나은 피신처가 없어요."

그러자 샘이 중얼거렸다.

"피신처라! 이게 피신처라면 지붕 없이 벽 하나만 달랑 있어도 집이라고 우기겠군."

　일행은 이제 함께 모여 가능한 한 절벽 쪽에 바짝 붙어 섰다. 절벽은 남쪽을 향하고 있었는데 아랫부분이 약간 밖으로 튀어나와 있어, 그들은 그 돌출부가 떨어지는 돌이나 북풍을 좀 막아 주길 바랐다. 그러나 소용돌이치는 돌풍은 사방에서 휘몰아쳤고 눈발은 더욱 굵어졌다.

　그들은 벽에 등을 대고 한자리에 우두커니 모여 섰다. 조랑말 빌 역시 낙심한 표정이었으나 참을성 있게 호빗들 앞에서 그들을 가리며 서 있었다. 그러나 쏟아지는 눈은 곧 빌의 복사뼈를 뒤덮고도 계속 쌓였다. 만일 키 큰 동료들이 없었다면 호빗들은 완전히 눈에 파묻혀 버렸을 것이다.

　참을 수 없는 졸음이 프로도에게 밀어닥쳤다. 그는 순식간에 나른한 아지랑이 같은 꿈속으로 가라앉고 있었다. 발끝에는 따뜻한 난로가 놓여 있고, 난로 저쪽 어둠 속에서는 빌보의 목소리가 들려오는 듯했다. '일기 때문에 너무 신경 쓸 필요는 없어. 1월 12일, 눈보라, 그걸 보고하려고 되돌아올 필요는 없었어!' 프로도는 어렵사리 대답할 수 있었다. '하지만 빌보 아저씨, 저는 휴식과 잠이 필요했어요.' 온몸이 덜덜 떨리는 것을 느끼며 그는 고통스럽게 의식을 되찾았다. 보로미르가 눈 속에 파묻힌 그를 들어 올리며 말했다.

　"간달프, 이러다가 반인족들은 얼어 죽겠습니다. 눈이 머리 위에 쌓일 때까지 앉아 있는다는 건 어리석은 일입니다. 무슨 대책을 강구해야지요."

　간달프는 자기 배낭에서 가죽 물통을 꺼내며 말했다.

　"그들에게 이걸 주시오. 모두 한 모금씩만 마시게. 매우 귀한 거니까. 임라드리스의 감로주 미루보르인데 엘론드가 떠나기 전에 주었지. 자, 돌리시오!"

프로도는 따뜻하고 향긋한 감로주를 한 모금 마시자 몸에서 새로운 힘이 솟고 쏟아지던 졸음이 달아나는 것 같았다. 모두들 다시 원기를 되찾고 조금씩 희망이 되살아났다. 그러나 눈은 그칠 줄을 몰랐다. 조금 전보다 굵은 눈발이 휘몰아쳤고 바람도 더 세게 불어왔다.

보로미르가 불쑥 물었다.

"불을 피우는 게 어떻겠습니까? 간달프, 이젠 정말 불이냐 죽음이냐의 기로에 온 것 같습니다. 눈에 완전히 파묻히면 적의 첩자들에게 발각되지는 않겠지만 만사가 끝장나는 것 아닙니까?"

"불을 피울 수 있으면 피워 보시오. 이 눈보라를 견딜 수 있는 자가 있다면 불을 피우든 안 피우든 벌써 우리를 발견했겠지."

보로미르의 제안에 따라 나무와 불쏘시개를 모아 놓고 불을 붙이려 했지만 난쟁이나 요정의 재주로도 도저히 불가능했다. 바람이 너무 심하기도 했지만 땔감이 너무 젖어 있었다. 결국 간달프가 마지못해 손을 썼다. 그는 장작 하나를 집어 잠시 높이 쳐들었다. 그리고 "나우르 안 에드라이스 암멘!" 하는 주문과 함께 지팡이 끝을 장작에 집어넣었다. 즉시 파란색과 초록색의 불꽃이 크게 일어나면서 나무는 탁탁 소리를 내며 타올랐다.

"혹시 어디서 지켜보는 눈이라도 있다면 적어도 나는 발각된 셈이군. 깊은골에서 안두인강 하구까지 글을 읽을 줄 아는 이라면 모두 볼 수 있게 '간달프가 여기 있소' 하고 방을 써 붙인 꼴이 되었으니 말이야."

그러나 일행은 숨어서 지켜보는 눈이나 첩자를 걱정할 겨를이 없었다. 불꽃을 보기만 해도 그들의 마음은 따뜻해지는 듯했다. 나무는 신나게 타올랐다. 모닥불 둘레의 눈이 쉭쉭거리며 녹아 그들 발밑으로 흘렀지만 그들은 여전히 기분 좋게 불꽃을 향해 두 손을 내밀고 있었다. 춤추듯 너울거리는 작은 모닥불을 가운데 두고 일행은 몸을 웅크린 채 서 있었다. 피곤하고 근심스러운 얼굴들 위로 빨간 불빛이 어른거렸고 등 뒤로는 어둠이 검은 벽처럼 그들을 둘러싸고 있었다.

그러나 장작은 빠르게 타들어 갔으며 눈은 여전히 쏟아졌다.

불기운은 차츰 사그라지기 시작했고, 누군가 마지막 장작을 던져 넣었다.

아라고른이 말했다.

"밤이 깊었으니 새벽이 멀지 않았을 거야."

그러자 김리가 말했다.

"새벽이 되면 저 구름이 없어질까!"

보로미르는 둘러선 자리에서 빠져나오면서 어둠 속을 쳐다보고 말했다.

"눈발이 약해지고 있습니다. 바람도 기세가 꺾였고요."

사그라지는 불빛 속에서 프로도는 피곤한 눈으로 어두운 하늘에서 꺼져 가는 불빛 속으로 떨어져 내리는 눈송이들을 지켜보았다. 한참 바라보았으나 눈발은 약해지는 기색이 없었다. 그런데 졸음이 다시 서서히 몰려오기 시작했을 때 그는 갑자기 바람이 정말 가라앉고 눈송이도 더 크고 드문드문해지는 것을 깨달았다. 서서히 희미한 빛이 눈에 들어오기 시작했고 드디어 눈도 완전히 그쳤다.

시야가 좀 더 밝아지면서 눈 덮인 고요한 세계가 희미하게 드러났다. 그들의 피신처 아래쪽으로 크고 작은 눈더미만 보일 뿐 그들이 지나온 길은 흔적도 없었다. 그러나 위쪽은 여전히 금방이라도 눈이 퍼부을 것 같은 무거운 구름 뒤로 가려져 보이지 않았다.

김리가 하늘을 쳐다보더니 고개를 내저었다.

"카라드라스는 우릴 용납하지 않습니다. 계속 올라간다면 다시 눈을 퍼부을 거요. 가능하면 빨리 하산하는 게 좋아요."

이 말에 모두 동의했다. 그러나 하산도 이젠 쉽지 않았다. 어쩌면 불가능할지도 몰랐다. 그들이 불을 피운 자리에서 몇 발짝만 벗어나도 눈은 호빗들의 키를 넘었고, 곳곳에 바람에 밀려온 눈더미가 뭉쳐 있었다.

"간달프 님이 불을 들고 앞장서신다면 길이 생길 텐데요."

레골라스가 말했다. 눈보라에도 그의 기는 거의 꺾이지 않았고, 일행 중 유일하게 아직 마음의 여유가 있었다.

간달프가 말을 받았다.

"요정들이 산을 넘어가서 태양을 데려와 우리를 구해 주면 좋겠군. 무슨 재료가 있어야 불을 피우지, 눈을 태울 수야 없지 않은가."

보로미르가 나섰다.

"좋습니다. 우리 속담에 머리로 안 되면 몸을 쓰라는 말이 있습니다. 우리 중 제일 힘센 이들이 먼저 길을 뚫지요. 보십시오! 천지가 온통 눈으로 뒤덮인 것 같지만 사실 눈이 처음 내리기 시작한 것은 바로 저기 바위벽을 돌아올 때부터였습니다. 저기까지만 가면 그다음부터는 쉬울 텐데. 제 짐작으로는 200미터 정도밖에 안 될 겁니다."

"그렇다면 나하고 같이 저기까지만 길을 뚫어 봅시다."

아라고른이 말했다. 일행 중에서 키는 아라고른이 제일 컸지만, 보로미르도 그 못지않은 데다 어깨나 체격은 더 벌어지고 탄탄했다. 그가 앞장을 서고 아라고른이 그 뒤를 따랐다. 그들은 부지런히 몸을 움직여 서서히 전진하기 시작했다. 눈이 가슴까지 차오른 곳이 많아서 보로미르는 걷는다기보다 긴 팔로 수영을 하거나 땅을 파 들어가는 것같이 보였다.

레골라스는 한참 동안 입가에 웃음을 띤 채 그들이 힘들여 나아가는 것을 바라보다가 일행을 향해 돌아섰다.

"몸이 좋으니 길을 뚫는다고 했소? 하지만 쟁기질은 농부가 하고, 수영은 수달이 잘하지만 풀밭이나 나뭇잎, 아니면 흰 눈 위로 달려가는 데는 요정이 최고지요."

그 말이 끝나기가 무섭게 그는 재빨리 앞으로 달려 나갔다. 오래 전부터 알고는 있었지만 프로도는 그제야 처음으로 요정이 긴 구두를 신지 않고 가벼운 신을 신고 있으며, 눈 위에 거의 흔적을 남기지 않고 달려가는 것을 볼 수 있었다.

"안녕! 태양을 찾으러 갑니다."

그는 간달프에게 인사를 하면서 쏜살같이 달려 나갔다. 그는 곧 열심히 길을 뚫고 있는 두 사나이를 금방 따라잡아 손을 흔들고는 계속 달려 드디어 바위벽 뒤로 사라졌다.

모두들 보로미르와 아라고른이 흰 눈 속에서 까만 점이 될 때까지 멀어져 가는 것을 지켜보며 함께 웅크리고 앉아서 기다렸다. 마침내 그들도 시야에서 사라졌다. 시간이 한참 흘렀다. 구름이 내리 깔리면서 다시 눈발이 흩날리기 시작했다.

그들의 느낌으로는 훨씬 오래된 것 같았지만 한 시간가량 지난 후 드디어 레골라스가 돌아오는 것이 보였다. 그와 동시에 그 뒤로 보로미르와 아라고른이 모퉁이를 돌아 힘겹게 비탈길을 올라오고 있었다.

레골라스가 순식간에 다가와 소리쳤다.

"태양은 데려오지 못했습니다. 태양은 남쪽의 푸른 하늘을 거닐고 있는데, 붉은뿔 작은 언덕의 조그만 눈보라 따위는 대수롭지 않다는 투더군요. 하지만 먼 길을 걸어 내려갈 수밖에 없는 여러분을 위해 희소식을 가져왔어요. 저기 모퉁이를 돌아가면 바로 뒤에 가장 큰 눈더미가 있답니다. 우리 두 용사께서는 거의 그 눈에 묻혀 있는 형상이더군요. 제가 돌아올 때까지 그것을 뚫지 못해 두 분은 거의 포기하고 있었는데, 눈더미는 높기만 하지 실은 두께가 얼마 되지 않는다고 이야기해 주었지요. 거기만 넘어가면 눈은 갑자기 낮아지고 조금만 더 내려가면 호빗 발가락을 살짝 덮을 정도밖에 안 됩니다."

김리가 큰 소리로 외쳤다.

"아, 제가 말한 대로지요. 이건 보통 눈보라가 아니라 카라드라스의 심술이군요. 요정이나 난쟁이를 싫어하는 겁니다. 그 눈더미도 우리의 탈출을 봉쇄하기 위한 걸 거요."

그 순간 도착한 보로미르가 말했다.

"다행히도 당신이 인간들과 함께 있다는 걸 카라드라스가 잊은 모양이군요. 그것도 용감무쌍한 사나이들과 함께 말입니다. 하지만 삽이 없어서 정말 아쉬웠습니다. 어쨌든 이제 눈 속으로 길을 뚫어 놨으니 요정들처럼 가볍게 달릴 수 없는 분들은 모두 고맙다고 해야 할 겁니다."

"눈 속에 길을 만들었다지만 우리보고 어떻게 저기까지 내려가란 말이에요?"

모든 호빗들의 생각을 대신하여 피핀이 말하자 보로미르가 대답했다.

"희망을 가지시오! 지치긴 했지만 아직 힘이 남아 있습니다. 아라고른도 마찬가지겠지요. 작은 분들은 우리가 옮겨 드릴 테니 다른 분들은 우리 뒤를 잘 따라오시오. 자, 페레그린 씨, 당신부터 시작할까요."

보로미르는 호빗을 들어 올렸다.

"내 등에 매달리시오! 나도 팔을 써야 할 테니까."

그는 그렇게 말하고 앞으로 성큼성큼 걷기 시작했다. 아라고른과 메리가 그 뒤를 따랐다. 피핀은 아무 연장도 없이 두 팔만으로 만들어 놓은 통로를 보면서 보로미르의 괴력에 놀라지 않을 수 없었다. 그는 심지어 등에 피핀을 매단 채 뒤에 오는 이들을 위해 양쪽으로 눈을 밀어내고 있었다.

드디어 그들은 마지막 눈더미에 닿았다. 그것은 가파른 급경사의 절벽처럼 그 좁은 산길을 가로막고 있었는데 마치 칼로 자른 듯한 뾰족한 꼭대기는 보로미르의 키보다 두 배는 높았다. 그러나 그 중간쯤에 올라갔다 내려가는 다리처럼 생긴 통로가 만들어져 있었다. 메리와 피핀은 그 반대쪽에 내려서 레골라스와 함께 다른 일행이 도착할 때까지 기다렸다.

잠시 후 보로미르가 샘을 데리고 돌아왔다. 그 뒤로 좁기는 하지만 이제는 잘 닦인 길을 따라 간달프가 빌을 끌고 나타났는데 빌의 등짐 위에는 김리가 앉아 있었다. 마지막으로 아라고른이 프로도와 함께 도착했다. 그들은 통로를 무사히 통과했다. 그러나 프로도가 바닥에 발을 내려놓자마자 우르르 하는 소리와 함께 돌이 섞인 눈사태가 일어났다. 그들은 절벽에 바짝 붙어 웅크렸으나 날리는 눈가루 때문에 거의 눈을 뜰 수가 없었다. 눈앞이 다시 환해졌을 때 그들은 자신들이 막 지나온 길이 완전히 막혀 버린 것을 보았다.

"그만, 그만! 이제 떠날 거야!"

김리가 소리쳤다. 그리고 그 마지막 공격과 함께 산의 분노는 정말 끝난 것 같았다. 침입자들은 격퇴되었고, 카라드라스는 감히 그들이 다시 돌아오지 못하리라고 생각해 만족스러워하는 모양이었다. 구름이 갈라지고 햇살이 조금씩 드러나기 시작하면서 눈의 심술도 이젠 끝이 났다.

레골라스가 말한 대로 내려갈수록 눈은 점점 줄어 드디어 호빗들도 쉽게 걸을 수 있게 되었다. 그들은 곧 전날 밤 처음으로 눈송이를 만나기 시작한 비탈길 꼭대기에 다시 서게 되었다.

날이 샌 지도 벌써 오래였다. 그들은 거기서 서쪽 평지를 바라보았다. 산기슭에 연해 있는 구릉지대 끝에 그들이 재를 오르기 시작했던 골짜기가 보였다. 프로도는 다리가 아팠다. 그리고 그제야 배가 고프다는 생각과 함께 냉기가 뼛속까지 엄습해 왔고 앞으로 내려가야 할 지루하고 고통스러운 행군을 생각하니 머리가 어질어질했다.

검은 점들이 그의 눈앞에 어른거렸다. 그는 눈을 비볐다. 그러나 검은 점들은 여전히 그대로 있었다. 발아래 멀리, 하지만 낮은 산기슭보다는 훨씬 높은 곳에서 검은 점들이 공중을 빙빙 돌고 있었다.

"새들이 다시 나타났군!"

아라고른이 그쪽을 가리키며 말했다. 간달프가 말했다.

"이젠 어쩔 수 없지. 적이든 친구든, 아니면 우리와 상관이 있든 없든 빨리 내려가는 수밖에 없소. 카라드라스의 무릎 위에서 다시 하룻밤을 지낼 수야 없지."

붉은뿔의 문을 뒤로하고 지친 몸을 이끌며 비탈길을 내려가는 그들의 등 뒤로 찬 바람이 몰아닥쳤다. 카라드라스가 그들을 이긴 것이었다.

Chapter 4

어둠 속의 여행

저녁이었다. 희미한 석양이 성큼성큼 대지에서 사라지고 있을 때 일행은 밤의 휴식을 위해 걸음을 멈췄다. 몸이 매우 피곤했다. 산은 짙어 가는 어둠 속으로 모습을 감추고 있었고 찬 바람이 불어왔다. 간달프는 깊은골에서 가져온 미루보르를 다시 한 모금씩 나누었다. 간단히 식사를 한 후 그들은 회의를 가졌다.

간달프가 먼저 입을 열었다.

"물론 오늘 밤은 더 갈 수 없소. 붉은뿔의 문 공략에 너무 지쳤어. 여기서 잠시 쉽시다."

프로도가 물었다.

"그러고 나서 어디로 갑니까?"

"아직 우리의 여행길은 남아 있고 해야 할 임무도 있지. 계속 가든지 깊은골로 돌아가든지 두 가지 길밖에 없어."

깊은골로 돌아갈 수 있다는 말에 피핀의 얼굴이 갑자기 밝아졌다. 메리와 샘도 희망에 가득 차 간달프를 쳐다보았다. 그러나 아라고른과 보로미르는 아무 표정이 없었다. 프로도는 걱정스러운 얼굴이었다.

"저도 돌아가고 싶습니다. 하지만 창피해서 어떻게 돌아갑니까? 이제 도저히 길이 없다고 확인된 게 아니라면 말입니다. 우린 벌써 실패한 걸까요?"

"자네 말이 맞아, 프로도. 되돌아간다는 것은 패배를 시인하는 것이고 더 큰 패배를 자초하는 길이지. 만일 지금 이대로 돌아간다면 반지는 깊은골에 있을 수밖에 없어. 다시 출발할 수는 없을 테니까. 그렇게 되면 조만간 깊은골은 포위될 것이고 잠시 필사의 저항을 하다가 결국 무너지겠지. 반지악령들도 무서운 적이긴 하지만 지배의 반지가 사우론의 손에 다시 들어갔을 때 그들이 얻게 될 힘과 공포에 비하면 지금은 그야말로 아무것도 아니야."

"그렇다면 계속 가야죠. 길이 있다면 말입니다."

프로도가 한숨을 쉬며 말하자 샘은 다시 암담한 기분이 되었다. 간달프가 말했다.

"길이 하나 있기는 하네. 여행을 시작할 때부터 그 길로 가야 하지 않을까 생각해 왔는데, 그리 기분 좋은 길이 아닐세. 지금까지 자네들한테 얘기하지는 않았지만, 아라고른은 그 계획에 반대했지. 일단 산을 넘어 보자는 거였어."

메리가 말했다.

"붉은뿔의 문보다 나쁜 길이라면 정말 무시무시한 길이겠군요. 하지만 말씀해 보세요. 매도 먼저 맞는 게 낫지 않아요?"

"내가 말하는 길은 모리아의 광산으로 들어가는 것이야."

간달프가 말하자 오직 김리만이 고개를 들었다. 그의 두 눈에 갑자기 불꽃이 이는 듯했다. 하지만 다른 동료들은 모두 모리아라는 이름만 듣고도 공포에 사로잡혀 버렸다. 호빗들까지도 전설 때문에 그곳에 대해 막연한 공포를 느끼고 있었다.

"그 길로 모리아에 들어갈 수 있을지는 몰라도 나가는 길이 있는지는 어떻게 압니까?"

아라고른이 음울하게 물었다. 보로미르도 말했다.

"불길한 이름입니다. 제 생각엔 구태여 그쪽으로 갈 필요가 없습니다. 만일 산을 넘을 수 없다면 남쪽으로 계속 내려가 로한관문까지 가는 겁니다. 그 사람들은 우리 나라와 우호 관계고 또 제가 올라올 때도 그 길로 왔습니다. 아니면 아예 그곳도 지나쳐 아이센강을 건너 긴해안과 레벤닌을 지나 해안 지역을 통해 곤도르로 들어가면 됩니다."

그러자 간달프가 말했다.

"보로미르, 당신이 북쪽으로 떠나온 뒤로 상황이 많이 변했소. 내가 사루만에 대해 한 이야기를 듣지 못했소? 그와 나는 모든 일을 끝내기 전에 서로 볼일이 좀 있을 테지만, 반지는 무슨 수를 써서라도 아이센가드를 피해 가야 하오. 우리가 반지의 사자와 함께 가는 한, 로한관문은 우리에게 문을 열어 주지 않을 거요.

멀리 돌아가는 것도 가능하겠지만, 우리에겐 시간이 없소. 그렇게 여행을 하자면 시간이 1년쯤 걸릴 것이고, 또 아무도 살지 않고 은신처도 없는 곳으로만 숨어 다녀야 하오. 그래도 안전이 확보되는 것은 아니오. 사루만과 대적은 감시의 눈을 그쪽에도 뻗치고 있거든. 보로미르, 당신이 북으로 올 때는 남쪽에서 올라오는 외로운 나그네에 불과했소. 대적은 반지를 쫓는 데 온 정신을 집중했기 때문에 당신 같은 나그네에게 관심을 기울일 틈이 없었지. 하지만 지금 당신은 반지의 사자와 함께 돌아가고 있고, 우리와 함께 있는 한 언제나 위험하오. 하늘을 가려 줄 방패가 없다면 내려갈수록 더 위험할 거요.

이제 고개를 무모하게 넘어가려던 계획도 실패했으니 우리 형편은 더 어려워졌소. 지금이라도 그들이 보지 못하게 당분간 모습을 감추지 않는다면 내가 보기엔 희망이 없소. 따라서 산을 넘지도 말고, 돌아가지도 말고, 뚫고 들어가자는 거요. 어쨌든 그 길은 대적으로서는 전혀 예상치 못하는 길이 아니겠소?"

그러자 보로미르가 다시 이의를 제기했다.

"적이 무엇을 예상하는지는 알 수 없습니다. 가능성이 있든 없든 그는 모든 도로를 다 감시할지 모릅니다. 그렇게 되면 모리아로 들어가는 것은 암흑의 탑에 쳐들어가는 것과 다를 바 없이 적의 함정에 빠지는 겁니다. 모리아는 불길한 이름입니다."

"모리아를 사우론의 요새와 비교한다는 것은 당신이 뭘 모른다는 말이오. 암흑군주의 토굴에 가 본 자는 우리 중 나뿐이오. 그리고 나는 그보다 규모가 작긴 했지만 옛날의 돌 굴두르에도 가 보았소. 바랏두르의 입구로 들어간 이는 돌아올 수가 없소. 하지만 모리아로 가는 길이 출구가 없는 거라면 당신들을 그리로 인도하지도 않을 것이오. 혹시 거기에 오르크들이 있다면 그땐 고생을 좀 해야겠지. 그건 사실이오. 하지만 안개산맥의 오르크들 대부분은 다섯군대 전투 때 죽거나 뿔뿔이 흩어졌소. 독수리들의 보고에 의하면 오르크들이 멀리서 다시 몰려든다는 소문이 있다지만, 모리아는 아직은 괜찮을 수도 있소. 게다가 난쟁이들이 아직 거기에 있을 가능성도 있고, 푼딘의 아들 발린을 조상의 석실에서 만날지도 모르오. 그리고 아무리 어렵더라도 필요한 길이라면 가야 하지 않겠소?"

김리가 말했다.

"간달프, 저는 함께 가겠습니다. 가서 두린의 방을 찾아보겠습니다. 닫힌 문만 열 수 있다면 거기에 무엇이 기다린다 한들 들어가겠습니다."

"고맙네, 김리. 자네 말에 힘이 나는군. 함께 그 숨겨진 문을 찾아보세. 우린 해낼 수 있을 걸세. 난쟁이들의 유적지에서는 요정이나 인간이나 호빗들보다는 난쟁이가 더 용감하겠지. 난 모리아가 이번이 처음이 아닐세. 스로르의 아들 스라인을 찾으러 오랫동안 그 속을 헤맨 적이 있어. 그리고 지금 보다시피 이렇게 버젓이 살아 있잖은가 말이야!"

아라고른이 조용히 말했다.

"나도 '어둔내문(門)'은 한 번 지나간 적이 있습니다. 나 역시 살아나왔지만 그 기억은 끔찍합니다. 다시는 모리아에 들어가고 싶지 않습니다."

"저는 처음이지만 싫어요."

피핀이 말했다.

"저도 반대예요."

샘이 중얼거렸다. 그러자 간달프가 말했다.

"물론 싫겠지. 누가 가고 싶겠는가. 하지만 문제는, 내가 앞장선다면 누가 나를 따라오겠느냐는 거지."

"제가 갈 겁니다!"

김리가 의욕적으로 말했다. 그러자 아라고른도 무겁게 말했다.

"나도 가겠습니다. 마법사께서는 내 주장대로 산으로 갔다가 눈속에서 죽을 뻔했으면서도 내게 싫은 소리 한마디 하지 않았습니다. 당신의 말을 따르겠습니다. 다만 이 한 가지 경고는 유념하는 게 좋겠습니다. 간달프, 내가 지금 생각하고 있는 건 반지나 우리의 목숨이 아니라 바로 간달프 당신의 생명입니다. 이제 분명히 말씀드리지요. 모리아의 문을 지나가려면 조심하셔야 합니다!"

보로미르가 말했다.

"모두가 찬성하지 않는 한 나는 가지 않겠습니다. 레골라스와 꼬마 친구들 생각은 어떠신지? 반지의 사자 이야기도 꼭 들어 봐야 하지 않을까요?"

"나는 모리아에 가고 싶지 않습니다."

레골라스가 의사를 밝혔다. 호빗들은 아무 말도 하지 않았다. 샘은 프로도를 보았다. 마침내 프로도가 말했다.

"저도 가고 싶지 않습니다만 간달프의 충고를 거부하고 싶지도 않습니다. 투표를 미루고 하룻밤 자면서 생각해 보면 어떨까요? 아무래도 춥고 어두운 곳보다는 밝은 아침 햇살 속에서 간달프가 표를 얻기 쉽지 않겠어요? 바람이 온통 춤을 추는군요."

이 말에 모두들 조용히 생각에 잠겼다. 바위틈과 나무 사이에서 바람이 윙윙 불어왔고 그들을 둘러싼 텅 빈 밤의 대지 위에서는 울부짖는 듯한 아우성 소리가 멀리서 들려왔다.

갑자기 아라고른이 벌떡 일어섰다.

"바람 소리가 이상합니다! 늑대들의 울부짖음이 섞여 있소! 와르 그들이 산맥 서쪽으로 넘어온 겁니다!"

간달프가 말했다.

"아침까지 미룰 것도 없겠군. 내가 말한 대로요. 적은 드디어 우릴 찾아냈어. 내일 새벽까지 우리가 살아남는다 해도 누가 과연 밤마다 꼬리에 사나운 늑대들을 달고 남쪽으로 여행할 수 있겠소?"

"모리아는 멉니까?"

보로미르가 물었다.

"카라드라스 서남쪽에 입구가 있는데 여기서 직선거리로 24킬로미터쯤 되오. 둘러서 가면 한 30여 킬로미터는 되겠지."

간달프가 가라앉은 목소리로 대답했다.

"그렇다면 내일 아침 날이 밝는 대로 출발하지요. 지금 여기 없는 오르크보다는 옆에 있는 늑대 소리가 더 무섭습니다."

보로미르가 말하자 아라고른이 칼을 빼며 말했다.

"그렇긴 하지. 하지만 와르그들이 있는 데는 오르크들도 따르게 마련이오."

피핀이 샘에게 속삭였다.

"엘론드의 충고를 들을걸 그랬어. 난 아무 쓸모도 없는걸. 황소울음꾼 반도브라스의 핏줄도 소용 없고, 늑대 소리만 들어도 피가 얼어붙는 것 같아. 이렇게 오싹한 건 처음이야."

샘도 속삭였다.

"피핀, 나도 간이 콩알만 해졌어. 하지만 아직 목숨은 붙어 있고 또 우리보다 용감한 친구들과 같이 있잖아. 간달프 영감이 무슨 재주를 부릴지는 모르지만 우리를 늑대 밥이 되게 내버려 두지는 않겠지."

한밤의 공격에 대비해 그들은 지금까지 은신하고 있던 작은 둔덕 꼭대기로 올라갔다. 언덕 위에는 굽은 고목 몇 그루가 엉켜 있었고 사방에는 둥근 옥석들이 빙 둘러 흩어져 있었다. 그들은 한가운데에 불을 피웠다. 어둠 속에 조용히 숨어 있다고 해서 늑대들의 예민한 후각을 속일 수는 없음을 잘 알았기 때문이다.

그들은 모두 모닥불가에 둘러앉아 불침번을 제외하고는 꾸벅꾸벅 불안한 잠에 빠지기도 했다. 불쌍한 조랑말 빌은 선 채로 벌벌 떨며 진땀을 흘렸다. 늑대들의 울부짖음은 때로는 가까이 때로는 멀리, 사방에서 들려왔다. 칠흑 같은 어둠 속에서 반짝이는 수많은 눈동자들이 언덕 위를 응시하는 것이 보였다. 그중 몇몇은 돌무더기 근처까지 접근하기도 했다. 빙 둘러 있는 돌무더기 빈 틈새로 거대하고 시커먼 늑대 한 마리가 그들을 노려보며 웅크리고 있었다. 아마도 무리 중 우두머리인 듯, 그 늑대에게서 공격 개시를 알리는 날카로운 울음소리가 터져 나왔다.

간달프가 일어서며 지팡이를 높이 쳐들고 한 걸음 앞으로 나섰다.

"잘 들어라, 사우론의 졸개들! 간달프가 예 있다! 그 더러운 껍데기가 귀하다고 생각하면 어서 꺼져라! 이 원 안으로 들어오면 꼬리부터 주둥이까지 흔적도 안 남을 줄 알아라!"

그 늑대가 날카로운 소리를 지르며 그들을 향해 높이 뛰어들었다. 그 순간 핑 하는 날카로운 소리가 들렸다. 레골라스가 활을 당긴 것이었다. 처절한 울음소리와 함께 뛰어오르던 늑대는 땅바닥에 나동그라졌다. 요정의 화살이 목을 관통한 것이었다. 노려보던 눈동자들이 갑자기 사라졌다. 간달프와 아라고른이 앞으로 나가 보았으나 언덕 위의 늑대들은 모조리 달아나고 없었다. 다시 어둠이 고요하게 그들 주위를 둘러쌌고 잉잉거리는 바람 소리 외에는 아무 소리도 들리지 않았다.

밤이 깊어 서편 하늘로 이지러진 달이 기웃거렸고 흩어진 구름 사이로 달빛이 이따금 새어 나왔다. 프로도는 갑자기 잠에서 깨어났다. 별안간 야영지 주변 사방에서 다시 늑대들이 날카롭게 울부짖었다. 수많은 와르그 떼가 소리도 없이 다가와 이제 막 그들을 에워싸고 동시에 공격할 참이었다. 간달프가 호빗들에게 외쳤다.

"불에 나무를 넣어! 칼을 빼고 등지고 돌아서!"

나무를 넣자 다시 타오르는 불꽃 속에서 프로도는 수많은 늑대들이 돌더미를 넘어 덤벼드는 것을 보았다. 그 뒤로 더 많은 늑대들이 계속 밀려왔다. 아라고른의 칼이 우두머리인 듯한 늑대의 목을 관통했고, 보로미르의 긴 팔에서 휙 소리가 나며 또 한 마리의 목이 땅에 떨어졌다. 그 옆에서는 김리가 탄탄한 두 다리를 딱 벌린 채 난쟁이의 도끼를 휘두르고 있었고, 레골라스의 화살이 핑핑 시위를 떠나고 있었다.

이글거리는 불빛 속에서 간달프의 몸이 갑자기 커지기 시작하더니 언덕 위에 높이 세워 놓은 고대 왕의 석조상처럼 거대하고 위압적인 거인으로 변했다. 그는 마치 구름이 내려오듯 몸을 숙여 불타는 나뭇가지를 하나 집어 들고는 늑대들과 맞서 걸어 나왔다. 늑대들은 멈칫했다. 그는 불붙은 나뭇가지를 공중 높이 던졌다. 그것은 번개와 같은 하얀 빛을 뿌렸다. 간달프가 벼락같이 소리를 질렀다.

"나우르 안 에드라이스 암멘! 나우르 단 잉가우로스!"

우르릉 콰직 소리가 나더니 그의 머리 위 나무가 눈부신 불꽃의 잎과 꽃 들로 덮인 듯 맹렬히 타올랐다. 그리고 나무 꼭대기에서 나무 꼭대기로 불이 옮겨붙었다. 언덕 위는 온통 눈을 뜰 수 없을 만큼 불꽃으로 가득 찼다. 칼날이 다시 불꽃 속에서 현란하게 번득이기 시작했고, 레골라스의 마지막 화살이 허공을 가르며 불이 붙은 채 거대한 우두머리 늑대의 심장에 가서 박혔다. 나머지 늑대들은 모두 달아나고 말았다.

모닥불은 서서히 사그라져 희미한 불똥과 재만 남았다. 매캐한 연기가 불탄 나무들 위에 자욱하게 덮여 있다가 새벽빛이 하늘 위로 희미하게 밝아 오자 검은 구름처럼 언덕 아래로 밀려 내려갔다. 적은 다시 돌아오지 않았다.

샘이 칼을 집어넣으며 말했다.

"내가 뭐라 그랬어, 피핀. 늑대도 그에겐 꼼짝 못 하잖아. 정말 놀라운 일이었어! 하마터면 내 머리카락마저 태울 뻔했다고."

아침이 환하게 밝아 그들은 늑대 시체를 찾아보았지만 흔적도 없었다. 간밤의 격렬했던 전투를 말해 주는 거라고는 시꺼먼 숯으로 변해 버린 나무와 언덕 위에 떨어져 있는 레골라스의 화살들뿐이었다. 화살은 모두 아무 탈이 없었으나 그중 하나는 화살촉만 남아 있었다.

간달프가 말했다.

"걱정한 대로야. 황야에서 먹이를 찾아 헤매는 보통 늑대와는 다른 놈들이었군. 빨리 식사하고 출발합시다."

그날 날씨는 다시 변했다. 그들이 재를 내려왔기 때문에 계속 눈을 퍼부을 필요가 없어서인지 숲속을 가는 물체를 멀리서도 알아볼 수 있을 만큼 날씨가 맑았다. 날씨는 보이지 않는 어떤 힘에 의해 움직이는 듯했다. 바람은 밤새 북풍에서 북서풍으로 바뀌었다가 이제는 잠잠해졌다. 남쪽 하늘의 구름도 사라지고 하늘은 높고 푸르게 개었다. 그들이 출발 준비를 하고 언덕 기슭에 서 있을 때 희미한 햇빛이 산 너머로 비쳤다.

간달프가 말했다.

"해 질 무렵까지는 입구에 도착해야 하는데. 그렇지 않으면 오늘 밤은 어떻게 될지 정말 장담할 수가 없네. 먼 길은 아니지만 아마 돌아가야겠지. 아라고른도 이 길은 처음일 테니 안내할 수 없을 테고,

나도 딱 한 번 모리아 서쪽 벽으로 들어가 본 적은 있지만 아주 오래 전 일이거든. 바로 저기.”

그는 산허리가 급경사를 이루며 어두운 산기슭으로 떨어지는 동남쪽의 먼 산을 가리켰다. 멀리서 희미하게나마 절벽의 윤곽이 드러났다. 한가운데에 큰 잿빛 절벽 하나가 유달리 다른 것들보다 높게 솟아 있었다.

“자네들 중에 이미 짐작한 이도 있겠지만 재를 내려올 때 난 자네들을 원래의 출발지점이 아닌 남쪽으로 인도했네. 그 덕분에 5, 6킬로미터 정도 거리를 단축할 수 있어서 다행일세. 자, 이젠 서두르는 수밖에 없소. 갑시다!”

보로미르가 어두운 표정으로 말했다.

“간달프께서 찾는 게 발견되기를 빌어야 할지, 아니면 절벽 앞에 가서 그 문이 영원히 닫혀 있기를 바라야 할지 모르겠군요. 어느 쪽도 마음에 들지는 않지만, 아마도 십중팔구는 등 뒤로 늑대의 추격을 받으며 눈앞에는 출구도 없는 산속에 꼼짝없이 갇힌 것 같습니다. 앞장서십시오.”

김리는 모리아로 간다는 사실에 마음이 설레 간달프와 함께 맨 앞에서 걸었다. 그들은 일행을 다시 산맥 옆으로 끌어들였다. 서쪽에서 모리아로 들어가는 유일한 옛 도로는, 원래 그 입구가 있는 근처 산기슭에서 발원하는 시란논이라는 강줄기를 따라 나 있었다. 간달프는 출발지점에서 남쪽으로 3, 4킬로미터 거리의 가까운 곳에서 강을 찾아내리라 기대했으나, 간달프가 길을 잃은 것인지 아니면 최근에 지형이 변했는지 그 강을 찾을 수가 없었다.

정오가 가까워졌지만 그들은 여전히 붉은 돌로 뒤덮인 황량한 지대에서 방황하고 있었다. 사방을 둘러봐도 물줄기는 찾을 수 없었고 물소리조차 들을 수 없었다. 황량하고 메마른 땅이었다. 그들은 점점 절망적인 심정이 되었다. 살아 있는 짐승이라고는 한 마리도 보이지 않았고 하늘엔 새도 보이지 않았다. 그러나 다른 무엇보다도 그 낯선 땅에서 밤을 다시 맞는다는 것은 상상조차 하기 두려운 일이었다.

선두에서 길을 헤쳐 가던 김리가 갑자기 그들을 불렀다. 그는 나지막한 야산에 올라서 오른쪽을 가리켰다. 급히 달려간 그들은 발 밑에서 깊고 좁은 수로를 발견했다. 강바닥은 완전히 말라 버린 채 정적에 휩싸여 있었고, 갈색과 붉은색의 자갈 위로는 물방울조차 찾을 수 없었다. 그러나 수로 이쪽으로 곳곳에 허리가 끊긴 퇴락한 도로가 나타났고, 도로 곳곳에는 이 길이 고대의 중앙 도로임을 말해 주는 무너진 방벽과 연석 들이 눈에 띄었다.

간달프가 소리쳤다.

"아! 드디어 찾았군. 여기가 바로 샛강이 흐르던 곳이오. 옛날엔 여기를 시란논, 즉 문앞개울이라 불렀지. 어찌 된 건가, 이해할 수가 없군. 옛날엔 아주 빠르고 시끄럽게 흐르던 곳인데. 갑시다! 서둘러야 하오. 늦었어."

모두들 발이 부르트고 피곤했지만 굴곡이 심하고 험한 길을 고집스레 쉬지 않고 몇 킬로미터 더 걸었다. 정오가 지나 해가 서쪽으로 기울기 시작했다. 잠시 휴식을 취하며 간단한 식사를 하고 난 뒤 다시 걸었다. 정면으로 험상궂은 산세가 모습을 드러냈지만 길은 골짜기로 접어들며 높은 능선과 멀리 동편 봉우리들만이 겨우 보일 뿐이었다.

한참 뒤 갑자기 길이 급하게 굽이를 틀었다. 지금까지 수로 가장자리와 왼쪽의 가파른 경사지 사이로 남쪽을 향하던 길이 다시 정동으로 방향을 바꾸었다. 모퉁이를 돌아가자 꼭대기가 톱니 모양으로 들쭉날쭉한 10미터 정도의 낮은 벼랑이 그들을 기다리고 있었다. 벼랑 끝의 비교적 넓은 틈새에서 물방울이 조르르 떨어졌다. 한

때는 벼랑을 꽉 채울 만큼 힘찬 폭포가 흐르던 곳 같았다.

간달프가 말했다.

"정말 많이 변했군! 하지만 길은 틀림없어. '계단폭포'는 이제 이 모양이 되었군. 만일 내 기억이 맞다면 폭포 옆 암벽 사이로 난 계단이 있었고, 본 도로는 왼쪽으로 벗어나 비탈길을 서너 굽이 올라가서 정상의 평지에 닿게 되어 있지. 폭포를 지나면 바로 모리아의 방벽으로 이어지는 야트막한 골짜기가 있었는데 시란논강이 그 사이로 흐르고 그 옆에 길이 있었지. 가서 어떻게 되었는지 확인해 봅시다!"

그들은 어렵지 않게 돌계단을 발견했다. 김리가 재빨리 계단을 올랐고 간달프와 프로도가 그 뒤를 따랐다. 꼭대기에 올라가서야 그들은 그 길이 막혀 있음을 알게 되었다. 문앞개울이 말라붙은 이유도 밝혀졌다. 그들 등 뒤로 차가운 서편 하늘이 석양빛을 받아 화려한 금빛으로 물들었고, 눈앞에는 어두운 호수가 고요하게 펼쳐졌다. 음울한 수면 위로는 하늘빛도 석양도 반사되지 않았다. 시란논강은 둑으로 막혀 호수의 물이 골짜기를 가득 채우고 있었다. 어두운 호수 저편 끝에 거대한 절벽이 석양에 험악한 모습을 희미하게 드러내며 건너갈 수 없는 막다른 길임을 암시하고 있었다. 그 험상궂은 암벽에서 프로도는 문이나 입구는 고사하고 바위틈이 갈라진 곳도 발견할 수가 없었다.

간달프는 호수 건너편을 가리키며 말했다.

"저것이 모리아의 방벽이야. 호랑가시나무땅에서 우리가 지금까지 걸어온 길 끝에 요정의 문, 즉 모리아의 입구가 있었지. 하지만 이 길이 막혀 버렸으니 어떻게 한다? 아무도 이런 해거름에 이 어두운 호수를 헤엄쳐 건널 생각은 없겠지. 아주 기분 나쁜 호수군."

김리가 말했다.

"호수 북쪽을 돌아가는 길을 찾아야지요. 일단 우리가 따라온 본 도로가 어디까지 이어지는지 알아보는 게 낫겠습니다. 호수가 없었다고 해도 조랑말은 계단을 올라오지 못하게 되어 있었습니다."

"어차피 조랑말은 굴에 데리고 들어갈 수 없어. 산으로 들어가는 길은 어둡고 또 곳곳에 좁고 가파른 통로가 있어서 조랑말을 끌고 가는 건 불가능해."

간달프의 대답에 프로도가 말했다.

"불쌍한 빌! 내가 그걸 생각 못 했구나. 불쌍한 샘은 또 얼마나 슬퍼할까."

간달프가 말했다.

"미안하네. 불쌍한 빌은 요긴한 친구였는데 이제 와서 혼자 돌아가게 해야 한다니 정말 유감이야. 내 마음대로 했다면 처음부터 짐을 줄이고 짐승은 데려오지 않았겠지만 말이야. 샘이 좋아하는 빌이라도 마찬가지지. 나는 길을 떠날 때부터 결국은 이 길로 들어가야만 하는 게 아닌가 걱정했거든."

해가 저물고 황혼이 깃든 하늘에 별이 반짝이기 시작할 무렵 일행은 사력을 다해 비탈길을 올라 호수 측면에 닿았다. 호수 폭은 가장 넓은 곳이 겨우 500~600미터 남짓으로 보였으나, 남쪽으로 얼마나 뻗어 있는지는 날이 어두워 알 수 없었다. 호수 북쪽 끝은 일행이 선 곳에서 800미터 거리였고 골짜기 가장자리의 바위 능선과 호수 사이에는 탁 트인 땅이 이어져 있었다. 간달프가 가리키는 건너편까지는 아직 3, 4킬로미터 더 가야 했으므로 그들은 계속 걷기 시작했다. 물론 거기에 이른다 해도 간달프에게는 입구를 찾는 문제가 남아 있었다.

호수 북쪽 끝에 이르자 좁은 도랑이 앞을 가로막았다. 물은 썩어 녹색을 띠었고, 마치 주변의 산을 가리키는 호수의 미끌미끌한 팔처럼 보였다. 김리는 개의치 않고 도랑을 건넜는데, 물이 깊지 않아

발목 정도밖에 차지 않았다. 김리 뒤를 따라 일행은 한 줄로 조심스럽게 도랑을 건넜다. 물풀 아래로 미끈미끈한 돌이 깔려 있어 넘어지기 십상이었다. 프로도는 검고 더러운 도랑물이 발에 닿자 섬뜩했다.

샘이 마지막으로 빌을 끌고 마른 땅에 올라서자 뒤쪽에서 무슨 소리가 들렸다. 물고기 한 마리가 잔잔한 호수를 어지럽힌 듯, 휙 소리가 나더니 풍당 하면서 잔물결이 일었다. 재빨리 돌아선 그들은 어스름한 그늘에서 이는 잔물결을 보았다. 호수 한 지점에서 시작된 동그라미가 점점 커졌다. 지면에 닿는 부분의 물살이 철썩 부딪히고 다시 조용해졌다. 땅거미가 짙어지면서 한 가닥 남아 있던 저녁놀마저 구름에 가려 버렸다.

간달프의 재촉으로 일행은 더욱 속도를 내기 시작했다. 그들은 호수와 벼랑 사이의 마른 땅에 들어섰다. 길은 종종 폭이 10미터도 되지 않을 만큼 좁았고 굴러 내린 바위와 돌로 막힌 곳도 많았다. 가능한 한 호수에서 떨어져 벼랑을 안다시피 길을 따라갔다. 호수를 따라 남쪽으로 1.5킬로미터쯤 더 내려가 그들은 호랑가시나무숲에 이르렀다. 나무 그루터기와 죽은 가지들이 얕은 물가에서 썩고 있었다. 아마 옛날의 작은 숲의 잔해이거나 아니면 이제는 물에 잠긴 도로의 울타리인 것 같았다. 프로도는 벼랑 바로 아래에서 호랑가시나무치고는 상상할 수 없을 만큼 커다란 두 그루의 나무를 발견했다. 거대한 뿌리는 벼랑 밑에서 물속으로 뻗쳐 있었다. 멀리 계단 꼭대기에서 바라보았을 때 그 나무는 어렴풋한 벼랑 아래에 서 있는 관목처럼 보였다. 그러나 지금 보니 그들 키보다 높고 꼿꼿하며, 어두운 모습으로 짙은 밤 그림자를 드리운 채 말없이 도로 끝을 지키는 두 기둥처럼 버티고 서 있었다. 간달프가 말했다.

"맞았어, 드디어 도착했군! 호랑가시나무땅에서 시작된 요정들의 도로는 여기서 끝이오. 호랑가시나무가 그들의 상징이니 이 나무로 자신들의 영토가 여기서 끝난다는 걸 밝힌 거요. 이 서쪽 문은 그들이 모리아의 영주들과 교통할 때 쓰던 거고. 서로 다른 종족들끼리 그렇게 친밀한 우호 관계를 맺던 행복하던 시절도 있었지. 심지어 난쟁이와 요정 들도 말이오."

"그 우정이 깨진 건 난쟁이들의 잘못이 아니었어요."

김리가 말하자 레골라스도 덧붙였다.

"요정들 잘못이란 소리도 못 들었는데."

그러나 간달프가 말했다.

"난 둘 다 들었지만 지금 판결을 내리지는 않겠네. 다만 레골라스와 김리 둘은 당분간 친구가 되어 날 좀 도와주게. 자네들 둘 다의 도움이 필요하거든. 문은 닫힌 채 감춰져 있고 밤이 다가오고 있으니 가능한 한 빨리 찾아봐야지."

그는 다른 이들을 향해 말했다.

"내가 문을 찾는 동안 여러분은 각자 굴속으로 들어갈 준비를 하시오. 이젠 착한 조랑말 빌과도 작별 인사를 해야겠고 겨울 추위에 대비해 가져온 옷들도 모두 버려야 하오. 굴에 들어가면 그런 옷들은 필요 없을 것이고 또 산 너머 남쪽으로 나가면 소용이 없어질 테니 말이오. 그 대신 조랑말에 실은 짐, 특히 식량과 물통은 각자 나눠 꾸리시오."

그러자 샘이 참담한 표정으로 화를 내며 말했다.

"하지만 어떻게 이렇게 외진 곳에 불쌍한 빌만 내버려 둘 수 있어요, 간달프? 분명히 말씀드리지만 전 반대예요. 이렇게 멀리까지 와서 말이에요!"

"샘, 미안하네. 하지만 문이 열리면 자넨 모리아의 길고 어두운 통로로 빌을 데려갈 수 없을 거야. 빌과 프로도 둘 중에 선택하게."

"빌은 내가 데리고만 가면 프로도 씨를 따라 용이 숨어 있는 굴속이라도 들어갈 거예요. 사방에 늑대들이 우글거리는데 여기 혼자 내버려 둔다는 건 죽으라는 말이나 다름없잖아요."

그러자 간달프는 조랑말 머리 위에 손을 얹고 낮게 말했다.

"그렇지는 않을 거야. 조심해서 잘 살펴 가거라. 넌 현명한 말이고 또 깊은골에서 많이 배웠지. 풀밭이 있는 곳을 잘 찾아서 엘론드의 집으로 가든지 아니면 네가 가고 싶은 곳으로 가거라. 자, 샘! 빌은 우리처럼 늑대를 잘 피해서 집으로 돌아갈 거야."

샘은 침울한 표정으로 조랑말 옆에 서서 아무 대답도 하지 않았다. 무슨 일이 벌어지는 건지 알기라도 하듯 빌은 힝힝거리며 코를 들이대 샘의 귀에 비볐다. 샘은 눈물을 흘리며 고삐를 만지작거리더니 조랑말의 등짐을 끌러 바닥에 내려놓았다. 다른 일행들도 짐을 하나하나 분류해서 뒤에 남겨 둘 것은 따로 쌓고 나머지는 각자 나누어 맡았다.

작업을 모두 끝내고 간달프를 지켜보았지만 그는 아직 아무런 성과를 거두지 못한 것 같았다. 그는 두 그루 나무 사이에 버텨 서서 꼼짝도 않고 막막한 절벽을 뚫어지게 바라보고 있었다. 김리는 그 주위를 서성이며 도끼로 여기저기 두드려 보고 있었고, 레골라스는 무슨 소리라도 듣는 듯 바위벽에 몸을 바짝 붙이고 있었다.

"천신만고 끝에 겨우 도착했는데 문을 못 찾으면 어떻게 하죠? 아무리 눈에 불을 켜고 봐도 문 비슷한 것조차 없는데."

메리가 묻자 김리가 대답했다.

"난쟁이의 문은 한번 닫히면 흔적이 없지. 보이지 않는 문일세. 비밀을 잊어버리면 문을 만든 사람조차 들어갈 수 없게 돼 있거든."

그러자 간달프가 갑자기 제정신으로 돌아온 듯 몸을 돌리며 말했다.

"하지만 이 문은 애초에 난쟁이들만 알고 있던 비밀의 문은 결코 아니었지. 완전히 구조가 바뀌지만 않았다면, 조금이라도 볼 줄 아는 눈을 가진 이라면 찾을 수 있게 되어 있는 거야."

Here is written in the Fëanorian characters according‐
ing to the mode of Beleriand: Ennyn Durin Aran
Moria: pedo mellon a minno. Im Narvi hain ech‐
ant: Celebrimbor o Eregion teithant i thiw hin.

그는 다시 절벽 쪽으로 걸어갔다. 두 나무 그림자 사이에 반반한 공간이 있었다. 그는 두 손으로 벽 위를 이리저리 쓸어 보면서 뭐라고 낮게 중얼거렸다. 그러더니 갑자기 뒤로 물러서며 말했다.

"봐, 이제 무엇이 보이는가!"

달빛이 희끄무레한 바위 벽면을 교교히 비추었지만 한참을 들여다봐도 아무것도 보이지 않았다. 그러나 잠시 후 마법사의 손이 지나간 자리에 은빛 실핏줄 같은 희미한 선이 돌 위에 나타났다. 처음에는 너무 흐리고 가늘어서 마치 거미줄처럼 달빛에 반사될 때만 반짝 빛을 발했다. 하지만 차츰 더 굵고 선명해지면서 전체 윤곽이 뚜렷이 드러났다.

간달프의 키 정도 되는 높이에 요정 문자가 둥근 아치형의 두 줄로 새겨져 있었다. 그 밑에는 군데군데 선이 훼손되긴 했지만 일곱 개의 별로 둘러싸인 왕관 밑에 모루와 망치 그림이 나타났고 다시 그 아래 초승달 모양의 잎이 달린 나무 두 그루가 있었다. 문 한복판에는 찬란한 광선을 내뿜는 별 하나가 가장 선명하게 새겨져 있었다.

"두린의 문장입니다!"

김리가 외치자 레골라스도 말했다.

"높은요정들의 나무도 있습니다."

그러자 간달프가 덧붙였다.

"페아노르 가문의 별도 있지. 이 그림은 별빛과 달빛에만 반사되는 이실딘이라는 금속으로 새겨진 거야. 그리고 가운데땅에서는 잊힌 옛날 말을 아는 사람이 만질 때만 눈을 뜨지. 나도 그 말을 들은 지가 너무 오래되어서 기억해 내는 데 한참이 걸렸어."

아치에 새겨진 문자를 해독해 보려고 애쓰던 프로도가 물었다.

"뭐라고 쓴 거죠? 저도 요정 문자는 좀 안다고 생각했는데 이건 모르겠는데요."

"이 문자는 상고대 가운데땅 서부의 요정 문자인데, 지금 우리한테 중요한 내용은 없어. 내용은 이런 거야. '모리아의 왕 두린의 문. 말하라, 친구, 그리고 들어가라.'라고 쓰여 있고 그 아래에는 작은 글씨로 희미하게 '나, 나르비가 만들고 호랑가시나무땅의 켈레브림보르가 그리다.'라고 새겨져 있군."

"말하라, 친구, 그리고 들어가라는 게 무슨 뜻이에요?"

메리가 묻자 이번에는 김리가 대답했다.

"그건 간단하지. 당신이 만일 친구라면 암호를 말하라, 그러면 문이 열릴 테니 들어가도 좋다, 이런 뜻이지."

그러자 간달프가 보충했다.

"맞았어. 이 문은 암호로 열리는 문이지. 난쟁이들의 문은 특정한 시간이나 특정한 이들에게만 열리게끔 만들어진 게 더러 있어. 그리고 시간과 암호를 모두 알고 있어도 열쇠가 필요한 경우도 있지. 하지만 이 문은 열쇠가 필요 없어. 두린의 시대에 이 문은 비밀의 문이 아니었거든. 대개는 열려 있었고 문지기가 앉아 있었지. 하지만 일단 문이 닫히면 암호를 아는 이가 말을 해야만 들어갈 수 있었네. 적어도 기록에는 그렇게 되어 있지. 그렇지, 김리?"

"맞습니다. 하지만 그 암호가 무엇인지는 저도 모르는데요. 나르비와 그의 기술, 그리고 그의 일족은 모두 지상에서 사라졌으니까요."

그러자 보로미르가 놀라서 간달프에게 물었다.

"간달프, 당신도 그 암호를 모르십니까?"

"모르오."

모두들 당황한 표정이 역력했다. 다만 간달프를 잘 아는 아라고른만 아무 동요 없이 태연했다. 보로미르는 검은 호수를 바라보고 온몸을 떨며 소리쳤다.

"그렇다면 이 끔찍한 구석까지 무엇 때문에 끌고 오신 겁니까? 전에 한 번 들어가 보신 적이 있다고 말씀하시지 않았습니까? 그런데 암호를 모른다니 어떻게 된 겁니까?"

"보로미르, 당신의 첫 질문에 대해서는 나도…… 아직은 그 암호를 모른다는 말밖에는 할 말이 없소. 하지만 곧 알 수 있을 거요. 그러니,"

그는 곤두선 눈썹 밑으로 두 눈에 형형한 빛을 번득이며 말했다.

"여기까지 온 일이 정말 소용없게 되었을 때 그런 질문을 하시오. 그리고 둘째 질문, 당신은 내 이야기를 의심하시오? 아니면 생각이 좀 모자라는 건가? 나는 이쪽으로 들어가지 않았소. 동쪽으로 들어갔단 말이오. 좀 더 알고 싶다면 자세히 이야기해 주지. 이 문은 바깥쪽으로만 열리게 되어 있소. 안에서는 당신 손으로 그냥 밀기만 해도 열리게 되어 있지. 하지만 밖에서는 주문을 모르면 무슨 수로도 열 수 없소. 안으로 밀어도 안 된단 말이오."

"그렇다면 어떻게 하실 계획이세요?"

마법사의 곤두선 눈썹에도 아랑곳하지 않고 피핀이 물었다.

"자네 머리로 한번 박아 보게, 툭 집안 페레그린. 만일 그래서 문이 부서지지 않으면 쓸데없는 질문 때문에 생각할 시간을 빼앗기지는 않겠지. 암호는 내가 생각해 낼 걸세. 옛날에는 이런 경우에 쓰는 주문이면 그것이 요정의 것이든, 인간의 것이든, 아니면 오르크의 것이든 모조리 알고 있었지. 지금도 애쓰지 않아도 2백 가지는 기억해 낼 수 있고. 하지만 몇 가지만 시험해 보면 알 수 있겠지. 그리고 아무에게도 가르쳐 주지 않는 난쟁이들의 비밀 암호를 가르쳐 달라고 김리에게 물어보지 않아도 될 거요. 아마도 이 문의 암호는 저기 아치 위의 문자처럼 요정어로 되어 있을 테니까. 아마 내 생각이 맞을 거야."

그는 다시 바위 앞으로 다가가 모루 밑의 한가운데 그려진 은별을 지팡이로 가볍게 건드렸다.

"안논 에델렌, 에드로 히 암멘!

펜나스 노고스림, 라스토 베스 람멘!"

그는 위압적인 목소리로 말했다. 은빛 선이 희미해졌으나 회색 바위벽은 미동도 하지 않았다.

그는 이 말을 순서를 바꾸어서, 혹은 변형시켜서 여러 번 반복해 보았다. 그리고 다른 주문들을 차례로, 때로는 크게, 때로는 부드럽고 느리게 읊어 보았다. 그다음에는 한 단어로 된 요정어들을 여러 가지로 말해 보았다. 여전히 아무 소용이 없었다. 절벽은 밤의 어둠 속으로 탑처럼 솟아 있었고 하늘 위에는 수많은 별들이 반짝거렸으며 찬 바람이 불어왔으나 문은 여전히 요지부동이었다.

간달프는 다시 벽으로 다가가 양팔을 높이 들고 마치 화가 난 듯 명령조의 목소리로 "에드로, 에드로!" 하고 크게 외쳤다. 그러고는 지팡이로 벽을 두드리면서 다시 "열려라, 열려!" 하고 소리를 질렀다. 간달프는 계속해서, 지금까지 가운데땅 서부에서 쓰이던 모든 언어로 명령을 반복했다. 잠시 후 그는 지팡이를 내던지고 땅바닥에 말없이 주저앉았다.

그때 멀리서 늑대들이 울부짖는 소리가 바람결에 실려 왔다. 조랑말 빌이 공포에 사로잡혀 몸을 떨자 샘이 재빨리 곁으로 다가가 낮은 소리로 안정시켰다.

보로미르가 말했다.

"말을 못 달아나게 해! 늑대가 우리를 발견하지 못한다면 계속 필요할지도 모르지. 난 이 구역질 나는 호수가 영 마음에 안 들어!"

그는 몸을 숙여 큰 돌 하나를 집어 들어 어두운 호수 저쪽에 던졌다. 돌은 풍당 소리와 함께 사라졌으나 그와 동시에 물이 부글부글 끓어오르며 파문이 일었다. 돌이 떨어진 수면에서 큰 물결이 일어나더니 천천히 절벽을 향해 밀려왔다.

프로도가 물었다.

"왜 그래요, 보로미르? 나도 이 호수가 기분 나쁘고 무서워요. 늑대나 문 뒤의 어두운 세계 때문이 아니라 뭔가 다른 게 있는 것 같습니다. 잔잔한 호수는 건드리지 않는 게 좋겠어요.”

“차라리 도망가는 게 낫겠어요!”

메리가 말하자 피핀이 물었다.

“간달프는 왜 빨리 문을 못 여는 거죠?”

간달프는 그들에게 신경 쓰지 않았다. 절망적인 상태에 빠졌는지 아니면 깊은 생각에 잠긴 것인지 그는 머리를 푹 숙이고 앉아 있었다. 늑대들의 울부짖음이 다시 들려왔다. 파도가 점점 커지며 다가오더니 일부는 벌써 호숫가에서 찰싹거렸다.

모두가 깜짝 놀랄 만큼 갑작스럽게 마법사가 벌떡 일어났다. 그는 웃고 있었다.

“맞았어! 그래, 그렇지! 답을 알고 나면 모든 수수께끼가 다 그렇듯 너무 쉬운 문제였어.”

지팡이를 집어 들고 암벽 앞으로 다가선 그는 맑은 소리로 외쳤다.

“멜론!”

문에 새겨진 별이 잠깐 빛을 내더니 다시 어두워졌다. 그러자 틈새라고는 전혀 없던 암벽에서 커다란 문이 소리 없이 윤곽을 드러냈다. 그리고 그것은 서서히 중앙에서 갈라져 바깥으로 조금씩 열리더니 드디어 양쪽 벽으로 활짝 벌어졌다. 열린 문으로 급경사의 오르막 계단이 보였으나 입구 근처만 겨우 알아볼 수 있을 뿐 저 안쪽은 칠흑처럼 깜깜했다. 일행은 모두 놀라서 들여다보았다.

간달프가 말했다.

“내가 잘못 생각했어. 김리도 마찬가지고. 메리가 바로 맞힌 거야. 문을 여는 암호는 바로 아치 위에 새겨져 있었던 거야! 번역이 틀린 거야. ‘친구라고 말하고 들어가라’로 이해했어야 하는 것이지. 요정어로 ‘친구’라고만 말하면 열리는 것을 그렇게 헤매다니! 요즘처럼 수상한 시절에는 전승의 대가들조차 풀기 어려운 너무 간단한 문제인 거야. 그때가 좋았지! 자, 갑시다!"

간달프가 앞장을 서 맨 아래 계단에 발을 올려놓았다. 그러나 그 순간 몇 가지 사건이 벌어졌다. 프로도는 누군가 자기 발목을 움켜잡는 느낌이 들어 소리를 지르며 쓰러졌다. 조랑말 빌이 공포에 사로잡혀 울부짖으며 호숫가를 따라 어둠 속으로 달아나 버렸다. 뒤를 따라 달려가려던 샘은 프로도의 비명을 듣고 안타까움에 울음을 터뜨리며 돌아왔다. 나머지 일행이 뒤를 돌아다보았을 때는 마치 뱀 떼가 호수 남쪽에서 헤엄쳐 오기라도 한 듯 호수의 물이 끓어오르고 있었다.

물속에서 구불구불하고 기다란 촉수가 뻗어 나온 것이었다. 그것은 푸르스름한 빛을 발하며 축축이 젖어 있었다. 손가락처럼 생긴 촉수의 끝이 프로도의 한쪽 발을 붙잡아 물속으로 끌어당겼다. 샘은 무릎을 꿇은 채 칼로 그 촉수를 잘라 냈다.

촉수가 프로도의 발목을 놓았다. 샘은 프로도를 끌어 올리며 살려 달라고 외쳤다. 스무 개가량의 다른 촉수들이 다시 덤벼들었다. 어두운 호수의 물이 부글부글 끓었고, 촉수에선 구역질이 나는 악취가 풍겼다.

"문으로 들어가! 계단 위로! 어서!"

간달프가 뛰어나오며 외쳤다. 샘을 제외하고, 모두 공포에 질린 듯 꼼짝도 못 하고 그 자리에 서 있던 이들은 간달프의 말에 정신이 들어 문으로 쫓겨 들어갔다.

위기일발의 순간이었다. 샘과 프로도가 겨우 서너 계단을 올라가고 마지막으로 간달프가 층계에 발을 내딛는 순간 호숫가의 좁은 땅을 건너온 촉수의 끝은 벌써 바위벽과 문에 달라붙었다. 그중 하나는 별빛에 몸뚱이를 번쩍이면서 문턱 위를 넘어섰다. 간달프는 돌아서서 지켜보았다. 안쪽에서 문을 닫으려면 무슨 암호를 외어야 하는지는 다행히 고민할 필요가 없었다. 수많은 촉수들이 얽히고설 킨 채 양쪽 문에 달라붙는 바람에 문은 요란한 소리를 내며 쾅 닫히 고 말았다. 사방은 칠흑 같은 어둠에 휩싸였다. 무언가 찢어지고 요 란하게 부딪히는 소리가 육중한 문을 사이에 두고 희미하게 들려왔 다.

프로도의 팔을 붙잡고 있던 샘은 어둠 속 계단에 쓰러지듯 주저 앉았다. 그는 목이 멘 채 말했다.

"불쌍한 빌! 불쌍한 빌! 늑대와 뱀이라니! 뱀한테는 도저히 못 당 할 텐데. 하지만 프로도 씨, 전 당신을 따를 수밖에 없었어요."

그들은 간달프가 계단을 내려가 지팡이로 문을 더듬는 소리를 들었다. 돌이 부딪히는 소리가 나며 계단이 울렸다. 하지만 문은 열 리지 않았다.

마법사가 말했다.

"후, 됐어! 이제 우리 뒤쪽 입구는 닫혔으니 나가는 문은 산 너머 저쪽 출구뿐인 셈이야. 소리를 들어 보니 위에서 바윗돌이 굴러떨 어져 문 앞을 가로막아 나무 두 그루도 쓰러뜨린 것 같아. 참 아깝 군! 시원하게 잘생긴 데다 오랫동안 입구를 지켜 온 나무들인데 말 이야."

프로도가 말했다.

"전 발이 처음 물에 닿는 순간부터 뭔가 무시무시한 게 있다는 느 낌이 들었어요. 그게 뭐였어요? 수가 많았지요?"

그러자 간달프가 대답했다.

"나도 모르겠네. 하지만 그 촉수들은 모두 한 가지 목적으로 움직 이고 있었어. 제 발로 기어왔거나 아니면 물속에서 무슨 명령을 받 고 온 거겠지. 깊은 땅속에는 오르크보다 오래되고 더 무시무시한 것들이 있거든."

그는 호수에 있는 게 무엇이든 간에 그들 중에서 유독 프로도를 먼저 잡았다는 사실을 일행에게 강조하지 않았다. 보로미르가 혼자 중얼거렸다.

"깊은 땅속이라! 지금 어쩔 수 없이 그쪽으로 가고 있단 말이지. 그렇다면 이 어둠 속에선 누가 앞장서지?"

하지만 그의 말은 사방의 바위벽에 부딪혀 모두가 들을 수 있을 만큼 크게 메아리쳐 울렸다. 간달프가 대답했다.

"내가 있소. 그리고 김리가 나와 함께 앞장설 거요. 내 지팡이를 따르시오!"

마법사는 앞장서 계단을 오르며 지팡이를 높이 쳐들었다. 지팡이 끝에서 희미한 빛이 퍼져 나왔다. 넓은 층계는 막힌 데가 없고 튼튼했다. 일행은 야트막하고 널찍한 2백 개 정도의 계단을 올라갔다. 꼭대기 역시 천장이 둥글고 바닥이 평평한 통로가 어둠 속으로 계속 이어졌다.

"여기 층계참에서 쉬면서 뭘 좀 먹죠! 식당을 찾을 수야 없을 테니까 말이에요."

프로도가 말했다. 그는 발목을 붙잡히던 순간의 공포를 서서히 떨치면서 갑자기 참기 어려운 시장기를 느꼈다.

그의 제안은 모두의 환영을 받았고 일행은 어둠 속에 무리를 지어 맨 위의 계단에 둘러앉았다. 식사를 마치자 간달프는 일행에게 세 번째로 깊은골의 미루보르를 한 모금씩 마시게 했다.

"곧 바닥이 나겠지만, 입구에서 그렇게 혼이 났으니 지금은 마셔도 괜찮겠지. 운이 특별히 좋은게 아니라면 출구에 닿기도 전에 전부 마셔야 될 거요. 물통도 조심스럽게 다루시오! 이 굴에도 우물이나 냇물이 있지만 절대로 건드려선 안 되오. 어둔내계곡에 내려가기 전까지는 물통에 물을 채울 기회가 없을 거요."

프로도가 물었다.

"얼마나 걸릴까요?"

"알 수 없지. 사정에 따라 다르겠지만 길을 잃거나 별일이 없으면 곧장 걸어 사나흘 걸리겠지. 서문에서 동문까지 직선거리로 최소한 65킬로미터는 되는 데다 돌아가야 할 곳이 많으니까."

잠깐 동안의 아쉬운 휴식을 마치고 일행은 다시 일어섰다. 모두 가능하면 어서 여행을 마치고 싶었기 때문에, 기진맥진한 상태인데도 아직은 서너 시간씩 강행군할 생각이 있었다. 간달프가 여전히 앞장섰다. 그가 왼손으로 치켜든 지팡이에서 뿌려지는 희미한 빛은 그의 발밑을 겨우 비출 정도였다. 그는 오른손에 자신의 검 글람드링을 들고 있었다. 그 뒤를 김리가 따랐다. 그가 좌우로 고개를 돌릴 때마다 두 눈에서는 희끄무레한 빛이 번득였다. 난쟁이 뒤에는 프로도가 자신의 단검 스팅을 빼 들고 걸었다. 스팅이나 글람드링의 칼날에서 어떤 빛도 뿜어져 나오지 않아 그들은 다소 안심했다. 그 칼은 모두 상고대 요정들의 작품으로, 오르크가 근처에 있으면 차가운 빛을 발했다. 프로도 뒤를 샘이 따르고 그 뒤로 레골라스와 두 젊은 호빗, 보로미르 순서로 걸어갔다. 맨 뒤에는 엄숙한 표정의 아라고른이 어둠을 등지고 묵묵히 걸어갔다.

통로는 좌우로 몇 번이나 꺾어지더니 다시 아래로 향했다. 한참 동안 완만한 내리막길이 이어지다가 다시 평지가 나타났다. 공기는 후텁지근하고 숨이 막힐 지경이었으나 고약한 냄새는 나지 않았고 이따금 찬 바람이 얼굴에 닿기도 했다. 벽에 구멍이 뚫려 있음을 짐작할 수 있었다. 그런 곳이 여러 군데 있었다. 프로도는 마법사의 지팡이에서 비치는 희미한 빛으로 층계와 아치를 비롯해, 어둠 속으로 끝없이 뻗은 울퉁불퉁한 통로와 터널 들을 언뜻언뜻 볼 수 있었다. 다시 기억하고 싶지 않을 만큼 섬뜩한 기운이 느껴졌다.

김리는 두려움을 모르는 용기 말고는 간달프에게 별 도움이 되지 못했다. 다른 동료들과는 달리 그는 적어도 어둠 그 자체에 대해서는 그리 두려워하지 않았다. 종종 간달프는 방향을 선택하기 어려운 지점에서 그와 의논하기도 했지만 마지막 결정을 내리는 것은 항상 자기 자신이었다. 글로인의 아들 김리는 주로 산에서 사는 난쟁이족이었지만 모리아 광산은 그의 상상력으로도 도저히 짐작할 수 없을 만큼 거대하고 복잡했다. 간달프는 먼 옛날의 여행 기억이 이젠 거의 쓸모가 없었지만, 깜깜한 어둠을 헤치고 이리저리 꼬부라진 길을 잘도 찾아갔다. 목적지로 향하는 길이 있는 한 그는 언제나 실패하지 않았다.

"걱정할 건 없소!"

아라고른이 말했다. 여느 때보다 오랫동안 걸음을 멈추고 간달프와 김리가 소곤거리며 의논하고 있었다. 다른 일행은 뒤에서 걱정스럽게 기다렸다.

"걱정할 건 없소! 이렇게 캄캄한 곳은 아니었지만 난 마법사와 함께 수많은 여행을 했고, 내가 본 것보다 놀라운 그의 무용담은 깊은 골에서 얼마든지 들을 수 있습니다. 그는 길을 잃지 않을 거요……길이 있는 한. 그는 우리가 무서워하는데도 여기까지 데려왔으니까 분명 무슨 수를 써서라도 나가는 길을 찾아낼 거요. 칠흑 같은 어둠에서 길을 찾는 데는 베루시엘 왕비의 고양이들보다 낫거든."

사실 그들에겐 간달프가 더없이 훌륭한 안내자임에 틀림없었다. 입구에서 예상치 못한 필사적인 소동이 벌어지는 바람에 내던지고 온 게 많았다. 그래서 횃불을 피울 만한 장작이나 도구도 없었다. 간달프의 지팡이에서 비치는 빛마저 없었더라면 그들은 크게 후회했을 것이다. 우선 그들이 선택해야 할 길이 너무 많았을 뿐만 아니라, 지나가는 통로 옆 곳곳에 웅덩이나 함정, 혹은 깊은 우물이 도사리고 있었기 때문에 애를 먹어야 했다. 양쪽 벽과 바닥에도 갈라진 틈이나 구멍이 많았으며 가끔 바로 발 앞에서 틈이 벌어지기도 했다. 그중 넓은 것은 폭이 2미터도 넘어 피핀이 건너뛰는 데는 상당한 용기가 필요했다. 아래쪽으로 어둠 속 깊은 곳에서는 마치 커다란 물레방아가 돌아가는 듯 물이 휘감겨 돌아가는 소리가 들려왔다. 샘은 혼잣말로 중얼거렸다.

"밧줄! 내 이럴 줄 알았다니까! 안 가져오면 꼭 이렇게 필요하다니까!"

그렇게 위험한 곳이 자주 나타나면서 일행의 행군 속도는 더 느려졌다. 그들은 걷고 또 걸어, 점점 산의 뿌리를 향하고 있었다. 그들은 이루 말할 수 없을 정도로 피곤했지만 아무 데서나 쉰다고 해서 그리 편할 것 같지도 않았다. 프로도는 죽을 뻔한 고비를 넘긴 후에 식사도 하고 감로주를 마신 덕분에 한참 동안 용기가 살아났다. 하지만 이제는 공포에 가까운 깊은 불안감이 다시 그를 사로잡았다. 지난번에 당한 부상은 깊은골에서 완쾌되었지만, 그 끔찍한 상처가 그에게 영향을 끼치지 않은 건 아니었다. 그의 감각이 더 날카로워져서 전에는 보이지 않던 것들을 알아볼 수 있게 되었다. 그가 곧 알아챈 그와 같은 변화의 표시 중 하나는 간달프를 제외한 일행 누구보다도 그가 어둠 속의 물체를 잘 알아볼 수 있다는 사실이었다. 그리고 무엇보다도 그는 반지의 사자였다. 반지는 줄에 매달린 채 그의 목에 걸려 있었고 가끔 그에게 심한 중압감을 느끼게 했다. 그는 길 앞에 도사린 악과 그의 뒤를 쫓아오는 악의 존재를 확실히 감지할 수 있었다. 그러나 그는 전혀 내색하지 않았다. 그는 칼을 든 손에 더욱 힘을 주며 묵묵히 앞으로 걸어갔다.

뒤에 선 동료들은 가끔씩 빠르게 속삭일 뿐 거의 아무 말도 하지 않았다. 들리는 것은 다만 그들 자신의 발소리뿐이었다. 김리의 난쟁이 구두에서 나는 둔탁한 소리, 보로미르의 무거운 발걸음, 레골라스의 경쾌한 걸음걸이, 호빗들의 들릴까 말까 한 부드러운 발소리, 그리고 맨 뒤에서 큰 걸음으로 성큼성큼 걸어오는 아라고른의 느리고도 안정된 걸음걸이 등이 제각기 또렷하게 들렸다. 일행이 잠깐 걸음을 멈출 때는 보이지 않는 물방울이 똑똑 떨어지는 희미한 소리 외에는 아무 소리도 들리지 않았다. 하지만 프로도는, 보이지는 않지만 어딘선가 부드러운 맨발이 살짝 내딛는 것 같은 소리를 듣고 있었다. 상상인지는 몰라도 그런 것 같았다. 이것은 그가 들었다고 확신할 만큼 충분히 크지도 않고 가깝지도 않았지만, 일단 시작되고 나서는 그들이 움직이는 동안 계속 들려왔다. 메아리일 리는 없었다. 그들이 걸음을 멈출 때도 그것은 한참 동안 계속 또닥거리다가 다시 조용해졌기 때문이었다.

그들이 광산에 들어선 것은 해가 지고 나서였다. 중간에 잠깐씩 쉰 것을 빼고 계속 대여섯 시간을 걸었을 무렵, 간달프는 걸음을 멈추고 처음으로 심각하게 고민하기 시작했다. 그의 눈앞에 세 갈래로 나뉘는 아치형 입구가 나타난 것이었다. 모두 동쪽으로 방향은 같았으나 왼쪽 통로는 내리막이었고 오른쪽 통로는 그 반대로 오르막이었으며 가운데 통로는 매우 좁긴 했지만 평탄하게 이어져 있었다.

"여긴 도대체 기억이 나지 않는군."

간달프는 아치 밑에 서서 자신 없는 표정으로 말했다. 그는 혹시 방향을 알려 주는 무슨 기호나 표시가 있을까 싶어 지팡이를 높이 들어 보았으나 그런 것은 아무 데도 없었다. 그는 고개를 저으며 말했다.

"너무 피곤해서 머리가 돌아가지 않는군. 아마 여러분도 나 못지않게 피곤할 테니 오늘 밤은 여기서 쉽시다. 내 말이 무슨 뜻인지 알겠소? 여기야 항상 깜깜하지만 바깥에는 지금 달이 서쪽으로 넘어가고 자정이 지났단 말이오."

그러자 샘이 넋두리를 했다.

"불쌍한 빌! 지금쯤 어디 있을까? 제발 늑대한테만 붙잡히지 않았으면 좋겠는데."

커다란 아치 왼쪽에서 그들은 돌문 하나를 발견했다. 문은 반쯤 닫혀 있었으나 가볍게 밀자 안으로 쉽게 열렸다. 안쪽에는 바위벽을 깎아 만든 넓은 방이 있었다.

"잠깐만! 잠깐만!"

간달프가 외쳤다. 메리와 피핀이, 앞뒤가 툭 터진 통로가 아니라 그런대로 안심하고 쉴 수 있는 휴식처를 발견한 것이 너무 기뻐 무턱대고 안으로 뛰어들려는 찰나였다.

"잠깐! 안에 무엇이 있는지도 모르지 않나? 내가 먼저 들어가지."

그가 조심스럽게 방으로 들어가자 모두들 한 줄로 뒤를 따랐다.

"보게!"

땅바닥 한가운데를 지팡이로 가리키며 그는 말했다. 그의 발 앞에서 그들은 우물 입구처럼 뚫린 커다랗고 둥근 구멍을 보았다. 둘레에 녹슬고 망가진 쇠사슬이 한쪽 끝을 검은 구멍 속으로 드리운 채 놓여 있었고 여기저기 부서진 돌들이 흩어져 있었다.

"자네들 중 하나는 저 속에 빠져서 지금쯤 끝이 어딘지도 모르는 곳에 떨어질 뻔했소. 안내자가 있으면 말을 잘 들어야지."

아라고른이 메리에게 말하자 김리가 덧붙였다.

"이 석실은 세 통로를 지키는 초소 같은데. 이 우물은 돌 뚜껑을 덮어 두고 경비원들이 사용하던 게 분명해요. 뚜껑이 부서졌으니 모두들 조심하세요."

피핀은 우물에 강한 호기심을 느꼈다. 모두들 담요를 꺼내 가능한 한 우물에서 멀리 떨어져 벽에 붙여 잠자리를 만드는 동안 그는 우물로 다가가 속을 들여다보았다. 아무것도 보이지 않는 어둠 속에서 서늘한 바람이 올라와 얼굴을 스쳤다. 피핀은 갑작스러운 충동을 못 이겨 옆에 있던 돌을 집어 밑으로 던졌다. 무슨 소리가 들리기 전까지 그는 자신의 심장 박동 소리를 여러 번 들을 수 있었다. 그때 저 밑에서, 마치 동굴 속 깊은 연못에 돌이 떨어진 듯 풍덩 하는 소리가 희미하게 들려왔다. 그러나 그 소리는 곧 우물 속에서 공명을 일으키며 큰 소리로 증폭되어 계속 울려왔다.

"이건 뭔가?"

간달프가 날카롭게 물었다. 피핀이 자기가 그랬다고 자백하자 그는 안도의 한숨을 내쉬었다. 하지만 그는 화가 나 있었고, 피핀은 그의 눈에서 빛이 번득이는 것을 볼 수 있었다. 간달프가 으르렁거리며 말했다.

"툭 집안은 모두 자네처럼 멍청이뿐인가? 이건 호빗들끼리 소풍 나온 게 아니야. 우린 지금 중대한 임무를 수행하는 중이란 말일세! 다음엔 자네가 직접 뛰어들어. 그러면 말썽거리도 없어질 테니까. 이제부턴 좀 조용히 있게!"

그리고 몇 분 동안은 아무 소리도 들리지 않았지만 다시 깊은 바닥에서 희미한 소리가 들려왔다. 똑똑, 똑똑. 소리는 멈추었다가 메아리가 사라지자 다시 반복되었다. 똑똑, 똑똑, 똑똑, 똑. 그 소리는 마치 무슨 신호처럼 불안하게 들려왔으나 잠시 후에는 사라져 들리지 않았다.

김리가 말했다.

"망치 소리 같은데. 그게 아니라면 무슨 소린지 모르겠군요."

"그런 것 같네. 예감이 좋지 않아. 저 멍청이 페레그린이 던진 돌과는 상관이 없을지도 모르지만 만에 하나 그 때문에 무슨 탈이 나는 건 아닌지 모르겠어. 제발 앞으로는 그런 짓 좀 말게! 이젠 아무 사고 없이 편히 쉬어야 할 텐데 말이야. 피핀, 자네가 그 벌로 오늘 첫 불침번을 서게."

간달프는 으르렁거리며 담요를 뒤집어썼다.

피핀은 칠흑 같은 어둠에서 문간에 쭈그리고 앉았다. 그러나 우물 속에서 무엇인가 튀어나올 것만 같아 계속해서 돌아보았다. 할 수만 있다면 담요로 우물을 덮어 버리고 싶었다. 이제는 간달프도 거의 잠든 것같이 보였지만 피핀은 감히 그쪽으로 다가갈 엄두를 내지 못했다.

간달프는 조용히 누워 있었지만 잠든 건 아니었다. 그는 지난번에 이 광산을 여행하던 기억을 차근차근 돌이켜 보면서 어느 길을 택해야 할지 깊은 생각에 잠겨 있었다. 지금 와서 길을 잘못 들면 만사가 끝장이었다. 한 시간 뒤 그는 몸을 일으켜 피핀에게 다가갔다. 그는 다정한 목소리로 말했다.

"구석에 가서 눈 좀 붙이게, 젊은 친구. 졸린 모양인데 가서 자라고. 난 잠이 안 와서 차라리 불침번이나 서는 게 낫겠어."

그는 문 옆에 앉으면서 중얼거렸다.

"이제 문제가 뭔지 알 것 같군. 담배가 모자랐어. 폭설이 내리던 날 아침 이후로 한 대도 못 피웠단 말이야."

피핀이 쏟아지는 잠 속으로 빠져들며 마지막으로 본 것은 마룻바닥에 웅크리고 앉은 늙은 마법사가 빨갛게 달아오른 나무토막을 마디가 굵은 손가락으로 잡아 두 무릎 사이에 감추고 있는 모습이었다. 불빛은 잠시 그의 날카로운 코끝을 비추더니 담배 연기가 한 모금 뿜어져 나왔다.

잠자는 이들을 모두 일으켜 세운 것은 간달프였다. 그는 동료들을 쉬게 하고 여섯 시간 동안 혼자서 불침번을 선 것이었다.

"불침번을 서면서 결정했소. 가운데 길은 예감이 좋지 않고 왼쪽 길은 냄새가 좋지 않아. 밑에 내려가면 틀림없이 썩은 공기가 있을 것 같소. 그래서 오른쪽 길을 택했는데 이젠 슬슬 떠나야겠소."

그들은 여덟 시간 동안 계속 어둠 속을 걸었고, 휴식은 짧게 두 번

취한 게 전부였다. 아직은 위험한 곳을 만나거나 무슨 소리를 듣는 일도 없었고 맨 앞에서 도깨비불처럼 반짝이는 간달프의 희미한 지팡이 불빛 말고는 아무것도 보이지 않았다. 그들이 선택한 통로는 완만한 상승 곡선을 그리고 있었고 그들의 판단으로는 갈수록 지대가 더 높아지고 통로 폭도 넓어졌다. 길 양쪽으로 이제 다른 터널이나 굴로 들어가는 입구는 보이지 않았고 길바닥도 구덩이나 틈새가 없이 평탄하고 단단했다. 한때는 상당히 중요한 통로였음이 분명했다. 그들의 행군 속도는 전보다 더 빨라졌다.

이렇게 해서 그들은 실제로는 30여 킬로미터 넘게 걸었음이 틀림없었지만 직선 거리로는 동쪽으로 24킬로미터 정도 나아간 것 같았다. 오르막길을 오르면서 프로도는 기분이 다소 풀어졌지만 여전히 까닭 모를 압박감을 느끼고 있었다. 이따금 등 뒤 멀리서 그들 발소리와는 다른 발소리 하나가 따라오는 것 같은 생각이 들었다. 그들의 발소리가 울려 나는 소리가 아니었다.

그들은 호빗들이 쉬지 않고 견딜 수 있을 때까지 계속 걸었다. 그리고 모두들 머릿속으로 잠자리가 될 만한 곳을 생각하기 시작했을 때 갑자기 양쪽의 벽이 사라졌다. 그들은 아치형 입구를 지나 어두컴컴한 공터에 들어선 것 같았다. 지금까지 걸어온 길은 공기가 따스했지만 이곳에서는 찬 기운을 느낄 수 있었다. 그들은 걸음을 멈추고 걱정스러운 표정으로 함께 모였다.

간달프의 표정이 밝아졌다.

"길을 제대로 선택했군. 이젠 좀 살 만한 곳에 온 것 같네. 내 짐작에는 벌써 산 동쪽에 가까워진 것 같아. 다만 너무 높이 올라온 것이 걱정이군. '어둔내문'보다 훨씬 높이 올라온 게 틀림없어. 찬 기운이 감도는 것을 보면 여긴 꽤 넓은 홀인 것 같은데, 좀 위험하긴 해도 이번엔 어디 진짜 한번 불을 켜 볼까!"

그가 지팡이를 높이 들자 번갯불 같은 불꽃이 환하게 일었다. 큰 그림자들이 불쑥 나타나 뒤로 물러섰고, 잠시 일행의 눈에는 머리 위 높은 곳에 수많은 돌기둥으로 떠받쳐진 거대한 지붕이 들어왔다. 정면과 측면으로 거대한 빈 홀이 모습을 드러냈는데 유리처럼 매끄럽고 윤이 나는 검은 벽이 불빛에 반짝였다. 역시 어두컴컴한 아치가 달린 세 군데 다른 입구를 그들은 발견했다. 정면에 동쪽으로 곧은 통로가 하나 있었고 좌우로도 입구가 하나씩 있었다. 그때 불이 꺼졌다.

간달프가 말했다.

"위험을 감수하는 건 이쯤이면 족하네. 전에는 산비탈에 커다란 창문이 있어서 광산 높은 지대에 가면 햇빛이 들어오는 길이 있었지. 우리가 지금 서 있는 데가 그런 곳 같은데 지금은 밤이라서 아침까지는 알 수가 없겠지. 내 말이 맞는다면 내일 아침에는 햇빛을 볼 수 있을 거요. 오늘은 더 갈 수 없으니 여기서 쉽시다. 지금까지는 일이 잘 풀려서 길도 거의 끝나 가지만, 아직 완전히 끝난 건 아니오. 바깥세상으로 나가는 입구까지는 아직 길고 긴 내리막길을 가야 하오."

그들은 찬 공기를 피하기 위해 한쪽 구석에 서로 몸을 기대고 웅크린 채 그 동굴 같은 커다란 홀에서 밤을 보냈다. 동쪽 아치 밑으로 찬 바람이 계속 흘러드는 것 같았다. 거대하고 공허한 어둠이 사방에서 그들을 둘러싸고 있었다. 일행은 산속을 깎아서 만든 수많은 방과 끝없이 뻗은 층계와 통로의 웅장함과 적막함에 압도당했다. 호빗들이 근거 없는 소문으로만 듣고 멋대로 상상하던 이야기들은 모리아의 참모습이 가져다주는 경이와 두려움에 비하면 오히려 부족한 감이 있었다.

샘이 말했다.

"한때는 여기에 난쟁이들이 굉장히 많이 산 모양이지요. 5백 년 동안 이것을 모두 만들자면 오소리보다 바쁘게 뛰어다녔겠어요. 그것도 단단한 바위산에다 말이에요. 무슨 목적으로 만들었을까요? 설마 이 캄캄한 굴에서 살려고 한 건 아니겠지요?"

그러자 김리가 말했다.

"이건 그냥 굴이 아니오. '난쟁이들의 저택'이라는 위대한 도시지요. 그리고 옛날에는 이렇게 어둡지도 않았소. 우리 노래에 아직 남아 있듯이 화려하고 빛나는 도시였소."

그는 몸을 일으키더니 어둠 속에 버티고 서서 낮은 소리로 노래 부르기 시작했다. 메아리가 천장에서 울려 퍼졌다.

세상은 어리고 산은 초록빛이었지.
달님 얼굴엔 아직 흠집 하나 없고
시내와 돌에는 이름조차 없을 때
두린은 잠에서 깨어 혼자 걸었다.
이름 없는 산과 골짜기에 이름을 지어 주고
아무도 맛보지 않은 우물에서 물을 긷고
고개 숙여 거울호수를 들여다보다가
자신의 머리 그림자 위에서 보았네
은빛 실에 꿰인 보석처럼
별로 만든 왕관이 나타나는 것을.

세상은 아름답고 산은 높았지.
서쪽바다 건너 떠나고 없는
나르고스론드와 곤돌린성의
용맹스러운 왕들이 몰락하기 전,
상고대, 두린 왕의 시대,
그때 세상은 아름다웠다.

그의 자리는 깎아 만든 옥좌
열주가 늘어선 그의 왕궁은
황금 지붕에 은을 박은 대청마루,
문 위엔 위엄을 자랑하는 룬 문자가 새겨졌다.
햇빛, 달빛, 별빛은
수정을 깎아 만든 빛나는 등불에서
구름이 가리고 밤의 장막이 찾아와도
언제나 밝고 아름다운 빛을 뿌렸다.

망치는 모루를 내리치고
끌은 쪼개고 조각도는 새기고
칼날은 벼리고 칼자루는 붙이며
파는 이는 파고 쌓는 이는 쌓았다.
녹주석과 진주, 희뿌연 단백석,
물고기 비늘처럼 얇은 금속,
둥근 방패와 갑옷, 도끼와 검,
번쩍이는 창들이 창고에 그득했다.

산 밑에서 음악이 들려와
두린의 백성들은 피로를 몰랐다.
들려오는 하프 소리와 음유시인들의 노래,
성문 앞에선 나팔 소리가 울려 퍼졌다.

세상은 백발이 되고, 산도 늙어
용광로의 불꽃은 차가운 재가 되고
하프 소리도 망치 소리도 들리지 않는구나.

두린의 방은 암흑에 잠기고,
모리아, 크하잣둠 그의 무덤엔
어둠이 내려앉았네.
그러나 가라앉은 별들은 아직
바람 없는 어두운 거울호수에 숨어 있고
깊은 물속에는 두린의 왕관이 기다리고 있다,
그가 다시 잠에서 깨어날 때까지.

샘이 탄성을 질렀다.

"멋진데요! 좀 배웠으면 좋겠어요. '모리아, 크하잣둠'. 하지만 노래를 듣고 나니 그 빛나던 등불 생각에 지금이 더 어두워 보이는데요. 아직도 황금이나 보석이 여기 쌓여 있을까요?"

김리는 말이 없었다. 노래를 마치고 난 그는 아무 말도 하려 하지 않았다. 간달프가 대답했다.

"황금이나 보석? 없네. 오르크들이 여러 번 모리아를 털어 가서 상층에는 남은 게 아무것도 없지. 그리고 난쟁이들도 달아나 버렸기 때문에 이젠 아무도 통로를 타고 하층으로 내려가 깊숙이 숨어 있는 보물을 꺼낼 엄두를 내지 못하는 거야. 저 깊은 물, 공포의 어둠 속에 보물이 잠겨 있거든."

그러자 샘이 다시 물었다.

"그럼 난쟁이들은 왜 다시 돌아오려고 애를 쓰지요?"

"미스릴 때문이지. 모리아가 귀한 것은 황금이나 보석 때문이 아니야. 그건 난쟁이들의 장난감일 뿐이지. 그리고 쇠 때문만도 아니고. 쇠는 그들의 하인일 뿐이거든. 그들이 여기서 그런 것들을 발견한 것은 사실이야. 특히 쇠를 많이 캤지. 하지만 그것 때문이라면 그들은 땅을 팔 필요가 없었어. 필요한 것은 무엇이든지 외부와 교역해서 얻을 수 있었거든. 문제는 세상에서 오직 한 곳, 여기서만 나온다는 모리아 은 때문이야. 흔히들 진짜 은이라고 부르기도 하는데 요정들은 미스릴이라고 부르지. 난쟁이들은 또 자기네들끼리만 쓰는 이름이 따로 있었지. 그 금속은 대략 금의 열 배 정도로 값을 쳐주었는데, 이젠 값을 매길 수 없게 되었지. 땅 위에는 남은 게 거의 없고 오르크들조차 그걸 캐기 위해 감히 들어가질 못하니까 말이야. 그 광맥은 북쪽으로 카라드라스까지, 아래로는 저 깊은 어둠까지 깊숙이 뻗어 있네. 난쟁이들이 이야기하지는 않지만 사실 미스릴은 그들이 영화를 이룬 원천이자 또한 그들에게 파멸을 가져온 원인이었지. 욕심이 지나쳐 너무 깊숙이 파 들어가다가 그만 '두린의 재앙'을 잘못 건드린 거야. 그들이 바깥으로 가지고 나온 것은 거의 모두 오르크들이 모아서 그것을 탐내던 사우론에게 공물로 바쳐 버렸지.

미스릴! 그건 누구든지 탐낼 만한 거야. 구리처럼 쉽게 구부릴 수도 있고 유리처럼 매끄럽기 때문에 난쟁이들은 그걸 이용해 담금질한 쇠보다 단단하면서 한없이 가벼운 금속을 만들 수 있었지. 아름답기는 보통 은하고 비슷하지만 미스릴은 녹슬거나 변색되는 일이 절대 없지. 요정들도 그것을 대단히 좋아해서 그걸 가지고 이실딘, 즉 '별달'이라는 금속을 만들었는데 우리가 입구에서 본 게 바로 그거지. 미스릴 고리로 만든 갑옷을 소린이 빌보에게 선물한 적이 있었는데 그게 어떻게 되었는지 궁금하군. 지금쯤은 아마 큰말의 매돔관에서 먼지가 뽀얗게 묻어 있겠지."

그러자 말없이 앉아 있던 김리가 깜짝 놀라 외쳤다.

"뭐라고요? 모리아 은으로 만든 갑옷이라니요! 그건 왕께나 드리는 선물인데요."

"맞는 말일세. 빌보에게 이야기하지는 않았지만 그건 샤이어 전체를 주고도 바꿀 수 없는 보물이지."

간달프가 말했다. 프로도는 아무 말도 안 했지만 슬그머니 옷 밑으로 손을 넣어 갑옷 고리를 만져 보았다. 윗도리 속에 샤이어 전체의 무게와 맞먹는 걸 입고 있다고 생각하니 갑자기 몸이 휘청하는 것 같았다. 빌보는 알고 있었을까? 빌보도 분명 알고 있었을 거란 생각이 들었다. 그건 정말 왕에게나 어울리는 선물이었다. 그러나 그 순간부터 그의 생각은 어두운 광산을 떠나 깊은골로, 빌보에게로, 그리고 빌보와 함께 지낸 골목쟁이집의 즐거운 시절로 날아갔다. 그는 진심으로 그 시절, 그곳으로 돌아가 잔디를 깎고 꽃밭을 거닐고 싶은 생각이 간절했다. 모리아와 미스릴, 그리고 반지까지 모두 잊고 싶었다.

다시 주위는 깊은 정적에 휩싸였고 동료들은 하나둘 잠들기 시작했다. 프로도가 오늘 밤 첫 당번이었다. 보이지 않는 문을 지나 멀리서 불어오는 미풍처럼 공포가 그를 엄습했다. 손이 차가워지고 이마에선 식은땀이 흘렀다. 그는 귀를 곤두세웠다. 지루한 두 시간이 흘러가는 동안 그는 모든 신경을 귀에만 집중시켰다. 하지만 아무 소리도 듣지 못했고 심지어 지금까지 상상 속에 들려오던 발소리도 들리지 않았다.

교대 시간 무렵 그는 서쪽 아치 부근에서 마치 희미한 눈동자처럼 생긴 두 개의 빛을 언뜻 본 것 같았다. 그는 깜짝 놀랐다. 자신이 고개를 숙이고 있었음을 깨달았다. 보초를 서면서 잠들 뻔했군. 꿈까지 꾸다니. 그는 이렇게 생각하며 일어나 눈을 비볐다. 그리고 어둠을 응시하며 선 채로 레골라스가 교대해 줄 때까지 기다렸다.

자리에 누운 그는 곧 잠들었으나 꿈은 계속되는 것 같았다. 어디선가 속삭이는 소리가 들렸고, 두 개의 희미한 빛이 천천히 다가오는 것을 보았다. 그는 잠에서 깼다. 동료들이 옆에서 두런두런 이야기를 나누고 있었고 그의 얼굴 위로 희미한 빛이 비쳤다. 한 줄기 희미한 빛이 동쪽 아치 위 높은 곳에서 지붕 근처의 통로를 따라 길게 선을 긋고 있었다. 북쪽 아치를 통해서도 멀리서 희미한 빛이 들어왔다.

프로도는 일어나 앉았다. 간달프가 인사를 건넸다.

"잘 잤나? 드디어 아침이야. 보다시피 내 짐작이 맞았어. 우리는 지금 모리아 동쪽 높은 산 위에 와 있는 거지. 오늘 해가 지기 전에 정문을 찾아 어둔내계곡의 거울호수를 보게 될 거야."

김리가 말했다.

"그렇다면 좋겠군요. 제가 지금까지 본 모리아는 대단히 위대한 곳입니다. 하지만 이젠 어둠과 공포의 세계가 되었군요. 우리 친척들은 흔적도 없고, 어쩌면 발린은 여길 들어오지 않았는지도 모르겠어요."

아침 식사를 마치자 간달프는 다시 걸음을 재촉했다.

"피곤하겠지만 밖에 나가서 쉬는 게 더 낫겠지. 설마 모리아에서 하룻밤 더 보낼 생각들은 없겠지?"

그러자 보로미르가 말했다.

"물론입니다. 하지만 어디로 가요? 저 동쪽 길입니까?"

"아마 그래야겠지. 나도 지금 우리 위치가 어딘지 정확히는 모르겠소. 짐작건대 정문의 북쪽 상층부 같은데. 내려가는 길을 찾기가 쉽지 않을 것 같아. 저기 동쪽 아치 밑으로 난 길이 맞을 것 같기는 한데, 일단 한번 살펴봅시다. 북문으로 들어온 빛을 먼저 볼까? 그쪽에 창문이 있으면 다행이지만 내 생각에는 긴 통로를 타고 빛이 새어 들어온 것 같은데."

일행은 그를 따라 북쪽 아치 밑으로 갔다. 넓은 복도가 나타났다. 앞으로 나갈수록 빛은 강해졌고 곧 오른쪽 문틈으로 빛이 새어 나오는 것을 알 수 있었다. 문지방은 높고 평평했으며 돌로 만들어진 문짝은 아직 돌쩌귀가 걸린 채 반쯤 열려 있었다. 그 앞에는 네모난 널따란 방이 있었다. 희미하게 빛이 든 방 안이 어둠에 익숙해진 그들 눈에는 눈부실 만큼 밝았다. 일행은 방에 들어서면서 모두 눈을 깜박였다.

그들이 들어서자 방바닥에 두텁게 깔려 있던 먼지가 풀썩 일어났고, 처음엔 형체를 알아볼 수 없던 입구의 여러 물건들이 그들의 발에 걸렸다. 빛은 동쪽 벽으로 높이 난 넓은 창문을 통해 들어오고 있었다. 창문은 위로 경사져 그 끝으로 멀리 네모진 푸른 하늘을 한 조각 볼 수 있었다. 창문을 통해 들어온 빛은 곧바로 방 한가운데 놓여진 석물 위로 떨어졌다. 약 60센티미터 높이의 장방형 석제 물체 위

에는 커다란 흰 석판이 놓여 있었다.

"무덤같이 생겼군."

프로도는 이상한 예감이 들어 혼자 중얼거리며 더 자세히 살피려고 몸을 숙였다. 간달프가 급히 그 곁으로 왔다. 석판 위에는 룬 문자가 깊게 새겨져 있었다.

"이건 옛날 모리아에서 사용하던 다에론의 룬 문자야. 여기 인간과 요정의 언어로도 쓰여 있군."

푼딘의 아들 발린
모리아의 군주

"그럴지도 모른다고 생각은 했지만, 그럼 죽었단 말인가!"
프로도가 말했다. 김리는 두건으로 얼굴을 가렸다.

Chapter 5

크하잣둠의 다리

반지의 사자 일행은 발린의 무덤 옆에 말없이 서 있었다. 프로도는 빌보를 생각하면서 빌보와 그 난쟁이의 오랜 우정을, 그리고 발린이 먼 옛날 샤이어를 방문하던 일을 생각했다. 먼지를 뒤집어쓴 발린의 무덤 옆에 서고 보니 그런 일들은 마치 천년 전 세상 저쪽에서 있었던 일 같았다.

마침내 그들은 정신을 차리고 주위를 둘러보면서 발린의 운명이나 그의 일행에게 일어난 일들을 설명해 줄 흔적을 찾기 시작했다. 채광 통로가 있는 쪽 벽에 또 하나 작은 문이 있었다. 그제야 그들은 양쪽 문 앞에 많은 뼈가 흩어져 있고 그 사이에는 부러진 칼이나 도끼 머리, 갈라진 방패, 투구 등이 흩어져 있는 것을 발견했다. 둥근 칼도 여러 개 있었다. 칼날이 시커먼 오르크들의 언월도였다.

사방 벽에는 움푹 파인 많은 벽감(壁龕)이 있었고 거기에는 가장자리에 쇠를 댄 커다란 나무상자들이 있었다. 상자는 대부분 부서진 채 텅 비어 있었으나 뚜껑이 망가진 상자 옆에서 그들은 찢어진 책 한 권을 발견했다. 책은 여기저기 칼자국이 나 있는 데다 군데군데 불에 그을렸으며, 오래된 핏자국처럼 거무튀튀하게 변색되어 도무지 글자를 알아볼 수가 없었다. 간달프가 조심스럽게 집어 석판 위에 올려놓자 책장이 부서져 떨어져 나갔다. 그는 한참 동안 말없이 내려다보았다. 프로도와 김리는 간달프가 매우 조심스럽게 책장을 넘기는 동안 옆에 서서 지켜보았다. 글은 모리아와 너른골의 여러 난쟁이의 필적으로 쓰였으며, 주로 룬 문자를 사용했고 군데군데 요정 문자가 섞여 있었다.

마침내 간달프가 고개를 들고 말했다.

"이건 발린 일행의 운명을 담은 기록으로 보이네. 약 30년 전 그들이 어둔내계곡에 도착하던 때부터 기록한 모양인데, 페이지마다 붙어 있는 숫자가 도착한 후의 햇수를 가리키는 것 같군. 첫 페이지가 1~3으로 적힌 걸 보면 적어도 두 해는 처음부터 기록이 아예 없는 것 같고. 들어 보게. '우리는 오르크들을 정문에서 몰아내고 방을,' 그다음 글자는 불에 타서 안 보이는데. 아마도 '지켰다'인가 보군. '우리는 골짜기의 밝은 햇빛 아래서,' 그렇지, '많은 적을 죽였다. 플로이가 화살에 맞아 죽었다. 그는 적의 대장을 베었다.' 또 안 보이네. 그리고 '플로이는 거울호수 근처의 풀밭에,' 그다음 한두 줄은 읽을 수가 없고. '우리는 북쪽 21호실에 거처를 정했다. 거기는,' 또 읽을 수가 없군. 채광 통로라는 말이 있고 또 '발린은 마자르불의 방에 자리를 잡았다.'"

그러자 김리가 설명했다.

"기록실을 말합니다. 우리가 지금 서 있는 곳이지요."

"글쎄, 그다음 한참 동안은 알아보기 힘들군. '금'이란 단어가 있고 '두린의 도끼', '투구'라는 말이 적혀 있어. 그리고 '발린은 이제 모리아의 군주이다.' 이렇게 해서 한 장이 끝나는군. 그다음엔 별표가 몇 개 있고 다른 이의 필체로 '우리는 진짜 은을 발견했다.' 그리고 '잘 녹였다.'라는 말이 있고. 그렇지, 미스릴이란 단어도 있군. 마지막 두 줄은 '오인은 지하 3층 상단의 병기고를 찾으러' 옳지! '서쪽으로 호랑가시나무땅 입구까지 갔다.'"

간달프는 말을 멈추고 몇 페이지를 그냥 넘겼다.

"이렇게 급하게 휘갈겨 쓴 페이지가 여러 장인데 워낙 지워진 부분이 많고 또 어두워서 잘 보이지 않는군. 여기도 여러 장이 빠진 게 틀림없어. 5라고 적힌 걸 보니까 여기 들어온 지 5년이란 뜻인 모양인데. 흠, 여기도 찢어지고 더럽혀진 곳이 너무 많아 읽을 수가 없어. 바깥으로 가지고 나가서 확인하는 게 좋겠어. 잠깐! 여기 요정 문자로 쓴 좀 크고 굵은 글이 있군.”

그러자 마법사의 팔 너머로 들여다보던 김리가 말했다.

“오리의 필적일 겁니다. 오리는 글씨도 아주 빨리 잘 쓸 뿐 아니라 요정 문자도 종종 썼으니까요.”

“이렇게 아름다운 글씨로 불길한 소식을 적어놓았을까 봐 걱정이 되는군. 제대로 알아볼 수 있는 첫 글자는 분명하게 ‘슬픔’인데, 그 뒤로는 맨 마지막 ‘어’ 자 외에는 읽을 수가 없어. 그렇지, 그 뒤를 보면 ‘어제 11월 10일, 모리아의 군주 발린이 어둔내계곡에서 돌아가셨다. 군주께서는 거울호수를 둘러보러 혼자 나갔다가 바위 뒤에 숨어 있던 오르크가 쏜 화살에 맞으셨다. 우리는 그 오르크를 죽였지만 훨씬 더 많은…… 동쪽의 은물길강 상류에서…….’ 이 페이지의 다른 부분은 거의 알아볼 수 없지만 이건 알겠군. ‘우리는 정문을 막았다.’ 그리고 ‘오랫동안 견딜 수 있다. 만일…… 끔찍한…… 고통…….’ 불쌍한 발린! 겨우 얻은 자리를 5년도 누리지 못하다니. 뒷일이 궁금하지만 그 뒤까지 읽어 볼 시간은 없어. 여기가 마지막 장이군.”

그는 말을 멈추었다가 한숨을 내쉬었다.

“읽기가 겁나는군. 비참한 종말을 맞지는 않았나 걱정되네. 들어보게! ‘우리는 나갈 수 없다. 우리는 나갈 수 없다. 그들이 다리와 2호실을 점령했다. 프라르와 로니, 날리가 거기서 쓰러졌다.’ 그다음 네 줄은 흐려서 보이지 않는데 ‘닷새 전에 갔다.’는 말만 읽을 수 있군. 그리고 마지막은 ‘서문 밖 호수의 물이 담까지 올라왔다. 호수의 파수병에게 오인이 붙잡혔다. 우리는 나갈 수 없다. 종말이 다가온다.’ 그리고 ‘아래쪽에서 둥, 둥.’ 이건 뭘까? 맨 마지막에는 요정 문자로 급히 갈겨쓴 글씨로 ‘그들이 오고 있다.’고 되어 있군. 이게 끝일세.”

간달프는 숨을 죽이고 조용히 생각에 잠겼다. 일행은 갑자기 그 방에서 공포를 느끼기 시작했다. 김리가 혼자 중얼거렸다.

"우리는 나갈 수 없다? 우리가 들어올 땐 다행히 호수의 물이 줄었고, 호수의 파수병이 남쪽의 물 밑에서 자고 있던 모양이군."

간달프는 고개를 들고 주위를 둘러보았다.

"이 양쪽 문으로 마지막까지 버틴 모양이야. 하지만 그때는 몇 명 안 남았겠지. 모리아의 탈환이 그렇게 끝나다니! 용감하긴 했지만 어리석은 시도였어. 아직 때가 되지 않았는데 말이야. 하지만 이제 우리도 푼딘의 아들 발린에게 작별 인사를 해야 할 시간이야. 그는 여기 조상들의 방에 그대로 누워 있어야 할 테니까. 이 마자르불의 책을 가지고 나가서 나중에 자세히 살펴보지. 김리, 이건 자네가 보관하는 게 좋겠어. 나중에 기회가 있으면 다인에게 전해 주게. 다인도 기록을 읽고 나면 슬퍼하겠지만 어쨌든 반가워할 걸세. 자, 갑시다! 벌써 해 뜬 지 한참 되었어."

그러자 보로미르가 물었다.

"어디로 갑니까?"

"그 홀로 돌아갑시다. 하지만 이 방에 와서 소득이 없었던 건 아니오. 이제 우리 위치를 정확히 안 것 같으니까. 김리가 말한 대로 여긴 마자르불의 방이고 우리가 있던 그 홀은 북쪽 끝 21호실이오. 따라서 아까 말한 그 동쪽 아치로 들어가서 남쪽으로 방향을 바꿔 내리막길을 가면 되오. 21호실은 7층일 테니까 정문보다는 여섯 층 위인 셈이지. 자, 홀 안으로 돌아갑시다."

간달프가 말을 끝내기도 전에 엄청나게 시끄러운 소리가 들려왔다. 지하 깊숙한 곳에서 나는 듯한 요란한 꿍음이 그들 발밑까지 올렸다. 일행은 깜짝 놀라서 문으로 달려갔다. 둥, 둥, 마치 거인의 손이 모리아의 굴을 커다란 북으로 삼아 치는 듯 계속 울렸다. 그 순간 요란한 나팔 소리가 굴속에 메아리를 일으키며 사방으로 울려 퍼졌다. 그에 응답하는 나팔 소리와 거친 함성이 더 먼 곳에서 들려왔다. 급하게 달려오는 발소리가 요란했다. 레골라스가 외쳤다.

"그들이 오고 있다!"

그러자 김리도 외쳤다.

"우리는 나갈 수 없다!"

간달프가 소리쳤다.

"함정이다! 내가 왜 꾸물거렸을까! 옛날 그들과 똑같이 함정에 빠졌군. 하지만 그때는 내가 없었지. 보자…….

둥, 둥, 북소리가 다시 들리고 사방의 벽이 울렸다. 아라고른이 외쳤다.

"문을 닫고 빗장을 채워요! 힘닿는 대로 짐을 챙기고. 아직 희망은 있으니까!"

그러자 간달프가 반대했다.

"안 되오! 갇혀서는 안 되오. 동쪽 문은 열어 두시오. 희망이 있다면 그쪽뿐이니."

다시 요란한 나팔 소리와 날카로운 아우성이 들려왔다. 복도를 따라 달려오는 발소리가 요란하게 울렸다. 그들이 모두 칼을 빼 들자 날카로운 쇳소리가 방 안에 울려 퍼졌다. 글람드링은 희미하게 빛을 뿌렸고 스팅도 칼날을 번득였다. 보로미르가 서쪽 문에 어깨를 기댔다.

"잠깐! 아직 닫지 마시오!"

간달프가 말했다. 그는 보로미르 곁으로 달려가 자신의 몸을 최대한 늘이며 큰 소리로 외쳤다.

"모리아의 군주 발린의 잠을 깨우는 자는 대체 누군가!"

구덩이로 돌이 굴러떨어지는 듯한 거친 웃음소리가 와자하게 일어났다. 소란 중에 명령조의 저음이 들렸다. 둥, 둥, 둥. 아래에서는 북소리가 계속 들려왔다.

간달프는 재빠르게 열린 문틈으로 나서며 지팡이를 앞으로 내밀었다. 눈이 부실 만큼 밝은 불빛이 일어나 방 안과 바깥 통로를 환하게 밝혔다. 마법사는 잠깐 밖을 내다보았다. 그가 뒤로 몸을 빼자 화살이 윙윙거리며 복도에 떨어졌다.

"오르크들이오. 수가 무척 많소. 덩치가 크고 무섭게 생긴 놈들도 있는데 아마 모르도르의 검은 우루크들인 것 같소. 지금은 뒤로 주춤거리고 있는데, 뭔가 뒤에 있는 모양이오. 내 생각에는 거대한 동굴 트롤이 여러 놈 나타난 것 같소. 이쪽으로는 희망이 없겠는데."

그러자 보로미르가 말했다.

"저쪽 문으로도 온다면 이젠 가망이 없는 거군요."

동쪽 문 옆에서 귀를 기울이며 서 있던 아라고른이 말했다.

"여긴 아직 소리가 들리지 않습니다. 이쪽은 똑바로 뻗은 내리막 계단인데 아까 그 방으로 돌아가는 길이 아닌 건 분명하군요. 하지만 뒤에 적이 따라오는데 무작정 이 길로 달아나 보았자 소용없을 테고 문을 닫을 수도 없습니다. 열쇠는 없고 자물쇠는 부서졌고, 또 안에서 열리게 되어 있으니까 말입니다. 우선 적의 공격을 지연시킬 조치를 취해야겠는데요. 그들이 마자르불의 방을 두려워하게 해야 합니다."

그는 자신의 칼 안두릴의 날에 손가락을 대어 보면서 비장하게 말했다.

복도에서 무거운 발소리가 들렸다. 보로미르가 몸을 던져 문을 닫고 밀며 버텼다. 그리고 부러진 칼날과 각목으로 문을 걸었고, 그들은 방의 반대쪽으로 물러섰다. 하지만 무작정 달아날 수는 없었다. 문이 휘청거릴 만큼 강한 충격이 가해지고 고리에 걸어 놓은 쐐기가 조금씩 꺾이며 문이 조금씩 열리기 시작했다. 푸르스름한 비늘이 달린 거무튀튀한 피부의 거대한 팔과 어깨가 벌어진 문틈으로 비집고 들어왔다. 그리고 밑으로는 발가락이 없는 크고 넓적한 발이 들어섰다. 바깥은 쥐 죽은 듯 조용했다.

보로미르가 앞으로 달려 나가 온 힘을 다해 그 팔을 내리쳤다. 그러나 그의 칼은 쩽 소리와 함께 옆으로 비껴 나가며 떨리는 그의 손에서 빠져나갔다. 칼날은 이가 빠져 버렸다.

프로도는 갑자기 스스로 생각해도 놀랄 만큼, 가슴에서 뜨거운 분노가 솟구치는 것을 느꼈다. 그는 보로미르 곁으로 뛰어나가는 동시에 "샤이어!" 하고 소리치며 몸을 숙여 스팅으로 괴물의 발을 찔렀다. 울부짖는 비명이 울리며 발이 뒤로 물러났다. 그 바람에 하마터면 프로도의 손에서 스팅이 떨어질 뻔했다. 그의 칼날에서 검은 핏방울이 방바닥으로 뚝뚝 떨어졌다. 보로미르가 다시 몸을 날려 문을 쾅 닫았다.

아라고른이 외쳤다.

"샤이어의 용사로군! 호빗의 칼날이 그렇게 깊이 꽂히다니! 자넨 훌륭한 칼을 가지고 있군, 드로고의 아들 프로도!"

문밖에서 쾅 소리가 나더니 문이 계속 덜컹거렸다. 쇠메와 망치가 문을 두드려 대고 있었다. 문이 삐걱거리고 뒤로 밀리더니 틈새가 갑자기 크게 벌어졌다. 화살이 핑 소리를 내며 무수히 날아들었으나 북쪽 벽에 부딪히거나 방바닥에 떨어졌다. 나팔 소리가 크게 울리고 발소리가 요란하더니 오르크들이 물밀듯 방 안으로 밀려들었다.

수가 얼마나 많은지 도무지 셀 수가 없었다. 오르크들은 기세 좋게 덤벼들었지만 완강한 수비에 당황했다. 레골라스는 두 놈의 목줄기를 화살로 관통시켰다. 김리는 발린의 무덤 위에 뛰어오른 다른 놈의 다리를 밑에서 잘랐다. 보로미르와 아라고른도 여럿을 해치웠다. 오르크들이 비명을 지르며 퇴각하기 시작했다. 샘이 머리에 가벼운 찰과상을 입은 것을 제외하고 일행은 아무 부상도 입지 않았다. 오르크들의 시체는 모두 열셋이었다. 샘은 재빨리 고개를 숙여 목숨을 구할 수 있었다. 그는 결국 그 오르크를 쓰러뜨렸다. 고분에서 구한 칼이 드디어 위력을 발휘한 것이었다. 만일 까끌이네 테드가 옆에 있었다면, 샘의 갈색 눈동자에 불꽃이 이는 것을 보고 깜짝 놀라 뒤로 나자빠졌을 것이다. 간달프가 외쳤다.

"자, 이때다! 트롤이 돌아오기 전에 빠져나가야 해!"

그러나 퇴각을 했지만 피핀과 메리가 문밖 계단에 도착하기도 전에 머리끝에서 발끝까지 검은 갑옷으로 휘감은, 거의 사람 키만 한 거대한 오르크 대장이 방으로 뛰어들었다. 그 뒤를 따라 오르크들이 순식간에 밀려들었다. 넓고 펑퍼짐한 그의 얼굴은 거무스름했으며 눈은 석탄처럼 시커멓고 혀는 새빨갰다. 그는 큰 창을 휘둘렀다. 거대한 가죽 방패로 보로미르의 칼을 강하게 밀어붙여 그를 땅바닥에 쓰러뜨렸다. 그는 아라고른이 휘두르는 칼날 밑으로 마치 돌진하는 뱀처럼 날렵하게 뛰어들어 창으로 곧바로 프로도를 찔렀다. 창은 프로도의 오른쪽 옆구리를 찔렀고, 프로도는 뒷벽으로 밀려나며 쓰러지고 말았다. 순간 샘이 고함을 지르며 창 자루를 내리쳐 부러뜨렸다. 오르크가 부러진 창대를 내던지고 언월도를 빼 드는 순간 안두릴이 그의 투구 위에서 아래로 일직선을 그었다. 불꽃 같은 섬광이 일며 투구가 반으로 쪼개졌다. 오르크는 머리가 갈라진 채 쓰러졌다. 그의 부하들은 비명을 지르며 달아났고, 보로미르와 아라고른이 그 뒤를 쫓았다.

둥, 둥. 아래쪽 깊은 곳에서 들려오는 북소리는 여전했으며 아주 큰 목소리가 다시 굴속에 울려 퍼졌다. 간달프가 외쳤다.

"자, 마지막 기회다! 빠져나가자!"

아라고른은 벽에 기대 쓰러져 있던 프로도를 들어 올렸고, 앞장선 메리와 피핀의 등을 밀며 층계로 향했다. 모두들 그 뒤를 따랐으나 김리만은 레골라스가 잡아끌어야만 했다. 그렇게 위급한 상황에도 김리는 발린의 무덤 옆에서 고개를 숙인 채 서성이고 있었다. 보로미르는 동쪽 문을 세게 잡아당겨서 돌쩌귀에 끼워 넣었다. 문은 안팎으로 큰 쇠고리가 달려 있었으나 잠기지는 않았다.

"난 괜찮아요. 걸을 수 있어요. 내려 주세요!"

프로도가 헉헉거리며 말했다. 아라고른은 너무 놀라 하마터면 그를 떨어뜨릴 뻔했다. 그는 큰 소리로 외쳤다.

"자네가 죽은 줄 알았네!"

간달프도 말했다.

"아직 살았군! 하지만 놀라고 있을 겨를이 없소. 모두 빨리 계단을 내려가시오! 맨 밑으로 가서 몇 분만 날 기다리다가 만일 내가 안 가면 먼저 떠나시오! 빨리 가서 오른쪽 내리막길이 있는지 찾으시오!"

그러자 아라고른이 말했다.

"당신 혼자 문을 지킬 수는 없습니다!"

그러나 간달프는 화를 내며 소리쳤다.

"내가 시킨 대로 하시오! 여기선 이제 칼은 소용없소. 가시오!"

통로는 채광창 하나 없이 완전한 암흑 천지였다. 그들은 내리막 계단을 한참 더듬어 내려간 후 뒤를 돌아보았다. 그러나 아무것도 보이지 않았고 오로지 마법사의 지팡이에서 뿌려지는 희미한 빛만이 저 높은 곳에서 어렴풋이 비쳤다. 그는 아직도 문 옆에서 꼼짝도 않고 지키고 서 있는 듯했다. 프로도는 숨을 거칠게 내쉬며 샘에게 기댔고 샘은 두 팔로 그를 안다시피 했다. 그들은 그 자리에 서서 어둠에 잠겨 있는 계단 위를 올려다보았다. 간달프가 뭐라고 중얼거리는 소리가 프로도에게 들렸다. 그 소리는 굴속에 메아리를 일으키며 경사진 지붕을 따라 아래쪽으로 울렸다. 그가 무슨 말을 했는지는 전혀 알 수 없었다. 사방의 벽이 심하게 요동쳤다. 이따금 북소리가 다시 크게 울렸다. 둥, 둥.

갑자기 계단 꼭대기에서 한 줄기 흰 빛이 번쩍했다. 그리고 우르
릉 쾅 하는 소리가 육중하게 들려왔다. 둥, 둥, 둥, 둥. 북소리가 요란
해지더니 다시 멈춰 버렸다. 간달프가 날 듯이 계단을 내려와 그들
한가운데 땅바닥으로 떨어졌다. 그는 어둠 속에서 중심을 잡으려고
몸을 가누며 말했다.

"됐어, 됐어! 끝났어! 내가 할 수 있는 건 다 했어. 하지만 호적수를
만났어! 하마터면 황천 구경을 할 뻔했거든. 하여간 여기 서 있을 시
간은 없으니 갑시다! 잠시 빛이 없이 가는 수밖에 없겠는데. 내가 기
력을 너무 써 버렸어. 자, 자, 갑시다. 김리, 어딨나? 나와 함께 앞장을
서야지. 나머지 분들은 모두 바짝 따라오고!"

그들은 무슨 일이 일어났는지 궁금해하며 그 뒤를 조심스럽게 따
랐다. 둥, 둥. 북소리가 다시 들렸다. 이번에는 소리도 많이 약해지고
멀리서 들려오는 듯했지만 끊어지지 않고 계속 이어졌다. 그 밖에
달리 그들을 쫓아오는 발소리나 목소리는 없는 듯했다. 간달프는 통
로가 자신이 예상하는 방향으로 나 있는 것처럼 오른쪽이나 왼쪽
어디로도 방향을 바꾸지 않았다. 이따금 더 낮은 층으로 내려가는
내리막 계단이 쉰 계단 이상 뻗어 있기도 했다. 사실 그때가 그들에
게는 가장 위험한 순간이었다. 어둠 속에서는 내리막길이 보이지 않
기 때문에 자칫 잘못하면 허공에 발을 디딜 염려가 많았다. 간달프
는 마치 장님처럼 지팡이로 앞길을 더듬어 갔다.

한 시간 남짓 그들은, 적어도 1.5킬로미터 이상 걸어서 많은 계단
을 내려왔다. 여전히 쫓아오는 소리는 들리지 않았다. 그들은 다시
탈출의 희망을 갖기 시작했다. 일곱 번째로 만난 층계 바닥에서 간
달프가 발을 멈추고 숨을 몰아쉬며 말했다.

"공기가 뜨거워지는군. 지금쯤은 적어도 출입문과 같은 층에 도
착했어야 하는데. 어쨌든 동쪽으로 나가는 왼쪽 통로를 빨리 찾아

야지. 여기서 그리 멀지 않을 텐데. 너무 피곤하군. 오르크들이 모두 한꺼번에 덤벼들어도 할 수 없어. 여기서 잠깐 쉬는 수밖에."

김리가 그의 팔을 부축하며 계단에 걸터앉도록 도왔다. 김리가 물었다.

"아까 문 앞에선 어떻게 된 겁니까? 북을 치던 놈을 만나신 건가요?"

"누군지는 잘 모르겠지만 지금까지 한 번도 보지 못한 강한 상대였어. 그 순간에는 문이 닫히는 주문을 외는 수밖에 다른 도리가 없었지. 그럴 때 쓰는 주문을 많이 알기는 해도 제대로 하려면 시간이 필요했어. 문은 부서지기 일보 직전이었고. 바깥에 그렇게 서 있는 동안 방 안에선 오르크들 목소리가 들리더군. 문이 금세라도 떨어져 나갈 것 같고. 그들이 모두 소름 끼치는 자기네 말로 떠들고 있어서 무슨 소린지 알아들을 수가 있어야지. 다만 '가쉬' 즉 불이라는 말만 알아들었지. 순간 누군가 방에 들어왔어. 문 너머로 그걸 느낄 수 있었는데, 오르크들은 모두 겁에 질린 듯 조용해지더구먼. 놈은 쇠고리를 잡아 보고는 그제야 내가 거기서 주문을 걸고 있다는 걸 알아채더군.

누군지는 모르지만 지금까지 그런 상대를 만나 본 적이 없을 정도였어. 그놈의 역주문도 엄청났어. 하마터면 내가 당할 뻔했으니까. 한순간 문이 내 통제를 벗어나 열리기 시작한 거야. 나도 다시 주문을 외는 수밖에 없었지. 그런데 그 주문이 너무 세었어. 문이 산산조각 나 버린 거야. 방 안의 빛이 구름처럼 시커먼 무엇인가에 가려져 버렸고 나도 계단 밑으로 내동댕이쳐진 거지. 벽도 모조리 무너지고 아마 방의 천장도 무너졌을 거야. 발린이 너무 깊이 묻혀 버렸을까 봐 걱정되는데, 확실하지는 않지만 그 무서운 놈도 거기 같이 묻혔을 거야. 적어도 우리 뒤쪽 통로는 완전히 봉쇄된 거지. 아! 그렇게 힘든 상대는 난생처음이었어. 하지만 이제 다 끝난 일이고……. 그런데 프로도, 자넨 어떤가? 물어볼 시간도 없었군. 하지만 난 아까 자네가 말을 했을 때 정말 기뻤네. 아라고른이 데리고 가던 호빗은 용감하긴 하지만 죽은 호빗이라고 생각했거든."

"제가 왜요? 이렇게 건강하게 살아 있지 않습니까? 가벼운 타박상에 통증이 좀 있을 뿐 심하지는 않아요."

그러자 아라고른이 말했다.

"과연! 난 그저 호빗의 몸이 얼마나 단단한 것으로 만들어졌는지 알고 싶을 따름이오. 진작 알았더라면 브리여관에서 좀 더 정중하게 대하는 건데 말이오. 아까 그 창에는 멧돼지도 꿰였을 거요."

"몸을 관통하지 않은 게 다행입니다. 하지만 그땐 정말 망치와 모루 사이에 끼인 줄 알았습니다."

숨 쉴 때마다 옆구리가 결린다는 것을 깨닫고, 프로도는 더는 말을 하지 않았다.

간달프가 말했다.

"자넨 빌보를 닮았어. 전에 빌보한테도 그런 얘기를 한 적이 있지만, 자넨 겉보기와는 다른 뭔가가 있어."

프로도는 그 말에 무슨 다른 뜻이 있는지 궁금했다.

그들은 다시 걷기 시작했다. 곧 김리가 입을 열었다. 그는 어둠 속에서도 상당히 눈이 밝았다.

"저 앞에 불빛이 있는 거 같은데요. 햇빛은 아니고…… 빨갛습니다. 무슨 불일까요?"

그러자 간달프가 중얼거렸다.

"'가쉬'로군! 그들이 말한 게 저것인가? 아래층이 모두 불바다라고? 여하간 계속 가 볼 수밖에 없지."

불빛은 곧 모두가 알아볼 수 있을 정도로 밝아졌고, 정면 통로 저 아래쪽 양쪽 벽에서 이글거리고 있었다. 그 불빛 덕분에 그들은 길을 잘 볼 수 있었다. 그들 앞쪽으로 길은 곧게 내리막으로 이어져 한참 가다가 낮은 아치문까지 뻗쳐 있었는데 거기서 불빛이 들어오고 있었다. 공기가 무척 뜨거워지고 있었다.

아치문에 가까이 다가가자 간달프가 일행에게 기다리라는 손짓을 하고 안으로 먼저 들어갔다. 입구 바로 너머에 서 있는 그의 얼굴이 불빛에 반사되어 빨갛게 익어 보였다. 그는 재빨리 뒤로 물러났다.

"우리를 환영하려고 새로운 악마가 기다리고 있는 게 틀림없는 것 같군. 그런데 여기가 어딘지는 알겠어. 우린 지금 정문 바로 밑에 있는 하층 1단에 와 있소. 이 방은 구(舊)모리아의 2호실이지. 정문은 가까워. 우리의 왼쪽, 그러니까 저기 동쪽 끝에 있는데, 넉넉잡아 400미터만 가면 되네. 다리를 건너 넓은 계단을 올라가 도로를 따라가면 1호실이 나오고 그다음엔 바깥이지! 다들 와서 보게."

그들도 고개를 내밀었다. 정면에는 동굴 같은 텅 빈 홀이 또 있었다. 그들이 하룻밤을 묵었던 홀보다 높고 길었다. 그들은 그 홀의 동쪽 끝 가까이에 서 있었고, 서쪽은 어둠에 잠겨 있었다. 방 가운데에는 높은 기둥이 두 줄로 솟아 있었는데 마치 거대한 나무가 하늘로 뻗친 가지로 천장을 떠받치는 것처럼 조각되어 있었다. 매끄러운 검은 기둥에는 빨간 불빛이 강하게 반사되고 있었다. 방 저쪽 끝 두 개의 거대한 기둥 밑에 큰 틈새가 벌어져 있었다. 이글거리는 불꽃은 바로 거기에서 새어 나와 이따금 기둥 밑동과 언저리를 날름거리는 혀로 핥았다. 뭉게뭉게 피어오르는 검은 연기가 뜨거운 공기 속을 어지러이 맴돌았다.

간달프가 말했다.

"중앙 통로로 내려왔다면 여기서 꼼짝 못 하고 함정에 빠졌겠군. 이젠 우리와 추격자들 사이를 이 불이 가로막아 주겠지. 갑시다! 꾸물거릴 시간이 없소."

간달프가 이렇게 말하는 순간 추격의 북소리가 다시 울려왔다.

둥, 둥, 둥. 홀 서쪽 끝 어둠 속에서 함성과 나팔 소리가 시끄럽게 들렸다. 둥, 둥. 기둥이 요동치고 불꽃이 춤을 추었다.

간달프가 외쳤다.

"자 마지막 달리기를 합시다! 바깥에 아직 해가 있다면 희망은 있지. 따라오시오!"

그는 왼쪽으로 방향을 바꿔 빠른 속도로 매끄러운 바닥을 가로질렀다. 거리는 보기보다 멀었다. 달려가는 동안 그들은 뒤에서 발소리와 북소리가 어지럽게 섞이며 사방에서 메아리치는 소리를 들었다. 갑자기 날카로운 함성이 크게 일었다. 그들의 위치가 발각된 것이었다. 칼과 창이 부딪히는 소리가 요란하게 났고 프로도의 머리 위로 화살 한 대가 윙 날아갔다. 보로미르가 웃으며 말했다.

"녀석들, 불꽃이 가로막고 있는 건 예상 못 했을 거다. 우린 반대쪽에 있단 말이다!"

그러나 간달프가 그들을 불렀다.

"앞을 보시오! 다리가 가까이 있소. 여긴 매우 좁고 위험한 곳이지."

프로도는 갑자기 눈앞에서 시커먼 구렁을 발견했다. 홀의 끝에서 바닥이 사라지고 깊이를 알 수 없는 심연이 나타났다. 바깥문으로 가려면 가장자리의, 경계석도 난간도 없는 좁은 돌다리를 건너야 하는데, 다리 길이는 15미터 정도였고 둥글게 휘어져 있었다. 옛날 난쟁이들이 1호실이나 바깥 통로까지 적에게 점령당했을 때를 대비해 만들어 놓은 방책이었다. 다리 위는 겨우 한 줄로 걸어갈 수 있을 정도였다. 간달프가 다리 앞에서 발을 멈추자 모두 그 앞에 모여섰다.

"김리, 앞장서게. 그다음엔 피핀과 메리. 똑바로 계속 가서 문을 지나 계단을 올라가게!"

화살이 그들 사이로 떨어졌다. 하나는 프로도를 맞히고 뒤로 튕겨 나갔고 또 하나는 간달프의 모자를 꿰뚫고 검은 깃처럼 박혔다. 프로도는 뒤를 돌아다보았다. 불꽃 건너편으로 검은 무리들이 모여들었는데 수백 명은 됨 직한 오르크들이었다. 그들은 모두 불빛에 핏빛처럼 반사되는 창과 언월도를 들고 있었다. 둥, 둥. 북소리가 점점 커졌다. 둥, 둥.

레골라스가 뒤돌아서서, 비록 그의 작은 활로는 먼 거리지만 활시위에 화살을 메겼다. 그러나 그 순간 그의 손이 아래로 처지며 화살이 땅바닥에 떨어졌다. 그의 입에서 공포와 경악의 비명이 터져 나왔다. 두 명의 거대한 트롤이 나타난 것이었다. 그들은 기다란 석판을 들고 와서 불꽃 위로 지나갈 수 있게끔 그 위에 던졌다. 그러나 레골라스가 공포에 사로잡힌 것은 그 트롤들 때문이 아니었다. 오르크들이 마치 무엇에 겁이라도 먹은 듯 양쪽으로 물러서고 있었다. 그들 뒤에서 무엇인가 올라오고 있었다. 똑똑히 보이지는 않았지만 거대한 검은 그림자 같은 것이었다. 그 한가운데에는 언뜻 사람 모양의, 그러나 더 거대한 검은 형체가 있었고, 그에게는 그들 모두를 꼼짝 못 하게 할 만한 공포와 위력이 있는 것 같았다.

그가 불가로 다가오자 마치 구름이 위를 가린 듯 불빛이 어두워졌다. 그는 불꽃이 나오는 틈새를 쉽게 뛰어넘었다. 불꽃은 마치 반기기라도 하듯 그의 몸을 감싸며 널름거렸고 검은 연기가 공중에서 소용돌이쳤다. 펄럭거리는 그의 털에 불이 붙어 등 뒤로 불꽃이 휘날렸다. 그의 오른손은 널름거리는 불꽃처럼 날카로운 검을 쥐고 있었고, 왼손은 가죽끈이 여럿 달린 채찍을 쥐고 있었다. 레골라스가 절망적인 외침을 토했다.

"아! 아! 발로그! 발로그가 왔어!"

그러자 김리가 눈이 휘둥그레지며 쳐다보았다.

"두린의 재앙!"

그는 비명을 지르며 도끼를 떨어뜨리고 얼굴을 손으로 가렸다. 간달프가 휘청거리는 몸을 지팡이에 기대며 중얼거렸다.

"발로그! 이제 알겠군. 정말 운이 없네! 난 벌써 지쳤는데."

검은 형체가 불꽃을 휘날리며 그들을 향해 달려왔다. 오르크들은 함성을 지르며 걸쳐 놓은 돌다리 위로 쏟아졌다. 그때 보로미르가 뿔나팔을 뽑아 들고 불어 댔다. 동굴에서 수많은 사람이 한꺼번에 소리를 지르는 것처럼 요란한 소리가 울려 퍼졌다. 오르크들도 잠시 움찔했고 불꽃의 그림자도 걸음을 멈추었다. 그러나 검은 바람 앞에 불꽃이 사그라들듯 갑자기 메아리도 죽어 버리고 적은 다시 앞으로 다가오기 시작했다.

간달프가 다시 힘을 내어 외쳤다.

"다리를 건너! 달아나! 당신들이 감당할 수 없는 적이야! 내가 길목을 지킬 테니 달아나!"

그러나 아라고른과 보로미르는 그의 명령을 따르지 않고 간달프 뒤쪽 다리 저쪽 끝에 버티고 섰다. 나머지 일행은 홀 끝에 있는 문을 넘어가다 말고 차마 간달프 혼자 적을 상대하게 버려둘 수 없어 엉거주춤 뒤를 돌아보고 있었다.

발로그가 다리 앞까지 다가왔다. 간달프는 왼손으로 지팡이를 붙잡고 기댄 채 오른손에 하얀 냉기가 번득이는 글람드링을 들고 다리 한가운데에 버티고 섰다. 적이 그를 마주 보며 다시 멈춰 섰고, 그를 둘러싼 어둠은 거대한 두 개의 날개처럼 펼쳐졌다. 그가 채찍을 높이 들자 가죽끈이 허공을 가르며 딱 소리를 냈다. 그는 코에서 불을 뿜고 있었다. 그러나 간달프는 꼼짝도 하지 않고 버티고 서 있었다.

"넌 지나갈 수 없어!"

그가 말했다. 오르크들도 숨을 죽였고 순간 적막이 감돌았다.

"나는 '아노르의 불꽃'을 휘두르는 '비밀의 불'의 사자다. 너는 지나갈 수 없다. '우둔(Udûn)의 불꽃'이여, 암흑의 불은 너에게 아무

도움이 되지 않을 것이다. 어둠으로 돌아가라! 너는 여길 지나갈 수 없다!"

발로그는 아무 대꾸도 하지 않았다. 그 속의 불은 사그라들지만, 어둠은 더욱 깊어지는 것 같았다. 그가 서서히 다리로 걸음을 옮기는 순간 그의 키는 엄청나게 커졌으며 두 날개도 양쪽 벽에 닿을 만큼 길어졌다. 그러나 간달프는 여전히 어둠 속에서 희미한 빛을 발하며 그 자리에 서 있었다. 거대한 발로그 앞에 홀로 버티고 선 간달프의 구부정한 회색의 형체는 마치 불어오는 폭풍 앞에 선 한 그루 고목처럼 왜소했다.

어둠 속에서 붉은 칼이 불꽃을 일으키며 춤을 추기 시작했다. 이에 맞서 글람드링도 흰 빛을 번득였다. 쨍 소리가 나며 하얀 섬광이 일었다. 발로그가 뒤로 물러났고, 그의 칼은 산산이 조각나서 허공에 튀어 올랐다. 마법사는 몸을 휘청하면서 다리 위에서 한 걸음 물러나 다시 균형을 잡고 섰다.

간달프가 다시 말했다.

"너는 지나갈 수 없어!"

그러나 발로그는 몸을 날려 한걸음에 다리로 뛰어들었다. 그의 채찍이 빙빙 원을 그리며 쉿쉿 소리를 냈다.

아라고른이 갑자기 소리를 지르며 다리를 향해 뛰어올랐다.

"혼자는 안 됩니다! 엘렌딜! 나도 여기 있습니다, 간달프!"

"곤도르!"

보로미르 역시 소리를 지르며 합세했다. 그 순간 간달프는 지팡이를 높이 들어 큰 소리로 기합을 넣으며 발밑 다리를 쳤다. 지팡이는 두 동강이 나 손에서 떨어졌다. 눈이 부실 만큼 흰 빛이 어둠 속에서 찬란히 피어올랐다. 다리가 끊어진 것이었다. 발로그의 발 바로 앞에서 다리가 끊어지면서 그가 딛고 선 돌이 흔적도 없이 구렁 속으로 사라졌다. 하지만 나머지 부분은 벼랑 밖으로 돌출한 바위처럼 허공에 불쑥 나와 있었다.

무시무시한 비명과 함께 발로그는 앞으로 쓰러졌고 그와 함께 거대한 그림자도 밑으로 추락했다. 그러나 떨어지는 순간 발로그는 안간힘을 다해 채찍을 휘둘렀고, 가죽끈은 마법사의 무릎을 휘감아 그를 벼랑 끝으로 끌어당겼다. 간달프는 비틀거리고 넘어지면서 벼랑 끝을 붙잡았지만 이미 심연으로 떨어지고 있었다.

"달아나, 바보들아!"

간달프는 비명과 함께 사라졌다.

불빛이 사라지고 다시 칠흑 같은 어둠이 몰려왔다. 그들은 공포에 사로잡힌 채 구렁을 내려다보았다. 아라고른과 보로미르가 달려오는 순간 남아 있던 다리가 소리를 내며 무너졌다. 아라고른이 소리를 지르는 바람에 일행은 겨우 제정신이 들었다.

"갑시다! 이제 내가 인도하겠소! 우린 그분의 마지막 명령에 따라야 하오! 나를 따르시오!"

그들은 문을 지나 커다란 계단을 허둥지둥 넘어지면서 기어올랐다. 아라고른이 앞장서고 보로미르가 맨 뒤를 지켰다. 꼭대기에는 넓은 통로가 나타났고 그들은 그 속을 달렸다. 프로도는 샘이 옆에서 우는 소리를 들었지만 그 자신도 달리면서 훌쩍거리고 있었다. 둥, 둥, 둥. 북소리가 둥 뒤에서 들려왔지만 그들은 북소리에서 느릿하고 비장한 느낌을 받았다. 둥!

그들은 계속 달렸다. 멀리 전방에서 빛이 점점 밝아지더니 천장에 채광 통로가 나타났다. 그들은 더 빨리 달렸다. 그들은 동쪽으로 난 높은 창문에서 햇빛이 환하게 들어오는 큰 방을 지나 부서진 큰 문을 통과했다. 갑자기 눈앞에 활짝 열린 거대한 문이 나타났다. 눈부신 햇살을 배경으로 서 있는 커다란 아치였다.

정문 양쪽으로 높이 솟은 커다란 초소 뒤의 어둠 속에 문을 지키는 오르크들이 숨어 있었다. 문은 이미 부서져 폐허가 된 지 오래였다. 아라고른이 그의 앞을 가로막는 오르크 대장을 쓰러뜨리자 나머지는 그의 분노에 겁을 먹고 달아났다. 원정대는 그들을 무시하고 재빨리 정문을 통과했다. 문을 나선 그들은 오랜 세월 닳고 닳은 넓은 계단을 힘껏 달려 내려갔다. 모리아의 입구였다.

그리하여 그들은 마침내 절망적인 심정으로 다시 푸른 하늘 아래로 나왔고 불어오는 찬 바람을 느낄 수 있었다.

그들은 암벽에서 쏜 화살이 닿지 않는 거리에 이를 때까지 계속 달렸다. 어둔내계곡이 눈앞에 펼쳐졌다. 안개산맥의 그림자가 그 위에 내려앉았지만 동쪽으로는 황금빛 햇살이 비치고 있었다. 시간은 겨우 오후 1시경이었다. 태양이 빛나고 있었고 흰 구름이 높이 떠 있었다.

그들은 뒤를 돌아보았다. 산 그림자 속으로 정문의 아치가 시커먼 입을 벌리고 있었다. 느릿한 북소리가 그 속에서 희미하게 들려왔다. 둥, 둥. 가느다란 검은 연기가 문밖으로 피어오를 뿐, 그 밖에 아무것도 보이지 않았고 사방의 골짜기는 텅 비어 있었다. 둥. 그제야 그들은 북받쳐 오르는 슬픔을 이기지 못하고 오열했다. 누구는 망연자실하여 말없이 서서 울고 있었고 땅바닥에 엎드린 이들도 있었다. 둥, 둥. 북소리는 점점 희미해졌다.

577

Chapter 6
로슬로리엔

"아, 가슴이 아프지만 여기서 머뭇거릴 순 없소."

아라고른이 말했다. 그는 산맥 쪽을 바라보며 칼을 높이 쳐들고 외쳤다.

"잘 가시오, 간달프! 그래서 내가 미리 말하지 않았습니까? '모리아의 문을 지나가려면 조심해야 한다'고. 내가 한 말이 씨가 돼 버리다니! 이제 당신이 없는데 우리한테 무슨 희망이 남아 있겠습니까?"

그는 일행을 향해 돌아섰다.

"희망은 없지만 우린 해내야 하오. 복수할 기회는 앞으로 얼마든지 있소. 자, 눈물을 거두고 정신들 차립시다! 아직 갈 길도 멀고 할 일도 많소."

그들은 일어서서 주위를 둘러보았다. 거대한 두 개의 산줄기 사이로 어두컴컴한 골짜기가 북쪽을 향해 깊숙이 파여 있었다. 그 산 너머 하얀 봉우리 세 개가 우뚝 솟아 있었다. 모리아의 거봉인 켈레브딜, 파누이돌, 카라드라스였다. 골짜기 꼭대기에서는 끝없이 이어진 작은 폭포들이 하얀 휘장을 친 것처럼 급류를 흘려보내고 있었다. 산기슭에는 희뿌연 물안개가 자욱했다.

아라고른은 폭포를 가리키며 말했다.

"저기가 바로 '어둔내계단'이라는 곳이오. 운명이 조금만 더 친절했더라면 우린 저 급류 옆으로 깊이 파인 길을 따라 내려왔을 거요."

김리가 말했다.

"카라드라스가 조금만 덜 잔인해도 그쪽으로 내려올 수 있었겠지. 햇빛 아래서 그저 저렇게 웃고 서 있군."

그는 세 개의 연봉 중에서 가장 북쪽에 있는 흰 봉우리를 향해 주먹질을 하고 돌아섰다.

동쪽으로 뻗은 산줄기는 얼마 가지 않아 끝났고, 밑으로 멀리까지 펼쳐진 넓은 평원이 희미하게 보였다. 남쪽으로는 눈 닿는 곳 끝까지 안개산맥이 펼쳐져 있었다. 현재 그들의 위치는 계곡 서쪽의 고지대였기 때문에 바로 밑 1.5킬로미터 못 되는 거리에 있는 호수를 볼 수 있었다. 길쭉한 타원형의 호수는 북쪽 끝이 긴 창 끝처럼 비쭉 나와서 골짜기로 깊이 박혀 있었다. 남쪽 끝은 밝은 하늘 아래서도 산 그림자에 가려 잘 보이지 않았다. 호수의 물은 마치 불 켜진 방에서 내다본 맑은 저녁 하늘처럼 검푸른 빛을 띠었고 표면은 잔잔했다. 호수를 빙 둘러 완만한 내리막을 이루며 매끈한 잔디밭이 쭉 이어져 있었다.

김리가 슬픈 목소리로 말했다.

"저기 거울호수가 있군요. 우리 말로는 크헬레드자람이라고 하오. 그분이 하신 말씀이 생각납니다. '실컷 봐 두게! 하지만 오래 머물 수는 없네.'라고 하셨거든요. 이제 이 호수를 다시 보려면 또 먼 길을 걸어와야겠지요. 난 이렇게 떠나가는데 그분은 홀로 남아야 하는군요!"

일행은 정문에서 내려가는 길을 따라 계속 걸었다. 길은 험한 데다 여기저기 끊겨 있었고, 갈라진 바위틈에서 피어난 헤더와 가시금작화 사이로 꼬불꼬불 끝없이 돌아갔다. 하지만 그 길도 예전에는 저지대에서 난쟁이 왕국으로 가는, 산 위로 이어진 훌륭한 포장도로였으리라. 길가 곳곳에 비바람에 시달린 연석들이 나뒹굴었고,

바람이 불면 그 가는 줄기를 흐느적거리며 잉잉 소리를 내는 자작나무와 전나무로 뒤덮인 푸른 무덤들이 눈에 띄었다. 길이 동쪽으로 꼬부라지면서 거울호수의 잔디밭 바로 옆으로 이어졌다. 길가에서 멀지 않은 곳에 꼭대기가 부서진 기둥 하나가 우뚝 솟아 있었다.

김리가 소리쳤다.

"두린의 바위다! 이 골짜기의 불가사의를 잠깐이라도 보고 와야겠소!"

아라고른은 모리아의 입구를 돌아보며 말했다.

"빨리 갔다 오게! 여긴 해가 빨리 지는 곳일세. 오르크들은 어두워지면 활개를 치고 돌아다니니까 해 지기 전에 멀리 도망가야 하오. 벌써 그믐이 가까워져서 밤엔 달도 없을지 모르니까."

난쟁이는 길에서 뛰쳐나가며 소리쳤다.

"프로도, 나랑 함께 갑시다! 크헬레드자람을 못 보고 가면 후회할 거요."

그는 기다란 푸른 비탈을 뛰어 내려갔다. 프로도는 상처가 쑤시고 피곤했지만 고요한 푸른 물에 이끌려 천천히 걸음을 옮겼다. 샘이 그 뒤를 따랐다.

김리는 돌기둥 옆에서 걸음을 멈추고 위를 쳐다보았다. 오랜 세월 풍상에 시달린 바위는 여기저기 갈라져 있었고 옆에 새겨 놓은 룬 문자도 흐려져서 읽을 수가 없었다.

난쟁이가 말했다.

"이 기둥은 두린이 처음으로 거울호수를 바라본 지점을 기념하는 거요. 떠나기 전에 우리 눈으로 직접 한번 봅시다!"

그들은 어두운 호수를 내려다보았다. 처음에는 아무것도 보이지 않았다. 그러나 서서히 호수를 둘러싼 산세가 깊고 푸른 물에 비치기 시작했고, 그 밑으로 흰 불꽃 기둥처럼 솟은 봉우리들이 모습을 드러냈다. 그 위로 푸른 하늘이 나타났다. 하늘에는 아직 해가 있는

데 그 깊은 물에는 별들이 마치 보석을 박아 놓은 듯 떠 있었다. 물가에 웅크린 그들의 그림자는 비치지 않았다.

김리가 탄성을 질렀다.

"오, 아름답고 신비한 크헬레드자람! 두린의 왕관은 여기서 그가 깨어날 때를 기다리고 있구나. 안녕!"

그는 절을 하고 돌아서서 푸른 잔디밭을 뛰어올라 다시 도로로 되돌아왔다.

"뭘 봤어?"

피핀이 샘에게 물었으나 샘은 너무 골똘하게 무슨 생각을 하느라 아무 대답도 하지 않았다.

길은 이제 남쪽으로 방향을 바꾸어 골짜기의 하단부를 벗어나면서 경사가 급해졌다. 그들은 호수 밑을 한참 내려가서 수정처럼 맑고 깊은 샘물을 발견했다. 샘물은 돌 틈에서 넘쳐흘러 햇빛에 반짝이면서 바위 틈새의 가파른 통로로 졸졸 흘러내렸다. 김리가 말했다.

"여기가 은물길강의 수원이오. 마시진 마시오! 얼음같이 차니까."

아라고른이 말했다.

"이 물은 곧 빠른 도랑물이 되어서 다른 산골에서 내려온 물줄기와 합쳐지네. 우리는 이 물길을 따라 몇 킬로미터 더 가야 하오. 이건 간달프가 정한 길인데 우선 1차 목표는 저기 은물길강과 안두인강이 만나는 지점에 있는 숲속까지 가는 거요."

그들은 그가 가리키는 쪽을 바라보았다. 강물은 골짜기의 좁은 틈새로 빠르게 흘러내리다가 저지대에 들어서서는 황금빛 아지랑이에 가려 사라졌다.

레골라스가 말했다.

"저기가 로슬로리엔숲이오. 우리 요정들의 나라 중에서도 가장 멋진 곳이지요. 저 땅의 나무처럼 아름다운 나무는 세상 어디에도 없을 거요. 가을이 돼도 잎이 떨어지지 않고 금빛으로 변하거든요. 봄이 오고 푸른 새잎이 나면 그 잎은 떨어지고 가지마다 노란 꽃이 피지요. 숲의 바닥과 지붕은 온통 금빛이 됩니다. 기둥은 은빛으로 변하고요. 나무껍질이 매끄러운 은백색이거든요. 우린 어둠숲에서 여전히 로슬로리엔의 아름다움을 노래한답니다. 그 숲으로 들어간다고 하니 벌써부터 가슴이 뛰는군요. 지금이 봄이라면 금상첨화일 텐데."

아라고른이 말했다.

"난 겨울이라도 좋소. 하지만 거기까지 가려면 아직 멀었소. 자, 다들 서두릅시다!"

프로도와 샘은 한참 동안은 그럭저럭 일행을 뒤쫓아갈 수 있었으나, 앞장선 아라고른이 너무 빨리 걷는 바람에 잠시 후에는 뒤로 처지고 말았다. 그들은 이른 아침부터 아무것도 먹지 못했다. 샘은 베인 상처가 불같이 화끈거렸고 머리도 어질어질했다. 햇빛이 내리쬐고 있었지만 모리아의 뜨거운 굴속을 빠져나왔기 때문에 바람조차 차갑게 느껴졌다. 샘은 몸을 덜덜 떨었다. 프로도는 한 걸음 한 걸음 내딛는 게 너무 고통스러워 숨조차 제대로 쉬지 못했다.

마침내 레골라스가 뒤를 돌아보고 그들이 한참 뒤에 처진 것을 알아챘고 아라고른을 불러 세웠다. 모두 걸음을 멈추었고 아라고른이 보로미르에게 따라오라고 말하며 그들 쪽으로 뛰어왔다. 그의 얼굴에는 진심으로 미안해하는 표정이 역력했다.

"미안하오, 프로도! 오늘은 하도 많은 일이 일어나고 또 갈 길이 급해서 그만 자네와 샘이 다친 걸 잊었네. 진작 말하지 그랬소! 모리아의 오르크들이 모두 떼거지로 뒤쫓아온다 해도 자네부터 치료했어야 하는 건데 정말 미안하오. 자, 갑시다! 조금만 더 가면 쉴 만한 곳이 있으니 거기 가서 어떻게든 치료해 봅시다. 보로미르, 우리가 둘을 맡읍시다."

그들은 서쪽에서 흘러 내려오는 또 하나의 물줄기를 만났고, 이 시내는 곧 은물길강의 급류와 합세했다. 강물은 녹색 바위 위에서 거센 물살을 일으키며 작은 골짜기로 떨어져 내렸다. 그 근처에는 키가 작고 등이 굽은 전나무가 많았고 비탈길은 골고사리와 월귤나무 덤불로 덮여 있었다. 폭포 밑으로 다시 평지가 펼쳐졌고, 거기서 강물은 반짝이는 조약돌 위로 요란하게 흘러가기 시작했다. 그들은 그 근처에서 휴식을 취했다. 벌써 시간은 오후 3시가 다 되었으나 그들은 정문에서 겨우 3, 4킬로미터밖에 벗어나지 못했다. 해는 이미 서쪽 하늘로 달아나고 있었다.

김리와 두 젊은 호빗이 잡목과 전나무 가지로 불을 지펴 물을 끓이는 동안 아라고른은 샘과 프로도의 상처를 살펴보았다. 샘의 상처는 깊지는 않았지만 보기에 끔찍했다. 아라고른은 샘의 상처를 보며 표정이 굳었으나 잠시 후 안도의 한숨을 내쉬며 고개를 들었다.

"다행이오, 샘! 오르크를 처음 죽였는데 이만한 대가면 값을 싸게 치른 거요. 오르크들은 칼날에 종종 독을 바르기도 하는데 다행히 자네 상처엔 독이 없소. 내가 치료하면 곧 나을 테니 김리가 물을 끓여 주면 그 물로 상처를 소독하시오."

그는 행낭을 열어 말라빠진 잎사귀 몇 장을 꺼냈다.

"너무 말라서 약효가 떨어지지나 않았는지 모르겠지만, 바람마루 근처에서 구한 아셀라스 잎이 아직 좀 남아 있소. 물에 한 잎 부숴 넣고 그 물로 상처를 깨끗이 씻으시오. 붕대는 내가 감지. 자, 이젠 자네 차례요, 프로도!"

프로도는 다른 사람이 자기 옷에 손을 대게 하고 싶지 않았다.

"난 괜찮아요. 허기만 채우고 좀 쉬면 됩니다."

"안 될 소리. 자네 말대로 망치와 모루가 자네 몸에 무슨 사고를 저질러 놨는지 확인해야겠네. 난 자네가 아직 살아 있다는 게 신기할 정도일세."

그는 조심스럽게 프로도의 낡은 윗도리와 해진 속옷을 벗기다가 깜짝 놀란 표정을 지었다. 그리고 웃음을 터뜨렸다. 은빛 갑옷이 잔물결이 이는 바다 위의 햇빛처럼 그의 눈앞에서 찬란한 빛을 발했다. 그는 조심스럽게 그것을 벗겨서 높이 쳐들었다. 갑옷의 보석이 별빛처럼 반짝거렸고 고리들이 흔들리는 소리가 마치 연못 위에 빗방울 듣는 소리처럼 경쾌하게 울렸다.

"이것들 보게! 여기 요정 왕자님께나 어울릴 멋진 호빗 가죽이 있네. 호빗들이 이런 가죽을 갖고 있다는 소문이 알려지면 아마 가운데땅의 사냥꾼들은 모두 샤이어로 몰려들걸."

김리는 눈이 휘둥그레져서 갑옷을 쳐다보았다.

"게다가 이 세상 모든 사냥꾼의 화살도 무용지물이 되겠군요. 이건 미스릴 갑옷입니다. 미스릴! 이렇게 아름다운 갑옷은 듣지도 보지도 못했습니다. 이게 간달프가 말한 그 갑옷이란 말예요, 프로도? 그렇다면 그는 이 갑옷의 가치를 과소평가한 셈이군. 여하튼 이 갑옷은 임자를 제대로 만난 거군요."

그러자 메리가 말했다.

"빌보 어른하고 매일 그 작은 방에서 뭘 하는지 궁금했어요. 호빗 노인께 축복이 있기를! 이전보다 그분이 더 좋아지네요. 나중에 돌아가서 이야기를 전할 기회가 있었으면 좋겠어요."

프로도의 오른쪽 옆구리와 가슴에는 시퍼런 멍이 있었다. 그는 갑옷 속에 보드라운 가죽 셔츠를 입고 있었는데, 갑옷의 고리가 그것을 뚫고 살 속에까지 파고든 것이었다. 왼쪽 옆구리 역시 벽에 부딪힐 때 살갗이 벗겨져 찰과상을 입었다. 모두들 식사를 준비하는 동안 아라고른은 아셀라스를 우려낸 물로 두 호빗의 상처를 씻어

584

주었다. 짙은 향기가 작은 골짜기에 번져 나갔다. 물안개가 피어오르는 강물을 내려다보던 그들은 모두 상쾌한 기분이 되었고 새로운 힘이 났다. 프로도는 곧 통증이 그치고 숨 쉬기도 편안해지는 것을 느꼈다. 그러나 그는 여전히 며칠 동안은 몸이 뻐근하고 상처에 뭐가 스치기만 해도 욱신거려서 고생해야 했다. 그래서 아라고른이 그의 옆구리에 헝겊 보호대를 붙여 주었다.

아라고른이 말했다.

"갑옷이 놀랄 만큼 가볍군. 견딜 수만 있다면 다시 입으시오. 자네가 그런 갑옷을 입고 있어서 마음이 놓이오. 앞으로 안전지대에 들어갈 때까지는 절대 함부로 벗지 마시오. 잠잘 때도 물론이고. 하지만 이 여행을 계속하는 한 어디에도 안전지대는 없을 거요."

그들은 식사를 하고 다시 떠날 준비를 했다. 그들은 불을 끄고 모든 흔적을 없앴다. 그리고 골짜기를 벗어나 다시 길로 들어섰다. 얼마 못 가서 태양이 서쪽 산 너머로 사라지고, 거대한 산 그림자가 산기슭을 점점 기어 내려가기 시작했다. 그들 발밑으로 땅거미가 깔리고 골짜기에는 안개가 일었다. 멀리 동쪽으로 저녁 햇살이 아득한 숲과 평원 위로 잔광을 비추었다. 샘과 프로도는 이제 통증도 덜하고 원기도 회복돼 상당히 빨리 걸을 수 있었다. 아라고른은 도중에 잠깐 휴식을 취하고 세 시간 동안 계속 행군을 강행했다.

주위는 벌써 캄캄해졌고 밤이 깊어 갔다. 하늘에 별들이 나타나기 시작했으나 아직 그믐달은 뜨지 않았다. 김리와 프로도는 맨 뒤에서 묵묵히 걸으며 등 뒤에서 무슨 소리가 들려오는지 귀를 기울였다.

한참 있다가 김리가 침묵을 깼다.

"바람 소리만 들리는 걸 보니 이 근처엔 고블린 같은 것들이 없나 보오. 내 귀는 믿어도 좋소. 오르크들은 모리아에서 우릴 쫓아낸

데 만족하는 모양이오. 사실 우리하고는, 아니 반지하고는, 아무 상관도 없으니 쫓아내는 것만이 그들의 목적인지도 모르지요. 하지만 종종 그들의 우두머리가 죽으면 복수하러 멀리 평지까지 쫓아 나오는 경우도 있다 하오."

프로도는 아무 대꾸도 하지 않았다. 그는 스팅을 내려다보았다. 칼날에는 아무 변화도 없었다. 하지만 그는 여전히 무슨 소리가 귓바퀴를 스쳐 가는 것 같았다. 어둠이 그들을 둘러싸고 밤길이 더욱 어두워지면서 그는 다시 뭔가 급히 뛰어오는 소리를 들었다. 지금도 여전히 그 소리가 들리는 것 같았다. 그는 재빨리 뒤돌아보았다. 저 뒤에서 조그마한 불빛 두 개가 보였다. 아니 언뜻 본 것 같았다. 그러나 그것들은 순식간에 길옆으로 비켜나 사라지고 말았다.

난쟁이가 물었다.

"뭡니까?"

"잘 모르겠어요. 발소리가 들리는 것 같아서 돌아봤더니 사람 눈 같은 불빛이 두 개 보이더라고요. 모리아에 들어올 때부터 쭉 그런 느낌이 들었어요."

김리는 걸음을 멈추고 땅바닥에 귀를 댔다.

"나무하고 돌 들이 밤 인사 나누는 것 말고는 아무 소리도 들리지 않는군. 자, 빨리 갑시다. 너무 뒤처졌어요."

차가운 밤바람이 골짜기 위를 향해 거꾸로 불어왔다. 눈앞의 어둠이 가장자리로 물러간 희미한 회색지대가 넓게 나타나면서 포플러 잎 같은 수많은 나뭇잎들이 미풍에 떨리는 소리가 들려왔다.

레골라스가 소리쳤다.

"로슬로리엔! 로슬로리엔이다! 우린 드디어 황금숲에 도착한 거요. 아! 겨울이라 정말 애석하군."

어둠 속에서 키 큰 나무들이 그들 앞에 나타나 늘어진 나뭇가지

밑으로 불쑥 흘러내리는 개울과 도로 위에 아치를 이루었다. 나무 밑동이 희미한 별빛에 회색빛을 띠었고, 살랑거리는 나뭇잎은 황금 빛 낙엽의 색조를 언뜻언뜻 내비쳤다.

아라고른이 말했다.

"로슬로리엔이라! 숲속 바람 소리를 다시 듣게 돼서 정말 기쁘군. 모리아 정문에서 겨우 24킬로미터도 못 벗어났지만 이젠 더 가기도 힘들어. 오늘 밤은 요정들께서 우리 뒤를 쫓아오는 적을 막아 주시기를 기도해 보세."

김리가 말했다.

"요정들이 아직도 이 어두운 곳에 살고 있다면 말이지요."

그러자 레골라스가 말했다.

"우리 일족 요정들이 여기까지 내려온 것도 벌써 먼 옛날 얘기가 돼 버렸군. 하지만 우린 아직도 로슬로리엔에 누군가 살고 있다고 들었소. 이 땅에는 악을 물리치는 신비한 힘이 있거든. 그렇지만 그들이 누군지 우린 한 번도 본 적이 없소. 어쩌면 북쪽 경계에서 멀리 떨어진 깊은 숲에 살고 있는지도 모르지."

아라고른은 지나간 일을 기억해 내며 한숨을 쉬었다.

"이 숲 깊숙한 곳에 요정들이 살고 있는 건 사실일세. 하지만 오늘 밤은 우리 스스로 몸을 지킬 수밖에 없소. 조금만 더 가면 숲에 완전히 들어설 테니 거기서 쉴 만한 곳을 찾아봅시다."

아라고른이 앞으로 발을 떼기 시작했다. 그러나 보로미르는 내키지 않는지 그 자리에 붙박여 서서 물었다.

"다른 길은 없소?"

아라고른은 돌아서서 되물었다.

"얼마나 좋은 길을 바라는 거요?"

"그냥 평범한 길 말이오. 길 양쪽에 칼로 울타리를 쳐 놓았다 하더라도 말이오. 우린 지금껏 계속 이상한 길만 골라 오면서 고생만 잔뜩 했소. 내가 반대했는데도 모리아로 들어갔다가 결국 해만 입지 않았소? 그런데 또 황금숲으로 들어가자고 하는군요. 우리 곤도르에서도 여긴 위험한 곳이란 소문이 떠돕니다. 일단 들어가면 살아 나오기가 힘들 뿐 아니라 살아 나오더라도 다치지 않은 사람이 없습니다."

"'다치지 않은' 게 아니라 '달라지지 않은' 게 맞는 말이겠지. 하지만 보로미르, 한때 현명한 사람들이 살던 그 땅에서 이젠 로슬로리엔을 두려워하다니 곤도르도 드디어 기울어 가는 모양이군. 당신이 어떻게 생각하든 지금 우리 앞엔 다른 길이 없소. 모리아로 되돌아가든지, 길도 없는 산속으로 기어들든지, 아니면 혼자서 대하까지 헤엄쳐 가든 맘대로 하시오."

아라고른의 설명에 보로미르가 대답했다.

"그렇다면 할 수 없죠. 당신이 원하는 대로 하지요. 하지만 위험할 거요."

"위험한 건 사실이지. 아름답고도 위험한 곳이오. 하지만 악인만이, 악을 퍼뜨리는 사람만이 이곳을 두려워할 거요. 자, 어서 따라들 오시오!"

숲속으로 1.5킬로미터도 채 못 가서 물줄기가 또 하나 나타났다. 그것은 서쪽으로 산맥을 향해 뻗어 있었으며 나무가 울창한 산비탈에서 내려오는 급류였다. 그들의 오른쪽 멀리 어둠 속에서 그 물줄기가 폭포 아래로 떨어지는 소리가 들렸다. 검은 급류는 그들의 앞길을 가로질러 은물길강과 합쳐지는 지점에서 나무뿌리 둘레로 어렴풋한 소용돌이를 이루었다.

레골라스가 말했다.

"님로델개울이오! 이 냇물을 두고 숲요정들은 옛날부터 많은 노래를 지었지요. 우리 북부에서는 아직도 그 노래들을 부르며 폭포

위에 걸리던 무지개와 물거품 위로 피어오르던 금빛 꽃을 떠올립니다. 지금은 모든 게 어둠에 잠겨 버렸고 님로델다리도 부서져 버렸지요. 난 물에 발을 좀 담가야겠소. 이 물은 피로를 씻는 데 효험이 있다고 합니다."

그는 경사가 급한 개울을 내려가서 물속으로 첨벙 들어가면서 외쳤다.

"이리들 와요! 물이 안 깊어요. 걸어서 건너도 될 것 같아요. 개울을 건넌 다음에 쉽시다. 폭포 소리를 들으면 잠도 잘 오고 슬픔도 잊을 수 있을 거요."

그들은 레골라스를 따라 차례대로 개울을 건넜다. 프로도는 얕은 물가에 서서 잠시 피로한 다리 위로 물이 스쳐 지나가게끔 가만히 서 있었다. 물은 차가웠으나 살에 닿는 감촉은 시원했다. 계속 걸어 들어가자 물은 무릎까지 차올랐고, 프로도는 여행 중에 쌓인 때와 피로가 말끔히 씻긴 것 같았다.

일행은 개울을 다 건너가 개울가에서 휴식을 취하고 식사도 했다. 레골라스는 그들에게 어둠숲의 요정들은 세상이 지금처럼 어두워지기 이전에 안두인강변에서 뛰놀던 때의 햇빛과 별빛을 아직도 마음에 간직하고 있다면서 로슬로리엔의 이야기들을 들려주었다.

마침내 사위는 침묵에 빠져들었고 그들은 어둠 속에서 마치 음악처럼 들려오는 달콤한 폭포 소리를 들었다. 프로도는 물 흐르는 소리 사이로 노랫소리가 들려오는 듯한 느낌마저 들었다. 레골라스가 물었다.

"님로델의 음성이 들리오? 님로델이란 이름은 옛날 이 개울가에 살던 어떤 아가씨의 이름이오. 그녀의 이야기가 담긴 노래를 한 곡 불러 볼까요? 원래는 우리 숲요정들 말로 지어진 곡이지만, 깊은골에서 그러듯 서부어로 불러 보지요."

　　그는 바스락거리는 나뭇잎 소리에 섞여 들릴 듯 말 듯한 자그마한
소리로 노래를 부르기 시작했다.

　　　　먼 옛날 요정 아가씨가 살고 있었지,
　　　　　　낮에도 빛나는 별처럼.
　　　　아가씨의 흰 망토는 금테두리를 둘렀고
　　　　　　구두는 은백색이었네.

　　　　아가씨의 눈썹 위엔 별 하나 떠 있었지,
　　　　　　그녀의 머리를 비추는 빛,
　　　　마치 아름다운 로리엔
　　　　　　그 황금가지를 비추는 태양 같았네.

　　　　긴 머리, 하얀 팔 다리,
　　　　　　아가씨는 아름답고 자유로웠지.
　　　　바람 속 아가씨의 걸음걸이는
　　　　　　보리수 나뭇잎처럼 가벼웠네.

　　　　님로델폭포수 옆,
　　　　　　맑고 차가운 물가에서,
　　　　아가씨의 목소리는 은방울 구르듯
　　　　　　빛나는 연못 속으로 떨어졌네.

　　　　아가씨가 지금 어디 있는지 아무도 알 수 없지,
　　　　　　햇빛 아래일까, 그늘 속일까.
　　　　먼 옛날, 님로델은 길을 잃고
　　　　　　산속을 헤매고 있었네.

회색빛 항구 산 그림자 속에선
   요정의 배가 닻을 내리고
몇 날 며칠 동안 아가씨를 기다렸네
   노호하는 바닷가에서.

밤새 북방에는 바람이 일어
   소리 높여 울부짖으며
요정의 바닷가에서 배를 몰아냈다네,
   연이어 밀려오는 파도 너머로.

새벽이 희미하게 밝아 왔지만 뭍은 보이지 않고
   집채만 한 파도가 흩뿌리는
어지러운 물보라 사이로
   산꼭대기가 희미하게 가라앉고 있었네.

암로스는 아득히 사라져 가는 해변을 보았지,
   덮쳐 오는 파도 너머로,
그리고 님로델과 자신을 떼어 놓는
   반역의 배를 저주했다네.

암로스는 그 옛날의 요정 왕,
   나무와 산골짝을 다스렸지
아름다운 로슬로리엔
   봄이면 나뭇가지가 황금으로 변하는 곳에서.

시위 떠난 화살처럼 그는 뛰어들었지,
   키를 놓고 바닷속으로,

날개 펼친 갈매기처럼
　그는 깊은 물속을 헤엄쳐 갔다네.

흐르는 머리카락 사이로 바람이 일고,
　옆에는 빛나는 물거품,
씩씩하고 아름답게, 한 마리 백조처럼
　멀리 사라지는 그를 그들은 보았다네.

하지만 서녘에서는 아무 소식도 없었고
　이쪽 바닷가 요정들은
아무도 암로스의 뒷이야기를 듣지 못했다네,
　영원토록 영원토록.

레골라스는 끝 부분을 약간 더듬으며 노래를 마쳤다.

"더 부를 수가 없어요. 이건 겨우 일부밖에 안 되는데, 벌써 다 잊어버렸소. 정말 길고도 슬픈 이야기요. 난쟁이들이 산에서 악(惡)의 잠을 깨울 때쯤 '꽃의 로리엔' 로슬로리엔에 어떤 슬픔이 닥쳤는지 그 내력이 다 담긴 노래니까."

김리가 말했다.

"우리 종족이 악을 만든 건 아니오."

레골라스는 슬픈 목소리로 말했다.

"그런 말은 아니오. 어쨌든 악이 나타났소. 그로 인해 님로델 일족의 많은 요정들이 정든 고향을 떠났고, 그녀도 멀리 남쪽, 백색산맥의 고개 위에서 사라져 사랑하는 연인 암로스가 기다리는 배로 돌아오지 못한 거요. 하지만 봄바람에 새싹들이 살랑거릴 때 그녀와 같은 이름의 폭포 옆에 가면 아직도 그녀의 노랫소리가 들리오. 그리고 남쪽에서 바람이 불어올 때면 암로스의 목소리가 바다에서 들리지. 왜냐하면 님로델은 요정들이 켈레브란트라고 부르는 은물길강으로 흘러들고 켈레브란트는 다시 안두인대하로 들어가는데, 안두인은 바로 로리엔의 요정들이 배를 타고 떠난 벨팔라스만으로 흘러들어가기 때문이오. 하지만 님로델도 암로스도 영영 돌아오지 못했소. 그녀는 폭포 근처 숲의 나뭇가지 위에 집을 지었다고 하오. 나무 위에 사는 게 로리엔 요정들의 관습이었으니까. 지금도 그럴지 모르고. 그래서 그들은 갈라드림, 즉 나무사람들이라고 했소. 숲 깊숙이 들어가면 나무들이 굉장히 크기 때문에 숲속 사람들은 암흑의 권능이 찾아들기 전에는 난쟁이들처럼 땅속을 파지도 않았고 돌로 요새를 짓지도 않았소."

"요즘도 나무 위에 사는 게 땅 위에 앉아 있는 것보다 안전할 것 같군그래."

김리가 말했다. 그는 강 건너 어둔내계곡으로 돌아가는 길을 바라보다가 다시 머리 위에 지붕처럼 덮여 있는 어두운 나뭇가지들을 쳐다보았다.

아라고른이 말했다.

"자네 말이 일리가 있군, 김리. 우린 집을 지을 수도 없으니 가능하다면 갈라드림처럼 나무 꼭대기에서 쉴 곳을 찾아보세. 이렇게 길가에서 시간만 허비하는 건 멍청한 짓이오."

일행은 이제 길에서 벗어나 산에서 내려온 물줄기를 따라 은물길강에서 떨어져, 서쪽으로 숲이 더 우거진 캄캄한 어둠 속으로 들어갔다. 그들은 님로델폭포에서 멀지 않은 곳에서 여러 그루의 나무가 함께 엉켜 있는 곳을 발견했다. 나무들은 강물 위로 가지를 드리우고 있었다. 희끄무레한 나무 밑동은 매우 굵었고 높이는 가늠하기조차 어려웠다.

레골라스가 말했다.

"내가 먼저 올라가 보지요. 뿌리든 가지든 나무 타는 데는 자신 있소. 하지만 이 나무는 노래에서 이름은 들어 봤지만 나한테도 낯설군요. 이름은 말로른이고 노란 꽃이 피는데, 한 번도 올라가 본 적은 없소. 모양이 어떻고 가지가 어떻게 뻗어 있는지 알아보지요."

피핀이 말했다.

"어떻게 생겼든 간에 오늘 밤에 새들 말고 우리한테 쉴 자리만 제공해 준다면 대단한 나무라고 해 주겠어요. 난 횃대 위에서 잘 수는 없어요."

레골라스가 말했다.

"그럼, 땅에 굴을 파게! 자네들 방식대로 말이오. 하지만 오르크들한테 붙잡히지 않으려면 깊이, 그것도 빨리 파야 할 거요."

그는 가볍게 뛰어서 머리 위로 늘어진 나뭇가지 하나에 매달렸다. 그러나 그렇게 잠깐 매달려 있는 동안 나무 위 어둠 속에서 별안간 무슨 소리가 났다.

"다로!"

명령조의 목소리였다. 깜짝 놀란 레골라스는 겁이 나서 다시 땅으로 뛰어내렸다. 그는 나무의 몸통에 등을 기대고 몸을 웅크렸다. 그는 작은 소리로 일행을 향해 말했다.

"가만히 있어요! 움직이지도 말고 말하지도 마시오!"

머리 위에서 가볍게 웃는 소리가 들리더니 곧 다른 목소리가 낭랑하게 요정어로 말했다. 프로도는 한마디도 알아들을 수가 없었다. 왜냐하면 산맥 동쪽의 숲요정들이 쓰는 말은 서부의 요정어와는 다르기 때문이었다. 레골라스는 위를 쳐다보며 같은 말로 대답했다. 메리가 물었다.

"누구지? 무슨 말을 하는 거죠?"

"요정이야. 목소리가 안 들려?"

샘이 대답을 하자 레골라스가 덧붙였다.

"맞아, 요정들일세. 자네들 숨소리가 너무 커서 어둠 속인데도 화살로 맞힐 수 있을 정도라는군."

샘은 황급히 손을 입에 갖다 댔다.

"하지만 너무 무서워하지는 말라고 하네. 벌써 우리가 왔다는 걸 알고 있었다는 거요. 님로델개울 건너에서 내 목소리를 듣고, 내가 북쪽에서 온 요정인 것을 알고 우리가 강 건너는 것을 막지 않았다 하네. 그리고 나중엔 내 노래도 들었다는군. 지금 프로도와 나를 올라오라고 하는데 아마 프로도와 이번 여행에 대해 무슨 연락을 받은 모양이오. 다른 사람들은 다음에 어떻게 해야 할지 결정될 때까지 일단 나무 밑에서 망을 보며 기다리라는군요."

어둠 속에서 사다리가 쓱 내려왔다. 캄캄하지만 은백색의 희미한 빛을 내는 줄사다리는 눈에 잘 들어왔다. 굵기는 가늘었지만 여러 사람이 매달려도 충분할 만큼 튼튼해 보였다. 레골라스가 날렵하게 사다리를 오르기 시작하자 그 뒤를 프로도가 천천히 올라갔고 샘이 마지막으로 숨소리를 죽이려고 애를 쓰며 기어 올라갔다. 말로른 나뭇가지는 밑동부터 거의 수평으로 뻗어 나와서 다시 위쪽으로 휘어졌고 몸통은 꼭대기에서 다시 수많은 가지로 갈라졌는데, 그 가지들 사이에 나무로 된 받침대가 있는 것을 볼 수 있었다. 그 당시에는 흔히 그런 받침대를 '시렁'이라 불렀는데 요정들은 '탈란'이라고 했다. 그들은 사다리가 오르내리는 중심부의 둥근 구멍을 통해 그 위로 올라갈 수 있었다.

프로도가 마침내 시렁에 올라서자 레골라스는 다른 세 요정과 함께 앉아 있었다. 그들은 진한 회색 옷을 입고 있었기 때문에 움직이지만 않으면 나뭇가지 사이에서는 쉽게 찾을 수 없을 것 같았다. 그들은 모두 일어섰으며 그중 한 요정이 가느다란 은빛을 반사하는 작은 등불의 덮개를 벗겼다. 그는 등불을 들어 프로도와 샘의 얼굴을

비춰 보았다. 그러고는 다시 불빛을 가리고 요정들의 언어로 반갑다
는 인사를 했다. 프로도가 더듬거리며 답례를 하자 요정은 다시 공
용어로 천천히 말했다.

"잘 오셨습니다! 우리는 거의 언제나 우리 말만 쓰지요. 숲 깊은
곳에 살기 때문에 외부인들과는 거의 접촉하는 일이 없거든요. 북
부의 요정들과도 거의 연락이 끊긴 상태랍니다. 하지만 우리 중 일
부는 바깥으로 나가서 소식을 듣거나 적의 움직임을 감시하기도 하
기 때문에 외부의 언어를 좀 알지요. 나도 그중 하납니다. 난 할디르
라고 합니다. 여기 있는 내 형제들인 루밀과 오로핀은 당신들 말을
거의 모릅니다. 하지만 당신이 이리 온다는 소문은 들었습니다. 엘론
드의 사자들이 어둔내계단을 넘어 고향으로 돌아가는 길에 로리엔
을 들렀습니다. 호빗이나 반인족이란 이름을 들어 본 지 하도 오래되
어서 당신들이 아직 가운데땅에 남아 있는 줄은 몰랐습니다. 인상이
나쁘진 않군요. 게다가 우리와 같은 요정과 함께 오셨으니 엘론드가
부탁한 대로 기꺼이 도와드리겠습니다. 사실 우리는 외부인들을 절
대 우리 땅에 들여놓지 않는답니다. 어쨌든 오늘 밤은 여기서 묵으셔
야겠습니다. 모두 몇 분이십니까?"

레골라스가 대답했다.

"여덟입니다. 나와 호빗 넷, 그리고 인간이 둘인데 그중 한 사람은
아라고른이라고 요정의 친구인 서쪽나라 사람이지요."

"아라소른의 아들 아라고른은 여기 로리엔에서도 잘 알고 있습니
다. 게다가 숲의 부인께서도 좋아하시는 분이지요. 모두 좋습니다.
그런데 마지막 한 분은?"

"난쟁이가 한 명 있습니다."

레골라스가 말하자 할디르는 놀란 표정을 지었다.

"난쟁이라! 유감이로군요. 우리는 암흑시대 이래 난쟁이들과 관계
를 맺지 않았습니다. 난쟁이는 우리 땅에 들어올 수 없습니다. 안 됩

니다."

그러자 프로도가 말했다.

"하지만 그는 외로운산에서 왔습니다. 신실한 다인의 부족이지요. 게다가 엘론드와도 친하게 지내서 엘론드께서 직접 그를 원정대의 일원으로 선택한 것입니다. 그리고 그는 지금까지 용감하고 성실했습니다."

요정들은 낮은 소리로 함께 의논하기도 하고 자기들 언어로 레골라스에게 뭔가를 묻기도 했다. 드디어 할디르가 승낙했다.

"좋습니다. 꺼림칙하긴 하지만 어쩔 수 없지요. 만일 아라고른과 레골라스가 함께 그를 지키고 책임지겠다면 들어가도 좋습니다. 다만 로슬로리엔에 들어갈 때는 눈을 가려야 합니다. 어쨌거나 논쟁은 여기서 끝내지요. 당신네 일행이 계속 나무 밑에서 기다릴 수는 없을 테니까요. 우리는 며칠 전에 수많은 오르크들이 산맥 외곽을 따라 북쪽으로 모리아를 향해 올라가는 것을 발견한 후 계속 관찰해 왔지요. 숲 입구에는 지금 늑대들이 으르렁거리고 있습니다. 만일 당신들이 정말로 모리아에서 오는 길이라면 여기도 곧 위험해질 겁니다. 내일 아침 일찍 떠나셔야 합니다. 호빗 네 분은 여기 올라와서 우리하고 지냅시다. 우린 호빗을 무서워하지 않아요! 바로 옆 나무 위에 탈란이 하나 더 있으니까 다른 분들은 거기서 쉬세요. 레골라스 당신이 책임지고 자리를 살펴 드리세요. 만일 무슨 일이 생기면 우리를 부르세요. 그리고 그 난쟁이를 잘 감시하는 것을 잊지 마시고요."

레골라스는 즉시 할디르의 지시를 전하기 위해 사다리를 타고 내려갔고, 곧 메리와 피핀이 위로 기어 올라왔다. 그들은 헉헉거리고 있었고 다소 겁을 먹은 표정이었다. 메리가 헐떡이며 말했다.

"여기 있어요! 담요 넉 장을 모조리 가져오느라 죽을 뻔했어요. 성큼걸이가 다른 짐은 나뭇잎 밑에 깊숙이 숨겨 놨어요."

그러자 할디르가 말했다.

"공연한 수고를 하셨군요. 오늘 밤은 남풍이 불지만 사실 겨울에는 나무 위에 있으면 꽤 춥지요. 하지만 우리가 드리는 음식과 물을 드시면 추위가 싹 달아난답니다. 그리고 우리에겐 여분의 털가죽과 외투도 있지요."

호빗들은 이 두 번째 (그리고 훨씬 더 훌륭한) 저녁 식사를 매우 맛있게 먹었다. 그리고 요정들의 털외투뿐만 아니라 자기네 담요까지 뒤집어쓰고 추위에 대비한 후 잠을 청했다. 모두들 대단히 피곤했는데 샘만 쉽게 잠들 수 있었다. 호빗들은 원래 높은 곳을 좋아하지 않는다. 그들은 계단이 있는 곳에서도 2층에서 자는 경우가 거의 없다. 시렁은 그들이 보기에 침실로서는 영 낙제점이었다. 거기에는 벽도 없고 난간도 없이 다만 한쪽 벽에 얼기설기 엮어 만든 간이벽이 있었다. 그것은 바람 방향에 따라 쉽게 다른 쪽으로 옮길 수 있게 되어 있었다.

피핀은 누워서도 한참 이야기를 계속했다.

"이렇게 높은 데서 자다가 굴러떨어지면 어쩌지?"

샘이 대답했다.

"난 일단 잠이 들면 굴러떨어져도 안 깰 것 같아. 이야기를 적게 하면 더 빨리 곯아떨어질 것 같은데. 내 말이 무슨 뜻인지 알겠어?"

프로도는 한참 동안 눈을 뜨고 있었다. 살랑거리는 희미한 나뭇잎 지붕 사이로 반짝이는 별들이 보였다. 옆에 누운 샘은 그가 눈을 감기도 전에 벌써 코를 골았다. 두 요정이 팔꿈치를 무릎 위에 세운채 미동도 않고 소곤소곤 이야기를 나누는 모습을 희미하게 볼 수 있었다. 다른 한 요정은 망을 보기 위해 아래쪽 가지에 내려가 있었다. 마침내 프로도는 머리 위 나뭇가지에서 이는 바람 소리와 발아래 님로델폭포의 달콤한 웅얼거림을 자장가 삼아 레골라스의 노래를 머릿속으로 그리며 잠이 들었다.

한밤중에 그는 잠에서 깼다. 다른 호빗들은 자고 있으나 요정들이 보이지 않았다. 눈썹 같은 달이 나뭇잎 사이로 희미하게 빛났고 바람은 고요했다. 나무 밑에서 좀 떨어진 곳에서 거친 웃음소리와 시끌벅적한 발소리가 들렸다. 쇠붙이들이 쨍그랑하며 부딪치는 소리도 들렸다. 그 소리는 서서히 잦아들면서 남쪽의 숲으로 들어가는 것 같았다.

시렁 가운데로 난 구멍에서 불쑥 머리 하나가 올라왔다. 경계 자세를 취하며 몸을 일으키던 프로도는 그것이 회색 두건을 쓴 요정임을 알았다. 그는 호빗들을 바라보았다. 프로도가 물었다.

"저게 뭐죠?"

"위르크!"

요정은 쉿 소리를 내며 작은 소리로 대답하고는 말아 올린 줄사다리를 시렁 바닥에 던졌다.

"오르크? 뭘 하는 거죠?"

프로도가 물었지만 요정은 벌써 보이지 않았다.

이젠 아무 소리도 들리지 않았다. 나뭇잎들조차 숨을 죽이고 폭포마저 긴장한 것 같았다. 프로도는 담요를 뒤집어쓴 채 몸을 벌벌 떨었다.

땅바닥에서 붙잡히지 않은 것이 천만다행이라는 생각이 들었다. 하지만 나무 위에 있어도 보이지만 않을 뿐 그리 안전하지는 않은 것 같았다. 오르크들은 개처럼 후각이 예민하다고 했고, 나무 타는 데도 선수들이었다. 그는 스팅을 빼 들었다. 푸른 불꽃처럼 칼날이 번쩍 섬광을 일으키더니 천천히 빛이 사라지고 원래 모습으로 되돌아갔다. 칼날의 푸른빛이 사라진 것을 보니 안심해도 좋겠지만 프로도는 두려움이 사그라지기는커녕 오히려 더 불안해졌다. 그는 몸을 일으켜 뚫린 통로 쪽으로 기어가 아래를 내려다보았다. 아래 나무 밑동 근처에서 누군가 은밀하게 움직이는 소리를 분명히 들을 수 있었다.

요정은 아니었다. 숲에 사는 요정들은 거의 소리가 나지 않게 움직였다. 잠시 후 흐릿하게 쿵쿵거리는 소리가 났다. 누군가가 나무 밑동의 껍질을 할퀴고 있었다. 그는 숨을 죽이고 어둠 속을 내려다보았다.

침입자는 천천히 나무 위로 기어오르고 있었는데, 다문 이빨 사이로 쉿쉿거리는 소리를 냈다. 프로도는 나무의 몸통 중간쯤까지 올라온 두 개의 희미한 눈동자를 발견했다. 눈동자는 잠시 움직임을 멈추고 위를 빤히 쳐다보았다. 갑자기 눈동자가 옆으로 돌아가더니 그 검은 형체는 나무를 타고 내려가 사라져 버렸다.

그리고 즉시 할디르가 나뭇가지 사이로 올라왔다.

"나무 근처에 전에 보지 못한 침입자가 있었습니다. 오르크는 아니었어요. 내가 나무에 손을 대자마자 달아나 버리더군요. 매우 조심하는 눈치기에 당신네 호빗들 중 한 분인가 했는데 나무 타는 솜씨가 비상한 걸 보고 아니란 걸 알았지요. 비명을 지를까 봐 화살을 쏘지도 못했어요. 싸움을 벌일 수는 없거든요. 오르크 대부대가 지나갔습니다. 님로델개울을 건너서 강변의 구도로를 따라갔습니다. 그 맑은 물에 더러운 발로 들어서다니! 무슨 냄새를 맡는 듯 놈들은 당신이 있는 곳 근처의 땅바닥을 한참 동안 뒤지더군요. 우린 셋이서 백 명 이상을 감당할 수 없어 앞쪽에서 목소리를 흉내 내어 숲으로 유인했지요. 오로핀이 이 소식을 전하려고 우리 동료들이 있는 곳으로 달려갔으니 아마 지금 들어간 오르크들은 단 하나도 로리엔에서 빠져나갈 수 없을 겁니다. 그리고 내일 밤이 되기 전에 북쪽 경계지대에 많은 요정들이 배치되겠지요. 하지만 당신은 날이 밝자마자 빨리 남쪽으로 가셔야 합니다."

동쪽 하늘에서 날이 희끄무레하게 밝아 왔다. 햇빛은 점점 노란 말로른 나뭇잎 사이로 스며들었고 호빗들은 마치 시원한 여름날,

이른 아침 해가 떠오르는 듯한 느낌이 들었다. 푸르스름한 하늘이 살랑거리는 나뭇가지 사이로 언뜻언뜻 내비쳤다. 시렁 남쪽 측면의 틈새로 프로도는 은물길강변의 골짜기가 마치 황금빛 바다처럼 미풍을 받아 잔물결이 이는 것을 보았다.

일행이 할디르와 루밀의 안내를 받아 다시 출발했을 때는 아직 새벽 공기가 으스스할 때였다.

"안녕, 아름다운 님로델!"

레골라스가 외쳤다. 프로도는 뒤를 돌아보다가 회색 나무줄기 사이로 흰 거품이 한 줄기 일어나는 것을 보았다.

"안녕!"

그는 작별 인사를 했다. 그렇게 수많은 가락이 끝없이 바뀌며 아름다운 음악처럼 흘러가는 물소리를 다시는 들을 수 없을 것 같았다.

그들은 은물길강 서쪽으로 난 길로 되돌아가 남쪽으로 한참 동안 걸었다. 땅 위에는 오르크들의 발자국이 여기저기 나 있었다. 할디르는 곧 숲으로 방향을 바꿔 나무 그늘이 우거진 강변에서 걸음을 멈췄다. 그가 말했다.

"당신들은 안 보이겠지만 강 건너에 우리 동료가 한 명 있습니다."

그가 새소리 같은 낮은 휘파람을 불자 어린 관목숲 속에서 회색옷을 입고 두건을 뒤로 젖힌 요정이 나타났다. 그의 머리는 아침 햇살에 금빛으로 반짝거렸다. 할디르가 익숙한 솜씨로 회색 밧줄을 강 건너로 던지자 건너편 요정이 받아 강둑 가까운 나무에 그것을 묶었다. 할디르가 말했다.

"보시다시피 켈레브란트강은 벌써 폭이 굉장히 넓어졌지요. 물살도 빠르고 깊을 뿐만 아니라 아주 차갑습니다. 그래서 이런 북쪽 지역에서는 불가피한 경우가 아니면 물에 들어가지 않지요. 그렇지만 요즘같이 어려운 시절에는 다리를 놓는 것도 조심해야 하니까요. 그래서 우리는 이렇게 건넙니다. 자, 따라오세요!"

그는 들고 있던 밧줄 끝을 나무에 단단히 묶고 가볍게 줄 위를 걸어갔다가 다시 되돌아왔다. 마치 보통의 길을 걷는 것 같았다. 그러자 레골라스가 말했다.

"나야 그 위로 걸어갈 수 있지만 다른 분들은 힘들 텐데, 헤엄쳐야 합니까?"

"아닙니다. 밧줄이 두 개 더 있지요. 하나는 어깨 높이에, 또 한 줄은 허리 높이에 걸어 두면 낯선 분들도 그걸 붙잡고 조심해서 건널 수 있겠지요."

이 가느다란 다리가 완성되자 일행은 모두 강을 건넜다. 조심조심 천천히 건너는 이도 있었고 좀 더 쉽게 건너는 이도 있었다. 호빗들 중에서는 피핀이 가장 날렵했다. 그는 발디딤이 튼튼해서 한 손만으로도 재빨리 건넜다. 하지만 겁은 나는지 아래는 내려다보지 않고 건너편 강둑만 바라보고 걸었다. 샘이 시간을 제일 오래 끌었다. 그는 양쪽 밧줄을 꽉 움켜쥐고 마치 산속의 벼랑이라도 건너듯 발아래 소용돌이치는 강물을 자꾸만 내려다보았다.

무사히 강을 건너자 샘은 안도의 한숨을 내쉬었다.

"죽는 날까지 배워야 한다고 하시던 아버지 말씀이 맞아요. 물론 그때는 새처럼 나무 위에서 잠을 자거나 거미처럼 기어가는 방법을 배우란 뜻이 아니라 정원 가꾸기를 말씀하신 거지만요. 앤디 삼촌도 이런 재주는 못 부릴 거예요."

마침내 일행이 모두 은물길강 동쪽에 모이자 요정들은 두 줄의 밧줄을 거둬들여 둥글게 말았다. 강 저쪽에 남아 있던 루밀이 다른 하나를 회수해 어깨에 메고 손을 흔들어 인사를 하고는 망을 보기 위해 님로델로 돌아갔다.

할디르가 말했다.

"자, 친구들. 이제 여러분은 로리엔의 나이스에 들어오셨습니다.

602

아마 삼각지라고 알고 계신 분들도 있을 겁니다. 왜냐하면 지형이 은물길강과 안두인대하 사이에 창끝처럼 뾰족하게 자리 잡고 있으니까요. 우리는 나이스의 비밀을 지키기 위해 절대로 이방인을 들이지 않습니다. 지금까지 이곳에 발을 들인 이는 손에 꼽을 정도입니다. 우리가 합의한 대로 난쟁이 김리는 여기부터 눈을 가려야 합니다. 다른 분들은 우리 거처가 있는 에글라딜, 곧 두 강물이 만나는 두물머리 근처까지는 일단 편하게 걸어가셔도 좋습니다."

그러자 김리가 노골적으로 불만을 터뜨렸다.

"나는 그 제안에 동의한 적이 없소. 걸인도 아니고 죄수도 아닌데 눈을 가릴 수는 없소. 그리고 나는 첩자가 아닙니다. 우리 동족은 대적의 하수인들과는 아무 관계도 없소. 또 당신네 요정들께 무슨 해를 끼친 일도 없습니다. 내가 레골라스와 다른 동료들을 배반하지 않았듯이 당신을 배반하지 않으리라는 것은 분명하지 않습니까?"

"당신을 의심하는 건 아닙니다. 이건 우리의 법입니다. 난 법을 함부로 무시할 수 있는 위치에 있지 않습니다. 사실 당신이 켈레브란트강을 건너게 한 것도 많이 양보한 겁니다."

김리의 태도는 완강했다. 그는 두 다리를 다부지게 벌린 채 한 손을 도낏자루에 올리고 말했다.

"나는 자유민이오. 만일 안 된다면 황야 한구석에서 죽는 한이 있더라도 나를 진실한 난쟁이로 인정해 주는 내 고향으로 돌아가겠소."

그러자 할디르가 엄숙하게 말했다.

"이젠 돌아갈 수도 없습니다. 당신은 여기서부터 왔으니 일단 로리엔의 영주님과 부인을 만나 뵈어야 합니다. 당신을 체포할 것인지 아니면 용서할 것인지는 그분들이 판단하실 겁니다. 그리고 당신은 이 강을 다시 건너갈 수도 없을뿐더러 건너가더라도 비밀 초소가 많기 때문에 쉽게 지나갈 수도 없습니다. 당신은 상대방을 보기도 전에 목숨을 잃을 수 있습니다."

김리는 허리띠에서 도끼를 빼 들었다. 할디르와 그 동료도 활을 잡았다. 레골라스가 투덜거렸다.

"제기랄! 난쟁이 고집은 알아줘야 한다니까!"

그러자 아라고른이 말했다.

"잠깐! 여러분이 아직도 나를 통솔자로 인정한다면 모두 내 말을 들어 주시오. 난쟁이 혼자 그렇게 차별대우를 받는 건 너무 심합니다. 레골라스를 포함해서 우리 모두 눈을 가립시다. 그러면 여행이 더디고 따분하겠지만 그게 최선의 방책입니다."

김리가 갑자기 껄껄 웃었다.

"그 꼴 참 희한하겠군! 개 한 마리가 눈먼 거지들을 끌고 가듯 할디르가 우리 모두를 한 줄로 끌고 간단 말이오? 레골라스만 나와 함께 눈을 가린다면 나도 기꺼이 눈을 가리지요."

"난 요정이고 이들과는 동족이오!"

이번에는 레골라스가 화를 냈다. 아라고른이 다시 말했다.

"이젠 요정들 고집도 알아줘야 한다고 해야겠군. 자, 모두 공평하게 합시다. 할디르, 우리 눈을 모두 가려 주시오."

그들이 헝겊으로 눈을 가리자 김리가 말했다.

"길을 잘못 들어 발가락이 까진다거나 낙상이라도 하면 책임져야 합니다."

"책임질 일은 없을 겁니다. 이곳 지리는 환한 데다가 길도 모두 곧게 잘 닦여 있으니까요."

할디르의 대답에 레골라스가 다시 투덜거렸다.

"아, 시대의 어리석음이여! 모두가 하나의 적과 싸우는 동료면서도 황금빛 나뭇잎으로 뒤덮인 즐거운 숲길을 이렇게 눈을 가리고 걸어야 하다니!"

할디르가 대답했다.

"어리석어 보일 수도 있지요. 사실 암흑군주의 위력이 가장 선명하게 드러나는 때는, 바로 그와 맞서 싸우는 동지들 간에 분열이 일어나는 때요. 로슬로리엔에서 보기엔 이제 바깥세상은 깊은골을 빼고는 어느 곳에서도 신뢰와 믿음을 찾을 수 없기 때문에 함부로 남을 믿다가는 영토를 위험에 빠뜨릴 수도 있소. 우리는 지금 사방이 적으로 둘러싸인 섬에 갇힌 형국이 되었고, 그래서 하프의 현보다는 활시위를 더 자주 만지게 되었소. 지금까지는 양쪽의 강이 우릴 지켜 주었지만 어둠이 서서히 북쪽으로 밀려오면서 이제는 그것도 안전한 방어선으로 믿기 힘들어졌소. 떠나자고 주장하는 형제들도 있지만 이미 너무 늦었소. 서쪽 산맥에는 악의 세력이 몸집을 불리고 있고, 동쪽 황야는 사우론의 무리들로 가득 찼소. 남쪽의 로한땅도 이제는 안전한 통로가 아니고, 대하의 하구도 대적의 감시를 받는다는 소문이 있으니까. 해안까지 내려간다 해도 그곳에는 은신처도 없소. 아직 높은요정들의 항구가 서북쪽 멀리 반인족들의 땅 너머에 있다고 하지만, 영주와 부인께서는 아시는지 몰라도 나는 어딘지 모르오."

그러자 메리가 말했다.

"우리를 보셨으니 이제 짐작은 하실 수 있겠네요. 우리 호빗들이 사는 샤이어 서쪽에 요정들의 항구가 있죠."

"바다 가까이 살고 있다니 호빗들은 정말 행복하신 겁니다! 우리 중에는 그 항구까지 가 본 이들도 있지만 아주 먼 옛날의 이야기일 뿐 대개는 노래로만 그곳을 기억할 뿐이지요. 가시는 동안 그 항구에 대해 이야기해 주시지요."

"아니, 저도 본 적은 없어요. 사실 전 우리가 사는 곳을 벗어나 본 적이 한 번도 없거든요. 그리고 만일 바깥세상이 어떤 곳인지 알았더라면 감히 이렇게 고향을 떠날 용기가 나지 않았을 거예요."

"로슬로리엔을 보고 싶지 않단 말씀인가요? 사실 세상은 위험투성이인 데다 어두운 곳이 많지요. 하지만 아직 아름다운 곳들도 많이 있습니다. 도처에서, 사랑에 슬픔이 섞여 들지만 어쩌면 사랑은 더 강해지고 있습니다.

우리 중에는 어둠이 곧 물러나고 평화가 다시 찾아올 것이라고 생각하는 이들도 있지만, 사실 난 세상이 다시 아름답게 빛나던 옛날로 돌아가거나 태양이 어제와 똑같이 떠오를 거라고 믿지는 않습니다. 기껏해야 그것은 요정들에겐 휴전일 뿐입니다. 무사히 바다로 가서 영원히 가운데땅을 떠날 시간을 버는 휴전 기간에 불과하지요. 아, 사랑하는 로슬로리엔! 말로른이 없는 나라에 산다는 건 얼마나 서글픈 일입니까? 대해 너머에 말로른 나무가 있다는 소릴 아직 듣지 못했거든요."

할디르가 앞에 서고 다른 요정이 맨 뒤에 선 채 이렇게 이야기를 나누면서 그들은 한 줄로 천천히 숲길을 걸어갔다. 발밑의 땅바닥은 평탄하고 부드러워 얼마간 걸어간 후, 일행은 다치거나 넘어지는 데 대한 두려움 없이 마음 놓고 걸었다. 시력을 잃었기에 프로도는 청각과 다른 감각이 더 예민해지는 것을 느꼈다. 그는 나무와 발밑의 풀잎 냄새를 맡을 수 있었다. 머리 위의 나뭇잎들이 살랑거리는 소리 중에는 여러 다른 가락이 섞였고, 오른쪽 먼 곳에서 흐르는 물소리와 하늘 높이 나는 새들의 가늘고 맑은 노랫소리도 들려왔다. 숲속 빈터를 지날 때는 얼굴과 손에 따스한 햇빛도 느낄 수 있었다.

은물길강 건너편에 발을 디디면서부터 프로도는 이상한 느낌이 들었는데 나이스 깊숙이 들어갈수록 그 느낌은 강해졌다. 마치 시간의 다리를 건너 상고대의 어느 한구석, 이제는 사라져 버린 어느 세계를 걷고 있는 듯한 느낌이었다. 깊은골에서도 옛날을 회상시키는 분위기가 있었지만, 로리엔에서는 옛날이 오늘 속에 여전히 살아 숨 쉬는 것 같았다. 거기에도 악의 소문이 들리고 슬픈 소식들이 전해지고 있었다. 요정들은 바깥 세계를 두려워하며 불신했고, 숲가에는 늑대들이 울부짖었다. 그러나 로리엔에는 아무런 어둠도 없었던 것이다.

그날 그들은 시원한 저녁이 찾아와 나뭇잎 사이로 초저녁 바람이 콧노래를 흥얼거릴 때까지 계속 걸었다. 그리고 아무런 두려움 없이 땅바닥에서 잠을 잤다. 요정들이 그들의 눈가리개를 풀어 주지 않아 나무에 올라갈 수 없었다. 다음 날 아침 그들은 다시 쉬지 않고 계속 걸었고, 걸음을 멈춘 것은 정오가 되어서였다. 프로도는 자신들이 환한 햇빛이 비치는 곳으로 나온 것을 느낄 수 있었다. 갑자기 사방에서 웅성거리는 소리가 들려왔다.

수많은 요정이 소리 없이 행군해 올라와 있었다. 그들은 모리아의 공격에 대항하기 위해 북쪽 지역으로 급히 올라가는 중이었다. 그들이 전해 준 여러 가지 소식을 할디르가 일행에게 들려주었다. 밤새 쳐들어온 오르크들은 기습을 받아 거의 죽고 일부만 살아 산맥으로 도망쳤으나 지금 추격 중이라고 했다. 그리고 팔이 거의 땅에 닿고 등이 굽은 채 달리는 짐승 같은 이상한 괴물이 발견되었는데, 어떻게 보면 짐승 같고 어떻게 보면 짐승이 아닌 것 같다고 했다. 그 놈은 붙잡히지 않고 달아났으나 요정들은 그가 적과 한패인지 아닌지 몰라서 활을 쏘지 못했으며, 그 괴물은 은물길강 남쪽으로 사라진 것 같다고 했다.

할디르가 말했다.

"그리고 그들이 갈라드림의 영주와 부인의 전갈을 가져왔습니다. 이제부터는 눈을 가리지 않아도 되겠어요. 난쟁이 김리까지 말입니다. 아마도 부인께서 여러분이 누구이며, 무슨 일을 하는지 아시는 모양입니다. 깊은골에서 새로 연락이 온 모양이지요."

그는 먼저 김리의 눈부터 풀어 주고 정중히 허리를 굽혀 절했다.

"용서하십시오! 이젠 친구처럼 지냅시다. 주위를 한번 둘러보세요. 두린의 시대 이래로 로리엔의 나이스 숲을 본 난쟁이는 한 명도 없었습니다!"

차례가 되어 눈앞이 다시 밝아지자 프로도는 고개를 들어 심호흡을 했다. 그들은 작은 공터에 서 있었다. 왼쪽에 커다란 언덕이 있었는데 상고대의 봄날을 연상케 할 만큼 온통 푸른 잔디로 뒤덮였다. 그 위에는 마치 두 개의 왕관처럼 나무가 두 줄로 원을 그리며 심어져 있었다. 바깥 줄의 나무들은 몸통이 눈처럼 희고 잎이 하나도 없었지만 앙상한 모습으로도 매우 아름다웠고, 안쪽 줄에는 은은한 금빛으로 치장한 키 큰 말로른 나무들이 서 있었다. 이 모든 것의 중앙에는 하늘을 찌를 듯 큰 나무가 한 그루 있었으며, 그 높은 나뭇가지 사이에 흰 시렁집이 보였다. 나무 밑을 비롯해 푸른 언덕 도처에는 별처럼 생긴 작은 금빛 꽃들이 총총 피어 있었다. 그리고 그 사이사이로 흰색과 연두색의 다른 꽃들이 좀 더 가느다란 줄기 위에서 고개를 까닥거리고 있었는데, 마치 풀밭의 화사한 색조 사이에 스며든 안개와 같았다. 하늘은 쪽빛이었고, 오후의 태양은 언덕 위에서 이글거리며 나무들 아래로 기다란 초록 그림자를 드리웠다.

할디르가 말했다.

"자! 이제 여러분은 케린 암로스에 와 계신 겁니다. 옛날에는 여기가 우리 영토의 중심부였지요. 그 행복한 시절에는 이 암로스의 언덕 위에 그의 저택이 서 있었습니다. 여기서는 시들지 않는 풀밭 위에 언제나 겨울 꽃이 피어 있습니다. 노란 꽃은 엘라노르, 흰 꽃은 니프레딜이라 하지요. 갈라드림시(市)에는 해 질 무렵에 들어가기로 하고 여기서 잠시 쉬었다 갑시다."

모두들 향기로운 잔디밭에 앉아 쉬는 동안에도 프로도는 여전히 놀라움을 금치 못하고 그대로 서 있었다. 마치 사라진 세계가 들여다보이는 높은 창문 안으로 들어온 느낌이었다. 그 세계에는 그의 언어로 이름 붙일 수 없는 어떤 빛이 있었다. 그의 눈앞에는 추한 것이라곤 전혀 없었다. 모든 형상은 한편으로는 그가 눈을 뜨는 순간 막 빚어진 것처럼 윤곽이 뚜렷하면서, 다른 한편으로는 오랜 세월의 풍상을 겪어 온 듯 고풍스러웠다. 그가 본 빛깔은 모두 이미 알고 있는 것들이었다. 흰빛, 푸른빛, 초록빛, 금빛. 하지만 그것들은 마치 그가 처음 발견하여 새롭고 놀라운 이름을 붙여 준 빛깔처럼 신선하고 매혹적이었다. 겨울이지만 이곳에서는 어느 누구도 봄이나 여름을 그리워할 필요가 없었다. 땅에 자라고 있는 어느 것에서도 더러움이나 질병이나 기형을 찾아볼 수 없었다. 로리엔에는 흠이라곤 없었다.

고개를 돌려 보니 샘이 그의 옆에서 이 모든 것이 꿈인지 생시인지 알 수 없다는 듯 놀란 표정으로 눈을 비비고 서 있었다. 샘이 말했다.

"햇빛이 이렇게 곱고 맑을 수가 있을까요? 요정들은 언제나 달과 별만 벗 삼아 지내는 줄 알았는데 이곳은 제가 지금까지 들어 본 어느 이야기보다 요정 같은 데가 있어요. 마치 노래 '속으로' 들어온 느낌이 드는걸요. 제 말씀이 무슨 뜻인지 아시겠어요?"

할디르가 그들을 바라보았다. 그는 그들이 무슨 생각을 하고 무슨 말을 하는지 다 아는 듯한 웃음을 지었다.

"당신들은 지금 갈라드림의 여주인의 권능을 느끼고 계신 겁니다. 나와 함께 케린 암로스로 올라가 보시겠어요?"

그들은 그의 경쾌한 발걸음을 따라 산뜻한 잔디로 뒤덮인 비탈을 올라갔다. 프로도는 분명히 걸어가며 숨을 쉬고 있었고, 주변의 살아 있는 꽃과 나뭇잎을 스치는 바람은 자기 얼굴에 와 닿는 바로 그 찬 바람과 같은 바람이었지만, 망각의 세계로 떨어지지 않는 무시간의 세계에 들어선 느낌이 들었다. 그 세계를 지나 다시 바깥세상으로 나간다 하더라도, 샤이어의 방랑자 프로도는 여전히 아름다운 로슬로리엔의 엘라노르와 니프레딜 꽃들 사이로 풀밭 위를 거닐고 있을 것이다.

그들은 흰 나무들로 둘러싸인 동그라미 안으로 들어섰다. 그때 남풍이 케린 암로스로 불어와 나뭇가지 사이로 산들거렸다. 프로도는 그 자리에 조용히 선 채 태초의 바닷가를 씻어 낸 파도 소리와 이제는 지상에서 사라져 버린 바닷새들의 울음소리를 듣고 있었다.

할디르는 벌써 나무 꼭대기의 시렁집으로 오르고 있었다. 프로도는 오를 준비를 하면서 사다리 옆의 나무에 손을 대 보았다. 나무껍질의 촉감과 결을, 그리고 거기에 든 생명을 그렇게 갑작스럽게, 그렇게 예민하게 느껴 본 적이 없었다. 그는 나무와 나무의 촉감에서 어떤 기쁨을 느꼈다. 그것은 목수나 산지기의 기쁨과는 다른, 살아 있는 나무 그 자체의 기쁨이었다.

드디어 높은 시렁 위에 올라서자, 할디르가 손을 잡아 남쪽을 바라보게 했다.

"먼저 이쪽을 보세요!"

프로도는 상당히 먼 거리에 있는 수많은 거목들로 뒤덮인 언덕을 바라보았다. 그러나 다시 보니 그것은 녹색 탑들이 솟아 있는 도시 같기도 했다. 온 사방을 뒤덮은 빛과 힘이 거기서 비롯되고 있는 것만 같았다. 그는 불현듯 그 녹색 도시로 새처럼 날아가 쉬고 싶은 충동이 일었다. 동쪽으로는 로리엔의 전 지역이 안두인대하의 푸른 물빛을 향해 비스듬한 경사를 이루었다. 그가 눈을 들어 강 건너를 바라보자, 빛이 없는 현실 세계가 보였다. 건너편 땅은 평평하고 텅 빈 채 볼품이 없고 희미했으며 멀리 뒤쪽으로 어둡고 황량한 벽처럼 다시 산이 솟아 있었다. 로슬로리엔을 비추는 태양은 그 먼 고지의 어둠까지 밝힐 수 있는 힘을 갖지는 못한 것 같았다.

할디르가 말했다.

"저기에 어둠숲 남부의 요새가 있지요. 저곳은 온통 검은 전나무 숲으로 되어 있는데, 나무들이 서로 엉켜 붙어서 가지가 시들어 썩어 갑니다. 그 한가운데 있는 높은 암석지대에 돌 굴두르가 있지요. 적이 오랫동안 숨어 있던 곳입니다. 대적이 일곱 배나 강한 힘을 지니고 다시 저곳에 진을 치고 있지나 않나 우리는 걱정하지요. 요즘 들어 가끔씩 검은 구름이 그 위를 떠돌거든요. 이 높은 지대에 올라서면 서로 싸우고 있는 두 세력이 보입니다. 지금도 머릿속으로는 계속 싸우고 있지요. 하지만 빛은 어둠의 핵심을 바로 꿰뚫어 보고 있으면서도 자신의 비밀은 지키고 있습니다. 아직은 말입니다!"

그는 몸을 돌려 재빨리 내려갔고 그들도 뒤를 따랐다.

언덕 기슭에서 프로도는 아라고른이 마치 나무처럼 꼼짝도 않고 말없이 서 있는 모습을 보았다. 그의 손에는 금빛의 작은 엘라노르가 들려 있었고 두 눈에는 광채가 서려 있었다. 그는 어떤 아름다운 추억에 잠겨 있었다. 프로도는 아라고른이 언젠가 그 자리에 있었던 것들을 회상하고 있다는 것을 알았다. 모진 세월의 풍상이 그의 얼굴에서 사라지자 아라고른은 흰옷을 입은 헌칠하고 잘생긴 젊은 군주처럼 보였다. 그는 프로도에겐 보이지 않는 어떤 인물을 향해 요정들의 말로 속삭이고 있었다. 아르웬 바니멜다, 나마리에! 그리고 나서 그는 숨을 내쉬며 다시 현실로 돌아와 프로도를 향해 미소를 지으며 말했다.

"여긴 지상 요정 왕국의 심장부라네. 자네와 내가 함께 걸어가야만 하는 저 어두운 길 너머에 빛이 없다면 내 가슴은 언제까지나 여기에 남아 있을 것이오. 가세!"

그는 프로도의 손을 꼭 잡고 케린 암로스 언덕을 떠났다. 그리고 살아 있는 인간으로서는 다시 이곳에 돌아오지 못했다.

Chapter 7

갈라드리엘의 거울

해가 산맥 너머로 가라앉고 숲속에 어둠이 밀려들 무렵 그들은 다시 걷기 시작했다. 길은 벌써 어둠이 내리 깔린 잡목숲으로 이어졌고, 나무 밑으로는 밤이 찾아들었다. 요정들은 은빛 등불의 덮개를 벗겼다.

얼마 가지 않아 갑자기 길은 숲을 벗어났고, 일행은 초저녁별이 드문드문 떠 있는 희미한 밤하늘을 볼 수 있었다. 눈앞의 널따란 공터는 큰 원을 그리며 양쪽으로 휘어졌다. 그 뒤의 흐릿한 어둠 속에 깊은 해자(垓字)가 파여 있었으며, 물가의 풀밭은 사라져 간 태양을 기억이라도 하듯 진한 초록빛을 띠었다. 그 건너편에 엄청나게 높은 푸른 성벽이 푸른 언덕을 둘러쌌고, 언덕 위에는 그들이 지금까지 본 것 중에 가장 키가 큰 말로른 나무들이 빽빽했다. 나무의 키는 짐작조차 할 수 없을 정도였지만 마치 살아 있는 탑처럼 어둠 속에서 우뚝 솟아 있었다. 겹겹이 얽힌 나뭇가지와 끝없이 살랑거리는 나뭇잎 사이로 금빛, 은빛, 초록빛의 찬연한 불빛들이 눈에 어른거렸다. 할디르는 일행을 향해 돌아서며 말했다.

"카라스 갈라돈 입성을 환영합니다! 여기는 로리엔의 영주이신 켈레보른과 숲의 여주인 갈라드리엘께서 계신 갈라드림시입니다. 하지만 북쪽에는 문이 없기 때문에 이리 들어갈 수는 없고 남쪽으로 돌아가야 합니다. 도시가 크기 때문에 꽤 많이 돌아야 합니다."

해자 바깥쪽을 따라 흰 돌로 포장된 도로가 있었다. 그들은 그 길을 따라 서쪽으로 향했다. 그들 왼쪽의 도시는 초록빛 구름처럼 갈수록 점점 높아졌고 밤이 깊어질수록 불빛이 밝아지면서 마침내 언덕 전체가 별빛에 불이 붙은 듯했다. 일행은 드디어 백색다리를 건너 도시로 들어가는 정문을 보았다. 문은 도시를 둘러싼 성벽 양끝 사이에, 서남쪽을 향해 나 있었고 대단히 높고 웅장한 등불이 많이 걸려 있었다.

할디르가 문을 두드리고 말을 건네자 문은 소리 없이 열렸다. 프로도는 문지기를 찾아볼 수가 없었다. 여행자들이 들어서자 문은 다시 닫혔다. 그들은 성벽 양쪽 끝 사이로 난 소로를 재빨리 통과해 나무의 도시로 들어섰다. 길에서는 아무도 보이지 않고, 아무 발소리도 들리지 않았지만, 머리 위 공중에서는 여러 목소리가 들려왔다. 멀리 언덕 위에서 나뭇잎에 가랑비가 떨어지는 듯한 노랫소리가 들렸다.

일행은 수많은 길을 돌고 계단을 올라 마침내 높은 지대에 이르렀다. 그들 앞으로 넓은 잔디밭이 펼쳐졌고 한가운데 반짝이는 분수가 솟구쳤다. 나뭇가지에 매달린 은빛 등불이 분수를 비췄고, 솟아난 물은 은빛 수반에 떨어져 흰빛의 시내를 이루며 흘러갔다. 잔디밭 남쪽에 특별히 위용을 자랑하는 나무가 한 그루 있었다. 밑동의 부드러운 표면은 마치 회색 비단처럼 은은하게 빛났으며, 한참 위로 올라가서야 나뭇가지들이 구름처럼 무성한 나뭇잎 사이로 거대한 팔을 뻗고 있었다. 옆에는 폭이 넓은 흰 사다리가 세워져 있었고, 그 발치에 세 명의 요정이 앉아 있었다. 그들은 원정대가 다가가자 일어섰다. 프로도는 그들이 모두 키가 크고, 회색 갑옷에 흰 망토를 어깨 위에 길게 걸치고 있는 것을 보았다.

할디르가 말했다.

"저 위에 켈레보른과 갈라드리엘께서 계십니다. 여러분께서 위로 올라오셔서 이야기를 나누길 원하십니다."

요정 시종들 중 하나가 작은 뿔나팔을 낭랑하게 불자 나무 위에서 세 번 응답하는 나팔 소리가 들려왔다. 할디르가 말했다.

"내가 먼저 올라가지요. 그다음에 프로도, 레골라스 순서로 올라오시고 나머지 분들은 마음대로 올라오십시오. 이런 계단에 익숙하지 않은 분은 시간이 좀 걸리겠지만 쉬면서 올라오셔도 됩니다."

천천히 올라가는 동안 프로도는 많은 시렁집을 지나갔다. 어떤 것은 이쪽에, 어떤 것은 저쪽에 있었고, 개중에는 몸통 둘레에 설치된 것도 있어 사다리가 그 사이로 통하기도 했다. 지상에서 굉장히 떨어진 곳까지 올라와서야 그는 배의 갑판처럼 넓은 탈란에 이르렀다. 그 위에는 집이 한 채 있었는데, 얼마나 큰지 지상의 인간들의 저택과 비교해도 손색이 없을 정도였다. 그는 할디르를 따라 집 안으로 들어갔다. 그가 들어선 방은 타원형이었는데 한가운데로 거대한 말로른 나무의 줄기가 관통했다. 꼭대기가 가까워져 줄기는 꽤 가늘었지만 여전히 훌륭한 기둥 구실을 할 수 있을 정도로 굵었다.

희미한 불빛이 방 안을 비추었으며, 벽은 초록과 은빛에 지붕은 금빛이었다. 안에는 많은 요정들이 앉아 있었다. 나무 몸통 앞, 살아 있는 나뭇가지로 위쪽을 장식한 두 의자에 켈레보른과 갈라드리엘이 나란히 앉아 있었다. 그들은 요정들의 격식대로 손님을 맞이하기 위해 일어섰다. 아무리 위대한 왕일지라도 손님을 맞이할 때는 일어서는 것이 그들의 법도였다. 둘 다 매우 큰 키로, 부인도 영주에 못지않았다. 그들은 위엄이 있으면서도 아름다웠다. 그들은 온통 흰옷을 걸치고 있었고, 부인의 머리는 진한 금발이었으며 켈레보른은 빛나는 은발이었다. 깊은 눈매를 제외하면 어디에서도 그들의 나이를 가늠할 만한 표시가 없었다. 그들의 눈매는 별빛 속의 창날처럼 날카로웠고 깊은 추억을 담은 우물처럼 심오했다.

할디르가 프로도를 그들 앞에 인도하자 영주는 그들의 언어로 환영 인사를 했다. 갈라드리엘은 아무 말도 하지 않은 채 그의 얼굴을 오랫동안 내려다보았다. 켈레보른이 말했다.

"내 의자 곁에 앉으시오, 샤이어의 프로도! 모두 들어오면 함께 이야기하지요."

프로도의 동료들이 들어올 때마다 그는 정중히 그들의 이름을 부르며 인사를 했다.

"어서 오시오, 아라소른의 아들 아라고른! 당신을 마지막으로 본지 벌써 바깥세상 기준으로 서른여덟 해가 지났지만 당신께는 어려운 세월이었겠지요. 하지만 좋은 쪽이든 나쁜 쪽이든 이제 끝이 다가오고 있소. 잠시나마 여기 당신의 짐을 내려놓고 쉬시오."

"어서 오게, 스란두일의 아들! 우리 요정 형제들이 북쪽에서 여기까지 오는 일도 이젠 참 드물어졌지요."

"글로인의 아들 김리, 어서 오시오. 카라스 갈라돈에서 두린의 종족의 일원을 마지막으로 본 지 아주 오래되었습니다. 오랫동안 지켜온 우리의 금기를 오늘 깬 거지요. 세상은 점점 어두워지고 있지만 더 좋은 날이 머지않았고, 우리 여러 종족 간에 새로운 우정이 맺어질 수 있음을 이번 기회를 통해 보여 주지요."

김리는 깊숙이 허리를 숙여 절을 했다.

손님들이 모두 영주의 의자 앞에 자리를 잡자 영주는 다시 그들을 둘러보았다.

"모두 여덟 분입니까? 연락을 받기로는 아홉 분이라 했는데 우리 모르게 계획이 변경된 모양이지요? 하긴 엘론드와 우린 너무 멀리 떨어져 있고 또 지난 한 해 동안은 너무 짙은 어둠이 우리 사이를 가로막고 있었으니까."

"아닙니다. 계획이 변경된 것은 아닙니다."

처음으로 갈라드리엘이 입을 열었다. 그녀의 목소리는 맑은 음악과도 같았고 여인의 목소리치고는 깊이가 있었다. 그녀가 말을 계속했다.

"회색의 간달프도 원정대와 함께 출발했지만 우리 땅에 들어오지 않은 겁니다. 그가 어디 있는지 말해 보세요. 그에게 할 이야기가 많습니다. 멀리까지 내다보아도 알 수가 없군요. 이미 로슬로리엔 경계 안으로 들어오신 것이라면 몰라도, 희미한 안개가 그를 둘러싸고 있어서 그의 생각과 발길이 어디로 향하는지 보이지가 않아요."

그러자 아라고른이 대답했다.

"아아! 회색의 간달프는 어둠 속으로 떨어지셨습니다. 모리아에서 빠져나오지 못하신 겁니다."

이 말에 방 안에 있던 모든 요정이 슬퍼하고 놀라며 비명을 질렀다. 켈레보른이 말했다.

"불길한 소식이군요. 지난 오랜 세월 동안 슬픈 소식도 많았지만 이처럼 슬픈 소식은 처음이오."

그는 할디르를 향해 요정들의 언어로 물었다.

"왜 진작 이 소식을 알리지 않았나?"

그러자 레골라스가 대신 대답했다.

"우린 할디르에게 우리의 임무와 목적에 대해 이야기하지 않았습니다. 처음에는 너무 피곤하고 상황이 급박해서 그랬고 나중에는 로리엔의 아름다운 숲길을 걸어오느라 그 슬픔을 잠시 잊은 겁니다."

프로도도 말했다.

"우리의 슬픔은 이루 말할 수 없고 손실도 회복할 수 없습니다. 간달프는 우리의 지도자였고 또 우리를 모리아에서 구해 내셨습니다. 탈출이 거의 불가능한 상황에서 그분은 우리를 구하고 대신 떨어지셨지요."

"자세히 얘기해 보시오."

켈레보른이 물었다. 그러자 아라고른은 카라드라스고개 위에서

616

있었던 일과 그 후 며칠간 벌어진 사건들을 이야기했다. 그는 발린과 그의 책, 마자르불의 방에서의 싸움, 그리고 불꽃과 좁은 다리, 끔찍스러운 공포의 출현을 차근차근 설명했다.

"이전에는 본 적이 없는 먼 옛날의 악의 화신인 것 같습니다. 그것은 어둠이면서 동시에 불길이었고, 매우 강력하고 무시무시했습니다."

그러자 레골라스도 덧붙였다.

"모르고스의 발로그였습니다. 모든 요정들의 재앙 중에서 지금 암흑의 탑에 도사리고 있는 적을 제외하면 가장 치명적인 재앙 말입니다."

김리도 두 눈에 겁을 잔뜩 집어먹은 채 낮은 소리로 말했다.

"사실 그 다리 위에서 제가 본 것은 바로 우리의 가장 무서운 악몽에 나타나는 적, 바로 두린의 재앙이었습니다."

켈레보른이 탄식했다.

"아아! 우리는 카라드라스산 속에 공포의 존재가 잠자고 있지 않나 해서 오래전부터 두려워하고 있었소. 하지만 모리아에서 난쟁이들이 또다시 그 재앙의 잠을 깨워 놓았다는 것을 미리 알았더라면, 당신들이 이렇게 북쪽 경계로 넘어오지 못하게 했을 텐데. 그럴 리는 없겠지만 혹시 간달프가 자신의 지혜를 망각하고 쓸데없이 모리아의 함정에 빠져든 것은 아닙니까?"

그러자 갈라드리엘이 엄숙하게 말했다.

"성급한 분은 혹시 그렇게 얘기할지도 모르겠습니다만, 간달프는 평생 쓸데없는 일을 한 번도 한 적이 없습니다. 그를 따르는 이들이 그의 참뜻을 모르기 때문에 전할 수 없을 뿐이지요. 안내자가 어찌 되었든 뒤따른 이들은 아무 죄가 없습니다. 그러니 이 난쟁이를 환영한 것을 후회하지 마십시오. 만일 우리 갈라드림 중에서 어느 누가, 심지어 현자인 당신 켈레보른이라도 로슬로리엔을 오랫동안 멀리 떠나 있다가 고향 근처를 우연히 지나가게 된다면, 비록 거기에 용이 우글거린다 해도 다시 들어가 보고 싶지 않겠습니까? 크헬레드자람호수의 물은 검고 키빌날라의 샘은 찹니다. 그리고 용맹한 군왕들이 바위산 아래 쓰러지기 전의 상고대, 그 열주가 늘어선 크하잣둠의 방들은 아름다웠습니다."

그녀는 분노와 비탄의 표정이 묘하게 섞인 김리의 얼굴을 바라보며 웃음을 머금었다. 그 옛 이름들을 난쟁이들의 언어로 들은 김리는 고개를 들어 그녀의 눈을 바라보았다. 그는 갑자기 적의 마음속에서 사랑과 이해를 발견한 듯한 기분이 들었다. 경이감이 그의 얼굴에 번지면서 그는 화답의 미소를 지었다.

그는 어색한 몸짓으로 일어나 난쟁이식으로 절을 하고 말했다.

"하지만 살아 있는 땅 로리엔은 더 아름다우며, 땅에 숨겨진 그 어떤 보석의 아름다움도 갈라드리엘 부인께는 미치지 못할 것입니다."

침묵이 흘렀다. 마침내 켈레보른이 다시 말했다.

"김리, 내가 자네의 심경을 잘 몰라 그런 심한 소리를 한 것이니 이해해 주시오. 나도 너무 안타까워서 한 소리였으니까. 이젠 각자 원하는 대로 당신들을 도와주겠소. 특히 무거운 짐을 지고 있는 호빗한 분은 말할 필요도 없고."

갈라드리엘이 프로도를 보며 말했다.

"당신의 임무는 우리도 알고 있습니다. 하지만 여기서는 그 문제를 더 이야기하지 맙시다. 여하튼 간달프는 분명한 목적을 가지고 있었겠지만 여러분이 이 땅에 도움을 청하러 오신 게 헛걸음은 아닐 겁니다. 왜냐하면 갈라드림의 영주께서는 가운데땅의 요정들 중에서 가장 지혜로운 분이시며, 제왕의 권력보다 나은 선물을 주시는 분이니까요. 영주께서는 세상 첫날부터 서부에 살아오셨으며 나또한 셀 수 없이 오랜 세월을 영주와 함께 살아왔습니다. 나는 나르고스론드와 곤돌린이 함락되기 전에 산맥을 넘어왔고, 그 후로 오랜 세월 동안 함께 길고 긴 패배와 맞서 싸워 왔습니다.

백색회의를 처음으로 소집한 것도 나였습니다. 그리고 내 계획이 어긋나지 않았더라면 회색의 간달프가 그 회의를 이끌 수 있었고 사태가 지금처럼 악화되지는 않았을 겁니다. 하지만 아직 희망은 남아 있습니다. 내가 여러분에게 줄 수 있는 도움은 이렇게 하라 혹은 저렇게 하라는 충고가 아닙니다. 어떤 일을 계획하고 행동에 옮길 때나, 중요한 선택을 할 경우에도 나는 아무런 도움이 되지 못합니다. 다만 과거와 현재의, 그리고 부분적으로는 미래의 일까지 보여 줄 수 있는 능력이 내게 있습니다. 하지만 이 점은 분명히 말씀드립니다. 여러분의 길은 칼날 위의 길입니다. 한 치라도 어긋나면 실패할 수밖에 없고, 만인에겐 파멸만이 남게 됩니다. 물론 여러분이 모두 진실한 마음만 가지고 있다면 희망은 남아 있습니다.”

이 말과 함께 그녀는 그들 모두를 한눈에 둘러보고, 다시 말없이 한 명씩 뚫어지게 응시하기 시작했다. 레골라스와 아라고른을 제외하곤 아무도 그녀의 눈길을 오래 견딜 수가 없었다. 샘은 금방 얼굴을 붉히고 고개를 숙였다.

마침내 갈라드리엘 부인은 그들을 눈길에서 풀어 주고 미소를 지었다.

“마음을 편하게 하시고 오늘 밤은 편히 쉬세요.”

아무 말도 하지 않았지만 마치 장시간 날카로운 심문이라도 받은 것처럼 그들은 갑자기 피로가 엄습함을 느끼며 안도의 한숨을 내쉬었다. 켈레보른이 말했다.

“이제 가 보시오! 오랜 고생과 슬픔으로 몹시들 지쳤소. 당신들의 임무가 비록 우리와 직접 관계가 없다 할지라도 모두 완전히 원기를 회복할 때까지 이 도시에서 편히 쉬시오. 당분간은 앞길에 대한 걱정은 접어 두고.”

그날 밤 일행은 모두 땅에 내려와서 잠을 잤다. 호빗들은 높은 데서 잠을 자지 않게 된 것이 대단히 만족스러웠다. 요정들은 분수 근처의 나무들 사이에 큰 천막을 설치하고 부드러운 침대를 펴 주었다. 그리고 요정 특유의 아름다운 음성으로 저녁 인사를 하고 그들을 떠나갔다. 한참 동안 그들은 전날 밤 나무 꼭대기에서 있었던 일과, 그날 하루 동안의 여행, 그리고 켈레보른과 갈라드리엘에 대한 이야기를 주고받았다. 아직 그 이전의 일들까지 되돌아볼 용기는 없기 때문이었다.

피핀이 말했다.

"뭣 때문에 얼굴을 붉혔지, 샘? 곧 쓰러질 것처럼 보이던데. 아마 다른 사람들은 자네가 무슨 죄나 지은 줄 알았을 거야. 혹시 내 담요라도 한 장 훔칠 음모를 꾸미고 있던 건 아닌가?"

샘은 농담할 기분이 아니라는 듯 대답했다.

"그런 건 아니야. 정 알고 싶다면 말해 주지. 마치 옷을 하나도 안 입고 서 있는 느낌이 드는데, 그게 싫었어. 그분이 마치 내 속을 들여다보는 것처럼, 샤이어에 조그맣고 멋진…… 게다가 정원까지 딸린 굴집을 지어 주고 거기까지 날아가게 해 준다면 어떻게 하겠느냐고 묻는 것 같았어."

"그거참 희한하네. 나하고 똑같은 느낌이 들었군. 다만, 다만, 더 이상은 얘길 하고 싶지 않네."

메리가 끼어들었으나 말을 제대로 끝맺지 못했다.

그러고 보니 그들은 모두 똑같은 경험을 한 모양이었다. 공포로 가득한 앞길의 어둠과 자신이 가장 원하는 어떤 소망 사이에서 양자택일을 요구받는 이상한 압박감이었다. 자신이 원하는 바가 마음속에 생생하게 그려지고 있었는데, 그것을 얻기 위해서는 자기 임무와 사우론과의 전쟁을 남에게 넘겨 버리고 그 길을 벗어나기만 하면 된다는 것이었다.

김리도 말했다.

"나도 마찬가지였소. 내용은 밝힐 수 없지만."

보로미르도 토로했다.

"대단히 이상하더군. 아마 그건 그냥 시험이고, 좋은 목적으로 우리 생각을 읽으려고 했을지도 몰라. 하지만 그분이 우리를 유혹하는 것이었을지도 모르는 일이지. 우리에게 베풀어 줄 수 있는 어떤 힘이 있는 척하고 제의를 건네는 건지도 모르니까. 말할 필요도 없이 난 그걸 거부했소. 미나스 티리스인들은 약속을 지키는 사람들이니까."

그러나 그는 갈라드리엘이 무엇을 주겠다고 했는지는 말하지 않았다. 프로도는 보로미르가 몇 번이나 물었지만 아무 말도 하지 않으려 했다.

"그분이 당신을 오랫동안 보더군, 반지의 사자!"

"압니다. 하지만 내 마음속에 어떤 생각이 들었는지는 말하지 않겠어요."

"좋소. 하지만 조심하시오! 나는 그 요정 부인과 그분의 계획을 그리 크게 신뢰할 수가 없소."

보로미르가 말하자 아라고른이 엄한 표정으로 나섰다.

"갈라드리엘을 비난하지 마시오! 당신은 지금 무슨 소리를 하고 있는지 모르고 있소. 이 땅에는, 그리고 그분에게는 악이라고는 없소. 외부인이 사악함을 불러들이지만 않는다면 말이오! 조심하시오! 어쨌든 난 깊은골을 떠난 뒤 오늘 처음으로 마음 놓고 잠이나 좀 자야겠소. 깊이 잠들 수만 있다면 슬픔을 잠시라도 잊을 수 있겠지. 그동안 심신이 너무 지쳐 버렸어."

그는 침대에 몸을 던지고 곧 깊은 잠으로 빠져들었다. 다른 일행도 모두 잠들었고 이상한 소리나 악몽이 그들의 잠을 방해하지도 않았다. 그들이 다시 눈을 떴을 때는 환한 햇빛이 천막 앞 잔디밭에 가득했고, 분수가 햇빛에서 반짝거리며 솟아올랐다가 떨어졌다.

그들의 기억으로는 자신들이 로슬로리엔에 며칠간 머문 것 같았다. 머무는 동안 가끔 가랑비가 내려 만물을 싱싱하고 산뜻하게 씻어 준 것을 제외하고는 언제나 화창한 날씨였다. 마치 이른 봄날처럼 짜릿하고도 훈훈한 미풍이 불어오는 가운데, 그들은 그윽하고 사려 깊은 겨울의 고요를 주위에서 느낄 수 있었다. 그들은 하루 종일 먹고 마시며 쉬다가 숲속을 산책하는 일밖에 하는 일이 없었으나 그것만으로도 충분했다.

그들은 영주와 부인을 다시 만나지는 못했고 요정들은 서부어를 잘 모르기 때문에 그들과 이야기를 나눌 기회도 거의 없었다. 할디르는 그들과 작별하고 북쪽 변경으로 다시 돌아갔다. 프로도 일행이 모리아의 소식을 전해 준 뒤 그쪽은 엄중한 경계가 이루어지고 있었다. 레골라스는 첫날 밤을 그들과 함께 지낸 뒤 가끔 식사 시간에 돌아와 이야기를 나누는 것 외에는 주로 이곳의 요정들과 함께 지냈다. 그는 숲속을 산책할 때 종종 김리를 데리고 가는 경우가 있었는데 모두들 그의 바뀐 태도에 고개를 갸웃거렸다.

그제야 그들은 함께 앉아서 혹은 거닐면서 간달프에 대한 추억을 회상해 볼 여유가 생겼다. 그들이 목격한, 혹은 알고 있던 간달프와의 추억이 모두의 마음에 선명하게 떠올랐다. 그들은 부상이 완쾌되고 피로가 회복되면서 더욱더 간달프를 잃은 슬픔을 통절하게 느꼈다. 일행은 종종 숲에서 요정들의 노랫소리를 들었다. 무슨 뜻인지 알 수는 없었지만 그 아름답고 비통한 가락에 간달프의 이름이 들리는 것으로 보아 그들 또한 그를 잃은 슬픔을 노래하는 모양이었다.

"미스란디르, 미스란디르, 오 회색의 순례자!" 요정들은 간달프를 즐겨 그렇게 불렀다. 일행과 함께 있을 때도 레골라스는 자기는 솜씨가 없다면서 그 노래를 번역해 주지 않았다. 무엇보다도 아직은 슬픔이 너무 커서 그것을 노래로 옮기기도 전에 눈물이 쏟아질 것 같았기 때문이었다.

불완전하나마 자신의 슬픔을 노래로 처음 부른 이는 프로도였다. 사실 프로도는 도대체 노래를 짓거나 부를 마음이 전혀 나지 않았다. 깊은골에서도 그는 비록 머릿속에 다른 이들이 지은 많은 노래들이 떠올랐지만 언제나 듣기만 하고 직접 노래를 부르는 일은 없었다. 그러나 이제 로리엔의 분수 옆에 앉아 요정들의 목소리를 들으면서 그의 생각도 서서히 아름다운 노랫가락으로 모양을 갖춰 갔다. 하지만 샘에게 노래를 들려주려고 시작할 때마다 마치 한 줌의 부스러진 낙엽처럼 노래는 산산이 흩어지고 작은 구절들만 희미하게 남곤 했다.

> 샤이어의 저녁이 회색으로 물들 때
> 언덕 위로 그의 발소리가 들려왔고
> 첫 새벽 동트기 전 그는 떠나갔다
> 말 한마디 없이 먼 여행길로.

> 야생지대에서 서쪽바다의 해안까지
> 북녘의 황야에서 남녘의 산골짝까지
> 용의 굴과 비밀의 문을 지나
> 어두운 숲속을 헤매고 다녔다.

> 난쟁이와 호빗, 요정과 인간 들,
> 유한, 무한의 생명을 지닌 모든 생물들,
> 가지 위의 새, 굴속의 짐승 들과도
> 그는 그들의 말로 이야기를 나누었다.

예리한 칼날과, 병을 치유하는 손길,
　　둘러멘 짐 밑으로 구부정한 어깨
나팔 소리 같은 음성, 타오르는 햇불
　　여행에 지친 노상의 순례자여.

그가 앉은 자리는 지혜의 보좌
　　불같은 분노에 웃음도 빨랐다.
가시 박힌 지팡이에 몸을 기댄 채
　　찌그러진 모자를 쓴 노인.

홀로 다리 위를 지키고 선 그를
　　불꽃과 어둠이 함께 덮쳤다.
부러진 지팡이는 돌 위에 떨어지고
　　그의 지혜는 크하잣둠 속으로 사라졌구나.

"와, 빌보 어른 뺨치겠는데요!"
샘이 감탄했다.
"아니야, 그럴 리는 없지. 하지만 이건 최선을 다한 거야."
"혹시 여력이 있다면 불꽃놀이에 대해서도 한마디 덧붙이는 게
어떻겠어요? 이렇게 말이에요."

지상에서 가장 아름다운 폭죽,
　　녹색과 청색의 별들이 터지고
천둥 뒤의 황금빛 소나기가
　　꽃비 되어 쏟아진다.

"물론 이 정도로는 턱도 없겠죠?"

"글쎄, 그 문제는 샘 자네에게 맡기기로 하지. 아니면 빌보 아저씨가 하시든지. 여하튼…… 흠, 지금은 더 말하고 싶지가 않아. 간달프의 소식을 어떻게 그분께 전해 드려야 할지 걱정이야."

어느 날 저녁, 프로도와 샘은 서늘한 황혼 속을 함께 걷고 있었다. 두 호빗 모두 다시 마음이 편치 않았다. 프로도는 문득 이별의 어두운 그림자를 느꼈다. 로슬로리엔을 떠나야 할 시간이 가까웠다는 예감이 든 것이다.

"샘, 이젠 요정들을 어떻게 생각하지? 아주 오래전에도 이런 질문을 한 것 같은데, 그동안 보고 들은 게 많을 테니까 이야기해 보지 그래."

"정말 많이 봤지요! 그런데 요정들도 참 다양하군요. 모두 요정인 건 틀림없는데 똑같지는 않아요. 여기 요정들은 집도 없이 방랑하는 요정들과는 달라서 오히려 우리 호빗들하고 비슷한 것 같아요. 심지어는 호빗과 샤이어의 관계보다 그들과 이곳의 연이 더 깊은 것 같네요. 그들이 땅을 만든 건지, 땅이 그들을 만든 건지 알 수가 없어요. 이상하리만큼 조용해요. 아무 일도 일어나지 않는 것 같고 또 일어나기를 바라는 이도 없는 것 같아요. 만일 어딘가에 마력이 있다면 아마도 제 손이 닿지 않는 땅속 깊은 데서 명령을 내리고 있을 거예요."

"어디서든 그것을 볼 수도 있고 느낄 수도 있어."

"글쎄요. 정작 마법 부리는 사람은 안 보이는걸요. 불쌍한 간달프 영감님이 보여 주던 불꽃놀이도 없고 게다가 영주와 부인도 그동안 나타나질 않았거든요. 갈라드리엘이 뭔가 근사한 걸 보여 줬으면 좋겠어요. 요정의 마법 같은 것 말이에요!"

"난 그런 생각 없어. 지금이 좋은걸. 내가 보고 싶은 건 간달프의 불꽃놀이가 아니라 그의 부리부리한 눈썹과 불같은 성질, 그리고 그 음성이야.”

“맞아요. 무슨 흠을 잡으려던 건 아니에요. 그저 옛날이야기에 나오는 마법을 한 번만이라도 정말 보고 싶었을 뿐이에요. 그런데 어떤 옛날이야기에도 여기보다 멋진 데는 안 나와요. 뭐라고 할까, 마치 휴일에 고향 집에 있는 느낌이라니까요. 떠나고 싶은 생각이 안 들어요. 하지만 어쩐지 이제는 다시 길을 떠나야 할 순간이 다가온 듯한 예감이 들어요. 그렇다면 또 이겨 내야지요. 우리 노친네 말씀대로 ‘시작하지 않은 일이 제일 오래 걸리는 법’이니까요. 그리고 마술을 부리든 안 부리든 여기 요정들이 우리에게 무슨 큰 도움이 될 것 같진 않아요. 아마 이곳을 떠나면 간달프가 더 보고 싶을 거예요.”

“슬프게도 정말 그럴 것 같아, 샘. 하지만 난 떠나기 전에 꼭 다시 한번 갈라드리엘을 만나 뵙고 싶어.”

그가 말을 끝내는 순간 마치 그들의 이야기에 응답이라도 하듯 갈라드리엘이 다가오는 것이 보였다. 흰옷을 입은 그녀의 아름다운 모습이 나무 밑에서 성큼 나타났다. 그녀는 아무 말도 하지 않고 손짓을 했다.

옆으로 방향을 바꿔 그녀는 카라스 갈라돈언덕의 남쪽 비탈로 그들을 인도했다. 초록의 키 큰 산울타리를 지나 그들은 사방이 막힌 정원에 이르렀다. 그곳에는 나무가 한 그루도 없어 하늘이 훤히 드러나 보였고, 어느덧 저녁별이 떠올라 서쪽 숲 위로 흰 불꽃을 내며 반짝이고 있었다. 기다란 층계를 따라 내려간 부인은 녹색의 깊은 골짜기로 들어갔고, 언덕 위의 분수에서 시작된 은빛 냇물이 그 속으로 졸졸 흘렀다. 그 맨 밑바닥에는 나뭇가지 모양으로 잘 다듬어진 낮은 단 위에 넓고 얕은 은으로 된 대야가 있었으며 그 곁에는 은물병이 놓여 있었다.

갈라드리엘은 흐르는 냇물에서 물을 떠서 대야에 찰랑찰랑하게 담았다. 그런 다음 후 하고 물을 불어 표면이 다시 잔잔해지자 이야기를 시작했다.

"이건 갈라드리엘의 거울입니다. 두 분을 여기 모시고 온 것은 혹시 원한다면 이 거울 속을 보여 드리려는 뜻에서지요."

바람은 잔잔하고 골짜기에는 어둠이 찾아들고 있어 그들 곁에 선 요정 부인의 큰 키가 흐릿하게 보였다. 프로도는 놀란 표정으로 물었다.

"무얼 찾으란 말씀이시지요? 저희가 무얼 보게 되나요?"

"여러 가지를 거울에 명령할 수 있지요. 그리고 어떤 이들에게는 그들이 원하는 것도 보여 줄 수 있습니다. 하지만 거울은 또한 청하지 않은 것까지도 보여 줍니다. 그리고 그런 것들 중에 우리가 보고 싶어 한 것보다 신기하고 유익한 것들이 가끔 있지요. 모든 것을 거울에 맡겨 버렸을 때 거기에 무엇이 나타날지는 나도 알 수 없어요. 거울 속에는 과거와 현재, 그리고 미래의 일까지도 나타나기 때문이지요. 하지만 아무리 지혜로운 이라도 그중 무엇을 보고 있는 것인지 항상 구분할 수는 없습니다. 보시겠습니까?"

프로도는 대답하지 않았다. 그러자 그녀는 샘에게 물었다.

"당신은? 이런 것을 당신네 쪽에서는 마법이라 하겠지만 그 말이 과연 무엇을 뜻하는지 나로서는 알 수가 없습니다. 당신들은 대적의 술수에 대해서도 마법이라 부르지 않습니까? 하지만 정 그렇게 부르고 싶다면 갈라드리엘의 마법이라고 불러도 좋아요. 당신은 요정의 마법을 보고 싶다고 했지요?"

샘은 두려움과 호기심이 섞인 표정으로 몸을 떨며 대답했다.

"그렇습니다. 허락해 주신다면 한번 보겠습니다."

샘은 프로도에게만 들리는 작은 소리로 속삭였다.

"고향에서 무슨 일이 벌어지고 있는지 보는 것도 괜찮겠어요. 집을 떠난 지 하도 오래돼서 궁금하거든요. 하지만 십중팔구 별만 보이거나 아니면 알 수 없는 다른 것들이 나타나겠지요.”

부인이 가볍게 웃으면서 말했다.

“십중팔구라고요? 하지만 일단 한번 보세요. 물은 건드리지 말고!”

샘은 단 아래로 올라가 대야 위로 고개를 숙였다. 물은 아무런 반응도 없이 어두운 그대로였다. 물속에는 별들이 비쳤다.

“제 짐작대로 별밖에 없는데요.”

샘이 말했다. 그런데 갑자기 무엇에 놀란 듯 샘은 숨을 죽였다. 별이 사라진 것이었다. 어둠의 베일이 걷히듯 거울이 희끄무레하게 변하면서 점점 밝아졌다. 거울 속은 햇빛이 반짝이고 나뭇가지가 바람에 살랑거렸다. 좀 더 자세히 봐야겠다고 작정을 하기도 전에 빛은 사라지고 이번에는 캄캄하고 높은 절벽 아래 창백한 얼굴의 프로도가 깊은 잠에 빠진 채 누워 있는 모습이 보였다. 그다음에는 샘 자신이 어두운 통로를 따라 걷고 있었고 끝없이 돌아가는 층계를 오르는 것 같았다. 그리고 갑자기 무엇인지 알 수는 없지만 자신이 뭔가를 급히 찾고 있다는 생각이 들었다. 마치 꿈속처럼 환상은 사라지고 나무들이 다시 보였다. 그러나 이번에는 나무가 많지 않아 거기서 무슨 일이 벌어지는지 볼 수 있었다. 나무들이 바람에 흔들리는 게 아니라 땅바닥에 쓰러지고 있었다. 샘은 화가 나서 외쳤다.

“저런! 까끌이네 테드가 나무를 함부로 베고 있어요! 베면 안 되는 나무들인데. 방앗간을 지나 강변마을로 가는 도로로 이어진 가로수길이에요. 테드 놈을 붙잡아 한 대 패 주면 시원하겠군.”

그러나 곧 낡은 방앗간이 사라지고 커다란 붉은 벽돌 건물이 그 자리에 세워지는 모습이 보였다. 많은 사람들이 바쁘게 일하고 있었다. 근처에는 붉은색의 높은 굴뚝이 서 있었다. 거울 표면에 검은 연기가 구름처럼 떠도는 것 같았다. 샘이 다시 말했다.

“샤이어에 뭔가 좋지 못한 일이 벌어지고 있어요. 메리를 돌려보내야겠다고 하시던 엘론드의 말씀을 이제야 이해하겠어요."

그러다 샘은 갑자기 비명을 지르며 몸을 벌떡 일으켰다.

"이러고 있을 때가 아니에요. 집에 가야겠어요. 골목아랫길이 온통 쑥밭이 되고 불쌍한 우리 노친네가 손수레에 잡동사니를 싣고 언덕 아래로 내려가고 있어요. 집에 가야겠어요!"

그러자 부인이 말했다.

"혼자서는 갈 수 없습니다. 거울을 보기 전에는 주인을 버리고 혼자 돌아가겠다는 생각을 하지 않았지요? 샤이어에 나쁜 일이 벌어지고 있을지도 모른다는 것은 이미 알고 있었을 겁니다. 한 가지 기억해야 할 것은 이 거울은 여러 사건을 보여 준다는 사실이에요. 미래의 일도 있다는 말이지요. 하지만 그 환상을 본 사람이 일부러 그것을 막기 위해 길을 바꾸지만 않는다면 오히려 그 일은 일어나지 않을 수도 있습니다. 거울은 행동의 지침으로 삼기에는 위험한 것이지요."

샘은 두 손으로 머리를 움켜쥐고 땅바닥에 주저앉았다.

"보지 말걸 그랬어요. 이제는 마법을 더 보고 싶지 않아요."

그는 한참 동안 입을 다물고 있다가 억지로 눈물을 삼키고 탁한 소리로 말했다.

"아니에요. 먼 길을 돌아서라도 당신과 함께 고향으로 돌아가겠어요. 안 된다면 어쩔 수 없지만요. 하지만 언젠가는 꼭 고향에 돌아가고 싶어요. 만일 내가 본 것이 사실이라면 누군가는 꼭 혼날 거예요."

"프로도, 이제 보겠어요? 당신은 요정의 마법을 원하지도 않았고 그대로가 좋다고 했지요."

갈라드리엘이 물었다.

"제게 권하시는 건가요?"

"아니에요. 나는 당신에게 이래라저래라 충고할 수가 없어요. 그럴 만한 위치에 있지 않으니까요. 당신은 좋은 것이든 나쁜 것이든 뭔가를 보게 될 테지만 그것은 유익할 수도 있고 불리할 수도 있습니다. 본다는 것은 좋은 것이면서도 동시에 위험한 것입니다. 그렇지만 프로도, 나는 당신에게 이 모험을 감행할 수 있는 지혜와 용기가 있다고 생각해요. 만일 그렇지 않았다면 이리 데려오지도 않았을 거예요. 마음대로 하세요!"

"보겠습니다."

프로도는 받침대 위로 올라가 캄캄한 물 위로 고개를 숙였다. 거울이 곧 맑아지면서 황혼의 대지가 나타났다. 푸르스름한 하늘을 배경으로 멀리 검은 산이 어렴풋이 보였고, 구불구불한 회색의 긴 도로가 나타났다. 멀리서 누군가가 길을 따라 천천히 내려오고 있었다. 처음에는 희미하고 작게 보였지만 가까이 다가올수록 점점 커지고 분명해졌다. 갑자기 프로도는 간달프라는 생각이 들어 하마터면 마법사의 이름을 부를 뻔했다. 그러나 그는 회색이 아니라 어둠 속에서도 희미하게 빛을 발하는 흰옷을 입고 있었고, 손에도 흰 지팡이를 쥐고 있었다. 그는 고개를 숙이고 있어 얼굴을 알아볼 수가 없었고 곧 길모퉁이를 돌아 거울에서 사라졌다. 프로도의 가슴에 의문이 생겼다. 이것은 지난 오랜 세월 외로이 여행하던 간달프의 환영인가 아니면 사루만의 모습인가?

거울 속의 광경은 다시 바뀌었다. 잠깐 동안이지만 아주 작고 선명한 모습으로 빌보가 불안하게 방 안을 이리저리 서성이는 모습을 보았다. 책상 위에는 종이들이 어지럽게 널려 있었고 창밖에는 비가 내리고 있었다.

그리고 잠시 환상이 사라졌다가 프로도는 다시, 자신이 그 일부가 되어 나타나는 거대한 역사의 단편들이 마치 환등기처럼 빠른 속도로 스쳐 가는 것을 보았다. 안개가 걷히고 프로도는 전에 한 번도 본 적이 없는 광경을 보았다. 바다였다. 어둠이 깔린 바다 위에 거센 파도가 일렁이고 있었다. 핏빛처럼 붉은 태양은 구름 사이로 가라앉고, 석양을 배경으로 거대한 배 한 척이 찢어진 돛을 펄럭이며 검은 형체로 서쪽바다 너머에서 올라오는 것이 보였다. 그리고 거대한 강이 번화한 도시 가운데로 흘러가고 있었다. 일곱 개의 첨탑이 솟은 흰 성채가 나타났고 다시 검은 돛을 단 배가 보였다. 하지만 이제 다시 아침이 되어 파도가 햇빛에 눈부시게 반짝이며 흰 나무의 문장을 새긴 깃발이 바람에 펄럭이고 있었다. 전화(戰禍)의 검은 연기가 피어올랐고 태양은 다시 물감처럼 붉은 빛을 뿜으며 희미한 안개로 가라앉았다. 역시 그 안개 속으로 불빛이 가물거리는 작은 배가 빠져들었고 프로도는 한숨을 쉬며 뒤로 물러설 참이었다.

그 순간 갑자기 빛의 세계에 구멍이라도 난 듯 거울 속이 깜깜해졌고 프로도는 그 어둠 속을 들여다보았다. 칠흑 같은 심연 속에서 천천히 작은 눈 하나가 나타나 점점 커지면서 결국 거울을 가득 채웠다. 그 눈동자는 너무 무시무시해서 프로도는 눈길을 돌리거나 비명조차 지를 수도 없이 그 자리에 꼼짝도 못 하고 얼어붙었다. 그 눈가에는 불꽃이 이글거렸고 고양이 눈처럼 노란 눈동자는 날카로운 눈초리로 그를 응시했다. 눈동자의 검은 부분이 마치 창문처럼 열리며 어둠이 드러났다.

눈동자는 서서히 이리저리 움직이기 시작했고 프로도는 그것이 자신을 찾고 있다는 생각이 들어 갑자기 소름이 끼쳤다. 물론 자신이 가만히 있기만 한다면 찾아내지는 못할 것이었다. 목에 걸린 반지가 바위보다 무겁게 느껴지면서 프로도는 고개를 숙였다. 거울이 뜨거워지면서 김이 무럭무럭 올라왔다. 그는 앞으로 엎어질 뻔했다.

"물을 건드리지 말아요!"

갈라드리엘이 나직하게 외쳤다. 환상이 사라지고 프로도는 은빛 물동이 속에서 차가운 별이 반짝이는 것을 보았다. 그는 몸서리를 치며 뒤로 물러나 그녀를 바라보았다. 그녀가 입을 열었다.

"당신이 맨 나중에 본 것이 뭔지 압니다. 그것은 내 마음에도 있기 때문이지요. 두려워 마세요! 하지만 숲에서 노래만 부른다고 해서 이 로슬로리엔이 저절로 적에게서 지켜지는 것은 아니에요. 어쩌면 우리 요정들의 화살로도 불가능한 일일지도 모릅니다. 분명히 말하지만 프로도, 당신에게 이 이야기를 하는 순간에도 나는 암흑군주의 존재를 느끼고, 그의 마음을, 특히 요정들과 관련된 그의 생각을 읽고 있습니다. 그 역시 나와 내 생각을 알아내려고 혈안이지요. 그러나 아직 문은 닫혀 있습니다!"

그녀는 백옥 같은 두 팔을 들어 동쪽을 향해 거부와 부정의 몸짓으로 두 손을 폈다. 요정들에게서 가장 사랑을 받는 저녁별, 에아렌딜이 높은 하늘에서 선명하게 빛났다. 그 빛은 얼마나 밝은지 그녀의 그림자가 땅바닥에 희미하게 비칠 정도였다. 별빛이 그녀의 손가락에 낀 반지에 내려앉았다. 그러자 은빛으로 덮인 반지가 황금처럼 반짝였다. 저녁별이 그녀의 손 위에 쉬러 온 듯 반지의 흰 보석이 빛을 발했다. 프로도는 반지를 바라보며 외경심이 느껴졌다. 갑자기 뭔가 알 것 같은 생각이 들었던 것이다. 그의 생각을 감지하기라도 한 듯 그녀가 말했다.

"그렇습니다. 이 사실은 원래 밝힐 수 없게 되어 있지요. 엘론드도 아마 말하지 않았을 겁니다. 하지만 이제 그 눈을 본 반지의 사자에게까지 감출 수는 없게 되었군요. 로리엔 땅, 갈라드리엘의 손가락에 끼인 이 반지는 바로 남아 있는 세 개의 반지 중 하나입니다. 이것은 금강석의 반지 네냐이며 내가 그 수호자입니다. 대적도 눈치는 채고 있지만, 아직은 모릅니다. 당신의 출현이 우리에게 종말의 서곡으로 느껴지는 이유를 이제 아시겠어요? 만일 당신이 실패한다면 우리도 대적에게 노출됩니다. 반대로 당신이 성공한다면 또 그땐 우리의 힘도 약화돼 로슬로리엔은 사라져 버릴 것입니다. 시간의 물결이 그 위로 휩쓸고 지나가겠지요. 우리는 서녘으로 떠나든지 아니면 이름

없는 골짜기나 동굴에서 이름 없이 살다가 모든 것을 잊고 또 모든 이들에게서 잊힐 것입니다.”

프로도는 고개를 숙였다.

“그렇다면 어떻게 되길 원하시는 거죠?”

“운명을 거스를 수는 없지요. 자신의 땅과 업적에 대한 요정들의 사랑은 바다보다 깊어서, 그것의 상실은 무엇으로도 달랠 수 없을 만큼 큰 슬픔입니다. 그러나 그들은 사우론에게 복종하느니 기꺼이 모든 것을 포기할 겁니다. 이젠 그를 알기 때문이지요. 로슬로리엔의 운명에 대해 당신이 어떤 책임을 질 필요는 없습니다. 당신은 자신의 임무만 충실히 수행하면 됩니다. 그런데도 나는 절대반지가 만들어지지 않았다면, 또는 영원히 발견되지 않았더라면 하는 부질없는 공상을 해 보는 것이지요.”

“당신은 현명하고 용감하고 아름답습니다. 갈라드리엘 님! 부인께서 원하신다면 절대반지를 당신께 드리겠습니다. 그것은 제게 너무도 무거운 짐입니다.”

그러자 갈라드리엘이 갑자기 맑은 목소리로 웃음을 터뜨렸다. 그녀는 말했다.

“갈라드리엘이 현명하긴 하지만 오늘 대단한 적수를 만났군요. 우리가 처음 만났을 때 당신의 마음을 시험해 본 것에 대해 이제 점잖게 복수하시는군요. 통찰력이 대단합니다. 당신이 지금 내놓으려는 것을 나도 마음속으로 대단히 탐내 왔음을 부인하지는 않습니다. 오랜 세월 동안 나는 만약 절대반지가 내 손에 들어온다면 어떻게 할까 생각해 왔지요. 그런데 놀랍게도 그것이 이제 내 눈앞에 나타났군요! 사우론 자신이 일어서든 쓰러지든 간에 그 먼 옛날에 만들어진 악의 반지는 여러 가지 방식으로 활동을 하는 모양입니다. 만일 내가 협박을 하거나 아니면 강제로 당신에게서 반지를 뺏는다면 사우론의 반지는 그 이름값을 톡톡히 하는 것이 아니겠어요?

그런데 이제 드디어 반지가 여기 있습니다. 당신은 스스로 반지를 내놓겠다고 합니다! 그렇게 되면 당신은 암흑의 군주 대신에 여왕을 세우는 셈이 됩니다. 나는 암흑의 여왕이 되지는 않겠지만, 아침과 같이 아름다우면서 동시에 밤과 같이 무서운 여왕이 될 겁니다! 바다와 태양과 산 위의 눈처럼 아름다운 여왕이요, 폭풍과 번개처럼 무시무시한 여왕이지요! 나는 온 땅을 뒤흔들 수 있을 만큼 강한 존재가 되어 만인은 나를 사랑하며 또 절망하게 될 겁니다!"

그녀가 손을 들어 올리자 반지에서 환한 빛이 쏟아지며 그녀만을 비추고 주위의 모든 것을 어둠으로 변화시켰다. 프로도 앞에 선 그녀는 이제 거대한 모습으로, 놀랄 만큼 아름답고 외경스럽게 비쳤다. 다시 그녀가 손을 내리자 빛이 사라졌고 그녀는 갑자기 웃음을 터뜨렸다. 그 순간, 놀랍게도 그녀는 다시 소박한 흰옷을 입은 가냘픈 요정 여인으로 돌아와 있었다. 그녀의 감미로운 목소리에는 슬픔이 담겨 있었다.

"시험을 통과하였습니다. 나는 존재를 낮추고 서녘으로 돌아가 갈라드리엘로 남아 있을 겁니다."

그들은 오랫동안 말없이 서 있었다. 마침내 부인이 먼저 말했다.

"돌아갑시다! 이제 우리의 길을 선택했으니 당신들은 아침이 되면 떠나야 합니다. 운명의 파도가 밀려들고 있습니다."

"떠나기 전에 한 가지 질문이 있습니다. 깊은골에서 간달프에게 몇 번이나 묻고 싶었던 문제였지요. 저는 절대반지를 끼어도 좋다고 허락을 받았습니다. 그렇다면 다른 모든 반지들을 볼 수 있고 또 주인들의 생각을 알 수 있어야 하지 않습니까?"

"욕심을 내지 않기 때문이지요. 당신은 반지를 손에 넣은 이후 오로지 세 번만 그 반지를 껴 보았을 뿐입니다. 욕심을 내지 마세요. 그것은 당신을 파멸시킬 겁니다. 반지는 소유한 자의 능력에 따라 힘을 부여한다고 간달프가 말해 줬지요? 그 힘을 이용하기 전에 당신은 좀 더 강해져야 하고, 또 다른 이들을 압도하고자 하는 당신의 의지를 단련시켜야 합니다. 하지만 당신은 반지의 사자로서, 또 그 반지를 끼고 숨겨진 비밀을 이미 보았기 때문에 벌써 시력이 대단히 날카로워졌습니다. 당신은 흔히 지혜롭다고 하는 많은 이들보다 더 예리하게 내 생각을 꿰뚫어 보았지요. 당신은 또한 일곱 반지와 아홉 반지를 손에 넣은 그의 눈도 보았습니다. 그리고 당신은 내 손의 반지도 알아보지 않았습니까? 당신도 혹시 나의 반지를 보았나요?"

그녀가 샘을 향해 묻자 샘이 대답했다.

"못 보았습니다. 솔직히 말씀드리면 지금 무슨 말씀을 하고 계신지도 모르겠어요. 저는 부인의 손가락에서 별 하나를 보았을 뿐이에요. 하지만 외람된 줄 알면서도 한 말씀드리자면 프로도 씨 말씀이 옳다는 것이지요. 반지는 부인께서 가지시는 게 좋겠어요. 그래야만 모든 일을 제자리로 돌려놓을 수 있을 테니까요. 그 녀석들이 저의 아버지를 쫓아내지 못하게 막아 주세요. 그 더러운 짓들을 하는 놈들을 혼내 주실 수 있잖아요."

"그래야지요. 시작은 그렇게 될 겁니다. 하지만 거기서 끝낼 수는 없는 일이지요. 그 얘기는 그만하고, 이제 갑시다!"

Chapter 8
로리엔이여 안녕

그날 밤 일행은 다시 켈레보른의 방으로 초대받았고, 영주와 부인은 그들을 반가이 맞았다. 켈레보른이 마침내 그들의 출발에 대해 이야기했다.

"이제 이 원정을 계속하고자 하는 이들은 각오를 새로이 하고 이 땅을 떠날 시간이 되었소. 더 가고 싶지 않은 이는 잠시 여기 남아 있어도 좋소. 하지만 떠나든 머물든 아무 데도 안전한 곳은 없소. 로슬로리엔의 종말이 임박했으니 말이오. 이곳에 남기를 원하는 이들은 그 마지막 순간의 도래를 목격하겠지만, 세상의 길이 새로이 열릴지 아니면 로리엔의 마지막 부름에 따라 소집될지는 아무도 모르지요. 그리고 그들은 자기 고향으로 돌아가거나 아니면 전쟁으로 목숨을 잃은 이들과 같은 운명이 될 것이오."

침묵이 흘렀다. 이번에는 갈라드리엘이 그들의 눈을 들여다보며 말했다.

"모두 여행을 계속하겠다고 결심하고 있습니다."

그러자 보로미르가 말했다.

"저는 고향이 남쪽에 있기에 가는 겁니다."

"그렇군. 하지만 일행이 모두 당신과 함께 미나스 티리스로 가는 건가?"

켈레보른이 물었다. 그러자 아라고른이 대답했다.

"우리는 아직 길을 정하지 못했습니다. 로리엔을 지나서는 간달프가 어느 길을 염두에 두었는지 모르겠습니다만 어쩌면 간달프도 무슨 뚜렷한 계획은 없었는지 모릅니다."

켈레보른이 말했다.

"그럴지도 모르지요. 하지만 이 땅을 떠나려면 안두인대하를 염두에 두어야 하오. 당신들도 알다시피 로리엔부터 곤도르까지 짐을 가진 나그네는 배를 이용하지 않고는 강을 건널 수 없소. 오스길리아스의 다리는 파괴되었고 모든 선착장도 이제 대적에게 점령되었잖소? 어느 쪽으로 갈 거요? 미나스 티리스로 가려면 서쪽 강변을 따라가야 하고 당신들의 목적지로 가는 데는 좀 더 어두운 동쪽 길이 빠르오. 어느 쪽을 택하겠소?"

"저는 물론 미나스 티리스로 가는 서쪽 강변을 지지합니다만 결정은 대장이 내려야겠지요."

보로미르가 말했다. 다른 일행은 아무 말도 하지 않았고 아라고른은 몹시 곤혹스러운 표정이었다. 켈레보른이 말했다.

"아직 마음을 정하지 못하셨군요. 내가 결정할 일은 아니지만 이렇게 하면 어떻겠소? 당신들 중에는 배를 다룰 줄 아는 이가 몇몇 있소. 레골라스는 숲강의 격류에 익숙할 것이고, 곤도르의 보로미르나 방랑자 아라고른께서도 배를 좀 아시겠지?"

그러자 메리가 소리쳤다.

"호빗도 하나 있습니다! 호빗이라고 모두 배를 야생마처럼 겁내는 건 아니에요. 우리 집안은 브랜디와인강 변에 살고 있습니다."

"잘됐군. 그러면 내가 당신들께 배를 내주겠소. 가능하면 작고 가벼운 배로 말이오. 강물을 따라 내려간다고 해도 도중에 내려 배를 운반해 가야 할 곳이 몇 군데 있거든. 사른 게비르에 가면 급류가 있고 마지막으로 넨 히소엘을 지나서는 거대한 라우로스폭포를 만나게 되오. 그 밖에도 위험한 곳이 더 있소. 배를 이용하면 당분간은 힘이 덜 들 거요. 하지만 배가 당신들께 마지막 해답을 주지는 못합니다. 결국 동쪽이나 서쪽을 향해서 강을 떠나야 할 테니 말이오."

아라고른은 켈레보른에게 몇 번이나 감사의 인사를 했다. 적어도 당분간은 방향을 정할 필요가 없었기 때문에 그는 배를 선사하겠다는 제안이 너무도 고마웠다. 다른 일행 역시 표정이 밝아 보였다. 앞으로 어떤 위험이 닥쳐오든 간에 등짐을 지고 개미처럼 세월없이 걸어가느니보다는 안두인대하의 거대한 물결을 타고 내려가는 것이 더 좋을 듯했다. 오직 샘만이 걱정스러운 표정이었다. 누가 뭐래도 그는 여전히 배를 야생마보다 무섭게 여겼고, 지금까지 겪어 온 수많은 죽을 고비도 배에 대한 공포심을 더는 데는 도움이 되지 못했다.

켈레보른이 말했다.

"내일 정오까지는 모든 것이 준비되어 포구에서 당신들을 기다릴 겁니다. 내일 아침 당신들의 여행 준비를 도와주도록 요정 몇을 보낼 테니, 자, 이제 그만 내려가서 좋은 꿈들 꾸시오."

갈라드리엘도 인사를 했다.

"편히 주무세요, 친구들! 적어도 오늘 밤만은 아무 걱정 말고 편안히 주무세요. 여러분 각자가 밟아야 할 길은 이미 발 앞에 놓여 있는 셈이니까요. 단지 보이지 않을 뿐이지요. 안녕히 주무세요!"

원정대는 작별 인사를 하고 자신들의 천막으로 돌아왔다. 오늘 밤이 로슬로리엔의 마지막 밤이었기에 레골라스도 함께였다. 그리고 갈라드리엘의 언질에도 불구하고 그들은 모두 함께 의논을 해야만 했다.

앞으로의 방향에 대해, 반지를 애초 계획대로 처리하려면 무슨 방법을 강구해야 할지를 그들은 오랫동안 논의했다. 그러나 아무 결론도 내리지 못했다. 분명히 대부분은 일단 미나스 티리스로 가서 잠시라도 대적의 공포를 피해 보자는 생각을 가지고 있었다. 물론 대장을 따라 강을 건너 모르도르의 어둠 속으로 기꺼이 들어갈 준비

역시 되어 있었다. 그러나 프로도는 아무 말도 하지 않았고, 아라고른 역시 결정을 내리지 못하고 있었다.

만일 간달프가 그들과 함께 있었다면, 아라고른의 계획은 원래 자신의 칼을 가지고 보로미르와 함께 곤도르를 도우러 가는 것이었다. 왜냐하면 그는 꿈의 계시가 바로 자신의 소환장이며, 엘렌딜의 후계자가 앞장서 사우론과 정면 승부를 벌일 시간이 왔다고 믿었기 때문이었다. 그러나 모리아에서부터 간달프의 짐은 그의 어깨로 옮겨졌고, 만일 프로도가 보로미르와 함께 가는 것을 거부한다면 그로서도 반지의 사자를 혼자 가게 내버려 둘 수 없다는 것을 알고 있었기 때문이다. 하지만 그 자신이나 일행 중 어느 누가 프로도에게 도움이 될 수 있단 말인가? 기껏해야 프로도와 함께 장님처럼 어둠 속으로 걸어가는 수밖에 더 있겠는가?

"만일의 경우 나는 혼자라도 미나스 티리스로 가겠소. 그건 내 의무요."

보로미르가 말했다. 그리고 그는 잠시 침묵을 지키며 마치 그 반인족의 생각을 꼭 알아내고 말겠다는 듯이 프로도를 응시했다. 마침내 그는 프로도를 향해 중얼거리듯 나직하게 말했다.

"만일 당신이 반지만 파괴하러 간다면 전쟁이나 무기가 아무 소용 없겠지. 그리고 미나스 티리스인들도 아무 도움이 안 될 거요. 하지만 암흑군주의 무력을 분쇄할 생각이라면 혼자서 그의 영토에 들어가는 것은 어리석은 일이오. 그리고 내던져 버리러 가는 것도 마찬가지로 어리석은 짓이오."

그는 갑자기 자기 생각을 너무 크게 말해 버렸다는 것을 깨닫고는 말을 그쳤다.

"내 말은 목숨을 내던질 필요가 없다는 뜻이지요. 이 문제는 튼튼한 요새를 지키느냐 아니면 죽음의 손아귀 속으로 함부로 걸어 들어가느냐 하는 선택의 문제요. 적어도 내가 보기엔 그렇다는 거요."

프로도는 보로미르의 눈에서 뭔가 전에 없던 이상한 것을 간파하고 그를 정면으로 응시했다. 보로미르의 생각이 그의 뒷말과는 다른 것이 분명했다. 내던질 필요가 없다고? 무엇을? 힘의 반지를? 보로미르는 엘론드의 회의에서도 비슷한 얘기를 한 적이 있었지만, 그때는 엘론드의 반론을 받아들였다. 프로도는 아라고른을 보았으나 그는 혼자 생각에 너무 깊이 빠져 있어서 보로미르의 말을 제대로 알아들은 것 같지 않았다. 그들의 토론은 그렇게 끝났다. 메리와 피핀은 벌써 잠이 들었고 샘도 졸고 있었다. 밤이 깊어 가고 있었다.

이튿날 아침 그들이 가벼운 짐을 꾸리고 있을 때 그들의 말을 할 줄 아는 요정들이 다가와 식량과 의복 등 여행에 필요한 준비물들을 잔뜩 내려놓았다. 식량은 대부분 아주 얇은 케이크처럼 생긴 것이었는데 겉에는 엷은 갈색이 돌도록 구워졌고 속에서 크림 빛깔이 내비쳤다. 김리가 케이크 하나를 집어 수상쩍은 눈으로 살펴보았다.

"크램."

바삭바삭한 한쪽 귀퉁이를 베어 물면서 그는 조그만 소리로 말했다. 표정이 순식간에 바뀌면서 그는 나머지를 한꺼번에 게걸스럽게 먹어 치웠다. 요정들이 웃으며 외쳤다.

"그만, 그만! 당신은 벌써 하루치를 넘게 먹었소."

"이건 너른골 사람들이 황야를 여행할 때 준비하던 크램의 일종인 것 같습니다."

김리가 말하자 요정들이 대답했다.

"맞습니다. 하지만 우리는 이것을 렘바스 또는 여행식이라 부르지요. 사람들이 만든 어떤 음식보다 열량도 풍부하고 또 어느 모로 보나 크램보다 맛도 좋지요."

"정말 그렇군요. 사실 베오른족의 꿀 과자보다도 맛이 더 좋아요. 이건 대단한 찬사랍니다. 왜냐하면 내가 알기로 베오른족은 빵을 굽는 덴 최고 기술자들이거든요. 하지만 그들도 요즘 와서는 나그네들에게 과자를 팔지 않는데, 당신들은 정말 친절한 분들이십니다!”

“여하간 식량을 절약하셔야 합니다. 한 번에 조금씩, 그것도 꼭 필요할 때만 드셔야 합니다. 이것은 최후의 비상 식량으로 쓰라고 드리는 겁니다. 우리가 지금 드린 대로 풀잎에 싸서 부서지지 않게 보관만 하시면 이 과자는 아주 오랫동안 향기를 유지하지요. 미나스 티리스에서 오신 키 큰 손님이라도 이것 한 조각이면 하루를 충분히 지탱할 수 있습니다.”

요정들은 가져온 포장을 풀어 각자에게 옷을 주었다. 그들 각자의 키에 맞게 지은 두건이 달린 망토였다. 그것은 갈라드림 요정들이 손수 짠, 가볍고 따스한 비단과 같은 천으로 만든 옷으로, 색깔은 한마디로 뭐라 말할 수 없는 것이었다. 숲속의 박명에 비추어 보면 회색 같아 보였지만 움직이거나 다른 빛이 비치면 그늘 속의 나뭇잎처럼 녹색이 되었다. 밤이 되면 잡초가 무성한 들판처럼 갈색으로 변했고, 별빛 아래서는 강물처럼 어두운 은빛을 띠기도 했다. 망토는 은줄이 들어간 푸른 나뭇잎처럼 생긴 브로치로 목둘레를 고정시키게 되어 있었다. 피핀이 신기하다는 표정으로 옷을 보며 물었다.

“이게 마법의 망토인가요?”

요정들 중의 우두머리가 대답했다.

“무슨 뜻인지는 모르겠지만 이 땅에서 만들어진 옷이니 아름다운 망토이며 또 훌륭한 천으로 지어진 겁니다. 혹시 그 말씀이 요정의 옷이냐는 뜻이라면 분명히 옳은 말씀입니다. 나뭇잎과 나뭇가지, 물과 풀, 우리가 사랑하는 로리엔의 희미한 빛 속에 비친 이 모든 것들의 빛깔과 아름다움이 이 옷들에 담겨 있습니다. 우리는 우리가 만드는 모든 물건에 사랑하는 모든 것들의 생각을 담기 때문이지요. 하지만 이 옷들은 갑옷이 아닙니다. 창끝이나 칼날을 막을 수는 없어요. 그러나 여러분께선 아주 요긴하게 쓰실 수 있을 겁니다. 우선 무겁지가 않고 경우에 따라선 따뜻한 옷도 되고 시원한 옷도 됩니다. 그리고 숲속을 걷든지 바위산을 오르든지 간에 다른 이들의 눈에서 벗어나는 데 큰 도움이 될 겁니다. 여러분은 정말 놀랄 만큼 부인의 총애를 받고 계시는 겁니다! 부인과 시녀들이 손수 이 옷감을 짰을 뿐 아니라 지금까지 우린 어떤 이방인에게도 우리 옷을 준 적이 없었습니다.”

아침 식사를 마치고 일행은 분수 옆 잔디밭과 작별 인사를 나눴다. 고향 집에 온 것 같은 느낌이 들던 아름다운 곳을 떠나야 한다는 생각에 그들은 마음이 무거웠다. 거기에서 며칠을 보냈는지 셀 수도 없었다. 햇빛에 반짝이는 흰 물거품을 바라보며 서 있을 때 푸른 잔디밭 저쪽에서 할디르가 그들을 향해 걸어왔다. 프로도가 반갑게 인사했다. 할디르가 말했다.

“다시 여러분을 안내해 드리려고 지금 북쪽 변경에서 오는 길이지요. 어둔내계곡에 증기와 연기가 구름처럼 자욱하고 산속도 시끄럽습니다. 땅속 깊은 곳에서도 요란한 소리가 울린답니다. 혹시 고향으로 돌아가실 때 북쪽 길을 생각하신 분이 계신지 모르겠지만 불가능합니다. 하지만 자, 이제는 남쪽으로 가야 할 때지요.”

그들이 카라스 갈라돈을 지나는 동안 초록빛 길은 텅 비어 있었다. 그러나 머리 위 나무숲에서는 노랫소리와 이야기 소리가 계속 들려왔다. 그들은 말없이 걸었다. 마침내 할디르는 그들을 이끌고 언덕 남쪽 비탈을 내려갔고 곧 등불이 달린 거대한 성문과 흰 다리에 이르렀다. 드디어 그들은 문을 지나 요정들의 도시를 벗어났다. 그리고 나서 포장도로를 지나 말로른 나무가 우거진 작은 숲속으로 난 오솔길을 따라 계속 들어갔다. 은빛 그늘이 깔린 숲을 따라 그들은 동남쪽으로 계속 안두인강 변을 향해 걸었다.

16킬로미터쯤 걸어 정오가 가까워졌을 때 그들은 높은 녹색 담장을 만났다. 담장 사이 통로를 경계로 숲이 끝났다. 그들 앞에, 햇빛에 반짝이는 황금빛 엘라노르가 점점이 박힌 찬란한 푸른 잔디가 길게 뻗어 있었다. 눈부신 물빛에 양쪽으로 둘러싸인 풀밭은 좁은 곳을 이루며 길게 돌출해 있었다. 그들의 오른쪽인 서쪽에는 은물길강이 현란하게 반짝였고, 왼쪽인 동쪽에는 안두인대하가 검푸른 파도를 넘실거리며 유유히 흘렀다. 강 건너에는 그들의 눈이 닿을 수 있는 곳까지 남쪽으로 계속 숲이 펼쳐졌으나 강변은 나무가 드물고 황량했다. 로리엔 바깥에는 황금빛 가지를 드리우는 말로른 나무도 이제 없었다.

강줄기가 만나는 곳에서 약간 위쪽의 은물길강변에 온통 흰 나무와 바위로 장식된 포구가 있었다. 그곳에는 여러 척의 크고 작은 배가 정박해 있었다. 일부는 금빛과 은빛, 초록으로 밝은 빛을 띠었고, 나머지 대부분은 흰색이거나 회색이었다. 그들을 위해 회색의 작은 배가 세 척 준비되어 있었고 요정들은 거기에 그들의 짐을 이미 실어 놓았다. 요정들은 또한 각각의 배에 세 사리씩 밧줄을 실었는데 그것들은 보기에는 가늘었지만 매우 튼튼했고 요정들의 망토처럼 감촉이 부드러운 회색이었다.

"이건 뭐지요?"

풀밭 위로 풀려 나온 밧줄 한쪽을 만져 보며 샘이 물었다. 배에 타고 있던 요정이 대답했다.

"물론 밧줄입니다. 밧줄 없이는 멀리 여행할 수가 없지요! 그것도 길고 튼튼하고 가벼운 밧줄이라야 하는데 이게 바로 그런 밧줄입니다. 앞으로 요긴하게 쓰일 겁니다."

"그건 말씀 안 하셔도 잘 압니다. 떠날 때 밧줄을 잊어버렸더니 아쉬운 적이 한두 번이 아니었거든요. 그런데 밧줄 꼬는 건 제가 좀 아는데 이건 재료가 뭔지 모르겠군요. 혹시 비밀은 아니겠지요?"

"재료는 히슬라인이란 것인데 만드는 비법을 가르쳐 드리기에는 시간이 부족하군요. 진작 관심이 있는 줄 알았다면 자세히 말씀드렸을 텐데 아쉽습니다. 하지만 유감스럽게도 조만간 다시 돌아오시지 못한다면 지금 드린 그 선물만으로 만족하셔야 하겠어요. 밧줄을 요긴하게 쓰셨으면 좋겠습니다."

그러자 할디르가 말했다.

"자, 준비는 모두 끝났으니 배에 오르십시오. 처음에는 조심하셔야 합니다."

그러자 다른 요정들이 말했다.

"말씀을 잘 들어 두세요. 이 배들은 다른 배와 달리 가볍게 만들어졌고 장점도 많지요. 아무리 많이 실어도 가라앉지 않습니다. 하지만 잘못 다루면 변덕을 부리니까 하류로 떠나기 전에 여기 선착장에서 오르고 내리는 연습을 해 두시는 게 좋습니다."

원정대는 이런 순서로 배를 탔다. 아라고른과 프로도, 샘이 같은 배에 탔고, 또 보로미르와 메리, 피핀이 한 배에 탔으며, 나머지 한 척에는 이제 절친한 친구 사이가 된 레골라스와 김리가 탔다. 이 마지막 배에 물건과 짐이 대부분 실려 있었다. 배는 넓은 나뭇잎 모양의 깃이 달린 짧은 노로 젓게 되어 있었다. 모든 준비가 끝나자 아라고른은 시험 삼아 은물길강 상류로 올라가 보았다. 물살이 급해 배는 천천히 전진했다. 샘은 뱃머리에 앉아 양쪽 뱃전을 움켜쥔 채 불안한 듯 강변을 돌아보았다. 강물 위로 반짝이는 햇빛이 그의 눈을 어지럽혔다. 곶의 푸른 풀밭을 지나가면서 그들은 강가에까지 심어진 나무들을 보았다. 여기저기서 황금빛 나뭇잎들이 찰랑거리는 물결 위로 떨어져 흘러내렸다. 공기는 무척 맑고 고요했으며, 하늘 높이 나는 종달새들의 노랫소리 외에는 아무 소리도 들리지 않았다.

그들은 강물 위에서 급회전을 했는데, 그러자 당당한 모습으로 그들을 향해 강물을 따라 내려오는 거대한 백조 한 마리가 보였다. 백조의 유려한 목줄기 밑으로 흰 가슴 양쪽에 잔물결이 일었다. 황금빛으로 번쩍이는 부리를 가진 백조의 두 눈은 노란 보석 속에 박아 넣은 흑옥처럼 빛났으며, 웅장한 흰 날개는 반쯤 펼쳐져 있었다. 백조가 가까이 다가오면서 음악 소리가 강물을 따라 흘러왔고, 비로소 그들은 그 백조가 새의 모양을 본떠 요정들의 솜씨로 만들어진 배임을 알았다. 흰옷을 입은 두 요정이 검은 노로 배를 조종하고 있었다. 배 한가운데에 켈레보른이 앉아 있었고, 그 뒤에는 흰옷을 입은 갈라드리엘이 훤칠한 모습으로 서 있었다. 머리에는 황금빛의 화환을 쓰고, 손에는 하프를 든 채 그녀는 노래를 불렀다. 맑고 시원한 하늘 위로 그녀의 목소리가 슬프고도 감미롭게 울려 퍼졌다.

> *나는 나뭇잎, 황금빛 나뭇잎을 노래했고, 황금빛 나뭇잎이 자라났다.*
> *나는 바람을 노래했고, 바람이 찾아와 나뭇가지 사이로 바람이 일었다.*
> *해를 넘고, 달을 지나, 바다엔 하얀 물거품이 일었고,*
> *그 일마린의 바닷가에 황금빛 나무가 자라고 있었다.*
> *엘다마르의 영원한 저녁, 그 별빛 아래서 나무는 빛났다,*
> *요정들의 도시, 티리온의 성벽 옆 엘다마르에서.*
> *가없이 뻗어 내린 세월의 가지 위에 황금빛 나뭇잎이 자랐다,*
> *이별의 바다 너머 이곳에선 이제 요정들이 눈물짓고 있건만.*
> *오, 로리엔! 겨울이 온다, 발가벗은 앙상한 세월이.*
> *나뭇잎은 강물 위에 떨어지고 강은 유유히 흐르는구나.*
> *오, 로리엔! 이 바닷가에서 난 너무 오래 서성거렸구나.*
> *시들어 가는 왕관에 황금빛 엘라노르를 꽂고 왔구나.*
> *하지만 이제 배를 노래한다면, 어떤 배가 나를 찾아올까?*

어떤 배가 나를 데리고 다시 저 넓은 바다를 건너갈까?

아라고른은 백조의 배가 다가오자 자기 배를 정지시켰다. 부인은 노래를 끝내고 그들에게 인사를 했다.

"여러분께 마지막 작별 인사를 드리고 또 이 땅의 축복을 전해 드리고자 왔습니다."

켈레보른도 말했다.

"여러분들은 우리 손님들이었지만 한 번도 함께 식사를 하지 못했소. 그러니 여기 로리엔에서 먼 곳까지 여러분을 실어 갈, 두 강물이 만나는 이곳에서 석별의 오찬을 나눕시다."

백조는 천천히 포구를 향해 나아갔으며 일행도 배를 돌려 그 뒤를 따랐다. 로슬로리엔의 중심부 에글라딜 최남단에 있는 푸른 잔디밭에 석별의 오찬이 준비되었다. 그러나 프로도는 갈라드리엘의 아름다움과 그 목소리에 넋을 잃은 채 거의 먹지도 마시지도 못했다. 이제 그녀는 위험하거나 무서운 존재로 비치지 않았으며, 신비의 마력을 지닌 여인은 더욱 아니었다. 그의 눈에 비친 그녀는 훗날 인간들이 가끔씩 목격하는 요정, 바로 그런 요정의 모습이었다. 존재하면서도 멀리 떨어져 있는, 그리고 유장한 시간의 흐름 속으로 저 멀리 사라져 버린 그 무엇인가의 살아 있는 환영이었다.

잔디밭에서 식사가 끝나자 켈레보른은 다시 여행에 대해 이야기했다. 그는 손을 들어 남쪽의 곶 뒤편에 있는 숲을 가리키며 말했다.

"내려가다 보면 나무가 한 그루도 없는 황량한 지대가 나올 거요. 거기서 강은 높은 황무지의 바위계곡 사이로 흘러가는데 결국 한참 더 가서 우리 말로 톨 브란디르라고 하는 뾰족바위섬으로 인도할 겁니다. 강은 그 작은 섬의 가파른 기슭을 가운데 두고 마치 날개를 펴듯 양쪽으로 갈라졌다가 다시 라우로스폭포에서 만나 천둥처럼 요란하게 물보라를 일으키며 떨어져 닌달브로 흘러가지요. 당신들 언어로 '진펄'이라 부르는 곳입니다. 그곳은 물살이 완만해지면서 물줄기가 갈라졌다 섞이고 하는 광대한 습지대지요. 서쪽 팡고른숲에서 내려오는 엔트강의 하구가 여럿으로 갈라져 거기서 합류하는데 안두인 대하의 오른편, 그 강 유역에 로한이 있소. 그리고 그 건너편에 황량한 구릉지대인 에뮌 무일이 있소. 그곳은 동풍이 부는 곳으로 거기에 가면 죽음늪과 무인지대를 넘어 키리스 고르고르와 모르도르의 암흑의 성문들도 볼 수 있소.

보로미르와 함께 미나스 티리스로 갈 친구들은 라우로스폭포 상류에서 강을 벗어나 습지대가 나타나기 전에 엔트강을 건너는 게 좋을 겁니다. 하지만 엔트강 상류로 너무 올라가면 팡고른숲에서 헤맬 위험이 있으니 조심해야 하오. 그 숲은 이상한 곳이라서 지금은 어떻게 변했는지 더욱 알 수 없소. 하지만 보로미르와 아라고른에게는 이런 충고가 필요 없겠지요."

보로미르가 말했다.

"팡고른에 대해서는 미나스 티리스에서도 들었습니다. 하지만 제가 들은 건 대개 어린애들에게나 어울리는 옛날이야기 정도였습니다. 로한 이북 지역은 이제 우리 곤도르와는 너무 멀리 떨어진 곳이어서 그곳에서 무슨 일이 벌어지는지 우리로서는 전혀 알 수가 없었습니다. 사실 먼 옛날에는 팡고른이 우리 영토에 인접해 있었지만 직접 거기에 가서 그 전설 같은 이야기들을 확인해 본 지는 너무 오래되었지요. 로한까지는 저도 몇 번 가 보았지만 그 북쪽 지역은 가보지 못했습니다. 이번에 사자로 북쪽에 갈 때는 백색산맥 언저리로 해서 로한관문을 지나 아이센강과 회색강을 건넜습니다. 길고 힘든 여행이었지요. 제 계산으로는 1900킬로미터 정도 되는 여정이었는데, 여러 달이 걸렸습니다. 회색강을 건너다가 사르바드에서 말을 잃어버렸거든요. 그런 여행을 마치고 또다시 여기까지 돌아오고 보니 이제는 필요하다면 로한과 팡고른숲을 통과하는 길도 발견할 수 있을 것 같습니다."

"그렇다면 달리 덧붙일 말도 없지. 하지만 옛날부터 내려오는 전설을 무시하지는 마시오. 옛날이야기에는 종종 지혜로운 이라면 귀 기울여 들어야 할 사실이 담겨 있는 법이니까."

갈라드리엘은 풀밭에서 일어나 시녀에게서 받은 잔에 흰 꿀술을 따라 켈레보른에게 주었다.

"이제 석별의 잔을 들 시간입니다. 드십시오, 갈라드림의 영주! 비록 해가 지면 밤이 오고 우리의 황혼도 가까워졌지만 슬퍼하진 마세요."

그리고 나서 그녀는 원정대원들에게 각각 한 잔씩 따라 주며 작별 인사를 했다. 그들이 잔을 비우자 그녀는 다시 그들을 자리에 앉게 했다. 그녀와 켈레보른도 의자에 앉았다. 시녀들이 그녀를 옹위한 채 말없이 서 있는 동안 그녀는 잠시 일행을 바라보다가 마침내 입을 열었다.

"우리는 이제 석별의 잔을 함께 나누었습니다. 이제 여러분과 우리 사이엔 어둠이 내려앉았습니다. 하지만 여러분이 로슬로리엔을 찾아온 기념으로 떠나기 전에 갈라드림의 영주와 내가 약소한 선물을 드리겠습니다."

그리고 나서 그녀는 일행을 한 명씩 불렀다.

"여기 켈레보른과 갈라드리엘이 원정대의 대장께 드리는 선물이 있습니다."

그녀는 아라고른을 향해 그렇게 말하며 그의 칼에 맞게 만들어진 칼집을 내밀었다. 칼집에는 금빛, 은빛 꽃잎과 나뭇잎 무늬가 그려져 있고, 여러 가지 보석을 박아 새긴, 룬 문자로 안두릴이란 이름과 함께 칼의 계보가 적혀 있었다. 그녀가 말했다.

"이 칼집에서 빼낸 칼은 녹슬지 않으며 싸움에 지는 한이 있더라도 절대 부러지지 않습니다. 하지만 떠나기 전에 내게 달리 바라는 것은 없습니까? 우리 사이엔 이제 어둠이 내려앉았고, 먼 훗날 돌아오지 못할 여행길에서라면 몰라도 우리는 아마 다시 만나지 못할지도 모릅니다."

그러자 아라고른이 대답했다.

"부인, 당신은 제가 진정으로 원하는 바를 알고 계십니다. 그리고 제가 찾는 유일한 보물을 오랫동안 보호해 오셨습니다. 하지만 그 보물은 당신께서 제게 주실 수 있는 것은 아닙니다. 저는 오로지 어둠을 통해서만 거기에 다다를 수 있을 뿐입니다."

"하지만 이것이 당신의 무거운 마음을 덜어 줄지도 모릅니다. 당신이 이곳을 지나가게 되면 전해 주라는 부탁을 받고 간직하고 있던 것입니다."

그녀는 선명한 초록빛의 큰 보석을 무릎 위에 올려놓았다. 그것은 날개를 펼친 독수리 모양의 은빛 브로치에 박혀 있었다. 부인이 그것을 높이 치켜들자 보석은 마치 봄날의 나뭇잎 사이로 스며드는 햇빛처럼 눈부시게 반짝거렸다.

"나는 이 보석을 내 딸 켈레브리안에게 주었고, 그 애는 다시 자신의 딸에게 주었습니다. 그리고 이제 이것은 희망의 징표로 당신께 가는군요. 이제부터 당신은 당신을 위해 예언되어 있던 이름을 사용하세요. 엘렌딜 가문의 요정석 엘렛사르!"

아라고른은 그 보석을 받아 가슴에 달았다. 그를 바라보던 이들은 모두 놀라지 않을 수 없었다. 그가 전보다 훨씬 더 늠름하고 위엄 있게 보였기 때문이었다. 그의 어깨에서 오랜 세월의 풍상이 씻겨나간 것 같았다. 아라고른이 말했다.

"베풀어 주신 선물에 진심으로 감사를 드립니다. 켈레브리안과 저녁별 아르웬의 근원이 되시는 로리엔의 여주인이시여! 더 이상 어떻게 찬사를 드릴 수 있겠습니까?"

부인은 고개를 숙여 답례를 하고, 이번에는 보로미르를 향해 돌아서서 황금으로 만든 허리띠를 선사했다. 그리고 메리와 피핀에게는 은으로 만든 작은 허리띠를 주었는데 거기에는 꽃 모양의 금빛 걸쇠가 달려 있었다. 레골라스에게는 갈라드림의 활을 선사했다. 그것은 어둠숲의 활보다 길고 튼튼했다. 활시위는 요정들의 머리칼로 만든 것이었다. 이와 함께 그는 화살 한 통도 받았다.

그녀는 샘에게 말했다.

"나무를 사랑하는 키 작은 정원사께는 아주 작은 선물을 준비했지요."

그녀는 뚜껑에 은빛 룬 문자 하나가 새겨진 것 외에 별다른 장식이 없는 평범한 작은 회색 나무상자를 그의 손에 쥐어 주었다.

"이것은 갈라드리엘을 의미하는 G인 동시에 당신네 말로 정원을 뜻하기도 합니다. 이 상자에는 나의 과수원에서 가져온 흙이 담겨 있으며, 그 위에는 내가 베풀 수 있는 모든 축복이 내려져 있습니다. 이것은 당신의 앞길을 인도하거나 위험을 막아 주지는 못합니다. 다만 이것을 무사히 보관해 고향에 가져갈 수만 있다면 그때는 큰 도움이 될 겁니다. 당신의 고향이 온통 황량한 폐허가 되어 있다 하더라도, 이 흙을 뿌리면 당신은 가운데땅 어디서도 찾아볼 수 없는 아름다운 정원을 가꾸게 될 겁니다. 그러면 갈라드리엘을 생각하게 될 것이고 또 당신이 겨울밖에 보지 못한 이 로리엔의 아름다움을 멀리서도 느끼게 될 것입니다. 왜냐하면 우리의 봄과 여름은 지나갔고, 이제 이 땅에서는 오직 기억으로만 남아 있을 것이기 때문입니다."

샘은 귀밑까지 빨개져 상자를 받고는 들릴까 말까 한 작은 소리로 중얼거리며 공손하게 절을 했다.

"난쟁이께서는 요정들에게서 무슨 선물을 바라실까요?"

그녀는 김리를 향해 물었다. 김리가 대답했다.

"없습니다, 부인. 저는 갈라드림의 여주인을 뵙고 아름다운 음성을 들은 것만으로도 충분합니다."

그러자 갈라드리엘은 둘러선 요정들을 향해 큰 소리로 외쳤다.

"모든 요정들은 들으시오! 앞으로는 누구라도 난쟁이들이 욕심이 많다거나 무례하다고 말해서는 안 될 것이오! 하지만 글로인의 아들 김리! 당신은 분명히 내가 줄 수 있는 무슨 선물을 바랄 텐데…… 말씀하세요! 당신만 선물을 안 받을 수는 없어요."

김리는 다시 정중하게 절을 하며 더듬거렸다.

"진심입니다, 갈라드리엘 부인. 혹시…… 혹시 이런 말씀드려도 될지 모르겠습니다만, 저 하늘의 별이 광산에서 캐낸 보석을 능가하듯, 이 땅의 황금보다 귀한 부인의 머리칼 한 올만 부탁드려도 될까요? 너무 외람된 말씀입니다만 소원을 말해 보라고 하도 그러셔서 그만……."

요정들은 깜짝 놀라 웅성거렸고 켈레보른도 의외라는 듯 난쟁이를 바라보았으나 부인은 웃고 있었다.

"난쟁이들의 솜씨는 혀끝이 아니라 손끝에 있다고 들었는데 김리에게는 그 말이 해당되지 않는 것 같군요. 지금까지 어느 누구도 이렇게 대담하게 또 이렇게 공손하게 부탁하는 걸 들어 본 적이 없습니다. 내가 명한 것을 내가 어떻게 거절하겠습니까? 하지만 이 선물을 어디에 쓸 건지 말씀이나 해 보시지요."

"제가 부인을 처음 뵈었을 때 하신 말씀을 기념하면서 소중히 보관하고자 합니다. 만일 제가 고향의 대장간으로 돌아갈 수 있다면, 불멸의 수정 속에 넣어 저희 집안의 가보로 전하고자 합니다. 그것은 세상의 마지막 날까지 난쟁이들의 산과 요정들의 숲 사이의 우정의 징표가 될 것입니다."

그러자 갈라드리엘은 긴 머리채를 풀어 세 올의 금발을 뽑아 김리의 손에 쥐여 주었다.

"이 선물과 함께 이 말씀도 들려드리지요. 나는 예언은 하지 않습니다. 모든 예언은 이제 헛된 것이니까요. 한쪽에 어둠이 있다면 다른 한쪽에는 희망이 있습니다. 하지만 희망이 사라지지만 않는다면, 내가 분명히 말씀드릴 수 있는 것은, 글로인의 아들 김리, 당신의 손에는 황금이 흘러넘칠 것입니다. 또한 그렇다고 해도 그 황금이 당신을 지배하지는 못할 것입니다."

그녀는 말을 마치고 프로도를 향해 돌아섰다.

"그리고 반지의 사자, 이제 당신만 남았군요. 선물은 마지막으로 드리지만 당신이 내 마음속에서도 제일 마지막인 건 아닙니다. 당신을 위해서는 이것을 준비했습니다."

그녀는 투명한 작은 유리병을 내놓았다. 그녀가 그것을 흔들자 그것은 반짝반짝 빛을 발했고, 그녀의 손에서 하얀 빛줄기가 뿜어져 나왔다.

"이 병에는 내 분수의 물에 비친 에아렌딜의 별빛을 담았습니다. 어둠이 그대를 둘러쌀 때 이것은 더 환한 빛을 내뿜을 겁니다. 모든 빛이 사라진 캄캄한 어둠 속에서 이것이 당신을 인도하는 빛이 될 수 있길 바랍니다. 갈라드리엘과 그 거울을 기억하십시오!"

프로도는 유리병을 받았다. 병이 손에서 잠시 빛을 발하는 동안 프로도는 다시 한번 여왕처럼 아름답고 위엄 있는, 그러나 결코 두렵지 않은 모습으로 서 있는 그녀를 바라보았다. 그는 절을 했다. 하지만 아무 말도 할 수가 없었다.

갈라드리엘이 몸을 일으키자 켈레보른은 그들을 이끌고 포구로 돌아갔다. 황금빛 정오의 태양이 곶의 푸른 풀밭 위에 내리쬐었고 강물은 은빛으로 반짝거렸다. 드디어 모든 준비가 끝났다. 일행은 조금 전과 같이 배에 올랐다. 로리엔의 요정들이 큰 소리로 작별 인사를 하며 긴 회색 장대를 이용해 그들을 강으로 밀어내자 찰랑거리는 강물이 서서히 그들을 맞았다. 여행자들은 아무 말도 하지 않고 그 자리에 그대로 앉아 있었다. 강으로 돌출한 곳의 꼭짓점에 가까운 푸른 둑 위에 갈라드리엘이 홀로 서 있었다. 그녀 옆을 지나면서 일행은 마치 그녀가 바다 위로 둥실 떠올라 뒤로 사라지는 듯한 느낌을 받았다. 적어도 그들의 눈에는 마치 마법의 나무를 돛대로 세운 환한 배 한 척이 잊힌 해안을 향해 항해하듯 로리엔은 뒤로 미끄러지고 있었다. 앙상한 회색대지 가장자리에 그들을 처량하게 남겨 둔 채.

그들이 여전히 그쪽을 응시하고 있는 동안 은물길강은 대하의 물결 속으로 휩쓸려 들어갔고, 배는 방향을 바꾸어 남쪽을 향해 속력을 내기 시작했다. 갈라드리엘의 흰 자태는 곧 까마득하게 멀어졌다. 그녀는 서쪽으로 떨어지는 햇빛에 반사된 산꼭대기의 유리창처럼, 산 위에서 내려다본 아득한 호수처럼, 그리고 산골짜기에 떨어진 수정처럼 빛을 발했다. 프로도는 그녀가 손을 들어 마지막 작별 인사를 하는 듯한 느낌이 들었다. 그리고 그녀의 노랫소리가 바람결에 실려 아련하면서도 생생하게 들려왔다. 그러나 그녀는 이제 바다 너머 요정들의 옛 말로 노래를 부르고 있었기에 그는 그 뜻을 전혀 알 수가 없었다. 노랫가락은 아름다웠지만 그것은 그에게 아무 위안도 되지 못했다.

하지만 요정들의 말이 흔히 그렇듯 그것은 기억에 깊이 새겨졌고, 오랜 세월이 지나 그는 그 의미를 힘닿는 대로 번역할 수가 있었다. 그 노래는 요정들이 노래를 부를 때 쓰는 언어로 되어 있었으며 그 내용은 가운데땅에서는 전혀 알려지지 않은 이야기였다.

아이 라우리에 란타르 랏시 수리넨,
에니 우노티메 베 라마르 알다론!

653

예니 베 린테 율다르 아바니에르
　미 오로마르디 릿세미루보레바
안두네 펠라, 바르도 텔루마르
　누 루이니 얏센 틴틸라르 이 엘레니
오마료 아이레타리리리넨

　시 만 이 율마 닌 엥콴투바?

안 시 틴탈레 바르다 오이올롯세오
　베 파냐르 마럇 엘렌타리 오르타네
아르 일례 티에르 운둘라베 룸불레,
　아르 신다노리엘로 카이타 모르니에
이 팔말린나르 임베 멧, 아르 히시에
　운투파 칼라키료 미리 오이알레.
시 반와 나, 로멜로 반와, 발리마르!

　나마리에! 나이 히루발레 발리마르.
　나이 엘레 히루바, 나마리에!

　'아, 바람이 부니 나뭇잎이 금빛으로 떨어지고 나무의 날개처럼 무수한 세월이 흘렀구나! 모든 별들이 그녀의 거룩하고 위엄 있는 노랫소리에 몸을 떠는 바르다의 푸른 하늘 아래, 서쪽바다 건너 높은 방에서 달콤한 꿀술을 순식간에 마시듯 오랜 세월이 지나갔구나! 이제 누가 나의 잔을 채워 줄 것인가? 이제 별들의 여왕, 불 밝히는 이 바르다는 만년설산에서 마치 구름처럼 그녀의 두 손을 들어 버렸네. 모든 길은 어둠에 휩싸이고, 우리 사이의 넘실대는 파도 위로 회색대지의 어둠이 몰려오고, 칼라키랴의 보석 위에는 영원히 안개가 덮여 있네. 이제 동부에서 떠나온 이들은 영원히, 영원히 발리마르를 볼 수 없으리라! 안녕! 혹시 그대는 발리마르를 발견할지도 모른다. 혹시 바로 그대가 발리마르를 발견할지도 모른다. 안녕!'

바르다는 이쪽 망명지 가운데땅에 살고 있던 요정들이 엘베레스라 부르는 존재의 다른 이름이다.

갑자기 강이 물길을 바꿨고 양쪽으로 강둑이 높이 솟아올라 로리엔의 빛은 사라졌다. 프로도는 그 아름다운 땅을 다시 볼 수 없었다.

일행은 이제 자신들의 여정을 향해 고개를 돌렸다. 햇빛이 내리쬐고 모두 얼굴이 눈물로 뒤범벅이었기 때문에 눈을 바로 뜰 수가 없었다. 김리는 아예 큰 소리로 엉엉 울고 있었다. 그는 같은 배를 탄 레골라스에게 말했다.

"나는 이 땅에서 가장 아름다운 것을 마지막으로 보았어. 앞으로 부인의 선물 외에는 어떤 것도 아름답다고 하지 않겠어."

그는 손을 가슴에 대며 말을 이었다.

"레골라스, 말해 보시오. 내가 왜 이 여행에 나섰지? 정말 위험한 게 어디에 있는지 난 모르고 있었던 거요. 앞길에 무엇이 기다리는지 깨닫지도 못하고 있다던 엘론드의 말씀이 옳았소. 어둠 속의 공포는 과연 내가 두려워하던 거였소. 하지만 그것이 내 발길을 돌리지는 못했지. 그렇지만 만일 내가, 빛과 환희가 얼마나 위험한지를 알았다면 여기 오지 않았을 거요. 설령 오늘 밤 바로 우리가 암흑군주를 만난다 하더라도, 나는 오늘의 이별에서 내 인생의 가장 큰 상처를 입었다고 할 수 있을 것이기 때문이오. 이토록 가슴이 젖을 수가 있다니, 글로인의 아들 김리가!"

그러자 레골라스가 말했다.

"아니요! 이것은 우리 모두의 슬픔이며, 이 시대에 대지 위를 걸어다니는 모든 이들의 슬픔이라고 해야 할 거요. 흐르는 강물 위로 배를 타고 갈 때 보이는 풍경처럼 나타났다가 사라지는 것, 이것이 인생이지. 하지만 글로인의 아들 김리, 자넨 축복받은 존재요. 자네가 슬퍼하는 그 상실은 자네의 자유의지로 선택한 거요. 자네는 다른 길을 택할 수도 있었소. 하지만 자네는 동료들을 저버리지 않았고, 따라서 자네가 누리게 될 최소한의 보상은 바로 영원히 자네 가슴에 생생하게 또 깨끗하게 남아 있을 로슬로리엔의 추억이지. 그것은 사라지지도 않고 썩어 없어지지도 않는 추억이오."

"그럴지도 모르지. 정말 옳은 말이오. 고맙소. 하지만 그런 위로는 다 소용없소. 내 마음이 바라는 것은 추억이 아니오. 아무리 크헬레드자람호수처럼 맑다고 해도 그것은 거울밖에 되지 않는 거요. 적어도 난쟁이 김리의 가슴은 그렇게 느끼고 있소. 요정들은 보는 것이 우리와 다르지? 그들에겐 기억이라는 것이, 꿈이라기보다는 오히려 생시와 더 가까운 것이라고 들었소. 하지만 난쟁이들은 그렇지가 않소. 여하간 그 이야기는 그만하고 배를 잘 저어야지! 강물은 빠른데 짐이 너무 많아 배가 깊이 잠겨 버렸어. 차가운 강물에 내 슬픔을 묻어 버리고 싶지는 않거든."

그는 벌써 강심을 벗어나 앞서가는 아라고른의 배를 따라 서쪽 강변으로 노를 저었다.

일행은 이렇게 유유히 흘러가는 넓은 강물을 따라 끝없이 남쪽으로 항해를 시작했다. 양쪽 강변으로 듬성듬성 숲이 있어 그 너머의 지형을 볼 수가 없었다. 바람이 잠잠해지면서 강물은 소리 없이 흘러갔다. 적막을 깨뜨리는 새소리조차 없었다. 오후가 되면서 태양은 점점 흐릿해졌고, 하늘 높이 떠오른 하얀 진주처럼 푸르스름한 하늘 위에서 미광을 발했다. 그리고 해는 곧 서쪽으로 졌고 서서히 어둠이 밀려오면서 별빛조차 없는 희미한 밤하늘이 나타났다. 그들은 강변 숲 그림자 밑으로 배를 몰아 밤의 고요와 어둠을 계속 헤쳐

나갔다. 거대한 나무들이 밤안개 속에서 강물로 목마른 뿌리를 들
이민 채 유령처럼 지나쳤다. 황량하고 으스스한 날씨였다. 프로도
는 강가의 나무뿌리와 유목 사이로 꼬르륵 소리를 내며 흘러가는
강물 소리를 어렴풋이 들으며 앉아 있다가 마침내 고개를 꾸벅이며
불안한 잠에 빠져들었다.

Chapter 9

안두인대하

프로도는 샘이 깨워 눈을 떴다. 그는 안두인대하 서쪽 강변의 조용한 숲 한구석에 온몸을 담요로 감싼 채 회색의 높은 나무들 밑에 누워 있었다. 그날 밤을 거기서 보낸 것이었다. 희뿌연 잿빛 미명이 벌거벗은 나뭇가지 사이로 찾아들었다. 김리는 작은 불을 피우느라 근처에서 바삐 움직였다.

그들은 날이 환히 밝기 전에 다시 출발했다. 하지만 모두들 남쪽으로 항해를 서두르는 기색은 없었다. 그들은 적어도 라우로스와 뾰족바위섬에 닿기까지는 며칠 여유가 있다는 사실에 만족했다. 그리고 결국 어느 쪽으로 가든 앞길에 닥칠 위험을 재촉하고 싶은 마음은 없었기에 강물이 흐르는 대로 그냥 떠내려가고 있었다. 아라고른은 앞날을 대비하여 힘을 아끼기 위해 일행이 원하는 대로 강물을 따라 흘러가게 내버려 두었다. 그러나 그는 적어도 매일 아침 일찍 일어나 저녁 늦게까지 항해해야 한다는 점은 강조했다. 사실 그는 점점 시간이 급박해짐을 느끼고 있었다. 그들이 로리엔에서 쉬는 동안 암흑군주도 한가하게 놀고 있지는 않았으리란 불안감을 떨칠 수가 없었다.

그렇지만 그들은 그날도, 다음 날도 적의 동정을 전혀 발견할 수 없었다. 지루한 잿빛 시간들이 무료하게 지나갔다. 항해 사흘째가 되면서 풍경이 천천히 바뀌었다. 나무가 점점 드물어지더니 마침내 자취를 감추었고, 왼쪽으로 동쪽 강변에는 볼품없는 기다란 언덕이 멀리 하늘을 향해 뻗어 있었다. 마치 그 위로 불길이 스치고 지나간 듯 대지는 살아 있는 풀잎 하나 없이 온통 시든 갈색이었다. 그 공허를 달래 줄 부러진 나무 한 그루, 갈라진 바위 하나 없는 기분 나쁜 황야였다. 그들은 드디어 어둠숲 남부와 에뮌 무일의 구릉지대 사이에 위치한 거대하고 황량한 '갈색평원'에 도착한 것이었다. 도대체 대적의 어떤 재앙이, 어떤 전쟁이, 아니면 어떤 사악한 행위가 이 넓은 지역을 폐허로 만들었는지 아라고른은 짐작조차 할 수 없었다.

강 오른편 서쪽에도 역시 나무가 없었으나 지형은 평탄한 편이었으며 드문드문 넓은 풀밭이 펼쳐지기도 했다. 그들은 계속 서쪽 강변을 따라 거대한 갈대숲 사이로 빠져나갔다. 갈대는 키가 너무 커서, 작은 배들이 찰랑거리는 갈대숲 경계를 따라 지나가는 동안 서쪽 시야가 가려졌다. 거무튀튀하게 시든 갈댓잎들이 가벼운 찬 바람에 나지막이 구슬픈 소리를 내며 몸을 떨었다. 프로도는 이따금 갈대숲이 터진 사이로, 언뜻언뜻 나타나는 풀밭과 그 너머 멀리 황혼의 언덕을 볼 수 있었고, 까마득하게 보일까 말까 한 곳에 안개산맥의 남쪽 끝 능선들이 한 줄기 검은 선처럼 길게 뻗어 있는 것을 보았다.

새들 말고는 살아 움직이는 것은 아무것도 없었다. 새들은 무척 많았다. 갈대 사이로 지저귀는 작은 새들이 많이 있었으나 눈에 잘 띄지는 않았다. 한두 번 날갯짓하는 소리가 들리더니 백조 떼가 한 줄로 줄을 지어 하늘 위로 날아올랐다. 샘이 외쳤다.

"백조다! 굉장히 큰데요!"

"그렇군. 흑고니요."

아라고른이 대답하자 프로도도 말했다.

"이곳은 너무 넓고 황량해서 어쩐지 쓸쓸한 느낌마저 드는군요. 겨울이 끝날 때까진 남쪽으로 내려갈수록 더 따뜻하고 유쾌한 여행이 될 줄 알았는데 말이에요."

"여긴 남쪽이라고 할 수도 없소. 아직은 겨울이고 우린 바다에서

도 멀리 떨어져 있지. 이 지역은 봄이 갑자기 찾아올 때까지는 날씨
가 춥고, 어쩌면 다시 눈이 올지도 모르지. 저 아래쪽 대하와 바다가
만나는 벨팔라스만까지 가면 날씨도 따뜻하고 즐거운 일이 있을지
도 모르지만 그것도 대적에게 점령당하지 않은 경우에만 가능하오.
까마득히 먼 샤이어로 치자면 우리는 남둘레 남쪽으로 290킬로미
터도 채 못 내려온 셈이오. 지금 서남쪽으로 리더마크 북부 평야 저
쪽에 보이는 곳이 말의 명인들의 땅 로한이오. 조금 있으면 팡고른
에서 내려오는 맑은림강이 대하로 흘러드는 곳이 보일 텐데 거기
가 바로 로한의 북쪽 경계요. 예로부터 맑은림강과 백색산맥 사이
의 땅은 로히림의 영토였소. 풍요롭고 살기 좋은 땅이며, 특히 목초
지가 유명했는데 세상이 어두워지면서 그들도 강가에서 살지 않고
강까지 말을 타고 나오는 일도 없어져 버렸소. 안두인이 넓긴 하지만
오르크들의 화살은 강 건너 훨씬 멀리까지 날아가고, 또 요새는 아
예 강을 건너와 종마를 비롯한 로한의 갖가지 말들을 약탈한다는
소문도 있소."

샘은 불안한 눈으로 양쪽 강변을 살펴보았다. 전에는 나무 뒤에
누가 숨어 있거나 무슨 위험이 도사리고 있을 것 같아서 나무가 두
려웠지만 이제는 나무가 제발 많았으면 하는 생각이 들었다. 원정대
가 너무 노출되어 있다는 느낌이었다. 말하자면 그들은 최전선이라
고도 할 수 있는 강 위에서, 주변에 아무 은폐물도 없이 덮개 없는 작
은 배를 타고 있는 것이었다.

다음 하루 이틀 동안 남쪽으로 계속 내려가면서 일행은 점점 더
그와 같은 불안감에 사로잡혔다. 하루 종일 그들은 노에 매달려 배
를 저었다. 강변은 미끄러지듯 뒤로 물러났다. 이윽고 강폭이 넓어
지고 수심이 얕아지면서 동쪽 강변으로 기다란 돌밭이 펼쳐졌고 물
밑에는 자갈 바닥이 보였다. 배를 몰기가 수월치 않게 되었다. 갈색
평원은 황량한 고원으로 바뀌었고 그 위로 차가운 동풍이 불어왔

다. 서쪽의 풀밭은 이제 굴곡이 심한 저지대로 바뀌면서 풀도 시들었고 덤불진 습지대로 이어졌다. 프로도는 로슬로리엔의 잔디밭과 분수, 맑은 햇빛과 달콤한 가랑비를 생각하며 몸을 떨었다. 어느 배에서도 이야기나 웃음소리가 들리지 않았다. 일행은 저마다 머릿속으로 생각을 하느라 바빴다.

레골라스의 마음은 너도밤나무숲이 우거진 북부의 어느 산골짜기에서 여름밤의 별빛을 바라보며 뛰놀고 있었고, 김리는 마음속으로 금덩이를 만지작거리며 그것이 갈라드리엘 부인의 선물을 담을 만한 그릇이 될지 궁리하고 있었다. 배 한가운데에 앉은 메리와 피핀은 보로미르가 연신 중얼거리며 손톱을 물어뜯고 있어 불안했다. 그는 이따금 초조한 표정을 지으며 무슨 의심이라도 생긴 듯 노를 저어 아라고른의 배 뒤로 바싹 배를 붙였다. 그럴 때면 뱃머리에 앉아 뒤를 돌아보고 있던 피핀은 전방의 프로도를 바라보는 그의 눈에서 묘한 빛을 볼 수 있었다. 샘은 배가, 지금까지 자기가 생각해 왔듯 위험하지는 않지만 상상한 것 이상으로 불편한 것이라고 훨씬 전부터 결론을 내리고 있었다. 그는 갑갑하고 처량한 기분으로 양옆으로 흘러가는 회색 강물과 스쳐 지나가는 겨울의 대지를 응시할 뿐이었다. 노를 저어야 할 때도 그들은 샘에게 노를 맡기지 않았다.

넷째 날이 저물 무렵 샘은 프로도와 아라고른이 고개를 숙인 너머로 뒤따르는 배들을 바라보았다. 그는 졸음을 참으며 어서 땅에 내려 발끝으로 흙의 감촉을 느끼며 야영을 했으면 하고 바랐다. 갑자기 그의 시야에 이상한 것이 들어왔다. 처음에는 멍한 상태로 보았기 때문에 그는 자리를 고쳐 앉으며 눈을 비볐다. 그러나 다시 보았을 때는 아무것도 없었다.

그날 밤 그들은 서쪽 강변 작은 섬에서 야영을 했다. 샘이 프로도 옆에 담요를 덮어쓰고 누웠다가 말을 꺼냈다.

"우리가 내리기 한두 시간 전에 배에서 이상한 꿈을 꿨어요. 꿈이 아닌 것 같기도 하고요. 하여간 이상한 걸 봤어요."

프로도는 샘이 일단 말을 꺼내면 꼭 이야기를 끝내야 직성이 풀리는 것을 알고 있었기에 말을 받아 줬다.

"흐음, 무슨 일인데? 로슬로리엔을 떠난 뒤로는 웃을 만한 건 보지도 못하고 생각도 못 했는데."

"그런 얘기가 아니에요. 이상한 일이라니까요. 꿈이 아니라면 분명히 뭔가 잘못된 거예요. 일단 한번 들어 보세요. 뭐라고 할까, 말하자면 눈이 달린 통나무를 본 것 같아요."

"통나무야 그럴 수도 있지 뭐. 강에는 통나무가 많이 떠다니잖아? 눈만 빼면 되는 거야."

"아니에요. 바로 그 눈 때문에 제가 자리를 고쳐 앉았다니까요. 처음에는 그냥 김리의 배 뒤로 어둑어둑한 물 위에 통나무가 떠내려오는 게 보였어요. 그래서 별로 신경을 쓰지 않았는데 어쩐지 그 통나무가 우릴 천천히 따라오는 듯한 느낌이 들었어요. 그것도 우리처럼 강물에 떠내려간다고 하면 이상할 것도 없지만 바로 그때 눈이 보였어요. 통나무 이쪽 끝에 혹처럼 불룩 튀어나온 것 위로 희미하게 반짝이는 두 눈을 봤단 말이에요. 게다가 통나무라고 할 수 없는 것이, 모양은 백조 발처럼 생겼는데 크기는 훨씬 큰 발이 물 위로 나왔다 들어갔다 하더라니까요. 그래서 몸을 일으켜 앉으며 눈을 비볐어요. 눈에서 졸음을 씻은 다음에도 보이면 소리를 지르려고요. 그 괴상한 것이 꽤 빠른 속도로 김리 바로 뒤까지 접근했거든요. 그런데 그 눈동자가 제가 자기를 보고 있다는 걸 알아챘는지, 아니면 제가 그제야 졸음에서 벗어난 건지 다시 보니까 없어져 버렸어요. 그렇지만 순간, 언뜻 무언가 시꺼먼 것이 강둑 아래 어둠 속으로 재빨리 숨는 것을 본 것 같아요. 그리고 그 눈은 다시 나타나지 않았어요. 그래서 전 혼잣말로 '감지네 샘, 또 꿈을 꿨구나.' 하고 중얼거렸지요. 바로 그 순간에는 아무 말도 하지 않았지만 그때부터 계속 그 생각만 했어요. 그런데 지금 와서 보니 또 자신이 없네요. 프로도 씨께선 뭐 보신 것 없으세요?"

"샘, 그 눈이 이번에 처음 나타난 것이라면 졸음 때문에 네 눈이 통나무와 어둠을 잘못 본 거라고 해야겠지. 하지만 처음이 아니야. 난 로리엔에 들어가기 전부터 그걸 보았네. 그리고 그날 밤에는 시렁 위를 쳐다보던 이상한 짐승을 발견했는데 할디르도 봤다고 했어. 오르크들의 뒤를 쫓아가던 요정들이 한 이야기를 기억하지?"

"아! 이제 기억이 나요. 제 기억력이 좋지는 않지만 이것저것 연결을 시켜 보고 빌보 어른 말씀까지 돌이켜 보면 그놈 이름을 짐작할 수도 있을 것 같은데요. 불쾌한 이름이죠. 아마 골룸이던가요?"

"그래. 시렁 위에서 밤을 보낸 뒤로 한동안 내가 걱정한 것도 바로 그 때문이야. 그놈은 모리아에 숨어 있다가 우리 냄새를 맡고 쫓아온 것 같아. 우리가 로리엔에 있는 동안 냄새를 잊은 줄 알았는데 아마 은물길강 변 숲속에 숨어서 우리가 출발하는 것을 지켜본 모양이야."

"그렇군요. 좀 더 경계를 철저히 해야겠어요. 혹시 한밤중에 그 더러운 손이 우리 목을 조를지도 모르잖아요? 더구나 깨어 있지 않으면 아예 느낄 수도 없겠죠. 그게 제가 지금까지 해 온 생각이에요. 오늘 밤엔 성큼걸이나 다른 이들을 깨울 필요 없이 제가 불침번을 서겠어요. 내일 자면 되지요, 뭐. 저는 배에서는 짐밖에는 안 된다고 하셨죠."

"다행히 '눈이 달린 짐'이지. 불침번을 서는 건 좋은데, 조건이 있어. 한밤중에 교대하게 날 깨우겠다고 약속하란 말이야. 물론 그 전에 아무 일도 없어야겠지만."

깊은 잠에 곯아떨어진 프로도는 칠흑 같은 어둠 속에서 샘이 자기를 흔들어 깨우는 것을 알았다. 샘이 속삭였다.

"죄송하지만 부탁하신 대로 깨웠어요. 별로 이상한 건 없어요. 조금 전에 물 튀기는 소리, 아니면 냄새 맡는 소리가 들리는 것 같았지만 밤이면 강물에서 흔히 나는 소리였어요."

샘이 눕자 프로도는 일어나 앉아 담요로 몸을 싸면서 잠을 쫓았다. 몇 분인지 몇 시간인지 천천히 시간이 흘러갔지만 아무 일도 일어나지 않았다. 프로도는 다시 눕고 싶은 생각이 간절했다. 바로 그때였다. 겨우 형체를 알아볼 수 있는 검은 그림자가 강 위에 정박한 배들 중 하나를 향해 다가가는 것이 보였다. 희끄무레한 긴 손이 뻗어 나와 뱃전을 잡고, 등불처럼 반짝이는 희미한 두 눈이 차가운 빛을 번득이며 배 안을 살피다가 고개를 들고 섬에 있는 프로도를 바라보았다. 그들 사이의 거리는 1, 2미터밖에 되지 않았고, 프로도는 나직하게 들이쉬는 그의 숨소리까지 들을 수 있었다. 그는 일어나 칼집에서 스팅을 꺼내 그 눈을 겨냥했다. 눈빛은 즉시 사라졌다. 다시 쉿쉿 하는 소리와 물 튀기는 소리가 들리면서 그 통나무 모양의 검은 물체는 순식간에 검은 강물로 숨어 버렸다.

아라고른이 잠자다 말고 부르르 떨며 일어나 앉았다.

"무슨 일이오?"

그는 낮은 소리로 물으며 벌떡 일어나 프로도에게 다가왔다.

"꿈자리가 뒤숭숭하더라니. 칼은 왜 빼 들고 있소?"

"골룸이에요. 적어도 제 짐작으로는 그래요."

"아! 그러면 자네도 우리의 작은 미행자를 알아챘군. 모리아에서 님로델까지 계속 우리를 따라왔소. 우리가 배를 탄 후부터 통나무에 매달려 손발로 노를 저어 따라온 끈질긴 놈이오. 밤중에 몇 번 붙잡을 뻔했는데 그때마다 놓쳐 버렸지. 물고기보다 미끄럽고 여우보다 교활한 놈이오. 강물 여행에 지쳐서 나가떨어지길 바랐는데, 물 타는 솜씨가 보통이 아닌 것 같소. 여하간 내일부터는 속도를 더

664

내야겠소. 자넨 이제 눈 좀 붙이게. 남은 시간은 내가 지킬 테니까. 그리고 그 불쌍한 녀석도 내 손으로 잡았으면 좋겠소. 유익하게 이용할 수 있는 방법이 있거든. 못 잡는다면 무슨 수를 써서라도 따돌려야 하오. 몹시 위험한 존재니까. 혼자서 밤중에 우리에게 덤벼들기보다는 근방에 있는 적을 우리 뒤에 붙일 놈이거든."

그날 밤 골룸은 다시 그림자도 비치지 않았다. 그 후로 그들은 경계를 철저히 했지만 항해가 끝날 때까지 골룸을 결코 다시 볼 수 없었다. 아직도 그들을 따라오고 있다면 그는 대단히 신중하고 교활한 미행자였다. 아라고른의 지시에 따라 그들은 노를 빨리 저었고, 강변의 경치는 빠르게 지나갔다. 그러나 그들은 대개 낮에는 최대한 지형지물을 이용해 숨어 휴식을 취하고 밤이나 미명 속에만 항해를 계속했기 때문에 주변의 경물을 제대로 보지 못했다. 이렇게 이레가 될 때까지 아무 일도 없었다.

하늘은 여전히 잿빛 구름으로 찌푸렸고 동쪽에서 바람이 불어왔다. 그러나 밤이 이슥해지면서 서쪽 하늘 끝에 먹장 같은 구름이 조금 열리며 노랑과 연초록이 섞인 희미한 빛이 나타났다. 초승달의 하얀 끝자락이 먼 호수 위에 어른거리듯 모습을 드러냈다. 샘은 그것을 보고 이마를 찌푸렸다.

다음 날은 양안(兩岸)의 풍경이 갑자기 바뀌기 시작했다. 강둑이 높아지고 바위벽이 서서히 나타났다. 그들은 곧 암벽 사이로 지나갔으며 양쪽 강변에는 가시나무와 야생자두 덤불이 우거지고, 검은딸기와 덩굴식물이 어지럽게 얽힌 가파른 비탈이 보였다. 그 뒤로는 나지막하게 허물어져 가는 절벽이 있었으며, 비바람에 시달린 회색 바위 틈새를 담쟁이덩굴이 시커멓게 뒤덮었다. 다시 그 뒤에는 높은 산등성이들이 솟아 있었고 그 정상에는 바람에 견디다 못해 등이 굽은 전나무들이 서 있었다. 일행은 야생지대 남단, 에뮌 무일의 회색 산악지대에 접근하는 중이었다.

절벽과 바위 틈새 위에는 무수한 새 떼가 하루 종일 푸르스름한 하늘 위로 검은 원을 그리며 선회했다. 아라고른은 그날 낮에 야영하면서 골룸이 혹시 무슨 말썽을 일으켜 그들의 항해가 벌써 황야지대에 알려진 게 아닌가 걱정하며 새 떼의 비상을 수상쩍게 바라보았다. 해가 지고 일행이 다시 출발 준비로 부산하게 움직이고 있을 때, 그는 기울어 가는 석양에서 까만 점 하나를 발견했다. 큰 새한 마리가 까마득하게 높은 곳에서 가끔 선회를 하며 서서히 남쪽으로 이동하고 있었다. 아라고른은 북쪽 하늘을 가리키며 물었다.

"레골라스, 저게 뭐죠? 내 생각엔 독수리 같은데."

"맞아요. 사냥용 독수리지요. 예감이 좋지 않은데. 산맥은 여기서도 한참 먼데 말이오."

"완전히 어두워질 때까지는 출발을 연기하지요."

여드레째 저녁이 다가왔다. 기분 나쁜 동풍이 잠잠해지고 하늘은 바람 한 점 없이 고요했다. 가느다란 초승달은 일찌감치 어스름 황혼으로 떨어졌지만 높은 하늘은 맑았고 멀리 남쪽에는 아직 석양빛에 희미하게 빛나는 거대한 구름 떼가 보였다. 서쪽 하늘에는 벌써 별이 빛났다. 아라고른이 말했다.

"자! 하룻밤만 더 야간 항해를 합시다. 이제 강의 직선 유역에 접어들었는데, 여긴 내가 잘 모르는 곳이오. 이쪽은, 특히 여기부터 사른 게비르의 급류까지는 강을 따라가 본 적이 없어서 자신이 없소. 하지만 내 계산이 맞는다면 사른 게비르 급류까지는 아직 몇 킬로미터를 더 가야 할 거요. 물론 거기에 닿기 전에도 물속의 암초나 바위섬처럼 위험한 곳들이 있소. 경계를 철저히 하고 노를 빨리 젓지 않게 조심합시다."

선두의 배에 탄 샘에게 파수의 임무가 맡겨졌다. 샘은 앞으로 엎드린 채 어둠 속을 응시했다. 밤은 더욱 어두워졌지만 머리 위의 별은 이상하게 더 반짝거렸고 강물 위까지 어른어른 비쳤다. 노를 쓰지 않고 상당한 거리를 떠내려와 거의 자정에 가까워졌을 무렵 샘이 갑자기 소리를 질렀다. 바로 몇 미터 앞의 물 위로 시커먼 물체들이 어렴풋이 보였고 물소리가 요란했다. 물 흐름이 갑자기 왼쪽으로 바뀌며 동쪽 강변을 향했다. 물이 흘러가는 것이 뚜렷하게 보일 정도였다. 그렇게 옆으로 휩쓸려 가는 순간 그들은, 희미한 물거품이 강물 속으로 깊숙이 돌출한 날카로운 암벽에 부딪히는 것을 바로 앞에서 보았다. 배들이 모두 함께 뒤엉켜 버렸다. 자기 배가 앞의 배에 부딪히자 보로미르가 외쳤다.

"아라고른! 미친 짓이오. 밤에는 급류를 지나갈 수 없소. 아니, 밤이든 낮이든 사른 게비르에서는 배가 견뎌 낼 수 없소."

아라고른이 외쳤다.

"뒤로, 뒤로! 돌려! 최대한 돌려!"

그는 노를 강물 속에 집어넣고 배를 돌리려고 애썼다. 그는 프로도에게 말했다.

"내 계산이 틀렸어. 이렇게 멀리까지 내려온 줄은 몰랐는데. 안두인대하는 생각한 것보다 훨씬 빠르군. 그렇다면 벌써 사른 게비르가 바로 앞에 있다는 얘긴데."

그들은 죽을힘을 다해 배를 저지하면서 서서히 방향을 돌렸다. 그러나 처음에는 흐름이 워낙 거세서 조금씩 돌릴 수밖에 없었고 결국 동쪽 강변으로 점점 밀려났다. 한밤중에 바라본 동쪽 강변은 더욱 시커멓고 으스스한 느낌을 주었다. 보로미르가 외쳤다.

"모두 같이 노를 저어요! 노를 저어! 잘못하면 강변 바닥으로 올라가요!"

그가 외치는 순간 프로도는 이미 배 바닥이 바위에 닿는 것을 느졌다.

그 순간 피융 하는 활시위 소리와 함께 화살이 그들 머리 위로 날아오더니 그중 몇 대는 그들 사이로 떨어졌다. 양어깨 사이에 화살을 맞아 노를 놓친 프로도는 비명을 지르면서 앞으로 기우뚱했다. 그러나 화살은 그의 숨겨진 갑옷에 튕겨 나와 바닥에 떨어졌다. 또하나가 아라고른의 두건을 관통했고 셋째 화살은 뒷배에 탄 메리의 손 바로 옆 뱃전에 박혔다. 샘은 동쪽 강변의 긴 자갈밭에 검은 그림자들이 이리저리 뛰어다니는 것을 본 듯했다. 그들은 매우 가까운 거리에 있었다.

"위르크!"

레골라스가 급한 김에 요정들의 말로 외쳤다.

"오르크다!"

김리도 외쳤다. 샘은 프로도를 향해 말했다.

"골룸 짓이에요. 틀림없어요. 게다가 잠복한 위치도 정말 절묘해요. 강물이 우리를 저놈들 품에 던져 주고 있잖아요."

그들은 모두 노를 잡아당기며 앞쪽으로 엎드렸다. 심지어 샘까지 거들었다. 그들은 검은 화살촉의 섬뜩한 촉감을 순간순간 느낄 수 있었다. 그러나 모두 머리 위로 씽씽 날아가거나 그들 좌우의 물속으로 떨어질 뿐 그들을 맞히진 못했다. 사방이 캄캄했지만 밤눈이 밝은 오르크들에겐 크게 지장이 없었고 게다가 별빛까지 희미하게 비쳐서, 로리엔의 회색 망토나 요정들이 배를 만들 때 사용한 회색 목재가 아니었다면 그들은 영락없이 모르도르의 교활한 궁수들에게 훌륭한 표적이 될 뻔했다.

그들은 필사적으로 노를 저었다. 워낙 어두웠기 때문에 배가 움직이는지조차 알 수 없었으나 서서히 강물의 소용돌이도 약해지고 동쪽 강변의 어둠도 뒤로 물러서는 느낌이 들었다. 마침내 그들은 강 한가운데로 다시 나와 돌출한 암초들 위로 어느 정도 배를 끌어 올렸다고 생각했다. 그리고 반쯤 방향을 바꿔, 다시 전력을 다해 서쪽 강변으로 배를 몰았다. 강물 위로 드리운 덤불숲의 그림자 아래 그들은 배를 멈추고 일단 숨을 돌렸다.

레골라스가 노를 놓더니 로리엔에서 선사받은 활을 집어 들었다. 그러고는 강변으로 훌쩍 뛰어내려 둑 위로 몇 걸음 기어올라갔다. 시위를 당겨 화살을 메긴 그는 강 건너 어둠 속을 뚫어져라 응시했다. 그러나 강 건너에서는 날카로운 함성이 들릴 뿐 아무것도 보이지 않았다.

프로도는 고개를 들어 그의 머리 위로 우뚝 선 요정이 목표를 찾아서 건너편을 노려보는 모습을 보았다. 검은 하늘에 점점이 박힌 흰 별들은 마치 왕관처럼 그의 머리 위에서 반짝였다. 그러나 그때 남쪽에서 거대한 구름장이 별빛 가득한 밤하늘 위로 서서히 북상해 왔다. 갑작스러운 공포가 그들을 엄습했다.

"엘베레스 길소니엘!"

하늘을 올려다보던 레골라스가 한숨지으며 말했다. 바로 그 순간 구름인지 아닌지 거대한 검은 물체가 구름보다 훨씬 빠른 속도로 남쪽 하늘의 어둠 속을 빠져나와 모든 별빛을 가리며 그들을 향해 날아왔다. 밤하늘의 어둠보다 검은 거대한 날짐승이었다. 강 건너에서 그 새를 환영하는 함성이 요란하게 울렸다. 프로도는 갑자기 냉기가 온몸을 관통해 심장을 움켜쥐는 듯한 느낌이 들었다. 전에 어깨에 입은 상처를 연상케 할 만큼 강력한 냉기였다. 그는 몸을 숨기듯 엎드렸다.

갑자기 로리엔의 위대한 활이 소리를 냈다. 날카로운 소리와 함께 화살이 시위를 떠난 것이었다. 프로도는 고개를 들었다. 바로 그의 머리 위에서 그 날짐승은 방향을 바꿨다. 그리고 소름 끼칠 만큼 무시무시한 비명을 지르며 동쪽 강변의 어둠 속으로 사라졌다. 하늘은 다시 맑아졌다. 어둠 속에서 비명과 통곡이 터지며 소란스러운 소리가 들려오더니 다시 잠잠해졌다. 그날 밤은 다시 화살이나 고함 소리가 동쪽에서 날아오지 않았다.

잠시 후 아라고른은 다시 배를 상류로 몰고 갔다. 그들은 강변을 따라 한참 헤맨 끝에 드디어 야트막한 작은 만을 찾아냈다. 그곳엔 물가까지 바싹 붙어 선 몇 그루 키 작은 나무들이 있었고 그 뒤에는 가파른 암벽이 솟아 있었다. 일행은 동이 틀 때까지 그곳에서 기다리기로 했다. 밤에 계속 움직인다는 것은 부질없는 짓이었다. 그들은 배를 서로 바싹 붙인 채 배에서 내리지도 않았고 불도 피우지 않았다. 렘바스 조각을 씹으며 김리가 말했다.

"갈라드리엘의 활과 레골라스의 눈과 손을 찬양하세! 친구, 자네는 깜깜한 밤중에도 활 솜씨가 대단하더군!"

"하지만 맞은 게 뭔지 알 수가 있어야지."

"나도 모르지만 어쨌거나 그 시커먼 게 더 가까이 오지 못하게 한 건 천만다행이었소. 소름이 끼치더라니까. 모리아에서 본 어둠이 연상될 정도였지. 발로그의 어둠 말이오."

김리는 나직한 소리로 말을 마쳤다. 아직 냉기에 몸을 떨던 프로도가 말했다.

"발로그는 아니었어요. 그것보다 차가운 거였어. 내 생각에는……."

그는 말을 멈추고 침묵을 지켰다.

"자네 생각엔?"

프로도의 얼굴을 한 번 더 살필 겸 그의 배에서 이쪽으로 몸을 기울이며 보로미르가 따지듯 물었다.

"내 생각에는…… 아니, 그만두겠어요. 그게 무엇이었든 간에, 그놈이 추락하자 적들도 당황했어요."

그러자 아라고른이 말했다.

670

　"그런 것 같소. 하지만 놈들이 어디에, 얼마나 있는지, 그리고 다음에는 또 무슨 일을 벌일지 우리는 아무것도 모르오. 오늘 밤엔 모두 잠을 자면 안 되겠소. 지금은 밤이니까 괜찮지만 날이 새면 또 어떻게 될지 모르겠군. 무기를 가까이 둡시다!"

　샘은 손을 꼽아 셈이라도 하듯 칼 손잡이를 두드리며 하늘을 올려다보았다.

　"참 이상한 일이야. 샤이어나 야생지대나 달은 마찬가질 텐데, 아니 당연히 똑같을 텐데. 달이 궤도를 벗어난 건가, 아니면 내가 계산을 잘못한 건가? 우리가 나무 위 시렁집에 올라갔을 때 달이 이울고 있던 걸 기억하시죠? 제 짐작으로는 보름에서 일주일이 지난 뒤였어요. 그런데 어젯밤이 우리가 여행을 다시 시작한 지 일주일쨴데 어째서 금방 손톱 같은 초승달이 튀어나오는 거죠? 그러면 요정들의 나라에선 하루도 지나지 않았단 말이 되거든요. 음, 분명히 기억할 수 있는 것만도 사흘 밤은 되고, 기억은 잘 나지 않지만 며칠은 더 있었던 게 분명한데 말이에요. 하지만 절대로 한 달까지야 될 리가 없고요. 그러면 거기서는 시간이 흐르지 않는단 말인가요?"

　프로도가 말했다.

　"어쩌면 그럴지도 모르지. 거기에 있는 동안 우리는 어디선가 오래전에 지나가 버린 시간 속에 머무른 거야. 내 생각에는 은물길강을 따라 안두인대하에 들어와서야 비로소 현실의 땅을 통과하여 대해를 향해 흘러가는 시간 속으로 되돌아온 것 같아. 그리고 내 기억으로도 카라스 갈라돈에서는 초승달이든 그믐달이든 달을 본 적이 없어. 밤에는 별빛, 낮에는 햇빛뿐이었거든."

　레골라스가 자기 배에서 말을 건넸다.

　"아니, 거기선 시간이 늦게 간다고 할 게 아니라, 변화와 성장이란 것이 사물과 장소에 따라 일정하지 않다고 해야 맞을 거요. 요정들에게도 세계는 움직이는 거요. 매우 빨리 움직이기도 하고 아주 천천히 움직이기도 하지. 빠르다는 것은, 그들 자신은 전혀 변하지 않지만 그 외의 다른 것들이 덧없이 지나가기 때문이요. 이것이 그들에겐 슬픈 거지. 느리다는 것은, 그들이 흘러가는 세월을 셀 필요가 없다는 뜻인데, 아무튼 그들 자신을 위해서는 세질 않지. 지나가는 계절이란 길고 긴 강물 위에 끝없이 반복되는 파도에 불과하니까. 하지만 태양 아래 존재하는 모든 것은 언젠가는 끝이 있게 마련이오."

그러자 프로도가 말했다.

"그러나 로리엔에서는 그 시간이 더디 오는 것이겠지요. 부인의 힘이 거기 작용을 하는 겁니다. 갈라드리엘이 요정의 반지를 간직하고 있는 한 카라스 갈라돈의 시간은 비록 보기에 짧아 보여도 언제나 풍요로운 시간이에요."

아라고른도 말했다.

"그러나 로리엔 밖에서는 그 말을 해서는 안 되네. 나한테라도 말이오. 그만하시오! 하지만 샘, 사실은 자네가 거기서 계산을 잊어버린 거요. 거기선 요정들에게서처럼 시간이 우리 곁을 너무 빨리 지나간 거지. 우리가 거기 있는 동안 바깥세상에서는 달이 새로 떴다가 진 거요. 그리고 어제저녁 초승달이 다시 떠오른 거요. 겨울은 거의 지나갔고, 이제 희망이라고는 거의 없는 봄이 찾아올 거요."

밤은 소리 없이 지나갔다. 강 건너에서는 아무 소리도 들려오지 않았다. 배 안에 웅크린 일행은 날씨의 변화를 느꼈다. 먼바다에서 남쪽을 거쳐 날아온 습한 구름 덕분에 아침 공기도 훈훈하고 바람도 거의 일지 않았다. 급류의 바위에 강물이 부딪혀 철썩이는 소리가 점점 커지며 가까워지는 듯했다. 머리맡의 나뭇가지에서는 이슬이 방울져 떨어지기 시작했다.

날이 밝아 오면서 그들 주변의 풍경은 차분하게 가라앉은 분위기로 변했다. 새벽빛이 서서히 어둠을 몰아내고 사방으로 퍼졌다. 강 위엔 안개가 자욱했고 강변까지 흰 안개에 휩싸여 건너편 강변은 보이지도 않았다. 샘이 말했다.

"원래 저는 안개를 싫어하지만, 오늘 안개는 어쩐지 행운의 징조 같아요. 이제는 그 빌어먹을 고블린 놈들한테 들키지 않고 빠져나갈 수 있을 것 같은데요."

"그럴지도 모르지만 조금 뒤에 안개가 걷히지 않으면 우리도 길을 찾을 수 없소. 사른 게비르를 거쳐 에뮌 무일까지 가려면 길을 꼭 찾아야 하오."

아라고른이 말하자 보로미르가 투덜댔다.

"왜 하필 사른 게비르 급류를 지나 계속 강으로 가야 하는지 이유를 모르겠소. 만일 에뮌 무일이 우리 전면에 있다면 여기서 이 나뭇잎 같은 배를 버리고 바로 서남쪽으로 가는 거요. 거기서 엔트강을 건너기만 하면 우리 곤도르 영토에 들어갈 수 있소."

그러자 아라고른이 대답했다.

"우리가 미나스 티리스로 갈 예정이라면 그럴 수도 있겠지만 아직 그 문제는 결정되지 않았소. 그리고 그 길도 생각보다는 위험한 길이고. 엔트강 유역은 평지에다 습지대고 또 안개가 대단해서 짐을 지고 걸어가려는 이들에겐 대단히 위험하오. 나는 가능한 한 배를 버리지 않을 생각이오. 적어도 강물은 놓칠 수 없는 길이니까."

보로미르는 다시 이의를 제기했다.

"하지만 동쪽 강변은 대적이 장악하고 있고 게다가 만일 아르고나스의 관문을 통과해 무사히 뾰족바위섬에 도착한다 하더라도 그 다음엔 어떻게 할 거요? 폭포를 뛰어내려 늪으로 들어간단 말이오?"

"아니요! 옛 도로를 이용해 라우로스폭포 하단까지 배를 운반하는 거요. 그리고 거기서 다시 배를 타면 되오. 보로미르, 당신은 북쪽 계단을 모르는 건가, 아니면 일부러 잊어버린 척하는 거요? 위대한 제왕들의 시대에 세워진 아몬 헨의 높은 망루도 거기 있잖소? 나는 가는 길에 그 망루를 꼭 올라 보고 싶소. 우리의 방향을 결정하는 데 도움이 될 만한 것을 보게 될지도 모르니까."

보로미르는 굽히지 않고 이 제안에 반대했지만 프로도가 어디로 가든 아라고른을 따르겠다고 분명히 밝히자 승복하며 말했다.

"위급한 친구를 버리는 것은 미나스 티리스 사람들의 법도가 아니오. 그리고 뾰족바위섬에 닿으면 제 도움이 필요할 거요. 그 장대 같은 섬까지만 같이 가겠소. 그 이상은 안 되오. 만일 거기서도 내 도움이 동료들의 인정을 받지 못한다면 난 혼자서 고향으로 돌아가겠소."

날이 밝아지면서 안개도 약간 걷혔다. 일행이 배에 남아 있는 동안 아라고른과 레골라스가 먼저 강변에 내려 보기로 했다. 아라고른은 급류 아래쪽, 강물이 비교적 잔잔한 지점까지 배와 짐을 운반할 수 있는 강변도로를 찾을 수 있기를 바랐다.

"요정의 배는 절대 가라앉지 않을 거요. 하지만 그렇다고 우리까지 사른 게비르를 무사히 살아 통과할 수 있다는 건 아니오. 아직 아무도 성공한 적이 없소. 이곳엔 곤도르인들이 만든 길도 없소. 곤도르의 최전성기에도 그들의 영토는 에뮌 무일을 넘지는 못했으니까. 하지만 만일 길이 있다면 서쪽 강변 어딘가에 사른 게비르 상하류를 연결하는 육로가 있을 거요. 벌써 없어지진 않았을 것이오. 옛날에는, 가벼운 배들은 야생지대에서 오스길리아스까지 통행을 했고, 또 모르도르에 오르크들이 불어나기 시작한 몇 년 전까지만 해도 여전히 그랬으니 말이오."

아라고른의 말에 다시 보로미르가 이의를 제기했다.

"내 평생에 북쪽에서 내려오는 배는 한 번도 본 적이 없소. 게다가 동쪽에는 오르크들이 우글거리고. 설사 연결 도로를 발견한다 하더라도 여전히 첩첩산중일 거요."

"남쪽 방향은 어느 길이나 위험이 도사리고 있다고 봐야겠지. 우릴 하루만 기다리시오. 그래도 우리가 돌아오지 않으면 우리에게 위험이 닥친 것으로 생각하고 새 지도자를 뽑아 그의 지휘대로 행동하시오."

아라고른과 레골라스가 가파른 비탈을 기어올라 안개 속으로 사라지는 모습을 지켜보는 프로도의 마음은 착잡했다. 그러나 그런 걱정은 쓸데없는 것이었다. 두어 시간이 겨우 지나 한낮이 될까 말까 할 무렵, 정찰 임무를 띠고 간 두 사람의 모습이 다시 나타났다. 아라고른은 강둑을 내려오며 말했다.

"잘됐소. 도로가 있소. 그리고 도로 끝에는 쓸 만한 선착장도 있고. 거리도 그다지 멀지 않소. 급류가 시작되는 것이 여기서 800미터 아래고, 급류 길이는 1.5킬로미터도 채 안 되오. 그다음부터는 물살이 좀 빠르기는 하지만 물도 다시 맑아지고 잔잔해지더군. 아마 배와 짐을 옛 도로까지 운반하는 게 가장 어려울 거요. 길은 여기 강변으로부터 200미터쯤 떨어진 곳에서 암벽 아래로 나 있는데 북쪽 선착장은 발견하지 못했소. 만일 어딘가에 있다면 아마 우리가 어젯밤 지나왔을 거요. 상류로 올라가면 찾을 수도 있겠지만 안개 때문에 놓칠 수도 있소. 그러니 내 생각에는 여기서 강을 떠나 가능한 한 빨리 그 도로로 가는 게 좋을 것 같소."

그러자 보로미르가 말했다.

"그건 이 일행 모두가 인간이라 해도 쉬운 일이 아니오."

"하지만 당신과 난 인간이니 한번 해 봅시다."

그러자 김리가 나섰다.

"우리도 할 거요. 짐이 몸무게의 두 배가 나가도 난쟁이는 끄떡없

675

지만 인간들은 다리가 휘청하더군, 보로미르."

정말 힘든 작업이었지만 결국 무사히 끝났다. 짐을 먼저 배에서 내려 강둑 위로 올렸다. 그 위는 평지였다. 그다음에는 배를 물에서 끌어 올렸는데 예상보다 훨씬 가벼웠다. 배를 요정들의 나라에서 자라는 어떤 나무로 만들었는지 레골라스도 알지 못했지만, 여하튼 놀랄 만큼 튼튼하면서도 가벼웠다. 평지에서는 메리와 피핀 둘이서도 배를 쉽게 운반할 수 있었다. 그러나 그들이 이제 걸어가야 할 도로까지 배를 운반하는 데는 두 인간의 힘이 절대적으로 필요했다. 강에서 도로까지는 완만한 오르막이었다. 회색 석회석들이 어지럽게 널린 황폐한 곳으로 이따금 잡초와 덤불로 뒤덮인 구덩이도 있었고, 가시나무숲과 가파른 작은 계곡도 나타났으며, 여기저기 내륙의 단구에서 흘러내린 물로 형성된 질척거리는 웅덩이도 보였다.

보로미르와 아라고른이 함께 배를 한 척씩 끌고 갔고 그 뒤로 다른 이들은 짐을 지고 열심히 길을 헤쳐 나갔다. 드디어 도로 위까지 짐과 배가 모두 운반되었다. 그다음부터는 길 위로 뻗친 가시덤불이나 굴러떨어진 작은 바위들을 빼고는 큰 장애물 없이 계속 전진할 수 있었다. 안개는 여전히 오른쪽의 허물어질 듯한 암벽과 왼쪽의 강물 모두를 장막처럼 가리고 있었다. 일행은 사른 게비르의 날카로운 바위 턱과 암초에 강물이 부딪히며 물거품을 일으키는 소리를 들었으나 안개 때문에 볼 수는 없었다. 남쪽 선착장에 짐을 운반하기 위해 그들은 두 번을 왕복해야만 했다.

도로가 강을 향해 방향을 바꿔 완만한 내리막을 형성한 곳에, 강물이 자그만 연못을 이룬 얕은 곳이 있었다. 선착장은 그 얕은 물가에 있었는데 연못은 누가 만든 게 아니라 강으로 야트막하게 돌출한 바위벽에 부딪힌 강물이 소용돌이를 일으키며 형성된 것이었다. 그 뒤로 가파른 회색 절벽이 우뚝 서 있었고 더 이상 걸어갈 수 있는 길은 없었다.

이미 짧은 오후가 지나 어둑어둑 땅거미가 지고 있었다. 일행은 물가에 앉아 안개에 가려진 사른 게비르의 급류가 요동치며 으르렁거리는 소리를 들었다. 피곤에 졸음마저 겹친 데다 저무는 해처럼 기분도 우울했다.

보로미르가 말했다.

"흠, 이제 여기 도착했으니 오늘 밤은 여기서 새워야 하겠군요. 우린 잠이 부족합니다. 아라고른, 당신은 혹시 밤중에 아르고나스관문을 통과하고 싶은 생각이 있는지 모르겠습니다만 우린 너무 피곤하오. 우리 건장하신 난쟁이 친구분만 빼고 말입니다."

김리는 아무 대답도 하지 않았다. 그는 앉은 채 꾸벅꾸벅 졸고 있었다. 아라고른이 말했다.

"그럼 가능한 한 빨리 휴식을 취합시다. 내일은 다시 낮에 항해를 해야 할 테니까. 만일 날씨가 변하지 않고 그대로 우리를 숨겨 준다면 동쪽의 적에게 들키지 않고 상당히 많이 내려갈 수 있겠지. 하지만 오늘 밤은 교대로 둘씩 불침번을 섭시다. 세 시간씩 쉬고, 한 시간은 지키는 걸로."

새벽녘에 한 차례 빗방울이 떨어진 것 외에는 그날 밤 아무 일도 일어나지 않았다. 날이 환히 밝자 일행은 출발했다. 안개는 이미 걷히기 시작했다. 그들은 가능한 한 서쪽 강변에 바싹 붙었다. 나지막하게 보이던 희미한 절벽의 형체가 점점 높아졌고 거뭇한 절벽 기슭에는 강물이 요란하게 부딪혔다. 아침나절이 되면서 구름이 점점 낮게 깔리며 소나기가 내리기 시작했다. 그들은 배에 물이 고이지 않게 배 위에 가죽 덮개를 씌우고 엎드렸다. 쏟아지는 비의 잿빛 장막 사이로 사방의 풍경은 거의 알아볼 수가 없었다.

하지만 비는 오래 내리지 않았다. 하늘이 서서히 개면서 갑자기 구름이 갈라지더니 조각구름들이 북쪽으로 강의 상류를 향해 오르기 시작했다. 짙은 안개도 걷혔다. 그들 전방으로 넓은 골짜기가 나타났다. 거대한 암벽이 솟아 있고 돌출한 바위 턱과 좁은 틈새로 나무 몇 그루가 매달려 있었다. 강폭이 점점 좁아지고 물살이 빨라졌다. 이제 그들은 앞에 무엇이 있을지도 알지 못한 채, 배를 멈춘다거나 방향을 바꿀 엄두도 내지 못하고 휩쓸려 갔다. 머리 위에는 푸르스름한 하늘이 보이고 양옆으로는 검푸른 강물이 요동을 쳤으며 전방에서는 빈틈이라고는 전혀 없이 에뮌 무일의 검은 산들이 태양을 가렸다.

프로도는 저 멀리서 두 개의 거대한 바위산이 접근하고 있는 것을 보았다. 거대한 첨탑이나 돌기둥처럼 생긴 것들이었다. 강물 양쪽으로 깎아지른 듯 높이 솟은 돌기둥은 심상치 않은 인상이었다. 그 사이로 좁은 협곡이 형성되어 강물은 그쪽을 향해 배를 몰아넣었다.

아라고른이 외쳤다.

"제왕의 기둥, 아르고나스를 보게! 곧 저기를 지나게 될 텐데, 배를 일렬로 세우고 가능한 한 거리를 띄워! 강 가운데로 방향을 잡고!"

프로도가 그쪽으로 다가갔을 때 그 거대한 기둥은 마치 탑처럼 그를 맞이했다. 거대한 회색 거인들은 아무 말이 없었으나 대단히 위압적이었다. 그제야 그는 비로소 그것들이 정말 깎아 만든 기둥이라는 것을 알았다. 옛 왕국의 위용과 장인들의 솜씨가 아로새겨져 있었고, 오랜 세월의 풍상에서도 두 기둥은 과거의 웅장한 모습을 그대로 유지했다. 깊은 물속에 세워진 거대한 받침대 위에 바위를 깎아 만든 거대한 왕의 조상(彫像) 둘이 있었다. 눈동자는 흐려지고 이마에는 금이 갔지만 그들은 여전히 북쪽을 노려보고 있었다. 각각의 왼손은 경고의 표시로 밖을 향해 펼쳐져 있었고 오른손에는 도끼가 쥐어져 있었다. 머리 위에는 곧 허물어질 듯한 투구와 왕관이 씌워져 있었다. 아득한 옛날에 사라진 왕국을 지키는 말 없는 파수꾼으로 그들은 아직 대단한 위엄과 위압감을 풍겼다. 프로도는 외경과 공포에 사로잡혀 배가 그곳에 가까이 다가가는 동안 감히 쳐다볼 생각도 못 한 채 눈을 감고 엎드려 버렸다. 심지어 보로미르마저도 누메노르 파수꾼들의 영원한 그림자 밑으로 배가 순식간에 작은 나뭇잎처럼 가볍게 지나갈 때 절로 고개를 숙이고 말았다. 그들은 이렇게 아르고나스관문의 어두운 협곡으로 들어갔다.

양쪽으로 높이를 가늠할 수조차 없는 가파른 절벽이 무섭게 솟아 있었다. 희미한 하늘이 멀리 까마득하게 보였다. 검은 강물이 포효하며 메아리를 일으켰고 그 위로 바람 소리가 비명처럼 들려왔다. 무릎을 움켜잡고 웅크린 프로도는 앞에 앉은 샘이 혼자 신음하듯 중얼대는 소리를 들었다.

"이럴 수가! 정말 무시무시한 곳이야! 이 배에서 나가기만 하면 난 다시는 웅덩이에라도 발을 담그지 않을 거야. 강은 말할 것도 없지만."

"두려워 말게!"

등 뒤에서 이상한 목소리가 들렸다. 프로도는 고개를 돌려 성큼걸이를 보았다. 아니, 그는 이제 성큼걸이가 아니었다. 거기 있는 사람은 오랜 세월의 풍파에 시달린 순찰자가 아니었다. 아라소른의 아들 아라고른이 위풍당당한 모습으로 고물에 앉아 익숙하게 노를 젓고 있었다. 두건은 뒤로 젖혀졌고 검은 머리는 바람에 휘날렸으며 눈에는 광채가 번득거렸다. 망명지에서 자신의 영토로 다시 돌아온 국왕의 모습이었다.

"두려워 말게! 나는 내 옛 조상 이실두르와 아나리온의 모습을 뵙길 오래전부터 갈망해 왔네. 그분들의 그림자 아래 서면 엘렌딜의 후예이자, 이실두르의 아들 발란딜 가문 아라소른의 아들인, 요정석 엘렛사르는 두려울 것이 없네!"

그의 눈에서 광채가 사라지면서 아라고른은 혼자 중얼거렸다.

"간달프가 여기 있었다면 얼마나 좋을까! 내 도시의 성곽과 미나스 아노르가 정말 보고 싶구나! 그런데 이제 도대체 어디로 가야 한단 말이지?"

협곡은 길고 어두웠으며 부딪히는 물소리와 파도 소리가 서로 메아리치며 어우러졌다. 수로가 서쪽으로 방향을 바꾸면서 처음에는 전방의 시야가 완전히 어둠에 잠겼으나 프로도는 높은 곳에서 작은 빛줄기 하나를 발견했다. 그건 점점 커지면서 빠른 속도로 다가왔고 배는 순식간에 눈부신 빛의 세계로 다시 튕겨 나왔다.

이미 정오를 한참 지난 태양은 바람 부는 하늘 위에 눈부시게 반짝였다. 갇혔던 물이 타원형의 길쭉한 호수 위로 퍼져 나갔다. 넨 히소엘호수였다. 호수는 가파른 회색 산으로 둘러싸였고 비탈에는 나무가 무성했지만 정상은 차갑게 빛나는 햇살만 반사할 뿐 휑했다. 멀리 남쪽 끝에 봉우리 셋이 솟아 있었다. 중간의 봉우리가 양쪽에서 약간 떨어져 앞으로 다소간 튀어나와 물 위에 작은 섬을 이루었고 강물은 희미한 빛을 발하며 그 양옆으로 휘어졌다. 천둥처럼 무거운 소리가 바람에 실려 먼 곳에서 아득하게 들려왔다.

아라고른은 남쪽의 높은 봉우리를 가리키며 말했다.

"톨 브란디르를 보게! 왼쪽이 아몬 라우고, 오른쪽이 아몬 헨이지. 각각 귀[耳]의 산과 눈[眼]의 산이라고 하지. 위대한 군주들이 살아 있을 때는 저 위에 높은 의자가 있어서 망을 보았지. 하지만 중앙의 톨 브란디르에는 사람이나 짐승이 한 번도 발을 디딘 적이 없다고 하네. 해가 지기 전에 우리는 저기 닿을 걸세. 내 귀에는 벌써 라우로스폭포가 부르는 소리가 끊임없이 들려오고 있어."

일행은 당분간 휴식을 취하며 호수 중심부를 따라 남쪽으로 떠내려갔다. 간단한 식사를 하고 다시 노를 잡은 후 속도를 내기 시작했다. 서쪽 산기슭은 벌써 어둠에 잠겨 버렸고 태양은 점점 동그랗고 빨갛게 변해 갔다. 여기저기서 희미한 별들이 고개를 내밀었고 세 개의 봉우리가 황혼 속에 어두컴컴한 모습을 드리웠다. 라우로스폭포 소리가 요란하게 들려왔고 여행자들이 마침내 산 그림자 밑으로 들어왔을 무렵 강물 위에는 밤의 그림자가 깊숙이 내려앉고 있었다.

열흘째의 여정이 저물었다. 그들의 등 뒤에는 야생지대가 있었고 이제 동쪽이나 서쪽을 선택하지 않고는 항해를 계속할 수 없었다. 원정대의 여정은 드디어 막바지에 이른 것이다.

Chapter 10
깨어진 우정

아라고른은 그들을 강물 오른쪽으로 인도했다. 톨 브란디르 그늘 아래 서쪽으로는 아몬 헨 기슭에서 물가까지 푸른 풀밭이 깔려 있었다. 그 뒤에는 나무가 빽빽하게 들어찬 완만한 산비탈이 이어졌고, 호숫가를 따라 서쪽으로도 역시 나무가 울창했다. 옹달샘에서 물이 흘러내리며 풀밭을 적셨다.

아라고른이 말했다.

"오늘 밤은 여기서 야영합시다. 파르스 갈렌초원이란 곳인데 옛날부터 여름철만 되면 아름답기로 소문난 곳이오. 아직 여기까진 적의 마수가 뻗치지 않았으면 좋겠는데."

그들은 배를 푸른 강변으로 끌어 올리고 야영 준비를 했다. 경계를 세웠지만 적이 나타날 기미는 전혀 없었다. 혹시 골룸이 용케 계속 뒤따라왔는지도 모르지만 아직은 아무런 기척이 보이지 않았다. 그런데도 밤이 깊어 가면서 아라고른은 점점 더 불안해져 뒤척거리며 잠을 이루지 못했다. 자정이 조금 지나서 그는 불침번을 서던 프로도에게 다가갔다.

"왜 일어나세요? 차례도 아닌데."

"잘 모르겠군. 꿈속에서 어둠과 공포의 느낌이 들었어. 자네, 칼을 한번 빼 보는 게 좋겠네."

"왜요? 적이 가까이 있는 것 같아요?"

"스팅이 혹시 뭘 가르쳐 줄지도 모르지."

프로도는 칼집에서 요정의 칼을 꺼냈다. 어둠 속에서 칼날이 희미한 빛을 내는 것을 보고 그는 놀랐다.

"오르크예요! 아주 가까운 것은 아니지만 그렇다고 멀지도 않아요."

"걱정이군. 하지만 이쪽 강변에 있는 것 같지는 않아. 스팅의 빛이 희미한 걸 보니 아마 아몬 라우 기슭에 모르도르의 첩자들이 숨어 있는 모양이야. 아직까지 아몬 헨에 오르크들이 나타났다는 소리는 못 들었거든. 하지만 미나스 티리스조차 안두인수로를 안전하게 지켜 주지 못하는 이 험난한 시절에 무슨 일이 벌어질지야 아무도 알 수 없지. 내일은 조심해서 떠나야겠군."

아침 해가 불꽃처럼 떠올랐다. 동녘에는 마치 큰불이라도 난 듯 시커먼 구름이 나지막하게 걸려 있었지만 검은 구름 아래에서 시뻘건 불길을 내뿜으며 태양이 맑은 하늘로 떠올랐다. 톨 브란디르 꼭대기는 황금빛 점을 찍은 듯했다. 프로도는 동쪽으로 고개를 돌려 하늘을 찌를 듯 솟은 섬을 바라보았다. 섬 기슭은 흐르는 물에서 급경사를 이루며 솟아 있었다. 가파른 절벽 위로 나무들이 층층이 비스듬하게 뿌리를 내리고 있는 비탈이 있었고, 다시 그 위로는 접근이 불가능한 회색 암벽이 보였으며, 정상에는 거대한 바위첨탑이 있었다. 그 주위로 많은 새들이 선회하고 있었으나 그 외에 달리 생명체의 모습은 보이지 않았다.

식사를 마치고 아라고른은 일행을 소집했다.

"드디어 그날이 왔소. 우리가 오랫동안 연기해 온 선택의 날이오. 지금까지는 모두 함께 원정대로 무사히 왔는데 이제부터는 어떻게 해야겠소? 보로미르와 함께 서쪽으로 가서 곤도르의 전쟁에 출전할 것인가, 아니면 공포와 어둠의 땅 동쪽으로 갈 것인가? 아니면 지금까지의 결속을 포기하고 각자 헤어져 제 갈 길로 갈 것인가? 어떤 길을 택하든 빨리 결정해야 하오. 여기서는 오래 머물 수가 없소. 알

다시피 적은 동쪽 강변에 숨어 있고 어쩌면 오르크들은 벌써 이쪽으로 넘어왔을지도 모르지."

오랜 침묵이 흘렀지만 움직이거나 말을 하는 이는 아무도 없었다. 아라고른이 다시 입을 열었다.

"자, 프로도, 미안하지만 이 짐은 자네가 져야 하네. 자넨 엘론드의 회의에서 결정된 반지의 사자니까. 자네의 길이니까 자네만이 선택할 수 있지. 이 문제에 대해서는 나로서도 무슨 말을 함부로 못 하겠소. 난 간달프가 아니오. 비록 그의 짐을 대신 지기 위해 지금까지 나름대로 노력은 했지만 과연 간달프라면 이 순간에 어떻게 했을지 나는 모르겠소. 하지만 그가 지금 여기 있더라도 십중팔구 자네가 선택해야 했을 것이야. 그것이 자네의 운명이니까."

아무 대답도 하지 않던 프로도는 잠시 후 천천히 말했다.

"저도 급한 건 압니다만 아직 결정을 못 했어요. 너무 무거운 짐이군요. 한 시간만 더 주십시오. 그때 말씀드리지요. 혼자 있게 해 주십시오."

아라고른은 자상하고도 애처로운 표정으로 그를 바라보았다.

"좋아, 드로고의 아들 프로도. 한 시간을 줄 테니 혼자 있게. 그동안 우리는 여기서 기다릴 테니 불러도 들리지 않을 정도로 멀리 가지만 말게."

프로도는 고개를 숙인 채 한참 동안 앉아 있었다. 걱정스러운 표정으로 주인을 지켜보던 샘이 고개를 저으며 중얼거렸다.

"사실 해답이야 불을 보듯 뻔한 건데, 그렇다고 감지네 샘이 건방지게 참견할 수야 없겠지."

프로도는 곧 일어나 저편으로 걸어갔다. 다른 이들은 모두 그를 보지 않으려고 억지로 고개를 돌리고 있었지만, 보로미르만은 프로도가 아몬 헨기슭의 숲으로 사라질 때까지 유심히 살펴보고 있었고, 샘이 이 모습을 눈여겨보았다.

처음에는 시름없이 숲을 헤매던 프로도는 자신의 발길이 저절로 산비탈 위로 향하고 있음을 깨달았다. 그는 세월이 흐르는 동안 거의 폐허가 되다시피 한 작은 산길로 접어들었다. 경사가 급한 곳에 돌계단이 놓여 있었지만 이젠 모두 닳고 갈라져서 틈새로 나무뿌리가 박혀 있기도 했다. 어디로 가는지도 모르고 한참 올라간 그는 풀밭에 이르렀다. 풀밭가에는 마가목나무가 둘러서 있었고, 한가운데엔 넓고 평평한 바위가 있었다. 산중턱의 그 작은 풀밭은 동쪽으로 훤히 트여 있어서 이른 아침 햇살이 가득히 비쳤다. 프로도는 걸음을 멈추고 발아래 저 멀리 강과 톨 브란디르를 바라보았다. 그 전인미답의 섬과 그가 서 있는 곳 사이의 거대한 하늘을 새들이 선회하고 있었다. 라우로스폭포 소리가 묵직한 반향과 함께 우렁차게 들려왔다.

그는 바위에 앉아 두 손으로 턱을 괴고 동쪽을 바라보며 생각에 잠겼다. 빌보가 샤이어를 떠난 후 일어난 모든 일들이 주마등처럼 뇌리를 스치고 지나갔고 간달프가 말한 것들도 하나하나 떠오르기 시작했다. 시간은 계속 흘렀지만 그는 여전히 아무런 결론도 내리지 못했다.

갑자기 그는 깊은 생각에서 깨어났다. 누군가 등 뒤에서 자신을 기분 나쁘게 노려보는 듯한 이상한 예감이 들었다. 그는 벌떡 일어나 뒤를 돌아보았다. 놀랍게도 그것은 보로미르였다. 그는 다정한 표정으로 웃고 있었다. 보로미르가 앞으로 다가오며 말했다.

"프로도, 당신이 걱정돼서 왔소. 아라고른의 말대로 여기까지 오르크들이 왔다면 누구든지 혼자 돌아다녀서는 안 되겠지. 특히 당신은 더욱 그렇고. 모든 것이 당신에게 달려 있지 않소! 그리고 내 마음도 착잡하오. 다행히 당신을 만났으니 잠시 이야기를 나눌까? 그래야 나도 안심이 되겠고. 여럿이 모여 있으면 도대체 이야기에 끝이 안 나거든. 혹시 둘이서만 있으면 무슨 좋은 생각이 떠오를지도 모르지.”

“고맙습니다만 이젠 아무 이야기도 필요 없습니다. 어떻게 해야 할지 결정했으니까요. 다만 행동으로 옮기기가 두려울 뿐입니다. 보로미르, 두렵다는 뜻입니다.”

보로미르는 말없이 서 있었다. 라우로스의 물소리는 여전히 요란했고 나뭇가지 사이로 미풍이 불어왔다. 프로도는 몸을 떨었다. 보로미르는 갑자기 그의 곁에 와서 앉았다.

“당신은 지금 쓸데없는 고생을 하고 있다는 걸 아시오? 난 당신을 돕고 싶소. 그 어려운 결정에 충고를 하고 싶단 말이오. 내 생각을 들어 보겠소?”

“무슨 생각인지 이미 알고 있습니다, 보로미르. 내 마음속에 일어나는 경고의 소리만 없다면 그건 좋은 생각이겠지요.”

“경고라니! 무엇에 대한 경고란 말이지?”

보로미르가 날카롭게 물었다.

“지연시키지 말라는 경고입니다. 쉬운 길을 택하지 말라, 내게 지워진 짐을 거부하지 말라는 경고입니다. 구태여 말하자면, 인간들의 힘과 진실을 믿지 말라는 경고입니다.”

“당신은 모르고 있었지만 그 힘은 당신이 멀리 고향에 있을 때 오랫동안 당신을 지켜 온 힘인데.”

“곤도르인들의 용기를 의심하는 것은 아닙니다. 하지만 세상은 변하고 있어요. 미나스 티리스의 성벽이 아무리 견고하다 해도 충분하지는 않습니다. 만일 그 성벽이 무너질 때는 어떻게 되겠습니까?”

“우리는 모두 용감하게 싸울 거요. 그리고 아직 희망은 있고.”

“반지가 남아 있는 한 희망은 없습니다.”

그러자 보로미르는 눈에 빛을 발하며 말했다.

“아! 반지! 반지라! 우리가 그 작은 것 하나 때문에 서로 의심을 하고 공포를 견뎌야 하다니 참 이상한 일이지! 그 작은 것 하나 때문에! 엘론드의 집에서 잠깐 본 적이 있지만 다시 한번 그 반지를 보여 줄 수 있을까?"

프로도는 고개를 들었다. 가슴에서 갑자기 서늘한 기운이 일었다. 그는 보로미르의 눈에서 이상한 빛이 번득이는 것을 발견했다. 그러나 그의 얼굴은 여전히 다정하고 친절한 표정을 띠었다. 프로도가 말했다.

"가능하면 숨겨 두는 게 좋습니다."

"좋을 대로 하지. 괜찮소. 그렇다고 이야기도 못 하는 건 아니겠지? 당신은 항상 그것이 대적의 손에서 나쁜 일에 쓰일 경우만 생각하는 것 같은데, 좋은 쪽으로도 이용할 수 있지 않을까? 당신 말대로 세상은 변하고 있어. 반지가 있는 한 미나스 티리스는 멸망하고 만다고 했지만 왜 꼭 그래야 하나? 반지가 대적의 손에 들어간다면 그렇게 되겠지. 하지만 우리 손에 있다면 어떻게 될까?"

"회의에 참석하지 않았습니까? 우리는 그것을 이용할 수 없습니다. 반지로 하는 일은 무엇이든지 나쁜 결과로 변합니다."

보로미르는 몸을 일으켜 불안하게 서성거리기 시작했다.

"그래서 당신은 그쪽으로 가겠단 말이지? 간달프, 엘론드, 그 친구들이 당신한테 그렇게 가르친 것뿐이야. 그들 생각으로는 그게 옳겠지. 요정, 반요정이니 마법사니 하는 그 친구들은 곧 후회하게 될걸. 내가 보기엔 소심한 게 아니라 어리석은 짓이지만, 다 나름대로의 방식이니 어쩔 수 없지. 진실한 마음을 품은 사람들은 타락하지 않아. 미나스 티리스의 우리는 오랫동안 굳건히 견뎌 왔다. 우리가 바라는 것은 마법사의 힘이 아니라 우리 자신을 지킬 수 있는 힘, 정의를 세울 수 있는 힘이야. 그런데 보게! 이 어려운 시기에 운명은 우리에게 그 힘의 반지를 가져다준 거야. 나는 그것을 선물이라고 부르겠어. 모르도르에 대항하는 우리에게 주어진 선물이라고. 그 것을 이용하지 않는다면 그거야말로 이상한 일이지. 대적의 힘으로 대적을 치는 셈이니까. 두려움을 모르는 냉정한 자만이 승리를 거둘 수 있어. 위대한 지도자, 전사라면 이 순간에 어떻게 행동해야 할 것인가? 아라고른이라면? 만일 그가 거절한다면 이 보로미르는 어떤가? 그 반지는 내게 모든 지휘권을 부여할 걸세. 모르도르의 무리들을 쫓아내고 나면 모든 사람은 나의 깃발 아래로 모여들지 않을까?"

보로미르는 위아래로 성큼성큼 걸어 다니며 계속 큰 소리로 떠들어 댔다. 그의 이야기가 성벽과 무기와 군대의 소집에 이르렀을 때 그는 거의 프로도의 존재를 잊은 듯했다. 그는 대동맹과 영광의 승리를 위한 구상을 밝혔고, 드디어 모르도르를 정복하고 스스로 덕망 있고 지혜롭고 위대한 왕이 되어 있었다. 그는 갑자기 걸음을 멈추고 손을 내저으며 소리쳤다.

"그런데 그들은 우리에게 그것을 내버리라고 하고 있으니! 난 일부러 '파괴'란 말은 쓰지 않았어. 그럴 수만 있다면 그건 좋은 생각이야. 하지만 불가능한 일이지. 기껏 우리의 계획이란 것은 당신 같은 반인족 혼자 무턱대고 모르도르로 들어가 대적에게 반지를 고스란히 넘겨주는 것밖에 안 돼. 어리석기 짝이 없는 노릇이지!"

그는 다시 프로도를 향해 갑자기 돌아서며 말을 이었다.

"당신 생각도 그렇지 않은가? 두렵다고 했지? 그건 아무리 용감한 사람이라도 공감할 수 있는 이야기야. 그렇다면 사실 당신 마음속의 분별력은 반발하고 있단 얘기 아닌가?"

"아니요. 두렵긴 합니다만, 그게 전부입니다. 하지만 당신이 그렇게 얘기하니 더 분명해지는군요. 고맙습니다."

"그렇다면 미나스 티리스로 갈 텐가?"

보로미르가 물었다. 그의 눈에 광채가 일고 얼굴에는 안간힘을 쓰는 기색이 역력히 드러났다.

"내 말을 잘못 알아들으셨군요."

프로도가 말하자 보로미르는 끈기 있게 권유했다.

"잠시 동안이라도 가 보면 어떤가? 미나스 티리스는 여기서 멀지 않아. 그리고 모르도르로 가는 데도 여기서 가는 것보다 멀지 않지. 우리는 오랫동안 황야를 돌아다녔으니, 당신이 다음 행동을 정하려면 대적의 동태에 대한 새로운 정보도 필요할 걸세. 프로도, 나와 함께 가지. 그리고 설령 모르도르로 간다 하더라도 여행을 하기 전에 잠시 휴식을 취하는 게 낫지 않아?"

그는 호빗의 어깨 위에 다정하게 손을 얹었다. 하지만 프로도는 그의 손이 흥분을 억제하느라 마구 떨리는 것을 느꼈다. 그는 재빨리 옆으로 비켜나서 경계의 눈초리로 그 장신의 사나이를 쳐다보았다. 키가 거의 두 배가 되고 힘에 있어서는 상대도 안 될 거인이었다.

"왜 나를 그렇게 싫어하지? 나는 도둑도 사기꾼도 아닌 진실한 사람이야. 당신의 반지가 필요하다고 솔직하게 털어놓지 않았나. 내 말은 그것을 가지겠다는 게 아니라 내 계획을 시험해 보게 조금만 도와달라는 것이야. 잠깐만 빌려주게!"

"안 됩니다! 절대 안 됩니다! 회의에서는 내게 반지를 맡겼습니다."

"만일 우리가 대적에게 무릎을 꿇고 만다면 그건 바로 우리의 어리석음 때문이야! 도저히 못 참겠군! 바보 같으니라고! 멍청한 고집쟁이! 일부러 사지에 뛰어들어 우리까지 죽이려 하다니! 만일 누군가가 그 반지의 소유권을 주장할 수 있다면 그건 반인족이 아니라 바로 누메노르인이야! 다만 운 나쁘게 네 손에 들어갔을 뿐이라고. 그건 내 것일 수도 있었어. 내 것이 맞아! 이리 내놔!"

프로도는 아무 대답도 하지 않고 재빨리 바위 뒤로 가서 그와 마주 섰다. 보로미르는 좀 더 부드러운 소리로 말했다.

"자, 자, 친구! 그 짐을 벗어 버리는 게 어때? 그러면 의심도 공포도 사라질 걸세. 모든 책임을 내게 떠넘겨. 내가 너무 힘이 세서 빼앗겼다고 해도 좋아. 사실 반인족 너보다야 내가 힘이 셀 테니까."

그는 소리를 지르며 갑자기 바위를 뛰어넘어 프로도에게 덤벼들었다. 잘생긴 호남형인 그의 얼굴이 무섭게 일그러졌고 눈에서는 사나운 불꽃이 일었다.

프로도는 몇 걸음 몸을 피해 다시 바위 반대편으로 갔다. 그가 취할 수 있는 방법은 단 하나였다. 부르르 몸을 떨며 그는 줄에서 반지를 빼 재빨리 손가락에 끼웠다. 보로미르가 다시 덤벼드는 순간이었다. 그는 놀란 눈으로 숨을 헐떡이며 잠시 사방을 둘러보았다. 그리고 여기저기 바위와 나무 사이를 미친 듯이 뛰어다니며 프로도를 찾았다. 그는 마구 소리를 질렀다.

"이 사기꾼 같은 놈! 잡히기만 해 봐라! 이젠 네 속셈을 알겠어. 반지를 사우론한테 바치고 우리 모두를 팔아넘길 셈이지? 네놈은 지금까지 우리에게서 도망칠 기회만 노리고 있던 거야. 너희 반인족 놈들은 모두 죽어서 지옥에나 가라!"

그 순간 그는 돌부리에 걸려 얼굴을 땅에 처박고 넘어졌다. 호빗에게 내린 저주가 그 자신에게 씐 듯 그는 한참을 죽은 듯 엎드려 있다가 갑자기 울음을 터뜨렸다. 그리고 일어나서 손으로 눈물을 닦으며 중얼거리기 시작했다.

"내가 뭔 말을 했지? 무슨 짓을 한 거야? 프로도! 프로도! 돌아와! 내가 귀신에 홀린 모양이야. 돌아와!"

아무 대답이 없었다. 프로도는 그의 소리를 들을 수 없었다. 이미 그는 멀리 떨어진 곳에서 뒤도 돌아보지 않고 산꼭대기를 향해 오르고 있었다. 미친 듯 덤벼들던 보로미르의 흉포한 얼굴과 이글거리던 눈빛을 생각하며 그는 공포와 슬픔에 몸을 떨었다.

얼마 후 홀로 아몬 헨 정상에 이른 프로도는 거친 숨을 몰아쉬며 걸음을 멈췄다. 넓고 평탄한 원형의 땅이 안개에 둘러싸인 듯 흐릿하게 보였다. 바닥에는 단단한 판석이 깔려 있고 사방으로는 총안이 있는 흉벽이 폐허가 된 채 둘러싸여 있었다. 그리고 한가운데는 네 개의 돌기둥 위에 계단을 걸어 올라가 앉을 수 있는 높은 의자가 마련되어 있었다. 그는 계단을 올라가 마치 길 잃은 아이가 산속 왕의 옥좌에 오르는 듯한 느낌으로 그 퇴락한 의자에 앉았다.

처음에는 아무것도 보이지 않았다. 그는 온통 어둠으로 둘러싸인 안개 나라에 온 느낌이 들었다. 반지는 여전히 그의 손가락에 끼워져 있었다. 잠시 후 안개의 벽이 여기저기 뚫리면서 많은 환상이 나타났다. 까마득하게 멀리 보이는 환상이었지만 모두 바로 눈앞 책상 위에 놓인 듯 선명했다. 소리는 들리지 않고 다만 생생한 영상들만 환하게 빛났다. 마치 온 세상이 조그맣게 줄어들어 침묵에 잠겨 있는 것 같았다. 그가 앉은 자리는 누메노르인들의 눈의 산, 아몬 헨정상에 있는 '눈의 망루'였다. 멀리 동쪽으로는 미지의 광막한 대지가 펼쳐져 있었다. 이름조차 알 수 없는 평원과 원시림이었다. 북쪽으로는 안두인대하가 저 밑으로 리본처럼 뻗어 있었고 안개산맥이 깨진 이빨처럼 작고 단단하게 대지에 뿌리박고 있었다. 서쪽으로는 로한의 광대한 초원이 보였고 아이센가드의 첨탑 오르상크가 검은 못처럼 솟아 있었다. 남쪽으로는 바로 발밑에서 안두인대하가 부서지는 파도처럼 라우로스폭포 아래로 곤두박질치고 있었고 물거품이 하얗게 일며 은은한 무지개가 피어올랐다. 그리고 그는 하류의 거대한 삼각주 에시르 안두인을 보았다. 수많은 바닷새들이 햇빛 속에 흰 무리를 지으며 선회했고 그 아래로 은초록빛 바다가 끝없는 파도에 넘실거렸다.

그러나 사방 어디를 보아도 그의 눈에 들어오는 것은 전운이었다. 안개산맥은 꿈틀거리는 개미탑처럼 수천 개의 구멍에서 오르크들이 튀어나왔고, 어둠숲 자락에서는 요정과 인간과 사나운 짐승들이 필사의 전쟁을 치르고 있었다. 베오른족의 땅은 화염이 충천했고, 모리아는 구름에 덮여 있었으며, 로리엔의 변경에서는 연기가 피어올랐다.

로한의 초원에서는 기사들이 말을 달리고 있었고, 아이센가드에서는 늑대들이 쏟아져 나왔다. 하라드의 항구에서는 전함들이 출항했으며, 동쪽에서는 인간들이 끊임없이 이동하고 있었다. 칼과 창을 든 전사들과 말을 탄 궁수들, 그리고 지휘관들을 태운 수레들과 짐을 실은 마차들이 계속 뒤를 이었다. 암흑군주 휘하의 모든 세력이 움직이고 있었다. 그는 남쪽으로 고개를 돌려 다시 미나스 티리스를 바라보았다. 까마득하게 멀리 있었지만 아름다운 도시였다. 흰 성벽과 수많은 첨탑들이 산속에 아름답고 당당하게 서 있었고, 성벽 위 흉장에는 창검이 번쩍이고, 포탑들은 빛나는 깃발로 가득 차 있었다. 그의 가슴에 희망이 용솟음쳤다. 그러나 미나스 티리스를 대적하는 또 다른 성채가 있었다. 더 거대하고 더 견고한 요새였다. 그의 눈길은 자기도 모르게 동쪽으로 끌렸다. 폐허가 된 오스길리아스의 다리와 기분 나쁜 웃음을 짓고 있는 미나스 모르굴의 입구, 그리고 유령 같은 산맥을 지나 그의 눈은 모르도르의 공포의 계곡 고르고로스를 향해 있었다. 그곳은 햇빛 속에서도 어둠에 뒤덮여 있었고 연기 속으로 불꽃이 이글거렸다. 운명의 산도 불타오르며 독한 연기가 솟아오르고 있었다. 그리고 마침내 그의 시선도 고정되고 말았다. 층층이 쌓아 올린, 이루 말할 수 없이 견고한 검은 성벽과 흉장들, 철의 산, 강철 관문, 난공불락의 첨탑들. 바랏두르, 곧 사우론의 요새였다. 그는 모든 희망을 상실하고 말았다.

그리고 갑자기 그는 그 '눈'을 느꼈다. 암흑의 탑에는 잠들지 않는 눈이 하나 있었다. 그는 그 눈이 자신의 응시를 알아차렸음을 깨달았다. 대단히 무시무시하고 강력한 염력(念力)이었다. 그것은 그를 향해 달려들어 마치 손가락으로 더듬듯 그를 찾았다. 당장이라도 그를 꼼짝 못 하게 하고 정확한 위치를 찾아낼 것만 같았다. 그 눈은 아몬 라우를 더듬더니 톨 브란디르를 훑었다. 프로도는 의자에서 뛰어내려 주저앉으며 회색 두건으로 머리를 감쌌다.

그는 자신의 비명 소리를 들었다. '안 돼! 안 돼!' 다른 소리도 들렸다. '정말 갑니다, 제가 그쪽으로 갑니다.' 그는 혼란스러웠다. 그런데 전혀 반대쪽에서 또 다른 생각이 갑자기 떠올랐다. '빼! 반지를 빼! 바보야, 빼! 반지를 빼란 말이야!'

마음속에서 두 힘이 싸우고 있었다. 잠시 동안 그는 예리한 양쪽 칼끝 사이 한가운데서 몸을 뒤틀며 고통스러워했다. 갑자기 그는 자기 자신의 존재를 다시 깨달았다. 프로도, '목소리'도 아니고 '눈'도 아닌 자유로운 선택권을 가진 자신의 모습이었다. 그리고 그 선택의 순간도 이제 마지막이었다. 그는 손가락에서 반지를 빼냈다. 그 높은 의자 앞에서 밝은 햇살을 받으며 그는 무릎을 꿇고 있었다. 그의 머리 위에 팔처럼 드리워진 어둠의 그림자가 지나갔다. 그림자는 아몬 헨을 놓치고 서쪽에서 서성이다가 사라져 버렸다. 다시 하늘은 맑아지고 푸르름을 되찾았으며 새들이 가지마다 노래하고 있었다.

프로도는 벌떡 일어났다. 말할 수 없는 피로가 그를 엄습했다. 그러나 그의 의지는 확고했고 마음은 훨씬 가벼워졌다. 그는 큰 소리로 혼자 중얼거렸다.

"이제 내가 해야 할 일을 해야겠다. 한 가지 분명한 건 반지의 마력이 벌써 우리 원정대 사이에서도 영향력을 발휘했다는 점이야. 더 많은 해를 끼치기 전에 반지는 떠나야 해. 나 혼자 떠나야 하는 거야. 믿을 수 없는 동지가 벌써 생겼어. 더구나 믿을 수 있는 친구들은 내가 너무 사랑하는 이들이지. 불쌍한 샘, 메리, 피핀! 성큼걸이 역시 마찬가지야. 그의 마음은 미나스 티리스를 향하고 있어. 보로미르가 이제 악의 손아귀에 빠져들었으니 그는 그곳에 정말 필요한 인물이야. 나는 혼자 가야 해. 지금 즉시!"

그는 빠른 걸음으로 길을 따라 내려가 보로미르가 자신을 발견한 그 풀밭으로 돌아왔다. 그는 귀를 기울이며 멈춰 섰다. 강변 근처 숲에서 누가 부르는 소리가 들리는 것 같았다.

"나를 찾고 있군. 시간이 너무 오래 걸린 건가? 몇 시간이 지났는지도 모르겠군."

그는 머뭇거리며 중얼거렸다.

"어떻게 하지? 지금 떠나지 않으면 갈 수 없어. 다시는 기회가 없을 거야. 이렇게 말 한마디 없이 떠난다는 것은 정말 내키지 않아. 하지만 모두 틀림없이 이해하겠지. 샘은 이해할 거야. 달리 무슨 길이 있겠어?"

그는 천천히 반지를 꺼내 다시 손가락에 꼈다. 그는 모습을 감추고 바람처럼 가볍게 언덕을 내려갔다.

일행은 오랫동안 강가에 앉아 있었다. 한참 동안 그들은 불편한 몸을 꿈지럭거리며 침묵을 지키고 있었지만 다시 둥그렇게 모여 앉아 이야기를 시작했다. 이따금 그들은 지금까지의 긴 여행과 수많은 모험을 이야기하며 반지를 잊으려고 애를 썼다. 그들은 아라고른에게 곤도르 왕국과 그 고대의 역사, 그리고 이곳 신비로운 에뮌 무일 변경에 남아 있는 거대한 유적들에 관해 물었다. 바위를 깎아 만든 제왕들의 동상, 아몬 라우와 아몬 헨 정상의 의자, 그리고 라우로스 폭포 곁의 거대한 계단에 대한 것들이었다. 그러나 그들의 생각과 이야기는 언제나 프로도와 반지로 되돌아왔다. 프로도는 어떤 길을 택할까? 그는 왜 망설이는 걸까?

아라고른이 말했다.

"프로도는 지금 어느 쪽이 더 위험한 길인지 고민하고 있네. 당연한 고민이야. 우린 지금까지 골룸의 추격을 받았기 때문에 동쪽으로 간다는 것은 전보다 훨씬 더 어려운 일이 되어 버렸지. 우리의 여행 목적이 이미 적에게 발각된 것인지도 몰라. 하지만 미나스 티리스라고 해서 우리의 짐을 파괴할 수 있는 불의 산과 결코 더 가깝지는 않아. 당분간은 거기서 용감하게 저항할 수 있겠지. 하지만 엘론드 조차 자신 없다고 한 일을 데네소르 공과 그 병사들이 해낼 가능성은 없어. 반지의 비밀을 지키는 것도 힘들지만 대적이 그것을 빼앗기 위해 총공세를 취해 올 때 막는 것은 거의 불가능해. 우리가 프로도의 입장이라면 어떤 길을 택하겠나? 나도 모르겠네. 지금처럼 간달프가 아쉬워 본 적이 없어.”

레골라스가 말했다.

“슬픈 일이지만 간달프의 도움 없이 결정을 내리는 수밖에요. 왜 우리가 결정을 내려서는 안 되지요? 그러면 프로도를 도와줄 수 있을 텐데. 지금이라도 그를 불러서 투표를 합시다. 나는 미나스 티리스를 지지합니다.”

김리도 말했다.

“나도 동감이야. 우린 물론 반지의 사자와 동행하도록 뽑혔지만 그렇다고 해서 운명의 산까지 가겠다는 맹세를 하거나 그런 명령을 받은 일은 없어요. 원하는 데까지만 가는 거지요. 사실 난 로슬로리엔을 떠나는 것이 무척 힘들었어. 하지만 지금 여기까지 와서 이제 마지막 선택을 앞둔 마당에 프로도를 버려두고 혼자 갈 수는 없지. 난 미나스 티리스를 지지하지만 프로도가 반대한다면 그를 따르겠어요.”

레골라스가 다시 말했다.

“나 역시 그와 함께 가겠어요. 여기 와서 그를 떠난다는 것은 배신이야.”

아라고른이 말했다.

“우리 모두 마찬가질세. 그건 정말 배신이지. 하지만 그가 동쪽으로 간다고 해도 내 생각엔 우리 모두 다 따라갈 필요는 없어. 그리고 그래서도 안 되고. 그 길은 위험한 길이니까 혼자서 가나 두세 명이 가나 아니면 여덟이 모두 가나 어렵긴 마찬가지야. 자네들이 내게 결정권을 준다면 나는 세 명의 동지를 선택하겠어. 샘은 도무지 설득이 안 될 테니까 우선 들어가고, 그다음에 김리와 날세. 보로미르는 부친과 백성들이 있는 고향 도시로 돌아가고 나머지 일행도 그와 같이 가게. 만일 레골라스가 끝까지 반대한다면 적어도 메리아독과 페레그린은 그리로 가야 하네."

그러자 메리가 외쳤다.

"말도 안 됩니다! 우린 프로도를 떠날 수 없어요! 피핀과 나는 그가 어디로 가든지 함께 가기로 결정했어요. 지금도 그렇습니다. 물론 전에는 그 말이 무엇을 의미하는지 잘 몰랐지요. 멀리 샤이어나 깊은골에 있을 때는 달리 생각되었으니까요. 프로도를 모르도르로 보낸다는 것은 미친 짓이자 잔인한 일이에요. 왜 말리면 안 되지요?"

피핀도 말했다.

"막아야 해요. 프로도가 걱정하고 있는 것도 바로 그겁니다. 우리가 동쪽으로 가는 것에 동의하지 않을 걸 알거든요. 그래서 아무에게도 터놓고 말을 하지 않는 거예요. 불쌍한 분이에요. 생각해 보세요. 모르도르에 혼자 간다니 말이나 돼요?"

피핀은 몸을 떨고 다시 말을 이었다

"참 어리석은 양반이에요. 우리한테 그런 부탁을 할 수 없다는 걸 알고 있거든요. 우리가 그를 못 막긴 하지만 마찬가지로 그를 떠날 수도 없다는 것을 알아야 할 텐데 말이에요."

그러자 샘이 말했다.

"미안하지만 피핀, 자네는 프로도 씨를 잘 모르고 있는 것 같아. 그분은 어디로 가야 할지 망설이는 게 아니야. 아니고말고! 미나스 티리스로 가면 이점이 뭘까? 내 말은, 그분에게는 말이야. 보로미르 씨에겐 죄송한 말씀이지만."

샘은 그렇게 덧붙이며 보로미르를 돌아보았다. 보로미르가 그 자리에 없다는 것을 발견한 것은 바로 그때였다. 그 전까지 그는 둘러앉은 일행의 바깥쪽에 조용히 앉아 있었다. 샘은 걱정스러운 표정으로 말했다.

"어디 갔을까? 그 사람 내가 보기엔 요새 조금 이상해졌어요. 물론 그는 우리 문제와는 관계가 없긴 해요. 그는 항상 말했듯이 고향으로 떠나겠지요. 그렇다고 그를 탓할 수는 없어요. 여하간 프로도 씨는 무슨 수를 써서라도 운명의 틈을 발견해야 한다고 생각하고 계세요. 다만 그것을 두려워할 뿐이지요. 분명한 것은 그분이 무척 두려워하고 있다는 점이에요. 문제는 바로 그겁니다. 물론 그동안 집을 떠난 뒤로, 우리 모두 그렇지만, 꽤 단련되긴 했지요. 그렇지 않았더라면 아마 너무 겁이 나서 반지를 강물에 던져 버리고 달아나셨을 거예요. 하지만 여전히 무서워서 떠나지 못하고 계신 거예요. 우리가 그분을 따라가든 따라가지 않든 그분이 걱정하시는 건 우리가 아니에요. 그분은 우리가 따라나서리라는 것도 알고 계세요. 그것이 또 어려운 문제 중 하나지요. 만일 그분이 용기를 내 모르도르에 간다면 그분은 혼자 가실 거예요. 제 말을 잘 들으세요! 그분이 돌아오시면 아마 우리는 한바탕 난리를 쳐야 할 거예요. 틀림없이 혼자 간다고 나설 테니까요."

"샘, 자넨 정말 생각이 깊네. 만일 자네 말이 옳다면 어떻게 해야 할까?"

아라고른이 물었다.

"막아야지요! 못 가시게 해야 합니다!"

피핀이 외쳤다. 그러자 아라고른이 말했다.

"그럴까? 하지만 그는 반지의 사자야. 반지의 운명은 그에게 달린 거야. 그에게 이래라저래라 강요하는 건 우리 도리가 아니지. 설사 그렇게 해 본들 성공은 장담할 수가 없어. 우리보다 훨씬 더 강한 힘이 그에게 작용하고 있으니까."

697

다시 피핀이 말했다.

"어쨌든 프로도가 용기를 내고 돌아와서 함께 이겨 냈으면 좋겠어요. 기다린다는 건 정말 지겨운 일이에요. 시간도 지나지 않았어요?"

"그렇군. 시간이 많이 지났는데. 아침나절이 다 지나갔어. 프로도를 찾아보세."

그때 보로미르가 다시 나타났다. 그는 숲에서 나와 말없이 그들을 향해 걸어왔다. 그의 얼굴은 딱딱하게 굳었고 약간 슬픈 표정이었다. 그는 모여 있는 이들의 숫자를 세듯 잠시 둘러보다가 눈을 땅으로 떨구고 따로 떨어져 앉았다.

아라고른이 물었다.

"어디 갔다 왔소, 보로미르? 프로도를 보았소?"

보로미르는 잠시 머뭇거렸다. 그는 천천히 대답했다.

"그렇기도 하고 그렇지 않기도 합니다. 언덕 조금 위쪽으로 올라가다가 그를 만나서 이야기를 나누었습니다. 동쪽으로 가지 말고 미나스 티리스로 가자고 권했지요. 내가 화를 좀 내자 뒤로 물러서더니 사라져 버렸습니다. 옛날에 그런 이야기를 듣기는 했지만 그렇게 희한한 일은 처음이었습니다. 아마 반지를 낀 모양입니다. 찾을 수가 없었어요. 난 그가 여기 돌아와 있을 줄 알았습니다."

"그게 전부요?"

아라고른은 매우 엄한 표정으로 보로미르를 노려보며 물었다.

"그렇습니다. 더 할 말이 없습니다."

그러자 샘이 벌떡 일어서며 외쳤다.

"수상해요! 이 사람이 여태까지 뭘 하다가 왔는지 모르겠어요. 프로도 씨가 왜 반지를 낍니까? 절대로 낄 리가 없어요. 만일 끼셨다면 틀림없이 무슨 일이 벌어진 거예요!"

메리도 거들었다.

"절대로 반지를 끼는 법이 없어요. 빌보 어른과는 달라서 보기 싫은 손님을 피할 때도 반지를 끼진 않았어요."

이번에는 피핀이 외쳤다.

"그럼 어딜 갔을까? 지금 어디 있지? 시간이 벌써 한참 지났는데."

아라고른이 다시 물었다.

"보로미르, 당신이 프로도를 만난 지 얼마나 됐소?"

"아마 30분, 아니면 한 시간쯤 됐는지 모르겠는데요. 그러고 나서는 한참 돌아다녔거든요. 난 모릅니다! 몰라요!"

그는 두 손으로 얼굴을 감싸 쥐고 비참한 표정으로 주저앉았다. 샘이 외쳤다.

"사라지신 지 한 시간이나! 지금 당장 찾아봐야 해요. 당장요!"

아라고른이 외쳤다.

"잠깐만! 몇 조로 나눠서 찾아보세. 잠깐! 기다려!"

그러나 소용이 없었다. 그들은 그의 말을 듣지 않았다. 샘이 먼저 뛰어갔고 메리와 피핀도 그 뒤를 따라 서쪽 숲으로 사라지고 말았다.

"프로도! 프로도!"

맑은 고음의 호빗들 목소리가 곳곳에서 들려왔다. 레골라스와 김리도 달려갔다. 원정대원들 사이에 갑자기 공포와 혼란이 찾아온 듯했다.

아라고른은 신음 소리를 냈다.

"모두 흩어지면 길을 잃을 텐데. 보로미르, 당신이 무슨 잘못을 저질렀는지는 모르겠지만 우선은 날 도와주시오. 저쪽 두 명의 젊은 호빗들을 뒤따라가서 프로도를 못 찾더라도 잘 지켜 주시오. 만일 그를 찾거나 무슨 흔적을 발견하면 여기로 돌아오고. 나도 곧 돌아오겠소."

아라고른은 번개같이 뛰쳐나가 샘의 뒤를 쫓았다. 마가목나무 사이 작은 풀밭에 이르러 그는 숨을 헉헉대며 언덕을 오르는 샘을 발견했다. 샘은 계속 "프로도 씨!" 하고 외쳐 댔다.

아라고른이 소리쳤다.

"샘, 같이 가! 우린 따로 떨어지면 안 돼. 여긴 위험한 곳이야. 예감이 이상해. 내가 아몬 헨 정상의 의자에 올라가서 살펴보겠네. 이것 봐! 내 짐작대로야. 프로도가 여길 지나갔어. 자, 눈을 똑바로 뜨고 따라오게!"

그는 빠른 걸음으로 올라갔다. 샘은 젖 먹던 힘까지 내어 따라갔지만 순찰자 성큼걸이를 따라잡는다는 것은 불가능한 일이었다. 그는 곧 뒤처지고 말았다. 아라고른의 모습도 이윽고 시야에서 사라졌다. 샘은 걸음을 멈추고 가쁜 숨을 몰아쉬었다. 갑자기 그는 손으로 이마를 치며 큰 소리로 말했다.

"잠깐, 감지네 샘! 다리가 짧으면 머리를 써야지. 보자! 보로미르는 성격상 거짓말을 하진 못해. 하지만 모든 것을 다 털어놓은 건 분명히 아니었어. 프로도는 대단히 위험한 상황이었을 거야. 그런데 갑자기 용기를 내서…… 드디어 떠나기로 작정을 하셨다! 어디로? 동쪽이야. 샘을 놔두고? 그래, 샘도 없이. 안 돼! 말도 안 돼!"

샘은 손으로 눈물을 닦으며 다시 중얼거렸다.

"잠깐, 감지! 한번 생각해 봐! 프로도 씨는 강물 위로 날아갈 수도 없고 폭포 밑으로 뛰어내릴 수도 없어. 게다가 아무 장비도 없잖아. 그렇다면 배로 돌아가신 게 틀림없어. 배로 돌아가! 샘, 배로 돌아가, 번개같이!"

샘은 돌아서서 미친 듯이 산길을 뛰어 내려갔다. 넘어져 무릎이 벗겨졌지만 다시 일어나 계속 달렸다. 그는 배를 물에서 끌어 올려 놓은 강가의 파르스 갈렌초원 가까이로 다가갔다. 거기엔 아무도 없었다. 등 뒤의 숲에서 부르는 소리가 들리는 것 같았지만 그는 뒤도 돌아보지 않았다. 잠시 입을 벌린 채 꼼짝도 않고 앞을 바라보았다. 배한 척이 저절로 강둑을 미끄러져 내려가고 있었다. 샘은 소리를 지르며 풀밭을 가로질러 달려갔다. 배가 물 위로 띄워지고 있었다.

"갑니다, 프로도 씨! 갑니다!"

샘은 소리를 지르며 강둑에서 물로 뛰어들어 달아나는 배를 향해 손을 뻗쳤다. 그러나 바로 1미터 앞에서 놓치고 말았다. 비명을 지르며 물에서 첨벙거리던 샘은 얼굴을 아래로 떨구며 깊고 빠른 물살에 휩쓸렸다. 꼬르륵 소리를 내면서 그는 물에 잠겼고 강물이 그의 곱슬머리를 완전히 덮어 버렸다.

빈 배에서 당황한 비명이 터져 나왔다. 노가 빙글빙글 돌더니 배가 방향을 돌렸다. 샘이 죽을 둥 살 둥 모르고 텀벙거리며 물 위로 올라왔을 때 프로도는 겨우 그의 머리를 움켜잡을 수 있었다. 그의 둥근 갈색 눈동자에 공포의 그림자가 가득했다.

"샘, 올라와! 자, 내 손을 잡아!"

"살려 줘요! 물 먹었어요. 손이 안 보인다고요."

"여기 있어. 손을 너무 꼭 잡지는 마. 놓지는 않을 테니까. 허둥대지 말고 물을 발로 차 봐. 잘못하면 배까지 뒤집힌단 말이야. 자, 여기 뱃전을 붙잡아. 노를 쓸 수 있어야지."

노를 몇 번 저어 프로도는 배를 강변에 다시 댈 수 있었고, 샘은 물에 빠진 생쥐처럼 강변으로 기어올랐다. 프로도는 반지를 빼고 다시 강변에 내려섰다.

"이 세상에서 제일 큰 사고뭉치가 바로 자네야, 샘!"

그러자 샘은 덜덜 떨며 말했다.

"아니, 프로도 씨, 너무해요. 말도 안 돼요. 저를 버려두고 혼자 가시다니요. 제 짐작이 틀렸더라면 지금쯤 어떻게 되었겠어요?"

"무사히 가고 있겠지."

"무사히요? 저 같은 조수도 없이 혼자 말입니까? 차라리 저를 죽이고 가지 어떻게 그냥 가실 수가 있어요?"

"나하고 같이 가면 그게 바로 죽는 길이야, 샘. 그렇게는 할 수 없었어."

"그렇다고 뒤에 남으라고 할 수는 없지요."

"난 지금 모르도르로 가는 거야."

"잘 알아요. 물론 그쪽으로 가실 줄 알았어요. 저도 같이 가겠어요."

"자, 샘! 제발 나를 방해하지 마! 다른 일행들이 곧 나타날 텐데, 또 이야기하고 다투다 보면 용기도 다시 사라질 거고 기회도 없어져. 지금 가야 해. 그 수밖에 없어."

"물론이지요. 하지만 혼자는 안 됩니다. 저도 갑니다. 안 그러면 아무도 못 가요. 먼저 배마다 구멍을 내 버릴 거예요."

프로도는 어이가 없어 웃음을 터뜨렸다. 갑자기 가슴이 뭉클해지고 용기가 생겼다.

"한 척은 남겨 둬. 우리가 써야 할 테니까. 하지만 아무 장비도, 식량도 없이 이렇게 갈 거야?"

그러자 샘은 신이 나서 외쳤다.

"잠깐만요, 제 물건을 가져올게요. 준비가 다 되어 있어요. 오늘 떠날 줄 알았거든요."

그는 야영지로 달려가 프로도가 배를 비우려고 동료들의 물건을 꺼내 쌓아 놓은 더미에서 자기 짐을 꺼내고 여분으로 담요 한 장과 식량을 좀 더 챙긴 다음 달려왔다.

"이래서 내 계획이 산산조각이 나 버렸군. 자넬 떼어 놓고 가기가 이렇게 힘들 줄이야. 하지만 샘, 난 기쁘구나. 얼마나 기쁜지 말로 다 하지 못할 정도야. 이제 가세! 우린 원래부터 같이 다니게 되어 있나 봐. 우리가 떠나가면 남은 이들은 안전한 길을 찾을 수 있을 거야. 성큼걸이가 잘 인도하겠지. 그들을 다시 만날 수는 없을 것 같구나."

"혹시 모르죠, 프로도 씨. 만날 수도 있어요."

이렇게 해서 프로도와 샘은 함께 그들의 마지막 여행을 시작했다. 프로도가 노를 저어 강변에서 멀어지자 강물은 그들을 곧 톨 브란디르의 험상궂은 절벽 서쪽 지류를 따라 빠른 속도로 몰아갔다. 거대한 폭포의 굉음이 더욱 가까워지고 있었다. 샘의 도움이 있긴 했지만 섬 남쪽 끝에서 물살을 가로질러 강 건너 동쪽 강변까지 배를 몰고 가는 일은 무척 힘들었다.

마침내 그들은 아몬 라우 남쪽 비탈에 도착했다. 거기서 경사가 완만한 강변을 발견해 배를 그 위로 끌어 올리고 커다란 바위 뒤에 가능한 한 보이지 않게 잘 숨겼다. 그리고 양어깨에 짐을 걸머지고 에뮌 무일의 회색 언덕을 넘어 어둠의 땅으로 들어가는 길을 찾아나섰다.

「BOOK 3 에서 계속」

옮긴이 소개

김보원
한국방송통신대학교 명예교수. 서울대학교 영문학과를 졸업하고 동 대학원에서 문학박사 학위를 받은 뒤 한국방송통신대학교 영문학과 교수로 재직하였다. 역서로 J.R.R. 톨킨의 『반지의 제왕』 『실마릴리온』 『끝나지 않은 이야기』 『후린의 아이들』 『곤돌린의 몰락』과 데이빗 데이의 연구서 『톨킨 백과사전』, 토머스 하디의 장편소설 『더버빌가의 테스』가 있고, 저서로 『번역 문장 만들기』 『영국소설의 이해』 『영어권 국가의 이해』 『영미단편소설』 등이 있다.

김번
서울대학교 인문대학 영어영문학과를 졸업하고 18세기 영국소설 연구로 동 대학원에서 문학박사 학위를 받았다. 현재 한림대학교 영어영문학과 교수로 재직 중이다. 옮긴 책으로 『반지의 제왕』 『위대한 책들과의 만남』 『미국 대통령 취임사』 『가운데땅의 지도들』 『베렌과 루시엔』 등이 있다.

이미애
현대 영국소설 전공으로 서울대학교 영문학과에서 박사 학위를 받았고 동 대학교에서 강사와 연구원으로 활동했다. 조지프 콘래드, 존 파울즈, 제인 오스틴, 카리브 지역의 영어권 작가들에 대한 논문을 썼다. 옮긴 책으로 버지니아 울프의 『자기만의 방』 『등대로』, 제인 오스틴의 『엠마』 『설득』, 조지 엘리엇의 『아담 비드』 『미들마치』, J.R.R. 톨킨의 『호빗』 『반지의 제왕』 『위험천만 왕국 이야기』 『톨킨의 그림들』, 캐서린 맥일웨인의 『J.R.R. 톨킨: 가운데땅의 창조자』, 토머스 모어의 서한집 『영원과 하루』, 리처드 앨틱의 『빅토리아 시대의 사람들과 사상』 등이 있다.

독자들과 함께 만들어가는 톨킨 유튜브채널
MY PRECIOUS TOLKIEN

편집, 교정, 영상 제작에 도움을 주신 분들

네이버 톨킨 팬까페 '중간계로의 여행' https://cafe.naver.com/ehdrjsdma

이지희(금숲), 김지혁(베렌), 정가은(유로파), 신정현(Strider),
박현묵(꽥맨), 변하경(Halon), 김주형(두부두로), 서유경(아노르)

반지의 제왕 ❶ 반지 원정대

1판 1쇄 발행 2021년 4월   1일
2판 5쇄 발행 2024년 8월 22일

지은이 | J.R.R. Tolkien
옮긴이 | 김보원 김번 이미애
펴낸이 | 김영곤
펴낸곳 | (주)북이십일 아르테

책임편집 | 장현주
교정교열 | 이지희 김지혁 정가은 신정현 박현묵
디자인 | (주)여백커뮤니케이션

아르테본부 문학팀 | 김지연 원보람 권구훈
해외기획실 | 최연순 소은선
출판마케팅영업본부장 | 한충희
출판영업팀 | 최명열 김다운 권채영 김도연
마케팅3팀 | 정유진 백다희
제작팀 | 이영민 권경민

출판등록 | 2000년 5월 6일 제406-2003-061호
주소 | (우10881) 경기도 파주시 회동길 201(문발동)
대표전화 | 031-955-2100 팩스 | 031-955-2151
이메일 | book21@book21.co.kr

ISBN 978-89-509-9246-0 04840
       978-89-509-9255-2 (세트, 반지의 제왕 1~3)